BIBLIOTECA

STEP
KID

HEN
NG

O ILUMINADO

STEPHEN KING

TRADUÇÃO
Betty Ramos de Albuquerque

12ª reimpressão

Copyright © 1977 by Stephen King

Publicado mediante acordo com The Doubleday Broadway Publishing Group, uma divisão da Random House, Inc. Todos os direitos reservados.

Direitos mundiais da letra de "Call Me" © 1973, Jec Music Publishing Co. e Al Green Music, Inc. Todos os direitos para o Canadá controlados por Felsted Music of Canada Ltd. Direitos mundiais exceto Estados Unidos e Canadá controlados por Burlington Music Co. Ltd., Londres, Inglaterra.

"Your Cheatin' Heart", de Hank Williams. © 1952, Fred Rose Music, Inc. Reproduzida mediante permissão do editor, Fred Rose Music, Inc., 2510 Franklin Road, Nashville, Tennessee 37204. Todos os direitos reservados.

Letra de "Twenty Flight Rock", de Ned Fairchild. © 1957, Hill e Range Songs, Inc. Noma Music, Inc. e Elvis Presley Music. International Copyright. Todos os direitos reservados. Reproduzida mediante permissão de Unichapell Music, Inc.

"Bad Moon Rising", de John C. Fogerty. © 1969 Jondora Music, Berkeley, Calif. Letra reproduzida mediante permissão. Todos os direitos reservados. Copyright internacional garantido.

Grafia atualizada segundo o Acordo Ortográfico da Língua Portuguesa de 1990, que entrou em vigor no Brasil em 2009.

Título original
The Shining

Capa
Alceu Chiesorin Nunes

Imagem de capa
Zephyr_p/ Shutterstock

Ilustrações e projeto gráfico
Bruno Romão

Tradução de Before the Play *e* After the Play
Regiane Winarski

Preparação
Emanuella Feix

Revisão
Renata Lopes Del Nero e Marise Leal

Dados Internacionais de Catalogação na Publicação (CIP)
(Câmara Brasileira do Livro, SP, Brasil)

King, Stephen
   O iluminado / Stephen King ; tradução Betty Ramos de Albuquerque – 2ª ed. – Rio de Janeiro : Suma de Letras, 2017.

    Título original: The Shining.
    ISBN 978-85-5651-046-4

    1. Ficção de suspense 2. Ficção norte-americana I. Título.

17-05726   CDD-813

Índice para catálogo sistemático:
1. Ficção : Literatura norte-americana   813

Todos os direitos desta edição reservados à
EDITORA SCHWARCZ S.A.
Praça Floriano, 19, sala 3001 – Cinelândia
20031-050 – Rio de Janeiro – RJ
Telefone: (21) 3993-7510

www.companhiadasletras.com.br
www.blogdacompanhia.com.br
facebook.com/editorasuma
instagram.com/editorasuma
twitter.com/Suma_BR

Este é para Joe Hill King, que ilumina sempre.

Meu editor neste livro, como nos dois anteriores, foi o sr. William G. Thompson, um homem espirituoso e sensato. Foi grande sua contribuição para esta obra, por isso, muito obrigado.
S. K.

Alguns dos mais belos resorts do mundo estão no Colorado, mas o hotel destas páginas não se baseia em nenhum deles. O Overlook e as pessoas a ele ligadas existem tão somente na imaginação do autor.

Aqui, neste salão também, estava ele... o imenso relógio
de ébano, com o balançar triste, preguiçoso, monótono
de seu pêndulo; e... ao bater da hora, saía de seus pulmões
de bronze o som claro e alto, profundo e extraordinariamente musical,
de melodia e relevo tão peculiares que, a cada intervalo de hora,
os músicos da orquestra eram obrigados a parar para
dar atenção ao som; e os dançarinos forçosamente cessavam
suas evoluções, dando lugar a uma breve inquietação do alegre grupo;
e, enquanto os carrilhões do relógio ainda tocavam, a falta
de seriedade esvanecia, e os mais velhos e serenos levavam
a mão à fronte como que num confuso devaneio ou meditação.
Mas, ao cessar dos suaves ecos musicais, a assembleia impregnava-se
de risos leves... e (eles) sorriam do seu nervosismo...
sussurravam juras de que o tocar do próximo carrilhão não
lhes provocaria emoção semelhante; e então, depois do intervalo
dos sessenta minutos... um outro tocar de carrilhão do relógio,
seguido da mesma inquietação, agitação e meditação de antes.
Mas, apesar de tudo, aquilo era um alegre e esplêndido festim...
Edgar Allan Poe, "A máscara da morte rubra"

O sono da razão produz monstros.
Goya

Tudo tem seu tempo certo.
Dito popular

PRIMEIRA PARTE
INTRODUÇÃO

1
ENTREVISTA DE EMPREGO

Jack Torrance pensou: *Que babaquinha pomposo.*

Ullman media um metro e sessenta e se locomovia daquele modo afetado que parecia exclusividade de todo homem gordo e baixo. O cabelo era bem repartido, e seu terno escuro era sóbrio, mas confortável. "Sou o homem para quem você pode trazer seus problemas", o terno parecia dizer ao cliente. Com os empregados, porém, o terno falava de forma mais ríspida: "Acho bom tudo correr certinho". Trazia um cravo vermelho na lapela, talvez para que ninguém na rua tomasse Stuart Ullman pelo agente funerário local.

Enquanto ouvia Ullman, Jack admitiu que, naquelas circunstâncias, não conseguiria gostar de nenhum homem do outro lado da mesa.

Ullman fez uma pergunta que Jack não entendeu. Isso era ruim. Ullman era o tipo de homem que guardava esses lapsos em um arquivo mental para consultas posteriores.

— Como disse?

— Perguntei se sua esposa compreendeu qual seria sua função aqui. Há seu filho também, claro. — Deu uma olhada no formulário de candidatura à vaga que estava na sua frente. — Daniel. Sua esposa não está um pouco intimidada com a ideia?

— Wendy é uma mulher extraordinária.

— E seu filho? Também é extraordinário?

Jack sorriu, um largo sorriso de relações-públicas.

— É, achamos que sim. É uma criança muito independente para seus cinco anos.

Ullman não retribuiu o sorriso. Colocou o formulário de Jack de volta na pasta e a devolveu à gaveta. A mesa ficou completamente limpa, exceto por um mata-borrão, um telefone, uma luminária e uma caixa de entrada e saída de papéis, que também estava vazia.

Ullman se levantou e foi até o arquivo do canto.

— Dê a volta na mesa, por favor, sr. Torrance. Vamos dar uma olhada nas plantas do hotel.

Pegou cinco folhas grandes e as colocou na mesa de nogueira polida. Jack ficou de pé ao lado, sentindo o perfume da colônia de Ullman. O slogan *Todos os meus homens usam English Leather ou não usam nada* veio à mente de Jack sem motivo algum, e ele precisou se segurar para evitar uma gargalhada. Podiam-se ouvir os ruídos dos preparativos do almoço vindos da cozinha do Hotel Overlook.

— O último andar — anunciou Ullman com entusiasmo. — O sótão. No momento não existe absolutamente nada lá, a não ser quinquilharias. O Overlook já teve vários proprietários desde a Segunda Guerra Mundial, e aparentemente cada novo gerente resolveu colocar no sótão tudo aquilo que não tinha utilidade. Quero ratoeiras e veneno espalhados por todo o lugar. Algumas camareiras do terceiro andar dizem que já escutaram barulhos vindos de cima. Nunca acreditei nisso, mas não posso deixar que haja a menor possibilidade de que um rato continue vivo no Hotel Overlook.

Jack, que sempre suspeitou da existência de ao menos um ou dois ratos em todos os hotéis do mundo, segurou a língua.

— Naturalmente o senhor não deixará seu filho ir ao sótão em hipótese alguma.

— Não — respondeu Jack, mostrando novamente o largo sorriso de relações-públicas. Situação humilhante. Por acaso aquele babaquinha achava que Jack deixaria o filho brincar em um sótão cheio de ratoeiras, móveis velhos e sabia lá Deus mais o quê?

Ullman tirou a planta do sótão de cima da mesa e a colocou embaixo das outras.

— O Overlook tem cento e dez apartamentos de hóspedes — informou em tom professoral. — Trinta deles, todos suítes, estão aqui no terceiro andar. Dez na ala oeste, incluindo a Suíte Presidencial, dez no centro e mais dez na ala leste. Todos com vistas deslumbrantes.

Será que ele poderia pelo menos dispensar o discurso de vendedor?
Jack continuou calado. Precisava do trabalho.

Ullman colocou a planta do terceiro andar embaixo da pilha, e os dois passaram a examinar o segundo andar.

— Quarenta apartamentos — continuou Ullman —, trinta de casal e dez de solteiro. E, no primeiro andar, vinte de cada. Além disso, temos três rouparias em cada andar e também um almoxarifado que fica no final da ala leste, no segundo pavimento, e outro na extremidade da ala oeste, no primeiro. Alguma pergunta?

Jack negou com a cabeça. Ullman pôs de lado as plantas do segundo e do primeiro andar.

— Vejamos agora o saguão. Aqui no meio está a recepção. Na parte de trás, os escritórios. O saguão se estende por vinte e quatro metros para cada lado do balcão. Bem aqui, na ala oeste, ficam o restaurante do Overlook e o Salão Colorado. Os salões de banquete e de baile ficam na ala leste. Alguma pergunta?

— Apenas sobre o porão — respondeu Jack. — Para um zelador de temporada de inverno, essa é a área mais importante de todas. É onde se concentra o movimento, por assim dizer.

— Watson vai lhe mostrar tudo. A planta do porão está na parede da sala da caldeira. — Ullman franziu a testa, talvez para mostrar que, como gerente, não se preocupava com aspectos tão banais do funcionamento do Overlook quanto a caldeira e o encanamento. — Não seria má ideia colocar algumas ratoeiras lá também. Só um momento...

Rabiscou um bilhete em um bloco que tirou do bolso interno do paletó (cada folha tinha a inscrição de seu nome em negrito), destacou a folha e a depositou na caixa de saída de papéis. O papel ficou ali, solitário. O bloco voltou para o bolso do paletó de Ullman como em um passe de mágica. Está vendo, Jack? Agora não está vendo mais. Aquele cara era realmente um saco.

Voltaram a seus lugares. Ullman atrás da mesa e Jack diante dele; entrevistador e entrevistado, relutante patrono e suplicante. Um homem careca, baixo, vestido com um terno de banqueiro e uma gravata cinza modesta. Em uma lapela tinha uma flor, e na outra um broche com a palavra PESSOAL em letras douradas e pequenas. Ullman juntou as mãozinhas bem cuidadas em cima da mesa e fixou o olhar em Jack:

— Serei franco com o senhor. Albert Shockley é um homem poderoso, com muito interesse no Overlook, que registrou lucro nesta temporada, pela primeira vez na história. O sr. Shockley também faz parte do Conselho Diretor, mas não é um hoteleiro por excelência e é o primeiro a admitir tal fato. Em relação à vaga de zelador, seus desejos são óbvios. Ele quer que você seja contratado. E é o que vou fazer. No entanto, se eu tivesse o poder de decisão, não o contrataria.

As mãos suadas de Jack estavam em seu colo, e ele as apertava. *Babaquinha pomposo, babaquinha pomposo, babaquinha...*

— Não creio que você goste muito de mim, sr. Torrance. Não me importo. Sua opinião a meu respeito, na realidade, não interfere na minha certeza de que o senhor não é a pessoa certa para esse trabalho. Durante a temporada que vai de 15 de maio a 30 de setembro, o Overlook emprega cento e dez funcionários em regime integral; um para cada apartamento do hotel, podemos dizer. Acho que a maioria não gosta de mim e suspeito que alguns me considerem um filho da puta. Estão corretos no julgamento do meu caráter. Tenho que ser um filho da puta para poder dirigir este hotel como ele merece.

Olhou para ele à espera de comentários, e o sorriso de relações-públicas de Jack se iluminou largo e cheio de dentes.

— O Overlook foi construído entre 1907 e 1909 — continuou Ullman. — A cidade mais próxima é Sidewinder, a sessenta e cinco quilômetros a leste daqui, por estradas que ficam fechadas em meados de outubro ou novembro até abril. Foi um homem chamado Robert Townley Watson, avô do nosso encarregado da manutenção, que o construiu. Aqui já se hospedaram os Vanderbilt, os Rockefeller, os Astor e os Du Pont. Quatro presidentes já ocuparam a Suíte Presidencial: Wilson, Harding, Roosevelt e Nixon.

— Não me orgulharia tanto de Harding e Nixon — murmurou Jack.

Ullman franziu a testa, mas continuou o discurso.

— O investimento foi pesado demais para o sr. Watson, e o hotel precisou ser vendido em 1915. Foi mais uma vez vendido em 1922, em 1929 e em 1936. Ficou abandonado até o fim da Segunda Guerra Mundial, quando foi comprado e totalmente reformado por Horace Derwent, inventor, piloto, produtor de cinema e empreendedor milionário.

— Conheço de nome — disse Jack.

— Sim. Tudo o que ele tocava parecia se transformar em ouro... exceto o Overlook. Injetou mais de um milhão de dólares no negócio, antes que o primeiro hóspede do pós-guerra entrasse pela porta, e transformou uma relíquia decrépita em uma construção exemplar. Foi Derwent quem construiu a quadra de roque que o senhor admirava quando chegou.

— Roque?

— Um antepassado britânico do nosso croquet, sr. Torrance. Croquet é um roque degenerado. Conta a lenda que Derwent aprendeu o jogo com a secretária particular e nunca mais deixou de praticar. Nossa quadra deve ser a melhor do país.

— Não duvido — Jack comentou em um tom sério. Uma quadra de roque, arbustos cortados em formato de animais... o que mais? Um jogo de tabuleiro em tamanho natural atrás do galpão de ferramentas? Estava cansado do sr. Stuart Ullman, mas podia notar que ele não havia terminado. Continuaria até a última palavra do que tinha a dizer.

— Depois de perder três milhões, Derwent vendeu o hotel para um grupo de investidores da Califórnia. A experiência deles com o Overlook foi igualmente ruim. Não eram pessoas especializadas em hotelaria. Em 1970, o sr. Shockley e um grupo de sócios compraram o hotel e me encarregaram da gerência. Durante muitos anos também ficamos no vermelho, mas posso lhe assegurar, com satisfação, que a confiança dos proprietários atuais em mim nunca foi abalada. Encerramos o último ano em equilíbrio: nem lucros, nem prejuízos. E, pela primeira vez em sete décadas, nossa contabilidade encerrou o ano no azul.

Jack supôs que o orgulho daquele homenzinho irritante era justificável, mas logo sua antipatia inicial por Ullman o atravessou novamente, como uma onda.

— Não vejo nenhuma relação entre a história, realmente interessante, do Overlook e a impressão que o senhor tem de que eu seja a pessoa errada para ocupar o cargo, sr. Ullman — Jack respondeu.

— Uma das razões para a perda de tanto dinheiro é a depreciação que ocorre a cada inverno. Essa depreciação diminui a margem de lucro mais do que se possa pensar, sr. Torrance. Os invernos são profundamente cruéis. Com o objetivo de lidar com esse problema, criei o cargo de zelador de inverno em tempo integral, para ligar a caldeira e aquecer áreas diferentes do hotel, em um rodízio diário. As atribuições também incluem verificar o surgimento de vazamentos e consertá-los e fazer reparos para que elementos hostis não invadam o hotel. É necessário estar em constante alerta em toda e qualquer contingência. Durante nosso primeiro inverno, empreguei uma família em vez de um homem sozinho. Foi uma tragédia. Uma tragédia terrível.

Ullman olhou Jack friamente, avaliando-o.

— Cometi um erro. Admito. O homem era um beberrão.

Jack esboçou um sorriso vago e sem graça... a antítese do sorriso de relações-públicas.

— Então é isso? Fico surpreso que Al não tenha contado. Eu parei de beber.

— Sim, o sr. Shockley me disse que o senhor não bebe mais. Ele também me contou sobre seu último emprego... seu último cargo de confiança, digamos assim. O senhor ensinava inglês em uma escola preparatória em Vermont e perdeu o controle. Não creio que precise ser mais claro do que isso. Mas realmente acredito que o caso de Grady tenha alguma relevância, e foi por isso que eu trouxe à tona o assunto de seus... antecedentes. No inverno de 1970-1971, após a reforma do Overlook e antes de nossa primeira temporada, contratei esse... esse coitado chamado Delbert Grady. Ele se instalou nas dependências que o senhor, sua esposa e seu filho vão ocupar. Ele tinha esposa e duas filhas. Eu me preocupava com algumas questões, sobretudo com a severidade do inverno e com o fato de os Grady precisarem se isolar do mundo externo por cinco ou seis meses.

— Mas isso não é verdade, é? Há telefones aqui e provavelmente um radiotransmissor. O Parque Nacional das Montanhas Rochosas está ao alcance de um helicóptero, e certamente um parque grande desses deve ter um ou dois deles.

— Não sei — respondeu Ullman. — O hotel de fato tem um radiotransmissor que o sr. Watson vai lhe mostrar, junto com a lista das frequências corretas a serem usadas no caso de vocês precisarem de ajuda. As linhas telefônicas daqui para Sidewinder ainda não são subterrâneas e quase todo inverno caem em algum lugar do caminho, ficando sem funcionar entre três semanas e um mês e meio. Temos um snowmobile no galpão de ferramentas também.

— Então o hotel não fica isolado.

Ullman pareceu irritado.

— Vamos supor que seu filho ou sua esposa tropecem na escada e fraturem o crânio, sr. Torrance. Não pensaria que este lugar é isolado?

Jack entendeu o argumento. Um snowmobile em alta velocidade poderia levá-lo a Sidewinder em uma hora e meia... talvez. Um helicóptero do Serviço de Salvamento poderia chegar em três horas... se o tempo estivesse favorável. Em uma tempestade de neve, talvez nem fosse possível levantar voo. Também não se poderia correr o risco de pilotar um snowmobile em alta velocidade, mesmo ousando expor uma pessoa gravemente ferida a uma temperatura de trinta e cinco graus abaixo de zero... ou quarenta e cinco negativos, considerando a sensação térmica.

— No caso de Grady — Ullman continuou —, raciocinei da mesma forma que o sr. Shockley parece ter feito no seu caso. A solidão em si pode ser prejudicial. É melhor para um homem estar junto de sua família. Pensei que, se houvesse algum problema, seria provavelmente algo menos urgente do que uma fratura de crânio ou um acidente com as ferramentas elétricas ou algum tipo de convulsão. Uma gripe forte, uma pneumonia, um braço quebrado ou mesmo uma apendicite. Tudo isso daria tempo suficiente para que uma providência fosse tomada.

"Acho que o que aconteceu foi o resultado de excesso de uísque barato, que Grady tinha em grande estoque e era de meu total desconhecimento, e uma situação curiosa que se chama síndrome da cabana. Conhece a expressão?"

Ullman deu um sorrisinho superior, pronto para a explicação necessária assim que Jack admitisse sua ignorância, mas Jack ficou feliz em responder rápida e decisivamente.

— É um jargão usado para uma reação de claustrofobia que pode ocorrer quando um grupo de pessoas é confinado por um longo período. A sensação de claustrofobia é exteriorizada na forma de aversão pelas pessoas que estão confinadas em sua companhia. Em casos extremos, isso pode levar a alucinações e violência... já houve até casos de assassinatos provocados por banalidades, como uma refeição queimada ou uma discussão sobre quem deveria lavar a louça.

Ullman ficou bem desconcertado, o que deixou Jack satisfeitíssimo. Resolveu constranger mais um pouco, mas silenciosamente prometeu a Wendy que seria comedido.

— Parece que o senhor se equivocou mesmo. Ele agrediu elas?

— Ele as matou, sr. Torrance, e depois cometeu suicídio. Matou as duas meninas com uma machadinha, a esposa com uma espingarda e se suicidou com essa mesma arma. A perna dele estava quebrada. Sem dúvida devia estar tão bêbado que rolou escada abaixo.

Ullman espalmou as mãos e olhou para Jack de modo meio presunçoso.

— Ele chegou a terminar o colégio?

— Na realidade, não — Ullman respondeu um tanto friamente. — Eu imaginava que um... digamos, um indivíduo menos imaginativo seria menos suscetível a intempéries, à solidão...

— Foi esse seu erro — sentenciou Jack. — Um sujeito ignorante tem uma tendência maior à síndrome da cabana, da mesma forma que é mais propenso a dar um tiro em alguém em uma mesa de jogo ou a roubar por impulso. Ele fica entediado. Quando a neve chega, não tem nada para fazer, a não ser assistir à televisão ou jogar paciência e trapacear quando não consegue liberar todos os ases. Não tem nada para fazer, a não ser encher o saco da mulher e resmungar para as crianças e beber. É muito difícil dormir, pois não há nada para ouvir. Assim, bebe até conseguir dormir e acorda de ressaca. Fica impaciente. E então o telefone pode ficar mudo e a antena da TV dar problema, e não há nada para fazer, a não ser pensar e trapacear no jogo de paciência e se tornar cada vez mais e mais impaciente. Finalmente... bum, bum, bum.

— E quanto a um homem mais instruído, como o senhor?

— Minha esposa e eu gostamos de ler. Estou escrevendo uma peça de teatro, como Al Shockley provavelmente contou. Danny tem seus quebra-cabeças, os livros para colorir e o rádio. Pretendo ensinar ele a ler e também quero ensiná-lo a andar com sapatos de neve. Wendy também quer aprender. Ah, sim, eu acho que conseguiremos nos manter ocupados e não nos estressarmos uns com os outros se a televisão pifar. — Fez uma pausa. — E Al disse mesmo a verdade quando contou que não bebo mais. Já bebi, e chegou a ficar sério. Mas não bebi nem um copo de cerveja nos últimos catorze meses. Não pretendo trazer nenhuma bebida alcoólica para cá e não acho que terei chance de conseguir uma depois que a neve começar a cair.

— Quanto a isso, tem toda a razão — confirmou Ullman. — No entanto, uma vez que vocês três estejam aqui, a possibilidade de problemas se multiplica. Eu falei sobre isso ao sr. Shockley, e ele assume a responsabilidade. Agora eu estou falando a mesma coisa ao senhor, e aparentemente o senhor está disposto a arcar com a responsabilidade...

— Estou.

— Muito bem. Aceito, já que não tenho escolha. Continuo preferindo um jovem universitário descompromissado tirando um ano de folga. Bem, talvez o senhor dê certo. Vou encaminhá-lo ao sr. Watson, que lhe mostrará o porão e o restante da propriedade. A não ser que o senhor ainda tenha alguma pergunta.

— Não, nenhuma.

Ullman se levantou.

— Espero que não haja ressentimentos, sr. Torrance. Não há nada de pessoal nas coisas que lhe disse. Só quero o melhor para o Overlook. É um grande hotel. Desejo que permaneça assim.

— Não. Nenhum ressentimento.

O sorriso de relações-públicas se iluminou novamente, mas Jack ficou feliz por Ullman não ter estendido a mão. Havia ressentimentos. De todos os tipos.

2
BOULDER

Ela olhou pela janela da cozinha e o avistou sentado no meio-fio, sem brincar com seus caminhões, carrinhos ou com o avião que o havia distraído na última semana, desde que Jack lhe dera de presente. Só estava sentado ali, esperando o velho Volkswagen, os cotovelos enterrados nas pernas e o queixo apoiado nas mãos. Um menino de cinco anos à espera do pai.

De repente, Wendy se sentiu mal e quase começou a chorar.

Pendurou a toalha perto da pia e desceu a escada enquanto fechava os dois primeiros botões do vestido de ficar em casa. Jack e seu orgulho! *Não, Al, não preciso de adiantamento. Por enquanto estou bem.* As paredes do hall de entrada estavam um pouco esburacadas e rabiscadas com giz de cera, lápis de carpinteiro e tinta spray. A escada era íngreme e lascada. O prédio todo tinha um cheiro azedo de velho. Enfim, aquele não era lugar para Danny depois de terem morado na bela casinha de tijolos em Stovington. Os vizinhos do terceiro andar não eram casados, e, apesar de isso não a incomodar, as brigas constantes e violentas eram desagradáveis. Elas a assustavam. O cara se chamava Tom e, depois que os bares fechavam e o casal voltava para casa, as brigas começavam para valer... no resto da semana, em comparação, era apenas uma prévia. Jack as chamava de Lutas de Sexta à Noite, mas não era engraçado. A mulher (o nome dela era Elaine) por fim se debulhava em lágrimas, repetindo sem parar: "Não, Tom. Por favor, não. Por favor, não". E ele gritava com ela. Uma vez chegaram a acordar Danny, mesmo o menino dormindo como uma pedra. Na manhã seguinte, Jack encontrou Tom de saída e conversou com ele na calçada por um tempo. O vizinho começou a vociferar, e Jack lhe falou mais alguma coisa, baixo demais para que Wendy pudesse ouvir, então Tom se limitou a balançar a cabeça mal-humorado e foi embora. Isso havia acontecido uma semana atrás, e as coisas melhoraram por alguns dias, mas, depois do fim de semana, tudo voltou ao normal... ou melhor, ao anormal. Era ruim para o menino.

A tristeza tomou conta dela mais uma vez, mas Wendy já estava na calçada e conteve o sentimento. Ajeitando o vestido sob as pernas e sentando-se no meio-fio, disse:

— O que é que há, velhinho?

Danny sorriu para a mãe, mas foi um gesto mecânico.

— Oi, mãe.

O avião estava entre os pés calçados de Danny, e Wendy notou que uma das asas estava começando a se partir.

— Quer que eu veja se consigo consertar, meu bem?

Danny tinha voltado a olhar para a rua.

— Não. O papai vai consertar.

— Pode ser que o papai não chegue antes do jantar, velhinho. O caminho até as montanhas é longo.

— Você acha que o fusca pode enguiçar?

— Não, acho que não. — O filho havia acabado de lhe dar um novo motivo para se preocupar. *Obrigada, Danny. Era justamente o que eu precisava.*

— O papai disse que era possível — Danny falou de forma incisiva, quase aborrecido. — Ele disse que a bomba de gasolina tava uma merda.

— Não diga isso, Danny.

— Bomba de gasolina? — perguntou, honestamente surpreso.

Wendy suspirou.

— Não. "Merda." Não diga isso.

— Por quê?

— Porque é vulgar.

— O que quer dizer vulgar, mamãe?

— Vulgar é você limpar o nariz à mesa ou fazer xixi com a porta do banheiro aberta. Ou então dizer palavras feias como "merda". É uma palavra vulgar. Gente educada não diz isso.

— O papai diz. Um dia, quando estava consertando o motor do fusca, ele disse: "Meu Deus, essa bomba de gasolina tá uma merda". Papai não é uma pessoa educada?

Como é que você se mete nessas, Winnifred? Você procura?

— Ele é educado, mas é também um adulto. E ele toma muito cuidado para não falar coisas assim perto de pessoas que poderiam não entender.

— Como o tio Al?

— Sim, isso mesmo.

— Quando crescer, vou poder dizer?

— Acho que sim, mesmo que eu não goste.

— Com quantos anos?

— O que você acha de vinte, velhinho?

— É muito tempo para esperar.

— Acho que sim. Mas você vai tentar?

— Tá bem.

O menino voltou a observar a rua. Ele se mexeu um pouco, como se pretendesse se levantar, mas o fusca que estava chegando era muito mais novo e de um vermelho muito mais vivo. Danny relaxou novamente. Wendy começou a pensar no quanto a mudança para o Colorado havia sido difícil para o filho. Ele não falava nada a respeito, mas a incomodava vê-lo passar tanto tempo sozinho. Em Vermont, três colegas de Jack da faculdade tinham filhos da idade de Danny... e havia também a escolinha. Na vizinhança atual, porém, ele não tinha nenhuma criança para brincar. A maioria dos apartamentos estava ocupada por estudantes da Universidade do Colorado. E, dos poucos casais da rua Arapahoe, apenas uma pequena porcentagem tinha filhos. Ela havia observado talvez uns doze no ensino fundamental, três bebês e só.

— Mamãe, por que o papai perdeu o emprego?

Wendy foi tirada do seu devaneio e se atrapalhou para encontrar uma resposta. Jack e ela já haviam debatido maneiras de lidar com essa pergunta de Danny, maneiras que podiam ir desde respostas evasivas até a verdade nua e crua. Mas o filho nunca havia perguntado. Não até aquele momento, quando a mãe estava deprimida e menos preparada para responder. Ainda assim, ali estava Danny, talvez lendo a confusão em seu semblante e formando as próprias ideias a respeito do assunto. Wendy achava que, para as crianças, os motivos e as atitudes dos adultos pareciam tão gigantes e assustadores quanto a visão da sombra de animais selvagens em uma floresta sombria. As crianças eram manipuladas como marionetes, com noções muito vagas dos porquês. O pensamento a deixou perigosamente próxima das lágrimas mais uma vez e, enquanto lutava contra elas, inclinou-se, tomou o aviãozinho e o girou nas mãos.

— Seu pai era o instrutor da equipe de debates, Danny. Você lembra?

— Claro — respondeu ele. — Discussões divertidas, certo?

— Isso. — Wendy girou o avião repetidamente, olhando para a marca do brinquedo (SPEEDOGLIDE), para os decalques de estrelas azuis nas asas e, de repente, se viu contando a verdade ao filho.

— Havia um rapaz chamado George Hatfield que o papai teve que tirar da equipe. Isso quer dizer que George não era tão bom quanto os outros. Mas o rapaz disse que seu pai o excluiu porque não gostava dele, e não porque não era bom o bastante. Então George fez uma coisa feia. Acho que você sabe.

— Foi ele que furou os pneus do fusca?

— Ele mesmo. Foi depois da aula, e seu pai o pegou no flagra. — Wendy hesitou de novo, mas não havia mais razão para ser evasiva; agora ou era a verdade, ou a mentira. — Seu pai... às vezes faz coisas de que se arrepende. Às vezes não pensa como deveria. Isso não acontece sempre, mas às vezes sim.

— Ele machucou George Hatfield como fez comigo quando molhei os papéis dele?

Às vezes...

(Danny com o braço engessado)

... *faz coisas de que se arrepende.*

Wendy apertou os olhos com força, segurando as lágrimas.

— Algo assim, meu bem. O papai bateu em George para ele parar de furar os pneus, e George bateu a cabeça. Então os homens que tomavam conta da escola disseram que George não poderia mais voltar lá e que seu pai não poderia mais dar aulas. — Wendy parou de falar, sem ter mais o que dizer, e aguardou com pavor ser inundada de perguntas.

— Ah — respondeu Danny. E voltou a prestar atenção na rua. Aparentemente o assunto estava encerrado. Se pelo menos pudesse ser encerrado assim tão facilmente para ela...

Wendy se levantou.

— Vou subir e tomar uma xícara de chá, velhinho. Quer uns biscoitos e um copo de leite?

— Acho que vou ficar esperando o papai.

— Não acho que ele vai chegar muito antes das cinco.

— Talvez ele chegue cedo.

— Talvez — concordou Wendy. — Talvez chegue.

Estava no meio da escada quando ouviu:

— Mamãe?

— O que foi, Danny?

— Você quer morar naquele hotel no inverno?

Agora, qual das cinco mil respostas deveria usar para essa pergunta? A que pensara na noite anterior ou a que pensara pela manhã? Eram todas diferentes. O pensamento oscilava entre o rosa mais claro e o preto mais escuro.

— Se é o que seu pai quer, está bom para mim. — Wendy fez uma pausa. — E você?

— Eu acho que quero — disse Danny por fim. — Não tem ninguém pra brincar comigo aqui.

— Tem saudades dos seus amigos, não tem?

— Às vezes sinto falta de Scott e de Andy. Mas é só.

Wendy voltou e deu um beijo no filho, acariciando os fios claros que já estavam perdendo a delicadeza do cabelo de bebê. Era um menininho tão sério, e às vezes ela imaginava como é que Danny conseguia sobreviver tendo ela e Jack como pais. Que contraste entre as grandes esperanças deles e a realidade daquele prédio desagradável em uma cidade que não conheciam. Veio-lhe à mente a imagem de Danny engessado. Alguém no Departamento de Recrutamento e Seleção do Céu havia cometido um erro que Wendy temia não poder ser corrigido e pelo qual só o espectador mais inocente poderia pagar.

— Não fique no meio da rua, velhinho — falou, dando um abraço apertado nele.

— Claro, mamãe.

Wendy subiu e foi para a cozinha. Pegou a chaleira e pôs alguns biscoitos recheados em um prato para Danny, caso ele resolvesse subir enquanto ela estivesse deitada. Sentada à mesa, com a grande xícara de cerâmica à sua frente, Wendy o observava pela janela, ainda sentado no meio-fio, com o jeans e o pulôver verde-escuro grande demais da escola preparatória de Stovington, e o aviãozinho ao lado. As lágrimas que haviam ameaçado cair o dia todo vieram de uma só vez, e Wendy se inclinou sobre a fumaça perfumada e sinuosa do chá e chorou. De tristeza e saudade do passado e de temor pelo futuro.

3
WATSON

Perdeu o controle, dissera Ullman.

— Muito bem. Aqui está a fornalha — falou Watson, acendendo a luz do cômodo escuro e com cheiro de mofo.

Watson era um homem forte. Usava camisa branca e calça verde-escura e tinha o cabelo cheio e encaracolado. Ele abriu uma pequena grelha metálica quadrada no bojo da fornalha, e os dois espiaram juntos.

— Esta é a chama-piloto. — Uma chama fixa azul e branca assobiava para cima, canalizando uma força destrutiva. A palavra principal, pensou Jack, era *destrutiva*, e não *canalizando*: se você metesse a mão ali dentro, o churrasco estaria pronto em três ligeiros segundos.

Perdeu o controle.

(Você está bem, Danny?)

A fornalha ocupava todo o cômodo, de longe a maior e mais velha que Jack já havia visto.

— A chama-piloto tem um mecanismo de segurança — continuou Watson. — Um pequeno sensor ali mede o calor. Se a temperatura cair abaixo de certo ponto, um alarme será acionado em seu apartamento. A caldeira está do outro lado. Vou lhe mostrar.

Watson fechou a grelha com força e conduziu Jack para trás da enorme fornalha de ferro, em direção à outra porta. O metal irradiava um forte calor, e por alguma razão Jack imaginou um gato grande e sonolento. Watson balançava as chaves e assobiava.

Perdeu o...

(Quando ele voltou ao escritório e viu Danny ali parado, apenas de fralda e com um sorriso, uma nuvem de fúria, pesada e vermelha, eclipsou-lhe a razão. Em sua cabeça, tinha parecido lento, pois tudo deve ter acontecido em menos de um minuto. Pareceu lento da mesma forma que sonhos parecem. Os sonhos ruins. Todas as portas e gavetas do escritório pareciam ter sido saqueadas durante sua breve ausência. Closet, armários, estante. Todas as gavetas foram puxadas até travarem. O manuscrito — a peça de três atos que vinha desenvolvendo aos poucos, a partir de uma novelinha que escrevera sete anos antes, ainda na universidade — estava espalhado pelo chão. Jack estava tomando uma cerveja e fazendo correções no segundo ato quando Wendy o chamou para atender o telefone. Danny então derramou a lata de cerveja em todas as páginas. Provavelmente para vê-la espumar. *Vê-la espumar, vê-la espumar*, as palavras se repetiram em sua mente como um acorde doentio em um piano desafinado, completando o circuito de sua raiva. Jack avançou deliberadamente em direção ao filho de três anos, que o olhava com um sorriso de prazer, o prazer de haver concluído recentemente, e com sucesso, um trabalho no escritório do pai; Danny começou a falar alguma coisa e foi então que Jack agarrou a mão da criança e a dobrou para que ele largasse a borracha da máquina de escrever e a lapiseira que estava segurando. Danny gritou um pouco... não... não... diga a verdade... ele berrou. Era tudo muito duro para ser lembrado através de uma névoa de raiva, do baque solitário daquele acorde satírico. Wendy, em algum lugar, perguntava o que estava acontecendo. A voz dela soava débil e umedecida pela neblina interior. Aquilo era entre Jack e

Danny. O pai virou o filho para lhe dar umas palmadas; os grandes dedos de adulto afundaram na carne escassa do braço da criança, fechando-se ao redor dele em um punho, e o estalar do osso se quebrando não foi alto; não alto, mas *muito* alto, IMENSO, mas não alto. O som foi apenas suficiente para abrir uma fenda na névoa vermelha como uma flecha... Mas, em vez de deixar entrar a luz do sol, aquela fenda deixou entrar uma nuvem escura de vergonha e remorso, o terror, as agonizantes convulsões da alma. Um som claro, separando o passado de um lado e todo o futuro de outro, um som como o do grafite de um lápis se partindo ou de um pequeno graveto sendo quebrado no joelho. Um momento de silêncio absoluto do outro lado, em respeito ao futuro que iniciava, talvez todo o resto da sua vida. Ver a face de Danny perder a cor e se tornar branca como cera, ver seus olhos, sempre grandes, tornando-se ainda maiores e ficando vitrificados, fez Jack ter certeza de que o menino ia cair morto na poça de cerveja e papéis. A própria voz de Jack, fraca e bêbada, arrastada, tentava voltar atrás e encontrar um *caminho* para contornar aquele som não tão alto do osso se partindo, um caminho para o passado (existe um statu quo nesta casa?), dizendo: *"Você está bem, Danny?"*. Ao berro de resposta de Danny seguiu-se uma exclamação de surpresa de Wendy quando ela entrou no escritório e viu o ângulo peculiar que o antebraço do menino formava com o cotovelo; nenhum braço deveria estar pendurado daquela forma em um mundo de famílias normais. O próprio grito dela quando o acolheu em seus braços e o murmúrio sem sentido: *"Ai Deus Danny ai meu Santo Deus ai meu bom Deus seu pobre bracinho"*; e Jack ali parado, atordoado e idiota, tentando entender como uma coisa daquelas poderia ter acontecido. Ele estava ali parado, seus olhos se encontraram com os da mulher e ele viu que Wendy o odiava. Não lhe ocorreu o que aquele ódio poderia significar em termos práticos; foi só mais tarde que percebeu que ela poderia tê-lo abandonado naquela noite, ido para um hotel e contratado um advogado de divórcio na manhã seguinte. Ou chamado a polícia. Viu apenas que a mulher o odiava, sentiu-se abalado com isso, completamente sozinho. Sentiu-se péssimo. Era como se a morte estivesse chegando. Então Wendy voou para o telefone e ligou para o hospital, segurando o menino que berrava, e Jack não foi atrás dela, ficou apenas ali, em meio à bagunça do escritório, sentindo cheiro de cerveja e pensando...)

Perdeu o controle.

Jack esfregou a mão na boca rudemente e acompanhou Watson até a sala da caldeira. Estava úmido ali, mas era algo além da umidade que estava produzindo aquele suor viscoso e doentio em sua testa, barriga e pernas. Era a lembrança que fazia aquilo, era a soma de todos os fatores que faziam aquela noite de dois anos atrás parecer como se tivesse acontecido duas horas antes. Não havia defasagem de tempo. A lembrança trouxe de volta a vergonha e a repulsa, a sensação de não ter valor algum. E aquele sentimento sempre o fazia querer beber, e a vontade de beber trazia um desespero ainda mais sombrio... Teria ele, em algum momento, uma hora — não uma semana ou mesmo um dia, entenda, mas apenas uma hora — de consciência em que o desejo de beber não o surpreendesse daquela forma?

— A caldeira — anunciou Watson. Ele tirou do bolso de trás um lenço vermelho e azul, assoou o nariz forte e ruidosamente e enfiou o lenço de volta, longe da vista, depois de uma rápida olhada para ver se ali continha algo digno de atenção.

A caldeira ficava em cima de quatro blocos de cimento; era um grande tanque cilíndrico de metal, revestido de cobre e remendado com frequência. Ficava embaixo de um emaranhado de tubos e dutos que ziguezagueavam para cima até o teto alto e enfeitado com teias de aranha daquele porão. À direita de Jack, dois grandes tubos de aquecimento atravessavam a parede, vindos da fornalha na sala adjacente.

— O manômetro está aqui — Watson bateu nele de leve. — Libras por polegada quadrada. Acho que você já sabe disso. Eu regulei a temperatura agora para trinta e oito graus, e os apartamentos ficam um pouco frios à noite. Alguns hóspedes enchem a porra do saco reclamando disso. Eles que são malucos de virem pra cá em setembro. Além do mais, esta belezinha já está velha. Tem mais remendos do que roupa de mendigo. — O lenço reapareceu. Outra assoada ruidosa. Outra espiada. De volta ao bolso.

— Tô com a porra de um resfriado — disse Watson informalmente. — Todo setembro é assim. Fico aqui remendando esta puta velha, depois saio para cortar grama ou passar ancinho no campo de roque. "Se apanhar friagem, fica gripado", costumava dizer minha velha mãezinha. Que Deus a tenha. Morreu há seis anos. O câncer pegou ela. Se o câncer te pegar, melhor fazer logo seu testamento.

"Cê vai querer manter a pressão não muito acima de cinquenta, talvez sessenta. O sr. Ullman diz para aquecer a ala oeste em um dia, a ala central no seguinte e a ala leste no outro. Não é maluco? Odeio aquele filho da puta. Au-au-au o dia inteiro. Ele é que nem aqueles cachorrinhos que mordem seu tornozelo, depois correm e mijam em todo o tapete. Se o cérebro dele tivesse pólvora, o cara não ia nem poder assoar o nariz. É uma pena quando você vê certas coisas e não tem uma arma na mão.

"Veja aqui. Você abre e fecha os dutos puxando estas argolas. Marquei todas elas para você. As etiquetas azuis são para os quartos da ala leste. As vermelhas, para os do meio. As amarelas, para os da ala oeste. Quando você aquecer a ala oeste, lembre que esse é o lado do hotel mais exposto. Aqueles quartos ficam mais gelados que uma mulher frígida com uma pedra de gelo lá dentro. Nos dias de aquecer a ala oeste, pode forçar a pressão até oitenta. É o que eu faria pelo menos."

— Os termostatos lá em cima... — ia dizendo Jack.

Watson sacudiu a cabeça com veemência, fazendo o cabelo macio balançar no topo da cabeça.

— Não estão ligados a nada. Estão lá de fachada. Alguns dos hóspedes da Califórnia acham que só não existe alguma coisa errada se estiver quente o suficiente para cultivar uma palmeira dentro da merda do quarto. Toda a calefação vem daqui de baixo. Mas é importante verificar a pressão. Está vendo como ela aumenta?

Ele deu uma batidinha no mostrador principal, que se movera de cem para cento e duas libras por polegada quadrada enquanto Watson monologava. Jack sentiu um arrepio súbito percorrer-lhe a espinha e pensou: *Senti o cheiro da morte*. Em seguida, Watson girou a roda de pressão e esvaziou a caldeira. Houve um silvo alto, e o marcador caiu para noventa e um. Ele fechou a válvula e o silvo morreu com relutância.

— Ela aumenta sozinha — disse Watson. — Se você disser isso àquele caipira branquelo e gordo do Ullman, ele pega as planilhas de contabilidade e passa três horas demonstrando como não podemos arcar com a compra de uma máquina nova até 1982. Te digo, todo este lugar vai pelos ares qualquer dia desses, e só espero que aquele gordo filho da puta esteja aqui para pilotar o foguete. Meu Deus, eu gostaria de ser tão caridoso quanto minha mãe. Ela via o lado bom de todo mundo. Eu sou tão ruim quanto uma cobra venenosa. Porra, um homem não pode lutar contra a própria natureza.

"Agora, você tem que lembrar de vir aqui duas vezes por dia e uma vez de noite, antes de ir dormir. Tem que verificar a pressão. Se você esquecer, ela vai aumentando, aumentando, e você e sua família vão acabar acordando quando estiverem na porra da Lua. É só deixar vazar um pouco e não terá problema."

— Qual seria o máximo?

— Oficialmente ela aguenta até duzentos e cinquenta, mas explodiria muito antes disso. Ninguém me faria descer e ficar perto com o mostrador a cento e oitenta.

— Não existe desativação automática?

— Não, não tem. Ela foi construída antes de essas coisas serem exigidas. O governo federal está se metendo em tudo nos últimos tempos, né não? O FBI abrindo correspondência dos outros, a CIA botando grampo nos telefones... e olha o que aconteceu com o tal do Nixon. Não foi uma desgraça?

"Mas, se você vier aqui todo dia e verificar a pressão, vai ficar tudo bem. E não se esqueça de ligar os dutos como ele quer. Nenhum dos apartamentos ficará com mais de sete graus, a não ser que tenhamos um inverno inesperado mais quente que o normal. E seu apartamento também estará quentinho como você gosta."

— E o encanamento?

— Certo, eu já ia falar disso. Por aqui, por este arco.

Os dois caminharam por uma sala retangular comprida que parecia se estender por quilômetros. Watson puxou um cordão, e uma lâmpada solitária de 75 watts lançou um brilho fraco e oscilante sobre a área que eles ocupavam. Direto, em frente, ficava o fundo do poço do elevador; pesados cabos engraxados desciam até roldanas de seis metros de diâmetro e um imenso motor entupido de graxa. Havia jornais por toda parte: empacotados, amarrados e encaixotados. Outras caixas de papelão estavam marcadas com as palavras *Registros* ou *Faturas* ou *Recibos* — GUARDAR! Tudo amarelado e mofado. Algumas das caixas estavam se desfazendo, espalhando pelo chão folhas de papel frágeis e amareladas que poderiam ter vinte anos. Jack olhou ao redor, fascinado. A história inteira do Overlook poderia estar ali, enterrada naquelas caixas apodrecidas.

— Aquele elevador é uma merda para manter em funcionamento — afirmou Watson, apontando com o polegar. — Eu *sei* que Ullman anda pagando jantares luxuosos ao inspetor estadual responsável pela fiscalização dos elevadores, para deixar o técnico longe dessa porra.

"Agora, aqui fica o núcleo central do encanamento."

Diante deles, cinco grandes tubos, cada um envolto em isolamento e atado com faixas de aço, erguiam-se até as sombras, sumindo de vista.

Watson apontou para uma prateleira cheia de teias de aranha ao lado do poço de encanamento. Havia ali alguns trapos sujos de graxa e um fichário.

— Aquilo ali são as plantas do encanamento. Não acho que você vai ter problemas com vazamentos... nunca aconteceu... mas, às vezes, os canos congelam. O único jeito de parar com isso é abrir um pouco as torneiras durante a noite, mas esta merda de palácio tem mais de quatrocentas pias. Aquele gordo fresco lá em cima berraria em todo o caminho para Denver quando visse a conta de água. Não é verdade?

— Diria que é uma análise extraordinariamente astuta.

Watson o olhou com admiração.

— É... você é mesmo um cara estudado, né não? Fala que nem um livro. Eu admiro isso, desde que o sujeito não seja uma daquelas bichas. E um monte deles é. Sabe quem provocou os tumultos estudantis alguns anos atrás? Os homossexuais, é isso. Eles ficam frustrados e precisam se libertar. Sair do armário, eles dizem. Puta merda, nem sei o que o mundo está virando.

"Agora, se congelar, provavelmente vai gelar bem aqui neste poço. Não tem aquecimento, sabe? Se acontecer, use isto." — Meteu a mão em um caixote de laranjas e tirou um pequeno maçarico a gás.

— É só tirar o isolamento no ponto onde você encontrar o bloco de gelo e colocar o calor direto em cima. Entendeu?"

— O.k. Mas e se o cano congelar fora do núcleo do encanamento?

— Isso não vai acontecer se você fizer seu trabalho e mantiver o lugar aquecido. Você não pode alcançar os outros canos mesmo. Não se preocupe com isso. Você não terá problema. Lugarzinho horrível aqui embaixo. Cheio de teias de aranha. Me deixa horrorizado, é sim.

— Ullman me contou que o primeiro zelador de inverno matou a família e se suicidou.

— Sim, aquele tal de Grady era um péssimo ator. Percebi no minuto em que conheci ele. Sempre com um sorriso forçado, como um cínico. Isso foi quando eles estavam começando aqui e aquela porra gorda do Ullman contrataria até o Estrangulador de Boston se ele aceitasse o salário mínimo. Foi um guarda-florestal do Parque Nacional que encontrou eles; o telefone tinha pifado. Todos eles no terceiro andar da ala oeste, congelados. Tadinhas das meninas. Tinham oito e seis anos. Lindas como flores. Ah, a bagunça foi um inferno. Aquele Ullman, fora da temporada, é também gerente de uma dessas espeluncas de hotéis de praia lá na Flórida. Aí ele pegou um avião até Denver, alugou um trenó para vir de Sidewinder, porque as estradas estavam bloqueadas... um *trenó*, dá pra acreditar? Fez das tripas coração pra manter a notícia fora dos jornais. Confesso que ele fez um bom trabalho. Saiu uma nota no *Post*, de Denver, e, é claro, no obituário daquele jornaleco de merda que eles têm lá em Estes Park, mas foi só isso. Muito bom, considerando a reputação deste lugar. Achei que algum repórter fosse cavar tudo de novo e usar Grady como pretexto para faturar com os escândalos.

— Que escândalos?

Watson deu de ombros.

— Todo grande hotel tem seus escândalos. Assim como todo grande hotel tem um fantasma. Por quê? Diabos, as pessoas vêm e vão. Às vezes alguém cai duro no quarto, ataque do coração, derrame, algo do tipo. Hotéis são lugares supersticiosos. Nada de décimo terceiro andar ou apartamentos número 13, espelhos atrás da porta de entrada e coisas assim. Pois é, perdemos uma senhora em julho agora. Ullman teve que tomar conta disso, e pode apostar seu traseiro que ele tomou. É por isso que pagam vinte e dois mil dólares por temporada pra ele e, por mais que eu odeie aquele babaca, ele merece a grana. É como se as pessoas viessem aqui só pra vomitar e contratam um cara como Ullman para limpar a sujeira. Tipo essa mulher, devia ter uns sessenta anos (minha idade!), a porra do cabelo mais tingido de vermelho do que luz de puteiro, os peitos caídos até o umbigo porque ela não tava usando nenhum sutiã, as pernas tão cheias de varizes inchadas que mais pareciam um mapa rodoviário, joias despencando pelo pescoço, braços e orelhas. E ela tava com esse garoto, que não devia ter mais de dezessete anos, o cabelo comprido até o rabo e a virilha inchada como se tivesse estufado com jornal. Eles ficaram uma semana, dez dias talvez, e toda noite era a mesma cena. Ficavam no Salão Colorado das cinco às sete, ela entornando drinques goela abaixo como se fossem acabar no dia seguinte, e ele bebendo uma única garrafa de cerveja em goles pequenos para durar mais. Ela contava piadas e dizia coisas espirituosas, e toda vez que ela fazia isso ele sorria como uma porra de macaco, como se tivesse barbantes amarrados nos cantos da boca. Deus sabe no que ele tinha que pensar pra ficar com o bilau pronto na hora de ir pra cama com ela. Eles iam jantar, ele andando, ela cambaleando, bêbada como um gambá. Ele beliscava as garçonetes e sorria quando a velha não estava olhando. Diabos, a gente tinha até apostado quanto tempo ele ia durar.

Watson encolheu os ombros e continuou.

— Aí uma noite ele desceu mais ou menos umas dez horas, dizendo que a "esposa" estava "indisposta"... o que significava que ela estava apagada, como todas as outras noites em que ficaram aqui... e que ele ia comprar um remédio para o estômago. E lá foi ele, no Porschinho em que chegaram, e foi a última vez que a gente viu ele. Na manhã seguinte ela desceu, fingindo que não estava dando importância ao caso, mas foi ficando cada vez mais pálida, e Ullman perguntou, tipo diplomaticamente, se ela queria que a polícia fosse avisada, no caso de ele ter sofrido algum acidente ou coisa assim. A mulher se arrepiou como um gato. "Não, não, não, ele é um bom motorista", e que ela não estava preocupada, que estava tudo sob controle, "ele estará de volta para o jantar." Naquela tarde ela entrou no Salão Colorado por volta das três e não teve nenhum jantar. Voltou pro quarto por volta das dez e meia e foi a última vez que alguém viu ela viva.

— O que aconteceu?

— O médico-legista disse que ela tomou uns trinta comprimidos pra dormir depois de toda aquela bebida. O marido dela apareceu no dia seguinte com um advogado, um figurão de Nova York. O cara ameaçou Ullman de tudo no mundo. Vou processar isso e aquilo, e, quando eu terminar, você não vai ter nem suas cuecas, esse tipo de coisa. Mas Ullman é bom, o safado. Fez o cara ficar quietinho. Deve ter perguntado pro cara se ele queria ver a foto da mulher estampada em todos os jornais de Nova York: MULHER DE HOMEM IMPORTANTE... blá-blá-blá... ENCONTRADA

MORTA COM A BARRIGA CHEIA DE COMPRIMIDOS PRA DORMIR DEPOIS DE BRINCAR DE PEGA-PEGA COM UM RAPAZ QUE PODERIA SER SEU NETO.

"Os policiais encontraram o Porsche em uma lanchonete 24 horas em Lyons, e Ullman mexeu uns pauzinhos para liberar o bicho pro advogado. Depois, os dois foram pra cima do velho Archer Houghton, que é o médico-legista do condado, e fizeram ele mudar o laudo da perícia pra morte acidental. Ataque cardíaco. Agora Archer está por aí dirigindo um Chrysler. Não culpo ele. Um homem tem que aproveitar o que aparecer, especialmente quando já está ficando velho."

O lenço reapareceu. Uma assoada ruidosa. Uma espiada. De volta ao bolso.

— E então o que aconteceu? Uma semana depois, a porra da imbecil da camareira, que atende pelo nome de Delores Vickery, deu um berro dos diabos enquanto arrumava o quarto onde aqueles dois ficaram e desmaiou. Quando acordou, contou que viu a velha morta no banheiro, deitada nua na banheira. "A cara dela tava toda roxa e inchada, e ela tava sorrindo pra mim", foi o que a camareira falou. Ullman pagou duas semanas de aviso prévio pra ela e mandou ela sumir daqui. Pelas minhas contas, mais ou menos umas quarenta e cinco pessoas morreram neste hotel desde que foi inaugurado pelo meu avô em 1910.

Olhou para Jack com perspicácia.

— Sabe como é que a maioria deles morre? Ataque cardíaco ou derrame enquanto estão dando umazinha. Os resorts têm muito disso, gente velha que quer ter um último caso amoroso. Eles sobem as montanhas pra fingir que têm vinte anos de novo. Às vezes acontece alguma coisa, e nem todos os gerentes daqui foram tão bons quanto Ullman em manter os jornais longe. Então o Overlook tem uma má reputação, é sim. Aposto como a merda do Biltmore, em Nova York, também tem lá sua reputação se você perguntar às pessoas certas.

— Mas nenhum fantasma?

— Sr. Torrance, trabalho aqui desde que me entendo por gente. Eu brincava aqui quando não era muito mais velho que seu filho na foto na carteira que você me mostrou. Ainda não vi nenhum fantasma. Venha comigo, vou lhe mostrar o galpão de ferramentas.

— O.k.

Enquanto Watson apagava a luz, Jack disse:
— Realmente há muito papel por aqui.
— Nem brinca. Parece que tem coisa aqui de mil anos atrás. Jornais, faturas e notas fiscais velhas, recibos de entrega e sabe Deus mais o quê. Meu pai dava conta deles muito bem quando a gente ainda tinha a velha fornalha à lenha, mas agora essa velharia saiu de controle. Um ano desses, vou arranjar um menino para arrastar a papelada até Sidewinder e queimar tudo. Mas só se Ullman cobrir a despesa. Acho que ele banca se eu gritar "rato" alto o bastante.
— Então há ratos aqui?
— Sim, acho que tem alguns. Comprei as ratoeiras e o veneno que o sr. Ullman quer que você use no sótão e aqui embaixo. Fique de olho em seu filho, sr. Torrance. Você não gostaria que nada acontecesse a ele, gostaria?
— Não, claro que não. — Vindo de Watson, o conselho não incomodava.
Seguiram até a escada e pararam por um momento enquanto Watson assoava o nariz.
— Cê vai encontrar todas as ferramentas que precisar lá fora, e algumas que não vai precisar também, eu acho. E tem as telhas. Ullman falou sobre isso contigo?
— Sim. Ele quer que parte do telhado da ala oeste seja trocada.
— Aquele babaquinha gordo vai usar e abusar de você e, quando chegar a primavera, vai reclamar que você não fez nada direito. Uma vez falei na cara dele...

A voz de Watson se transformou em um blá-blá-blá indistinto enquanto os dois subiam a escada. Jack Torrance olhou por cima dos ombros aquela escuridão impenetrável e com cheiro de mofo, e imaginou que aquele seria o lugar ideal para fantasmas. Pensou em Grady, isolado na neve macia e implacável, enlouquecendo pouco a pouco e cometendo a atrocidade. Teriam gritado? Pobre Grady, cada dia mais sufocado e consciente de que a primavera nunca chegaria para ele. Ele não deveria estar ali. E não deveria ter perdido o controle.

Enquanto passava pela porta, acompanhando Watson, as palavras ecoaram como um dobrar de sinos afinados, seguidos de um estalido agudo... como um lápis se partindo. Santo Deus, uma bebida cairia bem. Ou milhares delas.

4
A TERRA DAS SOMBRAS

Danny desistiu e subiu às 16h15 para tomar leite e comer biscoitos. Devorava-os enquanto olhava pela janela; em seguida, foi dar um beijo na mãe, que estava deitada. Ela sugeriu que ele ficasse e assistisse a *Vila Sésamo*, assim o tempo passaria mais rápido, mas Danny negou com a cabeça e voltou decidido para a calçada.

Já eram cinco da tarde e, apesar de não ter um relógio e não saber ver as horas muito bem, ele estava consciente do passar do tempo pelo crescer das sombras e pelo dourado matiz do crepúsculo.

Girando o aviãozinho com os dedos, cantarolava uma música infantil. Os meninos a cantavam na escolinha em Stovington. Ele não estava mais frequentando a escolinha, pois o pai não tinha condições. Sabia que a mãe e o pai se preocupavam e achavam que isso pudesse aumentar sua solidão (e havia o medo ainda mais profundo e não mencionado entre eles de que Danny os culpasse), mas, de qualquer forma, ele não queria mesmo voltar para lá. Era para bebês. Ele ainda não estava muito crescido, mas também não era mais um bebê. Os meninos maiores iam para a escola grande e almoçavam comida quente. A primeira série. No próximo ano. O ano atual era algum lugar entre ser um bebê e um menino crescido. Estava tudo bem. Ele realmente sentia falta de Scott e de Andy (em especial de Scott), mas ainda estava tudo bem. Parecia melhor esperar sozinho por qualquer coisa que pudesse acontecer.

Entendia uma porção de coisas sobre seus pais e sabia que muitas vezes eles não gostavam que ele compreendesse ou se recusavam a acreditar nisso. Mas algum dia teriam que acreditar. Danny se contentava em esperar.

Era uma pena que, especialmente em horas como aquela, não acreditassem nele. Mamãe estava deitada, quase chorando de preocupação por papai. Algumas das preocupações deles eram de gente grande, e Danny não conseguia entender (coisas vagas que estavam relacionadas à segurança, à *imagem pessoal* de papai, a sentimentos de culpa e raiva e ao medo do desconhecido). Mas as duas coisas mais importantes que ocupavam a mente da mamãe naquele momento eram que o carro do papai pudesse estar enguiçado nas montanhas (*então por que não telefona?*) ou que papai estivesse fazendo a Coisa Feia. Danny sabia muito bem o que era a Coisa Feia, desde que Scotty Aaronson, seis meses mais velho do que ele, havia lhe explicado. Scotty já sabia, pois seu pai também já havia feito a Coisa Feia. Uma vez, Scotty contou que o pai golpeara a mãe bem no olho e a jogara no chão. Finalmente conseguiram o DIVÓRCIO por causa da Coisa Feia. Quando Danny o conheceu, Scotty morava com a mãe e só via o pai nos fins de semana. O maior terror na vida de Danny era o DIVÓRCIO, uma palavra que surgia sempre em sua mente como um cartaz escrito em letras vermelhas e coberto de sibilantes cobras venenosas. No DIVÓRCIO, os pais não vivem mais juntos. Travam uma guerra por você perante um juiz (de tênis? de badminton? Danny não sabia qual era o juiz, mas papai e mamãe jogavam tênis e badminton em Stovington, então ele concluiu que poderia ser qualquer um desses dois), e você tem que ficar com um deles, sem praticamente ver o outro. E aquele com quem você for morar pode se casar com uma pessoa desconhecida. A coisa mais terrível sobre o DIVÓRCIO era que Danny compreendia que a palavra (ou o conceito, ou seja lá qual fosse seu entendimento) pairava na cabeça dos próprios pais algumas vezes como uma ideia difusa e distante, outras vezes tão intensa, sombria e aterrorizante quanto um trovão. Tudo começou naquele dia em que papai o castigara por estragar os papéis no escritório, e o médico colocara gesso em seu braço. Essa imagem já estava esmaecida, mas a lembrança dos pensamentos sobre DIVÓRCIO era nítida e apavorante. Mamãe havia pensado nisso com mais frequência, e Danny sentia um medo constante de que ela arrancasse a palavra do cérebro e a concretizasse pela boca. DIVÓRCIO. Os pensamentos eram uma corrente constante, e um dos poucos que ele podia detectar vinha como o compasso de uma música simples. Mas, assim como o compasso, o pensamento central formava apenas o eixo de pensamentos mais complexos, pensamentos que ele não podia nem começar a interpretar. Vinham coloridos e tristes. O eixo dos pensamentos de mamãe sobre DIVÓRCIO estava centrado no que papai fizera com seu braço e no que acontecera em Stovington quando papai perdeu o emprego. Aquele garoto. Aquele tal de George Hatfield, que tinha ficado danado da vida com papai e furara os pneus do fusca. Os pensamentos de papai quanto ao DIVÓRCIO eram mais complexos, pintados de roxo e correndo por veias negras de pavor. Papai parecia pensar que tudo melhoraria se ele fosse embora. A dor acabaria. As dores que papai sentia quase o tempo todo eram por causa da Coisa Feia. Danny quase sempre podia captar isto também: a necessidade constante do pai de ir para um lugar escuro, ficar vendo televisão, comer amendoim e fazer a Coisa Feia até a mente se acalmar e deixá-lo em paz.

Mas, naquela tarde, sua mãe não tinha com o que se preocupar, e ele queria poder ir até ela e lhe dizer isso. O fusca não havia enguiçado. Papai não estava em lugar algum fazendo a Coisa Feia. Estava quase chegando em casa, com o carro pipocando pela estrada entre Lyons e Boulder. Por enquanto, papai não estava pensando na Coisa Feia. Estava pensando em... em...

Danny olhou furtivamente para a janela da cozinha. Às vezes o ato de pensar intensamente fazia algo acontecer com ele. Fazia as coisas (coisas reais) desaparecerem, e em seguida o menino via coisas que não estavam ali. Uma vez, não muito tempo depois que engessaram seu braço, aconteceu isso na hora do jantar. Não estavam conversando muito. Mas estavam pensando. Ah, sim. Pensamentos sobre DIVÓRCIO pairando na mesa de jantar como uma nuvem escura, cheia de chuva e pronta para explodir. A sensação era tão ruim que o deixava sem fome. Pensar em comer sob aquela nuvem negra do DIVÓRCIO fazia Danny sentir vontade de vomitar. E aquilo tinha lhe parecido desesperadamente importante, então o menino mergulhou em total concentração e algo aconteceu. Quando voltou à realidade, estava deitado no chão, com grãos de feijão e purê no colo, sua mãe segurando-o e chorando, e o pai ao telefone. Ele ficou assustado, tentou explicar aos pais que não houvera nada de errado, que aquilo, às vezes, acontecia quando se concentrava para entender melhor as coisas. Tentava falar sobre Tony, a quem chamavam de seu "amigo invisível".

— Ele está tendo uma A-LU-CI-NA-ÇÃO. Parece estar bem, mas eu gostaria que um médico desse uma olhada nele mesmo assim — dizia o pai.

Depois que o médico saiu, mamãe fez Danny prometer que nunca mais faria aquilo, que *nunca* mais os assustaria daquela forma, e ele concordou. Ele mesmo estava assustado, pois, ao se concentrar, sua mente voou para o pai. Por um momento, antes que Tony surgisse (muito longe, como sempre fazia, chamando à distância) e as coisas estranhas escurecessem a cozinha e o assado fatiado no prato azul, por um breve momento sua própria consciência mergulhou nas trevas do pai até chegar a uma palavra incompreensível, muito mais apavorante do que DIVÓRCIO. E essa palavra era SUICÍDIO. Danny nunca mais vira essa palavra atravessar a mente do papai outra vez e certamente nunca mais a procurou. Ele não se importou em saber o exato significado dela.

Na verdade, Danny gostava de se concentrar, porque às vezes Tony aparecia. Mas nem sempre. Às vezes as coisas ficavam vertiginosas e turvas por um minuto e, em seguida, clareavam (na maioria das vezes, de fato). Mas outras vezes Tony aparecia no limite da visão do menino, chamando de longe e acenando...

Isso havia acontecido duas vezes desde que se mudaram para Boulder, e Danny se lembrava de como foi agradável e surpreendente saber que Tony viera com ele lá de Vermont. Enfim, nem todos os amigos ficaram para trás.

Na primeira vez, ele tinha saído para o quintal, mas nada de muito importante aconteceu. Apenas viu Tony acenando e, em seguida, a escuridão. E, poucos minutos depois, eram apenas uns vagos fragmentos de lembrança, como um sonho confuso. Na segunda vez, duas semanas atrás, havia sido mais interessante. Tony chamava com um aceno, a aproximadamente quatro metros de distância: *"Danny... vem ver..."*. Parecia estar se levantando e depois caindo em um buraco grande, como Alice no País das Maravilhas. Então Danny estava no porão do edifício, com Tony ao seu lado, apontando para o baú em que o pai guardava os papéis importantes, em especial "A PEÇA".

— Olha — dizia Tony com sua voz distante e musical. — Está embaixo da escada. Bem embaixo da escada. Os caras da mudança colocaram ele bem... embaixo... da escada.

Danny deu um passo à frente para ver a maravilha mais de perto, mas então começou a cair de novo, dessa vez do balanço em que estivera sentado todo o tempo. E o menino ficou completamente sem fôlego também.

Três ou quatro dias depois, seu pai estava revirando tudo, dizendo à mãe furiosamente que havia procurado por todo o maldito porão e o baú não estava lá, e que ia processar a maldita transportadora por tê-lo largado em algum lugar entre Vermont e o Colorado. Como é que ele conseguiria terminar "A PEÇA" se essas coisas continuassem acontecendo?

— Não, papai — falou Danny. — Está embaixo da escada. Os carregadores colocaram o baú bem embaixo da escada.

Papai lançou um olhar estranho para ele e desceu para ver. O baú estava lá, bem onde Tony mostrara. O pai pôs Danny em seu colo e perguntou quem havia levado o baú para o porão. Teria sido Tom, o vizinho de cima? O porão era perigoso, disse papai. Por isso o proprietário o mantinha trancado. Se alguém estava deixando a porta aberta, gostaria de saber quem era. Estava feliz por ter seus papéis e sua "PEÇA", mas nada disso teria importância se Danny caísse na escada e quebrasse... uma perna. Danny respondeu com seriedade ao pai que não estivera no porão. A porta estava sempre trancada. E mamãe concordou.

— Danny nunca foi lá — ela confirmou —, pois é úmido, escuro e infestado de aranhas. E ele não mente.

— Então como é que você ficou sabendo, velhinho?

— Tony me mostrou.

O pai e a mãe se entreolharam. Isso já havia acontecido antes, algumas vezes. E, por ser assustador, eles imediatamente afastaram o pensamento da cabeça. Mas Danny sabia que se preocupavam com Tony, sobretudo mamãe, e por isso ele tomava cuidado para não pensar daquele jeito que fazia Tony aparecer em uma hora em que ela pudesse ver. Naquele momento, porém, ela devia estar deitada, pois ainda não havia nenhum movimento na cozinha, e Danny então se concentrou profundamente para ver se conseguia saber no que papai estava pensando.

Franziu a testa, e as mãos um pouco sujas cerraram-se sobre as calças de brim. Não fechou os olhos — não era necessário —, mas os apertou até que se tornassem pequenas fendas, imaginando a voz do pai, a voz de Jack, a voz de John Daniel Torrance, grave e constante, às vezes ardilosa de satisfação, ou ainda mais grave de raiva, ou então apenas se mantendo estável porque ele estava pensando. Pensando em. Pensando sobre. Pensando...

(pensando)

Danny suspirou em silêncio e seu corpo caiu na calçada como se seus músculos tivessem sido desligados. Estava plenamente consciente; via a rua e o casalzinho passeando na calçada do outro lado, de mãos dadas, pois estavam

(apaixonados?)

tão felizes por estarem juntos naquele dia. Viu as folhas de outono caindo na sarjeta ao balançar do vento, cambalhotas amarelas de formatos irregulares. Viu a casa por onde passavam e viu o telhado coberto de

(*telhas. acho que não vai ter problema se estiver bem calafetado. é... estará tudo bem. aquele watson. deus, que figura. quem me dera ter um papel para ele na'"PEÇA". vou botar toda a miserável humanidade nela se eu não tomar cuidado. é. telhas. há pregos por lá? que merda, me esqueci de perguntar. bem, são fáceis de conseguir. loja de ferragens de sidewinder. vespas. nesta época do ano estão acasalando. devo precisar de uma daquelas bombas contra insetos caso encontre alguma por lá quando retirar as telhas velhas. telhas novas. velhas.*)

telhas. Então era nisso que ele estava pensando. Havia conseguido o emprego e estava pensando em telhas. Danny não sabia quem era Watson, mas todo o resto parecia suficientemente claro. E pode ser que chegue a ver um ninho de vespas. Tão certo quanto seu nome era

— *Danny... Danniii...*

Levantou os olhos e lá estava Tony, no final da rua, acenando ao lado de uma placa de "PARE". Danny, como sempre, sentiu uma calorosa explosão de alegria ao ver o velho amigo, mas dessa vez parecia sentir também uma pontada de medo, como se Tony tivesse vindo com alguma escuridão escondida nas costas. Um vidro de vespas que, quando soltas, picariam profundamente.

Mas não havia a possibilidade de não ir.

Danny escorregou ainda mais no meio-fio, as mãos deslizando frouxamente pelas coxas e balançando ao lado da cintura. O queixo mergulhado no peito. Houve então um puxão indolor quando parte dele se levantou e correu atrás de Tony escuridão adentro.

— *Danniii...*

A escuridão foi invadida por um turbilhão de brancura. Um ruidoso som de tosse e sombras curvadas e torturadas que se decompuseram em pinheiros durante a noite, oscilantes em um estrondoso vendaval. A neve dançava e girava. Neve por toda a parte.

— Profundo demais — disse Tony da escuridão, e havia uma tristeza em sua voz que amedrontava Danny. — Profundo demais para poder sair.

Outra silhueta surgiu de forma gradual, esguia. Imensa e retangular. Um telhado íngreme. Brancura obscurecida pela sombra da tempestade. Muitas janelas. Um edifício alto, coberto de telhas de madeira. Algumas telhas eram mais verdes e mais novas. Seu pai as havia instalado. Com pregos da loja de ferragens de Sidewinder. A neve estava agora cobrindo as telhas. Cobria tudo.

Uma luz bruxuleante verde surgiu brilhante em frente ao prédio, estremeceu e se transformou em uma caveira gigante e sorridente sobre dois ossos cruzados.

— Veneno — disse Tony, da escuridão. — Veneno.

Outros sinais passaram por seus olhos, alguns em letras verdes, outros em placas enfiadas na massa de neve acumulada pelo vento. PROIBIDO NADAR. PERIGO! FIOS DE ALTA TENSÃO. PROPRIEDADE CONDENADA. ALTA VOLTAGEM. TERCEIRO TRILHO. PERIGO DE MORTE. MANTENHA-SE AFASTADO. ENTRADA PROIBIDA. NÃO ULTRAPASSE. INVASORES SERÃO FUZILADOS. Ele não entendia nada daquilo (ele não sabia ler!), mas captava o sentido de tudo, e um pavor nebuloso flutuou para dentro dos ocos sombrios de seu corpo, como esporos marrons que morreriam sob a luz do sol.

Desapareceram. Agora ele estava em uma sala cheia de móveis estranhos, uma sala escura. A neve salpicava as janelas como se fosse areia. A boca estava seca, os olhos eram como duas bolas de gude quentes, o coração martelava forte. Um ruído crescente veio lá de fora, como uma porta sendo aberta. Passos. Do outro lado da sala havia um espelho, e nas profundezas daquela bolha prateada uma única palavra aparecia em uma chama verde, e essa palavra era: REDRUM.

A sala desapareceu. Outra sala. Ele conhecia
(conheceria)
aquela sala. Uma cadeira caída no chão. Uma janela quebrada que deixava a neve entrar; já havia coberto a borda do tapete. As cortinas soltas e caídas de um trilho quebrado. Um armário pequeno tombado para a frente.

Mais estrondos ocos, altos, constantes, compassados, horríveis. Vidro se quebrando. A destruição que se aproximava. Uma voz rouca, a voz de um louco, era ainda mais terrível por ser familiar:

Saia! Saia, seu merdinha! Tome seu remédio!

Crash, crash, crash. Madeira lascando. Um berro de raiva e satisfação. REDRUM. Aproximando-se.

Flutuando pela sala. Quadros arrancados da parede. Um toca-discos
(o toca-discos de mamãe?)

virado no chão. Seus discos: Grieg, Handel, Beatles, Art Garfunkel, Bach, Liszt, espalhados por toda parte. Quebrados em estilhaços negros e pontiagudos, como fatias de torta. Um raio de luz vinha de outro cômodo, o banheiro, luz clara e desagradável e uma palavra tremeluzindo no espelho do armário de remédios como um olho vermelho: REDRUM. REDRUM. REDRUM...

— Não — murmurou ele. — Não, Tony, por favor.

E, pendurada na porcelana branca da banheira, estava a mão. Flácida. Sangue escorria lentamente (REDRUM) por um dos dedos, o dedo médio, pingando da unha bem cuidada no ladrilho...

Não, ah não, ah não...

(ah, por favor, Tony, você está me apavorando)

REDRUM REDRUM REDRUM.

(pare, Tony, pare)

Desaparecendo.

Na escuridão, os estrondos ficaram mais altos, ainda mais altos, ecoando, em toda parte, por todos os lugares.

E agora Danny estava agachado em um corredor escuro, em um tapete azul, em um emaranhado de formas pretas, ouvindo os estrondos se aproximarem. Um Vulto dobrou o corredor e começou a vir na direção dele, cambaleando, se escorando, cheirando a sangue e perdição. Segurava um taco de croquet e o balançava (REDRUM) de um lado para o outro em arcos maldosos, batendo-o contra a parede, rasgando o papel de parede de seda e provocando explosões fantasmagóricas de pó de gesso:

Venha aqui tomar seu remédio! Seja homem!

O Vulto avançava contra ele, exalando aquele odor agridoce, a cabeça do taco de croquet cortando o ar em um maléfico assovio sussurrante. E então veio o estrondo surdo quando ele acertou a parede, espalhando poeira em uma lufada sarnenta e de cheiro seco. Minúsculos olhos vermelhos brilhavam no escuro. O monstro estava em cima dele, o descobrira agachado diante de uma parede nua. E o alçapão no teto estava trancado.

Escuridão. Movimento.

— Tony, por favor, me leva de volta, por favor, por favor...

E ele *estava* de volta, sentado no meio-fio da rua Arapahoe. A camisa colada nas costas, o corpo banhado em suor. Em seus ouvidos ainda ecoava aquele estrondo em contraponto, e ele podia sentir o cheiro da própria urina enquanto se aliviava no extremo do próprio terror. Podia ver aquela mão flácida balançando no canto da banheira, com o sangue pingando do dedo médio, e aquela palavra inexplicável muito mais terrível do que todas as outras: REDRUM.

Finalmente, a luz do sol. Coisas reais. Exceto Tony, a seis quarteirões dali, apenas uma mancha parada na esquina, a voz fraca, aguda e doce.

— Cuidado, velhinho...

Depois, no instante seguinte, Tony se foi, e o velho fusca vermelho do papai dobrou a esquina, trepidando pela rua, soltando fumaça azul. Danny pulou do meio-fio em um segundo, acenando, pulando de um pé para o outro, gritando:

— Papai! Oi, papai! Oi! Oi!

O pai encostou o carro no meio-fio, desligou o motor e abriu a porta. Danny correu em sua direção, mas ficou paralisado, com os olhos arregalados. O coração subiu pela garganta e congelou. Ao lado do pai, no banco do carona, estava um curto taco de croquet com a cabeça coberta de sangue e de cabelo.

Depois era apenas um saco de mercearia.

— Danny... você está bem, velhinho?

— É. Eu tô bem.

Foi até o pai, enterrou o rosto na jaqueta jeans com forro de pele de ovelha e o abraçou muito, muito, muito apertado. Jack o abraçou também, um pouco confuso.

— Ei, velhinho. Não fique no sol tanto tempo assim. Você está pingando de suor.

— Acho que adormeci um pouco. Amo você, papai. Eu tava te esperando.

— Também te amo, Dan. Trouxe algumas coisas. Será que você já é grande o bastante para carregar até lá em cima?

— Claro que sou!

— Velhinho Torrance, o homem mais forte do mundo, cujo passatempo é dormir em uma esquina — disse Jack, bagunçando o cabelo do filho.

Caminharam até a porta, e mamãe tinha descido até a entrada para se encontrar com eles. Danny parou no segundo degrau e assistiu ao beijo dos dois. Estavam felizes por estarem juntos. Expressavam seu amor da mesma forma que o casalzinho que havia passado pela calçada de mãos dadas. Danny estava feliz.

O saco de mercearia (*apenas* um saco de mantimentos) estalou nos braços do menino. Tudo estava bem. Papai estava em casa. Mamãe o amava. Não havia nada ruim. Nem tudo o que Tony lhe mostrava acontecia.

Mas o medo tinha se instalado em volta do coração do menino, profundo e terrível, em volta do coração e daquela palavra indecifrável que vira no espelho de sua alma.

5
CABINE TELEFÔNICA

Jack estacionou o fusca em frente à farmácia do shopping Table Mesa e deixou o motor morrer. Perguntou-se novamente se não seria melhor trocar a bomba de gasolina, porém também concluiu mais uma vez que não tinha dinheiro. Se o carrinho conseguisse andar até novembro, seria aposentado com uma medalha de honra ao mérito. Em novembro, a neve nas montanhas estaria cobrindo o teto do fusca... cobriria talvez até mesmo três fuscas empilhados um em cima do outro.

— Fique no carro, está bem, velhinho? Vou trazer uma barra de chocolate pra você.

— Por que não posso ir também?

— Tenho que dar um telefonema. Coisa particular.

— Foi por isso que você não ligou de casa?

— Exatamente.

Wendy havia insistido em ter um telefone em casa, apesar de a situação financeira não estar muito boa. Argumentara que, com uma criança pequena (especialmente um menino como Danny, que às vezes sofria desmaios), não poderiam ficar sem comunicação. Jack então arcou com a despesa da instalação, uma taxa já bastante pesada de trinta dólares, e com um depósito realmente elevado de noventa dólares. E até aquele momento o telefone só estivera mudo, exceto por duas chamadas que receberam por engano.

— Você me traz um chocolate bem grande?

— Trago. Fique aí quietinho e não mexa na alavanca de câmbio, certo?

— Certo. Vou ficar olhando os mapas.

— Faça isso.

Quando Jack saiu, Danny abriu o porta-luvas e retirou cinco mapas surrados: Colorado, Nebraska, Utah, Wyoming e Novo México. O menino adorava mapas rodoviários, adorava acompanhar com o dedo o trajeto das estradas. Na sua opinião, os novos mapas foram a melhor coisa que acontecera na mudança para o Oeste.

Jack foi ao balcão da farmácia, comprou uma barra de chocolate para Danny, um jornal e um exemplar de outubro da *Revista do escritor*. Pagou com uma nota de cinco dólares e pediu o troco em moedas de vinte e cinco centavos. Com os trocados na mão, caminhou até a cabine telefônica, ao lado da máquina de fazer chaves, e entrou. Dali, podia ver Danny no fusca através de três vidros. A cabeça do menino estava estudiosamente debruçada sobre os mapas. Jack sentiu uma onda de amor quase desesperada pelo menino. A emoção se manifestou no rosto dele como uma severidade pétrea.

Sabia que poderia ter feito o obrigatório telefonema de agradecimento a Al de casa; certamente não falaria nada que Wendy reprovasse. Mas seu orgulho não permitia. Nos últimos tempos, quase sempre escutava o que seu orgulho lhe ditava, pois, além da esposa e do filho, seiscentos dólares em uma conta bancária e um cansado Volkswagen 1968, o orgulho era tudo o que lhe restava. A única coisa que era realmente dele. Até a conta bancária era conjunta. Um ano atrás, estava lecionando inglês em uma das melhores escolas preparatórias da Nova Inglaterra. Tinha amigos (apesar de não serem os mesmos de antes), dava algumas gargalhadas, e os colegas do corpo docente admiravam sua eficiência em sala de aula e sua dedicação pessoal à literatura. Seis meses atrás, as coisas estavam bem. De repente, havia dinheiro sobrando no final de cada período de duas semanas, entre cada pagamento, para abrir uma poupança. Na época em que bebia, nunca sobrava um centavo, mesmo com Al Shockley pagando muitas rodadas. Wendy e ele haviam conversado com cautela sobre a possibilidade de, em um ano ou menos, encontrar uma casa e dar entrada em uma hipoteca. Uma casa no campo levaria de seis a oito anos para ser reformada, ora essa, eram jovens e tinham o tempo a seu favor.

Então ele perdera o controle.

George Hatfield.

O cheiro de esperança havia se transformado no cheiro de couro velho no escritório de Crommert. A situação toda parecia uma cena de sua própria peça: os velhos retratos dos diretores anteriores de Stovington pendurados na parede; gravuras em aço, uma da escola como havia sido em 1879, quando foi inaugurada, e outra de 1895, quando o dinheiro dos Vanderbilt permitiu a construção do ginásio, que ainda ficava no fundo do campo de futebol, atarracado, imenso, coberto de hera. A hera de abril farfalhava na janela estreita da sala de Crommert, e do aquecedor saía o ruído sonolento do vapor. Não era uma fantasia. Era a realidade. Sua vida. Como pôde tê-la fodido tanto?

— É uma situação grave, Jack. Terrivelmente grave. O Conselho me pediu para lhe comunicar a decisão.

O Conselho queria a demissão de Jack, e ele se demitiu. Em circunstâncias diferentes, Jack teria conseguido a estabilidade no cargo em junho daquele ano.

O que se seguiu àquele encontro no escritório de Crommert foi a noite mais escura e mais terrível de sua vida. A vontade, a *necessidade* de se embriagar nunca fora tão forte. As mãos tremiam. Ele derrubava os objetos. Queria descarregar tudo em cima de Wendy e Danny. Sentia-se como um animal selvagem amarrado em uma coleira puída. Ele saiu de casa pelo medo de agredir a esposa e o filho. Viu-se parado à porta de um bar, e a única coisa que o impediu de entrar foi a consciência de que, se fizesse isso, Wendy o abandonaria, levando Danny. Ele estaria morto no dia em que eles partissem.

Em vez de entrar no bar, onde vultos sombrios sorviam as deliciosas águas do esquecimento, ele foi para a casa de Al Shockley. A decisão do Conselho tinha sido de seis votos contra um. Al havia sido esse um.

Jack discou para a telefonista, e ela informou que, por um dólar e oitenta e cinco centavos, poderia colocá-lo em contato com Al, a três mil quilômetros de distância, durante três minutos. O tempo é relativo, querida, pensou ele, e depositou dois dólares. Podia ouvir os distantes ruídos eletrônicos da ligação farejando o caminho para o leste.

Al era filho de Arthur Longley Shockley, o barão do aço. Deixara para seu único herdeiro, Albert, uma fortuna e uma enorme gama de investimentos, diretorias e assentos em vários conselhos. Um desses era o Conselho Diretor da Academia Preparatória de Stovington, a obra de caridade preferida do velho. Tanto Arthur quanto Albert eram ex-alunos, e Al morava em Barre, próximo o bastante para ter um interesse particular pela escola. Por muitos anos, Al fora o treinador de tênis de Stovington.

Jack e Al se tornaram amigos de forma completamente natural e acidental: nos muitos eventos da escola, eles eram sempre as duas pessoas mais embriagadas. Shockley estava separado da mulher, e o próprio casamento de Jack estava derrapando lentamente ladeira abaixo, apesar de ele ainda amar Wendy e de lhe prometer sincera (e frequentemente) que ia se regenerar, pelo bem dela e do bebê Danny.

Os dois seguiam bebendo depois de muitas festas do corpo docente, indo de bar em bar, até que estivessem fechados. Terminavam então em uma mercearia para comprar uma caixa de cervejas, que bebiam estacionados no final de alguma estradinha. Havia dias em que Jack chegava cambaleando na casa alugada deles, com a aurora se infiltrando no céu, e encontrava Wendy e o bebê adormecidos no sofá, Danny sempre aconchegado na mãe, com a mãozinha dobrada embaixo do queixo dela. Jack olhava para os dois e a repulsa por si mesmo subia em sua garganta como uma onda amarga, ainda mais forte do que o gosto da cerveja, dos cigarros e martínis... marcianos, como dizia Al. Era para esses momentos que a mente dele se voltava, pensativa e sensata, para o revólver, ou a corda, ou a lâmina de barbear.

Se a farra fosse em dia de semana, ele dormia por três horas, levantava-se, vestia-se, tomava quatro pílulas de Excedrin e saía às nove para dar aula de poesia americana, ainda embriagado. Bom dia, rapazes, hoje o Monstro de Olhos Vermelhos vai lhes contar como Longfellow perdeu a mulher em um incêndio.

Ele não tinha se convencido de que era um alcoólatra, pensava, enquanto o telefone de Al começou a chamar em seu ouvido. As aulas que havia perdido ou dado sem se barbear, ainda com o hálito forte dos marcianos da noite anterior. Eu não, posso parar a qualquer hora. As noites que Wendy e ele passaram em camas separadas. Ouça, estou bem. Para-lamas amassados. Claro que consigo dirigir. As lágrimas que ela derramara no banheiro. Olhares desconfiados dos colegas, em qualquer festa em que bebida alcoólica era servida, até mesmo vinho. A percepção lenta de que falavam dele. A consciência de que não estava produzindo nada na máquina de escrever, a não ser bolas de papel quase inteiramente em branco que terminavam na cesta de lixo. Ele fora um achado para Stovington, talvez um escritor americano que desabrochava, e decididamente um homem qualificado para ensinar o grande mistério: como escrever de forma criativa. Publicara duas dúzias de contos. Estava trabalhando em uma peça e pensava que talvez existisse um romance incubando em alguma sala dos fundos mental. Mas agora ele não produzia nada e suas aulas haviam se tornado muito irregulares.

Tudo finalmente terminou em uma noite, pouco menos de um mês após Jack ter quebrado o braço do filho. Aquilo, pareceu-lhe, tinha acabado com seu casamento. Só faltava que Wendy reunisse suas forças... se a mãe dela não fosse uma vaca tão miserável, Wendy teria tomado um ônibus de volta a Nova Hampshire assim que Danny pudesse viajar. E estaria tudo acabado.

Passava um pouco da meia-noite. Jack e Al voltavam para Barre pela rodovia U.S 31. Al, no volante do Jaguar, trocava as marchas cheio de estilo ao fazer as curvas, às vezes cruzando a linha dupla amarela. Ambos estavam muito bêbados; os marcianos haviam aterrissado com força total naquela noite. Faziam a última curva antes da ponte a cento e vinte quilômetros por hora quando uma bicicleta infantil surgiu na estrada, e então ouviram um guinchar agudo e ferido enquanto a borracha era retalhada nos pneus do Jaguar. Jack se lembrava do rosto de Al pairando gradativamente sobre o volante, como uma lua cheia. Depois, o retinir do barulho do impacto contra a bicicleta a setenta quilômetros por hora, ela voando como um pássaro torto e retorcido, o guidom se chocando contra o para-brisa, e então pairando no ar de novo, deixando o vidro estilhaçado, mas inteiro diante dos olhos esbugalhados de Jack. Segundos depois, veio o estrondo final quando aquilo caiu na estrada atrás do carro. Alguma coisa emitiu um baque surdo sob o carro, quando os pneus passaram por cima. O Jaguar derrapou de lado, Al ainda manobrava o volante e, de longe, muito longe, Jack ouvia sua própria voz dizendo: "Santo Deus, Al. Atropelamos alguém. Acabei de sentir".

O telefone continuava tocando em seu ouvido. *Vamos logo, Al. Atenda. Deixe-me acabar com isso.*

Al conseguiu fazer o carro parar soltando fumaça a um metro de um dos pilares da ponte. Dois dos pneus do Jaguar estavam vazios. Haviam deixado no asfalto marcas sinuosas de borracha queimada em uma extensão de quarenta metros. Entreolharam-se por um momento e voltaram correndo pela escuridão.

A bicicleta estava completamente destruída. Estava sem uma das rodas e, olhando para trás, Al a avistou no meio da estrada, com meia dúzia de raios levantados como cordas soltas de um piano. Al disse, hesitante:

— Acho que foi por cima disso que passamos, cara.

— Então onde está a criança?

— Você *viu* alguma criança?

Jack franziu as sobrancelhas. Tudo acontecera em uma velocidade tão alucinante. O carro fazendo a curva. A bicicleta aparecendo gradativamente no farol do automóvel. Al gritando alguma coisa. A colisão e a longa derrapagem.

Eles levaram a bicicleta para o acostamento. Al voltou ao Jaguar e ligou o pisca-alerta. Pelas duas horas seguintes, eles vasculharam as margens da estrada com uma poderosa lanterna de longo alcance. Nada. Apesar de ser tarde, vários carros passaram pelo Jaguar encalhado e pelos dois homens com a lanterna. Nenhum deles parou. Jack imaginou depois que uma espécie de providência divina, inclinada a dar aos dois uma última chance, havia mantido os guardas afastados e evitado que os outros motoristas chamassem a polícia.

Às 2h15, os dois voltaram para o carro, sóbrios mas enjoados.

— Se não havia ninguém montado nela, o que a bicicleta estava fazendo no meio da estrada? — indagou Al. — Não estava parada no acostamento; estava na porra do *meio* da estrada!

Jack se limitava a balançar a cabeça.

— A pessoa não responde — informou a telefonista. — Gostaria que eu continuasse tentando?

— Mais alguns toques, senhora. Não se importa?

— Não, senhor — respondeu a voz, obediente.

Vamos, Al!

Al atravessou a ponte e foi até o telefone público mais próximo, ligou para um amigo solteiro e disse que lhe pagaria cinquenta dólares se ele pegasse na garagem de Al os pneus de neve do Jaguar e os levasse para a ponte da U.S. 31, fora de Barre. O amigo chegou vinte minutos mais tarde, vestindo calça de brim e paletó de pijama. Inspecionou o carro.

— Matou alguém?

Al já estava levantando a traseira do carro com o macaco, e Jack afrouxando as porcas.

— Graças a Deus, ninguém — disse Al.

— Acho que vou embora. Pode me pagar pela manhã.

— Tudo bem — Al respondeu sem levantar os olhos.

Os dois trocaram os pneus, sem incidentes, e juntos voltaram para a casa de Al Shockley. Após estacionar o carro na garagem e desligar o motor, no silêncio da escuridão Al disse:

— Chega de bebedeira, cara. Tudo encerrado. Liquidei meu último marciano.

Agora, suando na cabine telefônica, ocorreu a Jack que nunca duvidara da capacidade de Al em cumprir a promessa. Voltara para casa dirigindo o fusca com o rádio ligado, tocando música disco em alto volume. Apesar da altura, ainda conseguia escutar o frear estridente dos pneus, o impacto. Com os olhos cerrados, via aquela única roda amassada com os raios apontados para o céu.

Quando chegou, Wendy dormia no sofá. Foi ao quarto de Danny e o encontrou deitado no berço, dormindo profundamente, com o braço ainda imobilizado. Pela luz filtrada que vinha da rua, podia ver no gesso os rabiscos das assinaturas de todos os médicos e de todas as enfermeiras da pediatria.

Foi um acidente. Caiu na escada.

(seu mentiroso sem-vergonha)

Foi um acidente. Perdi o controle.

(seu beberrão, filho da puta do cacete)

Ouça, ei, vamos, por favor, apenas um acidente...

A última desculpa foi, no entanto, afastada pela imagem da lanterna, na busca pelo capim seco de novembro, à procura do corpo caído que devia estar por ali, esperando a polícia. Não importava que Al estivesse dirigindo. Havia noites em que ele dirigia.

Cobriu Danny, foi para o quarto e tirou o revólver que estava em uma caixa de sapatos, na prateleira de cima do armário. Sentou-se na cama, segurando-o por quase uma hora, observando-o, fascinado com seu brilho.

Amanhecia quando o guardou de volta na caixa e no armário.

Pela manhã, telefonou para Bruckner, chefe do departamento, e pediu que por gentileza fosse substituído nas aulas. Estava gripado. Bruckner concordou, com menos boa vontade que de costume. Jack Torrance estivera muito suscetível a gripes no último ano.

Wendy lhe preparou café e ovos mexidos. Comeram em silêncio. O único som vinha do quintal, onde Danny, usando apenas uma das mãos, brincava contente com seus caminhões percorrendo o monte de areia.

Wendy foi lavar os pratos. De costas para o marido, disse:

— Jack, eu andei pensando.

— É mesmo?

Jack acendeu um cigarro, com as mãos trêmulas. Não estava de ressaca, por estranho que fosse. Apenas tremores. Fechou os olhos. Naquele instante de escuridão, a bicicleta voava contra o para-brisa, quebrando o vidro. O canto dos pneus. A luz da lanterna.

— Quero conversar com você sobre... sobre o que pode ser o melhor para mim e para Danny. Talvez para você também. Não sei. Devíamos ter conversado antes, eu acho.

— Você pode fazer uma coisa para mim? — Jack olhou para a ponta do cigarro. — Um favor?

— O quê? — Sua voz era monótona e indiferente. Continuava de costas.

— Vamos falar sobre isso daqui a uma semana. Se ainda quiser.

Wendy virou-se para ele, as mãos envolvidas em espuma, o rosto bonito, pálido e desiludido.

— Jack, promessas não adiantam. Você simplesmente continua...

Ela parou, olhando em seus olhos, fascinada, repentinamente insegura.

— Daqui a uma semana — ele repetiu. A voz perdeu a vitalidade e se transformou em um sussurro. — Por favor. Não estou prometendo nada. Se ainda quiser conversar, conversaremos. Sobre qualquer coisa que você queira.

Fitaram-se por um longo tempo na cozinha ensolarada e, quando ela voltou a lavar a louça sem dizer nada, Jack voltou a tremer. Deus, precisava beber. Apenas um gole para levantar e dar aos fatos sua real perspectiva...

— Danny sonhou que você havia sofrido um acidente de carro — Wendy falou abruptamente. — De vez em quando ele tem sonhos engraçados. Me contou esta manhã, quando eu o estava vestindo. É verdade, Jack? Você sofreu um acidente?

— Não.

Ao meio-dia, a vontade de beber se tornou insuportável. Ele foi à casa de Al.

— Sóbrio? — perguntou a Jack antes de deixá-lo entrar. Al estava horrível.

— Sóbrio de corpo e alma. Você está parecendo Lon Chaney no *Fantasma da ópera*.

— Entre.

Jogaram buraco a tarde inteira. Não beberam.

Uma semana se passou. Wendy e ele quase não conversaram. Jack sabia que ela o observava, com descrença. Tomava café e inúmeras latas de coca-cola. Uma noite bebeu de uma vez uma caixa inteira com seis cocas, depois correu para o banheiro e vomitou. O número de garrafas de bebida alcoólica no armário não diminuía. Depois da aula, ia para a casa de Al Shockley (Wendy odiava Al Shockley mais do que a qualquer outra pessoa). Quando voltava, a esposa podia jurar que ele estava cheirando a uísque ou gim, mas Jack conversava lucidamente antes do jantar, tomava café, brincava com Danny depois de comerem, dividindo a coca com ele, lia uma história para o filho antes de dormir e se sentava para corrigir redações, com uma xícara de café depois da outra. Ela, então, admitia para si mesma seu engano.

Passaram-se semanas, e a palavra não dita havia se retraído ainda mais dos lábios dela. Jack estava consciente de que havia aposentado a bebida, mas sabia que não seria para sempre. As coisas começavam a ficar um pouco mais fáceis. Em seguida, George Hatfield. Perdera o controle novamente, dessa vez totalmente sóbrio.

— Senhor, a pessoa ainda não...

— Alô? — A voz de Al, sem fôlego.

— Pode falar — disse a telefonista rispidamente.

— Al, Jack Torrance falando.

— Jack, meu amigo! — Havia um prazer genuíno na voz dele. — Como vai?

— Bem. Estou telefonando para agradecer. Consegui o emprego. Tudo certo. Se não conseguir terminar a maldita peça neste inverno, não termino nunca mais.

— Vai terminar.

— Como vão as coisas? — perguntou Jack, hesitante.

— Sóbrias — respondeu Al. — E você?

— De corpo e alma.

— Está sentindo falta?

— Todos os dias.

Al riu.

— Sei como é. Não sei como conseguiu ficar sóbrio depois do episódio com Hatfield. Foi muito além do que se poderia esperar.

— Eu realmente ferrei as coisas pra mim — Jack comentou de forma consciente.

— Merda. Vou reunir o Conselho na primavera. Effinger já está dizendo que talvez tenha sido muito precipitado da parte deles. E se a peça der em alguma coisa...

— Sim. Ouça, Al, meu filho está lá fora, no carro. E já deve estar impaciente...

— Claro. Entendo. Desejo que vocês tenham uma boa temporada de inverno por aí, Jack. Fico feliz por ter podido ajudar.

— Mais uma vez, obrigado, Al.

Desligou. Ainda dentro da cabine abafada, fechou os olhos e novamente viu a bicicleta e a lanterna. O jornal publicara uma nota no dia seguinte, não mais que para ocupar espaço, sem mencionar o nome do dono da bicicleta. Por que ela estava durante a noite no meio de uma estrada seria sempre um mistério para eles, e talvez devesse ficar assim.

Voltou para o carro e entregou a Danny a barra de chocolate já um pouco derretida.

— Papai?

— O que foi, velhinho?

Danny hesitou, olhando para a fisionomia absorta do pai.

— Quando eu tava esperando você voltar do hotel, tive um pesadelo. Você lembra? De quando eu dormi?

— Aham...

Mas não adiantava. A cabeça de papai estava em outro lugar, não com Danny. Pensando na Coisa Feia de novo.

(Sonhei que você tinha me machucado, papai.)

— Qual foi o sonho, velhinho?

— Nada — Danny respondeu enquanto saíam do estacionamento. Colocou os mapas de volta no porta-luvas.

— Tem certeza?

— Tenho.

Jack lançou um olhar ligeiro e confuso para o filho, e sua mente se voltou para a peça.

6
CONVERSANDO COM O TRAVESSEIRO

Fizeram amor e seu homem dormia a seu lado.

Seu homem.

Ela sorriu um pouco na escuridão. O sêmen ainda escorria morno e vagaroso por suas coxas ligeiramente separadas, e o sorriso era tanto de prazer quanto de mágoa, pois a expressão *seu homem* invocava uma centena de sentimentos. Cada sentimento, analisado por si só, era desnorteador. Juntos, naquela escuridão impregnada de sono, eram como a melodia distante de uma balada em um bar vazio, triste porém agradável.

Amar seu bem é como rolar um pião,
Mas, se não posso ser sua mulher, com certeza não serei seu cão.

Isso era Billie Holiday? Ou alguém mais prosaico, como Peggy Lee? Não importava. No silêncio de sua mente, tocava suavemente, baixinho e claro, como se estivesse saindo de um daqueles jukeboxes antigos, um Wurlitzer talvez, meia hora antes de o bar fechar.

Agora, no caminho do inconsciente, ela imaginava em quantas camas já havia dormido com aquele homem deitado a seu lado. Eles se conheceram na faculdade e se amaram pela primeira vez no apartamento dele... Isso acontecera uns três meses depois de sua mãe tê-la expulsado de casa dizendo para nunca mais voltar e que, se quisesse ir para algum lugar, que fosse para junto do pai, já que ela é que havia sido a responsável pelo divórcio dos dois. Isso foi em 1970. Fazia tanto tempo? Seis meses depois, foram viver juntos, encontraram emprego durante o verão e continuaram no apartamento até o último ano de faculdade. Lembrava-se com exatidão daquela cama, uma cama grande que afundava no meio. Quando faziam amor, o colchão de molas rangia no mesmo ritmo. Finalmente conseguira se livrar da mãe no outono. Jack a ajudou. Ela quer continuar agredindo você, dizia Jack. Quanto mais telefonar e se arrastar de volta, implorando perdão, mais ela agredirá você usando seu pai. Isso faz bem a ela, Wendy, pois ela pode continuar fazendo de conta que a culpa foi sua. Mas não faz bem a você. Conversaram sobre isso milhares de vezes naquela cama, naquele ano.

(Jack sentado, com o lençol enrolado na cintura, um cigarro queimando entre os dedos, fixando-lhe o olhar — ele tinha um jeito todo especial de fazer aquilo —, dizendo: — *Ela falou para você nunca mais voltar, certo? Nunca mais aparecer na porta dela, né? Então, por que ela não desliga o telefone quando sabe que é você? Por que só não lhe diz que não quer que você apareça em casa em minha companhia? Porque ela acha que posso acabar com esse teatrinho. Ela quer continuar torturando você, amor. E você será uma tola se continuar permitindo isso. Ela falou para você nunca mais voltar, então por que não faz o que ela disse? Dá um tempo.* — Wendy finalmente havia entendido o ponto de vista dele.)

Jack sugeriu uma separação temporária... para fazer um balanço do relacionamento. Ela temia que ele estivesse interessado em outra pessoa. Mais tarde descobriu que não era esse o motivo. Estavam juntos novamente na primavera, e ele perguntou se Wendy tinha ido ver o pai. Ela pulou como se ele tivesse lhe dado uma chicotada.

Como você sabe disso?

O Sombra sabe.

Você andou me espionando?

E a risada impaciente dele, que sempre a deixava sem graça... como se ela tivesse oito anos, e ele pudesse ver suas razões melhor do que ela própria.

Você precisava de tempo, Wendy.

Para quê?

Acho que... para ver com qual de nós dois você queria se casar.

Jack, o que está dizendo?

Acho que estou pedindo a sua mão.

O casamento. O pai estava presente. A mãe, não. Descobriu que poderia conviver com isso, desde que tivesse Jack. Depois veio Danny, o filho maravilhoso.

Aquele tinha sido o melhor ano, a melhor cama. Depois que Danny nasceu, Jack lhe conseguiu um emprego de datilógrafa para alguns professores do Departamento de Inglês (testes, provas, resumos de aulas, anotações, listas de texto). Ela terminou datilografando um romance para um deles, um romance que nunca foi publicado... para a satisfação muito pessoal e irreverente de Jack. A quarenta dólares por semana, era um bom emprego, e, durante os dois meses em que datilografou o romance, chegou a ganhar sessenta. Compraram o primeiro carro, um Buick de cinco anos, com uma cadeira de bebê no meio. Um jovem casal inteligente, em ascensão social. Danny estimulou uma reconciliação entre ela e a mãe, uma reconciliação sempre tensa e nunca feliz, mas, ainda assim, uma reconciliação. Quando Wendy levava Danny para visitá-la, ia sem o marido. E não dizia a Jack que a mãe sempre recolocava as fraldas de Danny, franzia a testa em relação à sua maneira de educá-lo e sempre criticava acusadoramente os primeiros sinais de assadura na bundinha do bebê. Nunca dizia as coisas abertamente, mas por meio de indiretas: era o preço que tinha que pagar (talvez para sempre) pela reconciliação... a sensação de não ser uma boa mãe. Era a forma de a mãe continuar com as torturas.

Durante o dia, Wendy ficava em casa, trabalhando nas tarefas domésticas, dando as mamadeiras para Danny na ensolarada cozinha do apartamento de segundo andar, de quatro quartos, e ouvindo seus discos na vitrola portátil que tinha desde os tempos de escola. Jack chegava em casa às três (ou às duas, se percebesse que podia matar a última aula) e, enquanto Danny dormia, ele a levava para o quarto, e a sensação de incapacidade logo passava.

À noite, enquanto Wendy datilografava, ele escrevia e preparava as aulas. Naqueles dias, ela saía do quarto onde estava a máquina de escrever e encontrava os dois dormindo no sofá do escritório: Jack apenas de cueca, Danny deitado confortavelmente em seu peito, com o dedo na boca. Ela colocava o filho no berço, lia qualquer coisa que Jack tivesse escrito e depois o acordava para ir para a cama.

A melhor cama, o melhor ano.

Dias melhores virão...

Naquela época, o hábito de bebida de Jack ainda estava sob controle. Aos sábados à noite, eles recebiam uma porção de colegas dele, e havia então uma caixa de cerveja e discussões das quais Wendy raramente participava, pois sua área era sociologia, e a de Jack, inglês: debatiam se os diários de Pepys seriam literatura ou história; discutiam sobre a poesia de Charles Olson; às vezes realizavam a leitura de algum trabalho em andamento. Essas e centenas de outras. Não, milhares. Não sentia vontade de participar: contentava-se em sentar na cadeira de balanço ao lado de Jack, que se sentava no chão com uma lata de cerveja em uma das mãos e com a outra segurava suavemente a panturrilha da mulher ou envolvia o tornozelo dela.

Os alunos na Universidade de Nova Hampshire competiam duramente entre si, e Jack, além disso, carregava o fardo adicional de seus escritos. Passava pelo menos uma hora, todas as noites, escrevendo. Era a rotina dele. As reuniões dos sábados eram uma terapia indispensável. Elas o libertavam de coisas que, de outro modo, poderiam ter aumentado e aumentado até explodir.

Depois ele conseguiu o emprego em Stovington, em especial por causa de seus contos... quatro deles já publicados, um deles na *Esquire*. Wendy se lembrava nitidamente daquele dia; três anos não eram o suficiente para esquecê-lo. Quase jogara fora o envelope, pensando que fosse oferta para assinatura da revista. Ao abri-lo, encontrou uma carta da *Esquire* dizendo que gostariam de publicar o conto de Jack, "A respeito dos buracos negros", no início do ano seguinte. Pagariam novecentos dólares mediante sua aceitação. Isso correspondia a aproximadamente seis meses de trabalho como datilógrafa, e ela voou para o telefone, deixando Danny na cadeirinha enquanto ele a seguia comicamente com os olhos, o rosto sujo de creme de ervilhas e purê de carne.

Jack chegou da universidade quarenta e cinco minutos mais tarde, com o Buick arriado pelo peso de sete amigos e um barril de chope. Depois de um brinde formal (Wendy também bebeu um copo, apesar de não gostar de cerveja), Jack assinou o termo de cessão, colocou-o no envelope de devolução e foi até a caixa dos correios, na esquina. Quando voltou, parou na porta sério e disse: *"Veni, vidi, vici"*. Houve aclamações e aplausos. Quando o barril se esvaziou, às onze da noite, Jack e os outros dois únicos companheiros capazes de andar foram circular pelos bares.

Wendy conseguiu falar a sós com ele no hall de entrada do prédio. Os outros dois já estavam no carro, cantando embriagados o hino do Estado de Nova Hampshire. Jack estava ajoelhado, atrapalhado com os cadarços dos sapatos.

— Jack — disse ela —, você não devia. Não consegue nem amarrar seus sapatos, quanto mais dirigir.

O marido se levantou e pôs as mãos calmamente nos ombros de Wendy.

— Esta noite eu poderia pilotar um foguete à Lua se quisesse.

— Não. Nem por todos os contos da *Esquire* no mundo.

— Volto cedo.

Só chegou às quatro da manhã, cambaleando e resmungando pela escada, acordando Danny ao entrar em casa. Tentou acalmar a criança e a deixou cair no chão. Wendy se precipitou pensando no que sua mãe diria se visse aquele hematoma (que Deus a proteja, que Deus proteja os dois), pegou Danny no colo, sentou-se com ele na cadeira de balanço e o acalmou. Pensara na mãe durante quase todo o período de cinco horas em que Jack passara fora, na profecia da mãe, de que o marido nunca seria alguém. *Grandes ideias*, dissera a mãe. *Claro. As filas da Previdência Social estão cheias de bobalhões cultos com grandes ideias.* O conto para a *Esquire* tornava a mãe com ou sem razão? *Winnifred, você não está segurando o bebê da forma correta. Deixe-me carregá-lo.* Estaria Wendy segurando o marido da forma correta? Por que ele extravasava sua alegria fora de casa? Uma espécie de medo brotou dentro dela, e não lhe ocorreu que ele tivesse saído por outros motivos.

— Parabéns — disse Wendy, balançando Danny, que já estava quase dormindo novamente. — Talvez você lhe tenha provocado uma concussão.

— Foi apenas um machucado — ele falou contrariado, querendo se arrepender: parecia um garotinho. Durante um minuto, ela o odiou.

— Talvez sim — considerou ela, firme. — Talvez não.

Ouvia a voz da mãe em sua própria voz. Sentia-se enjoada e amedrontada.

— Tal mãe, tal filha — resmungou Jack.

— Vá para a cama! — gritou com raiva. — Vá para a cama, você está bêbado!

— Não me diga o que fazer.

— Jack... por favor, não devemos... isso... — Não havia palavras.

— Não me diga o que fazer — repetiu, mal-humorado, e entrou no quarto. Wendy ficou abandonada na cadeira de balanço com Danny, que dormia novamente. Cinco minutos depois, os roncos de Jack chegavam à sala. Fora a primeira noite em que ela dormiu no sofá.

Estava agora deitada na cama, virando de um lado para o outro, quase dormindo. Sua mente, livre de qualquer organização linear por causa do sono que se aproximava, flutuava pelo primeiro ano em Stovington, passando tempos cada vez piores que os levaram ao fundo do poço, desde o dia em que o marido quebrara o braço de Danny até chegar àquele café da manhã.

Danny brincava no quintal com os caminhões no monte de areia, o braço ainda engessado. Jack, sentado à mesa, pálido e grisalho, segurava um cigarro entre os dedos trêmulos. Ela havia decidido pedir o divórcio. Ponderara a questão em suas centenas de aspectos durante seis meses. Wendy repetia a si mesma que, se não fosse por Danny, já teria tomado a decisão havia muito tempo, mas nem isso necessariamente era verdade. Sonhava, nas noites longas em que Jack não estava em casa, e os sonhos eram sempre sobre o rosto da mãe e o próprio casamento.

(*Quem entrega esta mulher?* O pai de pé, vestindo seu melhor terno, que não era grande coisa — ele era um caixeiro-viajante de uma firma de produtos enlatados que estava falindo —, o rosto cansado, parecia tão velho, tão pálido: *Eu entrego.*)

Mesmo depois do acidente (se é que se podia chamar de acidente), ela não pudera extravasar completamente, admitir que seu casamento havia fracassado. Esperara estupidamente por um milagre, que Jack enxergasse o que estava acontecendo não só com ele, mas com ela. Não houve melhora. Um gole antes de sair para dar aula. Duas ou três cervejas no almoço. Três ou quatro martínis antes do jantar. Mais cinco ou seis enquanto corrigia redações. Os fins de semana eram piores. As noites em que saía com Al Shockley, piores ainda. Wendy nunca imaginara que pudesse haver tanta dor em uma vida quando não há nada de errado fisicamente. Ela sentia dor o tempo inteiro. Seria sua culpa? Essa pergunta a assombrava. Sentia-se como a mãe. Como o pai. Às vezes, quando se sentia ela mesma, imaginava como seria para Danny e temia o dia em que ele já estivesse crescido o bastante para culpá-los. E imaginava para onde iriam. Não tinha dúvida de que a mãe a receberia e não duvidava de que, seis meses depois de ver a mãe recolocando as fraldas do seu jeito, refazendo as refeições dele, trocando as roupas de Danny em sua ausência, cortando o cabelo da criança ou levando os livros que considerava inadequados para a idade do menino para o limbo do sótão... seis meses depois de tudo isso, Wendy teria uma crise nervosa. E a mãe, acariciando a mão da filha e a confortando, diria: *Apesar de não ser sua culpa, é exclusivamente sua culpa. Você nunca esteve preparada. Você mostrou sua verdadeira face quando se intrometeu entre mim e seu pai.*

Meu pai, o pai de Danny. Meu, dele.

(*Quem entrega esta mulher? Eu entrego.* Morto de um ataque cardíaco seis meses depois.)

Na noite anterior, Wendy havia ficado deitada, acordada até quase a hora em que ele chegou, pensando, decidindo.

O divórcio era necessário, disse a si mesma. Os pais não faziam parte da decisão. Nem os sentimentos de culpa que ela nutria pelo casamento deles, nem os sentimentos de inadequação em relação ao próprio casamento. Era necessário, pelo bem do filho dela e pelo bem de si mesma, se quisesse salvar qualquer coisa que fosse do início de sua vida adulta. A visão era cruel, mas clara: o marido era um alcoólatra. Tinha um temperamento difícil, um temperamento que não podia mais manter inteiramente sob controle agora que estava bebendo tanto e tendo tantos problemas que nem conseguia escrever. De forma acidental ou não, ele quebrara o braço do filho. Ia perder o emprego mais cedo ou mais tarde. Wendy já havia percebido os olhares de compaixão das esposas dos outros professores. Repetia para si mesma que já havia tolerado a tarefa árdua de seu casamento até onde fora possível. Agora tinha que acabar com isso. Jack teria todo o direito a visitas, e ela receberia pensão apenas até encontrar um emprego, resolver a vida... E isso precisaria ser rápido, pois não sabia até quando Jack poderia sustentá-la. Faria tudo da forma menos dolorosa possível. Mas tinha que ter um fim.

Assim, pensando, Wendy caiu em um sono leve e nada reparador, assombrada pelo rosto dos pais. *Você não é nada. É apenas uma destruidora de lares*, dizia a mãe. *Quem entrega esta mulher?*, dizia o pastor. *Eu entrego*, havia dito o pai. Mas na manhã ensolarada ainda se sentia da mesma forma como havia adormecido. De costas para Jack, as mãos envolvidas pela espuma, iniciara a conversa pela parte desagradável.

— Quero conversar com você sobre... sobre o que pode ser o melhor para mim e para Danny. Talvez para você também. Não sei. Devíamos ter conversado antes, eu acho.

E então ele respondeu uma coisa estranha. Wendy tinha esperado despertar a raiva dele, provocar sua amargura, receber recriminações. Esperara uma corrida louca ao armário de bebidas. Mas nunca aquela resposta calma, sem cor, tão contrária ao modo de ser do marido. Era como se o Jack com quem tinha vivido durante seis anos não tivesse voltado para casa na noite anterior... Como se tivesse sido substituído por uma duplicata sobrenatural que ela jamais conheceria ou com quem jamais se sentiria segura.

— Você pode fazer uma coisa para mim? Um favor?

— O quê? — Precisou controlar a voz para que não saísse trêmula.

— Vamos falar sobre isso daqui a uma semana. Se ainda quiser.

Wendy concordara. Ficou tudo guardado no silêncio entre eles. Naquela semana, ele encontrara Al Shockley mais do que nunca, mas voltava para casa mais cedo sem estar com cheiro de bebida. Wendy pensava que estivesse sentindo o cheiro, mas sabia que não estava. Mais uma semana. Mais outra.

O divórcio voltou para a gaveta e não foi votado.

O que havia acontecido? Wendy ainda pensava nisso e continuava sem ter a menor ideia. O assunto era um tabu entre eles. Jack parecia um homem que dobrara a esquina e encontrara um monstro inesperado, à espreita, agachado em meio aos ossos daqueles que havia matado. A bebida continuava no armário, mas ele não a tocava. Wendy considerou, por dezenas de vezes, a hipótese de jogar tudo fora, mas sempre desistia, como se o ato fosse quebrar a magia.

E ainda havia Danny naquilo tudo para considerar.

Se Wendy tinha a sensação de que não conhecia o marido, tinha então pavor do próprio filho... pavor no sentido mais estrito da palavra: uma espécie de medo supersticioso, indefinido.

Quase dormindo, surgiu a imagem do momento em que o filho nasceu. Deitada na mesa de parto, banhada de suor, o cabelo ensopado, os pés afastados nos estribos,

(e um pouco altinha com o gás que lhe davam para inspirar constantemente; em determinado momento, resmungara que sentia como se estivesse em um anúncio de estupro coletivo, e a enfermeira, uma veterana que assistira a nascimentos de crianças suficientes para encher uma escola, achou aquilo muitíssimo engraçado)

o médico entre suas pernas, a enfermeira ao lado arrumando os instrumentos e cantarolando. As dores agudas a intervalos cada vez menores. Várias vezes ela gritara, apesar da vergonha.

O médico então lhe disse muito severamente que fizesse FORÇA e ela fez, e em seguida sentiu algo sendo tirado de dentro dela. Uma sensação clara e distinta que jamais poderia esquecer — a coisa *tirada*. Ele ergueu o bebê pelas pernas (ela viu o pequenino pênis e soube imediatamente que era um menino) e, enquanto o médico apalpava a máscara de oxigênio, ela viu mais alguma coisa. Algo tão horrível que encontrou forças para gritar mais uma vez depois de pensar que todos os seus gritos se haviam esgotado.

Ele não tem rosto!

É claro que ele tinha um rosto, o próprio rosto meigo de Danny. O saco amniótico que o envolvia estava agora em um vidrinho que ela guardava, quase envergonhada. Não acreditava em superstições, mas resolveu guardar o saco amniótico mesmo assim. Não acreditava em historinhas de comadres, mas, desde o início, o menino fora diferente. Não acreditava em sexto sentido, mas...

Papai se machucou? Sonhei que papai sofreu um acidente.

Alguma coisa o modificara. Não achava que pudesse ter sido apenas a ameaça do divórcio que tivesse motivado a mudança. Alguma coisa acontecera naquela madrugada. Alguma coisa enquanto ela dormia. Al Shockley garantiu que não havia sido nada, absolutamente nada, mas ele desviava os olhos ao afirmar o fato. E, se fosse para acreditar em boatos do corpo docente, Al também havia parado de beber.

Papai se machucou?

Talvez o destino, nada de mais concreto. Lera o jornal do dia e o do dia seguinte com mais atenção que de costume, mas não viu nada que tivesse ligação com Jack. Que Deus a perdoasse, mas procurava por alguma notícia do tipo "atropelamento e fuga" ou uma briga de bar que tivesse resultado em ferimentos graves ou... quem sabe? Quem queria saber? Mas não aparecera nenhum policial para investigações ou com ordens para inspecionar o para-choque do carro. Nada. Apenas a mudança de cento e oitenta graus do marido e a pergunta sonolenta do filho ao acordar:

Papai se machucou? Sonhei...

Ela permanecia casada com Jack mais por causa de Danny do que sua consciência admitia, mas agora, ligeiramente adormecida, podia reconhecer: o filho era "o queridinho" de Jack desde o início. Assim como ela mesma havia sido a queridinha do pai desde o início. Danny nunca vomitaria a mamadeira na camisa de Jack. O pai conseguia fazê-lo comer depois que ela já tinha desistido das tentativas, até mesmo quando os dentes de Danny começaram a nascer, causando-lhe dores visíveis ao mastigar. Quando o filho tinha cólicas, Wendy precisava niná-lo durante uma hora até que ele se acalmasse; mas bastava Jack o pegar nos braços, dar duas voltas pelo quarto, que Danny adormecia no ombro do pai, com o dedo na boca.

Ele não se importava de trocar fraldas, mesmo aquelas que chamava de encomendas especiais. Sentava-se com Danny no colo durante horas, balançando-o, mexendo nos dedos das mãos, fazendo caretas enquanto o filho cutucava seu nariz e dava gargalhadas. Jack preparava as mamadeiras e dava na hora certa, só se levantando depois do último arroto. Levava Danny no carro para ir comprar jornais, leite ou pregos na loja de ferragens, mesmo quando o filho ainda era bebê. Os dois foram juntos a um jogo de futebol quando Danny tinha apenas seis meses, e o menino ficou quieto, imóvel, sentado no colo do pai durante toda a partida, enrolado em um cobertor e com uma pequena flâmula do time de Stovington presa no punho gordinho.

Danny amava a mãe, mas era o garotinho do papai.

Wendy não teria sentido, em alguns momentos, a oposição silenciosa do filho à ideia do divórcio? Se estivesse pensando no assunto ao cortar as batatas para o jantar, ao virar-se via Danny sentado na cadeira da cozinha, de pernas cruzadas, encarando-a com um olhar que parecia ao mesmo tempo amedrontado e acusador. Passeando pelo parque, Danny de repente agarrava as mãos dela e perguntava... quase em tom de intimação: "Você me ama? Você ama o papai?". E ela, confusa, balançava a cabeça concordando. Ou respondia: "Claro que sim, meu bem". Ele corria então para o lago dos patos, que fugiam assustados para o outro lado, batendo as asas e grasnando diante de tanta ferocidade, deixando Wendy para trás, olhando para o filho e pensando.

Algumas vezes sua determinação em, pelo menos, discutir o assunto com Jack se desfazia, não por fraqueza, mas por causa do empenho do filho.

Não acredito nessas coisas.

Mas em sonhos acreditava, e, em sonhos, com o sêmen do marido ainda secando em suas coxas, sentia que os três formavam um só corpo... e, se a trindade fosse desfeita, não o seria por nenhum deles, mas por algum fator externo.

A maior parte de suas crenças girava em torno do amor que sentia por Jack. Nunca deixara de amá-lo, a não ser talvez durante aquela fase sombria que se seguiu ao "acidente". Amava o filho. E, acima de tudo, amava-os juntos no dia a dia; a cabeça grande de Jack e a pequenina de Danny enquanto liam uma revistinha, dividindo uma garrafa de coca-cola. Adorava quando estavam juntos e pedia a deus que o emprego de zelador do hotel, que Al arranjou para Jack, fosse o reinício dos bons tempos.

*E o vento vai soprar
E levar embora minhas tristezas...*

Suave, doce e melodiosa, a canção foi chegando e a levando a um sono profundo, onde os pensamentos cessavam e onde os rostos que apareciam em sonhos se tornavam esquecidos.

7
EM OUTRO QUARTO

Danny acordou com o estrondo ainda em seu ouvido, e a voz bêbada, selvagem, mal-humorada, gritando rouca: *Saia e venha aqui tomar seu remédio! Vou encontrar você! Vou encontrar você!*

O estrondo agora era apenas de seu coração disparado, e o único som no meio da noite era o de uma sirene da polícia ao longe.

Estava imóvel, deitado na cama, olhando para as sombras das folhas agitadas pelo vento e refletidas no teto do quarto. Entrelaçavam-se sinuosamente, formando desenhos de trepadeiras em uma floresta, como se fossem tecidas nos fios de um tapete grosso. Ele vestia um pijama de macacão, e, entre o pijama e a pele, havia uma camada fina de suor.

— Tony? — sussurrou. — Você está aí?

Não houve resposta.

Escorregou da cama, arrastou-se até a janela e olhou a rua Arapahoe, que naquele momento estava calma e silenciosa. Eram duas da madrugada. Não havia nada lá fora, a não ser calçadas vazias com montes de folhas secas, carros estacionados e um poste de luz com o pescoço comprido, na esquina do outro lado da rua, onde ficava o posto de gasolina Cliff Brice. Com o topo encoberto e sua posição imóvel, o poste parecia um monstro em uma exibição espacial.

Olhou para ambos os lados da rua, esforçando a vista à procura da pequena figura de Tony acenando, mas não havia ninguém.

O vento suspirava por entre as árvores, e as folhas caídas chacoalhavam na calçada e em volta das calotas dos carros estacionados. O ruído era fraco e triste, e o menino pensou que talvez fosse o único habitante de Boulder acordado àquela hora e capaz de ouvir o ruído. Pelo menos, o único ser humano. Não havia outro meio de saber o que mais poderia estar solto no meio da noite, andando faminto, às escondidas, por entre as sombras, sentindo o perfume da brisa.

Vou encontrar você! Vou encontrar você!

— Tony? — murmurou novamente, mas sem muita esperança.

Só o vento respondeu, dessa vez mais forte, espalhando folhas no telhado sobre sua janela. Algumas escorregavam para a calha e ali ficavam como bailarinas cansadas.

Danny... Danniii...

Danny pôs-se em direção ao som daquela voz familiar e se debruçou na janela, as mãozinhas no peitoril. A voz de Tony parecia dar vida à noite, sussurrando até quando o vento cessava, as folhas se aquietavam e as sombras se imobilizavam. Pensou que tivesse visto uma sombra mais escura no ponto de ônibus, no outro quarteirão, mas era difícil dizer se era algo real ou uma ilusão de óptica.

Não vá, Danny...

O vento então soprou forte mais uma vez, fazendo seus olhos piscarem, e a sombra no ponto de ônibus desapareceu... se é que estivera ali. Danny permaneceu na janela por mais

(um minuto? uma hora?)

algum tempo, mas não viu mais nada. Finalmente se arrastou de volta para a cama, cobriu-se e ficou observando as sombras, lançadas pela luz do poste da rua. Elas então foram se transformando em uma floresta sinuosa cheia de plantas carnívoras que queriam apenas se mover em torno dele, sugar-lhe a vida e arrastá-lo para a escuridão, na qual uma palavra desastrosa flamejava:

REDRUM.

SEGUNDA PARTE
DIA DE ENCERRAMENTO

8
UMA VISÃO DO OVERLOOK

Mamãe estava preocupada.

Temia que o fusca não aguentasse as subidas e descidas das montanhas e que os três ficassem encalhados na estrada até que alguém passasse correndo e os atropelasse. Danny estava mais otimista; se papai acreditava que o fusca aguentaria esta última viagem, então provavelmente aguentaria.

— Estamos quase chegando — informou Jack.

Wendy tirou o cabelo das têmporas.

— Graças a Deus.

Ela estava sentada no banco do carona, com um livro aberto virado para baixo no colo. Usava o vestido azul que Danny achava o mais bonito. Tinha gola de marinheiro e a fazia parecer muito jovem, como uma menina pronta para a formatura de ginásio. Papai colocava a mão nas pernas dela e ia subindo, e Wendy, rindo, o afastava dizendo:

— Cai fora, mosca.

Danny estava impressionado com as montanhas. Papai já os havia levado, certa vez, para as que ficavam perto de Boulder, chamadas Flatiron, mas estas aqui eram muito maiores. Além disso, na mais alta delas era possível ver uma fina camada de neve, e papai disse que ficava lá praticamente o ano inteiro.

Estavam quase *dentro* delas, sem brincadeira. As montanhas íngremes os envolviam, tão altas que dificilmente conseguiam enxergar os cumes, mesmo esticando o pescoço para fora da janela. Quando saíram de Boulder, a temperatura estava em torno de vinte graus. Agora, pouco depois do meio-dia, o ar aqui em cima era fresco e frio como em Vermont em novembro, e papai ligou o ar quente... mas não funcionou muito bem. Passaram diante de várias placas que diziam ÁREA DE DESLIZAMENTO DE PEDRAS (Wendy lia cada uma para ele), e, apesar de Danny ter ansiado pelo deslizamento de alguma pedra, nada acontecera. Pelo menos por enquanto.

Uma hora antes, haviam cruzado outra placa que papai dizia ser muito importante. A placa informava ENTRANDO NO DESFILADEIRO DE SIDEWINDER, e papai contou que, durante o inverno, as máquinas de limpar neve só iam até ali. Depois daquele ponto, a estrada ficava íngreme demais. No mesmo período, ela ficava bloqueada a partir da cidadezinha de Sidewinder, pela qual eles tinham passado pouco antes de ver a placa, até Buckland, no estado de Utah.

Agora eles passavam diante de outra placa.

— O que diz aquela, mamãe?

— VEÍCULOS LENTOS, USEM A PISTA DA DIREITA. Ou seja, nós.

— O fusca vai aguentar — assegurou Danny.

— Por favor, meu Deus — disse mamãe, cruzando os dedos.

Danny olhou para os pés dela e viu que, nas sandálias abertas, seus dedos também estavam cruzados. Deu uma risadinha. Ela retribuiu o sorriso, mas ele sabia que a mãe ainda estava preocupada.

A estrada era sinuosa, com uma série de curvas em S. Jack reduziu a marcha de quarta para terceira e, em seguida, para segunda. O fusca bufou como se protestasse, e Wendy manteve os olhos fixos no velocímetro, que caía de sessenta e cinco para cinquenta, depois para trinta, onde a agulha pairou, relutantemente.

— A bomba de gasolina... — disse ela, timidamente.

— A bomba de gasolina ainda vai aguentar mais cinco quilômetros — retrucou Jack, taxativo.

A encosta da montanha desapareceu do lado direito e deu lugar a um vale, que parecia não ter fim e era delineado de verde-escuro por pinheiros e abetos das Montanhas Rochosas. Os pinheiros eram seguidos de penhascos profundos. Wendy viu a queda d'água sobre o rochedo, o sol da tarde faiscando na água como um peixe dourado preso em uma rede azul. Eram montanhas belíssimas, mas duras. Não achava que pudessem perdoar muitos erros. Um pressentimento triste brotou em sua garganta. Adiante, a oeste, em Sierra Nevada, os pioneiros do famoso Donner Party viram-se isolados pela neve e recorreram ao canibalismo como meio de sobrevivência. As montanhas não perdoavam muitos erros.

Com uma pisada forte na embreagem seguida de um solavanco, Jack passou para a primeira e começaram a subir, o motor do fusca protestando resolutamente.

— Sabe — começou ela —, não vi mais de cinco carros desde que cruzamos Sidewinder. E um deles era a limusine do hotel.

Jack assentiu.

— Ela vai direto ao aeroporto de Stapleton, em Denver. Watson contou que já há alguns trechos de neve nos arredores do hotel, e a previsão é de que caia mais neve amanhã. Qualquer pessoa que estiver viajando pelas montanhas agora vai querer rodar pela estrada principal, por via das dúvidas. Aquele desgraçado do Ullman... acho bom que ainda esteja lá em cima. Acho que vai estar.

— Tem certeza de que a despensa está cheia? — perguntou ela, ainda pensando nos integrantes do Donner Party.

— Diz ele que sim. Gostaria que Hallorann examinasse ela com você. Hallorann é o cozinheiro.

— Hm — respondeu desanimada, olhando para o velocímetro. Tinha caído de vinte e cinco para quinze quilômetros por hora.

— Lá está o topo — disse Jack apontando. — Há um mirante ali, dele já dá pra ver o Overlook. Vou encostar e dar um descanso ao fusca. — Esticou o pescoço por sobre seu ombro olhando para Danny, que estava sentado numa pilha de cobertores. — O que acha, velhinho? Talvez vejamos algum cervo. Ou uma rena.

— Claro, papai.

O fusca subiu, subiu. O velocímetro caía a pouco mais de oito quilômetros por hora e começava a engasgar, quando Jack encostou

("O que diz aquela placa, mamãe?" "MIRANTE", leu ela, obediente.)

e puxou o freio de mão, deixando o fusca em ponto morto.

— Vamos — disse ele, saindo.

Caminharam juntos para a cerca de segurança.

— Aí está — Jack anunciou enquanto apontava para a paisagem.

Wendy sentiu como se estivesse descobrindo a verdade num clichê e ficou sem ar. Por um momento nem conseguia respirar; a vista tirara-lhe o fôlego. Estavam parados próximos ao topo de um pico. Do outro lado — sabia-se lá a que distância — uma montanha ainda mais alta empinava-se no céu, com o cume recortado, sendo apenas uma silhueta aureolada pelo sol que começava a descer. O vale estendia-se a seus pés, os aclives nos quais o fusca valente havia subido dissolviam-se com tal rapidez que ela sabia que, se olhasse para baixo por muito tempo, sentiria enjoo e vomitaria. A imaginação parecia criar vida para além do reino da razão, e olhar o abismo era ver a si mesmo mergulhando e caindo e caindo e caindo, céu e encostas invertendo suas posições em lentas cambalhotas, o grito desgarrando-se da boca como um balão preguiçoso, enquanto o cabelo e o vestido revolviam-se...

Ela arrancou o olhar da queda quase por força, e seguiu o dedo de Jack. Podia ver a estrada fincada no declive desta torre de catedral, dando voltas e mais voltas mas sempre rumando para noroeste, ainda subindo, porém menos íngreme. Mais adiante, aparentemente encravados na própria encosta, ela viu os pinheiros rigidamente fixados darem lugar a um gramado muito verde. Ao centro, contemplando tudo, o hotel. O Overlook. Ao avistá-lo, tomou fôlego e recuperou a voz.

— Ah, Jack, é lindo!

— É, sim. Ullman disse que esse é o lugar mais lindo dos Estados Unidos. Não gosto muito dele, mas acho que está... Danny! Danny, você está bem?

Wendy olhou em volta, procurando pelo filho, e o medo súbito que sentiu pelo menino apagou todo o resto, maravilhoso ou não. Ela disparou em sua direção. Danny segurava com força a cerca de segurança, olhando para o hotel com um rosto acinzentado. Os olhos tinham a expressão vazia de alguém à beira de um desmaio.

Ela se ajoelhou ao lado dele e pousou as mãos de maneira tranquilizadora sobre seus ombros.

— Danny, o que...

Jack estava ao lado dela.

— Você está bem, velhinho? — perguntou dando uma sacudidela, e os olhos do menino se iluminaram.

— Tô bem, papai. Tô bem.

— O que foi, Danny? — indagou a mãe. — Ficou tonto, meu bem?

— Não, eu tava só... pensando. Desculpe, não queria assustar vocês. — Olhou para os pais ajoelhados diante dele e sorriu embaraçado. — Acho que foi o sol. O sol nos meus olhos.

— Vamos até o hotel e você vai beber um pouco de água lá — disse o pai.

— Está bem.

E no fusca, que passou a subir com mais segurança os aclives menos íngremes, Danny, entre o meio dos dois, olhava para fora; a estrada desenrolava-se, possibilitando vistas ocasionais do Hotel Overlook, o bloco maciço de janelas voltadas para o oeste refletindo o sol. Era o lugar que ele tinha visto no meio da tempestade de neve, o lugar escuro do estrondo, onde uma criatura incrivelmente familiar procurava-o pelos corredores cobertos de mato. O lugar sobre o qual Tony o havia alertado. Era ali. Seja lá o que REDRUM fosse, estaria ali.

9
FAZENDO UMA CHECAGEM GERAL

Assim que passaram pelas portas largas e antigas, encontraram Ullman esperando por eles. O gerente apertou a mão de Jack e cumprimentou Wendy com um frio aceno de cabeça, talvez percebendo a maneira como os olhares a acompanhavam quando ela entrou no saguão, os cabelos louros caídos sobre os ombros do vestido simples tipo marinheiro. A bainha ia até alguns poucos centímetros acima do joelho, mas não era preciso ver mais para saber que se tratava de belas pernas.

Ullman foi caloroso apenas com Danny, mas Wendy já estava acostumada com aquilo. Danny era o tipo de criança que cativava até mesmo os adultos que odiavam crianças. Curvou-se e estendeu a mão para Danny. O menino a apertou formalmente, sem sorrir.

— Meu filho, Danny — apresentou Jack. — E minha esposa, Winnifred.

— Muito prazer em conhecê-los. Quantos anos você tem, Danny?

— Cinco, senhor.

— *Senhor*. — Ullman sorriu e lançou o olhar para Jack. — É muito bem-educado.

— Claro que é — confirmou Jack.

— E a sra. Torrance. — Curvou-se diante dela também e, por um instante, Wendy pensou que ele fosse beijar sua mão. Ela a estendeu para Ullman, que a tomou. Mas, muito rapidamente, envolveu a mão dela entre as dele. Mãos pequenas, secas, macias que a fizeram pensar que estivessem cheias de talco.

O saguão estava um alvoroço. Quase todas as cadeiras antigas de espaldar alto estavam ocupadas. Carregadores corriam de um lado para outro com malas e, na recepção, havia uma fila que terminava em uma enorme caixa registradora. Os decalques de cartões de crédito nela colocados pareciam dissonantemente anacrônicos.

À direita, em direção a duas portas duplas abertas e isoladas por cordas, havia uma lareira antiga com a brasa ardendo. Três freiras estavam sentadas no sofá posicionado praticamente dentro do fogo. Conversavam e sorriam, com malas amontoadas de cada lado, aguardando a fila de pessoas que encerravam a conta diminuir um pouco. Enquanto Wendy as observava, explodiram num coro de risadinhas, como se fossem adolescentes. Sentiu um sorriso aflorar em seus próprios lábios; nenhuma delas poderia ter menos de sessenta anos.

Ao fundo, o constante zumbido de conversa misturava-se ao tilintar em surdina da campainha prateada ao lado da caixa registradora, quando um dos dois funcionários de serviço a tocava, com pedidos ligeiramente impacientes de "Próximo, por favor". Wendy foi tomada por lembranças doces e vívidas de sua lua de mel com Jack em Nova York, no Beekman Tower. Pela primeira vez, permitiu-se acreditar que aquilo era exatamente o que os três precisavam: uma temporada juntos, longe do mundo, uma espécie de lua de mel em família. Sorriu afetuosamente para Danny, que arregalava os olhos para tudo. Outra limusine, cinza como grafite, encostara à entrada.

— O último dia da temporada — Ullman explicou. — Dia de encerramento. Sempre caótico. Eu estava esperando vocês mais por volta das três, sr. Torrance.

— Quis dar um tempo extra ao fusca, caso ele resolvesse ter um colapso nervoso — Jack respondeu. — Mas não teve.

— Que sorte — falou Ullman. — Gostaria de levar os três para um passeio pelos arredores um pouco mais tarde, e é lógico que Dick Hallorann pretende mostrar à sra. Torrance a cozinha do Overlook. Mas receio que...

Um dos funcionários aproximou-se, afobado.

— Com licença, sr. Ullman...

— Sim. O que é?

— É a sra. Brant — disse o funcionário, constrangido. — Ela se recusa a pagar a conta com qualquer coisa que não seja o cartão de crédito American Express. Eu informei a ela que desde a última temporada não estamos mais aceitando o American Express, mas ela não... — Seus olhos pousaram na família Torrance e, em seguida, em Ullman. Encolheu os ombros.

— Deixe que cuido do assunto.

— Obrigado, sr. Ullman.

O funcionário voltou à recepção, onde uma mulher monstruosamente grande, embrulhada num casaco longo de pele e num boá de penas negras, protestava em voz alta.

— Frequento o Overlook desde 1955 — dizia ela ao funcionário, que sorria e encolhia os ombros. — Continuei vindo mesmo depois que o meu segundo marido morreu de derrame naquela quadra enfadonha de roque... eu avisei que o sol estava muito quente naquele dia... e nunca... repito: *nunca*... paguei com outra coisa que não fosse meu cartão de crédito American Express. Se quiser, pode chamar a polícia! Eles que me prendam! E ainda assim me recusarei a pagar com algo diferente do meu cartão de crédito American Express. Repito...

— Com licença — pediu Ullman.

Os três o observaram cruzar o saguão. Ullman tocou respeitosamente o braço da sra. Brant, estendeu as mãos, assentindo com a cabeça enquanto ela fazia o longo discurso. Ele a escutou com paciência, assentiu com a cabeça mais uma vez e retrucou alguma coisa. A sra. Brant sorriu triunfante, voltou-se para o infeliz funcionário e disse em voz alta:

— Graças a Deus, existe um funcionário neste hotel que ainda não se transformou completamente num filisteu!

A velha permitiu que Ullman, cuja altura mal alcançava o volumoso ombro do casaco de pele, lhe tomasse o braço e a conduzisse a outro lugar, provavelmente seu escritório.

— Uau! — disse Wendy, sorrindo. — Aquele cara merece a grana que ganha.

— Mas ele não gostava daquela senhora — comentou Danny, imediatamente. — Estava fingindo que gostava dela.

Jack deu um sorriso malicioso.

— Certamente estava, velhinho. Mas a lisonja é a graxa das engrenagens do mundo.

— O que é lisonja?

— Lisonja — respondeu Wendy — é quando seu pai diz que gosta de minhas novas calças amarelas, mesmo que ele não tenha gostado de verdade, ou então quando diz que não preciso perder uns quilinhos.

— Já sei. Uma mentirinha de brincadeira?

— Alguma coisa bem parecida com isso.

O menino olhou Wendy de perto e então disse:

— Você é muito bonita, mamãe. — E franziu o cenho, confuso, quando os pais se entreolharam e explodiram numa gargalhada.

— Ullman não desperdiçou muita lisonja comigo — comentou Jack. — Vamos até a janela. Eu me sinto muito exposto parado aqui no meio, com a minha jaqueta jeans. Francamente não pensei que fosse ter muita gente no último dia de temporada. Acho que errei.

— Você está muito bonito — Wendy falou, e riram novamente, ela pondo a mão na boca. Danny ainda não entendia, mas paciência. Estavam amando um ao outro. Danny pensou que este hotel trazia à mãe a lembrança de um outro lugar

(o Beekman Tower)

onde ela fora feliz. Seria bom que ele gostasse tanto dali quanto ela gostava, e repetia a si próprio que nem sempre o que Tony dizia se realizava. Mas tomaria cuidado. Prestaria atenção a alguma coisa chamada REDRUM. Mas não diria absolutamente nada, a menos que fosse necessário. Porque estavam felizes, riam, e não tinham maus pensamentos.

— Olhem só a paisagem — disse Jack.

— Ah, é deslumbrante! Veja, Danny.

Mas Danny particularmente não achava tão deslumbrante. Não gostava de alturas; ficava tonto. Adiante da ampla varanda da frente que abrangia toda a extensão do hotel, um belo gramado, bem cuidado (havia uma área para treinar golfe à direita), levava a uma grande piscina retangular. Um aviso de FECHADO estava sobre um tripé em uma das extremidades da piscina; *Fechado* era um aviso que conseguia ler, assim como *Pare*, *Saída*, *Pizza* e alguns outros.

Adiante da piscina, um caminho de cascalho serpenteava por entre pinheirinhos, abetos e álamos. Ali havia uma placa, com uma seta e uma palavra que ele não conhecia: ROQUE.

— O que é R-O-Q-U-E, papai?

— Um jogo — respondeu Jack. — É um pouco parecido com croquet; a diferença é que, em vez de grama, é jogado em uma quadra de cascalho com laterais que lembram uma grande mesa de bilhar. É um jogo muito antigo, Danny. Às vezes há torneios aqui.

— A gente joga com um taco de croquet?

— Parecido. Só que o cabo é mais curto, e a ponta tem dois lados. Um lado é de borracha, o outro é de madeira — explicou Jack.

(*Saia, seu pedaço de merda!*)

— Pronuncia-se *rôuque* — acrescentou. — Posso te ensinar, se quiser.

— Talvez — Danny respondeu com uma vozinha estranha e sem vida, que fez os pais se entreolharem confusos. — Pode ser que eu não goste.

— Bem, se não gostar, velhinho, não precisa jogar. Entendido?

— Claro.

— Você gostou dos animais? — perguntou Wendy. — Isto aqui é um jardim de topiaria. — Além do caminho que levava ao roque, havia arbustos podados no formato de vários animais. Danny, cujos olhos eram aguçados, visualizou um coelho, um cachorro, um cavalo, uma vaca e um grupo de três animais maiores que pareciam leões brincando.

— Foi por causa desses animais que o tio Al pensou em mim para o emprego — comentou Jack. — Sabia que, quando eu estava na universidade, trabalhava em uma empresa de paisagismo, cuidando de gramados, arbustos e cercas vivas? Estava acostumado a podar a topiaria de uma senhora.

Wendy tapou a boca prendendo o riso. Jack retrucou, olhando pra ela:

— É... eu costumava podar a topiaria dela pelo menos uma vez por semana.

— Cai fora, mosca — Wendy disse, prendendo o riso novamente.

— Ela tinha arbustos bonitos, pai? — Danny perguntou, e então os dois abafaram uma explosão de gargalhadas. Wendy riu tanto que lágrimas rolaram pelo seu rosto e ela precisou tirar um lenço de papel da bolsa.

— Não eram animais, Danny — Jack explicou quando conseguiu se controlar. — Eram cartas. Espadas, copas, paus e ouros. Mas elas crescem, veja...

(*Ela aumenta sozinha*, dissera Watson… não, não as plantas, a pressão da caldeira. *Se você esquecer, ela vai aumentando, aumentando, e você e sua família vão acabar acordando quando estiverem na porra da Lua.*)

Os pais olharam Danny, confusos. O sorriso desaparecera do rosto do garoto.

— Pai? — perguntou Danny.

Jack piscou os olhos, como se estivesse voltando de muito longe.

— Elas crescem, Danny, e perdem sua forma. É preciso então aparar uma ou duas vezes por semana, até que com o frio elas param de crescer o resto do ano.

— Aqui tem um parquinho também — disse Wendy. — Meu menino sortudo.

O parquinho ficava depois da topiaria. Havia dois escorregas, um conjunto de seis balanços de diferentes alturas, gangorras, um túnel de manilhas, uma caixa de areia e uma casa de bonecas que era uma réplica do próprio Overlook.

— Está gostando, Danny? — perguntou Wendy.

— Claro — ele respondeu, na esperança de parecer mais entusiasmado do que na realidade estava. — É bacana.

Depois do parquinho, havia uma discreta cerca de arame; mais à frente, a estrada larga e pavimentada que levava ao hotel, e, adiante, o vale se estendendo sob a neblina azul da tarde. Danny não conhecia a palavra *isolamento*, mas, se alguém a tivesse explicado, ele a teria usado naquele momento. Lá embaixo, deitada ao sol como uma longa cobra negra que decidira dormir um pouco, ficava a estrada que passava pelo Desfiladeiro de Sidewinder, levando de volta a Boulder. A estrada que ficaria fechada por todo o inverno. Ele se sentiu um pouco sufocado com o pensamento e quase saltou, quando sentiu as mãos do pai sobre seus ombros.

— Vou pegar pra você aquela água assim que puder, velhinho. Estão um pouco ocupados agora.

— Claro, papai.

A sra. Brant saiu do escritório com um ar de vitória. Minutos depois, dois carregadores, atrapalhados em meio a oito malas, seguiam a senhora da melhor maneira possível, enquanto ela saía triunfalmente pela porta. Danny viu pela janela um homem de uniforme cinza e um quepe, como o de um capitão do Exército, que havia trazido o grande carro prateado da mulher até a porta e saltara. O homem tirou o chapéu para a mulher e correu para abrir o porta-malas.

E, num desses lampejos que às vezes vinham, Danny teve acesso a um pensamento completo dela; um pensamento que tinha flutuado por sobre o burburinho de emoções e cores que ele geralmente captava em lugares movimentados.

(*queria me meter nas calças dele*)

Danny franziu as sobrancelhas, enquanto os carregadores acomodavam a bagagem no porta-malas. Ela olhava fixamente para o homem de uniforme cinza, que supervisionava o carregamento. Por que ela queria as calças daquele homem? Estaria com frio, mesmo usando aquele longo casaco de pele? E, se estava com tanto frio, por que não vestira sua própria calça? Mamãe usava calça praticamente o inverno inteiro.

O homem de uniforme cinza fechou o porta-malas e voltou para ajudá-la a entrar no carro. Danny observou mais de perto para ver se a mulher diria alguma coisa sobre a calça dele, mas ela apenas sorriu e lhe deu uma nota de um dólar — uma gorjeta. Minutos depois, ela estava dirigindo o grande carro prateado estrada abaixo.

Pensou em perguntar à mãe por que razão poderia a sra. Brant querer a calça do homem do carro, mas resolveu não dizer nada. As perguntas, às vezes, o metiam em confusão. Já acontecera antes.

Em vez disso, ele se espremeu entre os dois no pequeno sofá, olhando para as pessoas que iam embora. Estava contente por mamãe e papai estarem felizes e se amando, mas não podia ignorar sua preocupação. Não podia.

10
HALLORANN

O cozinheiro não correspondia em nada ao que Wendy imaginava ser o protagonista da cozinha de um resort. Para começar, o personagem de sua imaginação atendia por chef, não por algo tão mundano como cozinheiro — cozinhar era o que ela fazia na cozinha do apartamento, quando jogava as sobras num pirex untado e acrescentava macarrão. Além disso, o especialista em gastronomia de um hotel como o Overlook, que tinha anúncios dominicais na seção de resorts do *New York Times*, deveria ser baixinho, gordinho e pálido (como um pedaço de massa); deveria ter um bigode fino como os astros de comédias da década de 1940, olhos escuros, sotaque francês e um temperamento detestável.

De todas essas características, Hallorann só tinha os olhos escuros. Era um homem negro, alto, com um discreto penteado afro que começava a ficar grisalho. Tinha um leve sotaque de sulista e ria muito, exibindo dentes muito brancos e uniformes que só poderiam ser uma dentadura da Sears, safra de 1950. O pai de Wendy tivera um par igual, que chamava de Roebuckers. Por vezes, à mesa do jantar, ele olhava para a filha e pressionava a dentadura para fora de maneira cômica... sempre, Wendy se lembrava agora, que a mãe estava na cozinha pegando alguma coisa ou falando ao telefone.

Danny arregalou os olhos diante do gigante negro com uniforme azul, e sorriu quando Hallorann o levantou com facilidade e o colocou no colo, dizendo:

— Você não vai ficar por aqui o inverno todo, não é?

— Vou sim — respondeu Danny, com um sorriso tímido.

— Não, você vai comigo para St. Pete e vai aprender a cozinhar. E irá à praia toda noite para procurar caranguejos. Certo?

Danny deu uma risada, encantado, e balançou a cabeça em negativa. Hallorann o pôs de volta no chão.

— Se mudar de ideia — disse Hallorann, muito sério, inclinando-se sobre ele —, é melhor se apressar. Em trinta minutos, estarei no meu carro. Duas horas e meia mais tarde, estarei sentado na sala de espera do Portão 32 do aeroporto internacional de Stapleton, na cidade de Denver, Colorado. Três horas depois *disso*, estarei alugando um carro no aeroporto de Miami a caminho da ensolarada St. Pete; vou vestir meu calção de banho e ficar morrendo de rir de todo mundo que está aqui preso na neve. Entendeu, meu rapaz?

— Sim, senhor — confirmou Danny, sorrindo.

Hallorann voltou-se para Jack e Wendy.

— Parece um bom menino.

— Achamos que ele vai dar pro gasto — disse Jack, estendendo a mão. Hallorann a apertou. — Sou Jack Torrance. Minha esposa, Winnifred. Danny você já conhece.

— E foi um prazer. Como é, moça, você é Winnie ou Freddie?

— Sou Wendy — ela respondeu, sorrindo.

— Muito bem. Melhor que os outros dois nomes. Por aqui. O sr. Ullman quer que façam um tour, e é exatamente o que vamos fazer. — Balançou a cabeça e murmurou entre os dentes: — E vou ficar muito feliz em ver ele pela última vez.

Hallorann começou o passeio pela maior cozinha que Wendy já vira em toda sua vida. Era reluzente de tão limpa. Todas as superfícies polidas. Era mais do que grande; era intimidadora. Ela caminhava ao lado de Hallorann, enquanto Jack, totalmente desambientado, ficou um pouco para trás com Danny. Ao lado de quatro pias, um suporte comprido exibia instrumentos cortantes que iam de facas a cutelos, tão grandes que tinham que ser usados com as duas mãos. A tábua de pão tinha o mesmo tamanho da mesa de cozinha no apartamento em que moraram em Boulder. Um impressionante desfile de panelas e frigideiras de aço inoxidável, penduradas do chão ao teto, cobrindo toda uma parede.

— Acho que vou ter que deixar um rastro de migalhas de pão toda vez que vier aqui — comentou ela.

— Não fique preocupada com o tamanho — tranquilizou-a Hallorann. — É grande, mas, ainda assim, é somente uma cozinha. Você não vai nem mexer na maioria das coisas. Apenas mantenha tudo limpo, é tudo o que peço. Aqui está o fogão que eu usaria, se fosse você. Tem três desses no total, mas este é o menor.

Menor, pensou ela distante, olhando para o fogão. Tinha doze bocas, dois fornos comuns e uma assadeira, uma área côncava para cozinhar molhos ou feijão, uma grelha e uma gaveta para manter a comida quente… mais um milhão de mostradores e medidores.

— Tudo a gás — falou Hallorann. — Já cozinhou com gás, Wendy?

— Já…

— Adoro gás — disse ele, abrindo uma das bocas. Uma chama azul surgiu e ele a ajustou até que se tornasse um leve brilho com um toque delicado. — Gosto de ver a chama que será usada para cozinhar. Está vendo onde os botões dos queimadores estão?

— Sim.

— Os mostradores do forno estão marcados. Eu pessoalmente prefiro o do meio, porque assa mais uniformemente, mas você pode usar o que achar melhor... Ou os três, se quiser.

— Um pacote de comida congelada em cada um — Wendy respondeu, sorrindo.

Hallorann deu uma gargalhada.

— Se é o que você gosta, tudo bem. Deixei uma lista de tudo que é comestível perto da pia. Está vendo?

— Aqui, mamãe! — Danny segurava duas folhas de papel, escritas dos dois lados.

— Bom menino — disse Hallorann, pegando os papéis e passando a mão na cabeça da criança. — Tem certeza de que não quer ir para a Flórida comigo, rapaz? Não quer aprender a cozinhar o camarão mais delicioso deste lado do paraíso?

Danny colocou as mãos na boca dando uma risadinha e se afastou para o lado do pai.

— Vocês três têm comida para um ano, acho — informou Hallorann. — Temos uma despensa, um frigorífico, armários carregados de legumes e duas geladeiras. Venham, vou mostrar a vocês.

Durante os dez minutos seguintes, Hallorann abriu armários e portas, exibindo quantidades de comida que Wendy nunca havia visto. O estoque de alimentos a deixou impressionada, mas não a tranquilizou tanto quanto imaginara: a lembrança dos pioneiros canibais sempre voltava, não como uma ideia fixa de canibalismo (com toda essa comida, certamente levaria tempo até que chegassem a comer um ao outro), mas a fazia perceber que isto era realmente um negócio muito sério: quando a neve caísse, sair daqui não seria questão de uma viagem de uma hora a Sidewinder, mas uma operação bem mais complicada. Estariam plantados no deserto deste grande hotel, se alimentando com o que havia no estoque, como personagens de uma fábula, ouvindo o vento amargo no telhado coberto de neve. Em Vermont, quando Danny quebrara o braço

(quando *Jack* quebrara o braço de Danny)

ela discou o número que havia num cartão colado ao telefone e chamou o serviço médico de urgência. Dez minutos depois, estavam em sua casa. Havia outros números escritos naquele cartãozinho. Em cinco minutos, lá estaria o carro de polícia. O caminhão de bombeiros chegaria em menos tempo ainda, pois o Corpo de Bombeiros ficava a três quarteirões de sua casa. Havia alguém a quem chamar no caso de falta de luz, ou no caso de o chuveiro enguiçar, ou de a televisão pifar. Mas, como seria aqui se Danny tivesse um de seus desmaios e enrolasse a língua?

(*ai, Deus, que pensamento!*)

E se o lugar pegasse fogo? E se Jack caísse no poço do elevador e fraturasse o crânio? E se...?

(*e se tivessem uma temporada maravilhosa?* Pare *com isso agora, Winnifred!*)

O primeiro lugar que Hallorann mostrou foi o frigorífico, onde a respiração deles provocava baforadas de vapor que pareciam balões de histórias em quadrinhos. Ali dentro, era como se o inverno já tivesse chegado.

Hambúrgueres em grandes sacos plásticos, cinco quilos em cada saco, doze sacos ao todo. Quarenta galinhas inteiras penduradas em ganchos enfileirados nas paredes revestidas de madeira. Uma dúzia de presuntos enlatados empilhados como fichas de pôquer. Abaixo das galinhas, dez mantas de carne assada, dez de porco assado e um imenso quarto de carneiro.

— Gosta de cordeiro, velhinho? — perguntou Hallorann, sorrindo malicioso.

— Adoro — Danny respondeu imediatamente, mesmo sem nunca ter comido um.

— Eu sabia que você gostava. Não há nada como duas boas fatias de cordeiro com geleia de menta numa noite fria. Aqui também tem geleia de menta. Cordeiro faz bem ao estômago. Não é um tipo de carne muito forte.

Por trás deles, Jack disse curioso:

— Como sabia que o chamávamos de velhinho?

Hallorann virou-se para ele.

— Perdão?

— Danny. Às vezes o chamamos de velhinho. Como o Pernalonga dos desenhos animados.

— Ele parece um pouco um velhinho, não parece? — Franziu o nariz para Danny, estalou os lábios e disse: — Ehhh, o que é que há, velhinho?

Danny deu uma risadinha, e então Hallorann disse alguma coisa

(*Tem certeza de que não quer ir para a Flórida comigo, velhinho?*)

para ele, muito claramente. Danny ouviu cada palavra. Olhou para Hallorann, chocado e um pouco amedrontado. Hallorann piscou solenemente e voltou-se para a comida.

Por trás das costas largas do cozinheiro, Wendy olhou o filho. Tinha a estranha sensação de que alguma coisa se passara entre eles, alguma coisa que não conseguira captar.

— Há doze pacotes de linguiça e doze de bacon. Coitado do porco. Nesta gaveta, dez quilos de manteiga.

— Manteiga *mesmo?* — perguntou Jack.

— De primeiríssima qualidade.

— Acho que não como manteiga de verdade desde minha infância em Berlin, Nova Hampshire.

— Bem, aqui você vai comer até se fartar — Hallorann comentou, sorrindo. — Aqui, neste depósito, vocês têm pão... trinta pães brancos, vinte pães pretos. Tentamos manter o equilíbrio racial, sabe? Admito que cinquenta pães não é muito, mas há ingredientes suficientes para fazer mais, e pão fresco é melhor do que o congelado em qualquer dia da semana. E aqui fica o peixe. Comida para o cérebro, certo, velhinho?

— É, mamãe?

— Se o sr. Hallorann está dizendo, meu bem... — Ela sorriu. Danny fez uma careta.

— Não gosto de peixe.

— Está redondamente enganado — respondeu Hallorann. — É que nunca comeu um peixe que gostasse de *você*. Estes aqui vão te adorar. Dois quilos e meio de truta-arco-íris, cinco quilos de rodovalho, quinze latas de atum...

— Ah, sim, gosto de atum.

— ... e dois quilos e meio do linguado mais delicioso que já nadou no mar. Meu filho, quando a primavera chegar, você vai agradecer ao velho... — Estalou os dedos como se tivesse esquecido alguma coisa. — E agora? Qual é mesmo o meu nome? Acho que escapuliu de minha cabeça.

— Sr. Hallorann — Danny respondeu com uma risadinha. — Dick, para os amigos.

— Isso mesmo! E, sendo meu amigo, você pode me chamar de Dick.

Enquanto eram conduzidos para o outro lado, Jack e Wendy trocaram um olhar confuso, ambos tentando lembrar se Hallorann havia dito seu primeiro nome.

— E isso aqui é algo bem especial — disse Hallorann. — Espero que gostem.

— Ah! Puxa, não precisava! — Wendy exclamou, comovida. Era um peru de dez quilos envolto em uma larga fita vermelha com um laço no topo.

— Vocês precisam de um peru no Dia de Ação de Graças, Wendy — respondeu Hallorann, muito sério. — Acho que há algum frango gordo congelado por aqui para o Natal. Com certeza, vocês vão topar com ele. Vamos sair daqui antes que a gente pegue uma pneumonia. Certo, velhinho?

— Certo!

Havia mais maravilhas na despensa fria. Uma centena de caixas de leite em pó (Hallorann aconselhou Wendy a ir a Sidewinder e comprar leite fresco para Danny até quando fosse possível), cinco sacos de seis quilos de açúcar, um garrafão de melado, cereais, arroz, macarrão, espaguete; filas de latas de conservas de frutas e salada de frutas; uma caixa de maçãs frescas que faziam o lugar exalar outono; passas, ameixas e damascos ("Você tem que comer fibras se quiser ser feliz", comentou Hallorann, dando uma gargalhada para o teto da despensa fria, onde uma lâmpada antiga estava pendurada numa corrente); um caixote fundo cheio de batatas; e caixas menores de tomates, cebolas, nabos, morangas e repolhos.

— Acho que... — começou Wendy, enquanto saíam. Mas, ao ver toda aquela quantidade de comida fresca, comparada a seu orçamento de trinta dólares para compras de mês, ficou tão atordoada que nem pôde dizer qual era sua opinião.

— Estou um pouco atrasado — informou Hallorann, olhando o relógio. — Deixarei vocês darem uma passada pelos armários e geladeiras depois de acomodados. Temos queijos, leite condensado, fermento, bicarbonato, tortas, alguns cachos de bananas que não estão sequer perto de ficarem maduras...

— Chega — ela interrompeu, levantando a mão e rindo. — Não vou conseguir nunca me lembrar de tudo. Está ótimo. E prometo deixar tudo limpo.

— É tudo o que peço. — Voltou-se para Jack. — O sr. Ullman chegou a comentar sobre os amigos roedores?

Jack deu uma risadinha.

— Ele disse que possivelmente existam alguns no sótão, e o sr. Watson falou que pode ser que haja outros no porão. Encontrei umas duas toneladas de papel por lá, mas não vi nada roído para ninhos.

— Aquele Watson — disse Hallorann, balançando a cabeça, fingindo tristeza. — Ele não é o cara com a boca mais suja que você já conheceu?

— Ele é uma figuraça — concordou Jack, cujo próprio pai tinha sido o homem com a boca mais suja que ele já havia conhecido.

— É quase uma pena — Hallorann falou enquanto os levava em direção às portas de vaivém que davam para a sala de jantar do Overlook. — A família dele tinha dinheiro, há muito tempo. Foi o avô ou o bisavô de Watson... não me lembro... quem construiu este lugar.

— Ele me contou — comentou Jack.

— O que aconteceu? — perguntou Wendy.

— Bem, não souberam fazer a coisa andar — respondeu Hallorann. — Watson vai lhe contar a história toda... duas vezes por dia, se você deixar. O velho ficou obcecado com este lugar. Deixou isto tudo o abater, eu acho. Tinha dois filhos, e um morreu num acidente quando cavalgava na propriedade durante a construção do hotel. Acho que em 1908 ou 1909. A mulher morreu de gripe, e então restaram só o velho e o filho mais novo. Terminaram como zeladores do hotel que o próprio velho construiu.

— É mesmo uma pena — lamentou Wendy.

— E o que aconteceu com ele? O velho? — indagou Jack.

— Enfiou o dedo numa tomada, por acidente, e esse foi seu fim. Por volta do início da década de 1930, antes que a Depressão fizesse o hotel ficar fechado por dez anos. Bem, Jack, eu queria que você e sua esposa ficassem de olho em ratos na cozinha, também. Se vocês virem algum... usem ratoeiras. Veneno, não.

Jack piscou.

— Claro. Quem colocaria veneno para ratos na cozinha?

Hallorann riu zombeteiramente.

— Sabe quem faria isso? O sr. Ullman. Ele teve essa ideia brilhante no outono passado. Eu conversei com ele, falei: "Se a gente estiver aqui no próximo mês de maio, sr. Ullman, e eu servir o tradicional jantar da noite de abertura"... que calha de ser salmão com um molho delicioso... "e todo mundo ficar doente, o médico vai chegar aqui e dizer: 'Ullman, o que foi que você fez aqui? Temos oitenta dos caras mais ricos dos Estados Unidos intoxicados com veneno pra ratos'".

Jack jogou a cabeça para trás e deu uma gargalhada alta:

— E o que Ullman respondeu?

Hallorann cutucou a bochecha com a língua como se tivesse um pouco de comida ali.

— Ele disse: "Ponha umas ratoeiras, Hallorann".

Neste momento, todos riram, até Danny, que, apesar de não ter entendido muito bem a piada, compreendia o fato de ter alguma coisa a ver com o sr. Ullman, que, afinal de contas, não era o dono de verdade.

Os quatro se dirigiram à sala de jantar, agora vazia e silenciosa, com sua maravilhosa vista para os picos polvilhados de neve. Cada toalha branca de linho havia sido coberta com um pedaço de um resistente plástico transparente. O tapete estava agora enrolado, em pé, no canto, como uma sentinela.

Do outro lado da sala larga, havia uma porta de vaivém dupla, e em cima dela uma placa antiga, onde estava escrito em letras douradas: *Salão Colorado*.

Com o olhar fixo, Hallorann disse:

— Se gosta de beber, espero que tenha trazido suprimento próprio. Este lugar está zerado, não sobrou absolutamente nada. Festa dos empregados ontem à noite, sabe? Tudo quanto é camareira e carregador está por aí hoje com dor de cabeça, inclusive eu.

— Não bebo — respondeu Jack laconicamente. Voltaram ao saguão.

O saguão tinha se esvaziado bastante durante a meia hora que passaram na cozinha. O longo salão principal começava a ficar em silêncio, com uma aparência desértica, e Jack supôs que fosse logo se habituar com isso. As cadeiras de espaldar alto estavam vazias. As freiras que estiveram sentadas perto da lareira tinham ido embora, e o próprio fogo se reduzira a uma confortável camada de carvão incandescente. Wendy olhou para o estacionamento e viu que todos os carros, exceto mais ou menos uma dúzia, haviam desaparecido. Surpreendeu-se desejando entrar no fusca e voltar para Boulder... Ou qualquer outro lugar.

Jack procurava por Ullman, mas ele não estava no saguão.

Uma empregada jovem, com o cabelo louro-acinzentado preso, aproximou-se.

— Sua bagagem está no portão, Dick.

— Obrigado, Sally — ele respondeu, dando um beijo ligeiro na testa da moça. — Aproveite o inverno. Ouvi dizer por aí que você vai se casar!

Voltou-se para os Torrance, enquanto ela andava, rebolando atrevida.

— Tenho que ir andando, se não quiser perder o avião. Desejo boa sorte pra vocês. Tenho certeza de que vão ter.

— Obrigado — disse Jack. — Você foi muito gentil.

— Vou tomar conta de sua cozinha — prometeu Wendy mais uma vez. — Divirta-se na Flórida.

— Eu sempre me divirto — comentou. Colocou as mãos nos joelhos e curvou-se para Danny. — Última chance, rapaz. Quer ir para a Flórida?

— Acho que não — respondeu Danny, sorrindo.

— O.k. Quer me dar uma ajuda levando as malas para o carro?

— Se a mamãe deixar.

— Pode ir — assentiu Wendy. — Mas tem que abotoar o casaco. — Ela se abaixou para fechá-lo, mas Hallorann passou à sua frente, os dedos grandes movimentando-se com suave destreza.

— Daqui a pouco eu devolvo ele — disse Hallorann.

— Tudo bem — concordou Wendy, acompanhando os dois até a porta. Jack ainda procurava por Ullman. Os últimos hóspedes do Overlook fechavam a conta na recepção.

11
O ILUMINADO

Quatro malas estavam empilhadas bem à porta. Três eram enormes, velhas e gastas, cobertas com uma imitação de couro escuro de jacaré. A última era uma imensa sacola xadrez, desbotada, com um fecho de zíper.

— Acho que você aguenta aquela ali, né? — Hallorann perguntou. Pegou duas das malas grandes e segurou a outra debaixo do braço.

— Claro — confirmou Danny. Ele a agarrou com as duas mãos e seguiu o cozinheiro pelos degraus da varanda, tentando corajosamente não gemer e disfarçar o peso que carregava.

Um frio e cortante vento de outono tinha surgido depois que chegaram; assobiava no estacionamento, fazendo Danny apertar os olhos, enquanto segurava a mala de zíper à sua frente, batendo-a contra os joelhos. Umas poucas folhas soltas de álamo esvoaçaram e reviravam no asfalto agora praticamente deserto, fazendo Danny pensar momentaneamente naquela noite da semana anterior, quando ele acordou no meio do pesadelo e ouviu — ou pelo menos imaginara ouvir — Tony lhe dizendo para não ir.

Hallorann colocou a bagagem junto ao porta-malas de um Plymouth bege.

— Isso aqui não é lá grande coisa — Hallorann confidenciou a Danny. — É alugado. A minha queridinha é igual àquela ali na outra ponta. Aquilo sim é um carro. Um Cadillac 50, e como roda bem! Pode ter certeza. Eu deixo ela na Flórida porque é muito velha para estas subidas todas. Quer uma ajuda?

— Não, senhor — respondeu Danny. Conseguiu carregá-la os últimos dez ou doze passos sem gemer e colocá-la no chão com um grande suspiro de alívio.

— Muito bem. — Hallorann tirou as chaves do bolso da jaqueta azul e abriu o porta-malas. Levantando a bagagem, disse: — Você é iluminado, garoto. Mais do que qualquer outro que já conheci em minha vida. E veja que vou completar sessenta anos janeiro que vem.

— Hum?

— Você tem um dom — continuou Hallorann, virando-se para ele. — Sempre chamei isto de iluminação. Era como minha avó chamava. Ela também tinha. A gente costumava sentar na cozinha quando eu era da sua idade, e tínhamos longas conversas sem nem abrir a boca.

— É mesmo?

Hallorann sorriu ao ver Danny boquiaberto, com uma expressão quase faminta, e disse:

— Entra aqui no carro comigo um pouco. Quero conversar com você.

Bateu a tampa do porta-malas.

No saguão do Overlook, Wendy Torrance viu o filho entrar no carro de Hallorann e sentar-se no banco ao lado do motorista. Foi atingida por uma pontada aguda de medo, e abriu a boca para dizer a Jack que o cozinheiro não estava mentindo quando dissera que levaria Danny para a Flórida... Um sequestro estava prestes a acontecer. Mas os dois ficaram apenas sentados lá. Mal enxergava o contorno da cabeça do filho, que estava atentamente voltada para a cabeça grande de Hallorann. Mesmo à distância, ela reconhecia o jeito daquela cabecinha... era assim que o filho ficava quando assistia na televisão a alguma coisa que o fascinava, ou quando ele e o pai jogavam cartas. Jack, que estava ainda procurando Ullman, não havia percebido. Wendy ficou calada, observando, nervosa, o carro de Hallorann, imaginando sobre o que poderiam estar conversando, o que seria capaz de fazer Danny inclinar a cabeça daquela maneira.

No carro, Hallorann dizia:

— Você deve se sentir solitário, achando que é o único, certo?

Danny, que às vezes tinha se sentido não apenas solitário, mas também assustado, assentiu.

— Sou o único que o senhor já viu? — perguntou.

Hallorann riu e balançou a cabeça.

— Não, criança, não. Mas você é o mais iluminado.

— Existem muitos, então?

— Não — respondeu Hallorann —, mas você realmente os ultrapassa. Muitas pessoas têm um pouquinho dessa iluminação. Elas não sabem que têm, mas são aquelas que sempre aparecem com flores quando as esposas estão com TPM, fazem boas provas na escola sem terem sequer estudado, conseguem ter uma boa ideia de como os outros estão se sentindo logo ao entrar numa sala. Já topei com uns cinquenta ou sessenta sujeitos assim. Mas talvez só uma dúzia deles, contando minha avó, *sabiam* que eram iluminados.

— Puxa! — exclamou Danny, refletindo sobre o assunto. E depois: — O senhor conhece a sra. Brant?

— Aquela mulher? — Hallorann perguntou com desprezo. — Ela não é iluminada. Simplesmente devolve o jantar duas ou três vezes toda noite.

— Sei que não é — respondeu Danny, seriamente. — Mas você conhece o homem de uniforme cinza que busca os carros?

— Mike? Claro que conheço o Mike. Por quê?

— Sr. Hallorann, por que ela poderia querer se meter na calça dele?

— De que você está falando, menino?

— Bem, enquanto olhava para ele, ela pensava que gostaria mesmo de se meter nas calças dele, e fiquei pensando por quê...

Mas não continuou. Hallorann jogou a cabeça para trás, e uma gargalhada cheia saiu de seu peito, ressoando no carro como um canhão. O banco balançou com o impacto. Danny sorriu, confuso, e finalmente a tempestade cessou aos poucos. Hallorann puxou um lenço grande de seda do bolso da camisa, como uma bandeira de paz, e enxugou os olhos.

— Menino — ele falou ainda bufando —, você vai saber tudo que precisa saber sobre a condição humana antes de completar dez anos. Não sei se invejo você ou não.

— Mas a sra. Brant...

— Não se incomode com ela — interrompeu o cozinheiro. — E também não vá perguntar a sua mãe. Você só chatearia ela, sacou?

— Sim, senhor — Danny respondeu. Ele sacava muito bem. Já tinha chateado sua mãe antes.

— Aquela tal de sra. Brant é apenas uma velha safada, cheia de fogo, é tudo o que precisa saber. — Olhou, pensativo, para Danny. — Qual é a força do seu ataque, velhinho?

— Hum?

— Me dá uma porrada mental. Pense para mim. Quero ver se você é tão forte quanto imagino.

— O que você quer que eu pense?

— Em qualquer coisa. Mas pense com *força*.

— Tá bem — concordou Danny. O menino pensou por um momento, e então reuniu sua concentração e a atirou na direção de Hallorann. Ele nunca havia feito nada exatamente assim antes e, no último instante, uma parte instintiva de si veio à tona e abrandou a força bruta do pensamento... ele não queria ferir o sr. Hallorann. Ainda assim, o pensamento disparou com uma potência que nunca imaginaria ter. Foi como um arremesso forte e rápido de Nolan Ryan, com um pouco de força extra.

(Puxa, espero não machucar ele)

E o pensamento foi:

(*OI, DICK!!!*)

Hallorann tremeu e foi jogado para trás no banco. Os dentes trincaram com um estalido forte, fazendo caírem do lábio inferior algumas poucas gotas de sangue. Suas mãos foram involuntariamente impulsionadas das pernas para a altura do peito, e então caíram de volta em seguida. Por um momento, suas pálpebras tremeram frouxamente sem controle consciente, e Danny sentiu medo.

— Sr. Hallorann? Dick? O senhor está bem?

— Não sei — respondeu Hallorann, dando uma risada fraca. — Honestamente, não sei. Meu Deus, menino, você é como um raio.

— Sinto muito — disse Danny, alarmado. — Quer que eu chame papai? Vou correndo chamá-lo.

— Não, já estou melhor. Estou bem, Danny. Fique sentadinho aí. Estou me sentindo um pouco tonto, é só.

— Não fiz com toda a minha força — confessou Danny. — Fiquei com medo, no último minuto.

— Sorte minha que você se segurou... do contrário, meus miolos sairiam pelos ouvidos. — Viu o rosto alarmado de Danny e sorriu. — Não foi nada. Como você se sentiu?

— Como se fosse Nolan Ryan arremessando uma bola com força — respondeu.

— Você gosta de beisebol, não gosta? — Hallorann esfregava a testa cautelosamente.

— Papai e eu torcemos pelos Angels. Os Red Sox na Liga Americana do Leste, e os Angels, na Oeste. Assistimos ao jogo dos Red Sox contra Cincinnati no Campeonato Mundial. Eu era muito menor. E papai estava...

O rosto de Danny ficou sombrio e agitado.

— Estava o quê, Dan?

— Esqueci — respondeu Danny, antes de pôr o dedo na boca e começar a chupá-lo. Era um hábito de criança. Depois pousou novamente as mãos sobre as pernas.

— Consegue ouvir o que sua mãe e seu pai estão pensando, Danny? — Hallorann o observava de perto.

— Na maioria das vezes consigo, se eu quiser. Mas geralmente eu não tento.

— Por que não?

— Bem... — fez um minuto de pausa, inquieto. — Seria como se estivesse espionando pelo quarto enquanto eles estão fazendo aquela coisa que faz bebês. Conhece aquela coisa?

— Já ouvi falar — respondeu Hallorann, muito sério.

— Eles não iam gostar disso. E não iam gostar que eu espionasse os pensamentos deles. Seria sujeira.

— Entendo.

— Mas sei como se sentem — continuou Danny. — Não posso evitar isso. Sei também como você se sente. Machuquei você. Desculpe.

— É só uma dor de cabeça. Já tive ressacas piores. Consegue ler o pensamento de outras pessoas, Danny?

— Não sei ler ainda, só algumas palavras. Mas papai vai me ensinar neste inverno. Papai ensinava a ler e a escrever numa escola grande. Principalmente escrever, mas ele sabe ler também.

— Digo, você consegue dizer o que alguém está pensando?

Danny pensou.

— Consigo se for *alto* — respondeu, finalmente. — Que nem a sra. Brant e a calça. Ou como uma vez, quando mamãe e eu estávamos numa loja grande para comprar sapatos para mim, e tinha um menino mais velho olhando para os rádios e ele tava pensando em levar um, mas sem comprar. Depois o menino pensava no que ia acontecer se pegassem ele. Depois, ele pensava que queria muito o rádio. Depois, pensava novamente que iam pegar ele. Ele estava ficando mal com isso e *me* deixando mal. Mamãe estava conversando com o homem que vende os sapatos, e então fui até lá e disse: "Garoto, não leve esse rádio. Vá embora!". E ele ficou com medo mesmo. Ele saiu rapidinho.

Hallorann deu um largo sorriso.

— Aposto que saiu mesmo. Consegue fazer mais alguma coisa, Danny? São só pensamentos e sensações, ou tem mais alguma coisa?

Com cautela:

— Acontecem outras coisas com o senhor?

— Às vezes — respondeu Hallorann. — Nem sempre. Às vezes... às vezes são sonhos. Você sonha, Danny?

— Às vezes sonho quando estou acordado. Depois que Tony aparece.
— Teve vontade de chupar o dedo de novo. Nunca havia comentado com ninguém a respeito de Tony, a não ser com a mãe e o pai. Fez a mão voltar para o colo.

— Quem é Tony?

E, de repente, Danny teve um daqueles lampejos de compreensão que mais o apavoravam; era como a aparição rápida e repentina de uma máquina estranha que podia salvar ou podia ser mortal. Era muito jovem para saber qual. Era muito jovem para entender.

— Tem alguma coisa errada? — gritou. — Está me perguntando tudo isso porque está preocupado, não é? Por que se preocupa comigo? Por que se preocupa *conosco*?

Hallorann pôs suas mãos grandes e negras sobre os ombros do menino.

— Pare — pediu o cozinheiro. — Talvez não seja nada. Mas se é alguma coisa... bem, existe algo muito importante em sua cabeça, Danny. Acho que você ainda tem que crescer muito para poder compreender. Precisa ser corajoso.

— Mas eu não *entendo* as coisas! — explodiu Danny. — *Entendo*, mas não *entendo*! As pessoas... sentem coisas, e eu sinto, mas não sei o que sinto! — Olhou, triste, para o colo. — Queria saber. Às vezes, Tony me mostra placas e dificilmente consigo ler qualquer uma delas.

— Quem é Tony? — Hallorann perguntou novamente.

— Mamãe e papai dizem que ele é meu "amigo imaginário" — respondeu Danny, recitando as palavras com cuidado. — Mas ele é de verdade mesmo. Pelo menos, eu acho que é. Às vezes, quando eu faço força para entender as coisas, ele vem. E diz: "Danny, quero lhe mostrar algo". E é como se eu desmaiasse. Só que... tenho sonhos, como você disse. — Olhou para Hallorann e engoliu. — Eles eram bons. Mas agora... não lembro da palavra que se usa para os sonhos que assustam e fazem a gente chorar.

— Pesadelos? — perguntou Hallorann.

— É. Isso mesmo. Pesadelos.

— Com este lugar? Com o Overlook?

Danny olhou novamente para o dedo.

— Sim — sussurrou. Depois, começou a falar com voz estridente, olhando para o rosto de Hallorann: — Mas não posso contar pro papai, e você também não pode! Ele precisa deste emprego, porque foi o único que tio Al conseguiu para ele, e precisa terminar a peça, ou então pode começar a fazer a Coisa Feia de novo, e eu sei o que é isso, *é ficar bêbado*, é exatamente isso, é quando ele *ficava bêbado o tempo todo*, e era uma Coisa Feia de se fazer. — Parou, quase chorando.

— Shhh... — Hallorann puxou o rosto de Danny para junto do tecido grosso de sua jaqueta, que cheirava a naftalina. — Tudo bem, filho. E, se o seu dedo gosta de ficar na boca, deixa ele. — Mas seu rosto estava inquieto. E continuou: — O que você tem, filho, eu chamo de iluminação, a Bíblia chama de visões, e alguns cientistas chamam de premonição. Já li sobre isso, filho. Já estudei. Tudo isso significa ver o futuro. Entende?

Danny meneou a cabeça contra o casaco de Hallorann.

— Eu me lembro da visão mais forte que já tive... não costumo esquecer. Foi em 1955. Eu ainda estava no Exército, servindo na Alemanha Ocidental. Faltava uma hora para o jantar, e eu estava parado perto da pia, brigando com um dos ajudantes da cozinha, porque ele desperdiçava muita batata enquanto estava descascando. Eu falei: "Olhe aqui, deixe eu mostrar como se faz". Ele esticou os braços para me entregar a batata e o descascador, e então a cozinha inteira desapareceu. Simplesmente desapareceu. Você diz que vê este cara, Tony, antes... de sonhar?

Danny assentiu.

Hallorann pôs um braço em volta do garoto.

— Comigo é o cheiro de laranjas. Aquela tarde inteira eu passei sentindo esse cheiro, mesmo sem pensar nelas, pois faziam parte do menu do jantar... tínhamos trinta caixotes. Todo mundo naquela maldita cozinha cheirava a laranja naquela noite. Por um minuto, era como se eu tivesse desmaiado. E então ouvi uma explosão e vi chamas. Havia gente gritando. Sirenes. E ouvi um chiado que só podia ser de um vapor. E depois parecia que eu me havia aproximado da coisa, qualquer que fosse ela, e vi um vagão de trem descarrilhado e tombado. Nele estava escrito *Ferrovia da Geórgia e Carolina do Sul*, e eu soube, como num lampejo, que meu irmão Carl estava naquele trem que tinha virado e Carl estava morto. Assim. A imagem desapareceu e ali estava aquele ajudante da cozinha medroso e idiota, diante de mim, ainda segurando a batata e o descascador. Ele disse: "O senhor está bem, sargento?". E eu: "Não. Meu irmão acaba de morrer na Geórgia!". E, quando eu finalmente consegui fazer uma ligação internacional para minha mãe, ela me contou como foi. Mas veja, garoto, eu já sabia o que tinha acontecido.

Sacudiu a cabeça devagar, como se livrando da lembrança, e olhou para os olhos arregalados do menino.

— Mas o que você precisa lembrar, meu garoto, é o seguinte: *Essas coisas nem sempre acontecem*. Também me lembro de quando, há quatro anos, trabalhava como cozinheiro numa colônia de férias de meninos, em Long Lake, no Maine. Estava sentado junto ao portão de embarque no aeroporto de Boston, esperando meu voo, e comecei a sentir o cheiro de laranja. Pela primeira vez em cinco anos, talvez. Pensei "Meu Deus, o que vai acontecer agora neste show maluco?", então corri para o banheiro e me sentei numa privada, para ficar sozinho. Não cheguei a desmaiar, mas comecei a ter a sensação, cada vez mais forte, de que meu avião ia cair. A sensação desapareceu junto com o cheiro de laranjas, e eu sabia que tinha terminado. Fui ao balcão da companhia aérea e mudei meu voo para três horas depois. E sabe o que aconteceu?

— O quê? — perguntou Danny, num sussurro.

— *Nada!* — respondeu Hallorann, rindo, sentindo-se aliviado ao ver o menino rir também. — Absolutamente nada! Aquele velho avião aterrissou no horário, sem nenhuma turbulência ou batida. Você pode ver então... às vezes essas sensações não dão em nada.

— Ah! — exclamou Danny.

— Veja, por exemplo, quando vou ao jóquei. Vou lá com frequência e, geralmente, me dou muito bem. Fico parado junto à grade quando vão largar, e às vezes me vem uma iluminação sobre esse ou aquele cavalo. Em geral essas sensações ajudam a me sentir muito bem. Digo sempre a mim mesmo que qualquer dia desses vou apostar num azarão e ganhar o suficiente para me aposentar de uma vez. Isso ainda não aconteceu. Mas houve ocasiões em que voltei a pé do jóquei para casa, em vez de ter uma carteira recheada para pegar um táxi. Ninguém acerta o tempo todo, com exceção talvez de Deus, lá no céu.

— Sim, senhor — concordou Danny, pensando quando, no ano passado, Tony lhe mostrara um bebê deitado num berço em sua casa em Stovington. Ficara feliz com aquilo e aguardara, sabendo que levaria tempo, mas não viera bebê algum.

— Agora, ouça — falou Hallorann, segurando as duas mãos de Danny. — Já tive sonhos ruins aqui e já tive sensações desagradáveis. Já trabalhei aqui durante duas temporadas, e talvez por uma dúzia de vezes já tive... bem, pesadelos. E, talvez uma meia dúzia de vezes, pensei ter visto coisas. Não, não vou dizer o quê. Não são coisas para meninos como você. São apenas coisas ruins. Uma vez, foi algo relacionado com a droga daqueles arbustos, podados para parecerem animais. Outra vez foi uma empregada, o nome dela era Delores Vickery, e ela era um pouco iluminada, mas não acho que ela soubesse. O sr. Ullman demitiu ela... você sabe o que é isso, rapaz?

— Sim, senhor — respondeu Danny, candidamente. — Meu pai foi demitido da escola, e acho que é por isso que estamos no Colorado.

— Bem, o sr. Ullman demitiu Delores, porque ela disse ter visto alguma coisa em um dos quartos onde... bem, onde aconteceu algo ruim. Era o apartamento 217, e quero que me prometa que não vai entrar lá, Danny. O inverno inteiro. Fique bem longe.

— Está bem — concordou Danny. — A senhora, a camareira, ela pediu para você ir ver?

— Pediu. E tinha uma coisa ruim lá. Mas... não acho que era uma coisa ruim que pudesse *ferir* alguém, Danny, é o que estou tentando dizer. Os iluminados às vezes podem ver coisas que *vão* acontecer, e acho que, às vezes, podem ver coisas que *aconteceram*. Como se fossem desenhos num livro. Já viu algum desenho num livro que tenha assustado você, Danny?

— Já — respondeu o menino, pensando na história do *Barba Azul*. O desenho era da nova mulher do *Barba Azul* abrindo a porta e vendo todas as cabeças.

— Mas você sabia que elas não podiam lhe machucar, não sabia?

— Si... im — Danny falou, um pouco incerto.

— Bem, é assim que as coisas são neste hotel. Não sei por quê, mas parece que todas as coisas ruins que já aconteceram aqui ainda têm pedacinhos espalhados, como pedacinhos de unha cortada ou melecas que alguém muito porco limpou debaixo de uma cadeira. Não sei por que é só aqui. Coisas ruins acontecem em todo hotel do mundo, acho. Já trabalhei numa porção deles e nunca tive problemas. Só aqui. Mas, Danny, não acho que essas coisas possam machucar ninguém. — Enfatizou cada palavra da frase sacudindo de leve os ombros do menino. — Portanto, se enxergar alguma coisa, num corredor, quarto ou lá fora perto dos arbustos... Vire para o outro lado e, quando olhar de novo, já terá desaparecido. Certo?

— Certo — concordou Danny. Estava se sentindo muito melhor, mais calmo. Ajoelhou-se no banco, deu um beijo no rosto de Hallorann e depois um abraço apertado. Hallorann o abraçou também.

Quando soltou o menino, perguntou:

— O pessoal de sua família não é iluminado, é?

— Não. Acho que não.

— Testei eles que nem fiz com você — informou Hallorann. — Sua mãe é um pouquinho iluminada. Acho que todas as mães têm um pouco de luz, sabe? Pelo menos até os filhos já estarem crescidos e responsáveis. Seu pai...

Hallorann fez uma pausa momentânea. Sondara o pai do menino e simplesmente não conseguia saber. Não era como conhecer alguém que tivesse luz, ou alguém que definitivamente não tivesse. Bisbilhotar o pai de Danny era... estranho, como se Jack Torrance tivesse alguma coisa — *alguma coisa* — que escondesse. Ou algo que guardava tão profundamente dentro de si, que era impossível alcançar.

— Não acho que seja de forma alguma iluminado — concluiu Hallorann. — Portanto, não se preocupe com eles. Cuide-se. Não acho que algo aqui possa machucar você. Então fique tranquilo, tá bem?

— Tá bem.

— *Danny! Ei, velhinho!*

Danny olhou ao seu redor.

— É mamãe. Está me chamando. Tenho que ir.

— Eu sei — disse Hallorann. — Divirta-se por aqui, Danny. Da melhor maneira possível.

— Eu vou me divertir. Obrigado, sr. Hallorann. Estou me sentindo bem melhor.

Os pensamentos sorridentes surgiram em sua mente:

(Dick, para os amigos.)

(Sim, Dick, tá bem.)

Os dois se entreolharam, e Dick Hallorann piscou.

Danny arrastou-se no banco do carro e abriu a porta. Quando saía, Hallorann falou:

— Danny?

— O quê?

— Se houver problemas... dê um sinal. Um chamado forte como o que você deu minutos atrás. Pode ser que eu o escute até mesmo lá da Flórida. E, se isso acontecer, virei correndo.

— Tá bem — Danny respondeu com um sorriso.

— Se cuida, garotão.

— Tá bem.

Danny bateu a porta e correu, atravessando o estacionamento em direção à varanda, onde Wendy estava parada segurando os cotovelos por causa do vento frio. Hallorann observava com seu largo sorriso, que ia diminuindo aos poucos.

Não acho que algo aqui possa machucar você.

Não *acho*.

Mas, e se Hallorann estivesse errado? Ele sabia que esta tinha sido sua última temporada no Overlook, desde que vira aquilo na banheira do apartamento 217. Era pior do que qualquer desenho em qualquer livro. E, olhando daqui, o menino correndo parecia tão pequeno...

Não *acho*...

Seus olhos voltaram-se para os arbustos em forma de animais.

Ligou o carro bruscamente, engatou e saiu, tentando não olhar para trás. E é claro que acabou olhando, e naturalmente a porta estava fechada. Eles já haviam entrado. Era como se o Overlook os tivesse engolido.

12
O GRANDE TOUR

— O que vocês conversaram, meu bem? — perguntou Wendy quando entraram.

— Nada de mais.

— Para algo sem importância, até que rendeu muito.

O filho encolheu os ombros, e Wendy sentiu naquele gesto a herança paterna; Jack dificilmente o faria melhor. Não conseguiria arrancar mais nada de Danny. Sentiu uma forte irritação misturada com um amor ainda maior: o amor não a ajudava em nada, e a irritação veio da sensação de estar sendo deliberadamente excluída. Com os dois, às vezes, sentia-se como uma intrusa, um pouco como uma atriz de papel pequeno que de repente interrompe, no palco, a cena mais importante de uma peça. Bem, seus dois homens irritantes não poderiam excluí-la neste inverno; estariam perto demais para isso. De repente caiu em si e notou que estava com ciúme da proximidade entre o marido e o filho. Sentiu-se envergonhada. Isso se parecia muito com o que sua mãe deve ter sentido... parecido demais para servir de consolo.

O saguão agora estava vazio, restando apenas Ullman e o chefe da recepção (estavam na caixa registradora, fazendo a contabilidade do dia), algumas funcionárias, que tinham se trocado e vestiam calças de lã e suéteres, paradas junto à porta da frente, olhando para fora com a bagagem em volta, e Watson, o responsável pela manutenção. Watson a surpreendeu olhando para ele e piscou o olho... decididamente uma piscadela maliciosa. Wendy voltou então o olhar para o outro lado. Jack estava na janela, bem ao lado do restaurante, estudando a paisagem. Parecia absorto e sonhador.

As contas aparentemente bateram, pois agora Ullman fechava a caixa registradora com um tapa autoritário. Rubricou a fita e a guardou numa pasta de zíper. Wendy elogiava mentalmente o chefe da recepção, que parecia aliviado. Ullman era o tipo de homem capaz de arrancar a pele do empregado... sem derramar uma gota de sangue. Wendy não gostava muito de Ullman ou de suas maneiras pomposas, ostentosas e alvoroçadas. Era como todos os patrões que conhecia, homens ou mulheres. Para os hóspedes, doce como açúcar, e um tirano com a equipe nos bastidores. Mas os deveres haviam terminado, e o prazer do chefe da recepção estava estampado no rosto. Terminaram para todos, exceto para Jack, Danny e ela.

— Sr. Torrance — gritou Ullman, peremptório. — Pode vir até aqui, por favor?

Jack caminhou, fazendo um sinal com a cabeça para que Wendy e Danny fossem também.

O chefe da recepção, que saíra dali, voltava vestindo um casaco.

— Tenha um inverno muito agradável, sr. Ullman.

— Duvido muito — respondeu Ullman, de longe. — Dia 12 de maio, Braddock. Nem um dia antes. Nem um dia depois.

— Sim, senhor.

Braddock deu a volta na recepção, o rosto sóbrio e cheio de dignidade, adequado ao posto que ocupava, mas, quando ficou de costas para Ullman, sorriu como um garotinho. Conversou um pouco com as duas moças ainda junto da porta, esperando pela carona, e finalmente explodiu numa gargalhada sufocada.

Agora, Wendy começava a perceber o silêncio do lugar. Caíra sobre o hotel como um cobertor pesado que cobria tudo, quebrado apenas pela vibração leve do vento da tarde, lá fora. De onde estava, podia ver o escritório muito limpo e muito arrumado, com as duas mesas totalmente vazias e os dois arquivos cinzentos. Adiante, podia ver a imaculada cozinha de Hallorann, as grandes portas duplas abertas e presas por cunhas de borracha.

— Pensei em tomar uns poucos minutos a mais e mostrar o Hotel a vocês — disse Ullman, e Wendy pensou que sempre poderia ouvir aquele H maiúsculo na voz de Ullman. — Estou certo de que seu marido conhecerá muito bem todos os detalhes do Overlook, sra. Torrance, mas a senhora e seu filho vão, sem dúvida, ficar mais no térreo e no primeiro andar, onde estão seus alojamentos.

— Sem dúvida — murmurou Wendy afetada, e Jack lançou-lhe um olhar furtivo.

— É um lugar maravilhoso — Ullman observou, expansivo. — Gosto muito de exibi-lo.

Aposto que gosta, pensou Wendy.

— Vamos ao terceiro andar, e de lá iremos conhecer as demais instalações — anunciou Ullman. Falava positivamente entusiasmado.

— Se estivermos atrapalhando... — começou Jack.

— Não, não — interrompeu Ullman. — O movimento está encerrado. *Tout fini*, pelo menos por esta temporada. E pretendo pernoitar em Boulder... no Boulderado, claro. O único hotel decente do lado de cá de Denver... com exceção do próprio Overlook, naturalmente. Por aqui, por favor.

Eles entraram juntos no elevador. A cabine era ornada com arabescos de cobre e latão, mas afundou perceptivelmente antes que Ullman fechasse a grade. Danny ficou agitado, se sentindo um pouco desconfortável, e Ullman sorriu para ele, que por sua vez tentou retribuir o sorriso, porém sem nenhum sucesso.

— Não se preocupe, rapazinho — disse Ullman. — É seguro como uma casa.

— O *Titanic* também era — respondeu Jack, olhando para o globo de vidro lapidado no centro do teto do elevador. Wendy mordeu o lábio inferior para não rir.

Ullman não achou graça. Fechou a grade interna com muito barulho.

— O *Titanic* só fez uma viagem, sr. Torrance. Este elevador já fez milhares, desde que foi instalado em 1926.

— Isso é reconfortante — Jack comentou, agitando o cabelo de Danny. — O avião não vai cair, velhinho.

Ullman levantou a alavanca e, por um momento, não houve nada a não ser um estremecimento sob seus pés e o choro torturante do motor embaixo deles. Wendy teve uma visão dos quatro ficando presos entre os andares, como moscas numa garrafa, e sendo encontrados na primavera... com pedaços arrancados... como os pioneiros canibais...

(*Pare!*)

No início, o elevador começou a subir com vibrações, batidas e pancadas. Depois, a subida se tornou mais suave. No terceiro andar, Ullman puxou a alavanca de freio com um impacto, empurrou a grade e abriu a porta. Ainda estava quinze centímetros abaixo do nível do piso. Danny olhou atento para a diferença de altura entre o piso do terceiro andar e o do elevador, como se tivesse acabado de perceber que o universo não era tão racional como haviam dito. Ullman pigarreou e ajustou a alavanca, fazendo o elevador subir um pouco mais. Ele parou com um tranco (ainda cinco centímetros abaixo) e os quatro subiram o degrau de saída. Sem o peso, o elevador deu um solavanco e ficou quase no nível do piso do terceiro andar, um fato que Wendy não achou nada agradável. Seguro como uma casa ou não, ela achou que seria melhor usar a escada para subir ou descer no prédio. E, em hipótese alguma, permitiria que os três entrassem juntos naquela geringonça.

— O que está olhando, velhinho? — indagou Jack, irônico. — Está vendo manchas por aí?

— Claro que não — Ullman respondeu, irritado. — Todos os tapetes foram lavados, há dois dias.

Wendy olhou o tapete. Bonito, mas definitivamente não era o que escolheria para decorar sua casa, se é que algum dia teria uma. O tapete era grosso, azul e estampado com o que parecia ser uma cena de uma selva surrealista, cheia de cipós, trepadeiras e árvores repletas de pássaros exóticos. Era difícil determinar o tipo de pássaros, porque todo o desenho fora feito em preto, sem sombreado, mostrando apenas os contornos.

— Gosta do tapete? — Wendy indagou a Danny.

— Gosto, mamãe — respondeu ele, desanimado.

Caminharam pelo corredor, que era confortavelmente amplo. O papel de parede era de seda, de um azul mais claro que contrastava com o tapete. Lamparinas elétricas estavam dispostas em espaços de três metros, a dois de altura. Adaptadas para parecerem com os lampiões de Londres, as lâmpadas ficavam escondidas por trás de vidro fosco, preso com tiras de aço.

— Muito bonitas — comentou Wendy.

Ullman concordou satisfeito.

— O sr. Derwent instalou-se no hotel depois da guerra... da Segunda Guerra, quero dizer. Aliás, a maior parte... não toda... da decoração do terceiro andar foi planejada por ele. Aqui está o número 300, a Suíte Presidencial.

Ele girou a chave na fechadura das largas portas de mogno e as abriu. A vista da sala de estar os deixou perplexos, o que era, provavelmente, a intenção de Ullman. Sorriu.

— Bela paisagem, não é?

— É mesmo — concordou Jack.

A janela corria de ponta a ponta, e através dela via-se o sol, equilibrado entre os dois picos, espalhando luz pelas encostas e pela neve nos cumes. As nuvens, que ornavam este cartão-postal, eram também matizadas de dourado. Um raio de sol cintilava, leve, por entre os troncos dos pinheiros.

Jack e Wendy estavam tão distraídos com a vista que não perceberam que Danny fitava, com olhos fixos, não a paisagem, mas o papel de parede de seda, com listras vermelhas e brancas, onde uma porta à esquerda dava para um quarto. E seu espanto, que se misturara ao deles, não teve nenhuma relação com a beleza do local.

Placas grandes de sangue seco, salpicadas de pedacinhos de um acinzentado tecido humano, estavam grudadas no papel de parede. Danny sentiu nojo. Era como um desenho louco feito em sangue, uma gravura surrealista do rosto de um homem possuído pelo terror e pela dor, a boca aberta e metade da cabeça triturada...

(*Portanto, se enxergar alguma coisa... vire para o outro lado e, quando olhar de novo, já terá desaparecido. Certo?*)

Deliberadamente, Danny olhou para a janela, tendo o cuidado de não demonstrar nenhuma expressão. Quando a mão de Wendy se aproximou da sua, ele a segurou, cuidando para não apertá-la ou dar qualquer espécie de sinal.

O gerente dizia alguma coisa ao pai sobre a necessidade de manter o janelão bem trancado para que o vento forte não o abrisse. Jack assentia com a cabeça. Danny, com cuidado, olhou de volta para a parede. A mancha grande de sangue desaparecera, e os pedacinhos de tecido acinzentado espalhados também.

Em seguida, Ullman os levou para outro lugar. Mamãe perguntou se achava as montanhas bonitas. Danny respondeu que sim, apesar de, de uma forma ou de outra, não ter dado muita importância à paisagem. Enquanto Ullman fechava a porta, Danny olhou de volta sobre os ombros. A mancha de sangue voltara, só que agora era fresca. O sangue escorria. Ullman, olhando diretamente para o lugar, prosseguia discorrendo sobre os homens famosos que já se haviam hospedado ali. Danny descobriu que mordera o lábio com força suficiente para fazê-lo sangrar, mas sequer sentiu. Andando pelo corredor, ficou um pouco para trás, limpou o sangue com a mão e pensou sobre

(sangue)

(O sr. Hallorann havia visto o sangue, ou coisa pior?)

(*Não acho que algo aqui possa machucar você*)

Havia um grito estridente por trás de seus lábios, não o deixaria escapar. Seus pais não podiam ver tais coisas; nunca conseguiram. Ficaria calado. Papai e mamãe se amavam, e aquilo era uma coisa real. O resto era como desenhos de um livro. Alguns eram assustadores, mas eles não podiam machucar. *Eles... não podiam... machucar.*

O sr. Ullman mostrou mais alguns quartos no terceiro andar, conduzindo os três por corredores que se emaranhavam e davam voltas. Como um labirinto. Mostrou a eles um dos quartos onde uma senhora chamada Marilyn Monroe ficara quando era casada com um homem de nome Arthur Miller (Danny entendeu vagamente que Marilyn e Arthur *se divorciaram* não muito tempo depois de passarem pelo Hotel Overlook).

— Mamãe?

— O que é, meu bem?

— Se eram casados, por que tinham sobrenomes diferentes? Você e papai têm o mesmo sobrenome.

— Sim, mas nós não somos famosos, Danny — respondeu Jack. — As mulheres famosas mantêm o mesmo sobrenome, mesmo depois de casadas, pois seus nomes são seu ganha-pão.

— Ganha-pão — repetiu Danny, completamente aturdido.

— O que papai quer dizer é que as pessoas gostavam de ir ao cinema e ver Marilyn Monroe — explicou Wendy —, mas talvez não fossem gostar de ir ver Marilyn Miller.

— Por que não? Ela seria ainda a mesma mulher. Ninguém sabia disso?

— Sim, mas... — Olhou para Jack sem saber o que dizer.

— Truman Capote ficou uma vez neste quarto — interrompeu Ullman, impaciente. Abriu a porta. — Foi na minha época. Um homem tremendamente simpático. Fino.

Não havia nada de extraordinário em nenhum dos quartos, nada que Danny pudesse temer. Aliás, havia apenas uma coisa no terceiro andar que o aborrecia, e não sabia dizer por quê. Era a mangueira de incêndio que vira na parede, exatamente antes de voltarem para o elevador que ainda estava parado esperando, como se fosse uma boca aberta cheia de dentes de ouro.

Era uma mangueira antiga, achatada e enrolada umas doze vezes sobre si mesma, com uma extremidade presa a uma grande válvula vermelha, a outra terminando num bocal de metal. As dobras da mangueira eram presas por uma tira vermelha de aço com uma dobradiça no topo. Em caso de incêndio, bastaria empurrar a tira de aço para cima com um empurrão forte, e a mangueira estaria pronta. Danny olhava aquilo tudo; gostava de observar o funcionamento das coisas. Quando tinha dois anos e meio, já conseguia abrir a grade protetora que o pai instalara no topo da escada, na casa de Stovington. Observara como funcionava o trinco. O pai dizia que era uma questão de JEITO. Algumas pessoas tinham JEITO, outras não.

A mangueira era um pouco mais antiga do que outras que ele já havia visto — a do jardim de infância, por exemplo —, mas não era tão diferente assim. No entanto, ele se sentia incomodado em ver a mangueira enrolada junto ao papel de parede azul-claro, parecendo uma cobra adormecida. E ficou feliz quando não a viu mais.

— Evidentemente, todas as janelas têm que ficar com as venezianas fechadas — informou o sr. Ullman enquanto entravam no elevador. Agora estavam descendo. — Mas me preocupo principalmente com a janela da Suíte

Presidencial. O custo original daquela janela foi de quatrocentos e vinte dólares, e isso há trinta anos. Hoje, sua recolocação custaria oito vezes mais.

— Vou mantê-la fechada — assegurou Jack.

Chegaram ao segundo andar, onde havia mais quartos, mais emaranhados e voltas dos corredores. A luz das janelas começava a morrer, pois o sol estava se deslocando por detrás das montanhas. O Sr. Ullman mostrou um ou dois apartamentos, e foi só. Passaram em frente ao 217, aquele sobre o qual Dick Halorann o prevenira, com grande ênfase. Danny olhou para a plaqueta da porta com inquietante fascinação.

De volta ao primeiro andar. Ali o sr. Ullman não mostrou nenhum quarto até chegarem à escada, com um grosso carpete, que levava de volta ao saguão.

— Aqui estão seus aposentos — anunciou. — Creio que ficarão satisfeitos.

Entraram. Danny estava preparado para qualquer coisa que estivesse ali. Não havia nada.

Wendy Torrance sentiu uma sensação forte de alívio. A Suíte Presidencial, com sua elegância austera, fez com que ela se sentisse estranha e pouco à vontade. Uma coisa era visitar um edifício histórico restaurado, com uma placa ornamental indicando que Abraham Lincoln ou Franklin D. Roosevelt haviam dormido ali, mas outra coisa, inteiramente diferente, era imaginar-se deitada com o marido, debaixo de lençóis de linho, e talvez fazendo amor, onde os homens mais famosos do mundo deitaram-se uma vez (os mais poderosos, que seja, ela se corrigiu). Mas este apartamento era mais simples, mais aconchegante, quase convidativo. Pensou que poderia tolerar o lugar durante a temporada sem grande dificuldade.

— É muito agradável — disse ela a Ullman, sentindo gratidão na própria voz.

Ullman meneou a cabeça, concordando.

— Simples, mas confortável. Durante a temporada, aqui ficam o cozinheiro e sua esposa, ou o cozinheiro e seu auxiliar.

— O sr. Hallorann morou aqui? — interrompeu Danny.

O sr. Ullman inclinou, condescendente, a cabeça para Danny.

— Certamente. Ele e o sr. Nevers. — Voltou-se para Jack e Wendy. — Esta é a sala de estar.

Havia várias cadeiras que pareciam confortáveis sem serem caras, uma mesinha de canto que já fora elegante, mas que tinha agora uma grande lasca do lado, duas estantes (cheias de versões resumidas de livros publicados pela *Reader's Digest* e trilogias de *Histórias de detetives* da década de 1940, que Wendy percebeu, achando graça), e um televisor comum, menos elegante do que os consoles de madeira amarela dos quartos.

— Naturalmente não conta com uma cozinha — continuou Ullman —, mas há um elevador para comida. Este apartamento está exatamente em cima da cozinha.

Ele se dirigiu para o lado de um painel e dali tirou uma bandeja quadrada, larga. Depois a empurrou e ela desapareceu, arrastando a corda atrás de si.

— É uma passagem secreta! — Danny disse animado para a mãe, esquecendo momentaneamente todos os medos com relação àquele poço atrás da parede. — Exatamente como *Abbott e Costello encontram os monstros*!

O sr. Ullman franziu a testa, mas Wendy sorriu indulgente. Danny correu até o elevador e observou o cabo com atenção.

— Por aqui, por favor.

Ullman abriu a porta no fundo da sala de estar, que dava para um quarto espaçoso e arejado. Havia duas camas de solteiro. Wendy olhou para o marido, sorrindo e encolhendo os ombros.

— Não tem problema — disse Jack. — Juntaremos as camas.

O sr. Ullman olhou de soslaio, realmente confuso.

— Perdão?

— As camas — repetiu Jack, satisfeito. — Podemos juntá-las.

— Ah, sim — respondeu Ullman, ainda confuso. Em seguida, sua fisionomia clareou e ele ficou vermelho. — Como quiserem.

Voltaram à sala de estar, onde outra porta dava para um segundo quarto equipado com um beliche. Um aquecedor zunia num canto, e o tapete no assoalho era de um estampado horrível de selva e cactos... Wendy percebeu que Danny já estava apaixonado. As paredes eram revestidas com lambri de pinho.

— Acha que dá para aguentar isto aqui, velhinho? — perguntou Jack.

— Claro que sim. Vou dormir na cama de cima. Tá bem?

— Se é o que você quer...

— Gosto do tapete também. Sr. Ullman, por que não coloca todos os tapetes iguais?

O gerente parecia ter mordido uma fatia de limão. Em seguida, sorriu e deu uma batidinha na cabeça de Danny.

— São seus aposentos — disse ele —, exceto o banheiro, que dá para o quarto principal. Não é um apartamento enorme, mas naturalmente terão o resto do hotel para circularem. A lareira do saguão está funcionando bem, pelo que Watson me disse. Sintam-se à vontade se quiserem comer no restaurante.

Ele disse aquilo como se estivesse concedendo um grande favor.

— Muito bem — concluiu Jack.

— Vamos descer? — perguntou Ullman.

— Certamente — Wendy respondeu.

Desceram pelo elevador, e o saguão estava agora completamente deserto, restando somente Watson, que estava recostado à porta principal, vestindo uma jaqueta de couro cru, com um palito entre os dentes.

— Pensei que já estivesse a quilômetros daqui — criticou Ullman, com a voz um pouco fria.

— Fiquei um pouco mais só para lembrar o sr. Torrance da caldeira — falou Watson, se ajeitando. — Fique de olho nela, cara, e tudo vai correr bem. Baixe a pressão algumas vezes durante o dia. Ela costuma aumentar.

Ela aumenta, pensou Danny, e as palavras ecoaram pelo corredor comprido e silencioso de sua mente, um corredor cheio de espelhos, para o qual as pessoas raramente olhavam.

— Fique tranquilo — respondeu o pai.

— Vocês vão ficar bem — Watson afirmou, estendendo a mão para Jack, que a apertou. Watson voltou-se para Wendy e inclinou a cabeça.

— *Madame*.

— Muito prazer — respondeu Wendy, e pensou que o que dissera tinha soado esquisito. Mas não tinha. Ela nascera e crescera na Nova Inglaterra, e parecia que este homem, Watson, de cabelos encaracolados, em poucas palavras acabara de resumir o que era o Oeste. E não se incomodou com a piscadela atrevida de horas antes.

— Jovem mestre Torrance — disse Watson seriamente, estendendo a mão. Danny, que há um ano aprendera a cumprimentar, estendeu a mão com cuidado e sentiu como se ela tivesse sido engolida pela do homem.

— Cuide bem deles, Dan.

— Sim, senhor.

Watson soltou a mão de Danny e se ajeitou. Olhou para Ullman.

— Até o ano que vem, eu acho — falou, também estendendo a mão.

Ullman a apertou com frieza. O anel no seu dedo mínimo piscou malignamente sob as luzes elétricas do saguão.

— Doze de maio, Watson. Nem antes, nem depois.

— Sim, senhor — respondeu Watson, e Jack quase podia ler o pensamento de Watson... *Sua porra de bicha velha.*

— Tenha um bom inverno, sr. Ullman.

— Ah, duvido muito — retrucou Ullman, sem dar importância.

Watson abriu uma das duas grandes portas principais; o vento assobiou mais alto e mexeu com a gola de sua jaqueta.

— Se cuidem, pessoal.

— Sim, senhor — respondeu Danny.

Watson, cujo parente não muito distante fora proprietário do lugar, saiu humildemente pela porta, que se fechou atrás dele, amortecendo o vento. Juntos, os que ficaram o observaram descer os largos degraus de entrada com as botas velhas de vaqueiro. Folhas frágeis de álamo, amarelas, rolavam em volta de seus calcanhares, enquanto ele atravessava o pátio até sua picape International Harvest. Uma fumaça azul saiu do escapamento enferrujado quando o motor foi ligado. A força mágica do silêncio os envolveu, enquanto Watson dava a ré e deixava o estacionamento. A picape desapareceu no alto da colina e reapareceu em seguida, menor, na estrada principal, rumo ao oeste.

Por um momento, Danny se sentiu mais solitário do que nunca.

13
A VARANDA DA FRENTE

A família Torrance estava parada na grande varanda de entrada do Hotel Overlook como se estivesse posando para uma fotografia: Danny no meio, a jaqueta do outono passado já muito pequena e começando a esgarçar no cotovelo, fechada até o pescoço; Wendy atrás dele, com a mão sobre seu ombro, e Jack à esquerda, com a mão levemente pousada sobre a cabeça do filho.

O sr. Ullman estava um degrau abaixo deles, enfiado em um casaco de pelo de cabra angorá, marrom e de aparência cara. O sol estava agora completamente por trás das montanhas, infiltrando-se como fogo dourado, tornando as sombras em redor compridas e de cor violeta. Os únicos três carros que estavam no estacionamento eram o caminhão do hotel, o Lincoln Continental de Ullman e o fusca maltratado de Torrance.

— Está com as chaves, e tudo entendido sobre a fornalha e a caldeira, então? — Ullman perguntou a Jack, que balançou a cabeça afirmativamente, sentindo pena do gerente.

Tudo pronto, e a bola de barbante estava cuidadosamente enrolada até 21 de maio próximo — nem um dia antes, nem depois. E Ullman, que se responsabilizava com inconfundível paixão por tudo o que se referia ao hotel, não podia deixar de procurar pontas soltas.

— Acho que está tudo sob controle — Jack respondeu.

— Bom. Vou manter contato. — Ullman ainda hesitava, como se esperasse que o vento o tomasse pela mão e talvez o levasse até o carro. Suspirou. — Muito bem. Tenham um bom inverno, sr. Torrance, sra. Torrance. Para você também, Danny.

— Muito obrigado — Danny agradeceu. — O senhor também.

— Duvido muito — Ullman anunciou, triste. — O lugar para onde vou na Flórida é um pardieiro, para dizer a verdade. É um servicinho para me manter ocupado. Não é o meu emprego. O Overlook é o meu verdadeiro emprego. Cuide dele por mim, sr. Torrance.

— Acho que ele ainda vai estar no mesmo lugar quando voltar na primavera — assegurou Jack, e um pensamento lampejou na mente de Danny

(e nós, estaremos?)

e desapareceu.

— Claro. Claro que estará.

Ullman olhou para o jardim, onde os arbustos em formato de animais farfalhavam ao vento. Baixou a cabeça, mais uma vez, de modo muito profissional.

— Então, até a próxima.

Caminhou apressado e afetado para o carro — aliás, um carro grande, ridículo para um homem tão pequeno — e entrou. O motor do Lincoln ronronou e as lanternas traseiras acenderam-se enquanto saía da vaga. Quando o carro partiu, Jack conseguiu ler a plaquinha que dizia: RESERVADO PARA O SR. ULLMAN, GERENTE.

— Certo — disse Jack, calmamente.

Ficaram olhando o carro até que ele sumisse de vista, no declive. Quando desapareceu, os três se entreolharam em silêncio, quase apavorados. Estavam sozinhos. Folhas de álamo rodopiavam e deslizavam, sem rumo, pela grama muito bem cortada e longe dos olhos de qualquer hóspede. Não havia ninguém para ver as folhas de outono correndo furtivas, só os três. Jack teve uma curiosa sensação de encolhimento, como se sua vida tivesse sido reduzida a uma simples faísca, enquanto o hotel e o jardim de repente duplicavam de tamanho e se tornavam sinistros, sufocando-os. Como se fossem dotados de um poder inanimado.

Wendy disse então:

— Veja só, velhinho. Seu nariz está escorrendo como uma mangueira de incêndio. Vamos entrar.

E entraram, fechando a porta com força contra o incessante uivo do vento.

TERCEIRA PARTE
O NINHO DE VESPAS

14
NO TELHADO

"Ai, sua filha da puta desgraçada!"

Jack Torrance gritou tanto de susto quanto de dor, dando um tapa com a mão direita na camisa de cambraia azul, afugentando a grande e lenta vespa que o ferroara. Em seguida, ele começou a subir pelo telhado o mais rápido que podia, olhando por sobre os ombros para ver se os irmãos e irmãs da vespa haviam saído do ninho recém-descoberto, para lhe declarar guerra. Se isso acontecesse, não seria nada bom; o ninho ficava entre ele e a escada, e o alçapão que dava para o sótão estava trancado por dentro. O telhado ficava a vinte metros do chão cimentado do pátio, entre o hotel e a grama.

No entanto, o ninho estava parado e tranquilo.

Jack suspirou, aborrecido, por entre os dentes. No topo do telhado, sentou-se com as pernas abertas e examinou o indicador direito. Já estava inchando, e ele supôs que precisaria rastejar até a escada, passando pelo ninho, para poder descer e colocar gelo no dedo.

Era 20 de outubro. Wendy e Danny tinham ido a Sidewinder no caminhão do hotel (um Dodge velho e barulhento que ainda assim era mais digno de confiança do que o Volkswagen que agora resfolegava gravemente, parecendo estar em estado terminal) para comprar leite e fazer as compras de Natal. Ainda estava cedo para essas compras, mas não era possível prever quando a neve chegaria para ficar. Já tinha caído uma neve fraquinha, e em alguns lugares a estrada abaixo do Overlook estava escorregadia.

Até agora, o outono tinha sido de uma beleza quase sobrenatural. As três semanas que já haviam passado ali tinham sido de dias dourados. Manhãs frias de um grau abaixo de zero davam lugar a tardes de temperatura por volta dos quinze graus, perfeitas para subir no telhado da ala oeste do Overlook e trabalhar na substituição das telhas. Jack admitiu com franqueza para Wendy que poderia ter terminado o trabalho quatro dias antes, mas não viu nenhuma necessidade real de se apressar. A vista dali de cima era espetacular, mesmo comparada à da Suíte Presidencial. Mais importante do que o próprio trabalho era a calma. No telhado, ele sentia que estava se curando das feridas sofridas nos últimos três anos. No telhado, sentia-se em paz. Aqueles três anos começavam a parecer pesadelos turbulentos.

As telhas de madeira estavam podres, algumas totalmente quebradas pelas tempestades do inverno anterior. Ele removia todas gritando "Lá vai bomba!", ao jogá-las para baixo, pois não queria que Danny fosse atingido, caso estivesse andando por ali. Estava arrancando a calafetagem estragada quando a vespa o picou.

A parte irônica da história é que ele se lembrava de tomar cuidado sempre que subia no telhado, ficando de olho nas vespas; comprara aquela bomba de inseticida para usar se fosse preciso. Mas, naquela manhã, a calma e a paz tinham sido tão completas que sua atenção falhara. Aos poucos ia voltando ao universo da peça que estava criando, rascunhando na cabeça uma cena qualquer em que trabalharia mais tarde. A peça ia bem e, apesar de Wendy não ter feito muitos comentários, sabia que ela estava gostando. Tivera um bloqueio na cena crucial entre Denker, o diretor sádico, e Gary Benson, o jovem herói, durante os últimos infelizes seis meses em Stovington. Nesse período, a ânsia de beber era tanta que só com muito esforço conseguia se concentrar nas atividades da sala de aula, quem dirá suas ambições literárias extracurriculares.

Nas últimas doze noites, porém, sentado diante da máquina de escrever Underwood profissional que pegara emprestado do escritório principal, no andar de baixo, o bloqueio praticamente desaparecera. Tão magicamente quanto algodão-doce se dissolvendo na boca. A descrição que sempre lhe faltara sobre o caráter de Denker surgira quase sem esforço, e assim a maior parte do segundo ato foi reescrita, girando em torno da nova cena. E o terceiro ato, cada vez mais claro, já se elaborava na sua mente, quando a vespa interrompeu sua meditação. Pensou que pudesse terminar o rascunho em duas semanas e ter o original definitivo da maldita peça até o Ano-Novo.

Jack tinha uma agente em Nova York, uma ruiva durona chamada Phyllis Sandler que fumava cigarros Herbert Tareyton, bebia Jim Beam em copos de papel e achava que a literatura começara e terminara com Sean O'Casey. Ela já havia vendido três contos de Jack, incluindo o publicado na *Esquire*. Ele escreveu a ela, contando sobre a peça. Chamada *A pequena escola*, a obra narrava o conflito básico entre Denker, um estudante privilegiado que fracassara ao se tornar o diretor estúpido de uma escola preparatória, na Nova Inglaterra da virada do século XIX, e Gary Benson, o aluno que Jack via como uma versão de si mesmo. Phyllis respondera demonstrando interesse e recomendou que ele lesse O'Casey antes de começar a peça. Naquele ano, ela escrevera mais uma vez, perguntando por onde diabos andava a obra. Jack respondera evasivamente que *A pequena escola* estava indefinidamente — e talvez definitivamente — parada entre a mão e a página, "naquele imenso Deserto de Góbi intelectual, conhecido como bloqueio criativo do autor". Agora, parecia que ela finalmente receberia a peça. Se era boa ou não, ou se seria produzida, era outro negócio. Jack não parecia dar muita importância a esse tipo de coisa. Sentia-se como se a peça em si, a obra como um todo, fosse uma síntese, um símbolo colossal dos anos tristes na escola preparatória de Stovington, do casamento que quase destruíra. Como se fosse um rapaz maluco dirigindo um calhambeque; o monstruoso ataque ao filho, o incidente com George Hatfield no estacionamento, que hoje não via mais como uma simples explosão de seu temperamento. Achava agora que parte do seu problema com a bebida resultara de um desejo inconsciente de se ver livre de Stovington e da segurança que a escola representava, que sufocava qualquer estímulo criativo que tivesse. Havia parado de beber, mas a necessidade de se libertar era igualmente grande. Então aconteceu George Hatfield. Agora, tudo o que restava daqueles dias era uma peça sobre a escrivaninha no quarto que dividia com Wendy. Depois de finalizada e enviada à minúscula agência de Phyllis, em Nova York, a obra permitiria que ele se voltasse para outras atividades. Não um romance, não estava preparado para se meter no pântano de outro empreendimento literário por mais três anos. Porém, com certeza escreveria mais contos. Talvez um volume deles.

Movimentando-se com cuidado, Jack engatinhou telhado abaixo, passando pela linha de demarcação onde as telhas verdes davam lugar à seção do telhado que ele tinha acabado de limpar. Chegou na beirada à esquerda do ninho das vespas que descobrira e se moveu cauteloso em sua direção, pronto para recuar e descer correndo a escada caso a situação se complicasse.

Ele se inclinou sobre o buraco e o examinou.

O ninho estava lá dentro, encravado entre a antiga calafetagem e o forro de tábuas do telhado. Era enorme. A acinzentada bola de papel parecia a Jack ter quase sessenta centímetros de diâmetro. A forma não era perfeita, pois o espaço entre os calafetos e as tábuas era muito estreito, mas ainda assim ele achava que os pequenos insetos haviam executado um trabalho razoavelmente respeitável. A superfície do ninho estava cheia de vespas lentas e pesadas. Não eram aquelas abelhas com listras pretas e amarelas, menores e mais calmas, e sim marimbondos. Tinham ficado lerdos devido à queda de temperatura no outono, mas Jack, que entendia de vespas desde a infância, deu-se por satisfeito por ter sido picado apenas uma vez. E, pensou, se Ullman tivesse contratado alguém para fazer o trabalho em pleno verão, o cara que arrancasse aquele pedaço de calafetagem teria uma enorme surpresa. De verdade. Quando uma dúzia de vespas perigosas ataca você de uma só vez e começa a lhe ferroar o rosto, as mãos e os braços, picando as pernas através das calças, é inteiramente plausível se esquecer da altura de vinte metros do solo. Seria perfeitamente possível sair correndo para fora do telhado enquanto se tenta fugir delas. Tudo por causa dessas coisinhas, a maior delas com apenas a metade do comprimento de um toco de lápis.

Lera em algum lugar — num suplemento de domingo ou em algum artigo de revista — que sete por cento de todas as fatalidades automobilísticas são inexplicáveis. Nenhuma falha mecânica, nem excesso de velocidade, bebida alcoólica ou mau tempo. Simplesmente um carro se acidenta em áreas desertas das estradas (um único morto, o motorista, sem poder explicar o que aconteceu). O artigo incluía uma entrevista com um policial; ele teorizava que muitos desses tais "acidentes inexplicáveis" resultavam de insetos no carro. Vespas, abelhas, possivelmente até aranhas ou mariposas. O motorista entra em pânico, tenta dar um golpe violento no inseto ou abrir a janela para deixá-lo sair. Provavelmente o inseto o pica. Talvez o motorista perca o controle. De qualquer forma, é bum... e acabou. E o inseto, geralmente ileso, zumbindo feliz, deixa os destroços em chamas à procura de pastos melhores. O policial era a favor de que os legistas procurassem veneno de insetos ao fazerem a autópsia em tais vítimas, lembrava-se Jack.

Observando o ninho agora, parecia que ele servia tanto como um compreensível símbolo do que Jack vivera quanto como um presságio de dias melhores. De que outra forma se poderia explicar o que lhe acontecera? Ainda sentia que as experiências negativas que tivera em Stovington precisavam ser analisadas tendo Jack Torrance na voz passiva. Não fizera coisas; coisas haviam sido feitas a ele. Conhecera muitas pessoas do corpo docente de Stovington, duas delas exatamente no Departamento de Inglês, que bebiam muito. Zack Tunney tinha o hábito de comprar um barril de cerveja nas tardes de sábado, enfiá-lo no meio da neve do quintal e beber tudo no dia seguinte, assistindo a futebol americano e a filmes antigos. Ainda assim, a semana inteira, Zack ficava sóbrio como um juiz: um pequeno coquetel no almoço era uma festa.

Já Al Shockley e Jack eram alcoólatras. Procuravam-se um ao outro como dois náufragos, que ainda eram sociáveis o bastante para preferirem afogar-se juntos, em vez de se acabarem sozinhos. Em vez de sal, o mar deles tinha cevada.

Olhando para as vespas, enquanto elas lentamente executavam seu trabalho instintivo antes que o inverno chegasse para matá-las e deixar apenas a rainha hibernada, Jack ia mais longe. *Ainda* era um alcoólatra, sempre seria. Talvez o fosse desde aquela festa, no segundo ano do secundário, quando bebera seu primeiro drinque. Não tinha nada a ver com força de vontade, moralidade, fraqueza ou caráter. Havia um parafuso solto em algum lugar lá dentro, ou um fusível qualquer que não funcionava, e ele tinha sido impelido pela correnteza, a princípio devagar, depois acelerando, à medida que Stovington o pressionava. Ou como se estivesse num escorrega gigante, onde, no final, havia uma bicicleta despedaçada e sem dono, e um filho com um braço quebrado. Jack Torrance na voz passiva. O temperamento era a mesma coisa. Ele tinha passado a vida inteira tentando controlá-lo. Recordava-se de levar palmadas de uma vizinha, quando tinha sete anos, porque brincava com fósforos. Outra vez, saiu e jogou uma pedra num carro que passava. O pai, tendo visto, voou em cima do pequeno Jacky, aos berros. Deixou seu traseiro vermelho... e o olho roxo. E, quando o pai voltou para dentro de casa, resmungando, para assistir à televisão, Jack viu um cachorro vira-lata e o chutou para a sarjeta. Envolveu-se em duas dúzias de brigas no primário, mais outras ainda no ginásio, que lhe garantiram duas suspensões e incontáveis castigos, apesar das boas notas. O futebol funcionava como uma válvula parcial de escape, apesar de se lembrar perfeitamente de que passava os jogos inteiros puto da vida, bloqueando e derrubando os jogadores como se fossem seus inimigos pessoais. Era um bom jogador, participara dos campeonatos intercolegiais do ginásio e secundário e sabia muito bem que era tudo graças ao temperamento ruim... Ou tudo culpa dele. Não gostava de futebol americano. Toda partida era um horror.

E, ainda assim, apesar de tudo, não se *sentia* um filho da puta. Nunca se sentira malvado. Julgava-se um sujeito bacana que só precisava aprender a lutar contra seu mau gênio, antes que se metesse em confusão. Assim como tinha que aprender a lutar contra a bebida. Mas era um alcoólatra, tanto emocional quanto físico, e ambos, sem dúvida, estavam ligados em algum ponto em seu interior, onde não se podia ver. Mas não importava muito se as causas primárias eram relacionadas ou independentes; sociais, psicológicas ou fisiológicas. Precisava arcar com as consequências: as palmadas, as surras de seu velho, as suspensões, as tentativas de explicar o uniforme de escola rasgado nas brigas no parque. E, mais tarde, as ressacas, a lenta dissolução de seu casamento, aquela única roda de bicicleta com os raios tortos apontados para o céu, o braço quebrado de Danny. E George Hatfield, naturalmente.

Sentiu que tinha inconscientemente enfiado a mão no Maior Ninho de Vespas do Mundo. Como imagem, era péssimo. Como perfil da realidade, podia ser considerado útil. Enfiara a mão numa calafetagem podre em pleno verão, e aquela mão e o braço inteiro consumiram-se em fogo sagrado, destruindo todo pensamento consciente, fazendo o conceito de comportamento civilizado se tornar esquecido. É possível esperar que alguém aja como um ser humano racional, quando sua mão está sendo espetada por malditas agulhas incandescentes? É possível esperar que se ame o próximo, quando uma nuvem escura e furiosa surge de um buraco no tecido das coisas (tecido esse que você julgava tão inocente) e se lança como flecha em sua direção? É possível que uma pessoa seja considerada responsável por suas próprias ações, quando enlouquece em cima de um telhado, sem saber para onde correr, em pânico, sabendo que um passo em falso poderá levá-la acidental e desastradamente para a morte, no concreto, vinte metros abaixo? Jack não achava que isso fosse possível. Quando alguém inadvertidamente enfia a mão em um ninho de vespas, é como se fizesse um pacto com o diabo, jogando para o alto seu eu civilizado com os conceitos de amor, respeito e honra. Tudo simplesmente acontece. Passivamente, sem nenhum aviso, você deixa de ser uma criatura racional e se torna um ser irracional; de homem civilizado a deplorável macaco, em apenas cinco segundos.

Pensou em George Hatfield.

Alto e louro, George era um rapaz de uma beleza insolente. Usando jeans apertados e desbotados, exibindo os braços bronzeados sob o suéter de Stovington com as mangas cuidadosamente dobradas até os cotovelos, ele fazia Jack se lembrar de um Robert Redford jovem. Jack também duvidava que George tivesse muita dificuldade em arranjar mulheres — não mais do que aquele jovem demônio do futebol americano que Jack Torrance havia sido dez anos antes. Podia dizer, honestamente, que não tinha inveja de George ou de sua aparência. Aliás, começara quase que inconscientemente a visualizar George como a encarnação do herói de sua peça, Gary Benson — o oposto do sombrio Denker, fracassado e envelhecido, que passou a odiar Gary com intensidade. Mas ele, Jack Torrance, nunca tinha se sentido assim em relação a George. Se algum dia sentiu, não se deu conta. Estava certo disso.

George era um aluno relapso em Stovington. Astro do futebol e do beisebol, seu programa curricular não era dos mais difíceis, e ele se contentava com notas quatro e esporádicos sete em história e biologia. No campo, era um competidor feroz, mas na sala de aula era um aluno indiferente e distraído. Jack estava habituado com o tipo, mais pela própria vivência como estudante secundário e universitário do que por suas observações como professor. George Hatfield era um atleta. Podia ser uma figura calma e indulgente na sala de aula, mas, quando lhe eram aplicados os estímulos competitivos certos (como eletrodos nas têmporas do monstro de Frankenstein, pensou Jack), podia se transformar num colosso.

Em janeiro, George se candidatara, com mais doze alunos, à equipe de debates. Fora muito franco com Jack. O pai era advogado corporativo e queria que o filho seguisse a mesma carreira. George, que não tinha vocação para mais nada, cedeu. Suas notas não eram das melhores, mas, afinal de contas, Stovington era apenas uma escola preparatória, e ainda havia tempo. Se as possibilidades se concretizassem, o pai poderia mexer os pauzinhos. A própria habilidade atlética de George abriria ainda outras portas. Mas Brian Hatfield queria que o filho fizesse parte da equipe de debates. Seria bom como experiência, e conselhos de admissão das faculdades de direito sempre davam valor a esse tipo de atividade. Então, George entrou para a equipe de debates, e, em fins de março, Jack o retirou do grupo.

Os debates de fim de inverno entre as diversas equipes tinham incendiado o espírito competitivo de George Hatfield. Ele se tornou um debatedor determinado e inflexível, preparando com ferocidade sua posição pró ou contra. Não importava que o assunto fosse legalização da maconha, restabelecimento da pena de morte ou subsídios à exploração do petróleo. George desenvolveu a habilidade, e seu nível de agressividade patriótica era tal que ele honestamente não se importava de que lado estava. Jack sabia se tratar de uma qualidade rara e valiosa até em debatedores de alto nível. As personalidades de um aventureiro político e de um verdadeiro debatedor não estavam muito longe uma da outra; ambas apaixonadamente ficavam à espreita da melhor oportunidade. Até aqui tudo bem.

Mas George Hatfield era gago.

Esse obstáculo não aparecia na sala de aula, onde George se mantinha sempre quieto e calado (tivesse ou não feito os deveres de casa) e, especialmente, nas quadras de esporte de Stovington, onde conversar não era uma virtude e às vezes os jogadores eram até expulsos de campo por excesso de discussão.

Porém, quando George se envolvia totalmente em um debate, a gagueira aparecia. Quanto mais impaciente ficava, pior ela se tornava. E, quando percebia que o oponente estava praticamente derrotado, uma espécie de febre intelectual parecia se implantar entre o centro da fala e sua boca, e o rapaz ficava completamente congelado enquanto o tempo de resposta dele acabava. Era doloroso de ver.

— En-t-t-tão, eu ach-ch-cho que p-p-podemos dizer que os f-f-f-fatos no c-caso que o sr. D-D-D-Dorsky está ci-citando fo-foram tornados ob-b-b-bsoletos por c-causa da última d-d-decisão tomada...

A campainha tocava, e George, confuso, olhava furioso para Jack, sentado ao lado. George ficava vermelho naqueles momentos, e as anotações eram espasmodicamente amassadas em uma das mãos.

Jack segurou George na equipe por muito tempo, bem depois de ter eliminado os alunos obviamente fracos, na esperança de que o rapaz conseguisse melhorar. Lembrava-se do fim de tarde, cerca de uma semana antes quando, com relutância, entregou os pontos. George permaneceu na escola depois de os outros terem saído, e então confrontou Jack, com raiva.

— Você adiantou o cr-cr-cronômetro.

Jack levantou os olhos dos papéis que estava guardando de volta na pasta.

— George, do que você está falando?

— Você não me deu os cinco m-m-minutos completos. Adiantou o cr-cr-cronômetro. Eu estava olhando o re-re-relógio.

— O relógio e o cronômetro podem ter uma pequena diferença, George; mas eu nunca toquei no maldito cronômetro. Palavra de escoteiro.

— V-V-Você mexeu, sim!

O modo violento e incisivo com que George olhava evocou o espírito intempestivo de Jack. Fazia dois meses que não bebia, o que era muito tempo, e ele estava com os nervos à flor da pele. Tentou conter-se pela última vez.

— Posso lhe garantir que não, George. É a sua gagueira. Tem alguma ideia da causa? Você não gagueja em aula.

— Eu n-n-não s-s-sou g-g-gag-gago!

— Fale baixo.

— V-V-Você q-quer me p-pegar! Você n-não me q-quer na sua m-m-maldita t-turma!

— Fale baixo, já disse. Vamos conversar racionalmente.

— Fo-foda-se i-isso!

— George, se controlar sua gagueira, ficarei contente em tê-lo na equipe. Você se prepara bem e é bom em pesquisar o histórico das pautas, o que significa que raramente é apanhado de surpresa. Mas tudo isso não significa muito, se não puder controlar essa...

— N-n-nunca gaguejei! — gritou o rapaz. — É v-você! Se outra p-p-pessoa ficasse enc-encarregada da e-q-q-quipe de d-d-ddebates, eu poderia...

Jack não conseguiu conter seu mau gênio.

— George, você nunca será um bom advogado, nem corporativo nem de outro tipo, se não conseguir controlar isso. Direito não é futebol. Duas horas de treino toda noite não vão acabar com isso. O que você vai fazer? Ficar em pé diante do conselho diretor e dizer: "Ag-ggg-gora, s-senhores, qu-quanto a este p-problema?".

De repente, Jack ruborizou, não de raiva, mas de vergonha por sua crueldade. Na sua frente não havia um homem, mas sim um rapaz de dezessete anos, que enfrentava a primeira grande derrota de sua vida, e talvez usasse da única maneira de que dispunha para pedir que Jack o ajudasse a vencer.

George lançou-lhe um olhar final e furioso, contorcendo os lábios, lutando contra as palavras que se engarrafavam por trás e faziam esforço para sair.

— V-V-Você m-mesmo ad-d-admite! Você m-me o-o-odeia p-porque s-s-s-sabe... você sabe... s-s-s-...

Com um grito inarticulado, correu para fora da sala de aula batendo a porta com força suficiente para chacoalhar o vidro, que era reforçado com uma tela. Jack ficou ali parado, sentindo, em vez de ouvir, o eco dos passos do rapaz no corredor vazio. Ainda sob o domínio do seu temperamento ruim e da vergonha por ter zombado da gagueira do aluno, seu primeiro pensamento foi uma espécie de alegria doentia: pela primeira vez na vida, George Hatfield havia desejado algo que não poderia ter. Pela primeira vez havia um problema que nem todo o dinheiro do pai poderia consertar. Não se pode subornar o centro da fala. Ninguém pode oferecer cinquenta dólares por semana e mais uma bonificação de Natal à língua, para que ela concorde em parar de vibrar como uma agulha de vitrola num sulco defeituoso. Em seguida, a alegria foi simplesmente sufocada pela vergonha, exatamente o que havia sentido depois de quebrar o braço de Danny.

Deus do céu, eu não sou um filho da puta. Por favor.

Aquela alegria doentia pela saída abrupta de George era mais típica do personagem Denker, na peça, do que de Jack Torrance, o dramaturgo.

Você me odeia porque sabe...

Porque sabe o quê?

O que poderia por acaso saber sobre George Hatfield, que o faria detestá-lo? Que o futuro se abria diante dele? Que se parecia um pouco com Robert Redford e que as meninas paravam de falar quando ele se exibia na piscina? Que jogava futebol e beisebol com um talento inato?

Ridículo. Totalmente absurdo. Não invejava George Hatfield em nada. Se a verdade podia ser dita, Jack se sentia pior pela infeliz gagueira do rapaz do que o próprio George, pois sabia que ele realmente poderia se tornar um grande orador. E, se Jack tivesse adiantado o cronômetro — e é claro que não havia feito isso —, seria porque tanto ele quanto os demais membros da equipe sentiam constrangimento pelo esforço de George e se angustiavam, da mesma maneira como se sentiam quando o orador da festa da turma esquecia alguns trechos do discurso. Se tivesse adiantado o cronômetro, seria apenas para... poupar George de sua desgraça.

Mas ele não havia adiantado o cronômetro. Tinha certeza.

Uma semana mais tarde, Jack excluiu George e, durante esse tempo, manteve-se calmo. Os gritos e as ameaças haviam partido de George. Uma semana depois, Jack saiu, no meio da aula, para buscar uma pilha de livros que esquecera no porta-malas do fusca. E lá estava George, ajoelhado, com os cabelos compridos caídos no rosto e uma faca de caçador na mão. Estava cortando o pneu dianteiro direito. Os pneus traseiros já estavam rasgados, e o carro acaçapado com os pneus furados parecia um cachorro cansado.

Jack ficou fora de si, e lembrava muito pouco da luta que se seguira. Lembrava-se de um rosnado grave que pareceu sair da sua própria garganta:

— Muito bem, George. Se é assim que quer, venha aqui tomar seu remédio.

Lembrava-se de George erguendo os olhos, alarmado e amedrontado, dizendo:

— Sr. Torrance... — Como se quisesse explicar que tudo aquilo era apenas um engano, que os pneus já estavam vazios quando chegou, e que ele só estava limpando a sujeirinha das bandas de rodagem dianteiras com a ponta da faca que casualmente estava com ele, e...

Jack avançara de punhos erguidos. Aparentemente estava sorrindo, mas não tinha certeza disso.

A última lembrança que tinha era de George levantando a faca e dizendo:

— É melhor não chegar mais perto...

E depois só se lembrava da srta. Strong, a professora de francês, segurando-o pelo braço, gritando, berrando:

— Pare com isso, Jack! Pare! Você vai matar o garoto!

Jack piscou e olhou em volta obtusamente. Adiante, a faca reluzia inofensiva no asfalto do estacionamento, a três metros de distância. E seu Volkswagen, seu pobre fusca velho e surrado, veterano de muitas bebedeiras, se apoiava sobre três sapatos furados. Ele notou que lá estava um novo amassado no para-lama dianteiro direito, e havia algo no meio do amassado que seria tinta vermelha, ou sangue. Por um momento, seus pensamentos ficaram confusos

(Deus do céu afinal de contas o atropelamos)

sobre aquela outra noite. Em seguida, seus olhos voltaram-se para George, que estava caído, atordoado, no asfalto. A equipe de debates saíra e todos se acotovelavam à porta, olhando para George. Havia sangue em seu rosto, provocado por uma lesão do crânio, que parecia pequena. Mas havia sangue também saindo de um dos ouvidos, e isso provavelmente significava uma concussão. Quando George quis se levantar, Jack se desvencilhou da srta. Strong e foi até ele. George se encolheu de medo.

Jack colocou as mãos sobre o peito de George, fazendo o rapaz permanecer deitado.

— Fique deitado e parado — disse ele. — Não tente se mover. — Virou para a srta. Strong, que olhava para os dois, horrorizada. — Por favor, chame o médico da escola, srta. Strong.

A professora voou para a secretaria. Jack então olhou, de maneira incisiva, para a equipe de debates, pois havia voltado a ser o professor. E, quando podia ser inteiramente ele mesmo, era o cara mais bacana no estado de Vermont. Os alunos com certeza sabiam disso.

— Podem ir para casa — ordenou com calma. — Nós nos veremos amanhã de novo.

Mas, no fim daquela semana, seis dos seus alunos pediram para sair. Dois deles eram o ouro da equipe, mas naturalmente isso não importava muito, pois, na mesma ocasião, ele foi informado de que deveria se demitir.

Ainda assim, de alguma forma, conseguiu ficar sem beber e supôs que isso significasse alguma coisa.

E não odiava George Hatfield. Tinha certeza disso. Não tinha agido: as coisas agiram sobre ele.

Você me odeia porque sabe...

Mas não sabia nada. *Nada.* Juraria diante do Trono do Todo-Poderoso, exatamente como juraria que adiantara o cronômetro não mais do que um minuto. E não por ódio, mas por pena.

Duas vespas rastejavam preguiçosas pelo telhado, ao lado do buraco na calafetagem.

Jack as observou até que elas abriram suas asas aerodinâmicas, silenciosas, porém estranhamente eficientes, e lançaram-se ao sol de outubro, talvez para picar outra pessoa. Deus achara conveniente dar-lhes ferrões, e Jack supunha que elas tinham que usá-los em alguém.

Há quanto tempo estaria sentado ali, olhando o buraco com suas surpresas desagradáveis, digerindo lembranças? Olhou o relógio. Quase meia hora.

Escorregou para a borda do telhado, baixou uma perna e tateou com o pé até encontrar o degrau da escada. Iria ao galpão de equipamentos, onde guardara a bomba de inseticida, numa prateleira alta. E, então, as vespas é que teriam uma surpresa. Quem com ferro fere com ferro será ferido. Acreditava nisso sinceramente. Daqui a duas horas o ninho não seria mais do que um papel mastigado, e Danny poderia até guardá-lo em seu quarto, se quisesse — Jack tivera um em seu quarto, quando era criança. Tinha um cheiro leve de madeira queimada e gasolina. Poderia guardá-lo junto à cabeceira da cama, que não o machucaria.

— Estou melhorando.

O som de sua própria voz, confiante, no silêncio da tarde, o deixou mais tranquilo, apesar de não ter desejado falar alto. *Estava* melhorando. Era possível passar da voz passiva à ativa e considerar a coisa que quase o levara à loucura como um prêmio sem importância que não passava de um interesse ocasional. E, se havia um lugar onde a coisa pudesse ser feita, com certeza seria este.

Desceu a escada para pegar a bomba de inseticida. Pagariam. Pagariam por tê-lo picado.

15
NO JARDIM

Duas semanas antes, Jack encontrara nos fundos do galpão de equipamentos uma imensa cadeira de vime pintada de branco. Ele a arrastara para a varanda sob os protestos de Wendy, que dizia ser realmente a coisa mais feia que já vira na vida. Estava sentado nela agora, distraindo-se com uma edição de E. L. Doctorow, *Bem-vindo aos dias difíceis*, quando a esposa e o filho subiram a entrada de carros no barulhento caminhão do hotel.

Wendy estacionou, pisou no acelerador fazendo um sonoro VRUM e desligou a ignição. A única lanterna traseira apagou-se. O motor deu um engasgo e finalmente parou. Jack levantou-se da cadeira e, devagar, desceu para encontrá-los.

— Oi, pai! — gritou Danny, correndo para Jack. Carregava uma caixa em uma das mãos. — Olha o que a mamãe comprou pra mim.

Jack pegou o filho nos braços, rodopiou com ele duas vezes e carinhosamente deu um beijo na sua boca.

— Jack Torrance, o Eugene O'Neill de sua geração, o Shakespeare americano! — disse Wendy, sorrindo. — Que surpresa encontrá-lo aqui, tão longe, nas montanhas.

— A plebe cansou-me, cara dama — respondeu, passando os braços em volta dela. Beijaram-se. — Como foi a viagem?

— Foi boa. Danny reclamou que fico dando solavancos com o carro, mas não o deixei morrer nem uma vez e... Ah, meu Deus, Jack, você terminou!

Ela estava olhando para o telhado, e Danny seguiu seu olhar. O menino franziu o cenho de leve, quando viu a grande extensão de telhas novas no topo da ala oeste do Overlook, um verde mais claro do que o resto do telhado. Olhou então para a caixa em sua mão, e seu rosto se iluminou novamente. À noite, as imagens que Tony mostrara voltavam a assombrá-lo em toda sua clareza original, mas, à luz do dia, eram mais fáceis de esquecer.

— Olha, papai, olha.

Jack pegou a caixa da mão do filho. Era um carro, uma das miniaturas que Danny admirava no passado. Este era o Violento Volkswagen Violeta, e o desenho na caixa mostrava um imenso fusca roxo, com lanternas grandes de um Cadillac Coupé Deville 59, brilhando sobre um rastro de poeira.

Por uma abertura na capota, saía um monstro gigante cheio de verrugas, com olhos vermelhos esbugalhados, um riso de louco, um capacete gigante de corrida caído nas costas e mãos agarradas ao volante.

Wendy sorria para ele, e Jack retribuiu com uma piscadela.

— É isso que me impressiona em você, velhinho — disse Jack, devolvendo a caixa. — O seu gosto pelo discreto, pelo sóbrio, pelo introspectivo. Tal pai, tal filho.

— Mamãe me disse que você vai me ajudar a montar, assim que eu terminar de ler a primeira cartilha.

— Isso tem que ser até o fim de semana — falou Jack. — O que mais veio nesse caminhão elegante, madame?

— Nananinanão. — Wendy segurou o braço de Jack e o afastou. — Nada de espiar. Algumas dessas coisas são para você. Danny e eu vamos levar lá pra dentro. Você pode levar o leite. Está no chão do carro.

— É só pra isso que eu sirvo! — gritou Jack, batendo com a mão na testa. — Apenas um burro de carga, uma besta de carga. Carrega isso, carrega aquilo, o tempo todo.

— Então carregue aquele leite direto para a cozinha, senhor.

— Assim também é demais! — ele respondeu jogando-se ao chão, enquanto Danny, montado sobre suas costas, dava risadas.

— Levante, seu burro — ordenou Wendy, dando-lhe uma cutucada com a ponta do tênis.

— Está vendo? — ele falou para Danny. — Ela me chamou de burro. Você é testemunha.

— Testemunha, testemunha! — Danny repetiu alegre, saltando de cima do pai caído.

Jack se sentou.

— Isto me faz lembrar uma coisa, amigão. Eu também tenho uma coisa para você. Na varanda, ao lado do cinzeiro.

— O que é?

— Esqueci. Vá lá e veja.

Jack se levantou e ficou de pé ao lado de Wendy, ambos olhando Danny correr pela grama e subir os degraus da varanda de dois em dois. Passou a mão em volta da cintura da esposa.

— Está feliz, amor?

Ela olhou para ele com seriedade.

— Nunca estive tão feliz, desde que nos casamos.

— Verdade?

— Juro por Deus.

Ele a apertou com força.

— Eu amo você.

Wendy o abraçou forte, emocionada. Essas não eram palavras banais na boca de Jack Torrance; podia contar nos dedos o número de vezes que as ouvira, tanto antes quanto depois do casamento.

— Eu também amo você.

— Mamãe! Mamãe! — Danny estava na varanda, gritando feliz. — Venha ver! Puxa! Que bacana!

— O que é? — perguntou Wendy enquanto saíam do estacionamento, de mãos dadas.

— Esqueci — Jack tentou despistar.

— Ah, você vai ver — comentou enquanto dava uma leve cotovelada nele. — Vai ver só.

— Estou querendo ver hoje à noite — ele retrucou, e Wendy riu. Um minuto depois, ele perguntou: — Você acha que Danny está feliz?

— Você é quem devia saber. É você que tem longas conversas com ele toda noite, antes de dormir.

— Geralmente falamos sobre o que ele quer ser quando crescer, ou se Papai Noel existe. Isso tem muita importância para ele. Acho que o amiguinho Scott andou falando no assunto. Mas não, ele não me falou nada sobre o Overlook.

— Nem para mim — considerou Wendy. Subiam os degraus da varanda. — Mas ele passa muito tempo calado. Acho que perdeu peso, Jack, acho mesmo.

— Ele está crescendo.

Danny estava de costas para eles. Examinava alguma coisa junto à mesa de Jack, mas Wendy não sabia o que era.

— Também não está comendo muito bem. Era um comilão. Lembra como era no ano passado?

— Isso é só uma fase — ele respondeu de modo vago. — Acho que já li isso em algum livro do dr. Spock. Vai voltar a comer como um leão quando estiver com sete anos. — Pararam no último degrau.

— Ele também está se esforçando demais naquelas leituras — disse ela. — Sei que está querendo nos agradar... agradar você — completou, relutante.

— Mas é para agradar a si próprio, acima de tudo — respondeu Jack. — Não o tenho pressionado em nada sobre essas leituras. Aliás, preferiria que não se esforçasse tanto.

— Acharia besteira se eu agendar um exame médico? Há um clínico-geral em Sidewinder, um médico jovem, pelo que disse o caixa do mercado...

— Você está um pouco preocupada com a neve, não está?

Wendy encolheu os ombros.

— Acho que sim. Se você acha que é besteira...

— Não acho. Aliás, pode agendar um horário para nós três. Veremos que está tudo bem com nossa saúde e assim poderemos dormir tranquilos.

— Vou marcar as consultas hoje à tarde — disse ela.

— Mãe! Olha, mamãe!

Danny correu em direção a ela com um grande objeto cinza nas mãos. Por um momento tragicômico, Wendy pensou que fosse um cérebro. Viu o que era e recuou instintivamente.

Jack a abraçou.

— Tudo bem. Os inquilinos que não fugiram voando foram despejados. Usei a bomba de inseticida.

Ela olhou para o ninho grande de vespas que o filho segurava, mas não o tocou.

— Tem certeza de que não é perigoso?

— Absoluta. Tive um em meu quarto quando menino. Presente de meu pai. Quer ficar com ele em seu quarto, Danny?

— Quero! Agora mesmo!

O menino virou de costas e saiu correndo, entrando pelas portas grandes. Os pais podiam ouvir o ruído surdo de seus pés na escada principal.

— *Havia* vespas lá — ela afirmou. — Você foi picado?

— Cadê minha medalha de condecoração? — perguntou ele, exibindo o dedo. Estava menos inchado, mas, para sua satisfação, ela se espantou, dando um beijo no machucado.

— Arrancou o ferrão?

— Vespas não deixam ferrão. As abelhas é que deixam, pois têm ferrões ásperos. Os das vespas são mais lisos. Isso é o que faz com que sejam tão perigosas. Podem picar várias vezes.

— Jack, tem certeza de que não é perigoso Danny guardar esse negócio?

— Segui as instruções da bomba. É morte certa para qualquer inseto em duas horas, depois o veneno evapora, sem deixar resíduo.

— Eu odeio elas — comentou Wendy.

— O quê... as vespas?

— Qualquer coisa que pica — respondeu. Cruzou os braços sobre os seios, as mãos agarrando os cotovelos.

— Eu também — concordou Jack, abraçando-a.

16

DANNY

No quarto, Wendy podia ouvir a máquina de escrever, que Jack trouxera lá de baixo, martelar durante trinta segundos, cair em silêncio por um minuto ou dois, e então voltar a bater novamente por pouco tempo. Era como ouvir o disparo de uma metralhadora dentro de um abrigo isolado de concreto. Aquele som era como música para seus ouvidos. Jack não escrevia tão regularmente desde o segundo ano de seu casamento, quando escreveu a história que fora publicada na *Esquire*. Ele achava que até o final do ano ficaria tudo pronto, estando a peça boa ou não, e então começaria a escrever algo novo. Dizia não se importar se *A pequena escola* não provocasse entusiasmo quando Phyllis a mostrasse aos produtores teatrais, não se importava se a obra desaparecesse sem deixar rastros, e Wendy concordava. O próprio fato de ele estar escrevendo a enchia de esperança, não porque esperasse por um grande sucesso, mas porque o marido parecia estar lentamente fechando uma enorme porta de um cômodo cheio de monstros. Já havia muito tempo que ele virara as costas para essa porta, mas finalmente ela agora estava fechada.

Cada tecla batida fechava a porta um pouco mais.

— Veja, Dick, veja.

Danny estava debruçado sobre uma das cinco cartilhas velhas que Jack comprara após fazer uma seleção impiedosa em diversas lojinhas e sebos de Boulder. Essas cartilhas levariam Danny exatamente ao nível de leitura de segunda série, um programa que Wendy já dissera a Jack achar demasiado ambicioso. O filho era inteligente, sabiam disso, mas seria um erro pressioná-lo demais. Jack concordara. Não fariam pressão. Mas, se o menino aprendesse rápido, estariam preparados. E agora imaginava se Jack não estaria certo quanto a isso, também.

Danny, preparado por quatro anos de *Vila Sésamo* e três anos de *Electric Company*, parecia estar pegando as coisas com uma velocidade espantosa. Isso a incomodava. Ele ficava debruçado sobre os livrinhos inocentes, deixando o rádio de pilha e o aviãozinho na prateleira em cima dele, como se sua vida dependesse da alfabetização. Seu rostinho estava mais tenso e pálido do que ela gostaria, sob o brilho aconchegante e próximo da lâmpada do abajur que instalaram no quarto. Ele levava muito a sério, tanto a leitura quanto a série de exercícios que o pai preparava para ele todas as tardes. Jack fazia o desenho de uma maçã e de um pêssego; a palavra *maçã* escrita no inferior da folha, com a caligrafia muito clara e limpa. Ele pedia para Danny fazer um círculo em torno do desenho certo, aquele que combina com a palavra. E o filho olhava, atentamente, da palavra para os desenhos, os lábios se movendo, soletrando, com dificuldade. Com o lápis vermelho e gigante, torcendo seu pulso direito gordinho com esforço, ele podia agora escrever cerca de três dúzias de palavras sozinho.

O dedo acompanhava lentamente as palavras na leitura. Sobre elas, um desenho que Wendy ainda recordava do seu tempo de alfabetização, dezenove anos atrás. Um garoto risonho com cabelos castanhos encaracolados. Uma menina de vestido, cabelos com cachos dourados, uma corda de pular em uma das mãos. Um cachorro saltitante correndo atrás de uma grande bola de borracha vermelha. O trio do primeiro ano: Dick, Jane e Jip.

— Jip vê a bola — Danny lia devagar. — Veja, Jip, veja. Veja, veja, veja. — Parava, acompanhava a frase com o dedo. — Veja a... — Curvava-se para mais perto, o nariz quase encostando na página. — Veja a...

— Não chegue tão perto, velhinho — disse Wendy, com calma. — Não faz bem aos olhos. A palavra é...

— Não diga! — ele pediu, sentando-se aos arrancos. A voz alarmada. — Não diga, mamãe, eu consigo!

— Certo, meu bem. Mas não é tão importante assim. Não é mesmo.

Sem dar atenção a ela, Danny curvou-se novamente sobre o livro. No seu rosto havia a expressão que seria mais adequada para um universitário durante as provas em alguma faculdade. Ela gostava cada vez menos disso.

— Veja a... B-O. BO L-A. LA. Veja a loba? Veja a olba. Bola! — Triunfalmente. Feroz. A ferocidade em sua voz a amedrontava. — *Veja a bola!*

— Isso mesmo — disse ela. — Meu bem, acho que por hoje chega.

— Só mais umas páginas, mamãe? Por favor?

— Não, velhinho. — Fechou, firme, o livro de capa vermelha. — Já pra cama.

— Por favor?

— Não me aborreça com isso, Danny. Mamãe está cansada.

— Tá bem. — Mas olhou ansioso para a cartilha.

— Vá dar um beijo em seu pai e lavar o rosto. Não se esqueça de escovar os dentes.

— Está bem.

Saiu desanimado, um menininho de pijama de flanela com o desenho de uma bola de futebol americano na frente e o nome do time NEW ENGLAND PATRIOTS nas costas.

A máquina de Jack silenciou, e ela ouviu o beijo de Danny.

— Boa noite, papai.

— Boa noite, velhinho. Como está?

— Bem, eu acho. Mamãe me fez parar.

— Mamãe está certa. Já passa de oito e meia. Está indo ao banheiro?

— Estou.

— Bom. Tem batatas brotando de seus ouvidos. E cebolas, e cenouras, e cheiro-verde, e...

A risada de Danny diminuiu e em seguida sumiu ao trancar a porta do banheiro. Gostava de privacidade no banheiro, enquanto ela e Jack eram um pouco mais relaxados. Mais um sinal — e eles se multiplicavam a toda hora — de que havia outro ser humano ali, não apenas uma cópia de um deles, ou uma combinação dos dois. Ficou triste. Algum dia seu filho seria um estranho para ela, e ela seria uma estranha para ele... mas não tão estranha quanto sua própria mãe havia se tornado para ela. Por favor, não deixe que isso aconteça, Deus. Deixe Danny crescer e ainda amar sua mãe.

A máquina de Jack reiniciou sua marcha irregular.

Ainda sentada na cadeira, ao lado da mesa de leitura de Danny, Wendy deixou seus olhos passearem pelo quarto do filho. A asa do aviãozinho caprichosamente consertada. A mesa, cheia de livros com gravuras, livros de colorir, revistinhas velhas do Homem-Aranha, com metade das capas rasgadas, lápis de cor, uma pilha desarrumada de blocos de madeira. A miniatura do Volkswagen estava cuidadosamente colocada sobre esses objetos menores, ainda intocada no invólucro de plástico. Ele e o pai a montariam na noite seguinte, ou na próxima, se Danny mantivesse o ritmo, e adeus fim de semana. As gravuras do Ursinho Pooh, do burrinho Bisonho e de Christopher Robin estavam presas na parede, para, em breve, serem substituídas por pôsteres de pin-ups e de cantores de rock drogados, supunha ela. Da inocência à experiência. Natureza humana, meu bem. Agarre-a com unhas e dentes. Ainda se sentia triste. Ano que vem Danny entraria na escola, e ela perderia, pelo menos, metade dele, talvez mais, para seus amigos. Jack e Wendy tentaram ter outro filho quando as coisas pareciam correr bem em Stovington, mas depois ela voltou a tomar a pílula. As coisas mostravam-se muito incertas. Só Deus sabia onde estariam daqui a nove meses.

Seus olhos bateram no ninho de vespas.

O novo objeto ocupava o lugar de destaque máximo no quarto de Danny, apoiado sobre um grande prato plástico na mesinha de cabeceira. Wendy não gostava daquilo, mesmo ele estando vazio. Imaginava vagamente se teria germes. Pensou em perguntar a Jack, depois achou que ele iria rir dela. Mas perguntaria ao médico amanhã, se tivesse uma chance de falar com ele longe de Jack. Não gostava da ideia daquela coisa, construída pela mastigação e pela saliva de tantas criaturas hostis, ali a poucos centímetros da cabeça de seu filho.

A água ainda corria no banheiro, e ela se levantou, dirigindo-se até a suíte para ter certeza de que estava tudo bem. Jack não levantou os olhos; estava perdido no mundo que criava, fitando fixamente a máquina de escrever, com um cigarro apertado entre os dentes.

Bateu de leve na porta do banheiro.

— Tudo bem, velhinho? Está acordado?

Nenhuma resposta.

— Danny?

Nenhuma resposta. Tentou abrir a porta. Estava trancada.

— Danny? — Estava agora apreensiva. A ausência de qualquer outro ruído a não ser a água correndo, regular, a deixou preocupada. — Danny, abra a porta, meu bem.

Nenhuma resposta.

— Deus do céu, Wendy, não vou conseguir pensar se você ficar esmurrando essa porta a noite inteira.

— Danny se trancou no banheiro e agora não responde.

Jack deu a volta na mesa, aborrecido. Esmurrou a porta com força.

— Abra, Danny. Não estou brincando.

Nenhuma resposta.

Jack bateu com mais força.

— Deixe de brincadeira, velhinho. Hora de dormir, é hora de ir dormir. Se você não abrir, vai levar palmada.

Está perdendo o controle, pensou ela, e sentiu mais medo. Desde aquela noite, há dois anos, Jack não tocara em Danny com raiva. Mas agora parecia estar chateado o suficiente para fazê-lo.

— Danny, meu bem... — recomeçou ela.

Nenhuma resposta. Apenas a água correndo.

— Danny, se me fizer quebrar a fechadura posso garantir que você vai passar o resto da noite dormindo de bruços — advertiu Jack.

Nada.

— Arrombe — ela pediu, e de repente teve dificuldade em falar. — Rápido.

Ele levantou um pé e deu um chute na porta, à direita da maçaneta. A fechadura era fraca; cedeu imediatamente. A porta, estremecendo, abriu, bateu no azulejo do banheiro, voltou e ficou entreaberta.

— *Danny!* — berrou ela.

A água saía com toda a força da torneira. Ao lado, um tubo de pasta de dentes, sem tampa. Danny estava sentado na beirada da banheira, do outro lado. Segurava a escova de dentes, limpa, na mão esquerda, e com uma espuma fina da pasta em volta da boca. Os olhos arregalados, como que em êxtase, miravam o espelho do armário sobre a pia. Sua fisionomia era de horror entorpecido, e seu primeiro pensamento foi que ele estivesse sofrendo um ataque epiléptico e tivesse engolido a língua.

— *Danny!*

Ele não respondeu. Sons guturais saíam de sua garganta.

Wendy foi então empurrada para o lado com tanta força que bateu no porta-toalhas, e de repente Jack estava ajoelhado em frente ao menino.

— Danny — ele gritou. — Danny, Danny! — Estalou os dedos diante dos olhos vazios do filho.

— Ah, claro — respondeu Danny. — Torneio. Ponto...

— Danny...

— Roque! — falou Danny, com a voz subitamente grossa, quase como um homem. — Roque. Ponto. O taco de roque... tem duas extremidades...

— Jack, meu Deus, *o que está acontecendo?*

Jack agarrou os cotovelos do menino e o sacudiu com força. A cabeça de Danny balançou para trás e então caiu para a frente como um balão pendurado numa vareta.

— Roque. Ponto. Redrum.

Jack sacudiu o filho mais uma vez, e os olhos de Danny de repente se iluminaram. A escova caiu de sua mão com um barulhinho sobre o ladrilho.

— O quê? — perguntou, olhando em redor. Viu o pai ajoelhado à sua frente, Wendy encostada na parede. — O quê? — perguntou Danny de novo, em crescente alarme. — O q-q-q-que e-s-s-t...

— *Não gagueje!* — berrou Jack de repente. Danny gritou de susto, o corpo tenso, tentando se desvencilhar do pai, e em seguida explodiu em lágrimas. Arrependido, Jack o puxou novamente para junto de si. — Ah, meu bem, desculpe. Desculpe, velhinho. Por favor. Não chore. Desculpe. Está tudo bem.

A água jorrava sem parar na pia, e Wendy sentiu que de repente havia penetrado em um pesadelo terrível, onde o tempo voltava atrás, à época em que o marido, bêbado, quebrara o braço do filho, e em seguida choramingara sobre ele repetindo praticamente as mesmas palavras.

(*Ah, meu bem. Desculpe. Desculpe, velhinho. Por favor. Desculpe.*)

Correu em direção aos dois, de alguma forma arrancou Danny dos braços de Jack (viu a raiva brotar, de novo, no rosto do marido, mas arquivou a informação para consideração posterior) e o levou para o quarto pequeno; Danny abraçado a ela, e Jack os seguindo.

Sentou-se na cama de Danny e balançou o filho em seus braços, acalmando-o com palavras soltas repetidas. Olhou para Jack, e agora só havia preocupação em seu olhar. Ele levantou as sobrancelhas como se perguntasse alguma coisa. Wendy meneou levemente a cabeça.

— Danny, Danny — ela repetia. — Danny, Danny, Danny. Está bem, velhinho. Tudo bem.

Finalmente ele se acalmou, com leves tremores em seus braços. Ainda assim, foi com o pai que falou primeiro. Jack estava agora sentado na cama, ao lado deles, e ela sentiu um impulso

(Ele é, e sempre será o primeiro)

de ciúme. Jack havia gritado com ele, ela o confortara, mas ainda assim foi com o pai que Danny falou:

— Desculpe se fui mau.

— Não precisa se desculpar, velhinho — Jack respondeu, afagando seus cabelos. — Que diabos aconteceu lá dentro?

Danny balançou a cabeça devagar, meio tonto.

— Não... não sei. Por que me disse para parar de gaguejar, papai? Não sou gago.

— Claro que não — Jack concordou, afetuoso, mas Wendy sentiu um aperto no coração. Jack de repente havia ficado apavorado, como se tivesse visto alguma coisa, um fantasma.

— Alguma coisa sobre o cronômetro... — resmungou Danny.

— *O quê?* — Jack se inclinou, e Danny se retraiu nos braços da mãe.

— Jack, você está assustando ele! — exclamou ela, com a voz alta e acusatória. De repente, se deu conta de que todos estavam apavorados. Mas com o quê?

— Não sei, não sei — repetia Danny ao pai. — O quê... o que eu disse, papai?

— Nada — desconversou Jack. Tirou o lenço do bolso e enxugou a boca. Wendy teve, por um momento, aquela sensação nauseante de voltar no tempo. Era um gesto que lembrava bem os dias de embriaguez do marido.

— Por que você trancou a porta, Danny? — perguntou ela, gentil. — Por que fez isso?

— Tony — ele respondeu. — Tony mandou.

Trocaram um olhar por sobre a cabeça do filho.

— E o Tony disse por quê, filho? — indagou Jack, com calma.

— Eu estava escovando os dentes e pensando em minha leitura. Pensando mesmo. E... e vi Tony lá no fundo do espelho. Ele disse que precisava me mostrar de novo.

— Quer dizer que ele estava atrás de você? — perguntou Wendy.

— Não, ele estava *dentro do* espelho. — Danny foi enfático neste ponto. — Lá no fundo. E então eu entrei pelo espelho. Depois, só me lembro quando papai me sacudiu e pensei que estivesse sendo mau de novo.

Jack estremeceu como se tivesse sido atingido.

— Não, velhinho — ele falou calmamente.

— Tony falou para você trancar a porta? — perguntou Wendy, acariciando os cabelos do filho.

— Disse.

— E o que ele queria mostrar?

Danny ficou tenso em seus braços; era como se os músculos do corpo do garoto estivessem esticados como uma corda de piano.

— Não me lembro — ele respondeu perturbado. — Não me lembro. Não me pergunte. Eu... *eu não me lembro de nada!*

— Shh — fez Wendy, alarmada. E começou a balançá-lo de novo. — Se você não se lembra, está tudo bem, amor. Claro que está.

Finalmente, Danny voltou a relaxar.

— Quer que eu fique aqui um pouquinho? Quer que eu leia uma história?

— Não. Só a luminária. — Olhou timidamente para o pai. — Você fica, papai? Só um pouquinho?

— Claro, velhinho.

Wendy suspirou.

— Vou para a sala, Jack.

— Está bem.

Ela se levantou e olhou Danny, que se enfiava debaixo das cobertas. Parecia muito pequeno.

— Tem certeza que está bem, Danny?

— Tô bem. Só acende o Snoopy, mamãe.

— Claro.

Colocou o Snoopy na tomada e acendeu, Snoopy dormindo no telhado de sua casinha de cachorro. Até se mudarem para o Overlook, ele nunca fizera questão de ter uma luz acesa de noite, e então pediu uma luminária. Ao sair, Wendy apagou o abajur e a luz de teto, e olhou mais uma vez para eles, o pequeno círculo branco do rosto de Danny e Jack acima. Hesitou

(*e então eu entrei pelo espelho*)

e os deixou rapidamente.

— Está com sono? — perguntou Jack, afastando o cabelo de Danny da testa.

— Tô.

— Quer um copo d'água?

— Não...

Durante cinco minutos permaneceram em silêncio. As mãos de Jack ainda estavam sobre a cabeça de Danny. Pensando que o menino adormecera, estava praticamente se levantando para sair, quando Danny falou quase dormindo:

— Roque.

Jack virou-se, sem entender nada.

— Danny...?

— Você não machucaria a mamãe, né, papai?

— Não.

— Nem eu?

— Não.

Silêncio novamente, prolongado.

— Papai?

— O quê?

— Tony veio e me falou sobre roque.

— Foi, velhinho? O que foi que ele contou?

— Não me lembro bem. Somente Tony dizendo que os turnos são contados como no beisebol. Não é engraçado?

— É. — O coração de Jack batia forte. Como era possível o menino saber uma coisa dessas? Roque era jogado por turnos, não como no beisebol, mas como no críquete.

— Papai...? — Estava quase dormindo.

— O quê?

— O que é redrum?

— *Red drum*? Parece alguma coisa que os índios levam para a guerra.

Silêncio.

— Ei, velhinho?

Mas Danny dormia, ressonando, longa e lentamente. Jack se sentou, olhando o filho por um momento, e foi arrebatado por ondas de amor. Por que gritara com o menino? Era perfeitamente normal gaguejar um pouco. Saíra de um estado de torpor ou alguma espécie estranha de transe, e a gagueira era perfeitamente normal naquelas circunstâncias. Perfeitamente. E não teria dito *cronômetro*, de forma alguma. Devia ter sido outra coisa, bobagem, linguagem inarticulada.

Como sabia que roque era jogado em turnos? Quem teria lhe contado? Ullman? Hallorann?

Olhou suas mãos. Os punhos cerrados e apertados pela tensão

(*Deus, preciso de um gole*)

e as unhas enterradas nas palmas como pequenas cicatrizes. Aos poucos, foi forçando para que abrissem.

— Eu amo você, Danny — sussurrou. — Só Deus sabe quanto.

Saiu do quarto. Mais uma vez perdera a calma, só um pouco, mas o bastante para se sentir mal e com medo. Um gole abrandaria essa sensação. Ah, sim, abrandaria isso

(Alguma coisa a ver com o cronômetro)

e tudo o mais. Não havia a menor dúvida quanto àquelas palavras. Nenhuma. Cada uma fora tão clara quanto o soar de um sino. Parou no corredor, olhou para trás e, automaticamente, enxugou os lábios com o lenço.

As silhuetas eram apenas formas negras no brilho do abajur. Wendy, já de pijama, foi até a cama de Danny e o cobriu novamente; ele havia se descoberto. Jack parou na porta, observando a esposa colocar a mão na testa do filho.

— Está com febre?

— Não. — Beijou seu rosto.

— Graças a Deus você marcou a consulta — disse ele, quando a mulher voltou para o quarto. — Acha que o cara entende esse tipo de coisa?

— O caixa do mercado disse que ele é muito bom. É só o que sei.

— Se houver algo de errado, vou mandar vocês dois para a casa de sua mãe, Wendy.

— Não.

— Eu sei como se sente — Jack falou enquanto a abraçava.

— Você não tem ideia de como me sinto em relação a ela.

— Wendy, não há outro lugar para onde vocês possam ir. Você sabe disso.

— Se você viesse...

— Sem este emprego, estamos liquidados — ele sentenciou, objetivo. — Você sabe disso.

Sua silhueta concordou, vagarosa. Ela sabia.

— Quando fiz a entrevista com Ullman, achei que fosse conversa fiada. Agora, não estou tão certo disso. Talvez não devesse ter me submetido a isso, junto com vocês. A sessenta quilômetros da civilização.

— Eu amo você. E Danny ama ainda mais. Se é que isso é possível. Ele ficaria com o coração partido, Jack. Vai ficar, se você nos mandar embora.

— Não coloque as coisas dessa maneira.

— Se o médico disser que há algo errado, vou procurar emprego em Sidewinder — informou ela. — Se não conseguir, Danny e eu voltaremos para Boulder. Não posso ir para a casa da minha mãe, Jack. Não nesta situação. Não me peça isso. Simplesmente... não posso.

— Acho que entendo. Vamos ter ânimo. Talvez não seja nada.

— Talvez.

— A consulta é às duas?

— Sim.

— Vamos deixar a porta do quarto aberta, Wendy.

— Está bem. Mas acho que ele vai dormir a noite inteira.

Mas não dormiu.

Bum... bum... bumbumBUMBUM...

Fugia dos sons pesados e estilhaçantes que ecoavam pelo labirinto de corredores, os pés descalços deslizando sobre uma espessa selva de azul e negro. Cada vez que ouvia o taco de roque ser batido contra a parede em algum ponto atrás de si, sentia vontade de gritar bem alto. Mas não devia. Não devia. Gritando, se trairia e então

(então *REDRUM*)

(*Venha aqui tomar seu remédio, seu chorão miserável!*)
Ele ouvia o dono daquela voz vindo, à sua procura, correndo pelo corredor como um tigre numa selva hostil azul e negra. Um canibal.
(*Venha aqui, seu pequeno filho da puta!*)
Se conseguisse descer as escadas, se conseguisse sair deste terceiro andar, poderia ficar bem. Até o elevador. Se pudesse lembrar o que tinha sido esquecido. Mas estava escuro e, aterrorizado, perdera o rumo. Dobrava um corredor, e outro, o coração na boca como fogo e gelo, temendo que cada curva o levasse face a face com o tigre humano nos corredores.
O barulho agora estava bem atrás dele, o terrível grito rouco.
A cabeça do taco assobiava cortando o ar
(*roque... ponto... roque... ponto... REDRUM*)
antes de ser arremessado sobre a parede. O deslizar macio dos pés no tapete de selva. Na boca, o gosto amargo de pânico.
(*Vai se lembrar do que foi esquecido... mas lembraria? O que era?*)
Fugiu por um outro corredor e notou, desesperado, que estava em um beco sem saída. Pelos três lados, as portas pareciam olhar para ele com censura. A ala oeste. Estava na ala oeste e podia ouvir a tempestade que gritava lá fora, uma garganta negra cheia de neve, parecendo sufocar.
Encostou-se na parede, chorando de medo, o coração agora batendo como o de um coelho apanhado numa armadilha. Quando suas costas estavam apoiadas no papel de parede azul-claro, suas pernas perderam a força e ele desabou, ofegante, sobre o tapete, as mãos abertas sobre a selva de trepadeiras e plantas trançadas.
Mais alto. Mais alto.
Havia um tigre no corredor, e agora estava já no outro corredor, ainda berrando naquela ira aguda, dominadora e alucinada, o taco de roque batendo, pois o tigre andava sobre duas patas e era...
Acordou sufocado, de repente; sentou-se na cama, de olhos arregalados e fixos no escuro, as mãos cruzadas sobre o rosto.
Alguma coisa na mão. Mexendo.
Vespas. Três.
Elas picaram a mão dele, todas de uma vez, como se fossem agulhas. E, quando todas as imagens se diluíram, caindo e caindo sobre ele como uma avalanche negra, Danny começou a gritar no escuro, as vespas agarradas à sua mão esquerda, picando sem parar.

As luzes se acenderam, e papai estava ali parado de calção, olhos penetrantes. Mamãe, atrás dele, sonolenta e apavorada.

— *Tirem elas de mim!* — gritava Danny.

— Ai, meu Deus — disse Jack. E viu.

— Jack, o que está acontecendo com ele? *O quê?*

O marido não respondeu. Correu para a cama, pegou o travesseiro de Danny e bateu com ele sobre a mão esquerda do filho. De novo. Wendy viu insetos grandes levantarem voo, zumbindo.

— Pegue uma revista! — gritou ele. — Mata elas!

— Vespas? — ela perguntou, e por um momento viu-se presa em si própria, praticamente sem ação. A raiva crescendo, e o raciocínio ligado à emoção. — Vespas, Santo Deus, Jack, você disse...

— *Cale a porra da boca e acabe com elas!* — gritou ele. — *Faça o que estou mandando!*

Uma delas pousara sobre a escrivaninha de Danny. Wendy pegou um livro de colorir e bateu com ele sobre a vespa, deixando no local uma mancha marrom e viscosa.

— Tem mais uma na cortina — preveniu ele, passando por ela com Danny nos braços.

Levou o menino para seu quarto, deitando-o na cama de casal improvisada, no lado que pertencia a Wendy.

— Fique aí, Danny. Não volte até eu avisar. Entendeu? — Com o rosto cheio de lágrimas, Danny assentiu.

— Meu menino valente.

Jack correu até as escadas. Atrás, ouviu o barulho do livro de colorir sendo golpeado duas vezes e, em seguida, a mulher gritando de dor. Não parou e continuou escada abaixo, descendo os degraus de dois em dois, até o saguão escuro. Passou pelo escritório de Ullman a caminho da cozinha, batendo a coxa contra a quina da mesa de madeira do gerente, quase sem sentir. Esbarrou nos objetos pendurados na parede da cozinha e foi à pia. Os pratos lavados do jantar ainda estavam empilhados no escorredor, onde Wendy os arrumara. Pegou a tigela grande de pirex que estava em cima. Um prato caiu no chão e quebrou. Jack ignorou, voltou pelo escritório e subiu as escadas.

Wendy estava parada na porta do quarto de Danny, ofegante. O rosto da cor de uma folha de papel. Os olhos brilhando e sem vida; o cabelo desalinhado caindo sobre o pescoço.

— Peguei todas — informou ela, estupidamente —, mas uma me picou. Jack, você garantiu que estavam todas mortas. — Começou a chorar.

Jack passou por ela sem dizer nada e levou a tigela de pirex até o ninho, que estava imóvel ao lado da cama de Danny. Não havia nada ali. Pelo menos, no lado de fora. Abafou-o com a tigela.

— Isso — disse ele. — Vamos.

Voltaram ao quarto.

— Onde você foi picada?

— Meu... meu pulso.

— Vamos ver.

Ela mostrou. Exatamente em cima das linhas que separam a palma da mão do pulso, havia um pequeno círculo. A pele ao redor estava inchada.

— Você tem alergia a picadas de insetos? — perguntou. — Tente se lembrar! Se você for alérgica, Danny pode ser também. Os desgraçados picaram ele umas cinco ou seis vezes.

— Não — respondeu ela, mais calma. — Eu... só as odeio, é só. *Odeio*.

Danny estava sentado aos pés da cama, segurando a mão esquerda e olhando as picadas. Os olhos, cheios de susto, se voltaram para Jack de maneira reprovadora.

— Papai, você disse que tinha matado todas. Minha mão... tá doendo muito.

— Vamos ver, velhinho... não, não vou tocar. Isso faria doer ainda mais. Só me mostre.

Mostrou e Wendy gemeu.

— Ah, Dann... Sua mãozinha!

Mais tarde, o médico contaria onze picadas diferentes. Agora, tudo o que conseguiam ver era uma mancha com pequenos buracos, como se a palma da mão e os dedos tivessem sido salpicados com pedacinhos de pimenta vermelha. Estava muito inchada. A mão começava a parecer com aquela de desenhos animados, quando o Pernalonga ou o Patolino se machucam com um martelo.

— Wendy, vá buscar aquele spray no banheiro — ele pediu.

Ela saiu, e Jack sentou-se junto do filho, passando um braço sobre seus ombros.

— Depois que aplicar o spray em sua mão, quero tirar umas fotos com a Polaroid, velhinho. E aí você vai dormir o resto da noite conosco, tá bom?

— Tá bom — respondeu Danny. — Mas por que você vai tirar fotos?

— Para a gente talvez processar uns canalhas.

Wendy voltou com o tubo de spray em formato de extintor de incêndio.

— Não vai doer, velhinho — disse ela, destampando o objeto.

Danny mostrou a mão e ela passou o spray dos dois lados, até a pele ficar brilhando. Ele deu um suspiro profundo.

— Dói muito? — perguntou Wendy.

— Não. Melhorou.

— Agora tome isto. Mastigue. — Falou enquanto lhe entregava cinco aspirinas infantis, sabor laranja.

Danny colocou as pastilhas na boca e as mastigou, uma por uma.

— Não é aspirina demais? — questionou Jack.

— Foram muitas picadas — retrucou ela, rispidamente. — Vá se livrar daquele ninho, Jack Torrance. Agora mesmo.

— Um minuto só.

Jack foi ao armário e tirou a Polaroid da gaveta de cima. Procurou no fundo e encontrou alguns cubos de flash.

— Jack, o que está fazendo? — perguntou, um pouco histérica.

— Ele vai tirar umas fotos de minha mão — respondeu Danny, muito sério — e aí a gente vai processar uns canalhas. Né, papai?

— É — confirmou Jack, sorrindo. Pôs um flash na máquina. — Estenda a mão, filho. Calculo uns cinco mil dólares por picada.

— Do que você está *falando*? — Wendy quase gritou.

— Vou te explicar. Segui as instruções daquela porra de bomba. Vamos processar esses canalhas. Aquela porcaria está com defeito. Só pode estar. De que outra forma se pode explicar isso?

— Ah — disse ela baixinho.

Jack tirou quatro fotografias, entregando cada revelação para Wendy escrever o horário. Ela o consultava no pequeno relógio que trazia pendurado no pescoço, como um medalhão. Danny, fascinado com a ideia de que suas picadas poderiam valer milhares e milhares de dólares, começou a perder o medo e ficar ativamente interessado. A mão latejava forte, e ele sentia um pouco de dor de cabeça.

Quando Jack guardou a máquina e espalhou as fotos sobre o gaveteiro para secar, Wendy perguntou:

— Será que a gente devia levá-lo ao médico hoje à noite?

— Não, a não ser que esteja doendo muito — respondeu Jack. — Se uma pessoa tem uma alergia séria ao veneno de vespas, reage em trinta segundos.

— Reage? O que você...

— Coma. Ou convulsões.

— Ah! Ai, meu Deus. — Cruzou os braços com força, pálida e abatida. — Como está se sentindo, filho? Acha que consegue dormir?

Danny piscou. O pesadelo havia se transformado num cenário inexpressivo e estúpido em sua mente, mas ele ainda sentia medo.

— Se eu puder dormir com vocês...

— Claro — disse Wendy. — Ah, meu bem, desculpe.

— Tá tudo bem, mamãe.

Ela voltou a chorar, e Jack pousou as mãos sobre seus ombros.

— Wendy, juro que segui as instruções.

— Vai se livrar daquilo amanhã de manhã? Por favor?

— Claro que vou.

Os três foram para a cama juntos, e Jack já estava quase dormindo, quando resolveu se levantar de novo.

— Vou tirar uma foto do ninho também.

— Não demore.

— Já volto.

Foi ao armário, pegou novamente a máquina e o último flash. Fez um sinal de positivo para Danny, que sorriu e fez o mesmo sinal com a mão sadia.

Que garotão, pensou, enquanto ia para o quarto de Danny. *Como se já não bastasse o que aconteceu.*

A tigela ainda estava lá. Jack cruzou o beliche e, quando olhou para a mesa ao lado, ficou completamente arrepiado. Os cabelos do pescoço ficaram em pé.

Só com dificuldade podia ver o ninho através do vidro transparente da tigela. O interior do pirex estava cheio de vespas. Era difícil dizer quantas. Pelo menos cinquenta. Talvez cem.

Com o coração batendo forte e devagar no peito, tirou as fotografias e pousou a máquina do lado enquanto esperava que as fotos fossem reveladas. Enxugou os lábios com a palma da mão. Um pensamento se repetia em sua mente, ecoando com

(*Perdeu o controle. Perdeu o controle. Perdeu o controle.*)
um temor quase supersticioso. Voltaram. Ele havia matado as vespas, mas elas voltaram.

Em sua mente, ouvia sua própria voz gritando no rosto do filho apavorado e chorando: *Não gagueje.*

Enxugou os lábios novamente.

Foi até a escrivaninha de Danny, fez uma busca nas gavetas e encontrou um quebra-cabeça com base de madeira. Voltou à mesinha de cabeceira e, com cuidado, deslizou o pirex e o ninho por cima da base. As vespas zumbiram raivosas dentro de sua prisão. Em seguida, pressionando a mão sobre o pirex para que não escorregasse, saiu para o corredor.

— Você vem para a cama, Jack? — perguntou Wendy.

— Vem pra cama, papai?

— Tenho que ir lá embaixo um instante — respondeu ele, fazendo voz suave.

Como isso foi acontecer? Como, pelo amor de Deus?

A bomba tinha funcionado. Ele vira a fumaça espessa e branca saindo, quando puxou o anel. E, quando voltou duas horas depois, sacudira um mar de corpúsculos mortos do buraco.

Então, como? Regeneração espontânea?

Loucura. Besteira do século XVII. Insetos não passavam por regeneração espontânea. E, mesmo que ovos de vespas amadurecessem e se tornassem insetos adultos em doze horas, esta não era época de a rainha botar ovos. Acontecia em abril ou maio. O outono era época de sua extinção.

Em uma contradição biológica, as vespas zumbiam furiosas debaixo do pirex.

Jack desceu com elas e passou pela cozinha. Nos fundos, havia uma porta que dava para fora. O vento frio da noite soprava contra seu corpo semidespido. Seus pés ficaram dormentes quase instantaneamente, descalços no piso de concreto frio da plataforma, onde as entregas de leite eram feitas durante a temporada do hotel. Pousou com cuidado a caixa e o pirex no chão e, quando se levantou, olhou o termômetro pendurado do lado de fora da porta.

O termômetro marcava quatro graus abaixo de zero. O frio mataria todas as vespas até o sol levantar. Entrou e fechou a porta com firmeza. Depois de refletir por um momento, resolveu trancá-la também.

Atravessou a cozinha novamente, apagou as luzes. Ficou parado por um instante na escuridão, pensando, desejando beber algo. De repente, o hotel parecia estar repleto de milhares de sussurros: estalos, gemidos e um assobio furtivo do vento sob as telhas, onde talvez mais ninhos de vespas estivessem pendurados como frutos venenosos.

Elas haviam voltado.

Num relance, descobriu que não gostava do Overlook tanto quanto antes. Era como se não tivessem sido as vespas que picaram o filho, vespas que miraculosamente sobreviveram à bomba contra insetos, mas o próprio hotel.

O último pensamento antes de subir ao encontro da mulher e do filho
(*daqui para a frente você vai conter seu gênio. Não importa como.*)
foi firme, decidido e definitivo.

Enquanto atravessava o saguão, limpou os lábios com a mão.

17
NO CONSULTÓRIO

Só de cueca, deitado na maca de exame, Danny Torrance parecia muito pequeno. Olhava para o dr. ("Podem me chamar de Bill") Edmonds, que empurrava uma grande máquina preta sobre rodinhas para o seu lado. Danny o acompanhava com os olhos.

— Não se assuste com isso, cara — disse Bill Edmonds. — É uma máquina de eletroencefalograma, e não machuca.

— Eletro...

— O apelido é EEG. Vou grudar uma porção de fios em sua cabeça... Não, não vou colar, vou só prender com uma fita adesiva... e as canetinhas deste dispositivo vão registrar suas ondas cerebrais.

— Como no *Homem de seis milhões de dólares*?

— Mais ou menos a mesma coisa. Você quer ficar igual ao Steve Austin quando crescer?

— De jeito nenhum — respondeu Danny, enquanto a enfermeira começava a grudar os fios em pequenos pontos raspados de seu couro cabeludo. — Meu pai falou que, qualquer dia desses, ele vai dar um curto-circuito e vai... vai embarcar em canoa furada.

— Sei bem o que são essas canoas — comentou o dr. Edmonds muito cordialmente. — Já passei por isso algumas vezes e sem remo. Um EEG pode nos dizer uma porção de coisas, Danny.

— Como o quê?

— Como, por exemplo, se você tem epilepsia. Esse é um probleminha que...

— Sim. Eu sei o que é epilepsia.

— Sabe mesmo?

— Claro. Tinha um menino na escolinha em Vermont... ia para a escolinha quando era pequeno... e ele tinha epilepsia. Ele não podia usar o quadro luminoso.

— O que era isso, Dan? — O médico se voltou para a máquina. Traços finos começaram a riscar um caminho pelo papel.

— Tinha luzes de todas as cores. Quando você ligava, algumas luzes coloridas se acendiam, mas não todas. E você tinha que contar as cores e, se apertasse o botão certo, podia desligar. Brent não podia fazer isso.

— É porque luzes brilhantes, às vezes, causam um ataque epiléptico.

— O senhor quer dizer que ele poderia ter um chilique se usasse o quadro luminoso?

Edmonds e a enfermeira trocaram um olhar rápido e divertido.

— Não é muito elegante, mas colocado acuradamente, Danny.

— O quê?

— Falei que você está certo, mas é melhor dizer "acesso" em vez de "chilique". Essa palavra não é muito simpática... Vamos lá, fique parado como um poste.

— Tá bem.

— Danny, quando você tem esses... seja lá o que for, você se lembra de ver luzes brilhantes antes?

— Não.

— Ruídos engraçados? Campainhas? Sinos?

— Hã-hã.

— E o que me diz de um cheiro estranho, talvez laranjas ou serragem? Ou um cheiro de alguma coisa podre?

— Não, senhor.

— Às vezes tem vontade de chorar antes de desmaiar, mesmo não se sentindo triste?

— De jeito nenhum.

— Muito bem, então.

— Tenho epilepsia, dr. Bill?

— Acho que não, Danny. Fique quietinho aí. Está quase pronto.

A máquina zuniu e rabiscou por mais uns cinco minutos, e então o dr. Edmonds a desligou.

— Tudo pronto, cara — Edmonds anunciou, alegre. — Deixe Sally tirar esses eletrodos e depois venha para a sala ao lado. Quero conversar um pouco com você. Está bem?

— Tá bem.

— Sally, continue e aplique o teste de agulha antes de ele vir.

— Sim.

Edmonds destacou o longo rolo de papel que a máquina expelira e foi para a outra sala, examinando-o.

— Vai ser só uma picadinha — informou a enfermeira, depois que Danny vestiu as calças. — É para termos certeza de que você não tem tuberculose.

— Aplicaram isso na minha escola, no ano passado — Danny comentou, sem interesse.

— Mas isso foi há muito tempo, e você agora já está crescido, certo?

— Acho que sim. — Danny suspirou, oferecendo o braço para o sacrifício.

Quando já estava vestido e calçado, passou pela porta e entrou na sala do dr. Edmonds. Ele estava sentado no canto da mesa, balançando as pernas pensativamente.

— Oi, Danny.

— Oi.

— Como está a mão agora? — Apontou para a mão esquerda de Danny, que estava levemente enfaixada.

— Quase boa.

— Ótimo. Verifiquei seu EEG e parece bom. Mas vou enviá-lo a um amigo meu de Denver que é especializado na leitura dessas coisas. Só quero ter certeza.

— Sim, senhor.

— Dan, eu gostaria de saber um pouco sobre Tony.

Danny arrastou os pés.

— Ele é apenas um amigo invisível — respondeu o garoto. — Inventei para me fazer companhia.

Edmonds riu e colocou as mãos sobre os ombros de Danny.

— Isso é o que seu pai e sua mãe dizem. Mas só entre nós, cara. Sou seu médico. Conte a verdade e prometo que não vou dizer nada a ninguém, a menos que você me autorize.

Danny pensou a respeito. Olhou para Edmonds e então, com um pequeno esforço de concentração, tentou captar os pensamentos do médico, ou pelo menos a cor do seu espírito. E, de repente, obteve uma imagem estranhamente reconfortante em sua cabeça: arquivos, gavetas deslizando uma após outra, sendo trancadas com um clique. Escrito nas pequenas plaquinhas, no centro de cada gaveta, estava: A-C, SECRETO; D-G, SECRETO; e assim por diante. Isso fez Danny se sentir mais tranquilo.

— Não sei quem é Tony — ele disse cautelosamente.

— Ele tem a sua idade?

— Não. Ele tem pelo menos onze anos. Acho que pode ser até mais velho. Nunca vi o Tony de perto. Ele pode ter idade até para dirigir um carro.

— Você só o vê à distância, então?

— Sim, senhor.

— E ele sempre aparece justamente antes de você desmaiar?

— Bem, eu não desmaio. É como se eu fosse com ele. E ele me mostra coisas.

— Que tipo de coisas?

— Bem... — Danny relutou por um momento e então contou a Edmonds sobre o baú do pai com todos os seus escritos dentro, como os carregadores, afinal de contas, não o haviam perdido no caminho entre Vermont e o Colorado. O baú estivera embaixo da escada o tempo todo.

— E seu pai encontrou o baú onde Tony disse que ele encontraria?

— Sim, senhor. Só que Tony não me disse. Ele me mostrou.

— Entendo. Danny, o que Tony mostrou pra você ontem à noite? Quando você se trancou no banheiro.

— Não me lembro — respondeu Danny, rapidamente.

— Tem certeza?

— Sim, senhor.

— Há poucos momentos eu disse que *você* trancou a porta do banheiro. Mas me enganei, não foi? *Tony* trancou a porta.

— Não, senhor. Tony não poderia trancar a porta, porque ele não é real. Ele ordenou que eu fizesse isso, e obedeci. Tranquei a porta.

— Tony sempre lhe mostra onde estão as coisas perdidas?

— Não, senhor. Às vezes, ele me mostra coisas que ainda vão acontecer.

— É mesmo?

— É. Teve uma vez que Tony me mostrou os brinquedos e o parque de animais selvagens de Great Barrington. Tony me disse que papai ia me levar até lá no meu aniversário. E ele levou.

— O que mais ele mostra?

Danny franziu a testa.

— Cartazes. Está sempre me mostrando uns cartazes idiotas. E nunca consigo ler o que está escrito neles.

— E por que você acha que Tony faz isso, Danny?

— Não sei. — Os olhos de Danny brilharam. — Mas meu pai e minha mãe estão me ensinando a ler e tenho me esforçado.

— Assim você vai conseguir ler os cartazes de Tony.

— Bem, eu quero aprender de verdade. Mas isso também.

— Você gosta do Tony?

O garoto olhou para o chão ladrilhado e não disse nada.

— Danny?

— É difícil dizer — respondeu. — Eu gostava. Eu costumava esperar que ele viesse todo dia, porque sempre me mostrava coisas boas, principalmente depois que mamãe e papai pararam de pensar em divórcio. — Os olhos do dr. Edmonds se aguçaram, mas Danny não percebeu, pois estava olhando fixamente para o chão, concentrado em se expressar bem. — Mas agora, sempre que ele vem, só me mostra coisas ruins. Coisas *horríveis*. Como no banheiro ontem à noite. As coisas que ele mostra me ferroam como as vespas me ferroaram. Só que as coisas do Tony me ferroam aqui em cima. — O menino apontou muito sério o dedo à testa, como uma arma. Uma criança inconscientemente parodiando o suicídio.

— Que coisas, Danny?

— Não consigo me lembrar! — gritou o menino, agoniado. — Se eu conseguisse, eu diria! Acho que não me lembro porque é tão ruim que não *quero* me lembrar. Tudo que me lembro quando acordo é REDRUM.

— Red *drum* ou red *rum*?
— Rum.
— O que é isso, Danny?
— Não sei.
— Danny?
— Senhor?
— Você conseguiria fazer Tony aparecer agora?
— Não sei. Ele nem sempre aparece. Eu nem sei se quero que ele apareça mais.
— Experimente, Danny. Vou ficar aqui.

Danny olhou para Edmonds, em dúvida. O médico balançou a cabeça, encorajando-o.

Danny emitiu um longo suspiro e concordou.
— Mas não sei se vai funcionar. Nunca fiz na frente de outra pessoa. E, de qualquer forma, o Tony não aparece sempre.
— Se não aparecer, não apareceu — disse Edmonds. — Só quero que você experimente.
— Está bem.

O garoto olhou para baixo em direção aos mocassins de Edmonds que balançavam devagar e dirigiu sua mente para o pai e a mãe. Estavam aqui em algum lugar... exatamente por trás daquela parede com o quadro pendurado. Na sala de espera por onde entraram. Sentados lado a lado, mas em silêncio. Folheando revistas. Preocupados. Com ele.

Concentrou-se mais profundamente, as sobrancelhas franzidas, tentando localizar o pensamento da mãe. Era sempre mais difícil quando não estavam com ele. Começou então a captar. Mamãe pensava na irmã. Irmã dela. A irmã estava morta. Wendy pensava que aquilo fora a principal coisa que transformara sua mãe numa

(*vaca?*)

velha chata. Porque sua irmã morrera. Quando menina, ela era

(*atropelada ai deus não poderia nunca aguentar alguma coisa assim novamente como aileen mas e se ele estivesse doente realmente realmente doente com câncer meningite leucemia tumor cerebral como o filho de john gunther ou distrofia muscular ai minha nossa crianças nessa idade têm leucemia radioterapia o tempo todo quimioterapia não temos condições para pagar coisas desse*)

tipo mas naturalmente não podem em absoluto deixá-lo morrer no meio da rua e de qualquer forma ele está bem bem bem você não devia ficar pensando)
(Danny...)
(sobre aileen e)
(Dannii...)
(aquele carro)
(Danni...)

Mas Tony não estava ali. Somente sua voz. Enquanto a voz se afastava, Danny a seguia pela escuridão, caindo e rolando por algum buraco mágico entre os mocassins do dr. Bill que balançavam, passando por ruídos altos de pancadas, mais adiante, uma banheira navegava silenciosamente na escuridão com alguma coisa horrível dentro dela, passando pelo doce dobrar dos sinos da igreja, e, ainda, por um relógio dentro de uma redoma de vidro.

A escuridão foi então penetrada por uma única lâmpada fraca, ornada com teias de aranha. O brilho frágil exibia um chão de pedra que parecia úmido e desagradável. De algum lugar não muito distante, ouvia-se um ruído mecânico constante, mas em surdina, sem assustar. Soporífero. O tipo da coisa que podia ser esquecida, pensou Danny, com vaga surpresa.

Quando seus olhos se adaptaram às trevas, pôde ver a silhueta de Tony na sua frente. Tony observava alguma coisa e Danny forçou os olhos para ver o que era.

(Seu pai. Está vendo seu pai?)

Claro que via. Como poderia deixar de vê-lo, mesmo sob a lâmpada fraca do porão? Papai estava ajoelhado no chão, jogando a luz da lanterna em cima de caixas de papelão e caixotes de madeira. As caixas de papelão eram velhas e apodrecidas; algumas estavam estouradas, deixando papéis caídos no chão. Jornais, livros, pedaços de papel impresso que pareciam notas fiscais. Papai examinava tudo com grande interesse. Em seguida, papai olhou para cima e virou a lanterna para outra direção. O feixe de luz iluminou outro livro, um livro grande, branco, amarrado com um cordão dourado. A capa parecia de couro branco. Era um álbum de recortes. Danny, de repente, sentiu necessidade de chamar o pai, avisar que deixasse o álbum ali, que alguns livros não deviam ser abertos. Mas o pai subia para apanhá-lo.

Danny agora reconhecia o rugido mecânico como vindo da caldeira do Overlook, aquela que papai conferia três ou quatro vezes ao dia. O ruído que produzia era ritmado e profético. Começava a soar como... como pancada. E o cheiro de mofo, umidade e papel podre transformava-se em outra coisa... em cheiro forte do Coisa Ruim. Flutuava sobre o pai como vapor enquanto ele subia para pegar o livro... e agarrá-lo.

Tony estava em algum lugar na escuridão
(*Este lugar desumano cria monstros humanos. Este lugar desumano*)
repetindo sem parar a mesma coisa sem nexo.
(*cria monstros humanos*)

Mergulhou novamente na escuridão, acompanhado pelo forte trovão de pancadas, que já não era mais da caldeira, mas um som de um taco assobiador batendo contra as paredes de papel de seda, lançando baforadas de pó de gesso e rastejando inutilmente sobre o tapete de selva azul e negra.

(*Saia*)
(*Este lugar desumano*)
(*e tome seu remédio!*)
(*cria monstros humanos.*)

Com um suspiro que ecoou em sua própria cabeça, ele se arrancou da escuridão. Sentiu mãos sobre ele. A princípio ficou apavorado, pensando que aquela coisa sombria no Overlook, do mundo de Tony, o tinha seguido, de alguma forma, ao mundo das coisas reais... mas logo depois escutou a voz do dr. Edmonds:

— Está tudo bem, Danny. Está bem. Está tudo bem.

Danny reconheceu o médico e os contornos do consultório. Começou a tremer sem parar. Edmonds o abraçou.

Quando a reação começou a diminuir, Edmonds perguntou:

— Você falou alguma coisa sobre monstros, Danny... O que era?

— Este lugar desumano — disse o garoto, roucamente. — Tony me falou... este lugar desumano... cria... cria... — Balançou a cabeça. — Não consigo me lembrar.

— Tente!

— Não consigo.

— Tony apareceu?

— Sim.

— O que foi que ele lhe mostrou?

— Escuro. Pancadas. Não me lembro.

— Onde estava?

— *Me deixe em paz! Não me lembro! Me deixe em paz!* — Começou a soluçar, sem parar, de medo e frustração. Tudo havia desaparecido, dissolvido na desordem, como uma pilha de documentos em papel molhado, a memória ilegível.

Edmonds foi ao bebedouro e trouxe um copo d'água. Danny bebeu, e Edmonds trouxe outro.

— Melhor?

— Sim.

— Danny, não quero incomodar você... nem que fique chateado com isso, realmente não quero. Mas consegue se lembrar de alguma coisa antes de Tony aparecer?

— Minha mãe — respondeu Danny devagar. — Ela está preocupada comigo.

— As mães sempre se preocupam, cara.

— Não... Mamãe tinha uma irmã que morreu quando era menina. Aileen. Ela estava pensando em como Aileen foi atropelada por um carro, e por isso ela está preocupada comigo. Não me lembro de mais nada.

Edmonds o olhava fixamente.

— Ela estava pensando nisso agora mesmo? Na sala de espera?

— Sim, senhor.

— Danny, como sabe?

— Não sei — disse Danny pálido. — Acho que é a iluminação.

— O quê?

Danny meneou a cabeça devagar.

— Estou muito cansado. Posso ver minha mãe e meu pai? Não quero mais responder. Estou cansado. E meu estômago está doendo.

— Vai vomitar?

— Não, senhor. Só quero ver minha mãe e meu pai.

— O.k., Dan. — Edmonds se levantou. — Vá, fique com eles por um minuto e depois peça para eles entrarem. Gostaria de conversar com eles. Está bem?

— Sim, senhor.

— Há livros lá fora para você olhar. Você gosta de livros, não gosta?
— Sim, senhor — falou Danny obediente.
— Você é um bom menino, Danny.
O menino respondeu com um vago sorriso.

— Não encontrei nada de errado nele — o dr. Edmonds informou aos Torrance. — Fisicamente, nada. Mentalmente, ele é inteligente e muito imaginativo. Isso é normal. As crianças precisam de estímulos para extravasar a imaginação. E a de Danny é muito grande. Seu Q.I. já foi testado alguma vez?
— Não acredito nesses testes — respondeu Jack. — Eles delimitam as expectativas tanto dos pais quanto dos professores.
Dr. Edmonds concordou.
— Pode ser. Mas, se testarem, apurarão que ele não está na escala de sua faixa etária. Sua habilidade verbal, para um menino de cinco, quase seis anos, é extraordinária.
— Nós conversamos normalmente com ele, sem usar vocabulário infantil — falou Jack, com traços de orgulho.
— Duvido que vocês precisem simplificar a fala para se fazerem entender. — Edmonds fez uma pausa, batendo com a caneta. — Ele entrou em transe enquanto esteve comigo. A meu pedido. Exatamente como vocês o descreveram no banheiro ontem à noite. Os músculos frouxos, o corpo caído, os olhos girando. Auto-hipnose. Fiquei assombrado. Ainda estou.
Os Torrance se inclinaram mais para a frente.
— O que aconteceu? — perguntou Wendy tensa. Edmonds, com cuidado, relatou o transe de Danny, a frase murmurada, da qual só conseguira arrancar as palavras "monstros", "escuro", "pancada". As lágrimas, a quase histeria e a dor de estômago nervosa, como consequência.
— Tony outra vez — falou Jack.
— O que isso tudo significa? — perguntou Wendy. — O senhor tem alguma ideia?
— Algumas. Podem não gostar delas.
— Continue, mesmo assim — pediu Jack.
— Pelo que Danny me contou, seu "amigo invisível" era realmente um amigo até que vocês se mudaram da Nova Inglaterra para cá. Tony só

se tornou uma figura ameaçadora depois da mudança. Os lapsos, antes agradáveis, tornaram-se pesadelos ainda mais assustadores, pois Danny não consegue se lembrar deles com clareza. Isso é bastante comum. Todos nós conseguimos nos lembrar com mais clareza de nossos sonhos agradáveis do que daqueles que nos amedrontam. Parece haver um tampão em algum lugar entre o consciente e o subconsciente, e uma porção de censores puritanos mora ali. Estes censores só permitem a entrada de algumas poucas informações e, em geral, o que entra é apenas simbólico. É simplificar demais Freud, mas descreve razoavelmente o que sabemos sobre a interação da mente com ela própria.

— O senhor acha que a mudança perturbou Danny tanto assim? — indagou Wendy.

— Pode ser, se aconteceu sob circunstâncias traumatizantes — respondeu Edmonds. — Aconteceu?

Wendy e Jack trocaram olhares.

— Eu era professor em uma escola preparatória — disse Jack, devagar. — Perdi o emprego.

— Entendo — falou Edmonds, colocando a caneta com que brincava firmemente no porta-caneta. — Temo que haja mais uma coisa. Pode ser doloroso para vocês. Ele parece acreditar que vocês dois tenham considerado seriamente a possibilidade de um divórcio. Falou disso, muito por alto, mas apenas porque acredita que não estejam mais cogitando o fato.

Jack ficou boquiaberto, e Wendy recuou como se tivesse levado um tapa. O sangue fugiu de seu rosto.

— Nós nunca nem discutimos isso! — ela exclamou. — Nem diante dele, nem mesmo diante um do outro! Nós...

— Acho que seria melhor se o senhor entendesse tudo, doutor — interrompeu Jack. — Pouco tempo depois que Danny nasceu, eu me tornei um alcoólatra. Tive problemas com a bebida durante toda a faculdade. Depois que Wendy e eu nos conhecemos, diminuiu um pouco, mas reapareceu ainda pior depois que nosso filho nasceu, pois minha capacidade de escrever, o que considero meu verdadeiro trabalho, diminuiu. Na época em que Danny tinha três anos e meio, derramou cerveja numa porção de papéis em que eu estava trabalhando... papéis que, de qualquer forma, eram só uma peça teatral... e eu... bem... que merda. — Sua voz falhou, mas os olhos continuaram secos e firmes. — Parece que eu sou uma porra de animal, quando se diz isso em voz alta. Quebrei o braço dele, quando fui virá-lo para lhe dar umas palmadas. Três meses depois, larguei a bebida. E desde então não toquei mais nela.

— Entendo — Edmonds disse, impassível. — Sabia que o braço havia sido quebrado, evidentemente. A fratura está sendo bem cicatrizada. — Afastou-se um pouco da mesa e cruzou as pernas. — Se posso ser franco, fica claro que ele não sofreu mais nenhum tipo de abuso desde então. Exceto pelas picadas, não há nada errado com ele. Apenas machucados e cicatrizes normais que qualquer criança tem em abundância.

— Claro que não há nada — Wendy respondeu com violência... — Jack não quis...

— Não, Wendy — interrompeu Jack. — Quis sim. Acho que lá no fundo de mim mesmo fiz com ele realmente o que queria. Ou alguma coisa ainda pior. — Olhou de volta para Edmonds. — Sabe de uma coisa, doutor? Esta é a primeira vez que a palavra divórcio é mencionada entre nós. E alcoolismo. E violência contra crianças. Três primeiras vezes em cinco minutos.

— Isso pode ser a raiz do problema — falou Edmonds. — Não sou psiquiatra. Se quiserem que Danny seja consultado por um psiquiatra infantil, posso recomendar um médico muito bom que trabalha no Centro Médico de Boulder. Mas estou seguro do meu diagnóstico. Danny é um menino inteligente, com muita imaginação e sensibilidade. Não creio que esteja tão triste com seus problemas conjugais quanto vocês acham. Crianças pequenas aceitam bem as coisas. Não entendem a vergonha, ou a necessidade de esconder coisas.

Jack estudava as mãos. Wendy segurou uma delas com firmeza.

— Mesmo assim, ele percebeu as coisas que estavam erradas — continuou o médico. — A principal delas, do ponto de vista dele, não era o braço quebrado, mas a quebra do laço entre vocês dois. Mencionou o divórcio para mim, mas não o braço quebrado. Quando a enfermeira mencionou a redução da fratura para ele, ele simplesmente ignorou. Não era nada de mais para ele. "Foi há muito tempo", acho que ele disse.

— Esse menino — resmungou Jack. Os maxilares apertados, os músculos da face salientes. — Nós não merecemos esse menino.

— Mas vocês o têm, apesar de tudo — respondeu Edmonds secamente. — De qualquer forma, ele se isola, por vezes, no mundo da fantasia. Não há nada de incomum; muitas crianças fazem isso. Até onde me lembro, eu mesmo tive meu amigo invisível quando era da mesma idade, um galo falante chamado Chug-Chug. Naturalmente ninguém via Chug-Chug, a não ser eu. Tinha dois irmãos mais velhos que sempre me deixavam para trás, e nessas horas Chug-Chug era muito útil. E, é claro, vocês dois devem entender por que o amigo invisível de Danny se chama Tony, em vez de Mike, Hal ou Dutch.

— Sim — afirmou Wendy.

— Alguma vez já explicaram isso a ele?

— Não — respondeu Jack. — Deveríamos?

— Por que se preocupar? Deixem que ele perceba na hora certa, por sua própria lógica. Vejam bem, as fantasias de Danny eram consideravelmente mais profundas do que as que crescem em torno da síndrome de amigo invisível em geral, mas ele sentia que precisava de Tony. O amigo aparecia e mostrava coisas agradáveis. Às vezes, coisas surpreendentes. Mas sempre coisas boas. Uma vez Tony mostrou onde estava o baú do pai que estava perdido... debaixo da escada. Outra vez, Tony mostrou que papai e mamãe o levariam a um parque de diversões no aniversário...

— Em Great Barrington! — exclamou Wendy. — Mas como poderia *saber* essas coisas? É estranho como ele diz algumas vezes certas coisas. Quase como se...

— Fosse um vidente? — completou Edmonds, sorrindo.

— Ele nasceu com a cabeça envolta no saco amniótico — Wendy comentou, vacilante.

O sorriso de Edmonds transformou-se numa gargalhada. Jack e Wendy trocaram olhares e, em seguida, também sorriram, ambos espantados com a simplicidade da conversa. As "felizes suposições" que Danny fazia sobre os fatos eram outro assunto sobre o qual não haviam discutido muito.

— Daqui a pouco vocês vão me dizer que ele levita — brincou Edmonds, ainda sorrindo. — Não, não, não, acho que não. Não há nada de extrassensorial, mas apenas a velha percepção humana. No caso de Danny, é extraordinariamente aguda. Sr. Torrance, ele me contou que o baú estava debaixo da escada, porque o senhor já havia procurado por todos os outros lugares. Processo de eliminação. É tão simples que Ellery Queen riria disso.

Mais cedo ou mais tarde, vocês mesmos concluiriam. Por exemplo, o parque de diversões de Great Barrington, de quem foi a ideia original? De vocês ou dele?

— Dele, claro — respondeu Wendy. — Anunciavam em todos os programas infantis matinais. Ele estava louco para ir. Mas o negócio, doutor, é que não tínhamos condições de levá-lo. E a gente disse isso a ele.

— Então, uma revista masculina, onde eu havia publicado um conto em 1971, me enviou um cheque de cinquenta dólares — disse Jack. — Iam republicar meu conto na edição anual, ou coisa do gênero. Então, decidimos gastá-los com Danny.

Edmonds encolheu os ombros.

— A satisfação de um desejo somada a uma feliz coincidência.

— Diabos. Você tem razão — concordou Jack.

Edmonds sorriu.

— E o próprio Danny me disse que frequentemente Tony mostrava coisas que nunca aconteciam. São apenas visões baseadas em falsa percepção. Danny está fazendo, subconscientemente, o que as pessoas conhecidas como místicas e leitores da mente fazem, porém com consciência e cinismo. Isso é admirável nele. Se a vida não se encarregar de inibir suas antenas, acho que será um grande homem.

Wendy concordou com a cabeça — claro que pensava que Danny seria um grande homem —, mas a explicação do médico era uma lenga-lenga. Tinha mais gosto de margarina do que de manteiga. Edmonds não morava com eles. Não estava lá quando Danny encontrou botões perdidos, quando soube que o *Guia de TV* estava debaixo da cama. Nem quando Danny falou que achava melhor usar galochas para ir à escolinha, mesmo fazendo sol lá fora... e mais tarde, naquele dia, tiveram que voltar para casa usando guarda-chuva. Edmonds não podia saber do modo curioso como Danny previa coisas. Ela decidia, de repente, tomar uma xícara de chá; ia à cozinha e encontrava a xícara já com o saco de chá dentro. Lembrava que precisava devolver os livros para a biblioteca, e os encontrava arrumados e empilhados na mesa da sala, com o cartão da biblioteca em cima. Ou Jack resolvia encerar o fusca e encontrava Danny já lá fora, escutando seu rádio de pilha, sentado na calçada, para observar o pai.

Ela disse alto:

— Então, por que os pesadelos? Por que Tony mandou que ele trancasse a porta do banheiro?

— Creio que seja porque Tony já perdeu sua utilidade — respondeu Edmonds. — Ele nasceu... Tony, não Danny... em uma época em que a senhora e seu marido se esforçavam por manter seu casamento de pé. Seu marido bebia demais. Houve o incidente do braço quebrado. O silêncio agourento entre vocês.

Silêncio agourento. Sim, aquela expressão era verdadeira em todas as formas. As refeições duras e tensas onde a única conversa era por favor, passe a manteiga, ou Danny, coma o resto das cenouras, ou com licença, por favor. As noites em que Jack saía e a mãe se deitava no sofá, os olhos vermelhos, enquanto Danny assistia à televisão. As manhãs em que Jack e ela se espreitavam silenciosamente, como dois gatos enfurecidos com um rato tremendo de medo entre eles... Era tudo verdade,

(santo Deus, cicatrizes antigas algum dia param de doer?)

verdade nua e crua.

Edmonds prosseguiu.

— Mas as coisas mudaram. Vocês sabem, o comportamento esquizoide é algo perfeitamente comum em crianças. É aceitável, pois todos nós, adultos, temos uma opinião inexprimível de que as crianças são lunáticas. Têm amigos invisíveis. Podem se sentar no armário quando deprimidas, esquivando-se do mundo. Dão uma importância talismânica a um cobertor em especial, ou a um ursinho, ou a um tigre de pelúcia. Chupam o dedo. Quando um adulto vê coisas, o consideramos pronto para o asilo de loucos. Quando uma criança diz ver alguma coisa em seu quarto ou um vampiro na janela, nós nos limitamos a rir, indulgentes. Temos uma frase que serve de explicação para tais fenômenos em crianças...

— "Vai passar" — completou Jack.

Edmonds piscou.

— É exatamente o que penso — concordou o médico. — Sim. Agora, diria que Danny esteve numa situação propícia para desenvolver uma psicose total. Vida familiar infeliz, imaginação fértil, o amigo secreto, que era tão real para ele e que se tornou real também para vocês. Em vez de a esquizofrenia infantil ter passado, Danny poderia ter muito bem mergulhado nela.

— Ele poderia se tornar autista? — perguntou Wendy, que havia lido sobre autismo. A própria palavra a aterrorizava; soava como medo e alienação.

— Possível, mas não necessariamente. E poderia simplesmente ter entrado no mundo de Tony algum dia e nunca mais ter voltado ao que ele chama de "coisas reais".

— Meu Deus! — exclamou Jack.

— Mas, agora, a situação de base mudou drasticamente. O sr. Torrance não bebe mais. Vocês estão em um lugar novo, onde as condições obrigaram os três a uma unidade familiar mais estreita do que nunca... com certeza mais estreita do que a minha própria, onde posso ver minha esposa e meus filhos apenas duas ou três horas por dia. Na minha opinião, ele está perfeitamente saudável. E acho inclusive que o fato de ele ser capaz de diferenciar com tanta nitidez o mundo de Tony das "coisas reais" significa muito sobre seu estado mental, fundamentalmente sadio. Ele afirmou que vocês dois não estão mais pensando em divórcio. Ele está certo?

— Está — respondeu Wendy, e Jack apertou sua mão com uma força quase dolorosa. Ela também apertou a dele.

Edmonds balançou a cabeça.

— Realmente, Danny não precisa mais de Tony. Ele está expulsando o amigo de seu sistema. Tony não traz mais visões agradáveis, mas pesadelos hostis que são aterrorizantes para serem lembrados, a não ser por fragmentos. Ele interiorizou Tony durante uma difícil... desesperada... situação de vida, e Tony não vai embora facilmente. Mas irá. Seu filho é um pouco como *um viciado largando o hábito*.

Levantou-se, e os Torrance também.

— Como disse, não sou psiquiatra. Sr. Torrance, se os pesadelos persistirem quando seu trabalho no Overlook terminar, na primavera, recomendo seriamente que o leve para se consultar com este especialista em Boulder.

— Levarei.

— Bem, vamos lá fora avisar que ele pode ir para casa — anunciou Edmonds.

— Quero lhe agradecer — disse Jack, com dificuldade. — Há muito tempo eu não me sentia tão bem.

— Eu também — falou Wendy.

À porta, Edmonds parou e olhou para Wendy.

— A senhora tem ou teve uma irmã, sra. Torrance? Chamada Aileen?

Wendy olhou para ele com espanto.

— Sim, tive. Ela morreu em frente à nossa casa em Somersworth, Nova Hampshire, quando tinha seis anos, e eu, dez. Corria atrás de uma bola no meio da rua e foi atropelada por um furgão.

— Danny sabe disso?

— Não sei, não creio que saiba...

— Ele falou que a senhora estava pensando nela na sala de espera.

— Estava — Wendy falou devagar. — Pela primeira vez em... Puxa, não sei há quanto tempo.

— A palavra REDRUM significa alguma coisa para vocês?

Wendy balançou a cabeça em negativa, mas Jack disse:

— Ele mencionou esta palavra ontem à noite, antes de dormir. Red drum.

— Não, *rum* — corrigiu Edmonds. — Ele enfatizou muito isso. *Rum*. Como a bebida. A bebida alcoólica.

— Ah! — exclamou Jack. — Combina, não?

Tirou o lenço do bolso e enxugou os lábios.

— A expressão "iluminação" significa algo especial para vocês?

Desta vez, ambos negaram com a cabeça.

— Acho que não importa — disse Edmonds. Abriu a porta que dava para a sala de espera. — Tem alguém aqui chamado Danny Torrance que gostaria de ir para casa?

— Oi, papai! Oi, mamãe! — Ele se levantou da mesinha, onde estivera folheando devagar um exemplar de *Onde vivem os monstros* e murmurando as palavras que conhecia.

Correu para Jack, que o segurou nos braços. Wendy afagou seus cabelos. Edmonds observou por um instante.

— Se não gostar de seus pais, pode ficar aqui com o amigo Bill.

— Não, senhor! — respondeu Danny, enfático. Jogou um braço em torno do pescoço de Jack, o outro em torno de Wendy, parecendo radiante.

— Muito bem — Edmonds falou, sorrindo. Olhou para Wendy. — Se tiver algum problema, ligue.

— Está bem.

— Não creio que terá — concluiu Edmonds, ainda sorrindo.

18
ÁLBUM DE RECORTES

Jack encontrou o álbum de recortes no dia primeiro de novembro, enquanto a esposa e o filho faziam uma caminhada pela estrada velha que ia dos fundos da quadra de roque a uma serraria abandonada, a três quilômetros dali. O tempo ainda estava bom, e os três tinham um improvável bronzeado de outono.

Ele havia ido ao porão para baixar a pressão da caldeira. Lá, num impulso, tirou a lanterna da prateleira, onde estavam as plantas do sistema hidráulico, e resolveu olhar alguns papéis velhos. Procurava também lugares estratégicos para montar as ratoeiras, apesar de não pretender realizar a tarefa até o mês seguinte — quero os bichos fora daqui antes do verão, dissera a Wendy.

Acendeu a lanterna, passou pelo cabo do elevador (diante da insistência de Wendy, eles não usavam o elevador desde que haviam se mudado) e pelo pequeno arco de pedra. Franzia o nariz por causa do cheiro de papel mofado. Atrás, a caldeira engasgava, num estrondo que sempre o assustava.

Dirigiu a luz em volta, assobiando. Havia ali uma miniatura dos Andes: dúzias de caixas e caixotes cheios de papel, a maior parte deles branca e sem forma, devido ao tempo e à umidade. Outras estavam abertas, derramando folhas amareladas de papel no chão de pedra. Havia também pilhas de jornais amarrados por uma corda. Algumas caixas continham o que pareciam planilhas de contabilidade, e outras, notas atadas por elástico. Jack arrastou uma e jogou sobre ela a luz da lanterna.

EXPRESSO ROCKY MOUNTAINS INC
Para: HOTEL OVERLOOK
De: ARMAZÉM SIDEY — Rua 16, 1210 — Denver, COLORADO
Via: ESTRADA DE FERRO CANADIAN PACIFIC
Conteúdo: 400 CAIXAS DE PAPEL HIGIÊNICO DELSEY
144 UN. /CAIXA
Assinado: D.E.F.
Data: 24 de agosto de l954

Sorrindo, Jack deixou o papel cair de volta na caixa.

Lançou a luz para cima e viu uma lâmpada pendurada, quase perdida entre as teias de aranha. Estava desligada.

Ficou na ponta dos pés e tentou torcer a lâmpada, que acendeu uma luz muito fraca. Pegou mais uma vez a nota fiscal do papel higiênico e a usou para limpar algumas teias de aranha. O brilho, no entanto, não foi muito maior.

Ainda com a lanterna, Jack caminhou por entre as caixas e caixotes de papel, procurando sinais de ratos. Haviam passado por ali, mas há muito tempo... talvez anos. Encontrou restos de excrementos esbranquiçados pelo tempo, vários ninhos muito bem arrumados, feitos de papel picado velho e abandonado.

Ele puxou um jornal de uma das pilhas e olhou a manchete.

JOHNSON PROMETE TRANSIÇÃO TRANQUILA
Ele Afirma Que o Trabalho Iniciado por JFK Continuará no Próximo Ano

O jornal era o *Rocky Mountain News*, de 19 de dezembro de 1963. Jack jogou o exemplar de volta à pilha.

Ficou fascinado com a sensação de banalidade em relação à história que qualquer pessoa pode sentir ao olhar as notícias que foram de primeira mão há dez ou vinte anos. Encontrou hiatos nas pilhas de jornal e documentos; nada de 1937 a 1945, de 1957 a 1960, de 1962 a 1963. *Períodos em que o hotel ficou fechado*, pensou. Quando pertencera a otários que tentavam fazer fortuna.

As explicações de Ullman a respeito da história esburacada do Overlook ainda não lhe soavam como verdadeiras. Parecia que a localização espetacular do hotel já seria o bastante para garantir a continuidade de seu sucesso. Ainda antes de surgir o jatinho, já existia um jet set americano, e Jack tinha a impressão de que o Overlook devia ser uma espécie de parada obrigatória nas viagens dessas pessoas. Faz algum sentido. O Waldorf em maio, o Bar Harbor House em junho, o Overlook em agosto e princípio de setembro, antes da mudança para as Bermudas, Havana e Rio, ou qualquer lugar que fosse. Encontrou uma porção de registros antigos de check-in que o ajudaram. Nelson Rockefeller em 1950. Henry

Ford e família em 1927. Jean Harlow em 1930. Clark Gable e Carole Lombard. Em 1956, todo o andar superior fora reservado durante uma semana para Darryl F. Zanuck e convidados! O dinheiro deve ter rolado pelos corredores e entrado na máquina registradora como uma mina de ouro do século xx.

O porão estava repleto de história, sim, e não eram só as das manchetes dos jornais. Havia história enterrada nestas planilhas, nos livros de contas e notas de serviço de quarto, documentos nos quais algumas informações se perdiam. Por exemplo, em 1922, Warren G. Harding pedira um salmão inteiro às dez horas da noite e uma caixa de cerveja Coors. Mas com quem estaria ele comendo e bebendo? Teria sido um jogo de pôquer? Uma reunião de estratégia? O quê?

Jack olhou o relógio e ficou surpreso, pois quarenta e cinco minutos haviam se passado voando, desde que descera até o porão. Seus braços e suas mãos estavam sujos, e ele provavelmente cheirava mal. Resolveu subir e tomar um banho, antes que Wendy e Danny voltassem.

Caminhou devagar por entre as montanhas de papel, a mente viva remoendo possibilidades numa velocidade tal que o divertia. Havia anos não se sentia assim. De repente, parecia que o livro que se prometera, quase de brincadeira, realmente poderia acontecer. Poderia, inclusive, estar perdido no meio dos amontoados. Poderia ser um trabalho de ficção, de história ou ambos: um livro longo explodindo neste lugar central, em centenas de direções.

Parou ao lado da lâmpada com as teias, puxou o lenço do bolso traseiro e enxugou os lábios de maneira automática. Foi quando viu o álbum de recortes.

Uma pilha de cinco caixas dispunha-se à sua direita como uma espécie de Pisa, quase em queda. A caixa de cima estava recheada de mais notas e planilhas de contabilidade. Equilibrado no topo dela e mantendo seu ângulo de repouso Deus sabe há quanto tempo, estava um grosso álbum de recortes com capa de couro branco. As páginas atadas com duas tiras de cordão dourado formavam laços enfeitando a capa.

Curioso, Jack foi até lá e pegou o álbum. A capa da frente estava coberta de poeira. Ele o segurou diante do rosto, no nível da boca, soprou a poeira numa nuvem e o abriu. Um cartão esvoaçou e ele o agarrou no ar, antes que caísse no chão de pedra. Era de bom gosto e cor creme, com uma gravura impressa em alto-relevo do Overlook com todas as luzes acesas. O jardim e o parque de recreação eram decorados com lanternas japonesas iluminadas. Parecia quase como se pudesse entrar por ele, um Hotel Overlook que existiu há trinta anos.

Horace M. Derwent tem o
prazer de convidar V. Ex$^{\underline{a}}$
para o Baile de Máscaras que
fará celebrar na Grande Abertura do

HOTEL OVERLOOK

A ceia será servida às 20h.
Retirada das Máscaras e Baile à Meia-Noite
29 de agosto de 1945

RSVP

Ceia às oito da noite! Retirada das máscaras à meia-noite!

Quase podia vê-los na sala de jantar: os homens mais ricos da América e suas mulheres. Smokings e camisas engomadas; vestidos longos; a orquestra tocando; saltos altos cintilantes. Os brindes, o alegre estourar das rolhas de champanhe. A guerra terminara ou estava quase acabando. O futuro se abria, límpido e resplandecente. Os Estados Unidos eram o colosso do mundo e, finalmente, o país descobria e aceitava o fato.

E mais tarde, à meia-noite, podia ouvir o próprio Derwent gritando: Retirem as máscaras! Retirem as máscaras! As máscaras sendo retiradas e...

(*A Máscara da Morte Rubra dominava tudo!*)

Jack franziu a testa. De onde viera isso? Era Poe, o grande nome da literatura americana. E é claro que o Overlook — este Overlook iluminado, cintilante no convite que segurava em suas mãos — era algo extremamente distante do mundo de E. A. Poe.

Guardou o convite e virou a página. Um recorte colado de um dos jornais de Denver, com a data escrita embaixo: 15 de maio de 1947.

*RESORT ELEGANTE NAS MONTANHAS REABRE COM
HÓSPEDES DE PRIMEIRA CATEGORIA*

Derwent Diz que o Overlook Será "o Destino da Moda"

Por David Felton, Editor Especial

O Hotel Overlook foi aberto e reaberto inúmeras vezes ao longo dos trinta e seis anos de sua história, mas nunca com tanta pompa e esplendor, conforme prometido por Horace Derwent, o misterioso milionário da Califórnia e atual proprietário do hotel.

Derwent, que não faz segredo do fato de ter investido mais de um milhão de dólares em sua mais recente aventura — e alguns dizem que a cifra está próxima dos três milhões —, afirma que "O novo Overlook será um dos destinos da moda, o tipo de hotel do qual você se lembrará durante trinta anos".

Derwent, sobre quem corre o boato de deter uma substancial quantidade de propriedades em Las Vegas, foi indagado se a compra e a reforma do Overlook assinalavam o marco na batalha para a legalização dos cassinos no Colorado. O magnata de aviões, cinemas, munições e navios negou... com um sorriso. "O Overlook se desvalorizaria com o jogo", disse ele, "e não pense que eu esteja criticando Las Vegas! Há dinheiro meu suficiente por lá para eu me permitir fazer isso! Não tenho interesse algum em tentar obter a aprovação de um projeto para a legalização do jogo no Colorado. Seria malhar em ferro frio."

Quando o Overlook abrir oficialmente (houve uma enorme e bem-sucedida festa lá, há algum tempo, quando as obras atuais foram concluídas), os apartamentos recentemente pintados, forrados e decorados serão ocupados por uma lista de astros e estrelas, que vão desde o elegante desenhista Corbat Stani até...

Sorrindo confuso, Jack virou a página. Olhava agora para um anúncio de página inteira no *New York Times* de domingo, Caderno de Turismo. Na página seguinte, uma história sobre o próprio Derwent, um homem careca e com olhar penetrante em uma foto de jornal. Usava óculos sem aro, e, mesmo com o bigodinho fino dos anos 1940, não conseguia lembrar um astro como Errol Flynn. Sua fisionomia era a de um contador. Seus olhos o denunciavam.

Jack leu o artigo às pressas. A maior parte da informação ele já tinha, pois havia lido uma matéria sobre Derwent, publicada no *Newsweek* do ano anterior. Nascido pobre em St. Paul, nunca concluiu o secundário; em vez disso, decidiu alistar-se na Marinha. Subiu rapidamente, apesar de ter sido derrotado ao tentar patentear um novo tipo de hélice propulsora que ele desenhara. Na guerra entre a Marinha e esse jovem desconhecido chamado Horace Derwent, Tio Sam sagrou-se o previsto vencedor. Mas Tio Sam nunca obteria outra patente, e houve uma porção delas.

No fim da década de 1920 e início da de 1930, Derwent dedicou-se à aviação. Comprou uma companhia falida de pulverizadores de plantação, transformou o empreendimento em serviço de correio aéreo e prosperou. Mais patentes se seguiram: um novo desenho da asa de um monoplano, um carregador de bomba, usado pelas fortalezas voadoras que fizeram chover fogo sobre Hamburgo, Dresden e Berlim, uma metralhadora refrigerada a álcool, um protótipo de assento ejetável, usado mais tarde nos aviões americanos.

E, ao longo dos anos, o contador, que vivia na mesma pele do inventor, ia acumulando investimentos. Uma insignificante rede de fábricas de munição em Nova York e Nova Jersey. Cinco indústrias têxteis na Nova Inglaterra. Indústrias químicas no falido e doloroso Sul. No fim da Depressão, sua fortuna se constituía de uma porção de ações compradas a preços baixíssimos e vendidas a preços ainda mais baixos. A certa altura, Derwent se gabava de poder vender tudo e conseguir apenas o suficiente para comprar um Chevrolet velho.

Houve rumores, Jack se lembrava, de que alguns dos meios que Derwent empregou para tirar a corda do pescoço eram ilícitos. Envolvimento com contrabando de bebida alcoólica. Prostituição no Centro-Oeste. Contrabando na Costa Sul, onde ficavam suas fábricas. Finalmente, uma associação com os crescentes lucros do jogo no Oeste.

É provável que o investimento mais famoso de Derwent tenha sido a compra do estúdio Top Mark. Falido, que não tivera um ídolo desde que sua estrela infantil, a Pequena Margery Morris, morrera aos catorze anos de uma dose excessiva de heroína em 1934. A Pequena Margery, que se consagrara interpretando papéis de doces menininhas de sete anos que salvavam casamentos e vidas de cachorros injustamente acusados de matar galinhas, teve o maior funeral da história de Hollywood, patrocinado pelo Top Mark. A versão oficial foi de que a Pequena Margery havia contraído uma tuberculose enquanto cantava para um orfanato de Nova York, e alguns cínicos sugeriram que o estúdio exibira toda aquela cena porque sabia que estava enterrando a si próprio.

Derwent empregou um esperto homem de negócios e maníaco sexual feroz, chamado Henry Finkel, para dirigir o Top Mark. Nos dois anos antes de Pearl Harbor, o estúdio produziu sessenta filmes, cinquenta e cinco dos quais geraram conflitos com a censura, conflitos esses que não deram em nada. Os outros cinco foram filmes de propaganda do governo. Os longa-metragens tiveram enorme sucesso. Durante um deles, um figurinista desconhecido improvisou um sutiã sem alças, especialmente para que a estrela do filme aparecesse na cena do grande baile, onde revelava tudo — exceto, talvez, uma possível marca de nascença abaixo do traseiro. Derwent também recebeu crédito pela invenção, e sua reputação — ou notoriedade — cresceu.

A guerra enriquecera Derwent, e agora estava ainda mais rico. Morando em Chicago, raramente era visto, a não ser nas reuniões de conselho da Derwent Enterprises (que dirigia com mão de ferro). Comentava-se que ele era o dono da companhia aérea United Airlines, além de dono de Las Vegas (onde era sabido que tinha o controle acionário de quatro hotéis-cassinos e alguma participação em pelo menos outros seis), de Los Angeles e dos próprios Estados Unidos. Conhecido como amigo da realeza, de presidentes e chefões do submundo, muitos supunham que era o homem mais rico do planeta.

Mas não conseguiu fazer o Overlook dar certo, pensou Jack. Deixou o álbum de lado por um momento e pegou a caderneta e a lapiseira que sempre levava no bolso da camisa. Rabiscou "Verificar H. Derwent, Biblioteca de Sidewinder", guardou a caderneta e apanhou novamente o álbum. O rosto estava concentrado, os olhos distantes. Limpava a boca com as mãos, repetidas vezes, enquanto virava as páginas. Passou os olhos no material que se seguia, fazendo anotações mentais para lê-lo mais atentamente depois. Havia recortes colados em muitas das páginas. Fulano de tal é esperado no Overlook na próxima semana, beltrano dará um show no salão (no tempo de Derwent era o Salão Olho-Vermelho). Muitos dos artistas eram figuras de Las Vegas, e muitos dos convidados eram executivos e astros do Top Mark.

Depois, num recorte datado de 1º de fevereiro de 1952:

EXECUTIVO MILIONÁRIO VENDE INVESTIMENTOS NO COLORADO

*Acordo Feito com Investidores no Overlook,
Outros Investimentos, Derwent Revela*

Por Rodney Conklin, Editor Financeiro

Um comunicado breve realizado ontem em Chicago, nos escritórios da monolítica Derwent Enterprises, revelou que o milionário (talvez bilionário) Horace Derwent vendeu tudo no Colorado, em um surpreendente jogo financeiro que estará concluído por volta de 1º de outubro de 1954. Os investimentos de Derwent incluem gás natural, carvão, usina hidrelétrica e uma companhia de desenvolvimento imobiliário chamada Colorado Sunshine, Inc., que possui ou detém ações preferenciais de mais de quinhentos mil acres no território do Colorado.

A mais famosa propriedade de Derwent no Colorado, o Hotel Overlook, já foi vendida, revelou Derwent numa rara entrevista ontem. O comprador foi um grupo de investidores da Califórnia liderado por Charles Grondin, ex-diretor da Empresa de Desenvolvimento Imobiliário da Califórnia. Apesar de Derwent se recusar a divulgar cifras, informaram as fontes...

Ele tinha vendido tudo, até a pia da cozinha, não apenas o Overlook. Mas de algum modo... de algum modo...

Jack enxugou os lábios com a mão e desejou um gole. Seria melhor com um gole. Virou mais páginas.

Os empresários da Califórnia mantiveram o hotel aberto durante duas temporadas e, em seguida, o venderam novamente a um grupo do Colorado chamado Mountainview Resorts. O grupo faliu em 1957, em meio a acusações de corrupção, desfalque e trapaça praticados contra os acionistas. O presidente da companhia se suicidou, dois dias depois de ser intimado a comparecer diante do tribunal.

O hotel ficou fechado durante o resto da década. Havia uma única matéria a respeito, uma manchete de domingo: ANTIGO GRANDE HOTEL EM DECADÊNCIA. As fotos que acompanhavam partiram o coração de Jack: a pintura da entrada principal estava descascando; o gramado estava numa desordem escabrosa, sem qualquer vestígio de vegetação; janelas quebradas por tempestades e pedras. Esta seria uma parte do livro, se é que ele na realidade escreveria — a fênix queimada para renascer das cinzas. Prometeu a si mesmo que cuidaria do lugar com muito cuidado. Parecia que até ontem não tinha entendido realmente a extensão de sua responsabilidade para com o Overlook. Era quase como se tivesse responsabilidade para com a própria história.

Em 1961, quatro escritores, dois deles vencedores do prêmio Pulitzer, alugaram o Overlook e o reabriram como uma escola de escritores. Isso durou um ano. Um dos alunos se embriagou no apartamento do terceiro andar, pulou da janela, caiu no terraço de cimento e morreu. O jornal sugeria suicídio.

Todo grande hotel tem seus escândalos, comentara Watson, *assim como todo grande hotel tem um fantasma. Por quê? Diabos, as pessoas vêm e vão...*

De repente, parecia que quase podia sentir o peso do Overlook sobre suas costas, 110 apartamentos, os depósitos, cozinha, despensa, frigorífico, salão, saguão, restaurante...

(No salão as mulheres vêm e vão)

(... e a Máscara da Morte Rubra dominava tudo.)

Esfregou os lábios e virou as páginas do álbum. Estava agora no último terço, e pela primeira vez se questionou sobre quem poderia ser o dono do livro, deixado por cima da pilha mais alta de registros no porão.

Uma nova manchete, datada de 10 de abril de 1963:

GRUPO DE LAS VEGAS COMPRA RENOMADO HOTEL NO COLORADO

Pitoresco Overlook Torna-se Clube Privado

Robert T. Leffing, representante de um grupo de investidores sob o nome de High Country Investments, anunciou hoje em Las Vegas que o High Country negociou um acordo para o famoso Hotel Overlook, uma estância localizada no topo das Rochosas. Leffing não mencionou os nomes dos investidores, mas disse que o hotel se transformará em um clube privado. Declarou ainda que o grupo representado por ele espera vender títulos a grandes executivos de empresas americanas e estrangeiras.

O grupo High Country possui também hotéis em Montana, Wyoming e Utah.

O Overlook tornou-se conhecido mundialmente nos anos de 1946 a 1952, quando era de propriedade do misterioso multimilionário Horace Derwent, que...

O tema da próxima página era uma mera nota, datada de quatro meses mais tarde. O Overlook reabrira sob a nova direção. Aparentemente, o jornal não conseguira descobrir, ou não estava interessado em saber quem eram os investidores, pois nenhum nome foi mencionado, exceto o de High Country Investments — o nome de empresa mais anônimo que Jack já ouvira, perdendo apenas para uma cadeia de lojas de bicicletas e peças a oeste da Nova Inglaterra, sob o nome de Business, Inc.

Virou a página e deu uma olhada no recorte colado ali.

MILIONÁRIO DERWENT RETORNA AO COLORADO PELA PORTA DOS FUNDOS?

Executivo da High Country Identificado como Charles Grondin

Por Rodney Conklin, Editor Financeiro

O Hotel Overlook, um deslumbrante e pitoresco palácio nas montanhas do Colorado, durante um tempo o brinquedo pessoal do milio-

nário Horace Derwent, está no centro de um embaraço financeiro que só agora começa a ser esclarecido.

No dia 10 de abril do ano passado, o hotel foi comprado por uma firma de Las Vegas, High Country Investments, para se tornar um clube privado para executivos ricos, de origem estrangeira ou local. Agora, fontes afirmam que o High Country é presidido por Charles Grondin, cinquenta e três anos, presidente do Grupo de Desenvolvimento Imobiliário da Califórnia até 1959, quando se demitiu para assumir o cargo de vice-presidente executivo, no escritório central da Derwent Enterprises.

O fato levou a especulações sobre a possibilidade de o High Country Investments ser controlado por Derwent, que pode ter adquirido o Overlook pela segunda vez e, decididamente, sob circunstâncias estranhas.

Grondin, que foi acusado e absolvido por sonegação de imposto de renda em 1960, não foi localizado para comentários, e Horace Derwent, que zela suspeitosamente por sua privacidade, não fez comentários quando consultado por telefone. O deputado Dick Bows, de Golden, solicitou completa investigação do...

Aquele recorte era datado de 27 de julho de 1964. O próximo era uma coluna de um jornal dominical, de setembro do mesmo ano. Era de autoria de Josh Brannigar, um investigador para casos de corrupção da turma de Jack Anderson. Torrance lembrava-se vagamente de que Brannigar havia morrido em 1968 ou 1969.

ZONA FRANCA DA MÁFIA NO COLORADO?

Por Josh Brannigar

Parece agora possível que o mais recente local de descanso e recreação dos chefes supremos da Organização nos Estados Unidos esteja localizado num hotel afastado, aninhado no centro das Rochosas. O Hotel Overlook, um elefante branco que foi, sem sorte, dirigido por quase uma dúzia de diferentes grupos e indivíduos desde sua inauguração em 1910, está agora sendo operado como um clube privado muitíssimo fechado, aparentemente para homens de negócios que precisam de descanso. A pergunta é, realmente, em que negócio estão metidos os associados do Overlook?

Os sócios presentes à reunião da semana de 16 a 23 de agosto podem nos dar uma ideia. A lista abaixo foi obtida por um ex-funcionário do High Country Investments, companhia a princípio tida como testa de ferro de uma empresa pertencente a Derwent Enterprises. Ao que tudo indica, parece que o interesse de Derwent no High Country (se é que há algum) só é ultrapassado pelos interesses dos diversos barões do jogo de Las Vegas. E estes mesmos gângsteres estiveram, no passado, ligados a suspeitos e condenados chefes do submundo.

Durante a ensolarada semana de agosto estiveram presentes no Overlook:

Charles Grondin, presidente do High Country Investments. Em julho deste ano, tornou-se pública a notícia de que ele estava capitaneando o barco High Country. Consideravelmente depois do fato, foi anunciado que Grondin havia anteriormente se desligado de seu cargo na Derwent Enterpresis. Grondin, com sua juba prateada, foi uma vez julgado e absolvido por sonegação de impostos, em 1960. Ele se recusou a conversar comigo para esta coluna.

Charles "Baby Charlie" Battaglia, um empresário de Las Vegas, de sessenta anos, acionista do Greenback e do Lucky Bones, na área de Strip. Battaglia é amigo íntimo de Grondin. Seus antecedentes criminais remontam a 1932, quando foi julgado e absolvido como assassino da quadrilha de Jack "Holandezinho" Morgan. As autoridades federais suspeitam de envolvimento com tráfico de drogas, prostituição e crimes por encomenda, mas "Baby Charlie" foi preso apenas uma vez, por sonegação de imposto em 1955-6.

Richard Scarne, o principal acionista da Fun Time Automatic Machines. A empresa fabrica caça-níqueis para o pessoal de Nevada, e mesas de pinball e jukeboxes (Moeda Melódica) para o resto do país. Cumpriu pena por assalto a mão armada (1940), porte de arma oculta (1948) e por fraude de imposto (1961).

Peter Zeiss, importador baseado em Miami, com aproximadamente setenta anos. Durante os últimos cinco anos, tem lutado con-

tra a deportação como persona non grata. Foi condenado por acusações de receptação e ocultação de propriedades roubadas (1958), e por fraude de imposto (1954). Charmoso, distinto e elegante, Peter Zeiss é chamado de "Poppa" pelos íntimos. Foi julgado sob acusação de assassinato e de ter participado como cúmplice em outros homicídios. Grande acionista da Fun Time de Richard Scarne, tem também participação nos lucros de quatro cassinos de Las Vegas.

Vittorio Gienelli, *também conhecido como "Vito, o Açougueiro", julgado duas vezes pelo homicídio de mafiosos, sendo um deles o assassinato a machado do vice-chefe de atividades ilegais de Boston, Frank Scott. Gienelli foi acusado 23 vezes, julgado 14, e condenado apenas uma vez por furto em 1940. Informaram que nos últimos anos Gienelli tornou-se poderoso na operação oeste da organização, que é centralizada em Las Vegas.*

Carl "Jimmy-Ricks" Prashkin, *investidor de San Francisco, famoso por ser o provável herdeiro do poder comandado agora por Gienelli. Prashkin detém grande número de ações da Derwent Enterprises, do High Country Investments, da Fun Time Automatic Machines e de três cassinos de Las Vegas. Prashkin tem ficha limpa nos Estados Unidos, mas foi acusado de fraude no México, suspeita que foi rapidamente afastada três semanas depois de levantada. Comenta-se que Prashkin pode ser acusado de lavar o dinheiro de operações do cassino de Las Vegas e de direcionar a fortuna de volta às legítimas operações oeste da organização. E, agora, tais operações podem incluir o Hotel Overlook, no Colorado.*

Outros visitantes durante a estação incluem...

Havia mais informações, mas Jack apenas passou os olhos por cima, sempre enxugando os lábios com a mão. Um banqueiro com ligações em Las Vegas. Homens de Nova York que aparentemente mantinham outras atividades no Garment District, além de vestuário. Homens citados por envolvimento com drogas, vícios, roubos, assassinatos.

Deus, que história! E estiveram todos aqui, exatamente aqui em cima, naqueles apartamentos vazios. Talvez trepando com putas de luxo no terceiro andar. Bebendo litros de champanhe. Fazendo negócios que se transformariam em milhões de dólares, talvez na mesma suíte onde presidentes tinham se hospedado. O hotel tinha história, isso sim. Uma tremenda história. Um pouco frenético, Jack tirou a caderneta do bolso e rabiscou outro lembrete para verificar toda essa gente na biblioteca de Denver, quando o trabalho de zeladoria estivesse concluído. Se todo hotel tem seus fantasmas, o Overlook tinha uma assembleia inteira deles. Primeiro suicídio, depois a máfia, o que mais viria depois?

O recorte seguinte era uma reação furiosa de Charles Grondin contra as acusações de Brannigar. Jack sorriu maliciosamente.

O recorte da outra página era tão grande que estava dobrado. Jack o abriu e levou um susto. A foto ali parecia saltar para ele: o papel de parede tinha sido mudado em junho de 1966, mas aquela janela e a vista ainda eram as mesmas. Era a paisagem a oeste da Suíte Presidencial. O assassinato veio a seguir. A parede da saleta junto à porta, que levava ao quarto, estava salpicada de sangue e do que só poderiam ser partículas de cérebro. Um segurança, com o rosto impassível, estava de pé, ao lado de um cadáver escondido por um cobertor. Fascinados, os olhos de Jack correram para a manchete.

ASSASSINATO DA MÁFIA EM HOTEL DO COLORADO

*Suposto Chefe de Quadrilha Assassinado em Clube Privativo
Mais Dois Mortos*

Sidewinder, Colorado (UPI) — A sessenta quilômetros desta pacata cidade do Colorado, uma execução ocorreu no coração das Montanhas Rochosas. O Hotel Overlook, comprado há três anos por uma firma de Las Vegas com o objetivo de funcionar como um clube privado, foi o cenário de um assassinato triplo. Dois dos homens eram companheiros ou guarda-costas de Vittorio Gienelli, também conhecido como "o Açougueiro" devido ao seu envolvimento em um assassinato em Boston, há vinte anos.

A polícia foi chamada por Robert Norman, gerente do Overlook, que disse ter ouvido tiros, e alguns hóspedes informaram que dois homens, com o rosto coberto por meias e empunhando armas, fugiram pela escada de incêndio, escapando num conversível marrom de modelo recente.

O oficial Benjamin Moorer descobriu dois homens mortos do lado de fora da Suíte Presidencial, onde já se hospedaram dois presidentes americanos. Mais tarde foram identificados como Victor Boorman e Roger Macassi, ambos de Las Vegas. No interior, Moorer encontrou o corpo de Gienelli no chão. Gienelli estava aparentemente fugindo dos criminosos, quando foi assassinado. Moorer afirmou que Gienelli foi morto à queima-roupa por tiros de escopeta de grosso calibre.

Charles Grondin, o representante da companhia que agora é proprietária do Overlook, não pôde ser encontrado para...

Abaixo do recorte, em rabiscos fortes de esferográfica, alguém escreveu: "Levaram as bolas dele junto". Jack olhou fixo para aquilo durante muito tempo, sentindo frio. A quem pertencera esse álbum?

Finalmente, virou a página, engolindo em seco. Outra coluna de Josh Brannigar, datada de 1967. Leu apenas a manchete: HOTEL FAMOSO VENDIDO APÓS ASSASSINATO DE PERSONALIDADE DO SUBMUNDO.

As folhas que se seguiam estavam vazias.

(*Levaram as bolas dele junto.*)

Folheou de volta para o começo, procurando um nome ou endereço. Mesmo um número de apartamento, pois tinha certeza de que, fosse quem fosse, a pessoa que fizera o álbum de recortes havia se hospedado no hotel. Mas não havia nada.

Ele se preparava para repassar os recortes, desta vez mais atento, quando uma voz o chamou das escadas.

— Jack? Amor?

Wendy.

Levou um susto, quase se sentindo culpado, como se estivesse bebendo às escondidas, e ela pudesse sentir o cheiro do álcool. Ridículo. Esfregou os lábios com a mão e respondeu:

— Sim, meu bem. Estou procurando ratos.

Ele a escutou descendo as escadas, e em seguida passando pela sala da caldeira. Rapidamente, sem pensar por quê, escondeu o álbum sob uma pilha de notas e faturas. Levantou-se enquanto ela atravessava o arco.

— Que diabos está fazendo aqui embaixo? São quase três horas.

Ele sorriu:

— Já é tão tarde? Estava aqui mexendo nestas coisas. Tentando descobrir onde os corpos estão enterrados, acho.

As palavras ecoaram maldosamente dentro de sua cabeça.

Ela se aproximou, com os olhos fixos nele, e Jack inconscientemente se afastou, sem conseguir se conter. Sabia o que ela estava fazendo: tentava sentir o cheiro de bebida. Talvez nem ela mesma soubesse, mas estava, e isso o fez se sentir culpado e furioso.

— Sua boca está sangrando — ela informou num tom curiosamente neutro.

— Hum? — Levou a mão aos lábios e se assustou com a dor leve que sentiu. O dedo indicador ficou sujo de sangue. Seu sentimento de culpa aumentou.

— Ficou esfregando a boca de novo, não foi?

Ele baixou os olhos e encolheu os ombros.

— É, acho que sim.

— Tem sido um inferno para você, não tem?

— Não, nem tanto.

— Está pelo menos um pouco mais fácil?

Ele levantou os olhos e começou a caminhar. Andando, ficava mais fácil. Foi até a esposa e passou um braço em volta de sua cintura. Afastou uma mecha de seu cabelo louro e deu um beijo em seu pescoço.

— Sim — respondeu. — Onde está Danny?

— Ah, ele está por aí, em algum lugar. Começou a ficar nublado lá fora. Com fome?

Com uma sensualidade simulada, escorregou a mão sobre o traseiro da mulher, coberto pela calça jeans justa.

— Como um urso, madame.

— Olhe aí, seu atrevido. Não comece o que não pode terminar.

— Uma trepadinha, madame? — perguntou ele, ainda a acariciando. — Fotos obscenas? Posições bizarras?

Enquanto atravessavam o arco, Jack deu uma olhada para a caixa onde o álbum

(*de quem?*)

estava escondido. Com a luz apagada, era apenas uma sombra. Sentiu-se aliviado por ter conseguido afastar Wendy. Ao se aproximarem da escada, o apetite sexual ficou menos simulado, mais natural.

— Talvez — sentenciou ela. — Depois de comermos um sanduíche... *ai!* — Fugiu dele, rindo. — Isso faz cócegas!

— Isso não é nada comparado ao que Jack Torrance gostaria de fazer, madame.

— Caia fora, Jack. O que me diz de um misto quente... como aperitivo?

Subiram as escadas juntos, e Jack não olhou para trás de novo. Mas pensou nas palavras de Watson:

Todo grande hotel tem um fantasma. Por quê? Diabos, as pessoas vêm e vão...

Wendy então fechou a porta do porão, que ficou atrás deles na escuridão.

19
EM FRENTE AO 217

Danny lembrou-se das palavras de Hallorann, sobre a funcionária que trabalhara no Overlook durante a estação:

Ela disse ter visto alguma coisa em um dos quartos onde... bem, onde aconteceu algo ruim. Era o apartamento 217, e quero que me prometa que não vai entrar lá, Danny. O inverno inteiro. Fique bem longe.

Era uma porta comum, cinza-escuro, em nada diferente das outras portas que havia nos dois primeiros andares do hotel. Ficava na metade de um corredor que fazia um ângulo de noventa graus com o corredor principal do segundo andar. Os números na porta não pareciam diferentes dos números dos apartamentos no edifício onde moraram em Boulder. Um 2, um 1 e um 7. Grande coisa. Exatamente abaixo deles, um pequenino círculo de vidro, um olho mágico. Danny já tinha experimentado vários deles. De dentro, a pessoa tinha uma visão maior do corredor. De fora, podia enterrar os olhos de todas as formas imagináveis e ainda assim não veria nada. Um truque sujo.

(Por que está aqui?)

Depois do passeio por trás do Overlook, Danny e a mãe voltaram. Ela preparou seu almoço favorito, um sanduíche de queijo e mortadela, e também sopa de feijão Campbell's. Comeram na cozinha de Dick e conversaram. O rádio de pilha estava ligado, tocando baixinho e chiando músicas da estação Park Estes. A cozinha era seu lugar favorito no hotel. Ele acreditava que mamãe e papai provavelmente sentiam a mesma coisa, porque após fazerem as refeições no restaurante por dois ou três dias, concordaram em começar a comer na cozinha, colocando cadeiras em torno da tábua de carne de Dick Hallorann, que era quase tão grande quanto a mesa de jantar em Stovington. O restaurante era muito deprimente, mesmo com as luzes acesas e a música do toca-fitas do escritório. Você era, apenas, uma das três pessoas sentadas a uma mesa, cercada por dúzias de outros assentos vazios e cobertos com estes forros de plástico transparente. Mamãe disse que era como jantar no meio de um conto de Horace Walpole, e papai, rindo, concordou. Danny não tinha ideia de quem era Horace Walpole, mas sabia que a comida de mamãe começara a ficar mais gostosa logo que passaram a comer na cozinha. Danny descobria pequenos traços da personalidade de Dick Hallorann por ali, e esses traços o tranquilizavam, como um carinho.

Mamãe comeu meio sanduíche, sem sopa. Falou que papai provavelmente tinha ido dar um passeio a pé, já que tanto o fusca quanto o caminhão do hotel estavam no estacionamento. Disse que estava cansada e que iria deitar durante mais ou menos uma hora, e perguntou se Danny achava que podia ficar sozinho, sem se meter em confusão. Danny respondeu com a boca cheia de queijo e mortadela que achava que podia.

— Por que não vai brincar no parquinho? Eu achei que você ia adorar aquele lugar, com a caixa de areia para seus caminhões e tudo o mais.

O menino engoliu, e a comida desceu por sua garganta como um amontoado seco e duro.

— Talvez eu vá — respondeu, voltando-se para o rádio e prestando atenção nele.

— E aqueles animais bacanas feitos de plantas — ela continuou, retirando o prato sujo. — Seu pai vai ter que aparar eles logo, logo.

— É...

(*São apenas coisas ruins. Uma vez, foi algo relacionado com a droga daqueles arbustos, podados para parecerem animais...*)

— Se você encontrar seu pai antes de mim, diga que estou deitada.

— Tá bem, mamãe.

Ela pôs os pratos sujos na pia e depois se virou para ele.

— Está feliz aqui, Danny?

Ele a olhou com sinceridade, um bigode de leite sobre o lábio.

— Aham.

— Nenhum pesadelo?

— Não. — Tony havia aparecido uma vez, chamando seu nome de muito longe, uma noite quando Danny estava deitado na cama. Danny fechara os olhos bem apertados até que Tony desapareceu.

— Tem certeza?

— Tenho, mamãe.

Ela parecia satisfeita.

— Como está a mão?

Ele esticou o braço para ela:

— Bem melhor.

Wendy assentiu com a cabeça. Jack já havia levado o ninho e o pirex, cheio de vespas congeladas, para queimar no incinerador, atrás do galpão de equipamentos. Desde então, nunca mais viram nenhuma vespa. Ele escrevera para um advogado em Boulder, anexando as fotos da mão de Danny, e o advogado telefonara, havia dois dias — o que deixou Jack com um péssimo humor a tarde inteira. O advogado duvidava que tivessem sucesso caso processassem o fabricante da bomba de inseticidas, pois havia apenas Jack para testemunhar que seguira as instruções impressas na embalagem. Jack indagou ao advogado se não poderiam comprar outras bombas e testar se tinham o mesmo defeito. O advogado respondeu que sim, mas que os resultados seriam altamente duvidosos, mesmo que todas as bombas de teste não funcionassem bem. E contou sobre um caso que envolvera uma companhia que fabricava escadas e um homem que havia fraturado a coluna. Wendy ficou com pena de Jack, mas, no fundo, sentia-se feliz por Danny ter se recuperado sem sequelas. Era melhor deixar ações judiciais para quem entendesse delas, e aí não se incluíam os Torrance. E desde então nunca mais viram vespas.

— Vá brincar, velhinho. Divirta-se.

Mas Danny não se divertiu. Caminhou sem rumo pelo hotel, remexeu os armários das camareiras e os quartos dos zeladores, procurando algo interessante, sem encontrar. Um menino se arrastando ao longo de um tapete azul-escuro trançado com linhas pretas sinuosas. De vez em quando tentava abrir porta por porta, mas, naturalmente, estavam todas trancadas.

As chaves estavam penduradas no escritório, e ele sabia onde, mas papai havia dito que ele não deveria pegar nenhuma. E ele não queria. Queria?

(*Por que está aqui?*)

Afinal, não tomou aquele rumo à toa. Danny foi levado ao apartamento 217 por uma curiosidade mórbida. Lembrava-se de uma história que papai contara certa vez, quando estava bêbado. Já fazia muito tempo, mas a história estava tão vívida agora como na época em que papai a contara. Mamãe brigou com papai, perguntando o que ele estava fazendo, lendo para uma criança de três anos algo tão horrível. O nome da história era *Bluebeard*. Aquela memória estava bem nítida em sua mente, pois a princípio ele achou que papai estivesse dizendo *Bluebird*, mas não havia pássaros azuis na história, ou pássaros de qualquer espécie. Na verdade, a história era sobre a esposa de Barba Azul, uma mulher bonita, de cabelos louros como os da mamãe. Depois que Barba Azul se casou com ela, foram morar em um castelo grande e bonito, que não era muito diferente do Overlook. Todos os dias Barba Azul saía para trabalhar, e todos os dias dizia para a sua bela esposa não abrir a porta de determinado quarto, apesar de a chave dele estar pendurada em um gancho, exatamente como a chave mestra estava pendurada na parede do escritório. A esposa de Barba Azul foi ficando cada vez mais curiosa. Tentou espiar pelo buraco da fechadura, da mesma forma que Danny tentara olhar pelo olho mágico do apartamento 217, também não conseguindo. Havia até um desenho da mulher se ajoelhando e tentando olhar por *baixo* da porta, mas a fresta era muito estreita. A porta se abriu e...

O velho livro de histórias retratava a descoberta dela em detalhes pavorosos. A imagem tinha sido marcada como cicatriz na mente de Danny. As cabeças degoladas das sete esposas do Barba Azul estavam no quarto, cada uma em seu pedestal, os olhos virados e completamente brancos, as bocas tortas e abertas em gritos silenciosos. De alguma forma, elas se equilibravam sobre pescoços irregulares decepados pelo golpe da espada larga e havia sangue escorrendo pelos pedestais.

Apavorada, a esposa tentou fugir do quarto e do castelo, mas encontrou Barba Azul no corredor, os olhos terríveis, irados. "Eu disse para não entrar no quarto", falou ele, desembainhando a espada. "Infelizmente, você é tão curiosa quanto as outras sete, e, apesar de eu ter amado você mais do que todas, seu fim será como o delas. Prepare-se para morrer, mulher ordinária!"

Danny tinha a vaga lembrança de que a história tivera um final feliz, mas isso estava ofuscado diante das duas imagens dominantes: a porta enlouquecedora e provocadoramente trancada, que guardava um grande segredo, e o próprio segredo terrível, repetido mais de meia dúzia de vezes. A porta trancada e atrás dela as cabeças, as cabeças degoladas.

Sua mão se ergueu e furtivamente tocou a maçaneta da porta. Ele havia perdido a noção de quanto tempo estivera ali, parado, hipnotizado diante da insípida porta cinzenta trancada.

(*E talvez, uma meia dúzia de vezes, pensei ter visto coisas... coisas ruins...*)

Mas o sr. Hallorann — Dick — também disse que não acreditava que essas coisas pudessem machucar. Eram como desenhos assustadores em um livro, só isso. E talvez ele não visse nada. Por outro lado...

Enfiou a mão esquerda no bolso e tirou a chave mestra. Estivera ali o tempo todo, claro.

Danny a segurava pela aba quadrada de metal que havia na extremidade, com a palavra ESCRITÓRIO gravada. Girou a chave na corrente, observando-a rodar e rodar. Depois de alguns minutos, parou e enfiou a chave mestra na fechadura. Ela entrou facilmente, sem embaraços, como se quisesse ter estado ali todo o tempo.

(*Pensei ter visto coisas... coisas ruins... prometa que não vai entrar lá.*)
(*Prometo.*)

Claro, uma promessa era muito importante. Ainda assim, sua curiosidade causava comichões alucinadas, como uma hera venenosa que coça onde não devia. Era uma espécie terrível de curiosidade, aquele tipo que faz a pessoa espiar por entre os dedos, nas partes mais assustadoras de um filme de terror. O que estava por trás da porta, porém, não seria nenhum filme.

(*Não acho que algo aqui possa machucar você... como desenhos assustadores em um livro...*)

De repente, sem ter certeza do que ia fazer, ergueu a mão esquerda até retirar a chave mestra da fechadura e guardá-la de volta no bolso. Olhou fixo para a porta por mais tempo, os olhos azul-acinzentados arregalados, em seguida virou-se e rapidamente caminhou em direção ao corredor principal, que formava um ângulo de noventa graus com aquele onde estava.

Algo o fez parar ali e, por um momento, não tinha certeza do que era. Depois lembrou que adiante, a caminho das escadas, havia uma dessas mangueiras antigas de incêndio enrolada na parede. Enrolada como uma cobra modorrando.

Papai tinha dito que os extintores não eram químicos, apesar de haver vários deles na cozinha. Eram os precursores dos modernos sprinklers. As mangueiras de lona estavam conectadas diretamente ao sistema hidráulico do Overlook, e ao acionar uma única válvula você sozinho podia tornar-se um Corpo de Bombeiros. Papai disse também que os extintores químicos, que pulverizam espuma de CO^2, eram muito melhores. Os químicos apagavam os incêndios e retiravam o oxigênio de que as chamas necessitavam para queimar, enquanto um pulverizador de alta pressão poderia alastrar as chamas. Papai contou que o sr. Ullman deveria substituir as mangueiras antigas, assim como as grelhas antigas, mas o sr. Ullman talvez não fizesse nenhuma das duas coisas, pois era um PÃO-DURO ESCROTO. Danny sabia que este era um dos piores adjetivos que o pai usava, pois era como sempre se referia a certos médicos, dentistas e mecânicos, e também ao chefe do Departamento de Inglês de Stovington, que rejeitara alguns dos pedidos de livros que papai fizera, dizendo que as solicitações estavam acima do orçamento. "Acima do orçamento, merda nenhuma", Danny uma vez ouviu do quarto, onde deveria estar dormindo. "Está apenas guardando os últimos quinhentos dólares para si, o PÃO-DURO ESCROTO."

Danny olhou ao redor do corredor.

O extintor estava lá, uma mangueira achatada, enrolada dezenas de vezes sobre si mesma, o tanque vermelho preso na parede. Sobre ele, um machado numa caixa de vidro, como uma obra em um museu, com palavras brancas em fundo vermelho: EM CASO DE EMERGÊNCIA QUEBRE O VIDRO. Danny conseguia ler a palavra emergência, que era também o nome de um de seus programas favoritos na televisão, porém não tinha certeza do resto. Mas não gostava da forma como a palavra era usada se relacionando com aquela mangueira longa e achatada. EMERGÊNCIA significava fogo, explosões, acidentes de carro, hospitais, às vezes morte. E não gostava da forma como a mangueira se pendurava ali tão suavemente na parede. Quando estava sozinho, sempre apressava o passo diante dos extintores. Nenhuma razão especial. Mas se sentia melhor indo depressa. Era mais seguro.

Agora, o coração batia forte no peito. Fez a curva, olhando ao redor. Depois do extintor, a escada! Mamãe estava lá embaixo, dormindo. E, se papai estivesse de volta de seu passeio, provavelmente estaria sentado na cozinha, comendo um sanduíche e lendo um livro. Danny passaria pelo extintor velho e desceria as escadas.

Começou a caminhar, aproximando-se da parede até que seu braço direito estava roçando no caro papel de seda. Vinte passos de distância. Quinze. Uma dúzia.

Quando ele estava a dez passos de distância, o bocal de aço da mangueira subitamente rolou de onde estivera pousado,

(dormindo?)

e caiu sobre o tapete do corredor, fazendo um barulho surdo. Ali estava, o buraco escuro de seu focinho apontando para Danny. O garoto parou imediatamente, estremecendo de pavor; o sangue latejando forte em seus ouvidos e têmporas. A boca seca e amarga, as mãos cerradas. No entanto, o focinho da mangueira continuava apenas ali, com seu revestimento de latão brilhando suave, a lona dando uma volta e subindo em direção ao suporte pintado de vermelho aparafusado na parede.

Então ele tinha caído, e daí? Era apenas um extintor de incêndio, nada mais. Era bobagem pensar que parecia uma cobra venenosa do *Mundo dos animais* que escutara seus passos e resolvera acordar. Simplesmente passaria por cima e caminharia em direção à escada, indo um pouco mais rápido, talvez para ter certeza de que a mangueira não sairia correndo atrás dele e não se enrolaria em seu pé.

Enxugou os lábios com a mão esquerda, numa imitação inconsciente do pai, e deu um passo à frente. Nenhum movimento da mangueira. Outro passo. Nada. Está vendo como você é bobo? Ficou esse tempo todo imaginando tudo isso, pensando naquele apartamento idiota e naquela história idiota de Barba Azul, e provavelmente essa mangueira estivesse pronta para desabar há anos. Só isso.

Danny olhou fixo para a mangueira no chão e pensou nas vespas.

A oito passos de distância, o bocal reluzia pacificamente como se dissesse: *Não tenha medo. Sou só uma mangueira, só isso. E, mesmo que não fosse só isso, o que eu faria a você não seria pior do que a ferroada de uma abelha. Ou a ferroada de uma vespa. O que eu poderia fazer com um menininho bonzinho como você... senão morder... morder... e morder?*

Danny deu mais um passo, depois outro. A respiração seca e áspera na garganta. O pânico agora estava próximo. Começou a desejar que a mangueira se movesse, e então finalmente saberia, teria certeza. Deu mais um passo e estava agora surpreendentemente próximo. Mas ela não vai *bater* em você, pensou histérico. Como pode *bater, morder,* sendo somente uma mangueira?

Talvez esteja cheia de vespas.

Sentia como se estivesse congelado por dentro. Olhou fixamente para o buraco negro no meio do bocal, quase hipnotizado. Talvez *estivesse* cheio de vespas, vespas secretas, marrons e inchadas de veneno; tão cheias de veneno do outono, que escorria de seus ferrões em gotas claras de fluido.

De repente, descobriu que estava mesmo quase congelado de terror; se não fizesse com que seus pés andassem agora, eles ficariam presos ao tapete e ele permaneceria ali, olhando para o buraco negro no meio do bocal de latão como um passarinho olhando uma cobra. Ficaria ali até que o pai o encontrasse. E, então, o que aconteceria?

Com um gemido alto, se obrigou a correr. Ao chegar à mangueira, uma ilusão de ótica fez o focinho parecer movimentar-se, remexer como se fosse atingi-lo, e o menino saltou alto por sobre a mangueira. Em seu estado de pânico, parecia que as pernas o empurraram quase até o teto, que podia sentir os cabelos rígidos que formavam seu topete tocando o teto de gesso do corredor, apesar de mais tarde ter percebido que nada disso havia acontecido.

Danny passou pelo outro lado da mangueira e correu. De repente, podia escutá-la seguindo-o, o ríspido ranger daquela cabeça de cobra de latão enquanto ela escorregava pelo tapete atrás dele como uma cascavel se movimentando velozmente por um gramado seco. Ela vinha em sua direção e, de repente, a escada parecia muito distante; parecia recuar um passo para cada passo que Danny dava tentando alcançá-la.

Papai! Tentou gritar, mas a garganta fechada não deixava o som passar. Estava sozinho. Atrás dele o ruído aumentava, o som seco da cobra deslizando rapidamente sobre as fibras secas do tapete. Agora estava perto dos seus calcanhares, talvez se levantando com a saliva venenosa escorrendo do focinho de latão.

Danny chegou à escada e teve que girar os braços de modo frenético, para se equilibrar. Por um momento, pensou que acabaria dando cambalhotas até chegar ao primeiro andar.

Olhou para trás.

A mangueira não tinha se movido. Estava ali, estática, uma parte fora do suporte, o bocal de latão no chão apontando desinteressadamente para longe dele. Está vendo, idiota?!, censurou-se. Você imaginou tudo, seu gatinho assustado. Foi tudo sua imaginação, gatinho assustado, gatinho assustado. Agarrou-se ao corrimão, as pernas trêmulas.

(*Aquilo nunca seguiu você*)

sua mente repetia, e prosseguiu com este pensamento, brincando com ele.

(*Nunca seguiu você, nunca seguiu você, nunca fez isso, nunca fez isso*)

Não havia nada a temer. Assim, poderia voltar e pôr a mangueira no suporte, se quisesse. Poderia, mas não achava que iria. Mas, e se ela tivesse resolvido segui-lo, e desistido quando viu que não podia... na verdade... pegá-lo?

A mangueira repousava sobre o tapete, parecendo perguntar se ele não gostaria de voltar e tentar novamente.

Ofegante, Danny desceu as escadas.

20
CONVERSANDO COM O SR. ULLMAN

A biblioteca pública de Sidewinder era um edifício pequeno e insignificante, a um quarteirão do comércio da cidade. Era um prédio modesto, coberto de trepadeiras, e a calçada larga de concreto que ia até a porta estava forrada de flores do último verão, já secas. No jardim havia uma estátua de bronze de um general da Guerra Civil, de quem Jack nunca ouvira falar, apesar de na adolescência ter sido um estudioso da história norte-americana.

Os arquivos de jornais eram mantidos no subsolo. O acervo consistia na *Gazeta*, de Sidewinder, falida em 1963, no *Diário*, de Estes Park, e no *Boulder Camera*. Nenhum jornal de Denver.

Suspirando, Jack escolheu o *Camera*.

Quando os arquivos chegaram a 1965, os jornais haviam sido substituídos por carretéis de microfilmes ("Uma verba concedida pelo governo federal", dissera a bibliotecária alegremente. "Esperamos poder microfilmar de

1958 a 1964, quando o próximo cheque chegar, mas eles demoram tanto, não é? Vai ter cuidado, não vai? Sei que você vai. Se precisar de mim, é só chamar.") A única máquina de leitura tinha uma lente que, sabe-se lá como, havia ficado distorcida. Quando Wendy pousou a mão sobre seu ombro, cerca de quarenta e cinco minutos depois de Jack ter largado os jornais e passado a utilizar a máquina, ele estava com uma tremenda dor de cabeça.

— Danny está no parque — disse ela —, mas não quero que fique lá fora muito tempo. Quantos minutos acha que vai levar ainda?

— Dez minutos — pediu Jack. Na realidade, acabava de descobrir o último tópico da fascinante história do Overlook: os anos entre o massacre e a entrada de Stuart Ullman e Cia. Mas sentiu a mesma resistência em contar a Wendy.

— O que você está fazendo, afinal? — perguntou ela, bagunçando o cabelo dele enquanto falava, porém com uma ponta de ironia na sua voz.

— Pesquisando a história antiga do Overlook — respondeu ele.

— Alguma razão especial?

— Não,

(*e por que diabos você está tão interessada?*)

só curiosidade.

— Encontrou alguma coisa interessante?

— Nada de mais — falou, fazendo um esforço para manter um tom de voz agradável. Ela estava se intrometendo, da mesma maneira que sempre se intrometia na vida dele quando estavam em Stovington e Danny ainda era um bebê. *Onde vai, Jack? A que horas volta? Está levando dinheiro? Quanto? Vai de carro? Al vai com você? Algum dos dois vai ficar sóbrio?* E assim por diante. Ela, perdoem a expressão, foi quem o levou a beber. Talvez essa não fosse a única razão, mas, por Nosso Senhor Jesus Cristo, vamos ser sinceros aqui, e admitamos que foi uma delas. Reclamando, reclamando, reclamando até você sentir vontade de lhe dar um soco para que ela calasse a boca e acabasse com

(*Onde? Quando? Como? Está? Vai?*)

a avalanche de perguntas. Dava realmente

(*dor de cabeça? ressaca?*)

dor de cabeça. A lente. A desgraçada da lente que distorcia a impressão. Era por isso que estava com uma dor de cabeça tão filha da puta.

— Jack, você está bem? Está pálido...

Ele afastou a cabeça dos dedos da esposa com um gesto violento.

— *Estou bem.*

Wendy recuou diante dos olhos raivosos do marido com um sorriso sem graça.

— Bem... se você está... vou esperar no parquinho com Danny... — E, ao se afastar, o sorriso se transformou em uma confusa expressão de dor.

— Wendy? — chamou Jack.

Ela voltou o olhar e, do pé da escada, respondeu:

— Que foi, Jack?

Ele se levantou e caminhou até ela.

— Desculpe, amor. Acho que não estou bem. Aquela máquina... a lente está ruim. Estou com uma dor de cabeça desgraçada. Tem algum remédio aí?

— Claro. — Tateou a bolsa e tirou uma caixinha de aspirina. — Fique com ela.

Ele pegou a caixinha.

— Não tem Excedrin? — Percebeu a pequena retração no rosto da esposa e entendeu. Existia uma espécie irônica de piada entre os dois, antes de a bebida ter se tornado algo muito sério para brincadeiras. Ele alegava que Excedrin era o único remédio vendido, sem prescrição médica, capaz de curar uma ressaca. Simplesmente, o único. Começou a classificar as dores de cabeça causadas por ressacas como Dores de Cabeça Excedrin Nº Vat 69.

— Nada de Excedrin — respondeu Wendy. — Desculpe.

— Sem problemas — afirmou ele. — Estes servem. — Mas é claro que não serviriam, e ela deveria saber. Às vezes, ela conseguia ser uma vaca estúpida.

— Quer um copo d'água? — perguntou Wendy, alegre.

(*Não, só quero que você VÁ PARA O INFERNO!*)

— Eu pego um pouco no bebedouro quando subir. Obrigado.

— *Está bem.* — Começou a subir as escadas, as pernas bonitas movendo-se graciosamente debaixo de uma saia curta de lã bege. — Estaremos no parque.

— Certo. — Jogou a caixinha de aspirina no bolso, voltou para a lente e a desligou. Quando se certificou de que a esposa tinha ido embora, ele subiu as escadas. Deus, que dor de cabeça terrível. Se era preciso aguentar uma pressão absurda como esta, você deveria ter pelo menos a permissão para tomar alguns drinques, como compensação.

Tentou afastar esse pensamento, mais nervoso do que nunca. Caminhou até o balcão principal, segurando uma caixa de fósforos com um número de telefone escrito na capa.

— Madame, a senhora tem telefone público?

— Não, senhor, mas pode usar o meu, se a ligação for local.

— É interurbano, desculpe.

— Bem, então acho que a farmácia seria o melhor lugar. Eles têm uma cabine.

— Obrigado.

Saiu, passou pelo desconhecido general da Guerra Civil. Começou a andar em direção ao comércio, mãos enfiadas nos bolsos, a cabeça batendo como um sino de chumbo. O céu também estava como chumbo: era 7 de novembro, e com o novo mês o tempo tornava-se ameaçador. Houve algumas nevascas. Caiu neve em outubro também, mas essa já derretera. As nevadas recentes haviam permanecido, uma cobertura leve sobre tudo, brilhando ao sol como puro cristal. No entanto, o sol não brilhara hoje e, quando Jack chegou à farmácia, estava nevando mais uma vez.

A cabine telefônica ficava nos fundos do prédio, e Jack estava no meio da ala de remédios controlados, sacudindo as moedas dentro do bolso, quando seus olhos bateram nas caixas brancas com letras verdes. Pegou uma, levou uma ao caixa, pagou e voltou à cabine telefônica. Fechou a porta, colocou as moedas e a caixa de fósforos na prateleira e discou zero.

— Sua chamada, por favor?

— Telefonista, para Fort Lauderdale, Flórida. — Informou o número de lá e o número da cabine. Quando foi avisado que a ligação custaria um dólar e noventa centavos pelos primeiros três minutos, depositou oito moedas de 25 centavos, estremecendo a cada vez que o sinal batia em seu ouvido.

Em seguida, atento aos sinais distantes da ligação sendo feita, tirou o vidro verde de Excedrin do bolso, examinou a tampa branca e jogou o chumaço de algodão no chão da cabine. Apoiando o telefone entre a cabeça e o ombro, pegou três comprimidos brancos e os alinhou sobre o balcão, ao lado das moedas restantes. Tampou o vidro e guardou de volta no bolso.

Do outro lado, o telefone foi atendido ao primeiro sinal.

— Surf-Sand Resort, como podemos ajudar? — perguntou uma voz feminina muito viva.
— Gostaria de falar com o gerente, por favor.
— O senhor quer dizer o sr. Trent ou...
— Quero dizer o sr. Ullman.
— Creio que o sr. Ullman esteja ocupado, mas se quiser posso verificar...
— Eu quero. Avise a ele que é Jack Torrance, ligando do Colorado.
— Um momento, por favor.

A antipatia que Jack sentia por aquele babaquinha pretensioso e pão-duro do Ullman o inundou novamente. Ele pegou um dos Excedrins da prateleira, ficou olhando para ele por um instante, enfiou o comprimido na boca e começou a mastigá-lo, devagar e com gosto. O sabor aflorou em sua memória, fazendo a saliva fluir numa mistura de prazer e infelicidade. Um sabor seco, amargo, mas instigante. Engoliu com uma careta. Mastigar remédio tinha se tornado um hábito para ele nos tempos de alcoólatra; desde então, nunca mais havia mastigado nenhum. Mas, quando a dor de cabeça era suficientemente forte, uma dor de cabeça de ressaca ou algo do gênero, mastigar o remédio parecia acelerar seu efeito. Lera em algum lugar que isso podia se tornar um vício. Onde foi que leu isso? Franzindo a testa, tentou lembrar. E então Ullman veio ao telefone.

— Torrance? O que houve?
— Não houve nada. A caldeira está em ordem e ainda nem cheguei a matar minha mulher. Estou esperando para depois das festas de fim de ano, quando ficar entediado.
— Muito engraçado. Por que está telefonando? Sou um homem...
— Homem ocupado, sim, entendo. Estou ligando para conversar a respeito de algumas coisas que você não mencionou ao contar sua história, no grandioso e nobre passado do Overlook. Como, por exemplo, o fato de Horace Derwent ter vendido o hotel a um bando de vigaristas de Las Vegas, que o negociaram através de tantas empresas laranja que nem a Receita Federal sabia quem era o dono de verdade. Também não me contou como eles esperaram até o momento certo e então o transformaram num playground para os mandachuvas da máfia, e como teve que ser fechado em 1966, quando um deles ficou um pouquinho morto. Junto com seus guardas-costas, que estavam à porta da Suíte Presidencial. Grande lugar, a

Suíte Presidencial do Overlook. Wilson, Harding, Roosevelt, Nixon e Vito, o Açougueiro, certo?

Houve um momento de silêncio surpreso no outro lado da linha, e então Ullman respondeu baixinho:

— Não vejo como isso pode ter qualquer relação com o seu serviço, sr. Torrance. É...

— A melhor parte aconteceu depois que Gienelli foi assassinado, não acha? Mais dois passes de mágica, e então o Overlook foi repentinamente comprado por uma mulher chamada Sylvia Hunter... que por coincidência foi a sra. Sylvia Hunter Derwent, de 1942 a 1948.

— Seus três minutos acabaram — a telefonista interrompeu. — Sinalize quando terminar.

— Meu caro sr. Torrance, tudo isso é de conhecimento público... e história antiga.

— Não era de meu conhecimento — afirmou Jack. — E duvido que muita gente saiba. Pelo menos, não de tudo. As pessoas talvez se lembrem do assassinato de Gienelli, mas duvido que alguém tenha percebido as magníficas e estranhas operações em que o Overlook esteve metido desde 1945. E parece que é sempre Derwent ou um sócio de Derwent que surge como o premiado. O que Sylvia Hunter fazia por lá em 1967 e 1968, sr. Ullman? Era um puteiro, não era?

— *Torrance!* — O choque de Ullman soou, sem perder a força, através dos três mil quilômetros de cabo telefônico.

Sorrindo, Jack jogou outro Excedrin na boca e o mastigou.

— Ela vendeu tudo depois que um senador americano muito conhecido teve um ataque cardíaco lá em cima e morreu. Havia rumores de que ele foi encontrado nu, usando apenas meias de náilon pretas, ligas e um par de sapatos de salto alto. De couro legítimo, diga-se de passagem.

— Isso é uma maldita mentira maldosa! — gritou Ullman.

— É mesmo? — provocou Jack. Começava a se sentir melhor. A dor de cabeça estava indo embora. Pegou o último Excedrin e o mastigou, apreciando o gosto amargo do comprimido despedaçado na boca.

— Foi um acontecimento muito infeliz — explicou Ullman. — Agora, aonde você quer chegar? Se está pretendendo escrever algum artigo maldoso... se isto é alguma ideia maluca de fazer uma chantagem idiota...

— Nada disso — interrompeu Jack. — Telefonei porque achei que você não jogou limpo comigo. E porque...

— Não joguei limpo? — gritou Ullman. — Meu Deus, você achava que eu lavaria a roupa suja diante do *zelador* do hotel? Quem diabos você pensa que é? E como essas histórias velhas poderiam afetá-lo? Ou você acha que existem fantasmas rondando pelos corredores da ala oeste cobertos por lençóis e gritando "Uuuh!"?

— Não, não acho que existam fantasmas. Mas você revolveu um bocado de minha vida privada, antes de me admitir no emprego. Você me humilhou, questionando minha capacidade de tomar conta de seu hotel, como se eu fosse uma criança diante do professor, sendo repreendida por ter feito xixi no armário. Você me constrangeu.

— Eu simplesmente não consigo acreditar na sua cara de pau, na sua maldita impertinência — disse Ullman. Soava como se estivesse engasgado. — Gostaria de demitir você. E talvez o faça.

— Acho que Al Shockley poderá levantar objeções. Energicamente.

— E eu acho que você está definitivamente superestimando o comprometimento do sr. Shockley com o senhor, sr. Torrance.

A dor de cabeça de Jack voltou, em toda a sua glória martelante, e ele fechou os olhos de dor. Ouviu Ullman falando, como se à distância:

— Quem é o dono do Overlook agora? Ainda é a Derwent Enterprises? Ou você é muito insignificante para saber?

— Acho que isso já é o bastante, sr. Torrance. O senhor é um empregado do hotel, em nada diferente de um carregador ou um faxineiro. Não tenho intenção nenhuma de...

— Muito bem, vou escrever para Al — interrompeu Jack. — Ele saberá; além do mais, ele é membro do Conselho. E pode ser que eu acrescente um pequeno P.S. ao fato de que...

— Derwent não é o dono.

— O quê? Não entendi bem.

— Disse que Derwent não é o dono. Os acionistas são todos do Leste. Seu amigo, sr. Shockley, é o dono do maior bloco de ações, mais de trinta e cinco por cento. Você saberia mais do que eu se ele tem qualquer tipo de ligação com Derwent.

— Quem mais?

— Não tenho intenção de divulgar os nomes dos demais acionistas, sr. Torrance. Pretendo levar o assunto ao conhecimento de...

— Uma outra pergunta.

— Não tenho nenhuma obrigação para com o senhor.

— A maior parte da história do Overlook, seja agradável ou não, eu encontrei em um álbum de recortes, que estava no porão. Um livro grande com capa de couro branco. Encadernado com fio dourado. Você faz ideia de quem poderia ser o dono?

— Nenhuma.

— É possível que tenha sido de Grady? O zelador que se matou?

— Sr. Torrance — disse Ullman, com o tom mais gélido possível. — Não tenho nem certeza se o sr. Grady sabia ler, muito menos se ele tinha interesse em descobrir os podres com os quais o senhor está me fazendo perder tempo.

— Estou pensando em escrever um livro sobre o Hotel Overlook. Pensei que, se eu realmente fizer isso, o dono do álbum vai gostar de ter uma nota de agradecimento na primeira página.

— Acho que escrever um livro sobre o Overlook não seria algo muito inteligente — afirmou Ullman. — Especialmente um livro feito sob o seu... ahn, ponto de vista.

— Sua opinião não me surpreende. — A dor de cabeça desapareceu. Houve apenas aquele único clarão de dor, e foi tudo. Sua mente estava aguçada e acurada, atenta aos mínimos detalhes. Era como geralmente se sentia quando o ato de escrever ia extremamente bem, ou quando estava na onda de três drinques. Era outro detalhe que havia esquecido sobre o Excedrin; não sabia se dava bons resultados para os outros, mas, para ele, mastigar três comprimidos dava um barato instantâneo.

Em seguida, Jack disse:

— O senhor gostaria é de uma espécie de guia turístico autorizado e contratado, que pudesse ser entregue gratuitamente aos hóspedes no momento do check-in. Algo com uma porção de fotos brilhantes das montanhas ao amanhecer e ao crepúsculo, e um texto água com açúcar para acompanhar. Teria também uma seção para as pessoas famosas que estiveram aqui, é claro, excluindo os realmente exóticos como Gienelli e seus amigos.

— Se eu tivesse cem por cento de certeza de que poderia demitir o senhor sem perder o meu emprego, em vez de noventa e cinco por cento — respondeu Ullman, num tom engasgado —, eu o demitiria agora mesmo, pelo telefone. Mas, já que tenho esses cinco por cento de incerteza, pretendo telefonar para o sr. Shockley assim que o senhor desligar... O que será em breve, assim espero ardentemente.

— Não vai ter nada que não seja verdade no livro, sabe? Não terei necessidade de fantasiar nada.

(*Por que está provocando ele? Quer ser despedido?*)

— Não me interessa se o capítulo 5 for sobre o papa trepando com a Virgem Maria — retrucou Ullman, levantando a voz. — Quero que você dê o fora do meu hotel.

— *Não é o seu hotel!* — Jack gritou e bateu o telefone.

Sentou-se no banquinho, ofegante, um pouco assustado,

(um pouco? Nossa, muito)

se perguntando, em primeiro lugar, por que, em nome de Deus, havia telefonado para Ullman.

(*Perdeu o controle mais uma vez, Jack.*)

Sim, sim, perdeu. Não fazia sentido negar. E o pior de tudo é que não tinha ideia da influência que aquele babaquinha pão-duro poderia exercer sobre Al, como também não sabia quanta merda Al aguentaria dele, em nome do que já passou. Se Ullman era tão bom quanto achava e desse a Al um ultimato, tipo "ou ele ou eu", Al não seria obrigado a aceitar? Fechou os olhos e tentou se imaginar dizendo a Wendy: Adivinhe, amor? Perdi outro emprego. Dessa vez precisei usar três mil quilômetros de cabo telefônico para encontrar alguém que eu pudesse agredir, mas dei um jeito.

Abriu os olhos e enxugou a boca com o lenço. Queria beber. Merda, *precisava beber.* Havia um bar exatamente naquela rua, e com certeza daria tempo para uma cervejinha até chegar ao parque, só para baixar a poeira...

Apertou as mãos, desamparado.

A pergunta persistia: em primeiro lugar, por que havia telefonado para Ullman? O número do Surf-Sand em Lauderdale estava escrito em uma caderneta ao lado do telefone e do radiotransmissor no escritório... telefones de bombeiros, carpinteiros, vidraceiros, eletricistas e outros. Jack copiara o número na aba da caixa de fósforos pouco depois de acordar naquele dia, com a ideia de telefonar para Ullman completamente amadurecida e alegre em sua mente. Mas, com que propósito? Certa vez, durante a fase de bebedeira, Wendy o acusara de ter um desejo de autodestruição, sem possuir a fibra moral necessária para amadurecer um desejo de morte. Então, ele criara meios pelos quais outras pessoas pudessem destruí-lo, arrancando aos poucos pedaços de si mesmo e de sua família. Será que era verdade? Temia, em seu íntimo, que o Overlook pudesse ser exatamente o que ele precisava para terminar o espetáculo. Estava se entregando? Por favor, meu Deus, não, não permita que seja assim. Por favor.

Fechou os olhos, e imediatamente uma imagem surgiu na tela escura de suas pálpebras: enfiando a mão pelo buraco nas telhas, a repentina espetadela, seu próprio grito de dor e pavor no ar parado e pesado. *Ai, sua filha da puta desgraçada...*

A imagem foi substituída por uma de dois anos atrás, dele cambaleando pela casa às três da manhã, bêbado, caindo por cima da mesa, tombando estirado no chão, xingando e acordando Wendy, que dormia no sofá. Wendy acendendo a luz, vendo as roupas dele, rasgadas e sujas por causa de alguma briga de rua que aconteceu numa espelunca qualquer, na fronteira de New Hampshire, horas antes, sangue seco no nariz, olhando agora para sua mulher, ele piscando os olhos estupidamente sob a luz, e Wendy dizendo melancolicamente, *seu filho da puta, acordou Danny! Se não se importa consigo mesmo, não pode pelo menos se importar um pouco conosco? Ah, por que perco tempo falando com você?*

O telefone tocou e assustou Jack, que tirou o fone do gancho, com a certeza ilógica de que só poderia ser Ullman ou Al Shockley.

— O quê? — gritou ele.

— Seu tempo extra, senhor. Três dólares e meio.

— Tenho que trocar umas moedas — respondeu. — Espere um pouco.

Colocou o telefone na prateleira, depositou as suas seis últimas moedas de vinte e cinco centavos e foi então ao caixa para trocar mais dinheiro. Fez a transação de modo automático, a mente rodando em um mesmo círculo, como um cachorro atrás do rabo.

Por que havia ligado para Ullman?

Por que Ullman o humilhara? Já tinha sido humilhado antes por verdadeiros mestres — o Grande Mestre, claro, sendo ele mesmo. Simplesmente para tripudiar sobre ele, desmascarando sua hipocrisia? Jack não achava que poderia ser tão mesquinho. Sua cabeça tentava buscar no álbum de recortes uma razão válida, mas não fazia sentido. As possibilidades de Ullman saber quem era o dono eram de duas em mil. Na entrevista, ele havia se referido ao porão como se fosse um outro país... pelo visto, um país subdesenvolvido. Se quisesse realmente saber, teria ligado para Watson, cujo número de telefone estava também na caderneta do escritório. E mesmo Watson não seria uma certeza, porém havia mais chances de ele saber do que Ullman.

E mencionar a ideia do livro havia sido outra idiotice. Uma idiotice inacreditável. Além de pôr o emprego em risco, poderia estar fechando amplas fontes de informação, uma vez que Ullman poderia dizer às pessoas que tomassem cuidado com essa gente da Nova Inglaterra fazendo perguntas sobre o Hotel Overlook. Podia ter feito suas pesquisas com calma, escrevendo cartas atenciosas, talvez até marcando entrevistas na primavera... e, quando o livro fosse publicado e ele estivesse muito longe dali, então riria livremente da raiva de Ullman... O Autor Mascarado Ataca Novamente. Em vez disso, tinha feito aquele telefonema insensato, perdido o controle, se indisposto com Ullman e revelado as tendências de gângster em ascensão do gerente do hotel. Por quê? Se não era um esforço para se ver demitido do bom emprego que Al lhe arranjara, então o que era?

Depositou o resto do dinheiro no telefone e o desligou. Realmente, aquele tinha sido o tipo de coisa insensata que teria feito se estivesse bêbado. Mas estava sóbrio; profundamente sóbrio.

Ao sair da farmácia, mastigou outro Excedrin, fazendo careta, mas ainda sentindo o prazer do gosto amargo.

Na calçada, encontrou Wendy e Danny.

— Oi, estávamos procurando você — disse Wendy. — Está nevando, veja só!

Jack olhou para cima.

— É mesmo. — Nevava muito. A rua principal de Sidewinder estava toda branca, o asfalto já coberto. A cabeça de Danny estava erguida para o céu branco, com a boca aberta e a língua de fora para apanhar alguns flocos que caíam.

— Será que agora é para valer? — perguntou Wendy.

Jack sacudiu os ombros.

— Não sei. Esperava por mais uma ou duas semanas de benevolência do tempo. Pode ser que tenhamos.

Benevolência, isso mesmo.

(*Desculpe, Al. Benevolência. Tenha piedade. Mais uma oportunidade. Estou sinceramente arrependido...*)

Quantas vezes, em quantos anos, tinha ele — um homem feito — implorado por piedade, por outra oportunidade? De repente, estava tão cansado de si, tão revoltado, que poderia ter suspirado alto.

— E a dor de cabeça? — ela perguntou, olhando para ele mais de perto.

Jack pôs os braços em volta dela e a abraçou apertado.

— Melhor. Venham, vamos para casa, enquanto podemos.

Andaram até o caminhão estacionado no declive, encostado ao meio-fio. Jack, no centro, envolveu os ombros de Wendy com o braço esquerdo, a mão direita segurando a de Danny. Pela primeira vez chamara o hotel de casa.

Quando se sentou ao volante do caminhão, se deu conta de que, apesar de estar fascinado pelo Overlook, na realidade não gostava muito do hotel. Não estava certo de que fosse bom para a esposa, para Danny ou para si próprio. Talvez tenha sido por isso que telefonara para Ullman.

Para ser demitido enquanto havia tempo.

Deu ré no caminhão, seguiu rumo à saída da cidade e subiu as montanhas.

21
PENSAMENTOS NOTURNOS

Eram dez horas da noite. Nos quartos, os três fingiam dormir.

Jack estava deitado de lado, virado para a parede com os olhos abertos, escutando a respiração baixa e ritmada de Wendy. O gosto do remédio dissolvido ainda estava em sua língua, que estava áspera e levemente dormente. Al Shockley havia telefonado às 5h45, 7h45 no horário do Leste. Wendy estava com Danny, sentada em frente à lareira no saguão, lendo.

— Chamada pessoal para o sr. Jack Torrance — anunciou a telefonista.

— É ele. — Passou o fone para a mão direita, arrancou o lenço do bolso traseiro com a mão esquerda e enxugou os lábios macios. Em seguida, acendeu um cigarro.

A voz de Al soou, então, forte em seu ouvido:

— Jack, rapaz, o que você está aprontando, pelo amor de Deus?

— Oi, Al. — Tragou o cigarro e tateou à procura do vidro de Excedrin.

— O que está acontecendo, Jack? Recebi um telefonema esquisito de Stuart Ullman hoje à tarde. E, quando Stu Ullman paga uma ligação interurbana do próprio bolso, prepare-se, pois lá vem merda.

— Ullman não tem nada com que se preocupar, Al. Nem você.

— O que é exatamente esse nada com o qual não precisamos nos preocupar? Stu fez soar como se fosse uma mistura de chantagem com manchete sensacionalista sobre o Overlook. Fale comigo, rapaz.

— Eu quis cutucar ele um pouco — respondeu Jack. — Quando vim até aqui para ser entrevistado, ele quis trazer à tona toda a minha roupa suja. Meu problema com bebida. Como perdi o último emprego por ter arrebentado um aluno. Fico pensando se você é o homem certo para isto etc. O que me chateou é que ele levantou tudo isso porque adorava o desgraçado do hotel. O maravilhoso Overlook. O tradicional Overlook. O sagrado Overlook. Bem, encontrei um álbum de recortes no porão. Alguém juntou todos os aspectos menos agradáveis da Catedral de Ullman, e me pareceu uma longa cerimônia de missa fúnebre.

— Espero que isso seja uma metáfora, Jack. — A voz de Al soou assustadoramente fria.

— É. Mas realmente descobri…

— Conheço a história do hotel.

Jack passou a mão pelo cabelo.

— Telefonei, então, para dar uma cutucada nele. Reconheço que não foi muito brilhante de minha parte e não faria de novo. Fim de papo.

— Stu diz que você está pretendendo lavar a roupa suja em público.

— Stu é um imbecil! — Jack gritou ao telefone. — Eu contei a ele que tinha ideia de escrever sobre o Overlook, sim. Tenho. Acho que este lugar representa bem um pouco da personalidade americana do pós-guerra. Dito dessa maneira parece meio exagerado… Sei disso… Mas está tudo aqui, Al! Meu Deus, seria um *grande* livro. Mas a longo prazo, posso assegurar a você, tenho mais que o necessário, e…

— Jack, isso não é bom o bastante.

Jack se virou, boquiaberto ao telefone, sem poder acreditar no que estava ouvindo.

— O quê? Al, você quer dizer...

— Isso mesmo. Qual é o longo prazo, Jack? Para você podem ser dois anos, talvez cinco. Para mim, trinta ou quarenta, pois espero estar ligado ao Overlook por muito tempo. A ideia de ver você escrevendo um lamaçal sobre o meu hotel e publicando a história como uma grande obra da literatura americana me deixa enjoado.

Jack ficou mudo.

— Tentei ajudar você, Jacky, meu garoto. Passamos juntos pela guerra e achei que lhe devia ajuda. Lembra-se da guerra?

— Lembro — resmungou, mas os carvões do ressentimento começavam a incandescer em seu coração. Primeiro Ullman, depois Wendy, agora Al. O que era isso? Semana Nacional de Esculachar Jack Torrance? Apertou os lábios, estendeu a mão para pegar os cigarros e os derrubou no chão. Será mesmo que Jack algum dia tinha gostado desse babaca pão-duro que falava com ele de seu gabinete revestido de mogno em Vermont? Tinha gostado de verdade?

— Antes de agredir aquele menino, o Hatfield — Al continuou —, tentei convencer o Conselho a não demitir você, e até mesmo a considerar lhe dar estabilidade. Foi você quem estragou tudo. Arranjei esse negócio do hotel, um lugar calmo e bonito para você se ajustar, terminar sua peça e esperar até que Harry Effinger e eu pudéssemos convencer o resto dos caras de que haviam cometido um grande erro. Agora, parece que você quer sair lucrando nas minhas costas. É assim que agradece a um amigo, Jack?

— Não — sussurrou.

Não se atrevia a dizer mais nada. A cabeça latejava com as palavras quentes que queriam sair. Tentou desesperadamente pensar em Wendy e Danny, no seu vício, em sua família, sentada calmamente lá embaixo diante do fogo e trabalhando na cartilha da segunda série, acreditando que estivesse tudo *maravilhoso*. E se perdesse o emprego? Iriam rumo à Califórnia, naquele Volkswagen velho e cansado com a bomba de gasolina caindo aos pedaços, como se fosse uma família de flagelados, da seca dos anos 1930? Falou a si mesmo que se ajoelharia e imploraria a Al antes que tudo isso acontecesse, mas, ainda assim, as palavras relutavam em sair, e ele não conseguia conter sua raiva.

— O quê? — Al inquiriu com gravidade.

— Não — repetiu Jack. — Não é assim que trato meus amigos. E você sabe disso.

— Como que eu sei disso? Na pior das hipóteses, você está planejando sujar a reputação do meu hotel exumando corpos que foram devidamente enterrados há anos. Na melhor das hipóteses, você telefonou para meu gerente temperamental, mas extremamente competente, e o deixou enfurecido, como parte de um... jogo idiota de crianças.

— Foi mais do que um jogo, Al. Tudo é mais fácil para você. Você não precisa aceitar a caridade de um amigo rico. Você não precisa de um amigo no tribunal, pois você é o próprio tribunal. Você consegue manter em segredo o fato de que esteve a um passo de se tornar alcoólatra, não consegue?

— Suponho que sim — respondeu Al. A voz baixara, e ele parecia cansado de tudo. — Mas Jack, Jack... não posso fazer nada. Não posso mudar isso.

— Sei — sua voz soou oca. — Estou despedido? Acho melhor você me dizer se estou.

— Não estará, se fizer duas coisas para mim.

— Tudo bem.

— Não seria melhor ouvir as condições antes de aceitar?

— Não. Apenas dê as cartas do jogo. Tenho que pensar em Wendy e Danny. Se quiser minhas bolas, mandarei por via aérea.

— Tem certeza de que pode se dar ao luxo da autopiedade, Jack?

Fechou os olhos e enfiou um Excedrin por entre os lábios secos.

— A esta altura, sinto que é o único luxo a que posso me dar. Sem brincadeira.

Al ficou calado por um momento, então disse:

— Primeiro, nada de telefonemas para Ullman. Nem se o hotel pegar fogo. Se isso acontecer, ligue para o chefe de manutenção, aquele cara que fala palavrão o tempo todo, sabe a quem me refiro...

— Watson.

— Isso.

— Certo.

— Em segundo lugar, prometa, sob palavra de honra. Nenhum livro sobre o famoso hotel das montanhas do Colorado.

Por um momento, sua raiva era tanta que Jack literalmente não conseguiu falar. O sangue fervia nas veias. Era como receber um telefonema de um príncipe Médici do século xx... nenhum retrato de minha família com as verrugas aparecendo, por favor, ou você cai em desgraça. Não financio pintura que não seja bonita. Quando pintar a filha de meu bom amigo e sócio, por favor, omita a mancha de nascença, ou você cai em desgraça. Claro que somos amigos... somos, ambos, homens civilizados, não somos? Já compartilhamos a mesma casa, a mesma comida, a mesma bebida. Seremos sempre amigos; a coleira com a qual eu prendo você será sempre ignorada por consentimento mútuo, e serei bom e benevolente para com você. Tudo que peço em troca é sua alma. Coisa pequena. Podemos até ignorar o fato de que você a entregou a mim, da mesma forma que ignoramos a coleira. Lembre-se, meu talentoso amigo, existem Michelangelos mendigando por todos os lugares de Roma...

— Jack, está ouvindo?

Fez um ruído sufocado, que significava sim.

A voz de Al era firme e segura.

— Realmente, não acho que esteja pedindo muito, Jack. Você escreverá outros livros. Apenas não pode esperar que eu vá financiá-lo, enquanto...

— Tudo bem, concordo.

— Não quero que pense que estou tentando controlar sua vida literária, Jack. Você me conhece bem. É só...

— Al?

— Sim?

— Derwent ainda está envolvido com o Overlook? De algum modo?

— Não vejo como isso possa ser da sua conta, Jack.

— Não — respondeu ele distante. — Imagino que não. Ouça, Al, acho que estou ouvindo Wendy me chamar. Telefono depois.

— Claro, meu amigo. Bateremos um bom papo. Como vão as coisas? Sóbrias?

(JÁ CONSEGUIU SEU QUILO DE CARNE, SANGUE E TUDO MAIS. AGORA, QUER ME DEIXAR EM PAZ?)

— De corpo e alma.

— Por aqui também. Na verdade, estou começando a gostar de ficar sóbrio. Se...

— Ligo depois, Al. Wendy...

— Claro, tudo bem.

E, assim que desligou, sentiu cólicas que o atingiram como relâmpagos. Como um penitente, ele se curvou diante do telefone, as mãos segurando a barriga, a cabeça latejando como um balão gigante.

A vespa, depois de ferroar, segue em frente...

Melhorou um pouco quando Wendy subiu, perguntando quem era no telefone.

— Era Al — respondeu. — Telefonou para perguntar como estavam as coisas. Falei para ele que estava tudo bem.

— Jack, você está péssimo. Está se sentindo bem?

— A dor de cabeça voltou. Vou para a cama cedo. Não faz sentido tentar escrever.

— Quer que eu traga um copo de leite quente?

Ele sorriu, pálido.

— Seria bom.

Agora estava deitado ao lado dela, sentindo a perna quente e adormecida da esposa encostada na sua. Pensar na conversa com Al, em como tinha se rebaixado, ainda lhe provocava ondas de frio e calor. Algum dia haveria o ajuste de contas. Algum dia ainda escreveria o livro, não uma obra leve e reflexiva como a princípio considerou fazer, mas um trabalho duro de pesquisa, com fotografias e registros. Um livro que contaria a história completa do Overlook, as sórdidas negociações de compras ilícitas e todo o resto. Exporia tudo ao leitor como um peixe dissecado. E, se Al Shockley tivesse ligações com o império de Derwent, então Deus que o ajudasse.

Esticado como uma corda de piano, deitado, olhando a escuridão, sabia que se passariam horas até que conseguisse dormir.

Wendy Torrance estava deitada, de olhos fechados, ouvindo o ressonar do marido: a longa inspiração, a pausa breve, a expiração levemente gutural. Onde ia quando dormia?, pensava ela. Para algum parque de diversões, um Great Barrington de sonhos, onde os brinquedos eram grátis e não existiam esposas para censurar a quantidade de cachorros-quentes ou para advertir que já era hora de ir embora, se quisessem chegar em casa antes do escurecer? Ou seria um bar, onde a bebida nunca acabava e as portas estavam sempre abertas e todos os velhos companheiros se reuniam em torno de um jogo eletrônico de hóquei, com copos nas mãos, Al Shockley se sobressaindo entre eles com a gravata afrouxada e o colarinho desabotoado? Um lugar de onde ela e Danny eram excluídos, e a festa seguia infindável?

Wendy estava preocupada com ele. Era a velha e inútil preocupação que ela esperava ter ficado para trás em Vermont, como se a preocupação de algum modo não pudesse cruzar as fronteiras dos estados. Não gostava do que o Overlook parecia estar fazendo a Jack e a Danny.

A pior preocupação, não mencionada — nebulosa e não mencionada, talvez até imencionável —, era que todos os sintomas de alcoolismo de Jack estavam de volta, um por um... todos, exceto a própria bebida. O constante movimento das mãos ou do lenço nos lábios, como se estivesse tirando o excesso de umidade. As longas pausas na máquina de escrever, mais bolas de papel na cesta de lixo. O vidro de Excedrin na mesa de telefone hoje à noite, depois do telefonema de Al, mas nenhum copo d'água... Jack estava mastigando os comprimidos de novo. Ficava irritado com pequenas coisas. Inconscientemente, estalava os dedos num ritmo nervoso, quando as coisas ficavam muito calmas. Estava falando mais palavrões do que o normal. Wendy começava a se preocupar com o temperamento dele também. Seria até um alívio se ele perdesse a calma, se isso funcionasse como uma válvula de escape, da mesma forma que a pressão da caldeira era diminuída à primeira hora da manhã e à noite, quando ele descia ao porão. Seria quase bom ver Jack xingando e chutando os móveis pelo quarto ou batendo uma porta. Mas essas coisas, um traço integral de seu temperamento, haviam praticamente cessado. Ainda assim, ela sentia que Jack ficava cada vez mais irritado com ela ou Danny, mas se recusava a extravasar. A caldeira tinha um manômetro velho, rachado, cheio de óleo, mas que ainda funcionava. Jack não tinha nenhum. Nunca conseguira entendê-lo muito bem. Danny podia, mas o filho não falava.

E o telefonema de Al. Quase ao mesmo tempo, Danny perdera todo o interesse pela história que a mãe estava lendo. Ele a deixou sentada junto à lareira e correu para o balcão de recepção, onde Jack construíra uma estrada para seus carrinhos e caminhões. O Violento Volkswagen Violeta estava ali, e Danny começou a empurrá-lo rapidamente para a frente e para trás. Fingindo ler, mas na realidade observando Danny por cima do livro, ela viu nele um estranho amálgama dos modos como ela e Jack expressavam ansiedade. O esfregar dos lábios. O passar nervoso das mãos pelo cabelo, como ela fazia enquanto esperava Jack voltar para casa da ronda pelos bares. Não acreditava que Al tivesse telefonado apenas para "perguntar como iam as coisas". Se você quisesse jogar conversa fora, ligava para Al. Mas, quando era Al quem telefonava, aí então era algo sério.

Mais tarde, ao descer novamente, Wendy viu Danny agachado junto à lareira, lendo com absoluta atenção a cartilha da segunda série das aventuras de Joe e Rachel no circo. A agitação havia desaparecido por completo. Observando o filho, foi mais uma vez tomada pela estranha certeza de que Danny sabia e entendia mais do que a vã filosofia do dr. ("Podem me chamar de Bill") Edmonds podia alcançar.

— Ei, velhinho, hora de ir dormir — disse ela.

— Tá bem. — O garoto marcou o livro ao fechar e se levantou.

— Lave o rosto e escove os dentes.

— Certo.

— Não se esqueça de usar o fio dental.

— Não vou esquecer.

Ficaram lado a lado por um momento, olhando o fogo tremeluzir. Quase todo o saguão estava frio e com correntes de ar, mas este círculo em torno da lareira encontrava-se magicamente aquecido e difícil de se abandonar.

— Era tio Al ao telefone — ela comentou casualmente.

— Era? — falou Danny, sem surpresa alguma.

— Fico pensando se tio Al está zangado com papai — continuou Wendy, ainda como se não quisesse nada.

— Ah, sim, ele está mesmo — respondeu Danny, observando o fogo. — Ele não quer que papai escreva o livro.

— Que livro, Danny?

— Sobre o hotel.

A pergunta que estava em seus lábios era a mesma que ela e Jack faziam mil vezes a Danny: *Como você sabe disso?* Mas não chegou a enunciá-la. Não queria aborrecer o filho antes de dormir. E também não queria que Danny descobrisse que, às vezes, seus pais discutiam o conhecimento que ele possuía sobre fatos que não tinha a menor possibilidade de saber. E ele *sabia*, estava convencida disso. A conversa fiada do dr. Edmonds sobre raciocínio indutivo e lógica do subsconsciente era apenas isso: conversa fiada. Sua irmã... como Danny poderia saber que ela estava pensando em Aileen, na sala de espera naquele dia? E

(*Sonhei que papai sofreu um acidente.*)

sacudiu a cabeça, como que afastando o pensamento.

— Vá lavar o rosto, velhinho.

— Tá bem. — Subiu as escadas correndo para o quarto dos pais. Franzindo a testa, a mãe foi à cozinha, para esquentar o leite de Jack numa chaleira.

E agora, deitada acordada na cama, ouvindo o ressonar do marido e o vento lá fora (miraculosamente, caíra apenas um pouco de neve à tarde; ainda nenhuma tempestade), voltou o pensamento para o amado filho que a preocupava. Danny havia nascido com o saco amniótico sobre a cabeça, uma simples membrana que os médicos viam talvez uma vez em cada setecentos nascimentos; uma membrana que a crendice popular dizia indicar o sexto sentido.

Estava na hora de conversar com o filho sobre o Overlook... e mais do que na hora de tentar fazer Danny se abrir com ela. Amanhã. Com certeza. Os dois iriam à Biblioteca Pública de Sidewinder para ver se encontravam livros no nível da segunda série para todo o inverno, e ela conversaria com ele. E de maneira franca. Com esse pensamento, sentiu-se melhor, e finalmente começou a adormecer.

Danny estava deitado acordado no quarto, os olhos abertos, o braço esquerdo em volta do ursinho Pooh velho e levemente gasto (Pooh tinha perdido um olho, e seu enchimento vazava por vários remendos desfeitos), ouvindo o ressonar dos pais. Sentiu-se como um guarda relutante dos dois. As noites eram o pior de tudo. Odiava as noites e o constante uivar do vento na ala oeste do hotel.

O aviãozinho flutuava seguro por um cordão. Sobre a escrivaninha, a miniatura do fusca, trazida da pista montada no saguão, emitia um vago e fluorescente brilho violeta. Os livros estavam na estante, os cadernos de colorir, sobre a escrivaninha. *Um lugar para cada coisa e cada coisa em seu lugar*, dizia mamãe. *Assim você sabe onde está, quando precisar.* Mas agora tudo estava fora de lugar. As coisas estavam perdidas. Pior, havia *mais* coisas, coisas que não dava pra ver bem, como um daqueles quadrinhos que diziam CONSEGUE VER OS ÍNDIOS? Se você forçasse a vista e apertasse os olhos, poderia ver alguns deles — o que parecia ser um cacto, à primeira vista, era na realidade um guerreiro pele-vermelha com uma faca presa entre os dentes, e havia outros escondidos nas pedras, e era possível ver até suas faces impiedosas e cheias de maldade emergindo dos raios de uma roda da carruagem coberta. Mas nunca dava pra ver todos eles, e era isso que incomodava. Pois os que não podiam ser vistos eram os que chegavam por trás, com uma machadinha em uma das mãos, e uma faca na outra...

    Danny se remexeu na cama, inquieto, os olhos buscando o reconfortante tremeluzir da lâmpada que ficava acesa. As coisas andavam piores aqui. Estava certo disso. No começo não eram tão ruins, mas aos poucos... O pai pensava mais em beber. Às vezes, ele se aborrecia com mamãe e não sabia por quê. Andava pelos cantos esfregando os lábios com o lenço, com os olhos distantes e nebulosos. Mamãe se preocupava, e Danny também. Não precisava entrar no pensamento dela para saber; estava claro no modo ansioso como ela o questionara no dia que a mangueira do extintor de incêndio pareceu ter se transformado em cobra. O sr. Hallorann dissera que achava que todas as mães eram um pouco iluminadas, e naquele dia ela sabia que alguma coisa tinha acontecido. Só não sabia o quê.

    Ele quase contou a ela, mas algo o impediu. Sabia que o médico em Sidewinder tinha desconsiderado Tony e as coisas que Tony lhe mostrara como sendo perfeitamente

    (bem, quase)

normais. Sua mãe poderia não acreditar, se ele contasse a ela sobre a mangueira. Pior, poderia entender errado, poderia pensar que estava com OS PARAFUSOS FROUXOS. Ele entendia um pouco sobre PARAFUSOS FROUXOS, não tanto quanto sobre COMO FAZER UM FILHO, o que a mãe explicara com alguns detalhes no ano anterior, mas o suficiente para ele entender.

    Certa vez, na escolinha, seu amigo Scott apontou um menino chamado Robin Stenger, que estava embasbacado junto aos balanços, com a cara tão comprida que quase podia pisar nela. O pai de Robin ensinava aritmética na escola de papai, e o pai de Scott era professor de história. A maioria dos alunos da escolinha tinha pais que trabalhavam ou na Academia de Stovington ou na pequena fábrica da IBM fora da cidade. As crianças da Academia formavam um grupo, e as crianças da IBM, outro. Tinham amigos de diferentes grupos, é claro, mas era bastante natural que os alunos, cujos pais se conheciam, permanecessem mais unidos. Quando havia um escândalo no grupo dos adultos, a informação quase sempre se distorcia de forma desenfreada entre as crianças, mas raramente passava de um grupo para outro.

Ele e Scotty estavam sentados na nave espacial de brinquedo, quando Scotty apontou o dedo para Robin e disse:

— Sabe aquele menino?

— Sei — respondeu Danny.

Scott se inclinou.

— O pai dele ficou com os PARAFUSOS FROUXOS ontem à noite. Levaram ele embora.

— É? Só porque afrouxou uns parafusos?

O amiguinho pareceu aborrecido.

— Enlouqueceu. Entendeu? — Scott ficou estrábico, pôs a língua de fora e girou o dedo indicador em grandes círculos em volta das orelhas. — Levaram ele pra CASA DE LOUCOS.

— Nossa — disse Danny. — Quando vão deixar ele sair?

— Nunca, nunca, nunca — respondeu Scotty sombriamente.

Durante aquele dia e o seguinte, Danny ouviu que:

a) O sr. Stenger havia tentado matar toda a família, inclusive Robin, com a pistola da Segunda Guerra Mundial que guardava como lembrança.

b) O sr. Stenger havia quebrado a casa em pedacinhos enquanto estava BEBUM.

c) O sr. Stenger fora apanhado comendo uma tigela de insetos mortos e grama, como se fossem leite com cereais, e chorava enquanto fazia isso.

d) O sr. Stenger havia tentado estrangular a mulher com uma meia, quando os Red Sox perderam um jogo importante.

No fim, muito confuso para guardar tudo aquilo para si mesmo, ele perguntou ao pai sobre o sr. Stenger. O pai sentou Danny no seu colo, explicando que o sr. Stenger estava sob muita pressão. Eram preocupações relacionadas com a família e com o trabalho, e ninguém, a não ser os médicos, podia entender. Tinha crises de choro e, há três noites, começou a chorar sem parar e quebrou uma porção de coisas em sua casa. Não estava com PARAFUSOS FROUXOS, disse o pai; ele estava tendo uma CRISE NERVOSA, e não estava numa CASA DE LOUCOS, mas num SANATÓRIO. Contudo, apesar das cuidadosas explicações, Danny sentia medo. Não parecia haver diferença nenhuma entre PARAFUSOS FROUXOS e CRISE NERVOSA, e tanto fazia chamar de CASA DE LOUCOS ou SANATÓRIO; o lugar ainda tinha grades nas janelas e não o deixavam sair se quisesse. E seu pai, muito inocentemente, confirmou outra expressão que Scotty havia dito, sem qualquer modificação, uma que enchia Danny de um temor vago e disforme. No lugar onde o sr. Stenger morava agora, havia OS HOMENS DE JALECO BRANCO. Vieram pegá-lo e o levaram dentro de um furgão sem janelas, um furgão cinza. Estacionaram em cima da calçada de sua casa e OS HOMENS DE JALECO BRANCO saíram e o levaram para longe da família e o fizeram viver num quarto com paredes macias. E, se quisesse mandar uma carta para casa, tinha que escrever com lápis de cera.

— Quando vão deixar ele voltar? — perguntou Danny ao pai.

— Assim que estiver melhor, velhinho.

— Mas quando? — insistiu Danny.

— Dan — respondeu Jack —, NINGUÉM SABE.

O pior era isso. Era outra forma de dizer nunca, nunca, nunca. Um mês depois, a mãe de Robin o tirou da escolinha, e eles se mudaram de Stovington sem o sr. Stenger.

Isso fazia um ano, depois que o pai parara de fazer a Coisa Feia, mas antes de ter perdido o emprego. Danny ainda pensava com frequência naquela história. Às vezes, quando caía ou machucava a cabeça, ou tinha uma dor de barriga, começava a chorar e então a lembrança tomava conta dele, acompanhada do medo de não conseguir parar de chorar, de que continuasse chorando e gemendo até que o pai fosse ao telefone, discasse e falasse: "Alô? Aqui é Jack Torrance na estrada Mapleline, nº 149. Meu filho não consegue parar de chorar. Por favor, mandem OS HOMENS DE JALECO BRANCO para levá-lo ao SANATÓRIO. Isso mesmo, ele está com os PARAFUSOS FROUXOS. Obrigado". E o furgão cinza sem janelas estacionaria à sua porta, o carregariam para dentro, ainda chorando histérico, e o levariam. Quando veria o pai e a mãe de novo? NINGUÉM SABE.

Era este medo que o fazia calar. Um ano mais velho agora, tinha certeza de que os pais não o deixariam ser levado por pensar que uma mangueira de extintor de incêndio fosse uma cobra. Seu *raciocínio* estava certo disso, mas, ainda assim, quando pensava em contar aos pais, essa lembrança antiga surgia como uma pedra enchendo sua boca e bloqueando as palavras. Não era como Tony; Tony sempre pareceu perfeitamente natural (até a chegada dos pesadelos, claro), e seus pais sempre pareceram aceitar Tony como um fenômeno mais ou menos normal. Coisas como Tony aconteciam por ele ser INTELIGENTE, o que os dois presumiam que fosse (da mesma forma que também se achavam INTELIGENTES). Mas uma mangueira de extintor que se transformava em cobra, ou ver sangue e pedacinhos de cérebro na parede da Suíte Presidencial quando ninguém mais via... coisas desse gênero não seriam naturais. Já tinha sido levado a uma consulta médica. Não seria razoável admitir que OS HOMENS DE JALECO BRANCO viriam em seguida?

Ainda assim, contaria aos pais se tivesse a certeza de que, mais cedo ou mais tarde, eles o levariam embora dali. E ele queria desesperadamente se ver livre do Overlook. Mas também sabia que esta era a última oportunidade do pai, que estava aqui no Overlook para fazer algo além de tomar conta do lugar. Estava aqui para escrever sua peça. Para se conformar com a perda do emprego. Para amar mamãe/Wendy. E, até muito recentemente, parecia que todas essas coisas estavam acontecendo. Só ultimamente o pai começava a ter problemas. Desde que encontrou aqueles papéis.

(*Este lugar desumano cria monstros humanos.*)

O que isso significava? Rogava a Deus, mas Deus não respondia. E o que o pai faria se perdesse o emprego? Tentara ler a mente dele, e ficava cada vez mais convencido de que o próprio pai não sabia. A prova mais forte era de hoje à tardinha, quando tio Al telefonou e falou coisas malvadas, e o pai não se atreveu a retrucar, pois tio Al poderia demiti-lo, assim como o sr. Crommert, o diretor de Stovington, e o Conselho Diretor o demitiram do cargo de professor. E o pai morria de medo disso, por Danny, mamãe, assim como por si próprio.

Então ele não se atrevia a dizer nada. Só se limitava a observar e esperava que, na realidade, não existissem índios de jeito algum. Ou, se existissem, que se contentassem em esperar por uma presa mais importante e deixassem o pequeno trem de três vagões passar ileso.

Mas não conseguia acreditar, não importava o quanto tentasse.

As coisas estavam piores agora no Overlook.

A neve estava chegando e, quando viesse, qualquer simples opção que ele tivesse seria liquidada. E depois? E quando permanecessem trancados e à mercê daquilo que até agora estava apenas se divertindo à custa deles?

(*Venha e tome seu remédio!*)

E então? REDRUM.

Sentiu um arrepio na cama e se virou mais uma vez para o outro lado. Agora, conseguia ler mais. Amanhã, talvez pudesse chamar Tony, tentaria fazer com que Tony mostrasse exatamente o que era REDRUM, e se havia algum modo de impedi-lo. Arriscaria os pesadelos. Precisava *saber*.

Danny ainda estava acordado muito depois de o falso sono dos pais se tornar verdadeiro. Rolava na cama, torcendo os lençóis, lutando contra um problema muito maior do que ele, acordado na noite como uma única sentinela na guarita. Depois da meia-noite adormeceu também e, então, só o vento ficou acordado, espreitando o hotel e uivando em sua cumeeira sob o brilho das estrelas.

22
NO CAMINHÃO

Vejo uma lua ruim nascendo,
Vejo problemas a caminho.
Vejo terremotos e relâmpagos.
Vejo momentos difíceis para hoje.
Não saia por aí hoje à noite,
Você pode perder sua vida,
Há uma lua ruim nascendo.

Alguém havia instalado um rádio muito velho de um Buick sob o painel do caminhão do hotel, e agora, fraca e com chiados de estática, a voz de John Fogerty, do grupo Creedence Clearwater Revival, saía pelo alto-falante. Wendy e Danny iam para Sidewinder. O dia estava ensolarado. Danny brincava com a carteirinha cor de laranja da biblioteca e parecia alegre, mas Wendy o achava abatido e cansado, como se não tivesse dormido o suficiente e se mantivesse apenas com energia nervosa.

A música terminou e o locutor falou:

"Esse foi o Creedence. E, por falar em lua ruim, parece que muito em breve vamos ter um tempo ruim na região onde chegam as ondas da nossa KMTX, o que é difícil de acreditar com esse lindo e primaveril tempo que a gente teve nos últimos três dias. O infalível Serviço de Meteorologia da KMTX informa que a zona de alta pressão do ar dará lugar, por volta de uma hora da tarde, a uma vasta área de baixa pressão, que vai parar completamente sobre a região da KMTX, onde o ar é rarefeito. A temperatura vai cair rapidamente, e a precipitação deverá começar ao anoitecer. Elevações abaixo de dois mil metros, incluindo a região de Denver, poderão apresentar uma combinação de granizo e neve, talvez congelamento em algumas estradas. E por aqui nada além de neve, amigos. Esperamos de três a sete centímetros nas regiões abaixo de dois mil metros de altitude e, possivelmente, acúmulos de quinze a vinte centímetros na região central do Colorado e nas montanhas. A Polícia Rodoviária avisa que, se você está pretendendo passear de carro pelas montanhas hoje à tarde ou à noite, deve lembrar-se de que a lei das correntes nos pneus está em vigor. Não vá a lugar algum a menos que precise. Não se esqueça", e acrescentou em tom jocoso, "foi assim que os pioneiros Donner se complicaram. Não estavam tão perto da loja de conveniência mais próxima quanto pensavam."

Wendy se abaixou e desligou o rádio quando começou um anúncio.

— Você se importa?

— Não, tudo bem. — Danny olhou para o céu azul-claro. — Acho que papai escolheu o dia certo para aparar os arbustos dos animais, não é?

— Acho que sim — respondeu Wendy.

— Mas não parece mesmo que vai nevar — acrescentou Danny, esperançoso.

— Está querendo desistir? — perguntou Wendy. Ainda estava pensando na piada do locutor sobre os pioneiros.

— Não, acho que não.

Bem, chegou a hora. Se é para tocar no assunto, fale agora, ou cale-se para sempre.

— Danny — começou a mãe, fazendo a voz o mais casual possível —, você ficaria mais feliz se fôssemos embora do Overlook? Se não passássemos o inverno lá?

Danny baixou os olhos.

— Acho que sim. Mas é o emprego do papai.

— Às vezes — disse ela, com cuidado —, fico pensando que papai também poderia ser mais feliz longe do Overlook. — Passaram por uma placa que dizia SIDEWINDER 30 KM, e então Wendy cuidadosamente fez uma curva muito fechada e engatou a segunda. Não se arriscava nos declives. Tinha um medo tolo deles.

— Você acha mesmo? — perguntou Danny. Olhou para ela com interesse por um momento e depois balançou a cabeça. — Não, eu não acho.

— Por que não?

— Porque ele está preocupado com a gente — respondeu Danny, escolhendo as palavras com atenção. Era difícil explicar, ele próprio entendia tão pouco sobre o assunto. Lembrou-se de um incidente que contara ao sr. Hallorann, do rapaz olhando para as televisões da loja de departamentos e desejando roubar uma. Aquilo havia sido doloroso, mas, até mesmo para Danny, que naquela ocasião era um pouco maior do que um bebê, a situação estava bem clara. Os adultos, porém, estavam sempre metidos em conflitos, todas as possíveis ações influenciadas pelas consequências, pela dúvida, pela *própria imagem,* por sentimentos de amor e responsabilidade. Toda e qualquer escolha parecia ter desvantagens, e às vezes ele não entendia por que as desvantagens *eram* desvantagens. Era difícil.

— Ele acha... — Danny recomeçou e olhou rapidamente para a mãe. Ela observava a estrada, sem olhar para o lado, e ele sentiu que podia prosseguir. — Ele acha que talvez a gente fique muito sozinho. Além disso, ele acha que gosta daqui e que é um bom lugar para nós. Ele ama a gente e não quer que a gente se sinta solitário... Ou triste... mas ele acha que, mesmo que a gente fique, pode ser bom a LONGO PRAZO. Você sabe o que é LONGO PRAZO?

Ela assentiu.

— Sim, meu bem. Sei.

— Ele está preocupado em sair daqui e não conseguir outro emprego. A gente teria que mendigar ou coisa parecida.

— Só isso?

— Não, mas o resto está confuso. Porque agora ele está diferente.

— Sim — ela concordou quase suspirando. O declive ficou mais suave e, com cuidado, ela engatou de volta a terceira.

— Não estou inventando, mamãe. Juro.

— Sei disso — falou Wendy, sorrindo. — Foi Tony quem lhe contou?

— Não. Eu simplesmente sei. Aquele médico não acreditou no Tony, acreditou?

— Não se importe com aquele médico. Eu acredito no Tony. Não sei o que ele é ou quem é, se é uma parte de você, ou se vem de... outro lugar, mas acredito nele, Danny. E se você... ele... achar que devemos ir embora, nós iremos. Nós dois iremos embora e estaremos de volta com papai na primavera.

Ele olhou para a mãe com uma esperança aguda.

— Pra onde? Um hotel?

— Não poderíamos pagar um hotel, meu bem. Teria que ser a casa de minha mãe.

A esperança morreu no rosto de Danny.

— Eu sei... — respondeu e parou.

— O que houve?

— Nada — murmurou o garoto.

O declive ficou íngreme novamente, e Wendy engatou mais uma vez a segunda.

— Não, velhinho, por favor não fale assim. Acho que já deveríamos ter tido essa conversa há semanas. Então, por favor. Você sabe o que é. Não vou ficar aborrecida. Não posso ficar aborrecida, porque isto é muito importante. Seja franco comigo.

— Eu sei como você se sente em relação a ela — Danny suspirou.

— Como me sinto?

— Mal. Triste. Aborrecida. É como se ela não fosse sua mãe. Como se ela quisesse engolir você. — Ele a olhava com medo. — E eu não gosto de lá. Ela está sempre pensando em como pode ser melhor para mim do que você. E em como poderia me afastar de você. Mamãe, não quero ir para lá. Prefiro ficar no Overlook.

Wendy estava abalada. A situação entre ela e a mãe seria tão ruim assim? Deus, e se fosse, que desgraça para o filho. E ele realmente lia os pensamentos de cada um. De repente, sentiu-se completamente despida, como se tivesse sido flagrada em um ato obsceno.

— Muito bem — concluiu. — Muito bem, Danny.

— Você está aborrecida comigo — disse ele, baixinho, quase chorando.

— Não, não estou. Não estou mesmo. Só estou um pouco abalada. — Passavam pela placa SIDEWINDER 25 KM, e Wendy ficou mais tranquila. A estrada era melhor dali adiante.

— Queria fazer mais uma pergunta, Danny. Quero que responda com a maior sinceridade. Pode ser?

— Está bem, mamãe — concordou ele, quase sussurrando.

— Seu pai tem bebido novamente?

— Não — respondeu ele, sufocando as duas palavras que brotaram dentro da boca, depois da simples negativa: *Ainda não.*

Wendy ficou um pouco mais tranquila. Pousou a mão sobre a perna de Danny, vestida no jeans, e a apertou.

— Seu pai tem se esforçado — falou suavemente. — Porque nos ama. E nós o amamos, não é?

Ele assentiu muito sério.

Quase falando consigo mesma, Wendy prosseguiu:

— Ele não é um homem perfeito, mas tem se esforçado… Danny, tem se esforçado muito! Quando ele… parou… passou por uma espécie de inferno. Ainda está passando. Acho que, se não fosse por nós, ele simplesmente não aguentaria. Quero fazer o que for certo. Mas não sei. Devemos ir? Ficar? É como uma escolha entre a cruz e a espada.

— Eu sei.

— Pode me fazer um favor, velhinho?

— O quê?

— Tente fazer Tony aparecer. Agora mesmo. Pergunte a ele se estamos seguros no Overlook.

— Já tentei — Danny comentou, com calma. — Hoje de manhã.

— O que aconteceu? — perguntou Wendy. — O que ele disse?

— Ele não apareceu. Tony não apareceu. — E, de repente, Danny começou a chorar.

— Danny — disse ela alarmada. — Meu bem, não chore. Por favor... — O caminhão deslizou para a outra pista, e ela o controlou, amedrontada.

— Não me leve para a casa da vovó — Danny pediu, em meio às lágrimas. — Por favor, mamãe, não quero ir para lá, quero ficar com papai.

— Tudo bem — ela respondeu com calma. — Tudo bem, é isto o que vamos fazer. — Tirou um lenço de papel do bolso da blusa e o entregou ao filho. — Vamos ficar. E tudo vai ficar bem. Tudo bem.

23
NO PARQUINHO

Jack foi até a varanda, fechando o zíper do casaco até o pescoço, e estranhou a luminosidade do dia. Na mão esquerda, carregava um aparador elétrico de arbustos. Com a mão direita, tirou do bolso de trás um lenço limpo, secou os lábios e o enfiou de volta no bolso. Neve, disseram no rádio. Era difícil acreditar, mesmo vendo as nuvens se reunindo longe, no horizonte.

Caminhou para o jardim, passando o aparador de uma das mãos para a outra. Não levaria muito tempo, pensou; bastava um pequeno retoque. As noites frias certamente tinham desacelerado o crescimento das plantas. As orelhas do coelho pareciam um pouco felpudas, e brotavam esporas verdes de duas patas do cachorro, mas os leões e o búfalo continuavam bem. Um pequeno corte bastava e depois era só esperar a neve chegar.

O caminho pavimentado terminava tão abruptamente quanto um trampolim. Jack saiu dele, passando pela piscina vazia para o caminho de cascalho, cercado pelas esculturas em arbustos, dirigindo-se ao parquinho. Passando pelo coelho, acionou o botão do cortador. O aparelho ganhou vida com um zumbido baixo.

— Olá, seu coelho — cumprimentou Jack. — Como está hoje? Vamos tirar um pouco aqui de cima e outro bocado das orelhas? Muito bem. Me diga, conhece aquela piada do caixeiro-viajante e da velhinha com o cachorrinho?

Sua voz soava artificial e idiota em seus ouvidos e ele parou de falar, se dando conta de que não gostava muito destes animais. Sempre lhe parecera um pouco de maldade cortar e transformar um velho arbusto em algo que ele na verdade não era. Em uma das estradas de Vermont, havia um outdoor feito de arbusto no alto de uma colina, contemplando a estrada e anunciando determinado sorvete. Transformar a natureza num mascate de bobagens era simplesmente errado. Era grotesco.

(*Você não foi contratado para filosofar, Torrance.*)

Ah, isso era verdade. Como era verdade. Aparava as orelhas do coelho, juntando os galhos na grama. O aparador trabalhava com um desagradável zumbido surdo e metálico, próprio dos aparelhos movidos a bateria. O sol brilhava, mas sem calor, e agora não era tão difícil acreditar que a neve estivesse chegando.

Jack trabalhava rapidamente, sabendo que parar para pensar, quando se está neste tipo de tarefa, geralmente significa cometer um erro. Retocou o focinho do coelho (assim, tão próximo, não se parecia em nada com um focinho, mas ele sabia que, à distância de seis metros ou mais, o jogo de luz e sombra sugeria um focinho, isso além da imaginação do observador) e, em seguida, a barriga.

Feito isso, desligou o aparador, caminhou para o parquinho e virou-se abruptamente para ver o coelho inteiro. Sim, estava bom. Em seguida, apararia o cachorro.

— Mas, se o hotel fosse meu — falou —, eu deceparia tudo. — Ia mesmo. Simplesmente deceparia eles, refaria a grama onde estavam e colocaria no lugar meia dúzia de mesas de metal com guarda-sóis coloridos. As pessoas poderiam tomar coquetéis na grama do Overlook sob o sol de verão. *Sloe gin fizzes, margaritas* e *pink ladies*, todos esses drinques doces de turista. Um rum com tônica, talvez. Jack tirou o lenço do bolso traseiro e, devagar, o esfregou nos lábios. — Vamos, vamos — disse calmo. Isso não era coisa para se estar pensando.

Ia recomeçar, quando um impulso fez com que mudasse de ideia, e ele seguiu para o parquinho. Era engraçado como nunca conseguiam entender as crianças, pensou. Wendy e ele pensavam que Danny fosse adorar o parquinho; tinha tudo o que um garoto quisesse. Mas Jack achava que o menino tinha ido ali apenas umas seis vezes, se muito. Pensava que, se houvesse outra criança com quem brincar, seria diferente.

O portão rangeu enquanto entrava, e o cascalho estalava sob seus pés. Foi primeiro à casinha de boneca, a miniatura perfeita do Overlook. Ela batia na altura da sua coxa, exatamente o tamanho de Danny. Jack se acocorou e olhou pelas janelas do terceiro andar.

— O gigante veio comer vocês todos em suas camas — falou com voz cavernosa. — Adeus, cinco estrelas. — Mas isso também não era engraçado. Podia abrir a casa simplesmente levantando o telhado... ele abria por meio de uma dobradiça embutida. O interior era decepcionante. As paredes eram pintadas, o lugar estava quase todo vazio. Mas tinha que ser, disse consigo mesmo, do contrário, como é que as crianças conseguiriam entrar? A mobília de brinquedo que combinava com o lugar havia desaparecido, provavelmente estaria encaixotada no depósito. Jack fechou o telhado e ouviu o pequeno clique do trinco.

Caminhou para o escorrega, pousou o aparador no chão, olhou para a estrada para se certificar de que Wendy e Danny não tinham voltado, subiu e se sentou. Era um escorrega grande para crianças, mas desconfortavelmente apertado para sua bunda grande de adulto. Quanto tempo fazia que não se sentava num escorrega? Vinte anos? Não era possível que fizesse tanto tempo, não *parecia* tanto tempo, mas provavelmente era isso, ou até mais. Lembrava-se de seu pai o levando ao parquinho em Berlin, quando tinha a idade de Danny e andara em todos os brinquedos: escorrega, balanços, gangorras, tudo. Ele e o velho comiam cachorro-quente e amendoim, que compravam do homem da carrocinha. Sentavam-se num banco para comer, e uma nuvem escura de pombos pousava em volta de seus pés.

— Seus urubus desgraçados — dizia o pai. — Não dê nada a eles, Jacky. — Mas os dois acabavam dando comida aos pombos e rindo do jeito como corriam atrás do amendoim, da ganância com que corriam atrás do amendoim. Jack não achava que o velho tivesse algum dia levado seus irmãos ao parque. Jack era o predileto e, mesmo assim, apanhava quando o pai ficava bêbado, o que acontecia frequentemente. Mas Jack o amara até onde fora possível, mesmo quando o resto da família só o odiava e temia.

Escorregou, mas a descida não foi satisfatória. O escorrega, fora de uso, estava áspero, e por isso não dava para pegar velocidade. Além do mais, sua bunda era simplesmente muito grande. Seus pés de adulto bateram na pequena depressão onde milhares de pés de crianças haviam pisado antes dele. Levantou-se, limpou a calça e olhou para o aparador. Mas, em vez de pegá-lo, foi para os balanços, que também foram uma decepção. As correntes tinham enferrujado desde o encerramento da temporada, e rangiam como se sentissem dor. Jack prometeu a si mesmo que iria passar lubrificante nelas na primavera.

É melhor parar por aqui, advertiu a si mesmo. Você não é mais uma criança. Não precisa deste lugar para constatar o fato.

Mas ainda assim seguiu rumo aos tubos de concreto — eram muito pequenos para ele, que logo desistiu —, e, depois, foi para a cerca que delimitava os terrenos. Enroscou os dedos no arame e percebeu que, através dele, o sol sombreava desenhos em seu rosto como um homem por trás das grades. Ao reconhecer a semelhança, sacudiu a cerca, fez cara de louco e sussurrou:

— Me solte! Me solte! — Mas, pela terceira vez, não achou engraçado. Era hora de voltar ao trabalho.

Foi quando ouviu um ruído.

Virou-se rapidamente, franzindo as sobrancelhas, envergonhado, se perguntando se alguém o teria visto brincar ali como uma criancinha. Verificou o escorrega, os ângulos opostos das gangorras e os balanços, nos quais apenas o vento sentava. Para além do portão até a cerca baixa que dividia o parquinho do jardim da topiaria — os leões unidos, protetores, em volta da alameda; o coelho curvado, como que para colher grama; o búfalo, pronto para investir; o cachorro agachado. Adiante deles, o verde e o hotel. Daqui, podia ver até a borda alta da quadra de roque no lado oeste do Overlook.

Tudo estava exatamente como antes. Então por que sentira calafrios? Por que se arrepiara?

Olhou de soslaio para o hotel mais uma vez, mas não obteve resposta. O prédio estava ali, suas janelas escuras, um fiozinho de fumaça saindo da chaminé, vindo da lareira do saguão.

(Cara, é melhor ir andando, ou eles vão voltar e pensar que você não fez nada esse tempo todo.)

Claro, ir andando. Pois a neve estava chegando e ele tinha que cortar aqueles arbustos desgraçados. Fazia parte do acordo. Além do mais, não se atreveriam...

(Quem não se atreveria? O que não se atreveria? Atreveria a quê?)

Começou a caminhar de volta ao aparador, pousado ao lado do escorrega grande, e o ruído do seu pisar no cascalho parecia muito alto. A pele dos testículos também ficou arrepiada, e as nádegas endureceram, ficando pesadas como pedra.

(*Jesus, o que é isto?*)

Parou ao lado do aparador, mas não fez o menor movimento para tirá-lo do chão. Sim, havia algo estranho. Na topiaria. E era tão simples, tão fácil de ver, que só ele não percebia. Vamos, ralhou consigo mesmo, você aparou apenas a porra do coelho, e daí qual é o

(é isso aí)

Ficou asfixiado.

O coelho estava com as quatro patas na grama. O ventre contra o solo. Mas, há menos de dez minutos, estava apoiado nas patas traseiras, claro que estava, tinha aparado suas orelhas... e sua barriga.

Lançou os olhos para o cachorro. Quando chegara ao pátio, ele estava sentado, como que pedindo um doce. Agora, estava agachado, a cabeça inclinada, a boca parecendo rosnar silenciosamente. E os leões...

(ah não, ah não, de jeito nenhum)

os leões estavam junto à alameda. Os dois à direita haviam mudado sutilmente de posição, tinham se aproximado um do outro. A cauda do leão à esquerda agora quase encostava na alameda. Quando Jack havia passado por eles e pelo portão, aquele leão estava à direita, e ele tinha certeza de que a cauda estava enrolada.

Não estavam mais guardando a alameda; estavam *bloqueando* ela.

Jack, de repente, colocou as mãos nos olhos e depois tirou. O quadro não havia mudado. Soltou um suspiro suave, muito calmo para ser um gemido. Na época em que bebia, tinha medo de que alguma coisa assim acontecesse. Mas, quando era um alcoólatra, chamava isso de *delirium tremens*... Era como o velho Ray Milland em *Farrapo humano*, vendo insetos saindo das paredes.

Que nome se dava a isso, quando se estava sóbrio?

A pergunta tinha o propósito de ser retórica, mas sua mente respondeu

(chama-se loucura)

mesmo assim.

Olhando fixamente para os animais, concluiu que mais alguma coisa *havia* mudado enquanto suas mãos estavam sobre os olhos. O cachorro se aproximara. Não mais agachado, parecia estar em posição de corrida: coxas flexionadas, uma pata dianteira para a frente, a outra para trás. A boca aberta, os galhos podados de maneira aguda e forte. E agora ele imaginou que podia ver indistintos traços de olhos na folhagem também. Olhando para ele.

Por que precisam ser aparadas?, pensou histericamente. *Estão perfeitas.*

Escutou outro som suave. Involuntariamente, deu um passo atrás ao olhar para os leões. Um dos dois à direita parecia ter se movido um pouco adiante do outro. A cabeça estava baixa. Uma pata estava esticada sobre quase todo o caminho para a cerca baixa. Deus do céu, o que iria acontecer em seguida?

(*em seguida, ele salta e devora você como numa fábula de terror*)

Era como aquele jogo que costumava brincar quando criança. Uma pessoa designada como chefe ficava na berlinda, virava de costas e contava até dez, enquanto os outros jogadores avançavam. Quando chegava a dez, o chefe virava rapidamente, e quem fosse apanhado se mexendo estava fora do jogo. Os outros ficavam imóveis como estátuas até que o chefe virasse de costas e contasse novamente. Eles iam chegando cada vez mais perto e, finalmente, entre cinco e dez, o chefe sentia uma mão nas costas...

O cascalho chocalhava na alameda.

Jack sacudiu a cabeça para ver o cachorro, e o animal estava na metade do caminho para a alameda, agora exatamente atrás dos leões, a boca aberta, bocejando. Antes, era apenas um arbusto aparado no formato genérico de um cachorro, que perdia toda a definição quando alguém se aproximava. Mas agora Jack podia ver que havia sido aparado para parecer um pastor alemão, e estes podiam ser ferozes. Podiam ser treinados para matar.

Um ruído baixo.

O leão, à esquerda, tinha agora avançado para a cerca; o focinho tocava as bordas. Parecia estar sorrindo maliciosamente para ele. Jack deu mais dois passos para trás. A cabeça latejava, e ele sentia a garganta seca. Agora, o búfalo também se movera, voltado para a direita, atrás e junto do coelho. A cabeça baixa, os chifres de arbusto verde apontados em sua direção. O problema é que não se podia observar todos, não de uma só vez.

Começou a emitir um som lamuriento, sem saber o que estava fazendo. Os olhos passavam de uma criatura-arbusto para outra, tentando vê-las se movendo. O vento batia forte, provocando um chocalhar nos galhos.

Que espécie de ruído teria se os bichos o pegassem? Mas é claro que sabia. Um estalo, algo quebrando. Seria...

(*não não NÃO NÃO VOU ACREDITAR NISSO EM HIPÓTESE ALGUMA!*)

Jack tapou os olhos com as mãos, agarrando os cabelos, a testa, sentindo as têmporas pulsando. E assim ficou por muito tempo, com o pavor crescendo até não aguentar mais, até que tirou as mãos com um grito.

Ao lado da grama que o cercava, o cachorro estava sentado, como que pedindo um pedaço de doce. O búfalo olhava desinteressadamente para a quadra de roque, como estava quando Jack descera com o aparador. O coelho apoiado nas patas traseiras, com as orelhas em pé para captar o menor ruído, a barriga recém-aparada exposta. Os leões, enraizados no lugar, permaneciam ao lado da alameda.

Jack ficou parado, congelado, por um longo tempo, com a respiração áspera finalmente diminuindo o ritmo. Pegou o maço de cigarros, deixando cair quatro deles sobre o cascalho. Parou e os recolheu tateando, sem tirar os olhos dos arbustos, com medo de que os animais voltassem a se mover. Enfiou três cigarros de volta na carteira e acendeu o quarto. Depois de duas grandes tragadas, jogou o cigarro fora e o amassou com o pé. Foi até o aparador e o apanhou.

— Estou muito cansado — disse, e agora parecia excelente falar em voz alta; não parecia maluquice. — Estive sob muita tensão. As vespas... a peça... O telefonema de Al. Mas está tudo bem.

Começou a se arrastar de volta ao hotel. Parte de sua mente o chamava para dar uma volta em torno dos animais de arbusto, mas Jack caminhou direto pela alameda de cascalho, passando no meio deles. Farfalhavam com a brisa, apenas isso. Tudo aquilo tinha sido fruto de sua imaginação. Tinha dado um susto feio em Jack, mas agora já terminara.

Na cozinha do Overlook, ele parou para tomar dois Excedrins e, em seguida, desceu ao porão. Ficou olhando os papéis até que ouviu o barulho do caminhão do hotel e subiu para encontrar Wendy e Danny. Estava se sentindo bem. Não viu necessidade alguma de mencionar suas alucinações. Tinha levado um susto terrível, mas agora já terminara.

24
NEVE

Anoitecia.

Estavam na varanda, sob a luz fraca; Jack no meio, o braço esquerdo em volta dos ombros de Danny, e o direito em volta da cintura de Wendy. Juntos, impotentes, só podiam observar, já que a decisão havia sido tomada sem que eles fossem consultados.

O céu ficou encoberto por volta de duas e meia, e uma hora depois começou a nevar. Desta vez, não era necessário consultar a previsão de tempo para saber que era neve séria; não uma nevada temporária que se derreteria ou que seria levada embora quando o vento da noite começasse a assobiar. No início, caía em perfeita linha reta, formando uma capa que cobria tudo por igual, mas agora, uma hora depois de ter começado, o vento noroeste começou a soprar, e a neve começou a cair contra a varanda e as laterais na entrada de carros do Overlook. Para além daqueles limites, a estrada desaparecera sob o cobertor branco. Os animais de arbusto também desapareceram, mas, quando Wendy e Danny chegaram em casa, ela elogiou o bom trabalho que Jack tinha feito. Você acha?, perguntou ele e não comentou mais nada. Agora, os arbustos estavam enterrados sob o amorfo manto branco.

Curiosamente, todos eles pensavam coisas diferentes, mas sentiam a mesma emoção: alívio. A ponte fora atravessada.

— A primavera voltará algum dia? — murmurou Wendy.

Jack a abraçou apertado.

— Antes do que imagina. O que acha de entrarmos para jantar? Está frio aqui fora.

Ela sorriu. Durante toda a tarde, Jack parecera distante e... bem, estranho. Agora, falava como ele mesmo.

— Por mim, tudo bem. E você, Danny?

— Claro.

Entraram juntos, deixando o vento gritar em tom baixo, pelo resto da noite — um som que acabariam por conhecer bem. Flocos dançavam e giravam pela varanda. O Overlook enfrentava a neve, como sempre o fizera por aproximadamente três quartos de século, com as janelas escuras forradas de branco, indiferente ao fato de que agora estava isolado do mundo. Ou possivelmente estava satisfeito com o quadro. Dentro de sua concha, os três viviam a rotina do anoitecer, como micróbios presos no intestino de um monstro.

25
DENTRO DO 217

Uma semana e meia depois, sessenta centímetros de neve branca e endurecida cobriam toda a extensão do Overlook. O pequeno zoológico de arbustos estava enterrado até as coxas; o coelho, congelado sobre as patas traseiras, parecia estar pulando de uma piscina branca. Algumas das camadas chegavam a um metro e meio. O vento as modificava constantemente, esculpindo nelas formatos de dunas sinuosas. Por duas vezes, Jack caminhara desajeitado com sapatos de neve até o depósito à procura da pá para limpar a varanda; na terceira vez encolheu os ombros, limpou apenas um caminho pela montanha de neve diante da porta e deixou Danny se divertir escorregando à esquerda e à direita do caminho. As camadas verdadeiramente heroicas cobriam a parte oeste do Overlook; algumas se acumulavam a uma altura de seis metros, e adiante delas o terreno estava limpo devido à constante ação do vento. As janelas do primeiro andar estavam cobertas, e a vista do restaurante, que Jack tanto admirara no dia de encerramento da temporada, não era agora mais excitante do que a vista de uma tela branca de cinema. O telefone ficara mudo nos últimos oito dias, e o radiotransmissor, no escritório de Ullman, era seu único meio de comunicação com o mundo exterior.

Agora nevava diariamente, às vezes apenas uma neve rápida que se pulverizava na superfície brilhante; às vezes neve pesada, o assobio baixo do vento provocando um uivo meio feminino, que fazia o velho hotel sacudir e gemer assustadoramente mesmo no seu berço branco. À noite, a temperatura não era nunca superior a doze graus abaixo de zero e, apesar do termômetro da entrada de serviço ter subido a cinco graus negativos, as constantes agulhadas do vento faziam o ato de sair sem a máscara de esqui se tornar algo desagradável. Mas eles saíam nos dias em que o sol aparecia, geralmente com muita roupa e de luvas. Sair era praticamente obrigatório, e o hotel estava circundado pela marca dupla do trenó de Danny. As variações eram quase infindáveis: Danny sentado no trenó, com os pais puxando; o pai sentado, sorrindo, enquanto Wendy e Danny tentavam puxar (quando a neve congelava era possível puxá-lo, mas ficava totalmente impossível quando estava fresca); Danny e a mãe sentados; Wendy sentada enquanto os homens puxavam e bufavam fumaça branca como cavalos, fingindo que ela era mais pesada do que na realidade. Os três riam muito nesses passeios de trenó em volta da casa, mas o assobio e a voz impessoal do vento, tão grandes e fantasmagoricamente sinceros, faziam suas risadas parecerem pequenas e forçadas.

Viram pegadas de rena na neve, e uma vez as próprias renas, um grupo de cinco, imóveis abaixo da cerca de segurança. Os três se revezaram com o binóculo Zeiss-Ikon de Jack para vê-las melhor, e isso fez Wendy ter uma sensação estranha e irreal. Os animais estavam ali parados com as pernas afundadas na neve que cobria a estrada, e ela pensou que, no espaço de tempo até o degelo da primavera, a estrada pertenceria mais às renas do que a eles. Agora, criações humanas, aqui, eram neutralizadas. A rena entendia isso, acreditava Wendy. Ela baixou o binóculo e falou algo sobre começar o almoço, e na cozinha chorou um pouco, tentando se livrar da terrível sensação de opressão que às vezes caía sobre ela como uma mão grande que apertava seu coração. Pensou nas renas. Pensou nas vespas que Jack havia deixado na área de serviço, sob o pirex, para congelar.

Havia muitos sapatos de neve pendurados em estacas no depósito, e Jack encontrou um par para cada um, apesar de terem ficado um pouco grandes em Danny. Em Jack couberam perfeitamente. Apesar de não ter usado esses sapatos desde a infância em Berlin, New Hampshire, reaprendeu rápido. Já Wendy não gostou muito deles — bastavam alguns minutos de caminhada, com os pés enfiados naquelas raquetes enormes, para que suas pernas e tornozelos doessem muito. Danny estava interessado e se esforçando por adquirir prática; ainda caía com frequência, mas Jack estava satisfeito com o progresso. Disse que, por volta de fevereiro, Danny estaria fazendo círculos em volta dos dois.

A manhã nasceu nublada e, ao meio-dia, o céu já começara a cuspir neve. O rádio prometia outros vinte a trinta centímetros de neve, entoando louvores à Precipitação, a grande deusa dos esquiadores do Colorado. Sentada no quarto, tricotando um cachecol, Wendy pensava consigo mesma que sabia exatamente onde mandaria os esquiadores enfiarem aquela neve toda.

Jack estava no porão. Havia descido para verificar a fornalha e a caldeira — essas verificações já tinham se tornado um ritual desde que a neve os fechara ali — e, depois de se certificar de que tudo estava indo bem, atravessou o arco, acendeu a lâmpada e se sentou numa cadeira velha que encontrou, cheia de teias de aranha. Folheava os registros velhos e papéis, o tempo todo esfregando a boca com o lenço. O confinamento tirara de sua pele o bronzeado de outono, e, sentado, debruçado sobre as folhas amarelas e secas, com o cabelo loiro avermelhado despenteado caindo na testa, ele se assemelhava um pouco a um lunático. Encontrara objetos estranhos enfiados no meio das faturas, conhecimentos, recibos. Objetos inquietantes. Um pedaço de lençol ensanguentado. Um ursinho de pelúcia desmembrado que parecia ter sido cortado em pedaços. Uma folha violeta, de papel de carta feminino, um resquício de perfume ainda grudado sob o cheiro do tempo, um parágrafo iniciado e deixado inacabado, com uma tinta azul esmaecida: "*Querido Tommy, não consigo pensar tão bem por aqui quanto esperava que pudesse... quero dizer, pensar sobre nós, claro, quem mais? Ah! Ah! As coisas estão seguindo seu curso. Tive sonhos estranhos sobre coisas sendo golpeadas durante a noite, acredite, e*". Era só. A carta estava datada de 27 de junho de 1934. Jack também encontrou uma marionete que parecia uma bruxa ou um feiticeiro... em todo o caso, tinha dentes grandes e um chapéu pontudo. Estava enfiado entre um pacote de recibos de gás natural e um de recibos de água mineral. E algo que parecia ser um poema, rabiscado com lápis preto no verso de um cardápio: "*Medoc/ está aqui?/ Voltei a ser sonâmbula, meu querido./ As plantas se movem sob o tapete*". Nenhuma data no cardápio, nenhuma assinatura no poema, se é que era um poema. Indecifrável, mas fascinante. Jack tinha a impressão de que essas coisas eram como pedaços de um quebra-cabeça, coisas que eventualmente se encaixariam, se ele pudesse encontrar os pontos certos de ligação. E assim continuou olhando, assustando-se e esfregando os lábios cada vez que a fornalha rugia atrás dele.

***

Danny estava mais uma vez parado diante do 217.

A chave mestra estava em seu bolso. Olhava para a porta com uma espécie de ansiedade entorpecida, e seu tronco parecia se contrair e sacudir sob a camisa de flanela. Ele cantarolava baixinho e de maneira aleatória.

Não queria ter vindo, pelo menos depois da mangueira do extintor. Estava com medo de vir. Estava com medo, pois mais uma vez havia pegado a chave mestra, desobedecendo ao pai.

Queria ter vindo. A curiosidade

(a curiosidade matou o gato)

era como um anzol em seu cérebro, uma espécie de canto de sereia incômodo que não se apaziguava. E o sr. Hallorann não tinha dito: "Não acho que algo aqui possa machucar você"?

(Você prometeu.)

(*Promessas foram feitas para serem quebradas.*)

Ele levou um susto com aquilo. Era como se esse pensamento tivesse vindo de fora, como se fosse de um inseto, zumbindo, suavemente tentando persuadi-lo.

(*Promessas foram feitas para serem quebradas, meu caro redrum, para serem quebradas, partidas, despedaçadas, marteladas. ADIANTE!*)

O cantarolar nervoso transformou-se em música desafinada: "Ciranda, cirandinha, vamos todos cirandar. Vamos dar a meia-volta…".

O sr. Hallorann não estaria certo? Não seria essa, afinal, a razão de o menino ter se mantido calado e permitido que a neve os prendesse ali?

Basta fechar os olhos e aquilo desaparecerá.

O que ele tinha visto na Suíte Presidencial desaparecera. E a cobra tinha sido apenas uma mangueira que caiu no tapete. Sim, até o sangue na Suíte Presidencial era inofensivo, coisa velha, algo que desapareceu muito antes de ele ter nascido ou sequer pensar em nascer. Alguma coisa que já tinha acabado. Como um filme que só ele podia ver. Não havia nada, nada mesmo, neste hotel, que pudesse machucá-lo, e, se tivesse que provar isso a si próprio entrando neste quarto… por que não deveria fazê-lo?

— Ciranda, cirandinha…

(*A curiosidade matou o gato, meu caro redrum, a satisfação o trouxe de volta são e salvo, dos pés à cabeça; da cabeça aos pés ele estava são e salvo. Sabia que essas coisas*)

(*são como filmes de terror, não podem machucar você, mas ó meu deus*)

(*que dentes grandes você tem, vovó, e isso é um lobo fantasiado de BARBA AZUL ou um BARBA AZUL fantasiado de lobo e eu estou tão*)

(*contente por você ter perguntado, porque a curiosidade matou aquele gato e foi a ESPERANÇA de satisfação que o trouxe de volta*)

corredor adiante, pisando macio no tapete emaranhado de mata azul. Passou diante do extintor de incêndio, colocou a boca de latão de volta no quadro, e então a cutucou repetidas vezes com o dedo, o coração batendo, sussurrando: "Venha e me machuque. Venha e me machuque, sua pão-dura escrota. Não consegue, consegue? Hein? Você não é nada, além de uma simples mangueirinha. Não consegue fazer nada, só ficar aí. Venha, venha". Sentiu-se louco com o desafio. E nada aconteceu. Afinal de contas, era só uma mangueira, só lona e latão, poderia parti-la em pedaços e ela não se queixaria, nem se mexeria, nem lançaria ou sangraria lodo verde pelo tapete azul inteiro, pois era apenas uma mangueira, não fedia nem cheirava, não era uma cobra modorrando... e ele se apressara, se apressara porque era

("tarde, é tarde", disse o coelho branco)

o coelho branco. Sim. Agora havia um coelho branco junto ao parquinho. Já tinha sido verde, mas agora estava branco, como se alguma coisa tivesse lhe dado choques repetidas vezes nas nevascas e ventos noturnos, e o tivesse envelhecido...

Danny tirou a chave mestra do bolso e a enfiou na fechadura.

— Vamos todos cirandar...

(*o coelho branco estava a caminho de uma partida de croquet da Rainha Vermelha, onde as cegonhas serviam de bastões, e os ouriços, de bola*)

Tocou a chave, deixou os dedos se moverem sobre ela. Sua cabeça latejava. Virou a chave e os ferrolhos sacudiram.

(CORTEM-LHE A CABEÇA! CORTEM-LHE A CABEÇA! CORTEM-LHE A CABEÇA!)

(*este jogo não é croquet, pois os bastões são muito curtos, este jogo é*)

(*UAC-BUM! Direto no arco.*)

(CORTEM-LHE A CABEEEEEEÇA...)

Danny abriu a porta, que se moveu suave, sem ruído. Viu-se diante de um grande conjugado de quarto e sala, e, apesar de a neve não ter chegado a tanto — as elevações maiores ainda estavam trinta centímetros abaixo das janelas do segundo andar —, o quarto estava escuro, pois o pai fechara todas as persianas do lado oeste, duas semanas atrás.

Parou na entrada, tateou à direita e encontrou o interruptor. Duas lâmpadas num lustre de vidro se acenderam. Danny deu um passo à frente e olhou ao redor. O tapete era espesso e macio, rosa-claro. Suave. Uma cama de casal com uma colcha branca. Uma escrivaninha

(*Por obséquio, responda-me: Por que o corvo se parece com uma escrivaninha?*)

junto à janela de veneziana. Durante a temporada, o Escritor Permanente

(*me divertindo muito, desejo que esteja com medo*)

teria uma bonita vista das montanhas para descrever para o pessoal em casa.

Avançou. Nada aqui, nada. Apenas um quarto vazio, frio, pois hoje era o dia de o pai aquecer a ala leste. Uma cômoda. Um armário com a porta aberta exibindo uma porção de cabides do hotel, do tipo que não se consegue roubar. Uma Bíblia sobre uma mesa de canto. À esquerda, a porta do banheiro, um espelho em toda sua extensão refletindo sua própria imagem pálida. Essa porta estava entreaberta e...

Viu seu reflexo assentindo com a cabeça, devagar.

Sim, era onde estava, fosse o que fosse. Ali dentro. No banheiro. Seu reflexo avançou, como se fosse escapar do espelho. Estendeu a mão, pressionando-a contra a de Danny. Em seguida desapareceu num ângulo, ao abrir da porta do banheiro. Danny olhou o interior.

Um cômodo comprido, antigo, como um vagão de trem. Pequenos ladrilhos hexagonais no chão. No fundo, um vaso com a tampa levantada. À direita, um lavatório e acima um outro espelho, do tipo que esconde um armário de remédios. À esquerda, uma imensa banheira branca com pés, a cortina do chuveiro fechada. Danny entrou no banheiro e caminhou em direção à banheira como num sonho, como se estivesse sendo impelido, como se tudo isto fosse um dos sonhos que Tony trouxera, como se talvez fosse ver alguma coisa boa ao abrir a cortina do chuveiro, algo que o pai tivesse esquecido, ou a mãe tivesse perdido, algo que faria os dois felizes...

Então abriu a cortina do chuveiro.

A mulher na banheira estava morta há muito tempo. Estava inchada e roxa, a barriga cheia de gases emergindo da água fria, as bordas congeladas, como uma ilha de carne. Os olhos dela fixos nos de Danny, vidrados e imensos como bolas de gude. Sorria maliciosa, os lábios roxos arreganhados numa careta. O peito flácido. Os pelos púbicos boiando. As mãos geladas nas bordas de porcelana da banheira como garras de um caranguejo.

Danny gritou. Mas o som não escapou de seus lábios; voltava cada vez mais para dentro e caiu na escuridão, como uma pedra num poço. O menino deu um único passo desajeitado para trás, ouvindo os calcanhares estalando contra os ladrilhos hexagonais, e ao mesmo tempo sentiu a urina se desprendendo, escorrendo sem esforço para fora dele.

A mulher estava se levantando.

Ainda sorrindo maliciosa, os imensos olhos vidrados fixos nele, estava se levantando. As palmas das mãos mortas faziam ruídos na porcelana. Seus seios balançavam como sacos de pancada antigos e murchos. Houve o som minúsculo da quebra dos pedaços de gelo. Ela não respirava. Era um cadáver, morto há anos.

Danny virou-se para trás e correu. Disparando pela porta do banheiro, os olhos saltando das órbitas, o cabelo arrepiado, como um ouriço a ponto de ser transformado numa bola sacrificial,

(de croquet? ou roque?)

a boca aberta e muda. Chocou-se contra a porta do 217, que agora estava fechada. Começou a esmurrá-la, sem sequer imaginar que não estava trancada e que bastava girar o trinco para sair. Na boca ressoavam gritos surdos, que estavam além da audição humana. Só conseguia esmurrar a porta e ouvir a mulher vindo em sua direção, a barriga inchada, o cabelo seco, as mãos estendidas — algo que ficara morto durante anos, talvez, conservado ali como num passe de mágica.

A porta não abria, não abria, não abria.

E, em seguida, ouviu a voz de Dick Hallorann. Não chegou repentina e inesperadamente, mas tão calma, que suas cordas vocais presas se abriram e ele começou a gritar baixinho... não com medo, mas aliviado.

(*Não acho que algo aqui possa machucar você... são como desenhos em um livro... feche os olhos e desaparecerão.*)

Baixou as pálpebras. As mãos se cerraram. Os ombros se curvaram com o esforço de concentração:

(*Nada ali nada ali nada ali, de jeito nenhum NADA ALI NÃO HÁ NADA!*)

O tempo passou. E ele começava a relaxar, começava a compreender que a porta devia estar aberta e que podia sair, quando as mãos mortas há anos, inchadas, fedendo a peixe, fecharam-se suavemente em torno de seu pescoço e o foram virando para que ele encarasse aquele rosto morto e roxo.

QUARTA PARTE
PRESOS PELA NEVE

26
TERRA DOS SONHOS

Tricotar a deixou com sono. Hoje, até Bartók a teria deixado com sono, e não era Bartók que tocava no pequeno fonógrafo, era Bach. Suas mãos foram ficando cada vez mais lentas e, durante o tempo em que o filho era apresentado à residente permanente do apartamento 217, Wendy dormia com o tricô no colo. A lã e as agulhas subindo e descendo, no ritmo lento de sua respiração. O sono era profundo, e ela não sonhou.

Jack Torrance também adormeceu, mas o sono era leve e agitado, cheio de sonhos que pareciam ser muito vívidos para serem meros sonhos — eram certamente mais vívidos do que qualquer sonho que já tivera antes.

Seus olhos começaram a ficar pesados enquanto ele remexia pacotes de notas de compra de leite; eram cem em cada pacote, e ao todo parecia haver dezenas de milhares. Ainda assim, ele passava os olhos sobre cada uma, temendo perder a peça overlookiana que precisava para fazer a conexão mística que, com certeza, estava ali, em algum lugar. Sentiu-se como um homem segurando um fio em uma das mãos, tateando em um cômodo escuro e desconhecido à procura de uma tomada. Se encontrasse, seria recompensado com uma visão de maravilhas.

Ele decidiu que o assunto discutido com Al Shockley ao telefone e o pedido do amigo estavam resolvidos; sua bizarra experiência no parquinho o ajudara a tomar essa decisão. Aquilo chegara muito próximo a algum tipo de colapso, e Jack estava convencido de que era sua mente revoltada com o pedido extremamente arrogante que Al fizera, para desistir do projeto do livro. Talvez fosse um sinal de que seu senso de respeito próprio só pudesse chegar até aí, antes de se desintegrar por completo. Ele escreveria o livro. Se isso significasse o fim de sua amizade com Al Shockley, paciência. Escreveria a história do hotel sem rodeios, e a introdução seria sua alucinação causada pelos animais. O título seria sem sensacionalismo, mas objetivo: *Um estranho resort: A história do Hotel Overlook*. Sem rodeios, sim, mas não seria escrito com intuito de vingança, por querer dar o troco em Al, ou Stuart Ullman, ou George Hatfield ou seu pai (alcoólatra, brigão, miserável) ou qualquer outra pessoa. Escreveria porque o Overlook o encantara... poderia qualquer outra justificativa ser tão simples, ou tão genuína? Escreveria pelo mesmo motivo que acreditava que toda grande literatura, ficção e não ficção, era escrita: a verdade aparece no fim, sempre aparece. Escreveria porque sentia que precisava fazer isso.

1800 litros de leite. 370 litros de leite desnatado. Pg. Na conta, 140 litros de suco de laranja. Pg.

Escorregou na cadeira, ainda segurando um punhado de recibos, mas os olhos não olhavam mais para o que estava impresso ali. Haviam ficado fora de foco. As pálpebras estavam lentas e pesadas. Sua mente se transportara do Overlook para seu pai, que fora enfermeiro no Berlin Community Hospital. Um homem grande e gordo, que chegava a 1,88 m de altura. Era mais alto do que Jack, mesmo quando Jack já estava completamente crescido, com 1,80 m — o velho, porém, já não estava mais por perto. "O mais fraco da ninhada", diria ele, dando uma palmada carinhosa no filho e rindo. Jack tinha mais dois irmãos, ambos mais altos do que o pai, e uma irmã, Becky. Com 1,75 m, ela era apenas cinco centímetros mais baixa que Jack e fora mais alta que ele durante quase toda a infância.

Seu relacionamento com o pai era como o muito aguardado desabrochar de uma flor, que, depois de totalmente aberta, acabara mostrando que estava podre por dentro. Até os sete anos, Jack adorara sem restrições e com muito ardor aquele homem alto e barrigudo, apesar dos tapas, dos hematomas e do ocasional olho roxo.

Lembrou-se das suaves noites de verão: a casa calma, o irmão mais velho, Brett, na rua com a namorada, o irmão do meio, Mike, estudando, Becky e a mãe na sala, assistindo a alguma coisa na velha e teimosa televisão; e ele sentado no corredor, só de camiseta de pijama e nada mais, ostensivamente brincando com seus caminhões, mas, na realidade, esperando o momento em que o silêncio seria quebrado pelo abrir da porta, e o berro de saudação do pai, quando via que Jack o esperava, seu próprio grito agudo em resposta, enquanto o pai se dirigia ao corredor, com seu couro cabeludo rosado brilhando sob o cabelo muito curto à luz do corredor. Naquela luz, ele sempre parecia um fantasma gigante, terno e oscilante, metido nas roupas brancas do hospital, a camisa sempre solta (e, às vezes, manchada de sangue), a barra das calças caindo sobre os sapatos pretos.

O pai o pegava nos braços, e ele era delirantemente jogado para cima, tão rapidamente que podia sentir a pressão do ar contra seu crânio como um capacete de chumbo, subindo cada vez mais, os dois gritando "Elevador! Elevador!". Em algumas noites, o pai, na sua embriaguez, não interrompia a tempo o movimento dos braços, e Jack voava direto por cima da cabeça reta do pai como um projétil humano e caía atrás dele, no chão do corredor. Mas, em outras noites, o pai, com bafo forte de cerveja, o pegava nos braços, fazia cócegas, o sacudia, levando o filho a um delírio de gargalhadas, e, finalmente, ele era posto de pé, com soluços.

Os recibos escorregaram de sua mão e dançaram pelo ar, caindo preguiçosos no chão; suas pálpebras, que tinham se fechado com a imagem do pai tatuada em seu interior, como imagens num estereoscópio, abriram-se um pouco e, em seguida, se fecharam novamente. Jack estremeceu. O estado consciente, assim como os recibos e como as folhas dos álamos no outono, caía dançando preguiçosamente.

Essa fora a primeira fase de seu relacionamento com o pai e, quando chegara ao fim, Jack descobriu que Becky e seus irmãos, todos mais velhos, odiavam o homem. Descobriu também que a mãe, uma mulher comum, que raramente levantava a voz acima de um murmúrio, tolerava o marido apenas porque sua formação católica a obrigava a isso. Naqueles dias não parecia estranho para Jack que o pai ganhasse todas as discussões com os filhos usando os punhos, e não parecia estranho que seu amor andasse de mãos dadas com seu medo: medo da brincadeira do elevador, que em qualquer noite poderia terminar num acidente; medo de que o bom humor oscilante do pai, no seu dia de folga, de repente se transformasse em berros cruéis e uma pancada com a "boa mão direita"; e às vezes ele lembrava que tinha medo até de que a sombra do pai caísse sobre ele, enquanto brincava. Foi aproximadamente no fim dessa fase que Jack começou a observar que Brett nunca trazia suas namoradas a sua casa, nem Mike e Becky traziam seus amigos íntimos.

O amor começou a azedar aos nove anos, quando sua mãe acabou indo parar no hospital por causa da bengala do pai. Ele começara a andar com a bengala um ano antes, quando um acidente de carro o deixara manco. Depois disso, não ficava nunca sem ela, comprida, negra, grossa, de empunhadura dourada. Agora, cochilando, o corpo de Jack se contraía, lembrando o medo do ruído que a bengala fazia no ar, um assobio assassino, seu estalar duro contra a parede... ou contra a carne. Ele batera na esposa sem razão alguma, de repente e sem avisar. Estavam à mesa de jantar. A bengala encostada em sua cadeira. Era uma noite de domingo, o final de um feriado de três dias, um fim de semana que o pai passara bebendo em seu estilo inimitável. Galinha frita. Ervilhas. Purê de batatas. O pai à cabeceira da mesa, o prato cheio, cochilando ou quase cochilando. A mãe passando os pratos para os filhos. E, de repente, o pai despertou, os olhos enfiados nas órbitas inchadas, brilhando com uma espécie de petulância estúpida e maldosa. Eles passaram por cada membro da família, e a veia no centro de sua testa estava saliente, sempre um mau sinal. Uma de suas mãos grandes e sardentas caiu sobre a empunhadura dourada da bengala, acariciando-a. Disse qualquer coisa sobre o café — nesse dia Jack estava certo de que a palavra era "café". A mãe abriu a boca para responder e, em seguida, a bengala zumbiu no ar, esmagando o rosto dela. O sangue jorrou do nariz. Becky gritou. Os óculos da mãe caíram no prato de comida. A bengala retraiu-se e desceu novamente, desta vez sobre a cabeça, rompendo o couro cabeludo. A mãe caiu no chão. O pai se levantou da cadeira e foi até onde a mãe estava caída, tonta, sobre o tapete. Ele brandia a bengala, locomovendo-se com a velocidade e agilidade grotescas de um homem gordo, olhos pequenos brilhando, mandíbulas tremendo, enquanto gritava com ela, exatamente como sempre gritava com os filhos durante as explosões. "Agora. Agora pelo amor de Deus. Acho que você vai tomar seu remédio agora. Fedelho maldito. Venha tomar seu remédio agora." A bengala subira e descera sobre ela mais sete vezes, antes que Brett e Mike pudessem segurá-lo, arrastá-lo e arrancar a bengala de sua mão. Jack

(o pequeno Jacky agora ele era o pequeno Jacky agora cochilando e resmungando numa cadeira velha enquanto a fornalha rugia atrás dele)

sabia exatamente quantas vezes foram, pois cada *pancada* no corpo de sua mãe estava gravada em sua memória como um golpe irracional de um cinzel na pedra. Sete *pancadas*. Nem mais, nem menos. Ele e Becky chorando, sem acreditar, olhando os óculos da mãe pousados no purê de batatas, uma lente partida suja de molho. Brett gritando com o pai do corredor dos fundos, dizendo que o mataria, caso ele se movesse. E o pai repetindo vez após outra: "Fedelho maldito. Cria desgraçada. Me dá a bengala, seu fedelho desgraçado. Me dá". Brett brandindo a bengala histericamente, dizendo sim, sim, vou dar, basta você se mover um pouquinho, vou dar tudo que você quer e mais duas. Vou dar o *bastante*. A mãe se levantando, devagar, tonta, o rosto já inchado como um pneu velho com muito ar, sangrando em quatro ou cinco lugares diferentes, e ela dizendo uma coisa terrível, talvez a única coisa que a mãe dissera, que Jack lembrava palavra por palavra: "Quem está com o jornal? Seu pai quer ler os quadrinhos. Já está chovendo?". E então prostrou-se de joelhos novamente, o cabelo caído no rosto inchado e ensanguentado. Mike chamando o médico, falando ao telefone. Poderia vir imediatamente? Era sua mãe. Não, não podia dizer o que acontecera, não pelo telefone, não através de uma ligação. Simplesmente *venha*. O médico veio e levou a mãe para o hospital, onde o pai trabalhara toda sua vida. O pai, que tinha ficado mais sóbrio (ou talvez com a esperteza estúpida de qualquer animal pressionado), disse ao médico que ela caíra da escada. Havia sangue na toalha da mesa, porque ele tentara enxugar seu rosto querido. Teriam seus óculos entrado voando pela sala de jantar, caindo no purê e no molho?, perguntou o médico com um ar de sarcasmo repugnante. Foi isso o que aconteceu, Mark? Já ouvi falar de gente com um aparelho de rádio nas obturações de ouro, e já vi um homem levar um tiro no meio da testa e sobreviver para contar a história, mas essa é novidade para mim. O pai se limitou a balançar a cabeça e dizer que não sabia, deviam ter caído de seu rosto, quando a trouxe à sala de jantar. Os quatro filhos ficaram em silêncio, atordoados pela estupenda tranquilidade da mentira. Quatro dias depois, Brett largou o emprego no moinho e se alistou no exército. Jack sempre sentira que não fora apenas a surra repentina e irracional da mesa de jantar, mas o fato de que, no hospital, a mãe havia corroborado a história do pai, enquanto segurava a mão do padre da paróquia. Revoltado, Brett abandonou a família para o que desse e viesse. Foi morto na província de Don Ho em 1965, o ano em que Jack, na universidade, aderiu ao movimento estudantil pelo fim da guerra. Sacudira a camisa ensanguentada do irmão nas reuniões que eram cada vez mais populares, mas não era a visão de Brett que tinha diante de seus olhos, quando falava... era a visão do rosto da mãe, estupidificado, sem entendimento, dizendo: "Quem está com o jornal?".

Mike abandonou a universidade três anos depois do episódio da bengala, quando Jack tinha doze anos — frequentava a Universidade de New Hampshire, como bolsista. Um ano mais tarde, o pai morreu de um derrame enquanto preparava um paciente para cirurgia. Caíra, vestido na roupa branca e desalinhada, morto possivelmente antes de chegar ao chão de ladrilhos vermelho e preto do hospital. Três dias depois, o homem que dominara a vida de Jacky, o irracional divino fantasma branco, estava debaixo da terra.

A lápide dizia: *Mark Anthony Torrance, Amoroso Pai*. Àquilo, Jack acrescentaria uma linha: *Sabia Brincar de Elevador*.

Ele deixou muito dinheiro de seguro. Algumas pessoas colecionam seguros com a mesma compulsão de quem coleciona moedas e selos, e Mark Torrance era desse tipo. O dinheiro do seguro entrou ao mesmo tempo em que as mensalidades das apólices e as notas de bebida terminaram. Durante cinco anos foram ricos. Praticamente ricos...

No sono leve e atormentado, seu rosto apareceu para Jack como se estivesse num espelho; era seu rosto, mas não era seu rosto. Eram apenas os olhos grandes e a boca aberta e inocente de um menino sentado no corredor com seus caminhões, esperando o pai, esperando pelo divino fantasma branco, esperando o elevador subir com velocidade vertiginosa e divertida, através da atmosfera de sal e serragem exalada das tabernas, esperando talvez a queda, expelindo molas velhas de relógio pelos ouvidos, enquanto o pai ria a bandeiras despregadas e

(transformado no rosto de Danny, muito parecido com seu próprio rosto quando criança, seus olhos eram azul-claros, enquanto os de Danny eram acinzentados, mas os lábios ainda formavam um arco, a pele era morena, Danny no escritório, de calças plásticas, todos os seus papéis encharcados e o cheiro de cerveja no ar... o ar impregnado de fermento e cevada, o odor das tabernas... estalido de osso... sua própria voz, choramingando embriagada *Danny, você está bem, velhinho... Ai Deus Danny ai meu Santo Deus ai meu bom Deus seu pobre bracinho...* e aquele rosto transformado em)

(o rosto atordoado da mãe se levantando da mesa, inchado e ensanguentado, e a mãe dizia)

("... *de seu pai. Repito, um aviso muitíssimo importante de seu pai. Por favor, continue sintonizado, ou sintonize imediatamente para a frequência de Jack Feliz. Repetindo, sintonize imediatamente para a frequência de Happy Hour...*")

Um lento desvanecimento. Vozes soltas ecoando sobre ele, como num corredor interminável e nebuloso.

(*As coisas atrapalhando, caro Tommy...*)

(*Medoc, está aqui? Voltei a ser sonâmbula, meu querido. São os monstros desumanos que eu temo...*)

("*Desculpe, sr. Ullman, mas este não é o...*")

... o escritório, com seus arquivos, a mesa grande de Ullman, um livro de reservas em branco para o próximo ano, já no seu devido lugar — nunca perde uma jogada, aquele tal do Ullman —, todas as chaves ordenadamente penduradas nos ganchos

(exceto uma, qual, que chave, chave mestra... chave mestra, quem está com a chave mestra? se subíssemos talvez veríamos)

e o radiotransmissor grande na prateleira.

Ligou o aparelho. As transmissões do rádio chegando em pequenos estouros. Mudou de frequência e ouviu, misturados aos ruídos, música, notícia, um pregador fazendo discursos maçantes, uma previsão do tempo. E outra voz, que voltou para ouvir. Era a voz de seu pai.

"... mate o garoto. Você tem que matá-lo, Jacky, e a ela também. Porque um artista verdadeiro precisa sofrer. Porque cada homem mata aquilo que ama. Porque estarão sempre conspirando contra você, tentando atrapalhar e arrasar você. Neste exato momento, aquele seu garoto está onde não devia. Desobedecendo suas ordens. É o que está fazendo. Ele é um fedelho maldito. Dê uma bengalada nele, Jacky, até ele quase morrer. Tome um gole, Jacky, meu filho, e vamos brincar de elevador. Depois eu vou com você, enquanto ele toma o remédio. Sei que pode fazer isso, claro que pode... deve matá-lo. Deve matá-lo, Jacky, e a ela também. Porque um verdadeiro artista precisa sofrer. Porque cada homem..."

A voz de seu pai estava ficando cada vez mais alta e enlouquecedora. Absolutamente não era humana; era algo esganiçada, petulante e atordoante, a voz do Divino Fantasma, do Deus-Porco, chegando morta até ele pelo rádio e

— *Não!* — gritou. — Você está *morto*, está no *túmulo*, não está de jeito nenhum dentro de mim! — Tinha afastado o pai por completo, e não era certo ele voltar, arrastando-se por este hotel a 3200 km da cidade da Nova Inglaterra, onde vivera e morrera.

Jack se levantou, pegou o rádio e o espatifou no chão, espalhando molas e válvulas, como se fosse o resultado de uma louca brincadeira de elevador que não deu certo. A voz do pai desapareceu, deixando apenas sua voz, a voz de Jack, a voz de Jacky gritando na realidade fria do escritório.

— ... *morto, você está morto, você está morto!*

E o ruído assustador dos pés de Wendy batendo no chão sobre sua cabeça, a voz assustada e amedrontada da esposa:

— Jack? Jack!

Ele ficou olhando o rádio despedaçado. Agora só o snowmobile no depósito poderia colocá-los em contato com o mundo exterior.

Colocou as mãos nos olhos e apertou as têmporas. Ele estava ficando com dor de cabeça.

27
CATATONIA

Wendy saiu de meia pelo corredor e desceu a escada de dois em dois degraus até o saguão. Não olhou para o lance atapetado que levava ao segundo andar, mas, se olhasse, teria visto Danny, quieto e calado, os olhos perdidos no espaço, o polegar na boca, a gola e os ombros da camisa molhados. Havia hematomas no pescoço e debaixo do queixo.

Os gritos de Jack haviam cessado, mas isso não ajudara a diminuir seu pavor. Arrancada no meio do sono pela voz do marido, naquele velho tom de valentão de que se recordava tão bem, ainda sentia como se estivesse sonhando. Mas uma parte dela sabia que estava acordada, e isso a aterrorizava mais. Imaginava que entraria no escritório e encontraria o marido, bêbado e confuso, em cima de Danny.

Empurrou a porta e Jack ali estava, esfregando as têmporas com os dedos. O rosto dele estava cadavérico. O radiotransmissor, a seus pés, em cacos.

— Wendy? — perguntou incerto. — Wendy...?

A confusão pareceu crescer no instante em que ela viu o rosto verdadeiro de Jack, aquele que ele em geral escondia tão bem. Era um rosto de infelicidade desesperada, de um animal preso numa armadilha que estava acima de sua capacidade de decifrar e desarmar. Então, os músculos começaram a trabalhar, começaram a se contorcer debaixo da pele, a boca começou a tremer sem firmeza, o pomo de adão começou a subir e a descer.

A confusão e o espanto de Wendy estavam encobertos pelo choque: ele ia chorar. Já o tinha visto chorar antes, mas nunca depois que parara de beber... E, mesmo naquela época, só acontecia se ele estivesse muito bêbado e sentindo um remorso patético. Era um homem firme, extremamente duro, e sua perda de controle mais uma vez a apavorava.

Ele veio em sua direção, em lágrimas. A cabeça sacudia involuntariamente, como que num esforço infrutífero para conter a tempestade emocional, e o peito se contraía em um suspiro convulsivo que foi expelido com um imenso soluço angustiante. Os pés tropeçaram nos destroços do rádio, e ele quase caiu em cima de Wendy, que cambaleou com seu peso. Sentiu seu hálito, e não tinha cheiro de bebida. Claro que não, não havia bebida por aqui.

— O que houve? — perguntou, controlando-se o máximo. — Jack, o que houve?

Mas ele apenas soluçava, agarrando-se a Wendy, quase a sufocando, com a cabeça enterrada em seus ombros numa atitude desamparada, nervosa, reprimida. Os soluços eram fortes e violentos. Ele tremia dos pés à cabeça.

— Jack? O que está acontecendo? Me diga o que houve!

Finalmente, os soluços começaram a se transformar em palavras, a princípio incoerentes, mas se tornaram mais claras à medida que as lágrimas se esgotavam.

— ... pesadelo, acho que foi um pesadelo, mas foi tão real, eu... foi minha mãe dizendo que papai ia aparecer no rádio e eu... ele estava... ele estava me dizendo para... não sei, ele *gritava* comigo... e então quebrei o rádio... para fazer ele se calar. Para fazer ele se calar. Ele está morto. Meu

Deus, Wendy, meu Deus. Nunca tive um pesadelo assim. Nunca mais quero ter outro. Cristo! Foi horrível.

— Você simplesmente cochilou no escritório?

— Não... não aqui. Lá embaixo. — Jack estava um pouco mais consciente agora, não se apoiava mais nela, e o constante movimento de sua cabeça diminuiu e depois parou. — Eu estava olhando uns papéis velhos. Sentado numa cadeira. Notas de leite. Coisa boba. E acho que simplesmente apaguei. Foi quando comecei a sonhar. Devo ter andado dormindo até aqui. — Ensaiou um sorriso trêmulo. — De novo.

— Jack, onde está Danny?

— Não sei. Não está com você?

— Ele não estava... lá embaixo com você?

Jack a olhou com preocupação, e seu rosto se contraiu ao ver a expressão dela.

— Nunca vai me deixar esquecer aquilo, não é, Wendy?

— Jack...

— Quando eu estiver no caixão, você vai se debruçar e dizer: "Bem feito, lembra quando quebrou o braço de Danny?".

— Jack!

— Jack, o quê? — respondeu exaltado, dando um salto. — Vai negar que é nisto que está pensando? Que o machuquei? Que o machuquei uma vez e que poderia fazer isso de novo?

— Eu só quero saber onde ele está!

— Vá em frente, comece logo a berrar, isso vai fazer tudo melhorar, não vai?

Ela se virou e saiu pela porta.

Jack a observou sair, gélido por um momento, segurando em uma das mãos um mata-borrão coberto de cacos de vidro. Jogou o objeto na cesta de lixo e saiu correndo atrás dela, alcançando-a no saguão. Pôs as mãos sobre seus ombros e fez com que Wendy se virasse. A expressão de seu rosto estava rígida.

— Wendy, desculpe. Foi o pesadelo. Fiquei perturbado. Me perdoa?

— Claro — ela respondeu, sem modificar a expressão do rosto. Retirou as mãos dele de seus ombros tensos, caminhou até o meio do saguão e chamou. — *Ei, velhinho. Onde você está?*

Silêncio novamente. Seguiu até as portas duplas do saguão, abriu uma delas e saiu pelo caminho que Jack havia limpado. Parecia mais uma trincheira; a neve amontoada estava na altura de seus ombros. Chamou Danny novamente, o ar saindo em uma fumaça branca. Quando entrou, começava a parecer amedrontada.

Controlando sua irritação com ela, Jack perguntou moderadamente:

— Tem certeza de que ele não está dormindo no quarto?

— Já falei que ele estava brincando em algum lugar, enquanto eu tricotava. Dava pra escutar a voz dele lá embaixo.

— Você cochilou?

— O que isso tem a ver? Sim. *Danny?*

— Você olhou o quarto dele quando desceu, agora?

— Eu... — ela parou.

Jack balançou a cabeça.

— Imaginei que não.

Jack começou a subir as escadas sem esperar por ela. Wendy o seguiu, quase correndo, mas ele subia os degraus dois a dois. Quase se chocou com ele, quando o marido subitamente parou. Ele ficou ali estático, olhando para cima, os olhos arregalados.

— O quê...? — começou ela, acompanhando seu olhar.

Danny estava lá, olhos vidrados, chupando o polegar. As marcas no pescoço eram cruelmente visíveis à luz das lamparinas elétricas.

— *Danny!* — gritou ela.

O grito quebrou a paralisia de Jack, e ambos subiram depressa até onde Danny estava. Wendy caiu de joelhos ao lado dele, acolhendo o menino em seus braços. Danny se deixou amparar docilmente, mas não retribuiu o abraço. Era como abraçar uma sacola, e o sabor do horror encheu a boca de Wendy. Danny se limitava a chupar o polegar, fixando o olhar distante na escadaria diante deles.

— Danny, o que aconteceu? — perguntou Jack, estendendo a mão para tocar o lado inchado do pescoço do menino. — Quem fez isso em v...

— *Não encoste nele!* — sussurrou Wendy. Apertou o filho nos braços, ficou de pé com ele no colo e se afastou até a metade da escadaria, antes que Jack fizesse outra coisa a não ser ficar ali parado, confuso.

— O quê? Wendy, o que, diabos, você está t...

— Não encoste nele! Mato você, se puser as mãos nele novamente!
— Wendy...
— Seu desgraçado!

Ela se virou e desceu correndo o resto da escada para o primeiro andar. A cabeça de Danny sacudia ligeiramente para cima e para baixo enquanto ela corria. O polegar continuava na boca. Seus olhos eram como vidros embaçados. Wendy dobrou à direita no patamar, e Jack ouviu seus passos se afastando. A porta do quarto bateu. Trinco fechando. Foi trancada. Breve silêncio. Depois, distante, palavras suaves e sussurradas de consolo.

Durante algum tempo, Jack ficou literalmente paralisado com tudo o que havia acontecido em um período tão curto. O sonho ainda parecia presente, pintando tudo com um leve sombreado irreal. Era como se tivesse tomado uma pequena dose de mescalina. Teria machucado Danny como Wendy estava pensando? Tentara estrangular o filho a pedido do pai morto? Não. Nunca machucaria Danny.

(*Caiu da escada, doutor.*)

Nunca machucaria Danny *agora*.

(*Como poderia saber que a bomba de inseticida estava com defeito?*)

Nunca na vida havia sido intencionalmente mau, quando sóbrio.

(*Exceto quando quase matou George Hatfield.*)

— Não! — Gritou ele na escuridão. Dava murros na perna, repetidamente.

Wendy se sentou na poltrona acolchoada junto à janela, segurando Danny em seu colo, murmurando velhas palavras sem sentido, aquelas de que você nunca se lembra depois, independentemente da situação. O filho, aconchegado em seu colo, não fazia protestos, não demonstrava alegria, parecendo um desenho para ser recortado. Os olhos sequer se moveram em direção à porta, quando Jack gritou de algum lugar do corredor "Não!".

A confusão desaparecera um pouco na mente de Wendy, que descobria agora algo ainda pior: pânico.

Jack havia feito isso, não tinha dúvida. Suas negações não significavam nada para ela. Achava perfeitamente possível que Jack, enquanto dormia, tivesse tentado estrangular Danny, da mesma forma que despedaçara o rádio. Estava tendo uma espécie de colapso nervoso. Mas o que ela poderia fazer? Não poderia ficar trancada ali no quarto para sempre. Também precisavam comer.

Havia, na realidade, uma pergunta, formulada de modo frio e pragmático em seu subconsciente; era a voz de sua maternidade, uma voz fria e indiferente, que saía do círculo mãe-filho e se dirigia a Jack. Era uma voz que evocava autopreservação, mas somente depois de evocar preservação filial, e a pergunta era:

(*Quão perigoso ele é exatamente?*)

Ele negou ter feito isso. Havia ficado em choque ao ver o machucado, horrorizado com a débil e implacável perturbação de Danny. Se o fizera, uma parte distinta dele havia sido responsável. O fato de ter feito isso enquanto dormia era — de uma forma terrivelmente grosseira — encorajador. Não dava para confiar nele para tirá-los dali? Ele os levaria para longe. E depois...

Mas não podia imaginar outra cena além de Danny e ela chegando salvos ao consultório do dr. Edmonds, em Sidewinder. Não tinha nenhuma razão especial para ir mais adiante. A crise atual era mais do que suficiente para mantê-la ocupada.

Cantava baixinho para Danny, balançando o filho no colo. Os dedos sobre o ombro dele perceberam que a camisa estava úmida, mas não se incomodaram em transmitir a informação para o cérebro, ao menos superficialmente. Se fosse transmitida, talvez Wendy lembrasse que as mãos de Jack, quando a abraçou no escritório, aos soluços, estavam secas. Teria parado para pensar. Mas sua cabeça ainda estava pensando em outras coisas. Precisava tomar uma decisão... aproximar-se de Jack, ou não?

Na realidade, não havia muito o que decidir. Não havia nada que pudesse fazer sozinha, nem mesmo descer com Danny para o escritório e pedir ajuda pelo radiotransmissor. O garoto sofrera um choque muito grande. Precisava ser levado rapidamente, antes que qualquer dano permanente pudesse ser causado. Recusava-se a acreditar que algum dano permanente já tivesse sido causado.

Ainda se sentia angustiada, procurando outra alternativa. Não queria expor Danny a Jack. Sabia que havia tomado uma decisão errada, quando foi contra seus instintos (e contra os de Danny), deixando que a neve os isolasse ali dentro... por causa de Jack. Outra decisão errada fora a de descartar a ideia do divórcio. Agora, estava praticamente paralisada com a possibilidade de estar cometendo outro erro, de que pudesse se arrepender a cada minuto de cada dia, pelo resto de sua vida.

Não havia nenhuma arma de fogo no hotel. Havia facas penduradas na cozinha, mas Jack estava no caminho.

Na tentativa de tomar a decisão correta, de encontrar uma alternativa, não percebeu a ironia amarga de seus pensamentos: há uma hora, ela estava dormindo, convencida de que as coisas estavam bem, e que em breve melhorariam. Agora, considerava a possibilidade de usar uma faca de açougueiro contra o marido, se ele tentasse fazer algo com ela e o filho.

Finalmente, com as pernas trêmulas, ela se levantou, ainda com Danny nos braços. Não tinha jeito. Precisava admitir que Jack acordado era normal, e que ele a ajudaria a descer com Danny para encontrar o dr. Edmonds em Sidewinder. E, se Jack tentasse fazer qualquer coisa que *não fosse* ajudar, que Deus tomasse conta *dele*.

Foi até a porta e a destrancou. Levantando Danny até os ombros, abriu a porta e saiu para o corredor.

— Jack? — chamou, nervosa, sem resposta.

Em aflição crescente, caminhou até as escadas, mas não o encontrou lá. E, enquanto permaneceu perto das escadas, pensando no que faria depois, escutou uma canção vindo lá debaixo, sonora, irritada, amargamente satírica:

*Me role
na grama,
me role, me deite e faça de novo.*

Wendy sentia mais medo de sua voz do que de seu silêncio, mas não tinha jeito. Desceu as escadas.

28
"FOI ELA!"

Jack ficou parado na escada, ouvindo o consolador cantarolar que vinha de trás da porta trancada. Aos poucos, sua confusão foi dando lugar à raiva. Na realidade, as coisas nunca mudaram. Não para Wendy. Ele poderia passar vinte anos sem beber e, ainda assim, quando chegava em casa à noite e ela o abraçava à porta, ele via e sentia uma pequena dilatação das narinas da esposa, tentando perceber vestígios de uísque ou gim. Ela sempre deduzia o pior; se ele e Danny sofressem um acidente de carro, causado por um motorista cego e bêbado que tivesse tido um colapso pouco antes da colisão, em silêncio ela culparia Jack pelos ferimentos de Danny e lhe daria as costas.

O rosto dela pegando Danny no colo surgiu em sua mente e, de súbito, com os punhos cerrados, ele sentiu desejo de dar vazão à raiva que estava contendo.

Ela não tinha o direito!

Sim, talvez no início ela tivesse. Ele havia sido um beberrão, feito coisas terríveis. O fato de ter quebrado o braço de Danny era uma coisa terrível. Mas, se um homem se regenera, por acaso não merece crédito, mais cedo ou mais tarde? E, se não conseguir, não merece uma segunda chance? Se um pai acusa sempre sua virtuosa filha de viver trepando com todos os rapazes da escola, não é de esperar que ela se canse e passe a corresponder às acusações do pai? E se uma esposa, secretamente — não tão secretamente —, continua a acusar seu marido abstêmio de bêbado...

Assim, ele se levantou, desceu devagar o primeiro lance da escada e ficou ali parado por um momento. Tirou o lenço do bolso traseiro, enxugou os lábios e considerou a hipótese de descer para o primeiro andar e esmurrar a porta, ordenando que o deixasse entrar para ver o filho. Ela não tinha o direito de ser tão desgraçadamente arbitrária.

Mas, bem, mais cedo ou mais tarde, ela teria que sair, a não ser que planejasse algum tipo de jejum para os dois. Um sorriso ameaçador brotou de seus lábios com esse pensamento. Deixaria que viesse até ele. Ela viria no momento certo.

Desceu ao térreo, ficou parado sem motivo junto ao balcão de recepção por um momento e, em seguida, virou para a direita. Chegou ao restaurante e parou logo após a entrada. As mesas vazias, as toalhas brancas muito limpas, sob capas de plástico transparente, reluziam. Estava tudo deserto agora mas

(A ceia será servida às 20h
Retirada das Máscaras e Baile à Meia-Noite)

Jack caminhou por entre as mesas, por um momento se esqueceu da mulher e do filho lá em cima, se esqueceu do sonho, do rádio quebrado, dos machucados. Passou os dedos pela capa lustrosa de plástico, tentando imaginar como teria sido aquela noite quente de agosto de 1945, a guerra vencida, o futuro tão novo e com tantos caminhos, como uma terra de sonhos. As lanternas japonesas iluminadas e multicoloridas penduradas em toda a entrada, a luz dourada que saía dessas janelas altas que estavam agora cobertas de neve. Homens e mulheres fantasiados, aqui uma princesa, ali um cavaleiro de botas de cano longo, joias e imaginação faiscando por toda a parte, dança, bebida à vontade, primeiro vinho, em seguida coquetéis, e depois talvez cerveja misturada com uísque, o volume da conversa cada vez mais alto, até que o grito animado saísse do tablado do maestro da orquestra: "Retirem as máscaras! Retirem as máscaras!".

(*E a Morte Rubra dominava...*)

Viu-se parado num canto do restaurante, junto à porta de vaivém estilizada do Salão Colorado, onde, naquela noite de 1945, a bebida toda era liberada.

(*Aproxime-se do bar, cara, a bebida é toda por conta da casa.*)

Jack abriu a porta de vaivém e penetrou nas sombras profundas do bar. Já estivera ali antes, para conferir o inventário que Ullman deixara, e sabia que o lugar estava completamente limpo. As prateleiras estavam vazias. Mas, agora, algo estranho aconteceu: na penumbra provocada pela luz filtrada que vinha do restaurante (que por si só já era bastante fraca, por causa da neve que bloqueava as janelas), pensou ver fileiras e mais fileiras de garrafas cintilando no escuro atrás do bar, além de sifões e cerveja pingando das três torneiras muito polidas. Sim, sentia até o cheiro de cerveja, aquele cheiro úmido e fermentado, em nada diferente do cheiro que envolvia o rosto de seu pai, toda noite quando voltava do trabalho.

Com os olhos arregalados, tateou à procura do interruptor, e a luz fraca e aconchegante do bar acendeu, lâmpadas de 20 watts que estavam no topo dos lustres coloniais.

As prateleiras estavam todas vazias. Não tinham sequer acumulado poeira. As torneiras de cerveja estavam vazias, bem como os ralos cromados, abaixo delas. À direita e à esquerda, os assentos com encostos revestidos de veludo pareciam homens altos de costas, em mesas que pareciam ter sido projetadas para dar o máximo de privacidade ao casal que ali estivesse. Bem em frente, do outro lado do tapete vermelho, quarenta bancos ficavam em volta do bar, formando o desenho de uma ferradura. Cada banco era forrado de couro e trabalhado com marcas de gado — "H" dentro de um círculo, "D" entre barras, "W" em meio círculo, "B" deitado.

Foi chegando mais perto, espantado e sacudindo um pouco a cabeça. Foi como aquele dia no parquinho, quando… mas não fazia sentido pensar nisso. Ainda assim, ele podia jurar que tinha visto aquelas garrafas, mesmo que vagamente, da mesma forma que era possível visualizar a silhueta escura de móveis numa sala com as cortinas fechadas. Reflexos suaves no vidro. A única coisa que ainda restava era o cheiro de cerveja. E Jack sabia que era um cheiro que, depois de algum tempo, impregnava a madeira de todos os bares do mundo e não saía com nenhum produto de limpeza até agora inventado. O cheiro aqui ainda parecia mais forte… quase fresco.

Ele se sentou num banco e enterrou os cotovelos na borda revestida de couro. À esquerda, viu um pratinho de amendoim… vazio, claro. Era o primeiro bar onde pisava em dezenove meses, e a porcaria estava vazia… para a sua sorte. Mesmo assim, uma amarga e forte onda de nostalgia caiu sobre ele, e o desejo de beber, físico e ardente, pareceu crescer da barriga para a garganta, chegando à boca e ao nariz, enrugando os tecidos por onde passava, fazendo todo o seu corpo implorar por alguma coisa fria, molhada e longa.

Olhou novamente as prateleiras, numa esperança irracional e desesperada de que estivessem tão vazias quanto antes. Sorriu de dor e frustração. As mãos cerradas lentamente faziam minúsculos arranhões no forro de couro da beirada do balcão.

— Oi, Lloyd — disse ele. — Um pouco desanimado hoje, não é?

Lloyd concordou, e perguntou o que ele ia querer.

— Fico feliz por você ter perguntado — respondeu Jack. — Feliz mesmo. Pois tenho duas notas de vinte e duas notas de dez na carteira. E não gostaria que elas ficassem quietinhas onde estão até o próximo mês de abril. Não há nenhuma loja de conveniência por aqui, acredita? E eu que achava que elas existiam até na porra da *Lua*.

Lloyd assentiu.

— Veja bem — continuou Jack. — Prepare para mim exatamente vinte martínis. Exatamente vinte, isso mesmo, pronto. Um por cada mês que passei sem beber, e mais um de reforço. Pode fazer isso, não pode? Não está muito ocupado?

Lloyd respondeu que não, não estava nada ocupado.

— Bom rapaz! Enfileire esses marcianos aqui em cima do balcão, que eu vou pegar um por um. São os ossos do ofício, Lloyd, meu velho amigo.

Lloyd voltou ao trabalho. Jack enfiou a mão no bolso procurando a carteira, e em vez disso encontrou um vidro de Excedrin. Sua carteira estava na escrivaninha do quarto que a magrela da esposa fizera a gentileza de trancar. Beleza, Wendy. Sua piranha desgraçada.

— Acho que estou duro — comentou Jack. — Como está meu crédito nesta espelunca, por falar nisso?

Lloyd disse que o crédito estava bom.

— Ótimo. Gosto de você, Lloyd. Sempre foi o melhor de todos. O melhor barman de norte a sul, de leste a oeste.

Lloyd agradeceu o elogio.

Jack tirou a tampa do vidro de Excedrin, pegou dois comprimidos e os jogou na boca. Sentiu o gosto ácido e familiar.

Teve uma estranha sensação de que as pessoas o observavam, com curiosidade e algum desprezo. As mesas atrás estavam cheias: havia senhores de meia-idade e jovens maravilhosas, todos eles fantasiados, assistindo friamente a este triste ensaio de artes cênicas.

Jack rodopiou no banco.

As mesas estavam todas vazias, enfileiradas desde a porta do salão, à esquerda, até a curva do bar em ferradura, à direita, onde havia um pequeno espaço ocupado pelo bar. Assentos e encostos forrados de couro. Mesas lustrosas de fórmica escura, um cinzeiro sobre cada uma, uma caixa de fósforos em cada cinzeiro, as palavras Salão Colorado gravadas em dourado acima da porta de vaivém.

Ele se virou, engolindo com uma careta o resto do Excedrin que se dissolvia.

— Lloyd, você é incrível. Já está tudo pronto. Sua rapidez só é ultrapassada pela beleza de seus olhos napolitanos cheios de alma. *Saúde.*

Jack contemplou os vinte drinques imaginários, as gotinhas de condensação nos copos de martíni, cada um com um palito enfiado numa gorda azeitona verde. Podia quase sentir o cheiro de gim no ar.

— Abstêmio. Já conheceu algum cavalheiro que tivesse embarcado no trem dos abstêmios?

Lloyd admitiu ter encontrado homens desse tipo, de tempo em tempo.

— Teve contato novamente com algum desses homens depois de ele voltar a beber?

Lloyd honestamente não se recordava.

— Então é porque você nunca encontrou nenhum deles — concluiu Jack. Envolveu o primeiro copo com a mão e o levou até a boca, que estava aberta. Engoliu e, em seguida, o jogou por trás dos ombros. As pessoas acabavam de voltar do baile à fantasia e o analisavam, rindo às escondidas. Podia senti-las. Se o fundo do bar tivesse espelhos no lugar daquelas prateleiras idiotas, poderia vê-las. Deixe que olhem. Que se danem. Quem quiser olhar, que olhe. — Não, você nunca voltou a encontrar nenhum deles — repetiu. — Poucos homens voltam a beber, mas aqueles que voltam vêm com uma história terrível para contar. Quando você embarca nesse trem, parece que você está no vagão mais limpo e claro que já viu na vida, com rodas de três metros de altura para que a cama se mantenha bem longe da sarjeta onde os bêbados estão caídos, com seus sacos cheios de vinho vagabundo e bourbon de segunda. Você fica livre dos olhares maldosos das pessoas que pedem para você mudar de atitude ou mudar de cidade. Olhando da sarjeta, aquele é o trem mais bonito que você já viu, Lloyd, meu querido. Enfeitado de bandeirinhas, uma banda marcial na frente e três dançarinas de cada lado, girando seus bastões e mostrando as calcinhas. Cara, você precisa embarcar nesse trem e se afastar dos bêbados que tomam álcool puro, cheiram o próprio vômito para ficarem altos de novo e procuram guimbas de cigarro na sarjeta.

Bebeu mais dois drinques imaginários e jogou os copos para trás. Quase podia escutar os vidros se despedaçando no chão. Macacos me mordam se não estava mesmo ficando alto. Era o Excedrin.

— Então, você embarca — continuou a Lloyd —, e como é bom estar ali. Meu Deus, de verdade. O trem é a coisa melhor e mais bonita de todo o desfile. Todo mundo está nas ruas, batendo palmas, gritando e acenando para você. Menos os bêbados arriados na sarjeta. Aqueles caras costumavam ser seus amigos, mas agora tudo é passado.

Jack levantou a mão vazia até a boca e bebeu o quarto... faltavam dezesseis. Progredia sensivelmente. Se mexeu um pouco no banco. Deixe que eles olhem, se é assim que querem. Tirem uma foto, gente, uma lembrança para a posteridade.

— Então você começa a ver as coisas sob a nova perspectiva, Lloyd. Coisas que não podia ver quando estava na sarjeta. O chão do vagão, por exemplo, não tinha nada, só tábuas de pinho. Tão frescas que ainda expeliam seiva. Se você tirasse os sapatos, com certeza absoluta se machucaria com uma farpa. As únicas coisas que existem dentro do vagão são uns bancos compridos, com encostos altos, sem almofadas para você se sentar. Na verdade não são nada de mais, simples bancos de igreja com um livrinho de hinos a cada dois metros. Todas as pessoas sentadas nos bancos do vagão são mulheres sem graça, de vestidos longos, com o colarinho alto e o cabelo preso num coque tão apertado que quase se pode ouvi-lo estalando. E todos os rostos são rígidos, pálidos, cheios de fervor, todos cantando "Vamos nos encontrar no riiio, o lindo, lindo riiiiio", e eis ali na frente uma vaca escrota de cabelos louros, tocando órgão e pedindo para todos cantarem mais alto, cantarem mais alto. Alguém enfia um livrinho de hinos na sua mão e diz "Cante, irmão. Se espera continuar no vagão, tem que cantar de manhã, de tarde e de noite. Principalmente de noite". E é quando você cai em si e vê o que o vagão realmente é , Lloyd. É uma igreja com grades nas janelas, uma igreja para as mulheres e uma prisão para você.

Parou. Lloyd tinha ido embora. Pior ainda: Lloyd nunca tinha estado ali. Os drinques nunca tinham estado ali. Só as pessoas nas mesas, as pessoas do baile à fantasia, Jack quase podia ouvir as gargalhadas sufocadas, quando levavam as mãos à boca e apontavam, os olhos brilhando cheios de crueldade.

Rodopiou mais uma vez.

— Me deixem...

(sozinho?)

Todas as mesas estavam vazias. As gargalhadas morreram como uma folha de outono. Jack olhou para o saguão vazio por um instante, os olhos bem abertos e sem expressão. Uma pulsação visível no centro da testa. E em sua alma uma certeza se formava, e essa certeza era a de que ele estava ficando louco. Sentiu vontade de pegar o banco do bar a seu lado, virá-lo de cabeça para baixo e sair do lugar como um furacão. Em vez disso, rodopiou e começou a cantar:

Me role
na grama,
me role, me deite e faça de novo.

O rosto de Danny surgiu à sua frente. Não o rosto normal de Danny, alegre e atento, os olhos brilhantes e vívidos, mas o rosto catatônico e doentio de um estranho, de olhos sem vida e opacos, chupando o polegar, como um bebê. O que Jack estava fazendo ali sentado, falando sozinho, como um adolescente emburrado, enquanto o filho estava lá em cima em algum lugar, agindo como um louco, da mesma maneira que Wally Hollis disse que Vic Stenger estava, antes de OS HOMENS DE JALECO BRANCO terem vindo buscá-lo?

(*Mas nunca encostei as mãos nele! Merda, não encostei!*)

— Jack? — A voz era tímida e hesitante.

Ficou tão assustado que quase caiu do banco. Wendy estava de pé, junto à porta de vaivém. Danny, em seus braços, lembrava um boneco de cera de um espetáculo de terror. Os três ali formavam uma quadro vivo que atingiu Jack intensamente: era como se fossem atores, pouco antes de encerrar o segundo ato em uma velha peça teatral contra o alcoolismo, com uma produção tão pobre que o cenógrafo esquecera de encher as prateleiras do Antro do Pecado.

— Nunca encostei nele — Jack afirmou veemente. — Nunca, desde a noite em que quebrei seu braço. Nem sequer para dar uma palmada.

— Jack, isso agora não importa. O que importa é…

— *Isso importa!* — gritou. Esmurrou o bar, com força suficiente para fazer o pratinho vazio de amendoim saltar. — *Importa, sim, merda, importa!*

— Jack, temos que ir com ele para a cidade. Ele está…

Danny começou a se agitar. A expressão vaga de seu rosto começou a se desfazer como um bloco grosso de gelo. Os lábios se torciam, como se sentissem um gosto amargo. Os olhos se arregalaram. As mãos se erguiam como se fossem cobrir o rosto e caíam.

O menino enrijeceu abruptamente nos braços da mãe. As costas se curvaram, fazendo Wendy cambalear. E de repente ele começou a gritar, gritos loucos que saíam de sua garganta como uma flecha após a outra, ecoante e louca. O som parecia encher o andar vazio e voltar para eles. Deveria haver ali cem Dannys gritando de uma vez.

—*Jack!*—exclamou ela aterrorizada.—*Meu Deus, Jack, o que há de errado com ele?*

Ele desceu do banco, dormente da cintura para baixo, mais apavorado do que nunca em sua vida. Em que buraco seu filho andara bisbilhotando? Que ninho escuro? E o que havia surgido para picá-lo?

—Danny!—berrou.—*Danny!*

Danny o viu. Livrou-se dos braços da mãe com uma força repentina e feroz, que não lhe deu chance de continuar segurando-o. Ela cambaleou para uma das mesas e quase caiu no banco.

—*Papai!*—gritou ele, correndo para Jack, os olhos imensos e assustados.—*Ah, papai, papai, foi ela! Ela! Ah, pa-paaaiii...*

Danny se jogou nos braços de Jack como uma flecha cega, fazendo o pai balançar. Agarrou-se a ele com força, a princípio parecendo estar dando murros, como em uma luta, depois abraçando o pai na altura do cinto e soluçando junto à sua camisa. Jack sentia o rosto do filho, quente, encostado na barriga.

Papai, foi ela.

Jack olhou para Wendy. Seus olhos eram como pequenas moedas de prata.

—Wendy?—Voz macia, quase ronronando.—Wendy, o que foi que você fez com ele?

Wendy olhou de volta, fixamente, sem poder acreditar, o rosto pálido. Sacudiu a cabeça.

—Ah, Jack, você sabe que...

Lá fora, começara a nevar de novo.

29
CONVERSA NA COZINHA

Jack levou Danny até a cozinha. O menino ainda estava soluçando muito e se recusava a tirar o rosto do peito de Jack. Na cozinha, devolveu Danny ao colo de Wendy, que ainda estava atordoada e incrédula.

—Jack, não sei do que ele está falando. Por favor, você precisa acreditar.

—Acredito—disse, apesar de, no fundo, admitir que sentia certo prazer em ver as posições invertidas, a uma velocidade tão grande e desorientadora. Mas sua raiva por Wendy era superficial. No fundo, sabia que era mais fácil a esposa se encharcar de gasolina e riscar um fósforo do que machucar o filho.

A chaleira maior estava na boca de trás do fogão, borbulhando em fogo baixo. Jack jogou um saquinho de chá numa xícara grande de cerâmica, enchendo-a pela metade com água quente.

— Tem vinagre de xerez aqui, não tem? — perguntou a Wendy.

— O quê? Ah, sim. Duas ou três garrafas.

— Em qual armário?

Ela apontou, e Jack pegou uma das garrafas. Derramou uma boa quantidade na xícara de chá, terminou de enchê-la com leite e guardou a garrafa. Depois, acrescentou três colheres de açúcar e mexeu. Ofereceu a bebida para Danny, cujos soluços já se haviam se reduzido a fungadelas. Mas o menino ainda tremia todo, e seus olhos estavam arregalados e imóveis.

— Beba, velhinho — disse Jack. — Tem um gosto horrível, mas vai fazer você se sentir melhor. Pode beber, pelo papai?

Danny meneou a cabeça e segurou a xícara. Bebeu um pouco, fez uma careta e olhou indagador para Jack, que assentiu, e Danny tomou mais um gole. Wendy sentiu uma pontada familiar de ciúme, sabendo que, se fosse ela pedindo, o menino não beberia.

Foi acometida por um pensamento incômodo e assustador: Teria ela *desejado* culpar Jack? Seria tão ciumenta assim? Sua mãe teria pensado da mesma maneira, e isso era realmente horrível. Lembrou-se de um domingo, quando o pai a levou ao parque e ela caiu do segundo nível do trepa-trepa, machucando os dois joelhos. Quando o pai a trouxe de volta para casa, a mãe berrou: *O que você fez? Por que você não estava vigiando ela? Que espécie de pai você é?*

(Ela o perseguiu até o túmulo; quando se divorciaram, já era tarde demais.)

Ela nunca havia dado a Jack sequer o benefício da dúvida. Por menor que fosse. Wendy sentiu o rosto queimar, sabendo que, se tudo aquilo se repetisse, ela agiria e pensaria da mesma maneira. Carregava sempre consigo uma parte de sua mãe, fosse essa parte boa ou ruim.

— Jack... — ela começou, sem ter certeza se queria se desculpar ou se justificar. Qualquer uma das duas alternativas, ela sabia, seria inútil.

— Agora não — interrompeu ele.

Danny levou quinze minutos para beber metade da xícara e, a esta altura, já se mostrava visivelmente mais calmo. Os tremores haviam praticamente cessado.

Jack colocou as mãos solenemente sobre os ombros do filho.

— Danny, você acha que consegue contar pra gente exatamente o que aconteceu com você? É muito importante.

Danny passou os olhos de Jack para Wendy, de Wendy para Jack. O silêncio fez com que o cenário e a situação dos três se tornassem bem evidentes: o assobio do vento lá fora, trazendo neve fresca do noroeste; o estalar e o gemido do velho hotel resistindo a mais uma tempestade. A percepção do isolamento veio a Wendy com uma força inesperada, como às vezes acontecia, semelhante a um aperto no coração.

— Vou... contar tudo a vocês — começou Danny. — Queria ter contado antes. — Segurou a xícara, como que se confortando com o calor.

— Por que não contou, filho? — Jack passou a mão no cabelo suado e grudado sobre a testa de Danny.

— Porque o tio Al arranjou o emprego para você. E eu não podia entender como este lugar podia ser bom e ao mesmo tempo ruim para você. Foi... — Olhou para os pais pedindo ajuda. Não tinha a palavra necessária.

— Um dilema? — Wendy perguntou gentil. — Quando nenhuma das opções parece boa?

— Isso mesmo. — Balançou a cabeça, aliviado.

— No dia em que você foi podar os arbustos — falou Wendy —, Danny e eu tivemos uma conversa no caminhão. No dia da primeira nevasca de verdade. Lembra?

Jack assentiu com a cabeça. Aquele dia estava muito claro em sua mente. Wendy suspirou.

— Acho que não conversamos o suficiente, não foi, velhinho?

Danny, a angústia personificada, concordou.

— Sobre o que conversaram exatamente? — perguntou Jack. — Não sei se gosto de ver minha mulher e meu filho...

— ...conversando sobre o quanto amam você?

— Seja lá o que for, não entendo. É como eu tivesse chegado ao cinema no meio do filme.

— Falamos sobre você — respondeu Wendy, com calma. — E talvez não tenhamos dito tudo o que queríamos em palavras, mas nós dois sabíamos. Eu porque sou sua esposa, e Danny porque ele... simplesmente porque entende coisas.

Jack estava calado.

— Danny se expressou muito bem. O hotel parecia bom para você, pois ficaria longe das pressões que deixavam você tão infeliz em Stovington. Seria seu próprio patrão, trabalhando com as mãos para poupar a mente... toda a mente... para poder escrever à noite. Depois... não sei bem quando... O lugar começou a parecer ruim para você. Passando aquele tempo todo lá embaixo no porão, revirando aqueles papéis velhos, toda aquela história antiga. Falando enquanto dorme...

— Enquanto durmo? — perguntou Jack. Seu rosto tinha uma expressão cautelosa e espantada. — Eu falo dormindo?

— A maior parte é bobagem. Uma noite eu levantei para ir ao banheiro e você falou: "Para o inferno com isso, tragam pelo menos os caça-níqueis, ninguém vai saber, ninguém nunca vai saber". Outra vez você me acordou, praticamente gritando: "Retirem as máscaras, Retirem as máscaras, retirem as máscaras".

— Jesus Cristo — exclamou Jack, passando a mão no rosto. Parecia doente.

— E seus velhos hábitos de quando bebia também voltaram. Mastigar Excedrin. Esfregar a boca o tempo todo. Acordar mal-humorado. Você ainda não conseguiu terminar a peça, não é?

— Não. Ainda não, mas é só uma questão de tempo. Tenho pensado em outra coisa... um novo projeto...

— O hotel. Foi pra falar sobre isso que Al Shockley telefonou. Ele queria que você esquecesse.

— Como sabe? — vociferou Jack. — Estava escutando a conversa? Você...

— Não — respondeu ela. — Não poderia escutar, mesmo que quisesse, e você sabe disso. Danny e eu estávamos lá embaixo aquela noite. A mesa do telefone estava desligada. O telefone lá de cima era o único do hotel que estava funcionando, porque estava ligado na linha direta. Você mesmo tinha me contado.

— Então como sabe o que Al me disse?

— Danny me contou. Danny sabia. Da mesma forma que, às vezes, sabe quando as coisas estão fora do lugar, ou quando as pessoas estão pensando em divórcio.

— O médico disse...

Ela balançou a cabeça, impaciente.

— O médico estava falando bobagem, e nós sabemos disso. Sempre soubemos. Lembra quando Danny disse que queria ver os caminhões do corpo de bombeiros? Isso não foi intuição. *Ele era apenas um bebê. Ele sabe coisas.* E agora tenho medo... — Olhou para os machucados no pescoço de Danny.

— Você realmente sabia por que o tio Al ligou para mim, Danny?

Danny assentiu.

— Ele estava com raiva mesmo, papai. Porque você ligou para o sr. Ullman, e o sr. Ullman ligou para ele. O tio Al não queria que você escrevesse nada sobre o hotel.

— Jesus — disse Jack. — Os hematomas, Danny. Quem tentou machucar você?

O rosto de Danny escureceu.

— *Ela!* — exclamou. — A mulher daquele apartamento. O 217. A mulher morta. — Seus lábios voltaram a tremer. Ele pegou a xícara de chá e bebeu.

Jack e Wendy se entreolharam sobre a cabeça inclinada de Danny.

— Sabe alguma coisa sobre isso? — perguntou ele.

Ela balançou a cabeça.

— Não.

— Danny? — Jack levantou o rosto amedrontado do menino. — Tente, filho. Estamos aqui.

— Eu sabia que aqui era ruim — comentou Danny, baixinho. — Desde Boulder. Porque Tony me fez sonhar sobre isso.

— Sonhar o quê?

— Não consigo lembrar tudo. Ele me mostrou o Overlook de noite, com uma caveira e ossos cruzados na frente. E eu ouvia barulhos de batidas. Alguma coisa... não lembro o que era... me perseguindo. Um monstro. Tony me mostrou redrum.

— O que é isso, velhinho? — perguntou Wendy.

O garoto balançou a cabeça.

— Não sei.

— Rum, como garrafa de rum? — perguntou Jack.

Danny balançou a cabeça novamente.

— Não sei. Então, nós chegamos aqui, e o sr. Hallorann conversou comigo no carro. Porque ele é iluminado também.

— Iluminado?

— É... — Danny fez um gesto com as mãos. — É quem é capaz de entender coisas. Saber coisas. Às vezes, a gente vê coisas. Como eu soube que o tio Al ligou. E como o sr. Hallorann soube que vocês me chamam de velhinho. O sr. Hallorann, ele estava descascando batatas no Exército, quando ficou sabendo que o irmão dele tinha morrido num acidente de trem. Quando telefonou para casa, era verdade.

— Santo Deus — sussurrou Jack. — Você está inventando isso tudo, não está, Dan?

Danny sacudiu a cabeça com violência.

— Não, juro por Deus. — Em seguida, com uma pontinha de orgulho, acrescentou: — O sr. Hallorann disse que eu sou a pessoa mais iluminada que ele já conheceu. A gente conversou praticamente sem precisar falar.

Os pais se entreolharam novamente, completamente atordoados.

— O sr. Hallorann quis ficar sozinho comigo porque estava preocupado — prosseguiu Danny. — Ele disse que aqui era um lugar ruim para os iluminados. Falou que viu coisas. Eu vi coisas também. Logo depois que conversei com ele. Quando o sr. Ullman estava mostrando o hotel para nós.

— O que foi? — perguntou Jack.

— Na Suíte Presidencial. Na parede perto da porta que dá para o quarto. Uma porção de sangue e outras coisas. Coisa espirrada. Acho... que eram miolos.

— Meu Deus! — exclamou Jack.

Wendy estava agora muito pálida, os lábios quase cinzentos.

— Este lugar — continuou Jack. — Alguns caras malvados foram donos do hotel há algum tempo. Gente da Máfia de Las Vegas.

— Vigaristas? — perguntou Danny.

— Sim, vigaristas. — Olhou para Wendy. — Em 1966, um grandão chamado Vito Gienelli foi assassinado lá, junto com dois guarda-costas. Saiu uma reportagem com uma fotografia no jornal. Danny acabou de descrever a fotografia.

— O sr. Hallorann disse que viu outras coisas — falou Danny. — Uma vez foi no parquinho. E outra vez foi no apartamento 217. Uma empregada viu e perdeu o emprego, porque falou nisso. Aí, o sr. Hallorann subiu e viu também. Mas não contou nada para ninguém, porque ele não queria perder o emprego. Mas falou para eu nunca ir lá. Mas eu fui. Porque acreditei quando ele disse que as coisas que a gente vê aqui não podem ferir. — A última frase foi quase sussurrada, numa voz baixa e rouca, e Danny tocou os ferimentos inchados do pescoço.

— E o parquinho? — perguntou Jack, com uma voz estranha e casual.

— Não sei. O parque foi ele quem disse. Os arbustos em forma de animais.

Jack se sobressaltou um pouco, e Wendy olhou sem entender.

— Você viu alguma coisa por lá, Jack?

— Não — negou ele. — Nada.

Danny estava olhando para o pai.

— Nada — repetiu, com mais calma. E era verdade. Ele tinha sido vítima de uma alucinação. Foi *só*.

— Danny, temos que saber mais sobre essa mulher — pediu Wendy, gentilmente.

Danny contou a eles. Suas palavras, no entanto, saíam aos borbotões, às vezes quase incompreensíveis, na pressa de vomitar tudo e se livrar do assunto. Enquanto falava, Danny se espremia cada vez mais de encontro ao peito da mãe.

— Entrei — começou o garoto. — Roubei a chave mestra e entrei. Era como se eu não pudesse me controlar. Eu precisava saber. E ela... a mulher... estava na banheira. Ela estava morta. Toda inchada. Ela estava pelada... não vestia nada. — Olhou desconsoladamente para a mãe. — E ela começou a se levantar, e ela me queria. Eu sei que sim, porque eu sentia. Ela não estava nem pensando do jeito que você e papai pensam. Era feio... era pensamento mau... como... como as vespas aquela noite no meu quarto! Só querendo machucar. Como as vespas.

Ele engoliu em seco e por um momento o silêncio dominou o espaço, tudo quieto enquanto a imagem das vespas se afundava dentro deles.

— Aí eu corri — continuou Danny. — Corri, mas a porta estava fechada. Deixei aberta, mas estava fechada. Não pensei em simplesmente abrir de novo e sair correndo. Eu estava com medo. Então eu só... me encostei na porta e fechei meus olhos e pensei sobre o que o sr. Hallorann tinha falado, que essas coisas eram como desenhos de um livro, e se eu... ficasse dizendo para mim mesmo... *você não está aí, vá embora, você não está aí...* a mulher iria embora. Mas ela não foi.

Sua voz começou a aumentar histericamente.

— Ela me agarrou... me virou para ela... e eu vi os olhos dela... Os olhos dela eram... e ela começou a me estrangular... eu sentia o cheiro dela... *Sentia o cheiro de como ela estava morta...*

— Pare agora, shhh — interrompeu Wendy, alarmada. — Pare, Danny. Está tudo bem. É...

Já ia começar a murmurar. Wendy Torrance, a murmuradora para todas as ocasiões. Patente pendente.

— Deixe ele terminar — disse Jack com firmeza.

— Não tem mais nada — falou Danny. — Eu desmaiei. Ou porque ela estava me estrangulando ou porque eu estava com medo. Quando voltei a mim, estava sonhando que você e mamãe estavam brigando por minha causa, e que você queria fazer a Coisa Feia de novo, papai. Aí fiquei sabendo que não era um sonho... e que eu estava acordado... e... e fiz xixi na calça. Molhei minha calça como um bebê. — Sua cabeça caiu sobre o suéter de Wendy, e o garoto começou a chorar com uma fraqueza terrível, suas mãos largadas, caídas sobre as pernas.

Jack se levantou.

— Fica aqui tomando conta dele.

— O que você vai fazer? — O rosto de Wendy estava cheio de medo.

— Vou subir até aquele quarto, o que você pensou que eu ia fazer? Tomar um cafezinho?

— Não, Jack. Não vá, por favor, não vá!

— Wendy, precisamos saber se tem mais alguém no hotel.

— *Não se atreva a nos deixar aqui sozinhos!* — gritou ela, chegando a cuspir, tão forte era o grito.

— Wendy, isso foi uma imitação perfeita de sua mãe.

Ela então começou a chorar, sem poder cobrir o rosto, porque Danny estava em seu colo.

— Sinto muito — falou Jack. — Mas tenho que ir, e você sabe. Sou a droga do zelador. Sou pago para isso.

Ela simplesmente chorou mais. Ele os deixou ali assim, saindo da cozinha, esfregando a boca com o lenço, deixando a porta balançar atrás de si.

— Não se preocupe, mamãe. Vai ficar tudo bem com ele. Ele não é iluminado. Nada por aqui pode machucar ele.

Em meio às lágrimas, ela disse:

— Não, não acredito nisso.

30
217 REVISITADO

Jack entrou no elevador, e era estranho, porque nenhum deles o usara desde que foram morar lá. Fechou a grade de metal, que rangeu e sacudiu loucamente enquanto o elevador subia. Ele sabia que Wendy sentia uma terrível claustrofobia no elevador; ela visualizava os três presos entre os andares, enquanto a tempestade se enraivecia lá fora. Podia imaginá-los cada vez mais magros, mais fracos, morrendo de inanição. Ou talvez devorando-se uns aos outros, como aqueles jogadores de rúgbi fizeram. Ele se lembrou de um adesivo que tinha visto em um carro em Boulder, JOGADORES DE RÚGBI COMEM SEUS PRÓPRIOS MORTOS.

Pensava em outros. VOCÊ É AQUILO QUE COME. Ou frases de cardápio. Bem-vindo ao Restaurante do Overlook, o Orgulho das Montanhas Rochosas. Coma sob o esplendor do Terraço do Mundo. Coxa Humana Grelhada com Fósforos, *La Spécialité de la Maison*. O sorriso desdenhoso brilhou mais uma vez em seu rosto.

Quando o número 2 apareceu na parede do poço, Jack empurrou a alavanca de latão para sua posição original, e o elevador parou com um rangido. Tirou a caixa de Excedrin do bolso, jogou três na palma da mão e abriu a porta do elevador. Nada no Overlook o assustava. Sentia que ele e o hotel eram amigáveis.

Caminhou pelo corredor, jogando os Excedrin na boca e mastigando um a um. Dobrou em direção ao corredor menor. A porta do apartamento 217 estava entreaberta, a chave mestra pendurada na fechadura.

Franziu as sobrancelhas, sentindo uma onda de irritação e genuína raiva. Independentemente do que tivesse acontecido, o menino tinha violado uma ordem expressa. Havia sido informado, e de maneira muito taxativa, de que algumas áreas do hotel estavam fora dos seus limites: o depósito, o porão e todos os quartos de hóspedes. Conversaria com Danny sobre isso, assim que o filho se acalmasse. Conversaria com ele ponderada, mas severamente. Muitos pais fariam mais do que simplesmente conversar. Dariam umas boas palmadas, e talvez fosse disso que Danny precisava. Se o menino tinha levado um bom susto, não merecia um castigo à altura?

Caminhou até a porta, retirou a chave mestra, guardou-a no bolso e entrou. A luz estava acesa. Olhou a cama, viu que não estava desarrumada e então seguiu direto para o banheiro. Uma curiosa certeza crescia dentro dele. Apesar de Watson não ter mencionado nomes, nem números de apartamentos, Jack teve a certeza de que este era o apartamento que a esposa do advogado tinha compartilhado com o garanhão, e que este era o banheiro onde ela foi encontrada morta, cheia de barbitúricos e de álcool.

Abriu a porta espelhada do banheiro e entrou. A luz estava apagada. Ao acendê-la, observou de imediato que aquele cômodo parecia um vagão de trem. Era mobiliado no estilo distinto do início do século xix e remodelado no estilo do século xx. A decoração parecia ser comum a todos os banheiros do Overlook, excluindo os do terceiro andar — esses eram bizantinos, adequados à realeza, aos políticos, às estrelas de cinema e aos mafiosos que haviam se hospedado lá no decorrer dos anos.

A cortina do chuveiro, cor-de-rosa, estava fechada protetoramente em volta da banheira com pés.

(no entanto, eles se *moveram*)

E, pela primeira vez, percebeu que a nova sensação de segurança (quase insolência), que se apossara dele quando Danny foi a seu encontro gritando *Foi ela! Foi ela!*, o abandonava. Um dedo frio pressionou levemente a base de sua espinha, fazendo sua temperatura cair dez graus. De repente, sentiu outros dedos subindo por suas costas até a omoplata, tocando sua espinha como um instrumento selvagem.

A raiva que sentia de Danny desapareceu e, enquanto dava um passo à frente e abria a cortina, sentiu sua boca seca e teve apenas pena do filho e medo.

A banheira estava seca e vazia.

Alívio e irritação foram expelidos num repentino "Porra!" que escapou de seus lábios comprimidos, como uma pequena explosão. A banheira tinha sido limpa e esfregada no fim da temporada; exceto a mancha de ferrugem debaixo das torneiras, tudo reluzia. Havia um cheiro de desinfetante, distante mas definido, do tipo que, uma vez aplicado, pode irritar o nariz durante semanas, até meses.

Jack se abaixou e passou os dedos pelo fundo da banheira. Sequinha da silva. Nem um sinal de umidade. O menino tinha sofrido uma alucinação ou um pesadelo. Sentiu raiva de novo. Foi quando o tapete do banheiro atraiu sua atenção. Ele se inclinou para olhar. O que um tapete estava fazendo ali? Devia estar lá embaixo, no armário de roupas de cama e banho. A roupa toda estava lá. Nem as camas estavam realmente feitas nos quartos de hóspedes; os colchões estavam forrados com capas de plástico e cobertos com colchas. Pensou que Danny poderia ter descido e apanhado — a chave mestra também abria o armário — mas... por quê? Passou a ponta dos dedos em toda a extensão do tapete. Estava seco.

Voltou à porta do banheiro e ficou parado ali. Tudo em ordem. O menino tinha sonhado. Não havia nada fora do lugar. Estava confuso com a presença do tapete de banheiro, mas a explicação lógica era que alguma camareira, apressada como louca no último dia de temporada, simplesmente tivesse esquecido de retirá-lo dali. A não ser por isso, tudo estava...

Suas narinas se dilataram um pouco. Desinfetante, aquele cheiro peculiar, desinfetante. E...

Sabonete?

Certamente não. Uma vez identificado, porém, o cheiro era muito claro para não se reconhecer. Sabonete. Não um daqueles sabonetes comuns em barra, que a gente recebe nos hotéis. Este odor era leve e perfumado, um sabonete feminino. Tinha um cheiro floral. Camay ou Lowila, a marca que Wendy sempre usara em Stovington.

(*Não é nada. É sua imaginação.*)
(*assim como os arbustos; no entanto, eles se moveram*)
(*Não se moveram!*)

Jack caminhou até a porta que dava para o corredor, sentindo a dor de cabeça começar em suas têmporas. Muita coisa tinha acontecido hoje, coisas demais. Não daria palmadas no menino, nem o chacoalharia. Apenas conversaria com ele, mas, por Deus, não podia acrescentar o apartamento 217 à sua lista de problemas. Não com base num tapete de banheiro seco e num cheiro de sabonete Lowila. Ele...

Ouviu um som metálico vindo de trás dele. Surgiu assim que suas mãos se fecharam em volta da maçaneta, e um observador poderia pensar que o aço da maçaneta continha uma carga elétrica. Jack estremeceu violentamente, olhos arregalados, os músculos faciais se contorcendo, fazendo caretas.

Em seguida, controlando-se um pouco, soltou a maçaneta e se virou com cuidado. Suas articulações estalaram. Começou a andar de volta ao banheiro, passo a passo.

A cortina do chuveiro, que ele havia aberto para olhar dentro da banheira, estava agora fechada. O som metálico, que parecera o movimento de ossos numa cripta, tinha sido dos anéis da cortina, no trilho. Jack olhou fixamente para a cortina. Seu rosto estava pálido, como se tivesse sido encerado, mas por dentro sentia um calor de medo. O mesmo que sentira no parque.

Alguma coisa estava atrás da cortina de plástico cor-de-rosa. Havia alguma coisa na banheira.

Podia sentir, indefinido e turvo, através do plástico, um contorno quase sem definição. Poderia ser qualquer coisa. Uma ilusão de ótica. A sombra do chuveiro. Uma mulher morta, reclinada em seu banho, um sabonete Lowila em uma das mãos inchadas, enquanto esperava pacientemente por qualquer amante que aparecesse.

Jack ordenou a si mesmo que desse um passo à frente, com coragem, e abrisse a cortina. Precisava ver o que quer que pudesse estar ali. Em vez disso, virou-se de costas, tremendo, o coração batendo amedrontado dentro do peito, e a passos largos voltou ao quarto.

A porta para o corredor estava fechada.

Olhou imobilizado para ela durante um longo segundo. Agora sentia o gosto do terror no fundo da garganta, como o sabor de cerejas podres.

Caminhou até a porta com os mesmos passos largos e trêmulos e forçou a maçaneta.

(*Não vai abrir.*)

Mas abriu.

Apagou a luz com um gesto desajeitado, pisou no corredor e fechou a porta sem olhar para trás. Parecia ouvir o ruído de alguma coisa molhada lá de dentro, longe, difícil de distinguir. Era como se alguém tivesse acabado de se arrastar da banheira, com pressa, para saudar um visitante, concluindo que o visitante estava indo embora antes que as amenidades sociais tivessem sido concluídas, por isso corria para a porta, toda roxa e sorridente, para convidar o visitante a entrar novamente. Talvez para sempre.

Passos se aproximavam da porta ou seria apenas o bater de seu coração nos ouvidos?

Apalpou a chave mestra. Parecia escorregadia, incapaz de girar na fechadura. Segurou-a firme. Trancou a porta e deu alguns passos para trás, encostando na parede em frente. Soltou um suspiro de alívio. Fechou os olhos, e todas aquelas velhas frases começaram a desfilar por sua mente. Parecia haver centenas delas,

(ficando doido com um parafuso solto o cara ficou maluco ficou tantã enlouqueceu endoidou biruta maluco)

todas com o mesmo significado: *ficando louco*.

— Não — choramingou, pouco consciente de que estava reduzido a isto: a choramingar com os olhos fechados, como uma criança. — Ai não, Deus. Por favor, Deus, não.

Mas, debaixo da confusão de seus pensamentos caóticos, debaixo do martelo mecânico em que seu coração havia se transformado, podia ouvir o ruído leve e furtivo da maçaneta sendo virada para um lado e para o outro. Era como se alguma coisa trancada lá dentro tentasse inutilmente sair, alguma coisa querendo encontrá-lo, alguma coisa que gostaria de ser apresentada a sua família, enquanto a tempestade sacudia em torno deles, e a clara luz do dia tornava-se noite escura. Se Jack abrisse os olhos e visse aquela maçaneta se mexendo, ficaria louco. Portanto, manteve-os fechados e, depois de algum tempo, houve calma.

Jack fez um esforço para abrir os olhos, quase convencido de que, quando abrisse, ela estaria diante dele. Mas o corredor estava vazio.

Sentiu mesmo assim que estava sendo observado.

Virou para o olho mágico no centro da porta e imaginou o que aconteceria se por acaso se aproximasse e olhasse para dentro. Com que se defrontaria?

Seus pés se moviam

(*pés, não me falhem agora*)

antes que percebesse. Afastou-se da porta e caminhou pelo corredor principal, seus pés deslizando na mata azul e negra do tapete. Parou na metade do caminho para as escadas e olhou para o extintor de incêndio. Percebeu que as dobras da mangueira estavam ajeitadas de forma um pouco diferente. E tinha quase certeza de que, quando havia chegado ao corredor, o bocal de metal estava virado de frente para o elevador. Agora estava virado para o outro lado.

— Não vi nada disso — falou para si, muito claramente. Seu rosto estava branco e desfigurado, e continuava tentando sorrir.

Mas Jack não desceu pelo elevador. Aquilo se parecia muito com uma boca aberta. Demasiadamente. Decidiu ir pela escada.

31
O VEREDICTO

Entrou na cozinha e olhou para os dois, jogando a chave mestra para o alto com a mão esquerda e pegando-a no ar. Danny estava pálido e cansado. Notou que Wendy tinha chorado; os olhos dela estavam vermelhos e com olheiras. Jack sentiu uma súbita explosão de alegria por isso: não estava sofrendo sozinho, isto era certo.

Wendy e Danny olharam para ele, em silêncio.

— Nada por lá — afirmou ele, surpreso com a sinceridade de sua voz. — Absolutamente nada.

Continuou jogando a chave mestra para cima e sorriu para eles, confiante. Observou o ar aliviado em seus rostos e pensou que jamais em sua vida tinha sentido tanta vontade de beber quanto agora.

32
O QUARTO

À tardinha, Jack pegou uma cama dobrável no depósito do primeiro andar e a colocou no canto de seu quarto. Wendy imaginava que o filho não fosse dormir bem à noite, mas, antes de *Os Waltons* terminarem, Danny já estava cochilando, e, quinze minutos depois de o cobrirem, ele dormia profundamente, imóvel, com uma das mãos sob a bochecha. Wendy ficou sentada, olhando para ele, marcando o livro de bolso com o dedo.

Jack estava sentado à escrivaninha, lendo sua peça.

— Merda.

Wendy desviou o olhar de contemplação a Danny.

— Que foi?

— Nada — respondeu ele.

Jack baixou os olhos para a peça, mal-humorado. Como pôde ter achado isso bom? Era pueril. Tinha sido reescrita milhares de vezes. E, pior, não tinha ideia de como ia terminá-la. Parecia simples. Denker, num acesso de cólera, agarra o espeto junto da lareira e bate em Gary até vê-lo morto. Em seguida, parado de pernas abertas sobre o corpo, com o espeto sujo de sangue em uma das mãos, grita para o público: "Está por aqui, em algum lugar, e eu *vou* encontrar!". Então, ao apagar das luzes e ao cair do pano, o público vê o corpo de Gary, de bruços, na frente do palco, enquanto Denker caminha a passos largos para a estante. Freneticamente, começa a arrancar os livros das prateleiras, olhando e jogando um por um para o lado.

Jack achava que era algo antiquado o suficiente para parecer novo; uma peça cuja originalidade já seria o bastante para sustentar uma carreira bem-sucedida na Broadway: uma tragédia em cinco atos.

Mas, além de sua repentina mudança de interesse para a história do Overlook, outra coisa havia acontecido: Jack desenvolvera sentimentos opostos com relação a seus personagens. Era algo muito recente. Em geral, gostava de todos os seus personagens, os bons e os maus. Ficava contente por isso. Isso permitia que ele visse todos os ângulos de cada um deles, e tentasse compreender mais claramente suas motivações. Sua obra favorita, vendida para uma pequena revista ao sul do Maine chamada *Contraband*, era uma peça chamada *Eis aqui o Macaco, Paul DeLong*. Contava a história de um pedófilo prestes a cometer suicídio em seu quarto. O nome do pedófilo era Paul DeLong, Macaco, para os íntimos. Jack gostava muito desse personagem. Sentia pena de suas necessidades bizarras, sabendo que ele não havia sido o único culpado pelos três crimes de estupro, no passado. Seus pais eram maus: o pai o espancava, exatamente como o pais de Jack, a mãe era fraca e tola, também como havia sido a sua. Macaco tivera uma experiência homossexual no primário. Sofrera humilhação em público. Experiências piores no secundário e na universidade. Havia sido preso e enviado a um estabelecimento para doentes mentais, depois de se exibir para duas menininhas que desciam do ônibus escolar. E o pior: recebera alta, ficando largado pelas ruas, porque o diretor havia concluído que ele estava bem. O nome deste diretor era Grimmer. Grimmer sabia que Macaco DeLong apresentava sintomas anormais, mas escrevera um relatório bom e promissor e o soltara de qualquer forma. Jack também gostava de Grimmer e simpatizava com ele. Grimmer precisava dirigir uma instituição sem uma equipe competente e sem orçamento, e tentava manter o local à custa de saliva, cercas de arame e pequenos donativos, verbas concedidas pelo governo estadual, que tinha que se defrontar com os eleitores. Grimmer sabia que Macaco era capaz de se relacionar com outras pessoas, que não sujava a calça nem tentava apunhalar seus companheiros com uma tesoura. Não pensava que era Napoleão. O psiquiatra que cuidava do caso de Macaco achava que suas chances seriam bem melhores em liberdade, e ambos sabiam que, quanto mais tempo um indivíduo permanece dentro de um hospital psiquiátrico, mais se torna dependente daquele ambiente fechado, como um viciado em drogas. Além disso, havia uma demanda fora de série: paranoicos, esquizoides, ciclotímicos, semicatatônicos, homens que afirmavam ter ido ao céu em discos voadores, mulheres que haviam queimado a genitália dos filhos com isqueiros, alcoólatras, piromaníacos, cleptomaníacos, maníaco-depressivos, suicidas. Mundo cão, meu amigo. Se você não estiver muito bem regulado, vai sacudir, espernear e rolar antes de completar trinta anos. Jack compreendia as dificuldades de Grimmer. Entendia os pais das vítimas assassinadas. Tinha pena das próprias crianças mortas, claro. E de Macaco DeLong. Deixe que o leitor o culpe. Naquela época, não queria julgar. O manto de moralista não ficava bem sobre os ombros dele.

 Iniciara *A pequena escola* com a mesma veia otimista. Mas ultimamente começara a tomar partido e, pior ainda, chegara a detestar seu herói, Gary Benson. A princípio concebido como um menino inteligente, mais amaldiçoado do que abençoado pelo dinheiro, Gary Benson queria acima de tudo colecionar notas altas para poder ingressar numa boa universidade por merecimento, e não porque o pai mexera os pauzinhos. Aquele menino havia se tornado, para Jack, uma espécie de pudico, um seminarista diante do altar de conhecimentos. Não era, apesar disso, um acólito sincero, um modelo visível das virtudes dos escoteiros, mas um cínico por dentro, cheio não de inteligência (como tinha sido idealizado, a princípio), mas apenas de uma dissimulada esperteza animal. Durante toda a peça, tratava Denker infalivelmente como "senhor", exatamente como Jack havia ensinado o próprio filho a se dirigir às pessoas mais velhas e de mais autoridade. Achava que Danny usava a palavra com muita sinceridade, e Gary Benson também. Mas, assim que começara o Ato v, era cada vez mais forte a ideia de que Gary usava a palavra de maneira satírica, exteriormente um cara correto, enquanto em seu íntimo fazia caretas e olhava de esguelha para Denker. Denker, que jamais possuíra qualquer uma das coisas que Gary tinha. Denker, que trabalhara a vida inteira, apenas para se tornar diretor de uma única escolinha. Defrontava-se com a própria ruína por causa de um menino rico, bonito e aparentemente inocente, que com sagacidade colava nas provas finais. Jack via Denker, o diretor, não muito diferente de como via os pavoneantes pequenos césares sul-americanos nos seus impérios de bananas, enfileirando os dissidentes contra o paredão da quadra mais próxima de tênis ou handball, um superfanático numa poça d'água relativamente pequena, um homem cujos caprichos se transformam numa cruzada. No início, queria usar a peça como um microcosmo para dizer alguma coisa sobre o abuso do poder. Agora, tinha uma tendência sempre maior de ver Denker como um sr. Chips, e a tragédia não era uma tortura intelectual de Gary Benson, mas a destruição de um professor e diretor velho, incapaz de ver através do cínico embuste desse monstro mascarado de menino.

Jack não havia conseguido terminar a peça.

Agora estava sentado olhando para ela, irritado, imaginando se havia algum modo de salvar a situação. Na verdade, não acreditava que houvesse. Começara uma peça que de alguma forma tinha se transformado em outra. Abracadabra. Bem, que merda. De qualquer forma, ela já tinha sido feita antes. De qualquer maneira, era uma grande merda. E por que ele estava enlouquecendo por causa dela, hoje à noite? Depois do dia que tinha passado, não se admirava por não conseguir raciocinar.

— ... descer com ele?

Levantou os olhos, tentando afastar as teias de aranha mentais.

— Hein?

— Eu disse, como vamos descer com ele? Temos que sair daqui, Jack.

Por um momento, seu raciocínio ficou tão disperso, que ele sequer tinha certeza sobre o que a esposa estava falando. Então ele compreendeu, dando uma gargalhada.

— Você diz isso como se fosse muito fácil.

— Não quis dizer...

— Sem problemas, Wendy. Vou só trocar de roupa naquela cabine telefônica do saguão e sair voando com ele em minhas costas até Denver. Super-homem Jack Torrance, era assim que me chamavam nos velhos tempos.

O rosto de Wendy demonstrou uma leve mágoa.

— Eu entendo a situação, Jack. O rádio está quebrado. A neve... mas você precisa entender o problema de Danny. Meu Deus, será que você não entende? Ele quase ficou catatônico, Jack! E se ele não tivesse melhorado?

— Mas melhorou — respondeu Jack, um pouco brusco demais. Ele também tinha ficado assustado com os olhos inexpressivos, sem emoção, de Danny, claro que tinha. A princípio. Mas, quanto mais pensava no assunto, mais imaginava se não teria sido um fingimento para se livrar do castigo. Afinal de contas ele havia desobedecido a uma ordem que tinha sido expressamente dada.

— Mesmo assim — insistiu ela. Wendy foi até ele, sentando-se na ponta da cama junto da escrivaninha. Seu rosto estava preocupado e surpreso. — Jack, os ferimentos no pescoço dele! Foi alguma coisa! Preciso que ele fique longe disso!

— Não grite. Minha cabeça está doendo, Wendy. Estou tão preocupado quanto você, então, por favor... não... grite.

— Está bem — concordou ela, baixando a voz. — Não vou gritar. Mas não estou entendendo você, Jack. Tem alguém aqui conosco. E não é alguém muito legal. Precisamos descer até Sidewinder, não apenas Danny, mas todos nós. Logo. E você... você fica aí sentado lendo sua *peça*!

— Precisamos descer, precisamos descer... você só fica dizendo isso. Acho que você pensa que eu realmente sou um super-homem.

— Acho que você é meu marido — Wendy respondeu com calma, baixando o olhar para suas mãos.

As têmporas de Jack latejavam. Ele bateu o original da peça contra a mesa, desalinhando a pilha de papel e amassando as folhas de baixo.

— Está na hora de você ouvir algumas verdades, Wendy. Parece que você não assimilou os fatos, como dizem os sociólogos. Está tudo solto em sua cabeça, como uma porção de bolas de bilhar. Você precisa aceitar a verdade. Precisa entender que *estamos presos pela neve.*

Danny, de repente, ficou agitado na cama. Ainda dormindo, começou a virar de um lado para o outro. Da mesma maneira que sempre ficava quando brigamos, pensou Wendy, sombria. E estamos brigando de novo.

— Não o acorde, Jack. Por favor.

Ele olhou para Danny e ficou um pouco pálido.

— Certo. Desculpe. Desculpe se pareci irritado, Wendy. Não é por sua causa. Mas eu quebrei o rádio. Se a culpa é de alguém, tem que ser minha. Era nosso grande meio de comunicação com o mundo exterior. Acabei com a brincadeira. Por favor, venha nos buscar sr. Guarda-Florestal, não podemos ficar até tão tarde.

— Não — disse ela, colocando a mão no ombro de Jack. Ele encostou a cabeça na mão dela. Com a outra mão, ela ajeitou o cabelo dele. — Acho que tem direito de se irritar, depois que acusei você. Às vezes, ajo como minha mãe. Posso ser uma vaca. Mas você precisa entender que algumas coisas... são difíceis de superar. Tem que entender isso.

— Você quer dizer o braço dele? — Seus lábios se apertaram.

— Sim — confirmou Wendy, e rapidamente continuou: — Mas não é só isso. Eu me preocupo quando ele vai brincar lá fora. Me preocupo com o fato de ele querer uma bicicleta no ano que vem, mesmo sendo uma com rodinhas. Me preocupo com seus dentes, sua visão e com essa coisa que ele chama de iluminação. Eu me preocupo. Porque ele é pequeno, e parece tão indefeso, e porque... porque alguma coisa neste hotel parece desejar Danny. E vai passar por cima de nós para conseguir pegar nosso filho, se for preciso. É por isso que temos que sair daqui, Jack. Sei disso! Sinto isso! *Temos que sair daqui!*

Agitada, suas mãos apertaram dolorosamente os ombros do marido, mas ele permaneceu imóvel. Uma de suas mãos foi ao encontro do seio esquerdo da mulher, e ele começou a acariciá-lo por cima da blusa.

— Wendy — disse e parou. Ela esperou que ele reestruturasse o que ia dizer. Era gostoso e apaziguador sentir a mão forte de Jack sobre seu seio. — Eu poderia descer com ele usando sapatos de neve. Ele poderia caminhar sozinho metade do caminho, mas eu teria que carregá-lo a maior parte do tempo. Significaria ter que acampar uma, duas ou três noites. Isso implicaria ter que montar uma mochila para carregar os utensílios e os colchonetes. Temos o rádio AM/FM e poderíamos escolher um dia em que a previsão do tempo anunciasse três dias de estiagem. Mas se a previsão estiver errada — concluiu, a voz macia e comedida —, acho que poderíamos morrer.

O rosto dela empalidecera. Parecia brilhante, quase fantasmagórico. Ele continuava a acariciar seu seio, esfregando a ponta do polegar no mamilo.

Ela emitiu um gemido suave... por causa das palavras do marido ou da carícia em seu seio, ele não sabia. Jack levantou um pouco a mão e desabotoou o primeiro botão de sua blusa. Wendy mexeu um pouco as pernas. De repente seus jeans pareciam muito apertados, quase irritantes, mas de uma forma agradável.

— Significaria ter que deixá-la sozinha, porque você, em matéria de caminhar na neve, não vale um tostão. Seriam três dias ao deus-dará. É isso o que você quer? — Sua mão desceu ao segundo botão e o abriu, deixando à mostra o espaço entre os dois seios.

— Não — respondeu ela com uma voz um pouco abafada. Olhou para Danny. Tinha parado de se virar de um lado para outro. O polegar voltara à boca. Estava tudo bem. Mas Jack estava omitindo alguma coisa. Tudo era desanimador demais. Haveria alguma coisa a mais... O quê?

— Se ficarmos — continuou Jack, desabotoando o terceiro e o quarto botões com aquela mesma lentidão deliberada —, um guarda-florestal ou um fiscal de caça virá aqui para dar uma olhada e saber como estamos. Nós simplesmente diremos que queremos descer. Ele vai dar um jeito. — Ele liberou os seios nus dela pelo V da blusa aberta, curvou-se e encaixou os lábios em um mamilo. Estava duro e excitado. Deslizou a língua devagar de um lado para outro, do jeito que sabia que ela gostava. Wendy gemeu um pouco e arqueou as costas.

(*Alguma coisa que eu esqueci?*)

— Amor? — ela perguntou. Suas mãos buscavam a cabeça do marido. Quando ele respondeu, a voz estava abafada na pele da esposa. — Como é que o guarda-florestal nos levaria?

Ele levantou um pouco a cabeça para responder e então levou a boca ao outro mamilo.

— Se não puderem vir de helicóptero, acho que teria que ser em um snowmobile.

(!!!)

— Mas temos um desses! Ullman disse que tínhamos!

A boca de Jack ficou paralisada no seio dela por um momento, e então ele se sentou. O rosto de Wendy estava vermelho, os olhos faiscando. Os de Jack, no entanto, estavam calmos como se ele estivesse lendo um livro sem graça, e não envolvido nas preliminares sexuais com a mulher.

— Se temos um snowmobile, não há problema — continuou Wendy animada. — Podemos descer os três juntos.

— Wendy, nunca dirigi um snowmobile na minha vida.

— Não pode ser tão difícil de aprender. Lá em Vermont, a gente vê crianças de dez anos pilotando essas motos pelos campos... apesar de eu não saber o que se passa pela cabeça dos pais dessas crianças. E você tinha uma moto quando nos conhecemos. — Jack tinha uma Honda 350 cc, que trocou por um Saab pouco depois que Wendy e ele foram viver juntos.

— Acho que poderia — disse ele devagar. — Mas imagino em que condições a manutenção deve estar. Ullman e Watson... eles dirigem este lugar de maio a outubro. Só pensam no verão. Certamente não tem gasolina nele. Pode estar sem velas e bateria. Não quero que você alimente esperanças vãs, Wendy.

Ela estava totalmente empolgada agora, inclinada sobre ele, com os seios para fora da blusa. Jack teve o desejo súbito de agarrar um deles e torcê-lo até ela gritar, talvez assim ela aprendesse a calar a boca.

— Quanto à gasolina, esse não será o problema — Wendy afirmou. — Tanto nosso carro quanto o caminhão do hotel estão com o tanque cheio. Também temos gasolina para o gerador de emergência lá embaixo. E deve ter algum latão de gasolina naquele depósito, para você poder levar um pouco mais como reserva.

— Sim — disse ele. — Tem, sim. — Na realidade, havia dois latões, um com vinte e outro com dez litros.

— Aposto como as velas e a bateria estão lá também. Ninguém guardaria um snowmobile num lugar e as velas e baterias em outro, né?

— Não parece provável, não acha? — Ele se levantou e caminhou até onde Danny dormia. Uma mecha de cabelo caíra sobre a testa do menino, e Jack a ajeitou delicadamente. Danny nem se mexia.

— Se conseguir consertá-lo, você nos leva embora? — perguntou Wendy, por trás dele. — No primeiro dia em que o rádio informar bom tempo?

Por um momento, ele não respondeu. Ficou parado olhando o filho, e seus sentimentos se dissolveram numa onda de amor. Danny era como Wendy dissera, vulnerável e frágil. As marcas no pescoço estavam salientes.

— Sim — respondeu. — Vou consertá-lo e vamos dar o fora o mais depressa possível.

— Graças a Deus!

Ele se virou. Wendy tinha tirado a blusa e deitado na cama, a barriga lisa, os seios apontados para o teto. Brincava com eles, preguiçosamente, mexendo nos mamilos.

— Depressa, senhores — disse ela baixinho. — Está na hora.

Mais tarde, sem nenhuma luz acesa no quarto a não ser o abajur que Danny trouxera do seu, ela se aconchegou nos braços do marido, sentindo-se deliciosamente em paz. Achava difícil acreditar que dividiam o Overlook com um assassino clandestino.

— Jack?

— Hum?

— Como ele se machucou?

Jack não respondeu diretamente.

— Ele realmente tem alguma coisa. Algum talento que não existe no resto de nós. Na maioria de nós, quero dizer. E talvez o Overlook tenha algo também.

— Fantasmas?

— Não sei. Não como nos livros de Algernon Blackwood, com certeza. Seria mais como resíduos de sensações das pessoas que aqui ficaram. Sensações boas e ruins. Neste sentido, acho que todo grande hotel tenha seus fantasmas. Especialmente os velhos.

— Mas uma mulher morta na banheira... Jack, será que ele está ficando louco?

Jack puxou Wendy para mais perto.

— A gente sabe que de vez em quando ele entra... bem, em transes, na falta de uma palavra melhor... E que, quando está em transe, ele às vezes... vê?... coisas que não entende. Se esses transes intuitivos são possíveis, eles provavelmente são funções do subconsciente. Freud afirmou que o subconsciente nunca fala em linguagem literal. Apenas através de símbolos. Se você sonha que está numa padaria onde ninguém fala sua língua, pode ser por causa das suas preocupações em sustentar a família. Ou talvez simplesmente porque ninguém te entende. Já li que sonhar que se está caindo significa insegurança. Como se fossem pequenos jogos: o consciente de um lado da rede, o subconsciente do outro, arremessando uma imagem infantil, tola, para lá e para cá. O mesmo em relação a doenças mentais, clarividência, tudo isso. Por que a intuição seria diferente? Talvez Danny realmente tenha visto sangue nas paredes da Suíte Presidencial. Para um menino de sua idade, a visão de sangue e o conceito de morte estão interligados. Para as crianças, a imagem é sempre mais acessível que o conceito, de qualquer forma. William Carlos Williams sabia disso, ele era pediatra. Quando crescemos, os conceitos acabam se tornando mais fáceis e deixamos as imagens para os poetas... e eu estou no blá-blá-blá.

— Gosto de seu blá-blá-blá.

— Foi ela que disse isso, minha gente; vocês ouviram, não?

— As marcas no pescoço, Jack. Elas são reais.

— Sim.

Permaneceram em silêncio por muito tempo. Wendy achava que Jack tinha adormecido, e ela mesma já estava meio zonza, quando ele falou:

— Tenho duas explicações para isso. E nenhuma das duas envolve uma quarta pessoa no hotel.

— Quais? — Wendy se apoiou num cotovelo.

— Estigmas, talvez.

— Estigmas? Isso não é quando as pessoas sangram na Sexta-Feira Santa ou coisa parecida?

— Sim. Às vezes, pessoas que acreditam ardorosamente na divindade de Cristo apresentam marcas que sangram nas mãos e nos pés durante a Semana Santa. Era mais comum na Idade Média do que agora. Naquela época, essas pessoas eram consideradas abençoadas por Deus. Não acredito que a Igreja católica tenha considerado qualquer uma delas inteiramente como milagres, o que foi muito inteligente da parte deles. Os estigmas não são muito diferentes de algumas coisas que os iogues fazem. Só que agora são mais bem compreendidos, só isso. As pessoas que entendem da interação entre mente e corpo... Quero dizer, estudam o assunto, porque entender, mesmo, ninguém entende... Acredite, temos muito mais controle sobre nossas funções involuntárias do que imaginamos. Podemos diminuir os batimentos cardíacos, se concentrarmos nosso pensamento. Podemos acelerar nosso próprio metabolismo. Podemos suar mais. Ou fazer sangrar.

— Você acha que Danny *pensou* para aqueles ferimentos aparecerem no pescoço? Jack, simplesmente não posso acreditar nisso.

— Acredito que seja possível, apesar de não me parecer provável. A melhor hipótese é que ele mesmo tenha feito isso.

— *Nele mesmo?*

— Ele já entrou nesses "transes" e se machucou outras vezes. Você se lembra daquele dia na mesa do jantar? Mais ou menos há dois anos, eu acho. Estávamos furiosos um com o outro. Ninguém conversava muito. Então, de repente, os olhos dele se reviraram, e ele meteu a cara direto em cima do prato. E depois caiu. Lembra?

— Sim — ela afirmou. — Claro que sim. Pensei que ele estivesse tendo uma convulsão.

— Outra vez estávamos no parque — continuou Jack. — Só Danny e eu. Sábado à tarde. Ele estava sentado num balanço, brincando. Caiu no chão. Era como se tivesse levado um tiro. Corri, o peguei no colo e de repente ele voltou a si. Piscou para mim e disse: "Machuquei a barriga. Diga a mamãe para fechar as janelas do quarto, se chover". E naquela noite choveu à beça.

— Sim, mas...

— E ele aparece sempre com cortes e cotovelos esfolados. Suas canelas parecem um campo de batalha. E, se você pergunta onde foi que ele arranjou esse ou aquele machucado, ele simplesmente responde: "Ah, eu estava brincando, e isso foi o final da brincadeira".

— Jack, mas toda criança se arrebenta e se machuca. Com meninos pequenos é muito comum, desde a fase em que estão aprendendo a andar, até os doze ou treze anos.

— Tenho certeza de que Danny também faz das suas — respondeu Jack. — É um menino ativo. Mas me lembro daquele dia no parque e daquela noite na mesa de jantar. E me pergunto se algumas quedas e machucados de nosso filho vieram simplesmente de desmaios. Isso que o dr. Edmonds disse que Danny teve no consultório, pelo amor de Deus!

— Sim. Mas as marcas no pescoço eram *dedos*. Eu juraria. Isso não pode ter vindo de nenhum tombo.

— Ele entra em transe — explicou Jack. — Talvez ele tenha visto alguma coisa que aconteceu naquele quarto. Uma briga. Talvez um suicídio. Emoções violentas. Não é a mesma coisa que assistir a um filme; ele está num estado altamente sugestionável. Está bem no meio da cena. Talvez seu subconsciente esteja visualizando, o que quer que tenha acontecido, de maneira simbólica... como uma mulher morta que ressuscitou, um zumbi, uma assombração, espírito maléfico, pode escolher o termo.

— Está me deixando arrepiada — falou Wendy, com a voz abafada.

— Também estou. Não sou psiquiatra, mas tudo se encaixa muito bem. A mulher morta andando, como um símbolo de emoções mortas, vidas mortas, que simplesmente não desistem, não desaparecem... mas, devido ao fato de ela ser uma imagem do seu subconsciente, ela também é *ele*. No estado de transe, o Danny consciente está submerso. A imagem do subconsciente está agindo. Portanto, Danny colocou as mãos em volta do pescoço e...

— Pare — interrompeu ela. — Entendi a ideia. Acho que isso parece mais preocupante do que ver um estranho se arrastando pelos corredores, Jack. Você pode fugir de um estranho, mas não pode fugir de si mesmo. Está falando de esquizofrenia.

— De um tipo muito raro — acrescentou Jack, um pouco contrariado. — E de natureza muito especial. Porque ele parece capaz de ler pensamentos e também realmente parece capaz, de tempos em tempos, de prever os fatos. Não acho que isso seja uma doença mental, por mais que eu tente. De qualquer forma, todos nós temos traços de esquizofrenia. Acho que, à medida que Danny for crescendo, vai saber controlar isso.

— Se você estiver certo, então é essencial sairmos daqui. Seja lá o que for que ele tiver, este hotel o está deixando pior.

— Eu não diria isso — objetou ele. — Se fosse obediente, em primeiro lugar, não teria subido àquele quarto. Isso nunca teria acontecido.

— Meu Deus, Jack! Você quer dizer então que o fato de quase ter sido estrangulado foi um... castigo justo por ter passado dos limites?

— Não... não. Claro que não. Mas...

— Nada de mas — interrompeu Wendy, sacudindo violentamente a cabeça. — A verdade é que estamos fazendo suposições. Não temos a menor ideia de quando ele vai dobrar um corredor e se deparar com um daqueles... filmes de terror, sei lá. Temos que ir *embora* daqui. — Riu um pouco na escuridão. — Daqui a pouco, nós também estaremos vendo coisas.

— Não diga besteira — desconversou Jack, e na escuridão do quarto viu os leões se agrupando na alameda, não mais na posição original, mas em posição de guarda, leões famintos de novembro. Um suor frio brotou de sua testa.

— Você não viu nada mesmo, né? — questionou ela. — Digo, quando subiu até o quarto. Não viu nada?

Os leões haviam desaparecido. Agora ele via uma cortina de chuveiro cor-de-rosa com uma sombra por trás. A porta fechada. Aquele baque amortecido e apressado, ruídos que poderiam ser passos. Seus terríveis batimentos cardíacos, enquanto ele lutava com a chave mestra.

— Nada — respondeu, e era verdade. Estava confuso, sem ter certeza do que estava acontecendo. Não havia tido oportunidade de analisar seus pensamentos em busca de uma explicação razoável sobre as marcas no pescoço do filho. Ele mesmo tinha estado bastante sugestionável. Alucinações, às vezes, podiam ser contagiosas.

— E não mudou de ideia? Com relação ao snowmobile?

As mãos dele subitamente se fecharam em punhos

(*Pare de me irritar!*)

a seu lado.

— Eu disse que vou consertar, não disse? Pois então vou mesmo. Agora vamos dormir. Foi um dia muito longo e muito duro.

— E como — concordou Wendy. Ela se virou para ele, fazendo um ruído com os lençóis, e beijou seu ombro. — Amo você, Jack.

— Eu também amo você — respondeu ele, mas estava somente repetindo palavras. Os punhos continuavam cerrados. Eram como pedras nas pontas dos braços. A testa latejava. Ela não havia dito uma palavra sobre o que aconteceria a eles depois que saíssem, quando a brincadeira terminasse. Nem uma palavra. Era tudo porque Danny isso, Danny aquilo, e Jack, tenho tanto medo. Ah, sim, ela tinha medo de uma porção de bichos-papões imaginários e sombras, muito medo. Mas também havia os verdadeiros. Quando chegassem a Sidewinder, teriam sessenta dólares e a roupa do corpo. Não teriam sequer um carro. Mesmo que Sidewinder tivesse uma casa de penhores, o que não era o caso, eles não possuíam nada para empenhar, só o anel de noivado de brilhante de Wendy e o rádio Sony AM/FM. Um avaliador poderia dar vinte dólares. Um avaliador *bonzinho*. Jack não teria emprego, nem temporário, talvez só como limpador de neve, por três dólares o serviço. A imagem de Jack Torrance, trinta anos, que já publicara na *Esquire* e que alimentava sonhos (em hipótese alguma sonhos descabíveis, ele sentia) de se tornar um importante escritor na década seguinte, levando uma pá nos ombros, batendo de porta em porta... aquele quadro de repente ficou mais claro do que os leões, e ele apertou ainda mais as mãos, sentindo as unhas enfiadas nas palmas e fazendo o sangue sair em místicas meias-luas. Jack Torrance, na fila para trocar os seus sessenta dólares por vales-alimentação; mais uma vez na fila, agora da Igreja Metodista de Sidewinder para receber donativos e olhares maldosos dos moradores. Jack Torrance explicando a Al que eles simplesmente tinham que partir, tinham que desligar a caldeira, tinham que abandonar o Overlook e deixar tudo exposto aos vândalos ou ladrões em snowmobiles, porque, veja, Al, *attendez-vous*, Al, há fantasmas por lá, e estão atrás de meu filho. Adeus, Al. Pensamentos do capítulo IV: Chega a Primavera de Jack Torrance. O que mais? Seja o que for? Talvez conseguissem chegar até a Costa Oeste no fusca, ele supunha. Uma bomba nova de gasolina resolveria o problema. Oitenta quilômetros a oeste e tudo em declive, com certeza dava para deixar o carro em ponto morto e ir até Utah. Seguiriam até a ensolarada Califórnia, terra das laranjas e das oportunidades. Um homem com um excelente antecedente de alcoolismo, espancador de aluno e caçador de fantasmas poderia, sem dúvida, se fazer por lá. Como preferir. Engenharia de manutenção: limpar ônibus interestadual; negócios automobilísticos: lavar carros vestindo macacão de borracha; artes gastronômicas, talvez: lavar pratos num restaurante. Possivelmente, uma posição mais responsável, num posto de gasolina. Um trabalho que, inclusive, continha estímulos intelectuais em devolver o troco e preencher notas fiscais. *Só pos-*

so pagar um salário mínimo. Não era uma boa notícia para um ano em que um pão custava sessenta centavos.

O sangue começou a escorrer das palmas das mãos. Como estigmas, ah, sim. Apertou mais, martirizando-se com a dor. A esposa dormia a seu lado, por que não? Não havia problemas. Concordara em levar Danny e ela para longe dos bichos-papões e não havia problemas. *Então você veja, Al, achei que a melhor coisa a fazer seria...*

(matá-la.)

O pensamento surgiu do nada, cru e sem adornos. Uma necessidade de empurrar Wendy da cama, nua, desnorteada, acabando de acordar; de dar socos nela, agarrar seu pescoço como o caule verde de uma árvore e estrangular a esposa, os polegares na traqueia, os dedos apertados no topo da espinha, sacudindo e batendo sua cabeça contra o chão, uma vez atrás da outra, batendo, batendo, amassando, quebrando. Agite e balance, meu bem. Sacuda, chocalhe e balance. Faria com que ela tomasse o remédio. Até a última gota. A última e amarga gota.

Ouviu um ruído abafado vindo de algum lugar, um ruído que não pertencia ao seu secreto mundo interior. Olhou para o outro lado do quarto e viu Danny se mexendo novamente, virando na cama, revolvendo os cobertores. O menino gemia, um som tenso, baixo e abafado. Qual seria o pesadelo? Uma mulher roxa, morta há muito tempo, cambaleando atrás dele, correndo pelos corredores do hotel? De alguma forma não achava que pudesse ser isso. Outra coisa perseguia Danny em seus sonhos. Algo pior.

O cadeado amargo de suas emoções estava quebrado. Jack se levantou da cama e caminhou em direção ao menino, enjoado e envergonhado de si mesmo. Era no filho que tinha que pensar, não em Wendy, ou em si próprio. Somente em Danny. E não importa como os fatos se contradiziam, sabia no fundo do coração que Danny precisava ser levado dali. Ajeitou os cobertores do menino e colocou por cima dele o acolchoado que estava nos pés da cama. Danny ficou calmo novamente. Jack tocou sua testa

(que monstros brincavam por trás daquele crânio?)

e achou que ela estava quente, mas não muito. Danny dormia em paz novamente. Estranho.

Voltou para a cama e tentou dormir. Ilusão.

Era tão injusto as coisas terem ficado assim... a má sorte parecia persegui-los. Não puderam se afastar dela simplesmente vindo para cá. Quando chegassem a Sidewinder amanhã à tarde, a oportunidade dourada teria evaporado — desaparecido como fumaça, como diria um velho colega seu. Considere o que aconteceria se não descessem, se pudessem de alguma forma superar a situação. Concluiria a peça. De um jeito ou de outro arranjaria um fim para ela. Sua própria dúvida sobre os personagens poderia acrescentar um toque de ambiguidade atraente, em um desfecho original. Talvez até conseguisse algum dinheiro com ela, não era impossível. Mesmo se não conseguisse, Al poderia muito bem convencer o Conselho de Stovington a contratá-lo de novo. Ficaria em experiência, claro, talvez por até três anos, mas, se pudesse se manter sóbrio e escrevesse, talvez não precisasse passar três anos em Stovington. Claro que não ligava muito para Stovington antes, sentia-se sufocado, enterrado vivo, mas essa reação havia sido imatura. Além do mais, como é que um ser humano podia ter prazer lecionando, quando passava as três primeiras aulas com uma dor de cabeça de estourar os miolos? Não seria assim novamente. Conseguiria manter sua responsabilidade. Tinha certeza.

Em algum lugar no meio daquele pensamento, as imagens começavam a se partir e ele adormeceu. Seu último pensamento o acompanhou como o soar de um sino.

Parecia possível que ele encontrasse paz aqui. Finalmente. Se pelo menos deixassem.

Quando acordou, estava parado no banheiro do 217.

(sonâmbulo de novo — por quê? — nenhum rádio para quebrar aqui)

A luz do banheiro estava acesa, e o quarto atrás dele na escuridão. A cortina do chuveiro estava fechada em volta da banheira, e o tapete ao lado estava amassado e molhado.

Começou a sentir medo, mas as próprias características de pesadelo neste medo diziam que aquilo não era real. Ainda assim, o pensamento não era capaz de conter o medo que sentia. Tantas coisas no Overlook pareciam pesadelos.

Caminhou em direção à banheira, involuntariamente, incapaz de dar as costas e sair.

Abriu a cortina.

Deitado na banheira, nu, refestelado com leveza na água, estava George Hatfield. Uma faca enfiada em seu peito. A água, ao seu redor, era rosada. Os olhos de George estavam fechados. Seu pênis flutuava frouxo, como alga marinha.

— George — Jack se ouviu dizendo.

Com a palavra, os olhos de George se abriram. Eram prateados, não eram de maneira alguma olhos humanos. As mãos de George, brancas, encontraram as bordas da banheira, e ele se levantou, ficando sentado. A faca estava enfiada no tórax, exatamente entre os dois mamilos. A ferida não tinha bordas.

— Você adiantou o cronômetro — George Olhos de Prata acusou.

— Não, George, não adiantei. Eu...

— Eu não sou gago.

George agora estava de pé, ainda com aquele olhar inumano e prateado fixado em Jack, mas a boca se repuxava num horrível sorriso de cadáver. Jogou uma perna para fora da banheira de porcelana. Um pé branco e enrugado pisou no tapete.

— Primeiro, você tentou me atropelar quando eu estava na bicicleta, depois adiantou o cronômetro, depois tentou me esfaquear até a morte, mas *eu, mesmo assim, não gaguejo.* — George vinha em sua direção, as mãos estendidas para a frente, os dedos ligeiramente dobrados. Cheirava a mofo e umidade, como folhas molhadas pela chuva.

— Foi para seu próprio bem — respondeu Jack, dando passos para trás. — Adiantei o cronômetro para seu próprio bem. Além do mais, eu sei que você colou no exame final.

— Eu não colo... eu não gaguejo.

As mãos de George tocaram seu pescoço.

Jack deu as costas e correu, correu com a lentidão flutuante e sem peso, tão comum aos sonhos.

— Foi sim! Você colou! — ele gritava de pavor e raiva, enquanto atravessava o quarto escuro. — Vou provar!

As mãos de George estavam em seu pescoço novamente. O coração de Jack inchou de medo até ele ter certeza de que iria explodir. E então, finalmente, suas mãos envolveram a maçaneta, ela girou e ele abriu a porta.

Saiu, não para o corredor do segundo andar, mas para o porão, depois do arco. A lâmpada cheia de teias estava acesa. Sua cadeira, inflexível e geométrica, ao lado. E tudo ao redor era uma miniatura de montanhas, com caixas e caixotes, pacotes amarrados de notas e planilhas, e Deus sabe o que mais. Sentiu-se aliviado.

— Vou encontrar! — pôde ouvir a própria voz gritando. Apanhou uma caixa de papelão; ela se partiu ao meio em suas mãos, esparramando uma cascata de folhas finas amarelas. — Está por aqui em algum lugar! *Vou encontrar!* — Do fundo do amontoado de documentos, com uma das mãos retirou um ninho de vespas feito de papel e, com a outra, um cronômetro. O cronômetro corria. Colado atrás havia um fio elétrico comprido e, na outra extremidade, várias bananas de dinamite. — *Aqui!* — gritou. — *Aqui, tome!*

Triunfou de alívio. Tinha feito mais do que fugir de George; tinha sido vitorioso. Com estes talismãs nas mãos, George nunca encostaria nele novamente. George voaria de medo.

Começou a virar para se confrontar com George, e foi então que as mãos do rapaz se colocaram em volta de seu pescoço, apertando, sufocando, obstruindo inteiramente sua respiração após um suspiro final.

— *Não sou gago* — sussurrou George, por trás dele.

Deixou o ninho de vespas cair no chão, e os insetos se agitaram para fora numa furiosa nuvem marrom e amarela. Seus pulmões se incendiavam. Seu olhar hesitante caiu sobre o cronômetro, e Jack recuperou a sensação de triunfo, acompanhada de uma forte onda de ira justificada. Em vez de ligar o cronômetro à dinamite, o fio se conectou à empunhadura dourada de uma bengala negra e pesada, igual à que seu pai carregava depois do acidente com o caminhão de leite.

Jack agarrou a bengala, e o fio se partiu. Sentiu a bengala em suas mãos e a sacudiu no ar. Ela esbarrou no fio do qual pendia a lâmpada, e esta começou a balançar, fazendo monstruosas sombras se agitarem no chão e nas paredes do cômodo. Ao baixar, a bengala bateu em algo muito mais duro. George gritou. A força das mãos no pescoço de Jack diminuíra.

Conseguiu se desvencilhar de George, que estava de joelhos, as mãos entrelaçadas sobre a cabeça inclinada. Sangue jorrava por seus dedos.

— Por favor — sussurrou George. — Pega leve comigo, sr. Torrance.

— Agora você vai tomar seu remédio — resmungou Jack. — Ora, por Deus, como vai. Fedelho. Vira-lata. Agora, por Deus, agora mesmo. Cada gota. Cada maldita gota!

Enquanto a luz balançava sobre ele e as sombras dançavam e se agitavam, começou a sacudir a bengala, para cima e para baixo consecutivamente, seu braço se movendo como uma máquina. Os dedos sangrentos que George usava para se proteger largaram a cabeça, e Jack bateu com a bengala seguidas vezes sobre o pescoço, ombros, costas e braços do rapaz. Mas a bengala já não era mais uma bengala; parecia um taco com uma espécie de cabo brilhante e listrado. Um taco com um lado duro e outro macio. A extremidade usada estava pegajosa com sangue e cabelo. E o ruído surdo e imenso do taco contra a pele tinha sido substituído por um estrondo oco, que ecoava e reverberava. Sua própria voz adquirira esta mesma qualidade, berrando, sem corpo. E ainda assim, paradoxalmente, soava mais fraca, arrastada, petulante... como se ele estivesse bêbado.

O vulto a seus pés ergueu a cabeça devagar, como que suplicando. Não tinha exatamente um rosto, apenas uma máscara de sangue através da qual emergiam os olhos. Jack baixou o taco para um último golpe e depois de arremessado viu que aquele rosto abaixo dele não era o de George, mas o de Danny. Era o rosto do filho.

— *Papai...*

E então o taco estalou, atingindo Danny e fechando seus olhos para sempre. E, em algum lugar, parecia ouvir uma risada...

(*Não!*)

Jack voltou a si, parado, nu, junto à cama de Danny, as mãos vazias, o corpo suado. Seu grito final tinha sido apenas em sua mente. Ele repetiu as palavras, desta vez num sussurro.

— Não. Não, Danny. Nunca.

Voltou à cama sobre pernas que pareciam ser de borracha. Wendy dormia profundamente. O relógio na mesa de cabeceira marcava quinze para as cinco. Permaneceu deitado sem conseguir dormir até as sete, quando Danny acordou. Ele se levantou e começou a se vestir. Era hora de descer e verificar a caldeira.

33
O SNOWMOBILE

Pouco depois da meia-noite, enquanto os três dormiam inquietos, a neve parou de cair após ter deixado mais vinte centímetros de uma camada nova e fresquinha. As nuvens se dissiparam, sendo varridas por um vento gelado, e agora de manhã Jack estava no meio de um feixe empoeirado de sol, que penetrava pela janela suja do lado leste do galpão de equipamentos.

O lugar era quase tão comprido e alto quanto um vagão de cargas. Cheirava a graxa, óleo, gasolina e a um leve e nostálgico odor de grama. Quatro cortadores de grama elétricos estavam enfileirados como soldados em formação, encostados na parede do lado sul; dois deles lembravam pequenos tratores, do tipo que se pode dirigir. À esquerda deles ficavam as cavadeiras, pás redondas e cortantes para cirurgia dos gramados de golfe, uma motosserra, o cortador de arbustos e um mastro fino de aço longo com uma bandeira vermelha no topo. *Caddie*, se você conseguir trazer a bola em dez segundos, ganhará vinte e cinco centavos de recompensa. Sim, *senhor*.

Na parede leste, onde o sol batia com mais intensidade, três mesas de pingue-pongue estavam empilhadas uma sobre a outra, como um castelo de cartas. As redes tinham sido removidas e estavam dependuradas da prateleira. No canto, havia uma pilha de discos para *shuffleboard*, e um conjunto de equipamento de roque... Os arcos, amarrados com pedaços de arame, bolas pintadas de cores vivas dentro de uma espécie de caixa de ovos (que galinhas estranhas você tem por aqui, Watson... sim, e precisava ver os animais lá no jardim da frente, ha-ha!), e os tacos, dois conjuntos, de pé, em seus cavaletes.

Jack caminhou até eles, passando por cima de uma bateria de carro (que, tempos atrás, ficara debaixo da capota do caminhão do hotel, sem dúvida), um carregador de bateria e um par de cabos para carregar bateria. Tirou um dos tacos curtos do cavalete e o ergueu diante do rosto, como um cavaleiro pronto para a batalha, saudando seu rei.

Fragmentos de seu sonho (agora confuso, desvanecido) voltaram. Havia sido algo sobre George Hatfield e a bengala de seu pai, o suficiente para deixar Jack inquieto e, por mais absurdo que pareça, um pouco culpado por segurar um taco de roque. Não que roque ainda fosse um jogo de grama tão comum; seu primo mais moderno, o croquet, era muito mais popular agora... e era também uma versão infantil do jogo. Roque, no entanto... deve ter sido um senhor jogo. Jack encontrara um livro de instruções mofado no porão, do início da década de 1920, quando o Overlook sediou um Torneio Norte-Americano de Roque. Um senhor jogo.

(*esquizofrênico*)

Franziu as sobrancelhas e então sorriu. Sim, era uma espécie de jogo esquizofrênico. O taco expressava isso perfeitamente: uma extremidade dura de um lado e macia do outro. Um jogo de *finesse* e pontaria, e um jogo de pura força de tacadas.

Sacudiu o taco no ar... *vuuup*. Sorriu com o poderoso som de assobio que fazia. Em seguida, guardou o objeto no cavalete e virou-se para a esquerda. O que viu fez sua testa se franzir novamente.

O snowmobile estava quase no meio do depósito. O equipamento era razoavelmente novo, e Jack não gostou nem um pouco de sua aparência. *Bombardier Ski-Doo* estava escrito ao lado do capô, de frente para ele, em letras pretas, muito inclinadas, provavelmente para sugerir velocidade. Os esquis protuberantes também eram pretos, e havia um friso negro dos dois lados do motor, equivalentes a listras de corrida num carro esportivo. Mas a pintura principal era um amarelo brilhante e zombeteiro, e era disso que ele não gostava. Parado ali naquele feixe de sol matinal, todo amarelo e com frisos, esquis negros e estofamento negros, sem capota, o veículo parecia uma monstruosa vespa mecânica. Quando estivesse em movimento, devia fazer o mesmo ruído. Zumbindo, lamuriosa, pronta para picar. Pensando bem, com que mais poderia se parecer? Pelo menos, não escondia suas intenções. Porque, depois do snowmobile ter executado seu trabalho, eles estariam bem machucados. Todos eles. Por volta da primavera, a família Torrance estaria tão machucada, que o que aquelas vespas tinham feito com a mão de Danny pareceria beijos de mãe.

Ele puxou o lenço do bolso de trás, esfregou os lábios com ele e caminhou até o Ski-Doo. Ficou parado, olhando, a testa agora muito tensa. Então enfiou o lenço de volta no bolso. Lá fora, uma rajada repentina de vento bateu contra o depósito, que balançou fazendo estalos. Olhou pela janela e viu o vento carregar uma cortina de reluzentes cristais de neve para trás do hotel, rodopiando alto no céu azul.

O vento abrandou e Jack voltou a olhar a máquina. Era realmente nojenta. Podia-se praticamente esperar que um ferrão longo e flexível saísse pela traseira. Nunca gostou desses malditos snowmobiles. Eles estremeciam o silêncio sepulcral do inverno em milhões de fragmentos tagarelas. Espantavam os animais. Expeliam imensas nuvens poluentes de fumaça azul de óleo — cof, cof, engasgo, engasgo, não consigo respirar. Talvez o último brinquedo grotesco do final da era do petróleo, dado como presente de Natal a crianças de dez anos.

Ele se lembrou de um artigo de jornal que tinha lido em Stovington, sobre uma história que aconteceu no Maine. Um menino num snowmobile estava correndo numa estrada que nunca havia percorrido antes, a mais de cinquenta quilômetros por hora. Noite. Faróis apagados. Uma pesada corrente esticada entre dois postes com uma placa PARE pendurada no meio. Testemunhas afirmaram que o garoto não deve ter visto a placa. Uma nuvem deve ter encoberto a lua. A corrente o decapitou. Ao ler a história, Jack quase se sentiu feliz, e agora, olhando esta máquina, a sensação voltava.

(Se não fosse por Danny, eu teria imenso prazer em pegar um daqueles tacos, abrir o capô e esmurrar o snowmobile até)

Jack deixou escapar o ar preso nos pulmões. Wendy estava certa. Não importa o que fosse acontecer, se tivesse que entrar na fila da Previdência Social, Wendy estava certa. Esmurrar esta máquina até ela morrer seria de uma enorme insensatez, não importa quão agradável essa insensatez pudesse ser. Seria quase o equivalente a esmurrar o filho até matá-lo.

— Porra de ludita — falou em voz alta.

Foi até a traseira do veículo e desatarraxou a tampa do tanque de gasolina. Encontrou uma vareta medidora em uma das prateleiras que percorriam as paredes à altura de seu peito e a pegou. Três milímetros saíram molhados. Não era muito, mas o suficiente para ver se a maldita funcionaria. Depois, poderia tirar mais combustível do fusca e do caminhão do hotel.

Tampou novamente o tanque e abriu o capô. Sem velas e sem bateria. Voltou à prateleira e começou a remexer, pondo de lado chaves de fenda e chaves inglesas, o carburador de um cortador de grama antigo, caixas plásticas de parafusos, pregos e porcas de vários tamanhos. A prateleira estava coberta de graxa velha, e os anos de acumulação de poeira tinham formado uma desagradável crosta.

Encontrou uma caixinha manchada de óleo com a abreviatura *Skid*, laconicamente escrita a lápis. Ao ser chacoalhada, alguma coisa sacudiu lá dentro. Velas. Examinou uma contra a luz, tentando determinar a abertura, sem procurar pelo regulador. Foda-se, pensou chateado, e jogou a vela de volta na caixa. Se estiver desregulada, azar. Ela que se fodesse.

Encontrou um banquinho atrás da porta, que usou para se sentar e instalar as quatro velas. Em seguida, encaixou as capinhas de borracha sobre cada uma. Feito isso, deixou os dedos brincarem com o magneto.

De volta às prateleiras. Desta vez não conseguiu achar o que queria, uma pequena bateria. Em três ou quatro nichos, encontrou chaves de caixa, um estojo cheio de brocas e puas, sacos de fertilizante e Vigoro para os canteiros de flores, mas nenhuma bateria de snowmobile. Isso não o incomodava em nada. Na verdade, ficava contente. Estava aliviado. Fiz o que pude, capitão, mas não consegui. Está bem, filho. Vou recomendá-lo para as condecorações Estrela de Prata e o Snowmobile Púrpura. Você é um orgulho para meu regimento. Obrigado, senhor. Eu realmente tentei.

Começou a assobiar "Red River Valley" em ritmo acelerado, enquanto procurava nos últimos sessenta ou noventa centímetros de prateleira. As notas do assobio saíam levantando pequenas nuvens brancas. Ele já havia percorrido o circuito completo do depósito, e a bateria não estava lá. Talvez alguém tivesse levado lá para cima. Talvez Watson tivesse uma. Deu uma gargalhada. Aquela velha história de roubar o escritório. Alguns clipes, algumas resmas de papel, ninguém vai sentir falta desta toalha de mesa ou deste talher, e o que me diz desta boa bateria de snowmobile? Sim, é fácil de carregar. Jogue na mala. Um furto inocente. Todo mundo tem dedos leves. Desconto debaixo do pano, costumávamos dizer quando éramos crianças.

Voltou ao snowmobile e deu um belo chute em sua lateral. Bem, era o fim de tudo. Teria de dizer a Wendy que sentia muito, mas...

... Havia uma caixa junto à porta. O banco estivera bem em cima. Escrito nela, a lápis: *Skid*.

Olhou para a caixa, com o sorriso desaparecendo dos lábios. Olhe, senhor, é a cavalaria. Parece que seus sinais de fumaça funcionaram, no fim das contas.

Não era justo.

Alguma coisa — sorte, destino, providência — estava tentando salvá-lo. Algum outro tipo de sorte. Sorte mesmo. E, no último momento, a velha falta de sorte voltara. A última cartada azarada ainda não havia sido dada.

Uma onda cinzenta e silenciosa de ressentimento brotou de sua garganta. As mãos se fecharam.

(*Injusto, merda, injusto!*)

Por que não olhou para outro lugar? Qualquer lugar! Por que não teve um torcicolo, uma coceira no nariz, necessidade de piscar? Só uma dessas coisinhas, e nunca teria visto a caixa.

Bem, não tinha visto. Pronto. Era uma alucinação, em nada diferente do que acontecera ontem no corredor do segundo andar ou no maldito zoológico de arbusto. Um cansaço momentâneo, só isso. Bacana, pensei que tivesse visto uma bateria de snowmobile naquele canto. Agora não está lá. Fadiga de combate, eu acho, senhor. Perdão. Levante a cabeça, filho. Acontece com todos nós, mais cedo ou mais tarde.

Abriu a porta com força bastante para estalar as dobradiças e trouxe para dentro seus sapatos de neve. Estavam cobertos de neve, e ele os bateu no chão com força para limpar um pouco. Calçou o pé esquerdo... e parou.

Danny estava lá fora, junto à plataforma onde faziam as entregas de leite. Tentando fazer um boneco de neve, pelo visto. Mas não tinha muita sorte: a neve estava muito fria para poder juntar um pedaço no outro. Ainda assim ele tentava, lá fora na manhã de sol, um menininho agasalhado sobre a neve brilhante, sob o céu brilhante. Com o boné na cabeça virado ao contrário.

(*Pelo amor de Deus, no que você estava pensando?*)

A resposta veio sem interrupção.

(*Em mim. Estava pensando em mim.*)

De repente, lembrou-se da noite anterior, deitado na cama e, em seguida, contemplando o assassinato da mulher.

Naquele instante, ajoelhado ali, tudo ficou claro para ele. O Overlook não estava afetando apenas Danny. Estava afetando a ele também. Não era Danny o elo fraco, era ele. Ele era o vulnerável, aquele que podia ser dobrado e torcido até se partir.

(até eu fraquejar e dormir... e quando fizer isso, se fizer)

Olhou para as janelas enfileiradas, e o sol batendo naquelas muitas superfícies envidraçadas lançava um brilho intenso, que ofuscava seus olhos. Mas ele olhou assim mesmo. Pela primeira vez, percebeu como elas se pareciam com olhos. Refletiam o sol e retinham em seu interior sua própria escuridão. Não olhavam para Danny. Olhavam para Jack.

Nesses poucos segundos, entendeu tudo. Lembrou-se de uma fotografia em preto e branco que vira quando criança, numa aula de catecismo. A freira mostrara a fotografia num cavalete, afirmando se tratar de um milagre de Deus. A turma olhou inexpressivamente para ela, vendo nada mais do que uma bagunça de pretos e brancos, sem sentido e sem um padrão. Então, uma das crianças na terceira fileira falou num sobressalto: "É Jesus!", e ganhou uma Bíblia novinha em folha e um calendário, por ter sido a primeira a enxergar o que havia na foto. Os outros olharam mais fixamente, entre eles Jack Torrance. Um por um os meninos foram tendo sobressaltos semelhantes. Uma menininha, quase em êxtase, deu um grito estridente: *"Eu estou vendo! Eu estou vendo!"*. Ela também foi premiada com uma Bíblia. Finalmente, todos viram o rosto de Jesus naquela mistura de preto e branco, menos Jacky. Ele se esforçava cada vez mais, agora com medo, uma parte dele cinicamente pensando que os outros todos estavam fingindo para agradar a Irmã Beatrice, outra parte convencida secretamente de que ele não estava vendo porque Deus decidira que ele era o maior pecador da classe. "Você não está vendo, Jacky?", Irmã Beatrice perguntou com seu jeito meigo e triste. Estou vendo suas *tetas*, pensara ele desesperadamente. Começou a sacudir a cabeça e fingiu alegria dizendo: "Sim, estou! Ah! *É Jesus!*". E todos na classe sorriram e o aplaudiram, fazendo Jack se sentir triunfante, envergonhado e amedrontado. Mais tarde, quando todos haviam subido do porão da igreja para a rua, ele ficou para trás, olhando aquela mistura preta e branca sem sentido, que Irmã Beatrice deixara no cavalete. Sentiu ódio da foto. Era uma farsa. "Merda-inferno-merda", sussurrou entre os lábios, e, quando virou as costas, com o rabo do olho viu o rosto de Jesus, triste e sábio. Virou-se novamente, o coração na boca. Tudo havia ficado claro, e ele olhara a fotografia maravilhado, sem poder acreditar que não tinha visto antes. Os olhos, o zigue-zague da sombra na sobrancelha, o nariz afilado, os lábios compadecidos. Olhando para Jacky Torrance. O que era uma coisa sem significado havia se transformado num desenho completo do rosto de Nosso Senhor Jesus Cristo. O encantamento foi transformado em terror. Ele tinha blasfemado diante da fotografia de

Jesus. Seria amaldiçoado. Ficaria no inferno com os pecadores. O rosto de Cristo estivera na fotografia o tempo inteiro. O tempo inteiro.

Agora, ajoelhado ao sol e observando o filho brincar na sombra do hotel, sabia que era tudo verdade. O hotel queria Danny, talvez todos eles, mas Danny com certeza. Os arbustos realmente tinham se movido. Havia uma mulher morta no 217, uma mulher que talvez fosse apenas um fantasma, e inofensivo em quase todas as circunstâncias, mas uma mulher que agora constituía um perigo. Como um malévolo brinquedo de corda posto para funcionar pela própria cabeça estranha de Danny... e pela sua própria cabeça. Foi Watson quem lhe contou que um homem caíra morto de um derrame, um dia, na quadra de roque? Ou tinha sido Ullman? Não importava. Um assassinato tinha sido cometido no terceiro andar. Quantas brigas, suicídios e derrames? Quantos assassinatos? Será que Grady estava à espreita, em algum lugar na ala oeste, com seu machado, esperando apenas que Danny o provocasse para ele poder aparecer?

Os hematomas inchados em volta do pescoço de Danny.

O brilho das garrafas semivisíveis no salão vazio.

O rádio.

Os sonhos.

O álbum de recortes encontrado no porão.

(*Medoc, está aqui? Voltei a ser sonâmbula, meu querido...*)

De repente Jack se levantou, jogando os sapatos novamente para fora. Tremia. Bateu a porta e pegou a caixa da bateria, mas ela escorregou de seus dedos trêmulos

(*ai, Deus, será que quebrou?*)

e bateu no chão, de lado. Ele abriu as dobras do papelão e retirou a bateria, sem prestar atenção ao ácido que poderia escorrer se ela se tivesse quebrado. Mas não tinha. Estava inteira. Um pequeno suspiro escapou de sua boca.

Ele a segurou com cuidado, foi até o Ski-Doo e a pousou na plataforma à frente do motor. Encontrou uma pequena chave inglesa em uma das prateleiras e ligou os cabos rapidamente, sem dificuldades. A bateria estava carregada; não havia necessidade de usar o carregador. Quando colocou o cabo positivo em seu lugar, uma faísca saiu, soltando um cheiro fraco de ozônio. Executado o trabalho, ele se afastou, limpando as mãos nervosamente na jaqueta de brim desbotado. Pronto. Deveria funcionar. Não havia por que não. Nenhuma razão, a não ser o fato de que fazia parte do Overlook, e o Overlook realmente não queria que eles saíssem dali. Em hipótese alguma. O Overlook estava se divertindo pra valer. Tinha um menininho para amedrontar, um homem e sua mulher para instigar e, se jogasse as cartas corretamente, os três terminariam voando pelos corredores do Overlook como sombras de um romance de Shirley Jackson. Você poderia caminhar pela Casa da Colina sozinho, mas não ficaria sozinho no Overlook, não mesmo, aqui teria bastante companhia. Mas não havia realmente nenhuma razão para o snowmobile não funcionar. A não ser, claro,

(*A não ser o fato de que Jack, na realidade, não queria ir.*)

sim, a não ser isso.

Ficou parado olhando o Ski-Doo, soltando pequenas nuvens brancas pelo nariz. Queria que fosse como antes. Quando entrou no galpão, ele não tinha dúvidas. Descer seria a decisão errada. Wendy estava apenas com medo do bicho-papão criado por um simples menininho histérico. Agora, de repente, ele via o ponto de vista dela. Era como a sua peça, sua maldita peça. Não sabia mais de que lado estava ou como as coisas ficariam. Depois que você vê o rosto de Jesus naquela mancha de preto e branco, era o fim da brincadeira... não conseguiria mais deixar de vê-lo. Alguns podiam rir e dizer que não era nada, simplesmente uma porção de borrões sem significado, melhor ficar com um livro de colorir, mas *você* sempre veria o rosto de Nosso Senhor Jesus Cristo olhando para você. Você o viu num único salto de gestalt, o consciente e o inconsciente se unindo naquele momento chocante de compreensão. Você sempre o veria. Tinha sido condenado a vê-lo sempre.

(*Voltei a ser sonâmbula, meu querido...*)

Tudo estava bem, até que viu Danny brincando na neve. A culpa foi de Danny. Era tudo culpa de Danny. Era ele o iluminado ou coisa que o valha. Não era uma luz, era uma praga. Se ele e Wendy estivessem ali sozinhos, passariam o inverno muito bem. Sem dor, sem peso na cabeça.

(*Não quero ir? Não posso?*)

O Overlook não queria que fossem, e ele também não queria sair. Nem Danny. Talvez ele fosse parte do hotel agora. O Overlook era uma espécie de grande e errante Samuel Johnson, e talvez escolhesse Jack para ser seu Boswell. Você me diz que o novo zelador escreve? Muito bem, pode contratá-lo. Está na hora de divulgar nossa história. No entanto, vamos antes nos livrar da mulher e do filho mimado. Não queremos que ele seja perturbado. Nós não...

Estava parado ao lado do banco do snowmobile, a cabeça começando a doer novamente. Qual era a questão básica? Ir ou ficar. Muito simples. Não complique. Devemos ir ou ficar?

Se formos, quanto tempo levará até encontrar um buraco em Sidewinder?, perguntou uma voz, lá no fundo. Um lugar escuro com uma droga de uma tevê colorida, onde os homens, desempregados e com a barba por fazer, passam o dia assistindo a jogos? Onde o cheiro de urina no banheiro masculino data de dois mil anos, e há sempre uma ponta de cigarro Camel se desmanchando na privada? Onde a cerveja custa trinta centavos o copo, e você a bebe misturada com sal, ouvindo músicas caipiras de setenta anos que tocam na vitrola automática?

Quanto tempo? Deus do céu, ele temia que não fosse levar muito tempo.

— Não posso vencer — disse ele baixinho. Basicamente isso. Era como tentar jogar paciência faltando um ás no baralho.

Abruptamente, Jack se debruçou sobre o motor do Ski-Doo e arrancou o magneto. Saiu com extrema facilidade. Ficou olhando para ele por um momento e, em seguida, foi até os fundos do galpão e abriu a porta.

Daqui, a vista das montanhas não era obstruída. À luz da manhã, tinha um belo cartão-postal. Um vasto campo de neve ia até os pinheiros, a um quilômetro de distância. Arremessou o magneto na neve, o mais longe que pôde. Foi muito mais longe do que devia. Quando caiu, fez a neve subir ligeiramente. A brisa leve carregou os grânulos para outros lugares. *Dissipem-se,* eu ordeno. Mais nada para ver. Está tudo acabado. Disperso.

Sentiu-se em paz.

Ficou parado ali, por muito tempo, respirando o ar puro da montanha, e então fechou a porta com força e saiu pela da frente para informar a Wendy que teriam de ficar. No caminho, parou e brincou de atirar neve com Danny.

34
OS ARBUSTOS

Era a tarde de 29 de novembro, três dias depois do dia de Ação de Graças. A última semana havia sido boa, e a ceia, a melhor que já tinham passado em família. Wendy assou o peru que Dick Hallorann deixara e, apesar de comerem até se fartar, a bela ave tinha ficado quase inteira. Jack deu um suspiro, dizendo que comeriam peru pelo resto do inverno: peru com molho, sanduíche de peru, peru com macarrão, surpresa de peru.

— Não — Wendy respondeu com um sorriso. — Só até o Natal. Depois comeremos o capão.

Jack e Danny resmungaram juntos.

Os hematomas no pescoço de Danny haviam desaparecido, e seus pavores pareciam ter sumido junto. Naquele dia de Ação de Graças, Wendy ficara puxando Danny no trenó enquanto Jack trabalhava na peça, que estava quase pronta.

— Ainda está com medo, velhinho? — perguntou ela, sem saber como indagar isso de uma maneira mais branda.

— Sim — respondeu o garoto simplesmente. — Mas agora eu fico nos lugares seguros.

— Seu pai falou que mais cedo ou mais tarde os guardas-florestais vão perceber que não nos comunicamos mais pelo rádio e vão vir até aqui para ver se alguma coisa está errada. Então, pode ser que a gente vá embora. Você e eu. E seu pai fique até o fim do inverno. Ele tem boas razões para querer que seja assim. De certo modo, velhinho... eu sei que isto é duro para você entender... estamos com as mãos atadas.

— Sim — Danny falou, com reservas.

A tarde estava ensolarada, os pais se encontravam no andar de cima, e Danny sabia que tinham feito amor. Agora cochilavam. Estavam felizes, ele sabia. Sua mãe ainda sentia um pouco de medo, mas a atitude do pai era estranha. Era a sensação de haver feito alguma coisa muito difícil e bem-feita. Mas Danny não parecia ver exatamente o que era essa coisa. O pai guardava essa informação com cuidado até mesmo em sua mente. Seria possível, Danny se questionou, ficar feliz por ter feito algo e ao mesmo tempo ficar tão envergonhado dessa coisa, a ponto de tentar não pensar nela? A pergunta era complicada. Não achava que isso fosse possível... numa cabeça normal. Suas investigações mais sérias em relação ao pai trouxeram apenas o retrato obscuro de algum objeto parecido com um polvo, girando no céu azul. E, nas duas ocasiões em que se concentrara profundamente para chegar à questão, o pai de repente ficou olhando fixamente para ele, como se soubesse o que Danny estava fazendo.

Danny agora estava no saguão, se arrumando para ir para fora. Saía muito, levando o trenó ou seus sapatos de neve. Gostava de sair do hotel. Quando estava ao sol, era como se tivesse tirado um peso dos ombros.

Puxou uma cadeira, subiu nela e do armário do salão tirou a parca e a calça de neve. Então se sentou para vesti-las. As botas estavam guardadas numa caixa, e após retirá-las ele as enfiou nos pés, concentrado, com a língua de fora no canto da boca enquanto as amarrava. Colocou as luvas e a máscara de esqui, e estava pronto.

Passou pela cozinha em direção à porta dos fundos e então parou. Estava cansado de brincar nos fundos do hotel, e a esta hora do dia o local onde brincava já estava coberto de sombra. Também não gostava de ficar sob a sombra do Overlook. Resolveu pegar os sapatos de neve para ir brincar no parquinho. Dick Hallorann havia avisado para se manter afastado da topiaria, mas os animais de arbusto não o incomodavam tanto. Estavam soterrados na neve, e não dava para ver nada, a não ser uma ligeira elevação que era a cabeça do coelho e as caudas dos leões. Saindo da neve como estavam, as caudas pareciam mais absurdas do que assustadoras.

Danny abriu a porta dos fundos e tirou os sapatos de neve da plataforma onde deixavam o leite. Cinco minutos depois, estava na varanda da frente, calçando-os. O pai havia comentado que ele (Danny) levava jeito para usar os sapatos — os passos largos e lentos, a virada de tornozelos para sacudir a neve das fivelas, exatamente antes de bater a bota de volta ao chão — e o mais importante era que ele desenvolveria os músculos das coxas, barriga das pernas e tornozelos. Danny descobriu que seus tornozelos se cansavam primeiro. Andar pela neve era quase tão duro para os tornozelos quanto patinar, porque é preciso ficar limpando as fivelas o tempo todo. A cada cinco minutos ele tinha que parar com as pernas abertas, os sapatos planos na neve, para descansar.

Mas não precisava descansar no caminho do parquinho, porque era em descida. Menos de dez minutos depois que lutava para subir a enorme duna de neve que se acumulara na varanda da frente do Overlook, ele estava com as mãos enluvadas no escorrega. E sequer arquejava.

O parquinho parecia muito mais bonito no meio da neve do que no outono. Parecia uma escultura de um reino de fadas. As correntes dos balanços tinham congelado em estranhas posições, os assentos dos balanços para crianças maiores descansavam sobre a camada de neve. O trepa-trepa parecia uma caverna de gelo guardada por gotas congeladas em forma de dentes. Só as chaminés da miniatura do Overlook emergiam da neve,

(queria que o de verdade estivesse enterrado assim, só que sem a gente dentro)

além dos topos dos tubos de concreto salientes em dois lugares, como os iglus dos esquimós. Danny vagueou por ali, se agachou e começou a cavar. Em pouco tempo descobriu a boca escura de um deles e entrou no tubo frio. Imaginava ser Patrick McGoohan, o Agente Secreto (as reprises desse programa passaram duas vezes na televisão de Burlington, e o pai nunca perdia; deixava de ir a uma festa para ficar em casa e assistir a *Agente secreto* ou *Os Vingadores*, e Danny sempre fizera companhia a ele), em busca dos agentes do KGB nas montanhas da Suíça. Ocorreram avalanches na região, e Slobbo, o famoso agente do KGB, matara a namorada dele com um dardo venenoso, mas em algum lugar ali perto poderia encontrar a máquina russa antigravidade. Talvez no fundo deste mesmo túnel. Apanhou sua pistola e passou pelo túnel de concreto, os olhos muito abertos e alertas, fumaça saindo pelo nariz.

A outra extremidade do tubo estava solidamente bloqueada pela neve. Tentou escavar, mas ficou espantado — e um pouco inquieto — de ver como estava sólida, quase como gelo, graças ao peso frio e constante de mais neve em cima.

O jogo de faz de conta desmoronou ao redor dele, e Danny ficou subitamente consciente de que estava se sentindo preso e extremamente nervoso dentro daquele anel apertado de cimento. Podia ouvir a própria respiração: era abafada, rápida e fraca. Ele estava debaixo da neve, e quase nenhuma luz se infiltrava pelo buraco que tinha feito para entrar ali. De repente, sentiu vontade de sair e ficar no sol, mais do que tudo. Lembrou que os pais estavam dormindo e não sabiam onde ele estava, e que, se o buraco que ele cavou desmoronasse, ele ficaria preso. E que o Overlook não gostava dele.

Danny deu meia-volta com alguma dificuldade e engatinhou pelo túnel, os sapatos de neve batendo atrás dele, as palmas de suas mãos esmagando as últimas folhas mortas do outono. Conseguiu chegar à entrada do túnel e ao gélido feixe de luz que vinha do alto, quando a neve acabou cedendo, causando uma pequena avalanche, suficiente para salpicar seu rosto e obstruir a abertura por onde ele tinha entrado e deixar o menino na escuridão.

Por um momento, seu cérebro paralisou em absoluto pânico, e ele não conseguia sequer pensar. Então, como que vindo de muito longe, ouviu a voz do pai dizendo que ele não deveria nunca brincar no lixão de Stovington, porque, às vezes, pessoas idiotas jogavam suas geladeiras velhas lá, sem tirar as portas. Se você entrasse numa e a porta fechasse, não conseguiria mais sair. Você morreria na escuridão.

(Não ia gostar que uma coisa assim acontecesse com você, não é, velhinho?)

(Não, papai.)

Mas *tinha* acontecido, sua mente frenética dizia, *tinha* acontecido, ele estava no escuro, estava fechado, e era tão frio quanto uma geladeira. E...

(*tem alguma coisa aqui comigo.*)

Com o susto, sua respiração cessou. Um pavor estonteante correu suas veias. Sim. Sim. Alguma coisa estava ali com ele, alguma coisa horrorosa que o Overlook guardara para uma oportunidade como esta. Talvez uma aranha imensa que tinha se escondido debaixo das folhas mortas, ou um rato... Ou talvez o cadáver de alguma criança que morrera ali no parquinho. Não teria acontecido isso? Sim, pensou ele, talvez. Pensou na mulher na banheira. No sangue e nos miolos na parede da Suíte Presidencial. Em alguma criança com a cabeça partida num tombo de um balanço, engatinhando atrás dele no escuro, sorrindo, à procura de um colega, no seu parquinho interminável. Para sempre. A qualquer momento, ele a ouviria chegando.

Na outra extremidade do tubo de concreto, Danny ouviu o furtivo farfalhar das folhas mortas, como se alguma coisa se estivesse aproximando dele, engatinhando. A qualquer momento, sentiria uma fria mão segurar seu tornozelo...

Aquele pensamento desfez sua paralisia. Ele estava cavando a extremidade do tubo, jogando a neve para trás aos bocados, por entre suas pernas, como um cachorro cavando à procura de um osso. Uma luz azul penetrava, vinda de cima, e Danny se atirou naquela direção como um mergulhador saindo de águas profundas. Arranhou as costas na beirada do tubo de concreto. Um dos sapatos ficou torcido atrás do outro. A neve caiu para dentro de sua máscara de esqui e pela gola da parca. Cavava a neve como se tivesse garras. A neve parecia tentar segurá-lo, sugá-lo de volta para dentro do tubo de cimento, onde estava aquela *coisa* desconhecida que amassava folhas, e mantê-lo ali. Para sempre.

Então ele conseguiu sair, o rosto voltado para o sol, rastejando pela neve, rastejando para longe do tubo semienterrado, respirando com dificuldade, o rosto quase comicamente branco de neve — uma máscara de medo viva. Foi mancando até o trepa-trepa e se sentou para ajeitar os sapatos e descansar. Enquanto os ajeitava e amarrava novamente, não tirava os olhos do buraco do fundo do tubo. Esperou para ver se alguma coisa sairia. Nada aconteceu e, em três ou quatro minutos, Danny voltou a respirar com mais calma. Independentemente do que fosse, essa coisa não suportava o sol. Estava engaiolada ali dentro, talvez só podendo sair quando escurecesse... Ou quando as duas saídas de sua prisão circular estivessem bloqueadas pela neve.

(*mas estou seguro agora estou seguro vou voltar porque agora estou*)
Alguma coisa bateu de leve atrás dele.
Ele se virou em direção ao hotel e olhou. Mas, mesmo antes de olhar,
(*Está vendo os índios neste desenho?*)
sabia o que veria, porque sabia o que era aquela leve batida. Era o ruído de um pedaço grande de neve caindo, o mesmo ruído que havia quando a neve escorregava do telhado do hotel e caía no chão.
(*Está vendo...?*)
Sim. Via. A neve tinha caído do arbusto em forma de cachorro. Quando chegara ao chão, era apenas um amontoado inofensivo de neve. Agora estava ali descoberto, um pedaço de verde deslocado na brancura da neve. O cão estava sentado, como que pedindo um docinho ou alguma sobra.

Mas desta vez Danny não iria se apavorar, não se entregaria. Pelo menos não estava preso num buraco escuro. Estava sob a luz do sol. E aquilo era apenas um cachorro. O dia hoje está bonito, pensou com esperança. O sol simplesmente derreteu a neve de cima do velho cão, e o resto caiu em pedaços. Talvez seja só isso.

(*Não se aproxime daquele lugar... mantenha-se afastado.*)

As fivelas dos sapatos estavam tão apertadas quanto poderiam estar. Ele se levantou e olhou fixamente para o tubo de concreto, quase totalmente submerso na neve, e o que viu no fundo de onde saíra congelou seu coração. Havia um círculo escuro, uma sombra que marcava o buraco que cavara para entrar. Agora, apesar do brilho refletido da neve, pensou estar vendo alguma coisa ali dentro. Alguma coisa se mexendo. Uma mão. O aceno de uma criança infeliz desesperada, uma mão acenando, suplicando, afogada.

(*Socorro. Ah, por favor, me ajude. Se não pode me salvar, pelo menos venha brincar comigo... Para sempre. Para sempre. Para sempre.*)

— Não — sussurrou Danny, rouco. A palavra saiu murcha e simples de sua boca, que estava seca. Sentia sua mente hesitando, tentando ir embora, como fizera quando a mulher no quarto tinha... não, melhor não pensar nisso.

Agarrou os cordões da realidade, segurando-os com força. Precisava sair dali, manter-se concentrado nisso. Ficar calmo. Agir como o Agente Secreto. Patrick McGoohan choraria e urinaria nas calças como um bebezinho?

E seu pai, faria isso?

Esse pensamento o acalmou um pouco.

Atrás dele, ouviu novamente aquele baque surdo de neve caindo. Ao se virar, viu agora a cabeça de um dos leões fora da neve, rosnando para ele. Estava mais próximo do que devia, quase no portão do parquinho.

O terror tentou tomar conta dele, mas Danny o dominou. Era o Agente Secreto, e *escaparia*.

Começou a sair do parquinho, tomando o mesmo atalho que o pai tomara no dia em que a neve começou. Manteve o foco nos sapatos. Passos lentos e pisando reto. Não levante muito os pés ou perderá o equilíbrio. Gire o tornozelo e tire a neve da tela da sola. Parecia tão *lento*. Chegou ao canto do parquinho. A neve estava alta aqui, e ele pôde passar por cima da cerca. Na metade da travessia o sapato ficou preso em um dos mourões da cerca, e ele quase caiu. Girou os braços para manter o equilíbrio, lembrando que, se caísse no chão, seria muito difícil levantar.

À direita, ouviu o ruído novamente, pedaços de neve caindo. Olhou e viu os outros dois leões, sem neve em cima, agora sobre as quatro patas, lado a lado, a vinte metros de distância. As depressões verdes, que eram os olhos, estavam fixas nele. O cachorro havia virado a cabeça.

(*Só acontece quando você não está olhando.*)

—Ahn, ei...

Tropeçou e caiu para a frente, na neve, os braços sacudindo inutilmente. Mais neve entrou no capuz, pelo pescoço e pelo cano das botas. Lutou para se levantar e colocou os sapatos no chão, o coração batendo forte

(Agente Secreto, lembre-se que você é o Agente Secreto)

e se desequilibrou para trás. Por um momento, ficou ali deitado, olhando para o céu, pensando que seria mais simples desistir.

Pensou então na coisa dentro do túnel de concreto, sabendo que não devia. Conseguiu se levantar e olhou para a topiaria. Os três leões estavam agrupados, a menos de quinze metros de distância. O cachorro havia se posicionado à esquerda deles, como se para impedir a fuga de Danny. Estavam livres da neve, a não ser por alguns flocos em volta do pescoço e do focinho. Todos olhavam fixamente para Danny.

Sua respiração estava acelerada, e o pânico era como um rato em sua testa, correndo e roendo. Lutava contra o pânico e contra os sapatos.

(*A voz do pai: Não, não lute contra eles, velhinho. Pise neles como se fossem seus pés. Caminhe com eles.*)

(*Sim, papai.*)

Começou a andar novamente, tentando readquirir o ritmo tranquilo que praticara com o pai. Aos poucos foi conseguindo, mas com o ritmo veio a consciência do cansaço, do quanto o medo o deixara esgotado. Os tendões das coxas, das panturrilhas e dos tornozelos estavam trêmulos e quentes. Adiante podia ver o Overlook, parecendo zombar ao longe, olhar para ele com suas muitas janelas, como se isso fosse uma espécie de concurso no qual estava pouco interessado.

Danny olhou por cima dos ombros; sua respiração acelerada ficou calma por um momento, e em seguida continuou ainda mais apressada. O leão mais próximo estava agora apenas a seis metros de distância, enfrentando a neve como um cachorro nadando numa lagoa. Os dois outros estavam à direita e à esquerda dele. Eram como um pelotão do Exército em patrulha, o cachorro, ainda à esquerda, o batedor. O leão mais próximo estava com a cabeça baixa. Os ombros juntos poderosamente sobre o pescoço. A cauda levantada como se, no instante anterior em que se voltara para olhar, ela estivesse balançando para lá e para cá. Achou que ele lembrava um grande gato doméstico que se divertia, brincando com o rato antes de matá-lo.

(... *caindo*...)

Não, se caísse estaria morto. Nunca deixariam que ele se levantasse. Eles o atacariam. Girou os braços como louco e se lançou para a frente, com o centro de gravidade dançando logo diante do nariz. Manteve o equilíbrio e correu, dando rápidas olhadas para trás. O ar saía e entrava pela garganta seca, cortando como vidro quente.

O mundo se resumia na neve brilhante, nos arbustos verdes e no ruído sussurrante de seus sapatos de neve. E em outro som: um barulho suave e abafado de patas na neve. Tentou andar mais depressa, mas não conseguiu. Caminhava sobre a pista para carros que estava soterrada, um menininho com o rosto quase escondido na sombra do capuz da parca. A tarde estava calma e brilhante.

Quando olhou novamente para trás, o leão da frente estava apenas a um metro e meio de distância. Sorrindo. A boca estava aberta, o dorso tenso como uma mola de relógio. Atrás dele e dos outros podia ver o coelho, a cabeça agora saindo da neve, verde-clara, como se tivesse virado a cara sem expressão para assistir ao fim da caçada.

Agora, no gramado da frente do Overlook, entre a pista circular para carros e a varanda, Danny deixou o pânico tomar conta dele e começou a correr desajeitado nos sapatos de neve, sem se atrever a olhar para trás, cada vez mais inclinado para a frente, os braços esticados como um cego tateando obstáculos. O capuz caiu para trás, descobrindo a pele branca e a face corada, os olhos arregalados de pavor. A varanda estava muito próxima agora.

Atrás dele ouvia o repentino esmagar de neve, como se alguma coisa tivesse dado um salto.

Danny caiu nos degraus da varanda, gritando sem voz, e os subiu apoiado nas mãos e nos joelhos, os sapatos batendo no chão, virados para o lado errado.

Um ruído cortou o ar e de repente ele sentiu uma dor na perna. Barulho de roupa sendo rasgada. Mais uma coisa que devia — *tinha* — que ser em sua mente.

Um urro, um rugido zangado.

Cheiro de sangue e folhagem.

Caiu na varanda, soluçando rouco, um forte gosto de cobre na boca. O coração batendo forte no peito. Havia um fio de sangue saindo do nariz.

Danny não teve noção do tempo que ficou ali deitado até que as portas do saguão se abriram e Jack saiu correndo, só de jeans e chinelos. Wendy estava atrás dele.

— *Danny!* — gritou ela.

— Velhinho! Danny, pelo amor de Deus! O que houve? O que aconteceu?

O pai o ajudou a se levantar. Abaixo do joelho, a calça de neve estava rasgada. Por baixo, a meia de lã também tinha sido rasgada, e a panturrilha estava superficialmente arranhada... como se ele tivesse tentado trepar num cipreste muito denso e se machucado com os galhos.

Olhou para trás. Lá embaixo, depois do gramado, estavam alguns amontoados de neve. Os animais. Entre eles e o parquinho. Entre eles e a estrada.

Suas pernas fraquejaram, e ele caiu nos braços de Jack. Danny começou a chorar.

35
O SAGUÃO

Danny contou tudo aos pais, omitindo apenas o que acontecera quando a neve bloqueou a saída do anel de concreto. Não conseguia repetir aquilo. E não encontrava as palavras certas para expressar a crescente e exaustiva onda de terror que tinha sentido quando ouviu as folhas mortas de álamo estalarem furtivamente na escuridão fria. Mas contou a eles sobre o ruído surdo da neve caindo em montes. Sobre o leão com a cabeça e os ombros juntos, lutando contra a neve para persegui-lo. Falou até mesmo sobre o coelho virando a cabeça para assistir ao final.

Os três estavam no saguão. Jack tinha acendido um fogo alto na lareira. Danny estava enrolado em um cobertor no pequeno sofá, onde, certa vez, há dez milhões de anos, três freiras sentaram, rindo como meninas, enquanto esperavam a fila na recepção diminuir. O menino bebericava sopa de macarrão numa caneca. Wendy estava a seu lado, fazendo carinho em seus cabelos. Jack, sentado no chão, ficava com o rosto cada vez mais circunspecto à medida que Danny contava a história. Por duas vezes, Jack puxou o lenço do bolso de trás e esfregou o lábio ferido.

— Então, eles me perseguiram — concluiu o garoto. Jack se levantou e caminhou até a janela de costas para eles. Danny olhou para a mãe.
— Eles me seguiram o tempo todo, até a varanda. — Lutava para manter a voz calma, porque, se mantivesse a calma, talvez acreditassem nele. O sr. Stenger não tinha ficado calmo; começara a chorar e não tinha conseguido parar, então OS HOMENS DE JALECO BRANCO o levaram, porque, se alguém não pudesse parar de chorar, isso significava que estava com os PARAFUSOS FROUXOS, e quando voltaria? NINGUÉM SABE. Seu capuz, calças e sapatos encharcados estavam sobre o tapete junto às grandes portas da frente.

(*Não vou chorar não vou me permitir chorar*)

E achava que conseguiria, mas não conseguia parar de tremer. Olhava para o fogo e esperava que o pai dissesse alguma coisa. Chamas altas amarelas na lareira de pedra escura. Um pedaço de lenha estourou e as faíscas correram para a chaminé da lareira.

— Danny, vem cá. — Jack se virou para eles. Seu rosto ainda tinha aquela expressão aflita e mortiça. Danny não gostava de olhar.

— Jack...

— Só quero que ele venha aqui um minuto.

Danny desceu do sofá e foi para junto do pai.

— Ótimo. O que você está vendo agora?

Danny sabia o que iria ver, mesmo antes de chegar à janela. Abaixo das confusas pegadas de botas, marcas de trenó e de sapatos de neve, que demarcavam a área normal de movimentação deles, o campo de neve que cobria os jardins do Overlook descia até os arbustos e o parquinho, mais adiante. E estava marcado apenas por dois conjuntos de pegadas, um deles em linha reta, da varanda ao parque, o outro uma longa curva que subia.

— Só minhas pegadas, papai. Mas...

— E os arbustos, Danny?

Os lábios de Danny começaram a tremer. Ia chorar. E se não conseguisse parar?

(*não vou chorar não vou chorar não vou não vou NÃO VOU*)

— Estão cobertas de neve — sussurrou. — Mas, papai...

— O quê? Não ouvi!

— Jack, isto é um interrogatório! Não vê que ele está triste, que ele está...

— Cale a boca! Então, Danny?

— Eles me arranharam, papai. Minha perna...

— Você deve ter cortado a perna na crosta de neve.

Então, Wendy se meteu entre eles, o rosto pálido e zangado.

— O que você quer que ele faça? — perguntou. — Confesse um assassinato? *Qual é o seu problema?*

A estranheza dos olhos de Jack pareceu se romper.

— Estou tentando ajudar Danny a entender a diferença entre uma coisa real e uma alucinação, só isso. — Jack se agachou ao lado do filho, para que pudessem ficar da mesma altura, e então o abraçou apertado. — Danny, não aconteceu de verdade. O.k.? Foi como aqueles transes que você às vezes tem. Só isso.

— Papai?

— Que foi, Dan?

— Não cortei a perna numa crosta. Não tem nenhuma crosta. A neve ainda está macia. Nem fica grudada para a gente fazer bolas de neve. Lembra que a gente tentou fazer uma guerra de bola de neve e não conseguiu?

O menino sentiu o pai se enrijecendo ao seu lado.

— Então se cortou no degrau da varanda?

Danny se afastou do pai. De repente, teve a certeza. Sua mente se iluminou repentinamente, como às vezes acontecia, como tinha acontecido com a mulher que queria se meter na calça cinza do homem. Olhou o pai com os olhos cada vez mais arregalados.

— Você sabe que estou dizendo a verdade — murmurou o garoto, chocado.

— Danny... — O rosto de Jack ficou tenso.

— Você sabe porque também viu...

O som da palma aberta de Jack atingindo o rosto de Danny foi abafado, nem um pouco dramático. A cabeça do menino foi jogada para trás, o formato da mão do pai impresso em vermelho na bochecha, como uma marca de gado.

Wendy gemeu.

Ficaram imóveis por um momento, os três, e então Jack agarrou o braço do filho e disse:

— Danny, me desculpe. Você está bem, velhinho?

— Você bateu nele, seu filho da puta! — gritou Wendy. — Seu filho da puta imundo!

Ela agarrou a outra mão do filho e, por um momento, Danny ficou sendo puxado pelos dois.

— *Ai, por favor, parem de me puxar!* — gritou, e havia tanta agonia em sua voz que os dois o soltaram. Então as lágrimas tiveram que cair e ele desabou, aos prantos, entre o sofá e a janela. Os pais o olhavam, sem poder fazer nada, como crianças que observam um brinquedo que quebrou depois de uma briga furiosa. Na lareira, outro pedaço de lenha estourou como uma granada, assustando os três.

Wendy deu uma aspirina infantil para Danny, e Jack o colocou na cama de dobrar. Sem protestos, o menino adormeceu rapidamente, com o polegar na boca.

— Não gosto disso — falou ela. — É uma regressão.

Jack não respondeu. Ficou apenas olhando para o filho, com calma, sem raiva, sem também sorrir.

— Quer que eu me desculpe por ter chamado você de filho da puta? Tudo bem, peço desculpa. Perdão. Mas ainda acho que não devia ter batido nele.

— Eu sei — murmurou Jack. — Sei disso. Não sei que diabo foi que aconteceu comigo.

— Você prometeu que nunca mais bateria nele.

Ele a olhou furioso, mas a fúria logo arrefeceu. De repente, com pena e pavor, ela viu como Jack seria quando ficasse velho. Nunca o tinha visto assim antes.

(assim como?)

Derrotado, ela mesma respondeu. *Ele parece vencido.*

— Sempre pensei que pudesse cumprir minhas promessas — comentou Jack.

Ela foi até ele e colocou as mãos sobre seu braço.

— Bem, está terminado. Quando o guarda-florestal vier para nos ver, vamos dizer que queremos descer. Certo?

— Certo — respondeu ele; e naquele momento, pelo menos, estava sendo sincero. Da mesma forma que sempre havia sido sincero nas manhãs seguintes, olhando o rosto pálido e selvagem no espelho do banheiro. *Vou parar, vou largar tudo de vez.* Mas a manhã dava lugar à tarde, e à tarde ele se sentia um pouco melhor. E a tarde dava lugar à noite. Como diria um grande pensador do século xx, a noite precisa vir.

Desejava que Wendy perguntasse sobre os arbustos, sobre o que Danny quis dizer com *Você sabe porque também viu...* Se ela perguntasse, ele contaria tudo. Tudo. Os arbustos, a mulher no quarto, falaria até sobre a mangueira do extintor de incêndio que pareceu ter mudado de posição. Mas até onde iria a confissão? Poderia dizer que tinha jogado o magneto fora? Que todos poderiam estar em Sidewinder agora, se não tivesse feito aquilo?

Mas o que ela disse foi:

— Quer chá?

— Quero. Uma xícara de chá cairia bem.

Ela caminhou até a porta e parou, esfregando os braços por cima do suéter.

— A culpa é tanto minha quanto sua — afirmou. — O que estávamos fazendo enquanto ele passava por aquele... sonho, ou seja lá o que for?

— Wendy...

— Estávamos dormindo — completou ela. — Dormindo como um casal de adolescentes que deram uma rapidinha.

— Pare com isso. Já passou.

— Não — respondeu Wendy, dando um sorriso estranho e inquieto. — Não passou.

Foi fazer o chá e o deixou tomando conta do filho.

36
O ELEVADOR

Jack acordou de um sono leve e inquieto, onde figuras enormes e indefinidas o perseguiam por intermináveis campos de neve até chegar ao que pensou ser outro sonho: escuridão, uma repentina mistura de sons mecânicos — cliques e estalos, zumbidos, chacoalhares, pancadas e sopros.

Então, Wendy se sentou ao seu lado, e ele percebeu que não era um sonho.

— Que barulho foi esse? — a mão dela, fria, segurou seu pulso. Ele reprimiu a vontade de se esquivar... como é que ele podia saber o que era aquilo? O relógio iluminado na mesa de cabeceira marcava cinco para meia-noite.

O ruído novamente. Alto e constante, com pouquíssima variação. O zumbido parou, dando lugar a um estalo metálico. Uma pancada sacolejante. Um baque. Então, o zumbido recomeçou.

Era o elevador.

Danny estava sentado na cama.

— Papai? *Papai?* — Sua voz estava sonolenta e assustada.

— Estou aqui, velhinho — disse Jack. — Venha para cá. Sua mãe também está acordada.

Ouviram o ruído dos lençóis sendo remexidos, enquanto Danny subia na cama para ficar entre eles.

— É o elevador — sussurrou o garoto.

— É sim — confirmou Jack. — Só o elevador.

— Como assim *só*? — perguntou Wendy. Havia uma camada de histeria em sua voz. — Estamos no meio da noite. *Quem está operando ele?*

Zummmm. Clink/Clank. Acima deles agora. O chacoalhar da grade se abrindo, a batida das portas se abrindo e fechando. Em seguida, o ruído do motor e dos cabos novamente.

Danny começou a chorar.

Jack pôs os pés no chão.

— Talvez seja um curto-circuito. Vou dar uma olhada.

— Não se atreva a sair deste quarto!

— Não seja estúpida — respondeu ele, vestindo o roupão. — É o meu trabalho.

Pouco depois ela mesma havia saído da cama, tendo Danny a seu lado.

— Nós vamos também.

— Wendy...

— Qual é o problema? — perguntou Danny sombriamente. — Qual é o problema, papai?

Em vez de responder, Jack deu as costas, o rosto zangado e duro. Fechou o roupão, abriu a porta e saiu pelo corredor escuro.

Wendy hesitou por um momento, e na verdade foi Danny que começou a andar primeiro. Ela foi atrás dele rapidamente, e todos saíram juntos.

Jack não se importou com a escuridão. Wendy tateou à procura do interruptor que acendia as quatro lâmpadas do espaço que levava ao corredor principal. Adiante, Jack quase sumia de vista. Então Danny encontrou os interruptores e acionou os três de uma vez. O corredor que levava às escadas e ao elevador se iluminou.

Jack estava parado diante da porta do elevador, que era ladeada por bancos e cinzeiros de pé. Estava imóvel em frente à porta fechada. No roupão xadrez desbotado, chinelos de couro marrom com saltos gastos e o cabelo todo despenteado, ele parecia um absurdo Hamlet do século xx, uma figura indecisa, tão hipnotizada pela tragédia que se aproximava que se sentia incapaz de desviar ou alterar seu curso.

(*deus pare de pensar como louca...*)

As mãos de Danny estavam muito apertadas às da mãe. Ele olhava atentamente para ela, o rosto tenso e ansioso. Estava tentando captar meus pensamentos, concluiu Wendy. Era impossível saber o quanto ele estava captando dos dois, mas ela ruborizou, como se tivesse sido flagrada se masturbando.

— Venha — disse ela, e caminharam no corredor em direção a Jack.

O barulho ali era mais alto, aterrorizante de uma maneira distante e paralisante. Jack olhava fixamente para a porta. Pela janelinha de vidro, no centro, Wendy pensou que poderia enxergar os cabos vibrando um pouco. O elevador retiniu parando abaixo deles, no saguão. Ouviram as portas abrirem. E...

(*festa*)

Por que ela pensou em festa? A palavra simplesmente saltara em sua cabeça sem qualquer razão. O silêncio no Overlook era completo e intenso, com exceção dos ruídos estranhos que vinham do poço do elevador.

(deve ter sido uma baita festa)

(QUE FESTA???)

Por um momento, a mente de Wendy se encheu com uma imagem tão real, que parecia ser uma lembrança... não qualquer lembrança, mas uma daquelas que você considera preciosa, uma daquelas que você guarda para ocasiões muito especiais e raramente fala nela. Luzes... centenas, talvez milhares delas. Luzes e cores, o estourar das rolhas de champanhe, uma orquestra de quarenta pessoas tocando "In the Mood", de Glenn Miller. Mas Glenn Miller tinha morrido numa queda de avião antes de ela ter nascido, como ela poderia ter uma memória do músico?

Olhou para Danny e viu sua cabeça inclinada para o lado, como se ele estivesse ouvindo algo que ela não ouvia. O rosto estava pálido.

Um solavanco.

A porta se fechou lá embaixo. Um gemido zumbiu conforme o elevador começou a subir. Ela viu o motor em cima do carro pela janelinha de vidro, depois o interior do carro por trás dos losangos formados pela grade. A luz amarela pálida do teto do carro. Estava vazio. O carro estava vazio. Estava vazio, mas

(nas noites de festa eles devem ter entrado às dúzias, devem ter enchido o carro do elevador além dos seus limites de segurança, mas naturalmente ele era novo nessa época, e todos usando máscaras)

(QUE MÁSCARAS???)

O elevador parou no andar de cima, terceiro andar. Ela olhou para Danny. Seu rosto eram só olhos. A boca apertada, amedrontada e branca. Acima deles, a grade abrindo. A porta do elevador aberta num baque, aberta num baque porque era hora, a hora era chegada, era hora de dizer

(Boa noite... boa noite... sim, foi maravilhoso... não, realmente não posso ficar para a retirada das máscaras... cedo para a cama, cedo para levantar... ah, aquela era Sheila?... O monge?... puxa, não é engraçado, Sheila vestida de monge?... sim, boa noite... boa)

Solavanco.

Som metálico. Motor engatado. O carro começou a descer.

— Jack — sussurrou ela. — O que é isso? O que está acontecendo?

— Um curto-circuito — respondeu Jack. Seu rosto estava rígido como madeira. — Eu falei que era um curto-circuito.

— Fico ouvindo vozes em minha cabeça! — gritou Wendy. — O que é? O que está acontecendo? Sinto como se estivesse ficando louca!

— Que vozes? — Jack olhou para ela de uma maneira mortalmente imperturbável.

Ela se virou para Danny.

— Você ouviu...?

Danny assentiu lentamente com a cabeça.

— Sim. E música. De muito tempo atrás. Na minha cabeça.

O elevador parou novamente. O hotel estava silencioso, estalando, deserto. Lá fora o vento gemia na escuridão.

— Talvez vocês dois estejam ficando loucos — afirmou Jack com naturalidade. — Não escuto absolutamente nada, só mesmo o elevador passando por um caso de soluço elétrico. Se vocês dois querem formar um dueto histérico, tudo bem. Mas não contem comigo.

O elevador estava descendo de novo.

Jack deu um passo à direita, onde uma caixa com a frente de vidro estava instalada à altura do peito. Ele socou o vidro com o punho nu. O vidro quebrou, caindo para dentro. O sangue escorria dos nós dos dedos. De dentro, tirou uma chave com uma haste comprida e lisa.

— Jack, não. Não.

— Vou fazer meu trabalho. Agora me deixe sozinho, Wendy!

Ela tentou segurá-lo pelo braço, mas ele a empurrou para trás. Seus pés tropeçaram na barra do roupão e ela caiu no tapete com um tombo desajeitado. Danny deu um grito estridente e caiu de joelhos ao lado dela. Jack se virou para o elevador e enfiou a chave no buraco.

Os cabos do elevador desapareceram, e o piso do carro surgiu na pequena janela. Um segundo depois, Jack girou a chave com força. Escutou um rangido e um chiado enquanto o elevador parava. Por um momento, o motor desembrenhado, no porão, fez ainda mais barulho, e então o disjuntor o desligou, deixando o Overlook em silêncio. O vento da noite lá fora, em comparação, parecia muito alto. Jack olhou estupidamente para a porta cinza de metal do elevador. Havia três manchas grandes de sangue embaixo da fechadura, dos seus nós dos dedos dilacerados.

Ele se voltou para Wendy e Danny. Ela estava sentada, e Danny tinha o braço a sua volta. Os dois o olhavam fixamente, como se ele fosse um estranho, possivelmente um estranho perigoso. Ele abriu a boca sem ter certeza do que ia sair.

— É... Wendy, é o meu trabalho.

— Foda-se o seu trabalho — respondeu ela com clareza.

Ele se virou novamente para o elevador, enfiou os dedos na fenda que corria no lado direito da porta e a abriu um pouco. Depois, conseguiu pôr todo seu peso na porta e a abriu por completo.

O carro havia parado na metade, o piso na altura do peito de Jack. A luz calorosa se derramou para fora, contrastando com a escuridão oleosa do poço embaixo.

Jack olhou para dentro, durante o que pareceu um longo tempo.

— Está vazio — afirmou ele. — Um curto-circuito, como eu tinha dito. — Enganchou os dedos na fenda atrás da porta e começou a fechá-la... Em seguida, as mãos dela pousaram sobre seu ombro, com surpreendente força, afastando Jack para o lado.

— Wendy! — gritou ele. Mas ela já havia se jogado sobre o piso do elevador e dado um pulo, para olhar o interior do carro. Em seguida, fazendo força com os ombros e a barriga, se impulsionou para cima. Por um momento, ficou pendurada. Seus pés balançavam sobre a escuridão do poço, e um chinelo cor-de-rosa caiu do pé e desapareceu.

— *Mamãe!* — gritou Danny.

Então, ela estava suspensa, as bochechas rubras, a testa tão pálida e iluminada como uma lamparina.

— O que é isto, Jack? É um curto-circuito? — Jogou alguma coisa e, de repente, o corredor estava cheio de confetes vermelhos, brancos, azuis e amarelos. — É? — Uma serpentina verde, desbotada com o tempo em um tom pastel claro. — E *isto*? — Atirou o objeto, que pousou no tapete azul: uma máscara de seda negra, enfeitada de lantejoulas no canto das têmporas. — *Isto parece um curto-circuito, Jack?* — gritou para o marido.

Jack se afastou devagar, sacudindo a cabeça mecanicamente. A máscara olhava perdida para o teto, pousada sobre o tapete do corredor coberto de confete.

37
O SALÃO DE BAILE

Era 1º de dezembro.

Danny estava no salão de baile da ala leste, sentado em uma poltrona estofada e de espaldar alto. Observava o relógio que ficava no centro, na prateleira acima da lareira, ladeada por dois grandes elefantes de marfim. Quase esperava que os elefantes começassem a se mexer e tentassem espetá-lo com suas presas, mas eles permaneciam imóveis. Eram "seguros". Desde a noite do elevador, dividia todos os elementos no Overlook em duas categorias. O elevador, o porão, o parquinho, o apartamento 217 e a Suíte Presidencial (era Suíte, era assim que se escrevia; tinha visto numa planilha de contabilidade que o pai estava lendo no jantar na noite anterior e memorizara com cuidado)... estes lugares eram "inseguros". Seus alojamentos, o saguão e a varanda eram "seguros". Aparentemente o salão de baile também era.

(Os elefantes pelo menos são.)

Não estava certo quanto aos outros lugares e, portanto, em geral os evitava.

Olhou para o relógio dentro da redoma de vidro. Ficava sob o vidro porque toda a sua engrenagem estava exposta. Um sulco cromado ou de aço contornava estes trabalhos, e bem abaixo do mostrador havia uma barra com um par de rodas dentadas em cada extremidade. Os ponteiros estavam parados quinze minutos depois das onze, e, apesar de não conhecer algarismos romanos, Danny podia adivinhar, pela configuração dos ponteiros, a que horas o relógio tinha parado. O relógio repousava sobre uma base de veludo. Em frente, um pouco distorcida pela curva da redoma, estava uma chave de prata, cuidadosamente trabalhada.

Ele supôs que o relógio era um dos objetos em que ele não devia tocar, assim como os atiçadores decorativos da lareira, que ficavam no armário torneado de bronze junto à lareira do saguão, ou a alta cômoda de louças no fundo do restaurante.

Uma sensação de injustiça e de revolta cresceram nele e

(*não se incomode com o que não posso tocar, simplesmente não se incomode; me tocou, não tocou? brincou comigo, não brincou?*)

Era verdade. Além disso, as coisas não tinham tomado cuidado para não machucar Danny. Danny estendeu as mãos, pegou a redoma de vidro, a levantou e a acomodou do lado. Por um momento, deixou um dedo brincar sobre o interior do relógio, a ponta do indicador acompanhando os dentes da engrenagem, percorrendo de leve as rodas. Pegou a chave de prata. Para um adulto, seria desconfortavelmente pequena, mas cabia perfeitamente entre seus dedos. Ele a encaixou no buraco, no centro do mostrador. Ela se encaixou firmemente em seu lugar, com um pequeno clique, mais sentido do que ouvido. Girava para a direita, claro: sentido horário.

Danny girou a chave até que ela ficasse travada e então a retirou. O relógio começou a bater. Os dentes giravam. Uma grande roda balançava de um lado para outro, em semicírculos. Os ponteiros se mexiam. Se a pessoa mantivesse a cabeça imóvel e os olhos bem abertos, poderia ver o ponteiro dos minutos caminhando para, daqui a quarenta e cinco minutos, se encontrar com o ponteiro das horas. Às doze.

(*E a Morte Rubra dominava tudo.*)

Ele franziu a testa e afastou o pensamento. Era um pensamento sem significado, sem referência para ele.

Estendeu o dedo indicador mais uma vez e empurrou o ponteiro dos minutos até o das horas, curioso com o que poderia acontecer. Obviamente, não era um relógio de cuco, mas aquele trilho de metal provavelmente tinha algum propósito.

Ouviu uma pequena série de cliques, e então o relógio começou a tocar "Danúbio Azul", de Strauss. Um rolo de tecido perfurado, com aproximadamente cinco centímetros de largura, começou a se desenrolar. Uma pequena série de martelinhos subia e descia. Atrás do mostrador, duas figuras deslizaram para a frente pelo trilho de aço. Bailarinos. À esquerda, uma jovem com uma saia de tule e meias brancas; à direita, um rapaz de malha negra e sapatilhas. Os braços deles estavam erguidos em arco sobre suas cabeças. No centro do relógio, em frente ao seis, eles se encontravam.

Danny viu pequenos sulcos nas laterais dos bailarinos, exatamente na altura das axilas. Uma barra entrou por esses sulcos, e ele ouviu outro pequeno clique. As rodas dentadas dos dois lados da barra começaram a girar. O "Danúbio Azul" continuava soando. Os braços dos bailarinos desceram e se entrelaçaram. O rapaz levantou a moça acima da cabeça e em seguida rodopiou sobre a barra. Agora estavam deitados de bruços, a cabeça do rapaz mergulhada por baixo da saia curta de balé da moça, o rosto dela apertado no meio da malha do rapaz. Contorciam-se num frenesi mecânico.

O nariz de Danny franziu. Estavam beijando os pipis um do outro. Aquilo o deixou enjoado.

Minutos depois, os movimentos começaram a retroceder. O rapaz rodopiou sobre a barra e ergueu a moça para uma posição vertical. Pareciam se cumprimentar com a cabeça, enquanto os braços formavam o arco sobre suas cabeças. Saíram da mesma maneira como chegaram, desaparecendo assim que o "Danúbio Azul" terminou. O relógio começou a repicar os carrilhões de prata.

(*Meia-noite! Está batendo meia-noite!*)
(*Retirem as máscaras!*)

Danny rodopiou na poltrona, quase caindo. O salão de baile estava vazio. À frente do janelão, via neve fresca começando a cair. O imenso tapete do salão (que só era usado durante o baile, claro), com um bordado opulento, dourado e vermelho, repousava tranquilo sobre o chão. Espalhadas ao redor, estavam pequenas mesas para dois, as cadeiras viradas para baixo, com as pernas apontando para o teto.

O salão todo estava vazio.

Mas não estava realmente vazio. Porque aqui, no Overlook, as coisas simplesmente pareciam não terminar. Houve uma noite interminável em agosto de 1945, com alegria e bebida, alguns poucos escolhidos subindo e descendo no elevador, bebendo champanhe e soprando língua de sogra na cara um do outro. Ainda não era de manhã, em junho, vinte anos depois, e os mafiosos dispararam inúmeros tiros de escopeta nos corpos dilacerados e sangrentos de três homens, que viviam uma infindável agonia. Num quarto do segundo andar, uma mulher boiava na banheira, esperando visita.

No Overlook, tudo tinha uma espécie de vida. Era como se algo tivesse dado corda no prédio inteiro, com uma chave de prata. O relógio batia. O relógio batia.

Ele era aquela chave, pensou Danny, triste. Tony havia dado o aviso, mas Danny simplesmente deixou que as coisas prosseguissem.

(*Só tenho cinco anos!*)

Gritou para uma presença que conseguia sentir naquele aposento.

(*Não faz diferença nenhuma eu ter só cinco anos?*)

Não houve resposta.

Relutante, ele se virou para o relógio.

O menino vinha adiando aquele momento, na esperança de que alguma coisa acontecesse e o ajudasse a não chamar Tony novamente. Que um guarda-florestal chegasse, ou um helicóptero, ou uma equipe de salvamento. Sempre chegavam na hora certa nos programas de televisão, e as pessoas eram salvas. Na televisão, os guardas, a SWAT e o pessoal da equipe médica eram uma força amistosa, que contrabalançavam o mal que ele percebia no mundo; quando as pessoas estavam em apuros, eram socorridas. Eles não precisavam lutar para sair sozinhos.

(*Por favor?*)

Não houve resposta.

Nenhuma resposta, e se Tony aparecesse, seria o mesmo pesadelo? A voz exuberante, rouca e petulante, o tapete preto e azul como cobras? *Redrum?*

Mas o que mais?

(*Por favor ah por favor*)

Nenhuma resposta.

Com um suspiro trêmulo, Danny olhou para o mostrador do relógio. Rodas dentadas giravam e se encaixavam umas nas outras. Uma outra balançava hipnoticamente de um lado para outro. E, se você mantivesse a cabeça imóvel, poderia ver o ponteiro dos minutos caindo de doze para cinco. Se você mantivesse a cabeça imóvel, poderia ver que...

O mostrador desapareceu. Em seu lugar, surgiu um buraco negro e redondo. Levava para o além. Começou a aumentar. O relógio desapareceu. O salão atrás dele. Danny cambaleou e caiu na escuridão que o tempo inteiro estivera atrás do mostrador.

O pequeno menino na poltrona subitamente desabou e ficou deitado nela num ângulo torto e errado, com a cabeça jogada para trás, os olhos arregalados e perdidos em direção ao teto alto do salão.

Descendo, descendo, descendo, descendo para...

... o corredor, agachado no corredor, e dobrara para o lado errado, tentando voltar às escadas, dobrara para o lado errado e agora E AGORA...

... viu que estava num corredor curto, sem saída, que levava apenas à Suíte Presidencial, e o estrondo se aproximava, o taco de roque assobiando brutalmente pelo ar, enterrando as extremidades na parede, cortando o papel de seda, fazendo cair pequenos pedaços de gesso.

(*Merda, venha aqui! Tome seu*)

Mas havia outro vulto no corredor. Relaxado com indiferença contra a parede atrás dele. Como um fantasma.

Não, não era um fantasma. Estava todo vestido de branco, vestido de branco.

(*Vou achar você, seu fedelho maldito*)

Danny se encolheu de medo. Subindo pelo corredor principal do terceiro andar. Logo o dono daquela voz apareceria dobrando o corredor.

(*Venha cá! Venha aqui, seu merdinha!*)

A figura de branco se ajeitou um pouco, tirou o cigarro do canto da boca e puxou um pedaço de fumo do lábio inferior. Danny viu que era Hallorann. Vestido com o uniforme branco de cozinheiro, em vez do casaco azul que estava usando no último dia.

— Se houver problemas — dissera Hallorann —, dê um sinal. Um chamado forte como o que você deu minutos atrás. Pode ser que eu o escute até mesmo lá da Flórida. E se isso acontecer, virei correndo. Virei correndo. Virei correndo...

(*Venha agora então! Venha agora, venha AGORA! Ah, Dick, preciso de você, nós todos precisamos*)

— ... correr. Perdão, mas tenho que correr. Perdão, Danny amigão, mas tenho que correr. Foi muito divertido, seu danado, mas tenho que ir depressa, tenho que correr.

(*Não!*)

Mas enquanto observava, Dick Hallorann se virou, pôs o cigarro de volta no canto da boca e passou indiferente através da parede.

Deixando Danny sozinho.

E foi quando a sombra dobrou o corredor, imensa na escuridão, apenas deixando claro o vermelho dos olhos.

(*Aí está você! Te peguei, seu bosta! Agora vou te ensinar!*)

A figura se lançou bruscamente na direção de Danny, cambaleando, o taco de roque balançando para cima e para cima e para cima. Danny caminhou para trás, gritando, e de repente passou através da parede, caindo, rolando pelo buraco, pelo buraco do coelho para uma terra cheia de extravagâncias.

Tony estava muito abaixo, também caindo.

(*Não posso mais vir, Danny... ele não vai me deixar chegar perto de você... nenhum deles vai deixar eu chegar perto de você... chame o Dick... chame o Dick...*)

— Tony! — gritou.

Mas Tony desapareceu e, de repente, Danny estava numa sala escura. Mas não totalmente escura. Uma luz muito fraca vinha de algum lugar. Era o quarto dos pais. Via a escrivaninha do pai. Mas o quarto parecia um terrível campo de batalha. Já estivera aqui antes. O toca-discos da mãe derrubado no chão. Seus discos espalhados pelo tapete. O colchão com a metade fora da cama. Quadros arrancados das paredes. A cama tombada como um cachorro morto, o Violento Volkswagen Violeta reduzido a pedaços de plástico roxo.

A luz vinha da porta do banheiro, entreaberta. Por trás dela, uma mão flácida balançava, o sangue pingando das pontas dos dedos. E, no espelho do armário de remédios, a palavra REDRUM acendendo e apagando.

De repente, um imenso relógio dentro de uma redoma de vidro se materializou na sua frente. Estava sem os ponteiros e sem números no mostrador, apenas com uma data escrita em vermelho: 2 DE DEZEMBRO. E, então, olhos arregalados de pavor, Danny viu a palavra REDRUM refletida vagamente na redoma de vidro, agora refletida duas vezes. E viu que formava MURDER. *Assassinato.*

Danny Torrance gritou sentindo um intenso terror. A data desaparecera do mostrador. O próprio mostrador desaparecera, substituído por um buraco escuro que crescia, crescia como uma pupila dilatada. Apagava tudo, e ele tombou para a frente, começando a cair, caindo, ele estava...

... caindo da poltrona.

Por um momento, ficou deitando no chão do salão, ofegante.

> *REDRUM.*
> *MURDER.*
> *REDRUM.*
> *MURDER.*

(*E a Morte Rubra dominava tudo!*)

(Retirem as máscaras! Retirem as máscaras!)

E, por trás de cada máscara cintilante e bela, o rosto, até então escondido, com a forma da sombra que o perseguira nos corredores escuros, os olhos vermelhos e grandes, vagos e homicidas.

Ah, ele tinha medo do rosto que poderia aparecer, quando finalmente chegasse a hora da retirada das máscaras.

(DICK!)

Gritou com toda a força. A cabeça parecia tremer com a força.

(AH DICK AH POR FAVOR POR FAVOR POR FAVOR VENHA!!!)

Acima, o relógio, o relógio em que dera corda com a chave de prata, continuava a marcar os segundos, minutos e horas.

QUINTA PARTE
QUESTÕES DE VIDA E MORTE

38
FLÓRIDA

O terceiro filho da sra. Hallorann, Dick, com um uniforme branco de cozinheiro, um Lucky Strike pendurado no canto da boca, deu ré no seu Cadillac reformado. Saiu da vaga detrás do Atacadão de Frutas e Legumes 1A e deu uma volta lentamente em torno do prédio. Masterton, agora seu sócio, que conservava desde antes da Segunda Guerra Mundial um jeito especial e próprio de andar se arrastando, empurrava uma caixa de alfaces para dentro do edifício alto e escuro.

Hallorann apertou o botão para abrir a janela do banco de carona e gritou:

— Esses abacates tão caros à beça, seu pão-duro.

Masterton olhou por cima dos ombros, deu um sorriso largo para mostrar os três dentes de ouro e gritou de volta:

— E sei exatamente onde é que você pode enfiar esses abacates, rapaz.

— Não costumo me esquecer desse tipo de comentário, mano.

Masterton fez um sinal obsceno com o dedo. Hallorann retribuiu.

— Recebeu os pepinos? — perguntou Masterton.

— Recebi.

— Venha cedo amanhã, vou lhe dar as batatas mais bonitas que já viu.

— Vou mandar o menino — informou Hallorann. — Vai passar por lá hoje à noite?

— Vai ter bebida, mano?

— Positivo e operante.

— Conta comigo. Vai devagar para casa, viu? Todo guarda daqui até St. Pete sabe seu nome.

— Você sabe tudo sobre isso, hein? — disse Hallorann, sorrindo.

— Sei mais do que você jamais aprenderá, homem.

— Ouça este crioulo metido. Quer ouvir?

— Cai fora, sai daqui antes que eu jogue estas alfaces em cima de você.

— Pode jogar. Sendo de graça, eu pego.

Masterton fez que ia jogar um pé de alface. Hallorann desviou rapidamente a cabeça, levantou a janela e saiu. Sentia-se bem. Durante a última meia hora, sentia cheiro de laranja, mas não estranhou. Tinha passado a última meia hora em um mercado hortigranjeiro.

Eram quatro e meia da tarde, primeiro dia de dezembro, o velho inverno açoitava quase todo o país, mas aqui os homens usavam camisas abertas de manga curta, e as mulheres, vestidos leves e shorts. No topo do edifício First Bank of Florida, um termômetro digital, enfeitado com imensas grapefruits, piscava 25 graus sem parar. Agradeço a Deus por ter me dado a Flórida, pensou Hallorann, com seus mosquitos e tudo.

No banco de trás do carro havia duas dúzias de abacates, um caixote de pepinos, um de laranjas, e outro de grapefruit. Três sacolas de compras cheias de cebolas das Bermudas, o melhor vegetal que o bom Deus criou, ervilhas boas que seriam servidas com o prato principal e que voltariam intactas para a cozinha nove vezes em cada dez refeições, e uma única abóbora que era estritamente para consumo pessoal.

Hallorann parou no sinal da rua Vermont e, quando a luz verde acendeu, engatou e saiu pela estrada 219, chegando a setenta quilômetros por hora. Manteve esta velocidade até que os prédios da cidade começaram a dar lugar a uma porção de postos de gasolina e lanchonetes. A encomenda hoje tinha sido pequena, poderia ter mandado Baedecker buscar, mas ele já estava irritado por ser sua vez de comprar carne. Além do mais, Hallorann nunca perdia uma oportunidade de bater um papo com Frank Masterton. O amigo talvez aparecesse à noite para assistir à televisão e beber cerveja com Hallorann, ou talvez não. Qualquer possibilidade era boa. Mas vê-lo era importante. De uns tempos para cá, havia se tornado importante, pois eles já não eram mais jovens. Nos últimos dias, parecia estar pensando muito neste assunto. Quando se chega próximo aos sessenta (ou... para dizer a verdade... se ultrapassa essa idade), já não se é mais tão jovem, e é preciso começar a pensar na morte. Pode-se partir a qualquer momento. E isso não saiu de sua mente esta semana, não de uma maneira pesada, mas como um fato. Morrer é uma parte da vida. A pessoa tem que perceber isso se quiser se tornar um ser humano em sua totalidade. E, se o fato de sua própria morte era difícil de ser compreendido, pelo menos não era impossível de ser aceito.

Não sabia dizer por que isso não saía de sua mente, mas a outra razão para ele mesmo ter ido pegar a encomenda era porque assim poderia subir até o pequeno escritório sobre o Frank's Bar e Grill. Havia lá um advogado agora (o dentista que alugava o imóvel ano passado tinha aparentemente falido), um jovem negro chamado McIver. Hallorann havia entrado lá e informado a esse McIver que queria fazer um testamento, e será que McIver poderia ajudá-lo? Bem, McIver respondeu, para quando quer o documento? Para ontem, respondeu Hallorann, jogando a cabeça para trás e rindo. Tem alguma coisa complicada em mente?, foi a próxima pergunta do McIver. Hallorann não tinha. Tinha seu Cadillac, sua conta bancária — uns 9 mil dólares — e um armário de roupas. Queria que tudo fosse para sua irmã. E se ela morrer antes de você?, perguntou McIver. Não se incomode, tranquilizou Hallorann. Se isso acontecer, farei um novo testamento. O documento estava pronto e assinado em menos de três horas — trabalho rápido para um rábula — e agora ficava no bolso da camisa de Hallorann, dobrado dentro de um envelope azul com a palavra TESTAMENTO em letras desenhadas.

Também não sabia dizer por que havia escolhido este dia ensolarado, por que se sentia tão bem para fazer algo que vinha adiando durante anos. Mas o impulso viera, e ele não dissera não. Havia se acostumado a seguir seus instintos.

Agora estava fora da cidade. Acelerou até os proibidos cem e deixou o carro correr na pista da esquerda, que servia de escoamento para a maior parte do tráfego em direção a Petersburg. Sabia, por experiência própria, que o Cadillac rodaria ainda com a mesma estabilidade a cento e quarenta e até a cento e noventa. Mas sua época de corredor já havia passado há muitos anos. A ideia de meter cento e noventa numa reta simplesmente o deixava apavorado. Estava ficando velho.

(Meu Deus, essas laranjas têm cheiro forte. Será que estão passadas?)
Insetos se esmagavam contra o para-brisa. Ligou o rádio numa estação de soul de Miami e ouviu a voz macia de Al Green.

Que época linda vivemos,
Agora está ficando tarde e devemos nos separar...

Abriu a janela para jogar fora as cinzas do cigarro e afastar o cheiro de laranjas. Batucava os dedos de leve no volante e cantarolava. Pendurada no espelho retrovisor, sua medalha de São Cristóvão balançava levemente.

De repente, o cheiro forte de laranjas aumentou, e ele sabia que alguma coisa estava vindo. Viu os próprios olhos no espelho retrovisor arregalarem-se surpresos. E então veio tudo de uma vez, numa força imensa que afastou a música, a estrada adiante, a própria consciência de si mesmo como única criatura humana. Era como se alguém tivesse encostado um revólver psíquico na sua cabeça e tivesse atirado um grito de calibre .45.

(AH DICK AH POR FAVOR POR FAVOR POR FAVOR VENHA!!!)

Hallorann passou ao lado de uma van dirigida por um homem com uniforme de operário que, ao ver o carro mudando para sua pista, começou a buzinar. O Cadillac continuou a correr, o operário olhou rapidamente para o motorista e viu um grande homem negro ao volante, os olhos virados vagamente para cima. Mais tarde, o motorista disse à esposa que sabia tratar-se de um desses cabelos afros que todos os negros usam hoje em dia, mas, na ocasião, parecia que cada fio de cabelo na cabeça do crioulo estava arrepiado. Pensou que o negro estivesse sofrendo um ataque cardíaco.

O homem freou bruscamente, aproveitando o pouco espaço que lhe restava. O Cadillac continuou a fechá-lo, e ele ficou apavorado quando as lanternas traseiras grandes e em forma de foguete cortaram a pista a menos de um centímetro do seu para-choque.

O operário mudou para a esquerda, ainda buzinando, e berrou ao passar pelo carro descontrolado. Mandou o motorista ir praticar algum ato sexual consigo mesmo. Participar de sexo oral com roedores e pássaros. Articulou seu desejo de que todas as pessoas negras voltassem ao continente de origem. Expressou sua sincera convicção do lugar que a alma do motorista do Cadillac ocuparia depois de morto. Concluiu dizendo que achava ter conhecido a mãe do motorista numa casa de prostituição em New Orleans.

Depois, seguiu em frente e se viu fora de perigo, percebendo, de repente, que havia urinado na calça.

Na mente de Hallorann, o pensamento se repetia,

(VENHA DICK POR FAVOR VENHA DICK POR FAVOR)

mas começou a se esvanecer da mesma maneira que acontece com uma estação de rádio, quando você começa a se afastar dos limites da área de transmissão. Sentiu que o carro estava no acostamento a mais de oitenta quilômetros por hora e o dirigiu de volta à estrada, sentindo a traseira rabear por um momento, antes de retomar o asfalto.

Avistou uma lanchonete de beira de estrada logo à frente. Hallorann ligou a seta e entrou, o coração batendo forte no peito, o rosto pálido. Estacionou, tirou o lenço do bolso e secou a testa.

(*Santo Deus!*)

— O que deseja?

A voz o surpreendeu novamente, apesar de não ter sido a voz de Deus, mas a de uma garçonete bonitinha, junto à janela do carro com um bloco de pedidos à mão.

— Sim, benzinho, uma vaca-preta por favor. Com duas bolas de baunilha, tá bem?

— Sim, senhor. — Ela saiu, os quadris balançando jeitosos debaixo do uniforme de náilon vermelho.

Hallorann se recostou no banco de couro e fechou os olhos. Não sobrara mais nada. O último vestígio havia se apagado quando ele estacionou e fez o pedido à garçonete. Tudo o que restou foi uma forte dor de cabeça, como se os miolos tivessem sido torcidos, espremidos e postos para secar. Uma dor de cabeça semelhante à que teve quando deixou aquele menino Danny penetrar em sua mente lá nas montanhas, na "Menina dos Olhos de Ullman".

Mas desta vez a dor tinha sido muito mais forte. Naquela ocasião, o menino apenas brincara com ele. Desta vez, sentiu o pânico puro em cada palavra gritada em sua cabeça.

Olhou para os braços. O sol quente batia neles, mas ainda assim estavam arrepiados. Havia dito ao menino que o chamasse se precisasse de ajuda. Lembrava-se disso. E agora o menino estava chamando.

De repente, imaginou como poderia ter deixado aquele menino por lá, iluminado como era. Certamente ele passaria por problemas, talvez sérios.

De repente, ligou o carro, deu marcha a ré e voltou para a estrada, cantando pneus no asfalto. A garçonete dos quadris salientes parou junto ao arco do anúncio, com uma bandeja nas mãos.

— Vai tirar o pai da forca? — gritou ela, mas Hallorann já havia saído.

Quando Hallorann entrou, o gerente, que se chamava Queems, falava ao telefone com o *bookmaker*, pois queria apostar em quatro cavalos. Não, nada de acumulada. Apenas os quatro de sempre, seiscentos dólares redondos. E os Jets no domingo. Como assim, os Jets iriam jogar contra os Bills? Ele não sabia contra quem os Jets iam jogar? Quinhentos, diferença de sete pontos. Quando Queems desligou, parecendo desapontado, Hallorann compreendeu como um homem poderia ganhar cinquenta mil por ano como gerente deste pequeno resort e ainda assim vestir calças velhas como as que ele usava. O gerente olhou para Hallorann com os olhos vermelhos de tanto olhar para o fundo do copo de uísque da noite anterior.

— Algum problema, Dick?

— Sim, sr. Queems, acho que sim. Preciso de três dias.

Havia um maço de Kent no bolso da camisa amarela de Queems. Ele tirou um cigarro sem mexer no maço, segurando entre os dedos e mordendo o filtro melancolicamente. Acendeu-o com o isqueiro de mesa.

— Eu também — ironizou o gerente. — Mas o que tem em mente?

— Preciso de três dias — repetiu Hallorann. — É o meu garoto.

Os olhos de Queems baixaram para a mão esquerda de Hallorann, que não tinha aliança.

— Estou divorciado desde 1964 — informou Hallorann, com paciência.

— Dick, você sabe qual é a situação no fim de semana. Estamos lotados. Tem hóspede saindo pelo ladrão. Até mesmo nos quartos baratos. Até o Salão Flórida vai estar cheio no sábado à noite. Portanto, eu lhe dou meu relógio, minha carteira, meu salário. Merda, eu lhe dou até minha mulher, se você aguentar. Mas, por favor, não me peça dias de folga. O que ele tem, está doente?

— Sim, senhor — confirmou Hallorann, imaginando-se amassando um chapéu de pano barato entre os dedos e revirando os olhos, em tom de solene pesar. — Levou um tiro.

— Tiro! — exclamou Queems. Colocou o Kent no cinzeiro que tinha um emblema da Universidade de Mississipi, onde ele havia se formado em administração.

— Sim, senhor — confirmou Hallorann, sombrio.

— Acidente de caça?

— Não, senhor — respondeu Hallorann, baixando o tom da voz. — Jana está vivendo com um motorista de caminhão. Um branco. Ele atirou no meu garoto. Está num hospital em Denver, Colorado. Estado grave.

— Cacete, como foi que você descobriu? Pensei que tivesse ido comprar os legumes.

— Sim, senhor, eu fui. — Antes de ir para o hotel, ele passou numa agência da Western Union para reservar um carro no balcão da Avis, no aeroporto de Stapleton. E, ao sair, roubou um formulário da empresa. Agora, tirava do bolso o formulário dobrado e em branco, mostrando para Queems, que olhava perplexo. Guardou o papel de volta no bolso e, deixando a voz baixar mais um pouco, disse: — Jana mandou. Estava na minha caixa de correio quando voltei agora.

— Jesus. Jesus Cristo — murmurou Queems. Havia uma expressão peculiar de preocupação em seu rosto, com a qual Hallorann já se habituara. Era o mais próximo de uma manifestação de piedade que um branco que se considerava "bonzinho para com os *de cor*" podia conseguir, quando se tratava de um negro ou seu filho mítico. — Sim, muito bem, pode ir. Acho que Baedecker pode substituir você durante os três dias. O menino que está trabalhando de garçom também pode ajudar.

Hallorann balançou a cabeça, deixando seu rosto parecer mais calmo, mas a ideia do menino ajudando Baedecker o fazia rir por dentro. Mesmo em dias calmos, Hallorann duvidava que o menino fosse capaz de acertar o xixi dentro do penico de primeira.

— O senhor pode descontar no pagamento desta semana — comentou Hallorann. — Tudo. Sei o problema que isto está causando para o senhor.

O rosto de Queems ficou ainda mais contraído, parecia ter um osso atravessado na garganta.

— Podemos conversar sobre isso mais tarde. Vá e arrume as malas. Vou conversar com Baedecker. Quer que eu faça uma reserva no avião?

— Não senhor, eu mesmo faço.

— Muito bem. — Queems se levantou, baixou a cabeça pesaroso e soltou uma grande quantidade de fumaça do seu cigarro. Tossiu com força, até que seu rosto fino e branco ficasse vermelho. Hallorann se esforçou para manter a expressão sombria. — Espero que tudo se resolva, Dick. Ligue quando tiver alguma notícia.

— Ligarei.

Apertaram as mãos sobre a mesa.

Hallorann desceu até o térreo e foi às dependências dos empregados explodindo numa gargalhada. Ainda ria e enxugava os olhos com o lenço, quando o cheiro de laranjas veio forte e nauseante, seguido pelo raio, que o atingiu na cabeça e o jogou, numa vertigem, contra uma parede de reboco cor-de-rosa.

(POR FAVOR VENHA DICK POR FAVOR VENHA VENHA DEPRESSA!!!)

Aos poucos foi se recuperando e finalmente se sentiu capaz de subir as escadas externas do apartamento. Guardava a chave debaixo do capacho e, quando se abaixou para apanhá-la, alguma coisa caiu do seu bolso, batendo no chão com um ruído surdo. Sua mente ainda estava tão ligada à voz que ouvira na cabeça que, por um momento, só conseguia olhar para o envelope azul, sem saber o que era.

Em seguida, virou o envelope, fazendo a palavra TESTAMENTO surgir em letras negras.

(*Ai meu Deus é isso?*)

Não sabia. Mas poderia ser. Durante toda a semana, o pensamento do próprio fim estivera em sua mente como uma... bem, como uma

(*Vá, diga*)
como uma premonição.

Morte? Por um momento, visualizou sua vida inteira diante de si, não com sentido histórico nem topográfico dos altos e baixos pelos quais ele, o terceiro filho da sra. Hallorann, passara, mas sua vida como era agora. Martin Luther King certa vez contou, pouco antes de ser levado para a cova de mártir, que ele havia chegado à montanha. Dick não podia dizer o mesmo. Nenhuma montanha, mas conseguira chegar a um platô ensolarado depois de três anos de luta. Tinha bons amigos. Tinha todas as referências de que precisasse para um emprego em qualquer lugar. Quando queria trepar, bem, encontrava sempre uma amiga simpática, sem perguntas e sem objeções sobre o significado daquilo. Ele lidava bem com sua negritude... assumira de maneira bem legal. Já tinha mais de sessenta e, graças a Deus, passava bem.

Valia a pena arriscar tudo isso — o fim *dele mesmo* — por causa de três brancos que sequer conhecia?

Mas isso era mentira, não era?

Conhecia o menino. Haviam se confidenciado como muitos amigos não fazem mesmo depois de quarenta anos de amizade. Conhecia o menino, e o menino o conhecia, pois ambos tinham uma espécie de farol na cabeça, algo que não haviam pedido, algo que simplesmente lhes tinha sido concedido.

(*Agora você tem uma lanterna, e ele, o farol.*)

E, às vezes, aquela luz, aquela iluminação parecia boa. Você podia escolher os cavalos ou, como o menino havia contado, podia dizer ao pai onde encontrar o baú perdido. Mas isso era só o molho, o molho numa salada que escondia rabanetes muito mais amargos, cobertos por pepinos frescos. Você podia sentir o sabor de dor, morte e lágrimas. E agora o menino estava preso naquele lugar, e ele iria até lá. Por causa do menino. Porque, conversando com o menino, só se notava que eram de cor diferente quando abriam a boca. Portanto, iria. Faria o que pudesse, pois, se não o fizesse, o menino morreria exatamente dentro de sua cabeça.

Mas ele era humano, e não conseguia conter um desejo ingrato de que nunca tivesse que passar por isso.

(*Ela começou a sair e ir atrás dele.*)

Estava enfiando uma muda de roupa na sacola, quando uma poderosa lembrança lhe veio à cabeça e o deixou gelado, como sempre acontecia. Ele tentava se lembrar o menos possível.

A camareira, chamada Delores Vickery, tinha ficado histérica. Contara algumas coisas às outras camareiras e, pior ainda, a alguns hóspedes. Quando a informação chegou aos ouvidos de Ullman, ele a despediu imediatamente, como a tonta deveria ter imaginado. Ela foi até Hallorann aos prantos. Não por ter sido demitida, mas por causa do que havia visto naquele apartamento do segundo andar. Entrara no 217 para trocar as toalhas, dizia ela, e lá estava aquela tal da sra. Massey, deitada, morta, na banheira. Aquilo, naturalmente, era impossível. A sra. Massey tinha sido discretamente levada para longe, no dia anterior, e naquele momento voava de volta a Nova York — desta vez junto com as bagagens, em vez de junto aos passageiros da primeira classe, onde costumava viajar.

Hallorann não gostava muito de Delores, mas naquela noite subiu para ver o segundo andar. A funcionária, de vinte e três anos, tinha a pele azeitonada e trabalhava como garçonete no final da temporada, quando o movimento diminuía. Hallorann acreditava que ela era um pouco iluminada, mas uma iluminação não muito maior do que um vislumbre. Se um homem tímido chegava com sua acompanhante para jantar, ele usando um casaco desbotado, Delores trocava o atendimento de uma de suas outras mesas para atender o casal. Ao sair, o homem deixava uma boa gorjeta sob o prato, o que já era ruim para a menina que havia feito a troca, mas, para piorar, Delores ainda por cima ficava se gabando. Era preguiçosa, cometia gafes numa equipe dirigida por um homem que não admitia tais erros. Costumava se sentar sob o armário de roupas de cama, lendo fotonovela e fumando, e, quando Ullman aparecia numa de suas rondas surpresa (e ai da funcionária que fosse apanhada descansando), encontrava Delores trabalhando eficientemente, a revista escondida sob os lençóis na prateleira de cima, o cinzeiro cuidadosamente enfiado no bolso do uniforme. Sim, pensava Hallorann, ela era uma preguiçosa e uma relaxada, e as outras moças se ressentiam dela. Mas o fato é que Delores tinha certo vislumbre de iluminação. Nunca se metia em maus lençóis. No entanto, o que ela viu no 217 a amedrontara de tal forma que estava mais do que contente em dar andamento aos documentos de demissão, e então sumir.

Por que ela havia ido até ele? Um iluminado identifica outro, pensou Hallorann, sorrindo.

Então, ele subiu aquela noite e abriu o apartamento, que deveria ser ocupado por novos hóspedes no dia seguinte. Usara a chave mestra para entrar e, se Ullman o flagrasse com aquela chave, teria ido fazer companhia a Delores Vickery na fila da Previdência Social.

A cortina do chuveiro, em volta da banheira, estava fechada. Ele a abriu, mas, mesmo antes já pressentia o que iria ver. A sra. Massey inchada e roxa, deitada molhada na banheira que estava com água pela metade. Ele parou e ficou olhando para ela, uma pulsação forte na garganta. Aconteciam outras coisas no Overlook: um pesadelo ocorria a intervalos irregulares — participava de uma espécie de baile à fantasia no salão do Overlook e, ao grito de retirada das máscaras, todos exibiam seus rostos, que eram como de insetos podres — e havia também os arbustos em formato de animais. Duas vezes, talvez três, ele tinha (ou pensava ter) visto os animais se movendo, sempre muito pouco. Aquele cachorro parecia sair de sua posição para outra, um pouco mais agachado, e os leões pareciam andar para a frente, como se ameaçando os pequenos vira-latas do parquinho. Ano passado, em maio, Ullman pedira para ele ir ao sótão procurar um jogo de ferramentas de lareira, aquele que agora ficava ao lado da lareira do saguão. Enquanto Hallorann estava lá em cima, as três lâmpadas penduradas se apagaram, e ele ficou perdido. Ficou ali durante um tempo indeterminado, tropeçando em tudo, cada vez mais próximo do pânico, batendo as canelas nas caixas e se chocando contra coisas, com uma sensação cada vez mais forte de que algo o espreitava no escuro. Alguma criatura grande e terrível que se esgueirara pela madeira quando as luzes se apagaram. E, quando literalmente esbarrou no trinco da porta de saída, desceu o mais depressa que pôde, deixando a porta aberta, coberto de fuligem e desgrenhado, com uma sensação de que haveria um desastre sem possibilidade de ser impedido. Mais tarde, Ullman desceu pessoalmente à cozinha, para informar que ele havia esquecido a porta do sótão aberta e as luzes acesas. Hallorann por um acaso achava que os hóspedes gostariam de subir e brincar de esconde-esconde? Achava que eletricidade era de graça?

E ele suspeitava que — não, tinha quase certeza — muitos hóspedes teriam visto ou ouvido coisas também. Nos três anos em que estivera ali, a Suíte Presidencial tinha sido ocupada dezenove vezes. Seis dos hóspedes que passaram por lá saíram mais cedo do hotel, alguns com a aparência de doentes. Vários hóspedes deixaram outros apartamentos de forma igualmente repentina. Certa vez, em agosto de 1974, ao anoitecer, um homem que recebera condecorações Estrelas de Bronze e Prata na Guerra da Coreia (ele agora fazia parte da diretoria de três das principais empresas do país, e corriam boatos de que teria demitido pessoalmente um célebre âncora da televisão) sofreu inúmeras crises histéricas, aos gritos no gramado. E dezenas de crianças, durante a temporada de Hallorann no Overlook, simplesmente se recusavam a ir brincar no parquinho. Uma criança sofrera uma convulsão no túnel de concreto, mas Hallorann não sabia se isso poderia ser atribuído à maldição do Overlook ou não... Os empregados comentavam que a criança, filha única de um belo ator de cinema, era epiléptica e usava medicação controlada, mas simplesmente se esquecera de tomar o remédio naquele dia.

E, então, com o olhar fixo no cadáver da sra. Massey, Hallorann sentiu medo. Mas não totalmente amedrontado. Isso não era uma surpresa. O pavor real veio quando ela abriu os olhos, exibindo pupilas prateadas, e começou a sorrir para ele. O pavor veio quando

(*ela começou a sair e ir atrás dele.*)

Ele fugiu, o coração disparando, e não se sentira seguro nem depois de ter saído, fechado e trancado a porta. Na verdade, enquanto fechava o zíper da bolsa de viagem, admitia consigo mesmo que nunca mais havia se sentido seguro em nenhum lugar do Overlook.

E agora o menino... chamando, clamando por ajuda.

Olhou o relógio. Eram cinco e meia da tarde. Foi até a porta do apartamento, lembrou-se de que era inverno no Colorado, sobretudo nas montanhas, e voltou ao armário. Tirou o casacão comprido de pele de carneiro de um saco plástico e o pendurou nos braços. Era a única roupa de inverno que possuía. Apagou as luzes e olhou ao redor. Estava esquecendo alguma coisa? Sim. Uma coisa. Tirou o testamento do bolso da camisa e o prendeu na borda do espelho da penteadeira. Se tivesse sorte, voltaria para pegá-lo.

Claro, se tivesse sorte.

Saiu do apartamento, trancou a porta, escondeu a chave debaixo do capacho e desceu as escadas externas para seu Cadillac conversível.

No meio do caminho para o aeroporto internacional de Miami, confortavelmente distante da cabine telefônica onde Queems ou seus bajuladores ouviam as conversas dos outros, Hallorann parou numa lavanderia em um centro comercial e ligou para a United Airlines. Voos para Denver?

Havia um às 6h36 da tarde. O senhor conseguiria chegar a tempo?

Hallorann olhou o relógio, que marcava 6h02, e afirmou que conseguiria. Há assentos disponíveis no avião?

Vou verificar.

Um ruído deu lugar a um falso Mantovani, destinado a tornar a espera mais agradável. Não tornava. Hallorann se apoiava num pé, depois em outro, alternando olhares entre o relógio e uma jovem mãe que tirava roupas da máquina de lavar com um bebê dormindo em um *sling* em suas costas. Ela temia chegar em casa mais tarde do que o planejado, e o assado iria queimar e o marido — Mark? Mike? Matt? — ficaria aborrecido.

Um minuto se passou. Dois. Ele tinha acabado de resolver que entraria no carro e iria até lá arriscar a sorte, quando a voz do atendente de reservas de voo, soando como uma gravação, voltou. Havia um assento, uma desistência. Era na primeira classe. Isso fazia alguma diferença?

Não. Ele queria.

O pagamento seria em dinheiro ou com cartão de crédito?

Dinheiro, benzinho, dinheiro. Preciso viajar.

E o nome era...?

Hallorann, dois *eles*, dois *enes*. Até mais tarde.

Desligou e correu para a porta. O simples pensamento da moça preocupada com o assado foi tomando conta dele até ele pensar que ia enlouquecer. Às vezes é assim, sem nenhuma razão, você capta um pensamento, totalmente isolado, totalmente cristalino... e geralmente inútil.

Quase conseguiu.

Acelerara o Cadillac a cento e vinte, e o aeroporto já estava praticamente à vista, quando a polícia rodoviária o fez parar.

Hallorann desceu o vidro da janela automática e abriu a boca para o guarda que folheava páginas na caderneta de multas.

— Já *sei* — disse o guarda, em tom de consolo. — É um funeral em Cleveland. Seu pai. É um casamento em Seattle. Sua irmã. Um incêndio em San Jose que acabou com a loja de doces do vovô. Maconha guardada num armário na rodoviária em Nova York. Adoro este trecho da estrada nas proximidades do aeroporto. Desde menino, a hora das historinhas é a minha preferida.

— Ouça, seu guarda, meu filho está...

— A única parte da história que eu nunca adivinho — o guarda falou, encontrando a página certa na caderneta de multa — é o número da carteira da habilitação do motorista/contador de histórias e seu registro. Portanto, seja bonzinho. Deixe-me dar uma olhada.

Hallorann olhou nos olhos calmos e azuis do guarda, pensando ainda assim em contar a história de que o filho estava em situação crítica, mas concluiu que só pioraria as circunstâncias. Este guardinha não era nenhum Queems. Entregou a ele a carteira.

— Que beleza — falou o guarda. — Quer fazer o favor de tirar os documentos? Só preciso ver como estão as coisas.

Calado, Hallorann tirou a carteira de motorista e seu registro estadual e os entregou ao guarda.

— Muito bem. Está tudo tão direitinho que você vai ganhar um presente.

— O quê? — perguntou Hallorann esperançoso.

— Quando eu acabar de anotar estes números, vou deixar você soprar este balãozinho para mim.

— Ah, não, meu Deus... — resmungou Hallorann. — Seu guarda, meu voo...

— Shhh — fez o guarda de trânsito. — Não seja teimoso.

Hallorann fechou os olhos.

Chegou ao balcão da United às 6h49, torcendo, mesmo sem esperança, para que o voo estivesse atrasado. Não precisou sequer perguntar. O painel de partidas sobre o balcão informava: voo 901 para Denver, de 6h36, partira às 6h40. Há nove minutos.

— Merda — disse Dick Hallorann.

E de repente o cheiro de laranjas, forte e nauseante, voltou. Ele só teve tempo de ir ao banheiro dos homens antes que o pensamento chegasse, ensurdecedor, amedrontador:

(*VENHA POR FAVOR VENHA DICK POR FAVOR POR FAVOR VENHA!!!*)

39
NA ESCADA

Com o intuito de aumentar um pouco as economias antes de se mudarem de Vermont para o Colorado, eles venderam uma coleção de duzentos discos de rock'n'roll e blues, que pertenciam a Jack; cada um rendeu um dólar. Um desses discos, o favorito de Danny, era um álbum duplo de Eddie Cochran com quatro páginas de apresentação, escritas por Lenny Kaye. Wendy sempre se surpreendia com a fascinação de Danny pelo disco desse rapaz que vivera pouco e morrera jovem... Quando ele morreu, ela tinha dez anos.

Às quinze para as sete (horário da montanha), enquanto Dick Hallorann contava a Queems sobre o namorado branco de sua ex-mulher, Wendy se aproximou de Danny, que estava sentado no meio da escada entre o saguão e o primeiro andar, brincando com uma bola vermelha e cantando uma das canções daquele disco. Sua voz era baixa e desafinada.

"Então, eu subo um-dois subo três subo quatro vezes", cantava Danny, "cinco subo seis subo mais sete... quando chego lá em cima, estou muito cansado para dançar o rock..."

Ela chegou mais perto, sentou-se num dos degraus e viu que o lábio inferior do filho estava inchado, e que seu queixo estava sujo de sangue seco. Sentiu seu coração batendo mais forte, mas conseguiu falar com naturalidade.

— O que houve, velhinho? — perguntou ela, apesar de, no íntimo, já saber. Jack o agredira. Claro que sim. Só faltava isso, não é mesmo? Mais cedo ou mais tarde voltava ao ponto de partida.

— Chamei Tony — respondeu Danny. — No salão. Acho que caí da cadeira. Não está mais doendo. Só... parece que minha boca está muito grande.

— Foi isso mesmo que aconteceu? — perguntou Wendy, olhando para ele, agitada.

— Não foi o papai — respondeu. — Hoje não.

Olhou para ele envergonhada. A bola passava de uma das mãos para a outra. Ele lera sua mente. O filho havia lido sua mente.

— O que... o que Tony lhe disse, Danny?

— Não importa. — Seu rosto estava calmo, a voz indiferente.

— Danny. — Ela agarrou seu ombro, com mais força do que pretendia. Mas ele não recuou nem tentou afastá-la.

(*Ah, nós estamos acabando com este menino. Não é só Jack, sou eu também, e talvez não sejamos só nós, o pai de Jack, minha mãe, estariam aqui também? Claro, por que não? O lugar já é uma droga com os fantasmas que existem, por que não mais um casal? Ah, Deus do céu, ele é como uma daquelas malas que mostram na propaganda da televisão, atropelada, atirada dos aviões, passando por prensas mecânicas. Ou um relógio Timex. Pode água entrar, ele continua a funcionar. Ah, Danny, perdão.*)

— Não importa — ele repetiu. Continuava jogando a bola de uma das mãos para a outra. — Tony não pode mais vir. Eles não vão deixar. Ele está vencido.

— Quem não vai deixar?

— As pessoas no hotel — respondeu ele. Então olhou para ela, e seus olhos não estavam indiferentes. Estavam penetrantes e apavorados. — E as... as *coisas* no hotel. Tem todo tipo de coisa aqui. O hotel está *cheio* de coisas.

— Você vê...

— Não quero ver — interrompeu, baixinho, e então olhou de volta para a bola de borracha, passando de uma das mãos para a outra. — Mas posso ouvir, às vezes tarde da noite. São como o vento, todas suspirando juntas. No sótão. No porão. Nos quartos. Em todo lugar. Achei que era minha culpa, por causa do jeito que sou. A chave. A chavinha de prata.

— Danny, não... não se aborreça assim.

— Mas *ele* também — disse Danny. — Papai. E você. Ele quer todos nós. Está enganando papai, está brincando com ele, fazendo ele pensar que o hotel quer ele mais do que todos. O hotel me quer mais, mas vai levar todos nós.

— Se pelo menos aquele snowmobile...

— Eles não deixaram papai — continuou Danny, com a mesma voz baixa. — Fizeram ele jogar uma peça na neve. Muito longe. Eu sonhei. E ele sabe que aquela mulher está mesmo no 217. — Olhou para a mãe com os olhos sombrios apavorados. — Não importa se você acredita em mim ou não.

Ela passou um braço em volta do filho.

— Acredito em você. Danny, diga a verdade. Jack... Jack vai tentar machucar a gente?

— Eles querem obrigar o papai — respondeu Danny. — Eu tô chamando o sr. Hallorann. Ele disse que, se eu precisasse dele, era só chamar. E eu chamei. Mas é muito difícil. Eu fico cansado. E o pior é que não sei se ele está me ouvindo ou não. Acho que ele não pode me responder porque é muito longe para ele. E eu não sei se é muito longe para mim ou não. Amanhã...

— O que tem amanhã?

Sacudiu a cabeça.

— Nada.

— Onde é que ele está agora? — perguntou Wendy. — Seu pai.

— No porão. Acho que ele não vai subir hoje.

Ela se levantou de repente.

— Espere aqui. Cinco minutos.

A cozinha estava fria e deserta sob as lâmpadas fluorescentes. Ela foi até a prateleira onde estavam penduradas as facas nos trilhos magnéticos. Pegou a mais comprida e mais afiada, enrolou-a num pano de prato e saiu da cozinha, apagando as luzes.

Danny estava sentado na escada com os olhos acompanhando o movimento da bola de borracha em suas mãos. Cantava:

"Ela mora no vigésimo andar na cidade, o elevador está quebrado. Então subo um-dois subo três subo quatro..."

(*Ciranda, cirandinha...*)

Parou de cantar. Ouviu.

(... *Vamos todos cirandar...*)

A voz estava em sua cabeça, tão junto dele, tão terrivelmente nítida, que poderia ser parte de seu próprio pensamento. Era suave e infinitamente furtiva. Zombando dele. Parecendo dizer:

(*Ah sim, você vai gostar daqui. Experimente, você vai gostar. Experimente, você vai goooostar...*)

Agora, seus ouvidos estavam atentos, e ele os ouvia novamente; a reunião, fantasmas ou espíritos, ou talvez o próprio hotel, uma terrível casa de diversões onde todos os espetáculos terminavam em morte, onde todos os fantasmas, especialmente os pintados nas paredes, eram reais, onde arbustos caminhavam, onde uma pequena chave de prata poderia dar início à obscenidade. Suave, suspirando, sussurrando como o interminável vento do inverno que à noite brincava sob a beirada do telhado, o vento mortalmente tranquilo que os turistas do verão nunca escutavam. Era como o zumbido sonolento das vespas num ninho adormecido, como um morto que começava a acordar. Estavam a três mil metros de altitude.

(*Por que um corvo é como uma escrivaninha? Quanto maior a altitude, menor o número, claro! Tome mais uma xícara de chá!*)

Era um som vívido, mas não eram vozes, nem respiração. Um homem com uma inclinação filosófica chamaria de som de almas. A avó de Dick Hallorann, que havia crescido nas estradas do Sul ainda no século XIX, chamaria de assombração. Um médium teria um nome comprido para isso: eco mediúnico, psicognosia, telepatia. Mas, para Danny, era apenas o som do hotel, o velho monstro, que estalava e fechava cada vez mais o cerco em volta deles: corredores encolhiam em tempo e distância, sombras famintas, hóspedes inquietos que não descansavam em paz.

No salão escuro, o relógio sob a redoma de vidro bateu sete e meia com uma única nota musical.

Uma voz rouca, transformada pela bebida em voz brutal, gritou:

"*Retirem as máscaras e vamos trepar!*"

Wendy, no meio do saguão, estremeceu e ficou imóvel.

Olhou para Danny na escada, ainda brincando com a bola.

— Ouviu alguma coisa?

Danny limitou-se a olhar para a mãe e continuou jogando a bola de uma das mãos para a outra.

Dormiriam pouco aquela noite, embora deitassem juntos e com a porta trancada.

No escuro, com os olhos abertos, Danny pensava:

(*Ele quer ser um deles e viver para sempre. É isso o que ele quer.*)

Wendy pensava:

(*Se for preciso, eu saio daqui com ele. Se vamos morrer, prefiro que seja nas montanhas.*)

Ela deixara a faca debaixo da cama, ainda enrolada no pano. Mantinha a mão perto. Cochilavam e acordavam. O hotel rangia em volta deles. Lá fora, a neve começara a cair do céu como chumbo.

40
NO PORÃO

(*A caldeira! A maldita caldeira!!!*)

O pensamento explodiu brilhante e vivo na mente de Jack Torrance. Em seguida, a voz de Watson:

(*Se você esquecer, ela vai aumentando, aumentando, e você e sua família vão acabar acordando quando estiverem na porra da Lua... oficialmente ela aguenta até duzentos e cinquenta, mas explodiria muito antes disso... ninguém me faria descer e ficar perto com o mostrador a cento e oitenta.*)

Ele havia passado a noite inteira ali, examinando caixas de discos velhos, dominado por uma sensação desvairada de que o tempo estava ficando curto e que era necessário andar depressa. Entretanto, havia sido iludido pelas pistas mais importantes, pelas conexões que esclareceriam tudo. Seus dedos estavam amarelos e sujos por causa dos papéis velhos. E ficou tão absorto que esquecera de verificar a caldeira. A última vez em que a regulara havia sido na noite anterior por volta das seis, quando desceu. Agora eram...

Olhou o relógio e se assustou, deixando cair uma porção de notas velhas.

Cristo, eram cinco e quinze da manhã.

Atrás dele, a fornalha começou a funcionar. A caldeira assobiava e gemia.

Correu até ela. O rosto, que se tornara mais magro no último mês, estava agora sombreado pela barba por fazer, e ele tinha a aparência de um prisioneiro de um campo de concentração.

O manômetro da caldeira marcava duzentos e dez libras. Julgou que praticamente pudesse ver os lados da caldeira velha, remendada e soldada, inchando com o esforço letal.

(*Ela aumenta... ninguém me faria descer e ficar perto com o mostrador a cento e oitenta...*)

De repente, uma voz interior, fria e tentadora, falou com ele.

(*Deixe. Vá pegar Wendy e Danny e se mande daqui. Deixe que exploda.*)

Podia visualizar a explosão. Uma trovoada dupla que rasgaria primeiro o coração deste lugar, depois a alma. A caldeira explodiria num brilho laranja-arroxeado que faria estilhaços quentes choverem por todo o porão. Em sua mente, podia ver os pedaços de metal incandescentes batendo no chão, na parede e no teto, como estranhas bolas de bilhar, assobiando mortalmente pelo ar. Alguns certamente entrariam por aquele arco de pedra, inflamando papéis velhos no outro lado, e queimariam como no inferno. O fogo destruiria os segredos, queimaria os indícios, um mistério que ninguém jamais decifraria. Em seguida, a explosão de gás, um grande estrondo e a crepitação de uma chama gigante que transformaria todo o hotel numa grelha. Escadas, corredores, tetos e quartos em chamas como o castelo no último rolo de um filme de Frankenstein. As chamas se alastrando para as alas, correndo pelos tapetes como hóspedes ansiosos. O papel de parede de seda carbonizando e encolhendo. Não havia sistema contra incêndio automático, apenas aquela mangueira fora de moda e ninguém para usá-la. E não havia bombeiro no mundo que pudesse chegar antes do final de março. *Burn, baby, burn*. Em doze horas, não restaria mais nada, simplesmente ossos.

O ponteiro do manômetro subiu para 212. A caldeira estalava e gemia como uma velha tentando se levantar da cama. Jatos de vapor que assobiavam começaram a brincar em volta dos velhos remendos; pedaços de solda começaram a chiar.

Não via; não ouvia. Estava paralisado, com a mão na válvula que baixaria a pressão e conteria o fogo, os olhos brilhando como safiras.

(*É minha última chance.*)

A única coisa que não haviam vendido até agora era a apólice de seguro de vida, feita com Wendy em um dos primeiros verões em Stovington. Quarenta mil dólares em caso de morte e indenização dobrada se um dos dois morresse em acidente de trem, avião ou incêndio. Como um jogo de dados, morra a morte certa e ganhe mais dinheiro.

(*Um incêndio... Oitenta mil dólares.*)

Teriam tempo de sair. Mesmo que estivessem dormindo, teriam tempo de sair. Acreditava nisso. E não achava que os arbustos, ou qualquer outra coisa, tentassem detê-los se o Overlook entrasse em chamas.

(*Chamas.*)

O ponteiro do manômetro sujo de óleo, quase opaco, subiu a duzentos e quinze.

Outra lembrança lhe ocorreu; uma lembrança da infância. Um ninho de vespas nos galhos da macieira no quintal de sua casa. Um de seus irmãos mais velhos — não se lembrava qual deles, agora — havia sido picado enquanto balançava no pneu velho que o pai pendurara em um dos galhos mais baixos da árvore. Era um fim de verão, quando as vespas estão no seu apogeu.

O pai, acabando de chegar em casa, vestido no uniforme branco e cheirando a cerveja, reunira os três meninos — Brett, Mike e o pequeno Jacky — e lhes dissera que ia se livrar das vespas.

— Agora observem — dissera sorrindo e cambaleando um pouco (nessa época não usava a bengala, a colisão com o caminhão de leite aconteceria anos depois). — Talvez aprendam alguma coisa. Foi meu pai quem me ensinou.

Juntou uma porção de folhas úmidas pela chuva, debaixo do galho onde o ninho de vespas repousava como uma fruta venenosa em meio às maçãs murchas, porém saborosas, que a macieira deles produzia no fim de setembro. Ateou fogo às folhas. O dia estava claro e sem vento. As folhas queimaram, mas não emitiram chamas. Em vez disso, exalaram um cheiro — uma fragrância — que ele sentia a cada outono, quando os homens juntavam folhas e as queimavam. Um cheiro doce com um leve amargo, forte e evocativo. As folhas faziam muita fumaça, que subia, envolvendo o ninho.

O pai deixou as folhas queimando a tarde inteira, enquanto bebia cerveja na varanda, jogando as latas vazias em um balde de plástico. Os dois filhos mais velhos estavam ao seu lado, e o pequeno Jacky sentado nos degraus a seus pés, brincando com o joão-teimoso e cantarolando:

"Seu coração enganador... vai fazer você chorar... seu coração enganador... vai lhe denunciar."

Às quinze para as seis, antes do jantar, o pai foi até a árvore, os filhos cuidadosamente agrupados atrás dele. Em uma das mãos, levava uma enxada. Afastou as folhas, deixando pequenos pedaços ao redor para queimar até apagar. Levantou o cabo da enxada, tropeçando e pestanejando, e, depois de duas ou três tentativas, derrubou o ninho no chão.

Os meninos correram à procura de segurança na varanda, mas o pai ficou ali junto do ninho, se equilibrando e pestanejando. Jacky voltou devagar para ver. Algumas vespas se arrastavam sobre sua propriedade, mas não tentavam voar. De dentro do ninho, um lugar escuro e estranho, vinha um som que nunca mais seria esquecido: um zumbido baixo, sonolento, como o ruído de fios de alta tensão.

— Por que elas não tentam picar você, papai? — perguntara Jacky.

— A fumaça deixa as vespas tontas, Jacky. Vá buscar minha lata de gasolina.

Jack correu para ir buscá-la. O pai embebeu o ninho em gasolina.

— Agora, dê o fora daqui, Jacky, a menos que queira perder as sobrancelhas.

Ele se afastou. De algum lugar em meio às dobras de seu blusão, o pai tirou um palito de fósforo, que acendeu e o jogou no ninho. Houve uma explosão branca e laranja. O pai se afastou, gargalhando selvagem. O ninho das vespas desapareceu num instante.

— Fogo — informou papai, voltando-se para Jacky com um sorriso. — O fogo mata qualquer coisa.

Depois do jantar, os meninos saíram e, sob a luz do entardecer, se puseram solenemente de pé em volta do ninho carbonizado. Do interior ainda quente vinha um ruído de corpos de vespas pipocando como milho.

O manômetro marcava duzentos e vinte. Um ruído baixo e metálico crescia no fundo da caldeira. Jatos de vapor saíam retos em centenas de lugares como um porco-espinho.

(*O fogo mata qualquer coisa.*)

Jack acordou de repente. Estava cochilando... e por pouco acordaria no céu. Em nome de Deus, estava pensando no quê? Proteger o hotel era seu dever. Era o zelador.

Um suor frio se espalhou por sua mão tão rapidamente que, a princípio, ele perdeu a firmeza ao segurar a grande válvula. Em seguida, colocou os dedos nos raios da roda, que girou uma, duas, três vezes. Ouviu um imenso assobio de vapor, a respiração do dragão. Uma névoa tropical morna saiu da caldeira e o envolveu. Por um momento, não enxergou mais o marcador, e pensou que talvez tivesse esperado tempo demais; o gemido e o chiar dentro da caldeira aumentavam, seguidos por uma série de fortes ruídos e solavancos metálicos.

Quando o vapor se dissipou um pouco, ele constatou que o manômetro caíra de volta a duzentos e ainda estava caindo mais. Os jatos de vapor que escapavam pelos remendos de solda começavam a diminuir de intensidade. Os ruídos baixavam.

Cento e noventa... cento e oitenta... cento e setenta e cinco...

(*Ele ia ladeira abaixo a cento e quarenta quilômetros por hora, quando o assobio se transformou num grito...*)

Mas não achava que fosse explodir agora. A pressão estava a cento e sessenta.

(*... foi encontrado nos escombros com a mão na válvula, escaldado até a morte pelo vapor.*)

Resfolegando e tremendo, ele se afastou da caldeira. Olhou para as mãos e notou que brotavam bolhas nas palmas. Pro inferno com as bolhas, pensou, e deu uma gargalhada. Quase tinha morrido com a mão na válvula, como Casey, o maquinista, em "The Wreck of the Old 97". Pior ainda, teria matado o Overlook. O fracasso final. Fracassara como professor, como escritor, como marido e como pai. Fracassara até como bêbado. Mas não poderia, na lista dos fracassos, fazer nada melhor do que explodir o edifício de que deveria estar cuidando. E este não era um edifício qualquer. Em hipótese alguma.

Deus, ele precisava de um gole.

A pressão caíra para oitenta. Com cuidado, tremendo um pouco com dor nas mãos, fechou a válvula novamente. Mas daqui para a frente a caldeira teria que ser observada com mais atenção do que de costume. Ela pode ter sido seriamente afetada. Não arriscaria deixar a pressão subir mais do que cem libras por polegada quadrada durante o resto do inverno. E, se sentissem um pouco de frio, paciência, teriam simplesmente que sorrir e aguentar.

Furara duas bolhas. As mãos latejavam como dentes podres.

Um drinque. Um drinque o reanimaria, mas não havia nada além de xerez naquela maldita casa. A esta altura, um drinque seria medicinal. Só isso, por Deus. Um anestésico. Cumprira com sua obrigação e agora poderia usar um pouco de anestésico... algo mais forte do que Excedrin. Mas não havia nada.

Então se lembrou das garrafas reluzindo nas sombras.

Havia acabado de salvar o hotel. O hotel gostaria de lhe dar uma recompensa. Tinha certeza disso. Tirou o lenço do bolso e o esfregou na boca. Foi até a escada. Só um drinque. Um só. Para aliviar a dor.

Servira o Overlook, e agora o Overlook o serviria. Tinha certeza. Seus pés nos degraus eram rápidos e ávidos, os passos apressados como os de um homem que acabava de chegar em casa após uma guerra longa e amarga. Eram 5h25 da manhã, horário da montanha.

41
DIA

Danny acordou ofegante de um pesadelo terrível. O Overlook estava em chamas. Tinha havido uma explosão. Um incêndio. Ele e a mãe assistiam ao desastre do jardim da frente.

A mãe dizia:

— Olha, Danny, olha os arbustos.

Ele olhava, e os arbustos estavam todos mortos. Suas folhas tinham ficado com uma cor marrom esmaecido. Os galhos, muito juntos, pareciam esqueletos de cadáveres semiesquartejados. E então o pai surgira pelas enormes portas do Overlook, ardendo como uma tocha. Suas roupas estavam em chamas, a pele adquirira um bronzeado sinistro que escurecia cada vez mais, o cabelo era um matagal em brasa.

Foi aí que Danny acordou, a garganta sufocada de medo, as mãos agarradas ao lençol e cobertores. Será que tinha gritado? Olhou para a mãe. Wendy estava deitada de lado, enrolada nas cobertas, o cabelo cor de palha caindo no rosto. Parecia uma criança. Não, ele não tinha gritado.

Deitado na cama e olhando para cima, o pesadelo começou a se desvanecer. Tinha uma sensação curiosa de que uma grande tragédia

(incêndio? explosão?)

tinha sido evitada por pouco. Deixou sua mente passear, à procura do pai, e o encontrou em algum lugar lá embaixo. No saguão. Danny se esforçou mais um pouco, tentando invadir o pai. Não era bom. O pai pensava sobre a Coisa Feia. Pensava em como

(*um ou dois drinques seriam bons não me importo o sol está se pondo em alguma parte do mundo lembra como costumávamos dizer isso, Al? gim e tônica bourbon com uma gota de uísque com soda rum e coca-cola tweedledum tweedledee um gole para mim e um gole para ti os marcianos pousaram em algum lugar do mundo* princeton ou houston, stokely on carmichael *ou alguma merda de lugar afinal de contas é época de ser feliz e nenhum de nós está*)

(*SAIA DA CABEÇA DELE, SEU MERDINHA!*)

Recuou apavorado com aquela voz na cabeça, os olhos arregalados, as mãos segurando a colcha com força. Não era a voz do pai, mas uma imitação perfeita. Uma voz familiar. Rouca, bruta e ainda assim delineada com uma espécie de humor.

Aquilo estava tão próximo então?

Afastou os cobertores e se sentou. Com os pés, puxou os chinelos debaixo da cama e os calçou. Foi até a porta e correu para fora, os chinelos sussurrando no pelo do tapete. Dobrou o corredor.

Um homem engatinhava na metade do corredor, entre o menino e a escada.

Danny ficou imóvel.

O homem olhava para ele. Os olhos eram pequenos e vermelhos. Estava vestido com uma espécie de fantasia, bordada de lantejoulas prateadas. Uma fantasia de cachorro, imaginou Danny. Brotando do traseiro desta estranha criatura, uma cauda comprida e molenga pendia com um pompom na ponta. Um zíper ia até o pescoço na parte de trás da fantasia. Ao seu lado esquerdo, estava a cabeça do cachorro ou lobo, os olhos mortiços acima do focinho, a boca aberta rosnando sem sentido e mostrando um pedaço preto e azul do carpete entre as presas, que pareciam ser de papel machê.

A boca, o queixo e as faces do homem estavam sujos de sangue.

Ele começou a rosnar para Danny. Sorria, mas o rosnar era verdadeiro. Saía do fundo da garganta como um som primitivo. Em seguida, começou a latir. Os dentes também estavam manchados de sangue. Começou a engatinhar em direção a Danny, mexendo o rabo. A cabeça de cachorro da fantasia repousava, esquecida sobre o tapete, com o olhar perdido, voltado para o ombro de Danny.

— Me deixa passar — pediu Danny.

— Vou comer você, menininho — respondeu o homem-cachorro, e de repente uma chuva de latidos saiu de sua boca risonha. Eram imitações humanas, mas a ferocidade dos latidos era verdadeira. O cabelo do homem era preto, empapado com o suor provocado pela fantasia sufocante. Seu hálito era uma mistura de uísque e champanhe.

Danny recuou, mas não correu.

— Me deixa passar.

— Só se for sobre meu cadáver — afirmou o homem-cachorro. Seus pequenos olhos vermelhos estavam atentamente fixados no rosto de Danny. Continuava sorrindo. — Vou comer você, menininho. E acho que vou começar pelo seu pintinho roliço.

Começou a se empinar para a frente, dando pequenos saltos e rosnando.

Danny não aguentou. Voou de volta para o curto corredor que levava ao quarto, olhando para trás. Ouviu uma série de uivos, latidos e rosnados quebrados por murmúrios inarticulados e risadinhas.

Danny ficou parado no corredor, tremendo.

— Levanta essa pica! — gritava o homem-cachorro bêbado, dobrando o corredor. Sua voz era ao mesmo tempo violenta e aflita. — Levanta ela, Harry, sua bicha filha da puta! Não me importa quantos cassinos e companhias aéreas e cinematográficas você tem! Sei bem do que você gosta quando está no aconchego do seu lar! Levanta! Vou *soprar... vou bufar...* até Harry Derwent *cair!* — concluiu, dando um uivo longo que parecia se tornar um grito de raiva e dor antes de desaparecer.

Danny se virou, apreensivo, em direção ao quarto no fundo do corredor e caminhou silenciosamente para lá. Abriu a porta e enfiou a cabeça pela fresta. A mãe dormia na mesma posição. Ninguém ouvia isto, só ele.

Fechou a porta com cuidado e voltou à esquina do seu corredor com o principal, esperando que o homem-cachorro tivesse desaparecido, da mesma forma que o sangue nas paredes da Suíte Presidencial desaparecera. Espreitou com cuidado.

O homem com a fantasia de cachorro continuava lá. Havia colocado de volta a cabeça da fantasia e estava agora sobre as quatro patas junto à escadaria, querendo agarrar o rabo. De vez em quando dava um salto no tapete e voltava grunhindo.

— Au! Au! Au! *Grrrrr!*

Estes sons saíam de dentro da boca estilizada da fantasia, e entre eles havia o que podiam ser soluços ou risos.

Danny voltou ao quarto e se sentou na cama de dobrar, tapando os olhos com as mãos. O hotel mandava agora. Talvez, no início, as coisas que aconteceram tivessem sido apenas acidentes. Talvez, no início, as coisas que ele tinha visto *fossem* mesmo como gravuras de terror que não podiam machucá-lo. Mas agora o hotel mandava nessas coisas e elas *podiam* machucá-lo. O Overlook não queria que ele fosse atrás do pai. Isso poderia estragar a festa. Por isso, havia posto o homem-cachorro em seu caminho, assim como fizera com os arbustos de animais entre eles e a estrada.

Mas seu pai podia ir até ele. E, mais cedo ou mais tarde, ele iria.

Começou a chorar, as lágrimas rolando silenciosamente pelo rosto. Era tarde demais. Iam morrer, os três e, quando o Overlook abrisse no próximo final de primavera, estariam bem aqui para saudar os hóspedes, junto com o resto dos fantasmas. A mulher na banheira. O homem-cachorro. A coisa sombria horrorosa que estava no tubo de concreto. Estariam...

(*Pare! Pare com isso!*)

Enxugou furiosamente as lágrimas. Ele se esforçaria para que isso não acontecesse. Nem com ele nem com o pai e a mãe. Ele se esforçaria.

Fechou os olhos e dirigiu a mente para fora num possante raio cristalino.

(*DICK POR FAVOR VENHA RÁPIDO ESTAMOS EM APUROS
DICK PRECISAMOS*)

E, de repente, na escuridão dos olhos fechados, aquela coisa que o perseguia pelos corredores escuros do Overlook em sonhos estava ali, ali *mesmo*. Uma criatura enorme vestida de branco, o taco pré-histórico erguido sobre a cabeça:

— *Vou fazer você parar! Seu fedelho maldito! Vou fazer você parar porque sou seu PAI!*

— Não! — Voltou à realidade do quarto, os olhos bem abertos e arregalados, gritos vibrando inutilmente na boca enquanto a mãe acordava, agarrando o lençol junto ao peito.

— Não, papai, não não não...

E os dois ouviram o sacudir do taco invisível, cortando o ar em algum lugar muito próximo, depois desaparecendo no silêncio, enquanto ele corria para junto da mãe e a abraçava, tremendo como um coelho numa armadilha.

O Overlook não deixaria que ele chamasse Dick. Isso também poderia estragar a festa.

Estavam sozinhos.

Lá fora, a neve caía mais forte, formando uma cortina que os separava do resto do mundo.

42
NO AR

O voo de Dick Hallorann foi chamado às 6h45 da manhã, horário do Leste. O comissário de embarque o deteve junto ao Portão 31, onde ele ficou, passando a mala de uma das mãos para a outra, nervoso, até a última chamada, às 6h55. Aguardavam um homem chamado Carlton Vecker, o único passageiro do voo TWA 196 de Miami para Denver que ainda não havia comparecido.

— Muito bem — disse o comissário, entregando a Hallorann um cartão de embarque da primeira classe. — Você é o felizardo. Pode embarcar.

Hallorann correu apressado na rampa de embarque coberta e deixou a aeromoça de sorriso mecânico rasgar o bilhete e lhe dar o canhoto.

— Serviremos café da manhã a bordo — informou a aeromoça. — Se preferir...

— Só café, benzinho — ele respondeu e desceu o corredor em direção a uma poltrona na ala dos fumantes. Ficou na expectativa de que o desaparecido Carlton Vecker desse o ar de sua graça no último segundo, como uma caixa de surpresa. A mulher na poltrona da janela lia *Você pode ser seu melhor amigo* com uma expressão azeda e descrente no rosto. Hallorann apertou o cinto, colocou as grandes mãos negras sobre os braços da poltrona e jurou ao ausente Carlton Vecker que seriam necessários cinco comissários fortes da TWA para arrancá-lo dali. Olhou o relógio. Os minutos para as sete horas, hora da decolagem, se arrastavam com uma lentidão imensa.

Às 7h05 a aeromoça informou que haveria um ligeiro atraso, enquanto o pessoal da manutenção verificava mais uma vez um dos trincos da porta de cargas.

— Merda — murmurou Dick Hallorann.

A mulher de rosto angular virou sua expressão azeda e descrente para ele, e em seguida, baixou os olhos de volta ao livro.

Ele havia passado a noite no aeroporto, indo de balcão em balcão — United, American, TWA, Continental, Braniff —, incomodando os operadores de vendas. Por volta da meia-noite, enquanto bebia a oitava ou nona xícara de café na lanchonete, chegou à conclusão de que era um imbecil por ter arcado com o peso da coisa toda. Havia autoridades que podiam se encarregar dessa responsabilidade. Então ele se dirigiu aos telefones e, depois de falar com três telefonistas diferentes, conseguiu o número de emergência do Parque Nacional das Montanhas Rochosas.

O homem que atendeu o telefone parecia profundamente cansado. Hallorann omitiu seu nome completo, informando que havia problemas no Hotel Overlook, a oeste de Sidewinder. Problemas sérios.

Pediram que ele aguardasse na linha.

O guarda-florestal (Hallorann presumiu que fosse um guarda-florestal) voltou em cerca de cinco minutos.

— Eles têm um radiotransmissor — informou o guarda.

— Claro que têm um radiotransmissor.

— Ainda não recebemos nenhum chamado de socorro deles.

— Cara, isso não importa. Eles...

— Exatamente por qual tipo de problema eles estão passando, sr. Hall?

— Bem, tem uma família. O zelador e sua família. Acho que ele talvez tenha ficado louco, entende? Acho que talvez possa machucar a mulher e o filhinho.

— Posso saber como o senhor obteve esta informação, senhor?

Hallorann fechou os olhos.

— Como se chama, rapaz?

— Tom Staunton, senhor.

— Bem, Tom, eu *sei*. Agora, serei tão direto com você quanto puder. Problemas sérios estão acontecendo lá em cima. Talvez sérios como um assassinato, tá me sacando?

— Sr. Hall, eu realmente preciso saber como o senhor...

— Olha — interrompeu Hallorann. — Estou lhe dizendo que *sei*. Há alguns anos um sujeito chamado Grady matou a mulher e as duas filhas e depois se matou lá. Estou dizendo a você que vai acontecer de novo, se vocês não levantarem a bunda daí e forem até lá impedir!

— Sr. Hall, não está ligando do Colorado.

— Não. Mas que diferença...

— Se o senhor não está no Colorado, está fora do alcance do radiotransmissor do Hotel Overlook. Se está fora do alcance do radiotransmissor, não pode nunca ter estado em contato com a... — Ruído distante de papéis sendo remexidos. — Família Torrance. Enquanto o senhor esperava na linha, tentei telefonar. Não está funcionando, o que não é de estranhar. Há ainda quarenta quilômetros de linhas telefônicas aéreas entre o hotel e Sidewinder. Minha conclusão é que o senhor deve ser algum tipo de louco.

— Ah, cara, você é um pobre... — Mas seu desespero era muito grande para encontrar um substantivo que combinasse com o adjetivo. De repente, uma ideia luminosa. — Ligue pra eles! — gritou.

— Senhor?

— Você tem rádio, eles têm rádio. Ligue pra eles então! Ligue para eles e pergunte o que há!

Houve uma pausa breve e o ruído dos fios interurbanos.

— Você também tentou isso, não foi? — perguntou Hallorann. — Foi por isso que me fez esperar tanto tempo na linha. Tentou o telefone e depois o rádio, e não conseguiu *nada*, mas ainda assim acha que não há nada de errado... O que vocês estão fazendo aí? Estão com a bunda sentada num banco, jogando baralho?

— Não, não estamos — respondeu Staunton, com raiva. Hallorann ficou aliviado ao ouvir aquele tom de raiva na voz dele. Pela primeira vez, sentiu que estava falando com um homem e não com uma gravação. — Sou o único homem aqui, senhor. Todos os outros guardas do parque, *mais* os guarda-caças, *mais* voluntários estão lá em cima em Hasty Notch, arriscando suas vidas porque três imbecis com seis meses de experiência resolveram tentar escalar a face norte de King's Ram. Estão presos no meio do caminho lá em cima. Talvez desçam, talvez não. Dois helicópteros foram para lá, e os pilotos também estão arriscando suas vidas, porque já anoiteceu aqui e está começando a nevar. Por isso, se o senhor ainda tem dificuldade de juntar os fatos, vou ajudá-lo. Número um, não tenho ninguém aqui para mandar ao Overlook. Número dois, o Overlook não tem prioridade aqui... O que acontece no parque, sim, tem prioridade. Número três, mais tarde, nenhum dos helicópteros poderá voar porque vai nevar pra burro, de acordo com o Serviço de Meteorologia. O senhor entende a situação?

— Sim — confirmou Hallorann, baixinho. — Entendo.

— Agora, minha opinião sobre não ter conseguido comunicação com eles pelo rádio é muito simples. Não sei que horas são onde o senhor está, mas aqui são nove e meia. Acho que devem ter desligado o aparelho e ido para a cama. Agora, se o senhor...

— Boa sorte com seus alpinistas, cara — interrompeu Hallorann. — Mas quero que saiba que eles não são os únicos que estão presos lá por cima, por não saberem onde estavam se metendo.

Desligou o telefone.

Às 7h20 da manhã o 747 da TWA saiu pesadamente de sua porta de embarque, taxiou e foi em direção à cabeceira da pista. Hallorann deu um suspiro profundo e silencioso. Carlton Vecker, onde quer que você esteja, morra de inveja.

O avião levantou voo às 7h28, e às 7h31, depois de ganhar altitude, a cabeça de Dick Hallorann foi atingida, mais uma vez, pelo tiro de pensamento. Os ombros se contraíram numa inútil tentativa de se proteger do cheiro de laranjas e daí entraram em espasmo. A testa franziu, a boca arqueou numa careta de dor.

(DICK POR FAVOR VENHA RÁPIDO ESTAMOS EM APUROS
DICK PRECISAMOS)

E foi só isso. De repente, acabou. Nada de sumir lentamente desta vez. A comunicação foi interrompida, como se tivesse sido cortada com uma faca. Ele sentiu medo. As mãos, ainda apertadas nos braços da poltrona, estavam quase brancas. A boca seca. Alguma coisa acontecera com o menino. Tinha certeza. Se alguém tivesse machucado aquela criança...

— Sempre reage com tanta violência às decolagens?

Olhou para o lado. Era a mulher de óculos de chifre.

— Não é isso — respondeu Hallorann. — Tenho uma placa de aço na cabeça. Por causa da Coreia. De vez em quando me dá uma pontada. Vibra, sabe? Mistura os sinais.

— É mesmo?

— Sim, senhora.

— É o soldado de linha de frente que acaba pagando o preço pelas intervenções estrangeiras — falou, inflexível, a mulher de fisionomia angulosa.

— É mesmo?

— Sim. Este país deve renunciar a essas guerrinhas sujas. A CIA tem sido a raiz de cada guerrinha suja em que os Estados Unidos participaram neste século. A CIA e a diplomacia do dólar.

Ela abriu o livro e voltou a ler. O sinal de NÃO FUME apagou. Hallorann viu a cidade sumindo de vista e se perguntou se o menino estaria bem. Desenvolvera um sentimento de afeição por ele, apesar de seus familiares não terem parecido grande coisa.

Pedia a Deus que eles estivessem tomando conta de Danny.

43
BEBIDA POR CONTA DA CASA

Jack estava no restaurante, junto à porta de vaivém que dava para o Salão Colorado. Com a cabeça levantada, ele escutava. Sorria.

Em volta dele, ouvia o Hotel Overlook renascer.

Era difícil dizer como ele podia saber disso, mas imaginava que não devia ser muito diferente da percepção que Danny tinha de vez em quando... tal pai, tal filho. Não era esse o ditado popular?

Não era uma percepção de visão e audição, apesar de estar muito próximo disso; tratava-se de uma sensação separada desses sentidos pela mais tênue cortina perceptiva. Era como se outro Overlook estivesse agora a poucos centímetros deste, separado do mundo real (se é que existe essa coisa de "mundo real", pensou Jack), mas aos poucos se harmonizando com ele. Ele se lembrou dos filmes em terceira dimensão a que assistira quando era criança. Se você olhava para a tela sem os óculos especiais, via uma imagem dupla — justamente o que sentia agora. Mas, depois de colocar os óculos, tudo fazia sentido.

Todas as eras do hotel estavam juntas agora, faltando apenas a atual, a Era dos Torrance. E estaria junto com o resto muito em breve. Isso era bom. Isso era muito bom.

Podia quase ouvir o pretensioso *ding! ding!* da campainha prateada sobre o balcão de recepção, intimando os carregadores a se apressarem. Enquanto isso, homens com elegantes calças de flanela da moda de 1920 entravam, e homens com elegantes paletós transpassados da moda de 1940 saíam. Três freiras sentadas diante da lareira esperavam a fila de check-out diminuir. Atrás delas, elegantemente vestidos, com prendedores de brilhante em suas gravatas azul-vermelho-e-brancas, Charles Grondin e Vito Gienelli discutiam lucros e perdas, vida e morte. Havia uma dúzia de caminhões na área de carregamento, nos fundos, uns sobrepostos aos outros, como fotografias de longa exposição malfeitas. No salão da ala leste, dezenas de diferentes convenções sobre negócios aconteciam ao mesmo tempo a poucos "centímetros temporais" umas das outras. Um baile a fantasia estava acontecendo. Havia saraus, recepções de casamento, festas de aniversário e comemorações. Homens conversando sobre Neville Chamberlain e o arquiduque da Áustria. Música. Alegria. Embriaguez. Histeria. Não havia muito amor, não aqui, mas uma constantemente disfarçada tendência à sensualidade. Jack quase podia ouvir todos juntos, flutuando pelo hotel e criando uma graciosa cacofonia. No restaurante onde estava, os cafés da manhã, almoços e jantares dos últimos setenta anos estavam todos sendo servidos simultaneamente atrás dele. Podia quase... não, elimine o *quase*. *Podia* ouvi-los, ainda suaves, porém claros... da mesma forma que alguém ouve um trovão a quilômetros num dia quente de verão. Podia ouvir todos, os belos estranhos. Jack havia se tornado consciente deles, assim como eles devem ter se tornado conscientes de Jack desde o início.

Todos os apartamentos do Overlook estavam ocupados esta manhã. Casa cheia.

E, além das portas de vaivém, um murmúrio baixo de conversa pairava e girava no ar, sinuoso como fumaça preguiçosa de cigarro. Mais sofisticado, mais confidencial. Risadas femininas graves e guturais, do tipo que parecem vibrar num círculo mágico entre as vísceras e a genitália. O ruído de máquina registradora, seu guichê suavemente iluminado na penumbra, registrando o preço dos drinques, um *gin rickey*, um *manhattan*, um *depression bomber*, um *sloe gin fizz*, um *zombie*. A máquina de jukebox servindo as melodias, cada uma se sobrepondo às outras.

Jack abriu as portas com um empurrão e entrou.

— Olá, rapazes — disse, suavemente. — Estive fora por algum tempo, mas estou de volta.

— Boa noite, sr. Torrance — falou Lloyd, com prazer. — Que bom ver o senhor.

— É bom estar de volta, Lloyd — afirmou ele, grave, jogando a perna num banco entre um homem com um terno azul e uma mulher de aspecto cansado e de vestido preto, que examinava o fundo do copo.

— O que vai ser hoje, sr. Torrance?

— Martíni — respondeu, com muita satisfação. Olhou para o fundo do bar com suas fileiras de garrafas cintilantes, tampadas com sifões de prata. Jim Beam. Wild Turkey. Gilby's. Sharrod's Private Label. Toro. Seagram's. Em casa, outra vez. — Um marciano duplo, por favor — complementou. — Eles aterrissaram em algum lugar do planeta, Lloyd. — Tirou a carteira e, com cuidado, colocou uma nota de vinte sobre o bar.

Enquanto Lloyd preparava o drinque, Jack olhou para trás. Todas as mesas estavam ocupadas. Alguns dos ocupantes estavam fantasiados... uma mulher de calça de odalisca e sutiã coberto de pedrarias, um homem com uma cabeça de raposa se erguendo astutamente de seu traje de gala, um homem com uma fantasia prateada de cachorro com um pompom na ponta da cauda longa, que fazia cócegas no nariz de uma mulher de sarongue, para divertimento de todos.

— O senhor não paga, sr. Torrance — informou Lloyd, colocando o copo sobre a nota de vinte. — Seu dinheiro não vale aqui. Ordens do gerente.

— Gerente?

Um certo desconforto tomou conta de Jack; no entanto, ele pegou o copo de martíni e o agitou, observando a azeitona balançar de leve nas profundezas gélidas da bebida.

— É claro. O gerente. — Lloyd deu um sorriso largo, mas seus olhos estavam cercados de sombras, e seu rosto estava terrivelmente pálido, como o de um cadáver. — Mais tarde ele espera cuidar pessoalmente do seu filho. Ele está muito interessado no bem-estar do seu filho. Danny é um menino talentoso.

O cheiro de gim era agradavelmente inebriante, mas também parecia estar desfocando sua razão. Danny? O que isso tudo tinha a ver com Danny? E o que estava fazendo dentro de um bar, com um copo na mão?

Ele tinha FEITO O JURAMENTO. Ele tinha SUBIDO NO VAGÃO. Ele tinha RENUNCIADO.

O que eles poderiam querer com o filho dele? O que poderiam querer com Danny? Wendy e Danny não estavam envolvidos nisso. Tentou ver os olhos sombreados de Lloyd, mas eles eram muito escuros, muito escuros, era como tentar ver emoção nas órbitas vazias de um crânio.

(*É a mim que eles querem... não é? Sou eu. Nem Danny nem Wendy. Quem gosta daqui sou eu. Eles queriam ir embora. Fui eu que dei um jeito no snowmobile... vasculhei a papelada velha... baixei a pressão da caldeira... menti... praticamente vendi minha alma... O que poderiam querer com ele?*)

— Cadê o gerente? — tentou perguntar casualmente, mas as palavras pareciam chegar aos lábios já entorpecidas pelo primeiro drinque, como palavras de um pesadelo, ao invés de um sonho doce.

Lloyd apenas sorriu.

— O que vocês querem com meu filho? Danny não está nisto... está? — Sentiu o apelo desesperado em sua própria voz.

O rosto de Lloyd parecia estar fugindo, mudando, transformando-se em algo nojento. A pele branca ficou hepaticamente amarela, rachando. Chagas vermelhas brotavam na pele, expelindo um líquido malcheiroso. Gotas de sangue começaram a sair da testa de Lloyd como suor, e em algum lugar um carrilhão de prata batia um quarto de hora.

(*Retirem as máscaras, retirem as máscaras!*)

— Beba seu drinque, sr. Torrance — aconselhou Lloyd, com calma. — Esse assunto não lhe diz respeito. Não nesse ponto.

Jack pegou o copo novamente, levou-o à boca, mas hesitou. Ouviu o estalo duro e horrível do braço quebrado de Danny. Viu a bicicleta voando sobre a capota do carro de Al, estilhaçando o para-brisa. Viu a única roda sobre a estrada, com os raios torcidos apontando para o céu como pedaços de uma corda de piano.

Percebeu que a conversa no Salão havia cessado.

Jack olhou para trás por cima do ombro. Estavam todos olhando para ele com expectativa, em silêncio. O homem ao lado da mulher de sarongue tinha retirado a máscara de raposa, e Jack viu que era Horace Derwent, o cabelo louro claro caindo na testa. Todos no bar também olhavam. A mulher ao lado o observava de perto, como se tentasse focalizá-lo. A alça do vestido pendia de um ombro e, olhando para baixo, ele via um mamilo enrugado sobre o seio flácido. Voltando o olhar para seu rosto, começou a pensar que essa devia ser a mulher do 217, a que tentara estrangular Danny. Por sua vez, o homem de terno azul tirava do bolso do paletó um pequeno revólver com cabo de pérola, calibre .32, e o girava aleatoriamente sobre o balcão do bar, como um homem com roletas-russas em mente.

(*Quero...*)

Descobriu que as palavras não passavam pelas cordas vocais congeladas. Tentou mais uma vez.

— Quero ver o gerente. Eu... Eu acho que ele não entende. Meu filho não faz parte disso. Ele...

— Sr. Torrance — interrompeu Lloyd, a voz saindo com terrível gentileza de dentro do rosto vermelho de chagas. — O senhor se encontrará com o gerente no momento certo. Aliás, ele resolveu fazer de você o agente dele neste assunto. Agora, beba seu drinque.

— Beba seu drinque — todos repetiram.

Jack pegou o copo com a mão trêmula. Era gim puro. Olhou para dentro, e olhar era como se afogar.

A mulher a seu lado começou a cantar numa voz morta e monótona: "Role... role... O barril... e nós teremos... um barril... de alegria..."

Lloyd acompanhou. Em seguida, o homem de terno azul também. O homem-cachorro juntou-se a eles, batendo uma pata na mesa.

"*Está na hora de rolar o barril...*"

Derwent juntou sua voz à do resto, com um cigarro elegantemente preso ao canto da boca. O braço direito em volta dos ombros da mulher de sarongue e a mão distraidamente acariciando o seio dela. Ele olhava para o homem-cachorro com desprezo divertido, enquanto cantava.

"... *porque a turma está... toda... aqui!*"

Jack levou o copo à boca e bebeu o gim em três goles, que desceram livres pela garganta, como um furgão que atravessava um túnel, explodindo, ricocheteando no cérebro, onde era tomado por uma crise convulsiva de tremores.

Quando terminou de beber, sentiu-se bem.

— Mais um, por favor — pediu, empurrando o copo vazio para Lloyd.

— Pois não, senhor — respondeu Lloyd, apanhando o copo. Lloyd parecia perfeitamente normal de novo. O homem de terno azul guardara o .32. A mulher à sua direita olhava fixamente para o copo, um seio agora inteiramente exposto, recostada no couro que revestia o bar. Um murmúrio vago saiu de sua boca flácida. A conversa voltou, um assunto emendando no outro.

O novo drinque apareceu diante dele.

— *Muchas gracias*, Lloyd — agradeceu ele enquanto pegava o copo.

— É sempre um prazer servi-lo, sr. Torrance. — Lloyd sorriu.

— Você sempre foi o melhor, Lloyd.

— Obrigado, senhor.

Bebeu devagar desta vez, deixando o gim descer lentamente pela garganta e comendo alguns amendoins.

Mal a bebida acabava, ele já pedia mais uma. Sr. Presidente, conheci os marcianos e tenho o prazer de informar que eles são muito simpáticos. Enquanto Lloyd preparava outro drinque, Jack começou a revistar os bolsos à procura de uma moeda para pôr no jukebox. Pensou mais uma vez em Danny, mas o rosto do filho estava agradavelmente distante e indefinível agora. Machucara Danny uma vez, mas isso tinha sido antes de ter aprendido a conviver com a bebida. Esses dias eram passado agora. Nunca machucaria Danny novamente.

Por nada no mundo.

44
CONVERSAS NA FESTA

Estava dançando com uma bela mulher.

Não tinha ideia de que horas seriam, de quanto tempo havia ficado no Salão Colorado ou há quanto tempo estava aqui no salão de baile. O tempo deixara de ser importante.

Tinha vagas lembranças: de escutar um ex-comediante de sucesso no rádio e atual astro de televisão contando uma piada muito longa e engraçada sobre incesto entre gêmeos siameses; de ver a mulher de calça de odalisca e sutiã coberto de lantejoulas fazendo um striptease lento e sensual ao som da música insinuante do jukebox (parecia o tema que David Rose compôs para *A stripper*); de atravessar o saguão com mais dois homens que vestiam roupas dos anos 1920, todos cantando paródias sobre Rosie O'Grady. Parecia se lembrar de ver, pelas grandes portas duplas, lanternas japonesas enfileiradas graciosamente nos arcos que ornavam o estacionamento — brilhavam como joias, em suaves tons pastel. O grande globo de vidro no teto da varanda estava aceso, e os insetos noturnos batiam e voavam em volta. Uma parte de Jack, talvez o último pequeno traço de sobriedade, tentou avisar que eram seis horas de uma manhã de dezembro. Mas o tempo havia sido abolido.

(*Os argumentos contra a loucura caem por terra com um leve farfalhar, camada sobre camada...*)

De quem era isso? De algum poeta que lera na faculdade? De algum poeta universitário que agora vendia máquinas de lavar roupa em Wausau ou apólices de seguro em Indianápolis? Talvez um pensamento original? Não importava.

(*A noite está escura/ as estrelas estão no alto/ um creme sem corpo/ flutua no céu...*)

Não conseguiu conter uma risada.

— Qual é a graça, querido?

E aqui estava ele novamente, no salão de baile. O lustre estava aceso, e os casais dançavam, alguns fantasiados, outros não, aos acordes suaves de uma orquestra do pós-guerra — mas que guerra? Tem como saber?

Não, claro que não. Tinha certeza somente de uma coisa: estava dançando com uma bela mulher.

Ela era alta, de cabelos castanho-avermelhados, usava um vestido colante de cetim branco e dançava com os seios leve e docemente apertados contra o peito dele. As mãos entrelaçadas. Usava uma máscara de gato, e o cabelo tinha sido penteado para um lado, numa suave e brilhante cascata que parecia mergulhar no vale formado entre os ombros dos dois, que se tocavam. O vestido era longo, mas era possível sentir as coxas dela roçando em suas pernas de vez em quando, tendo cada vez mais certeza de que ela estava completamente nua sob o vestido

(*para melhor sentir sua ereção, meu querido*)

e de que ele estava excitado. Se isso a ofendia, dissimulava bem; ela chegava cada vez mais perto dele.

— Graça nenhuma, querida — respondeu ele, rindo novamente.

— Gosto de você — sussurrou ela, e Jack achou que seu perfume era como o lírio escondido secretamente por entre fendas cobertas de musgo... lugares onde a luz do sol é pouca, e as sombras são muitas.

— Gosto de você também.

— Podemos subir, se quiser. Eu deveria estar com Harry, mas ele nunca vai perceber. Está preocupado em zombar do coitado do Roger.

A música terminou. Houve aplausos e, em seguida, a orquestra começou a tocar "Mood Indigo" quase imediatamente.

Jack olhou por cima dos ombros nus da mulher e viu Derwent, de pé, junto à mesa de bebidas. A garota de sarongue estava com ele. Havia garrafas de champanhe em baldes de gelo enfileirados ao longo da toalha branca de mesa, e Derwent segurava uma garrafa. Um grupo de pessoas se juntou a eles, rindo. Diante de Derwent e da garota de sarongue, Roger, de quatro, pulava grotescamente, sacudindo o rabo e latindo.

— Fale, rapaz, fale! — gritou Harry Derwent.

— Au! Au! — respondeu Roger. Todos bateram palmas; alguns homens assobiaram.

— Agora, sente. Sente, cachorrinho!

Roger sentou sobre as patas traseiras. O focinho da máscara estava congelado no seu eterno rosnar. Dentro das órbitas, os olhos de Roger reviravam comicamente. Estendeu os braços, balançando as patas.

— Au! Au!

Derwent entornou a garrafa de champanhe, derramando uma espécie de Niágara de espuma sobre a máscara virada para cima. Roger lambeu, e todos aplaudiram novamente. Algumas das mulheres gritaram de tanto rir.

— Harry não é uma peça? — perguntou sua parceira, chegando mais perto novamente. — Todo mundo acha. Ele é bissexual, sabia? Pobre Roger, ele não, é só homossexual. Certa vez, eles passaram um fim de semana juntos, em Cuba... Ah, há muitos *meses*. Agora ele corre atrás de Harry o tempo inteiro, abanando o rabinho.

Ela riu. O aroma tímido de lírio subiu.

— Mas Harry nunca trepa mais de uma vez com o mesmo cara... e Roger é insaciável. Harry falou que, se ele viesse ao baile fantasiado de cachorrinho, um cachorrinho *bonitinho,* poderia reconsiderar, e Roger é *tão* ingênuo que...

A música terminou. Houve mais aplausos. Os músicos desceram para descansar.

— Com licença, doçura — disse ela. — Há alguém com quem eu realmente *preciso*... Darla! Darla, menina *querida,* por onde tem *andado?*

Ela se enfiou em meio à multidão que comia e bebia, e ele a acompanhou de longe como um bobo, perguntando a si mesmo como, em primeiro lugar, teriam dançado juntos. Não se lembrava. Incidentes pareciam acontecer sem nenhuma conexão. Primeiro aqui, depois ali, depois em toda a parte. A cabeça girava. Sentia o cheiro de lírio e cedro. Junto à mesa de salgados, Derwent segurava um pequeno sanduíche triangular sobre a cabeça de Roger, insistindo que o homem-cachorro, para alegria geral dos observadores, desse um salto mortal. A máscara estava voltada para cima. As laterais prateadas da fantasia se mexiam para dentro e para fora. Roger, de repente, deu um salto, baixando a cabeça para fazer impulso, e tentou virar uma cambalhota no ar. Seu salto no entanto foi muito baixo e fraco, e ele caiu desajeitado sobre o dorso, batendo a cabeça nos ladrilhos. Um grunhido surdo saiu da máscara de cachorro.

Derwent deu início aos aplausos.

— Tente mais uma vez, cachorrinho! Tente mais uma vez!

Os observadores prosseguiram em coro — mais um, mais um —, e Jack saiu de perto cambaleando, um pouco enjoado.

Quase caiu sobre o carrinho de bebidas, que era empurrado por um homem com sobrancelhas cerradas e de paletó branco. Seu pé tropeçou na prateleira inferior do carrinho; as garrafas e os sifões na prateleira de cima tilintaram musicalmente.

— Perdão — disse Jack, rouco. De repente, sentia-se confinado e sufocado; queria sair. Queria que o Overlook voltasse a ser o que era, livre destes hóspedes indesejáveis. Ele não tinha um lugar de honra como verdadeiro abre-alas; era apenas mais um dos dez mil outros, um cachorrinho cumprindo ordens.

— Sem problema — respondeu o garçom de paletó branco. O inglês educado e abreviado que saiu daquele rosto de criminoso era surreal.
— Um drinque?

— Martíni.

Atrás deles, outra gargalhada irrompeu; Roger uivava uma música caipira. Alguém acompanhava ao piano.

— Aqui está.

O copo gelado foi colocado em sua mão. Jack bebeu agradecido, sentindo o gim atingir e derrubar os primeiros sinais de sobriedade.

— Está bom, senhor?

— Está.

— Obrigado, senhor. — O carrinho começou o deslizar novamente.

Jack estendeu a mão e tocou o ombro do garçom.

— Sim, senhor.

— Desculpe, mas... como se chama?

O outro demonstrou surpresa.

— Grady, senhor. Delbert Grady.

— Mas você... quero dizer...

O garçom olhava para ele com cortesia. Jack tentou falar novamente, apesar de a boca estar dormente pelo gim e pela irrealidade; sentia cada palavra tão pesada quanto um cubo de gelo.

— Você já não foi o zelador daqui? Quando você... quando... — Mas não podia concluir. Não conseguiu dizer.

— Não, senhor. Acho que não.

— Mas sua mulher... suas filhas...

— Minha mulher está ajudando na cozinha, senhor. As meninas, naturalmente, estão dormindo. Já é tarde.

— Você era o zelador. Você... — *Vamos, diga!* — Você as matou.

A expressão de Grady continuou atenciosa.

— Não tenho a menor lembrança disso, senhor. — O copo estava vazio. Grady o retirou dos dedos sem resistência de Jack e começou a preparar outro drinque. Havia um pequeno balde de plástico, no carrinho, que estava cheio de azeitonas. De alguma forma pareciam cabeças degoladas. Grady espetou uma, com habilidade, jogou-a no copo e o entregou a Jack.

— Mas você...

— *O senhor é* o zelador, senhor — Grady completou suavemente. — Sempre foi o zelador. Eu sei, senhor. *Sempre* trabalhei aqui. O mesmo gerente nos admitiu ao mesmo tempo. Correto, senhor?

Jack engoliu a bebida rapidamente. Sua cabeça girava.

— O sr. Ullman...

— Não conheço ninguém com esse nome, senhor.

— Mas ele...

— O gerente — explicou Grady. — O *hotel*, senhor. É claro que o senhor sabe quem o admitiu, senhor.

— Não — negou Jack, com voz embargada. — Não, eu...

— Creio que deva consultar seu filho, sr. Torrance. Ele sabe de tudo, apesar de o senhor não ter explicado. Bastante rebelde da parte dele, se me permite ser tão ousado, senhor. Na realidade, ele o traiu várias vezes, não é verdade? E nem fez seis anos ainda.

— Sim — concordou Jack. — Você tem razão. — Houve mais uma onda de risadas por trás deles.

— Ele precisa ser punido, se não se importa que eu diga. Ele precisa de uma boa bronca e talvez de algo mais. Minhas meninas mesmo, senhor, não davam muita importância ao Overlook no princípio. Uma delas chegou até a roubar uma caixa de fósforos e tentou atear fogo ao hotel. Eu as puni. Severamente. E, quando minha mulher tentou me impedir de cumprir meu dever, eu também a puni. — Deu um sorriso afável e sem significado. — Acho triste, porém verdadeiro, o fato de as mulheres dificilmente entenderem a responsabilidade de um pai de família para com os filhos. Maridos e pais têm certas responsabilidades, não têm, senhor?

— Sim.

— Não gostavam do Overlook tanto quanto eu — continuou Grady, começando a preparar outro drinque. Bolhas prateadas brotavam na garrafa de gim virada. — Da mesma forma que sua mulher e seu filho não gostam... não no momento, por enquanto. Mas virão a gostar. O senhor deve mostrar a eles o erro que estão cometendo, sr. Torrance. Concorda?

— Sim, concordo.

Percebia. Tinha sido muito frouxo com Wendy e Danny. Maridos e pais tinham suas responsabilidades. Papai Sabe-Tudo. E eles não entendiam. Não havia nenhum crime nisso, mas eles *teimosamente* não entendiam. Ele não estava sendo o que podia ser chamado de um homem severo. Mas acreditava em castigo. E, se seu filho e sua mulher, teimosamente, se colocaram contra sua vontade, *contra as coisas que ele sabia serem melhores para todos,* não teria ele um certo dever...?

— Uma criança ingrata é pior do que um dente de serpente — falou Grady, entregando o drinque a Jack. — Realmente acho que o gerente poderia pôr seu filho na linha. E sua mulher o seguiria pouco depois. Concorda, senhor?

De repente, ficou indeciso.

— Eu... mas... se eles pudessem simplesmente ir embora... quero dizer, afinal de contas, sou eu que o gerente quer, não é? Deve ser. Porque...
— Porque o quê? Deveria saber, mas subitamente compreendeu que não sabia. Ah, seu pobre cérebro flutuava.

— Cachorro feio! — Derwent dizia alto, seguido por uma explosão de risadas. — Cachorro feio que faz pipi no chão.

— E naturalmente o senhor sabe — continuou Grady, debruçando-se confidencialmente sobre o carro de bebidas. — Seu filho está tentando trazer um estranho para cá. Seu filho tem muito talento, do tipo que o gerente poderia usar para posteriormente melhorar o Overlook, para depois... enriquecer o hotel, digamos assim. Mas seu filho está disposto a usar este talento contra nós. Ele é teimoso, sr. Torrance. Teimoso.

— Um estranho? — perguntou Jack entorpecido.

Grady assentiu.

— Quem?

— Um preto — informou Grady. — Um cozinheiro crioulo.

— Hallorann?

— Acho que é esse o nome, senhor.

Houve outra explosão de gargalhada atrás deles quando Roger falou algo com uma voz queixosa de protesto.

— Sim! Sim! Sim! — Derwent começou a cantar. Os outros em volta o acompanhavam, mas, antes que Jack conseguisse escutar o que estavam ordenando a Roger, a orquestra começou a tocar novamente... a música era "Tuxedo Junction", com muito sax e pouco soul.

(*Soul? O Soul ainda não tinha sido inventado. Ou tinha?*)

(*Um preto... um cozinheiro crioulo.*)

Abriu a boca para falar, sem saber o que iria sair. O que saiu foi:

— Me disseram que você não terminou o secundário. Mas você não fala como um homem sem instrução.

— É verdade, abandonei a escola muito cedo, senhor. Mas o gerente cuida bem dos empregados. Ele acredita que compensa. A instrução sempre compensa, não acha, senhor?

— Sim — concordou Jack, atordoado.

— Por exemplo, o senhor demonstra um grande interesse em aprender mais sobre o Hotel Overlook. Muito inteligente de sua parte, senhor. Muito nobre. Um certo álbum de recortes foi deixado no porão para que o senhor o encontrasse...

— Por quem? — Jack perguntou ansioso.

— Pelo gerente, naturalmente. Outros materiais podem ser colocados à sua disposição, se o senhor desejar...

— Eu quero. Muito. — Tentou controlar a empolgação em sua voz e fracassou redondamente.

— O senhor é um verdadeiro acadêmico — afirmou Grady. — Pesquisa o assunto até o fim. Até se esgotarem todas as fontes. — Baixou sua cabeça de testa pequena, ajeitou a lapela do paletó branco e passou os dedos numa poeirinha invisível aos olhos de Jack. — E o gerente não impõe limites à generosidade — prosseguiu Grady. — De maneira nenhuma. Veja meu caso, por exemplo, abandonei os estudos no primeiro ano do secundário. Imagine o quanto o senhor poderia ir longe na estrutura organizacional do Overlook. Talvez... com o tempo... até o topo.

— Acha mesmo? — sussurrou Jack.

— Mas isto realmente depende de seu filho, não é? — insistiu Grady, levantando as sobrancelhas espessas e de alguma forma agressivas.

— De Danny? — Jack fechou a cara para Grady. — Não, claro que não. Não permitiria que meu filho tomasse decisões com relação à minha carreira. Em hipótese alguma. Quem você pensa que sou?

— Um homem dedicado — respondeu Grady afavelmente. — Talvez tenha me expressado mal. Digamos que seu futuro aqui depende de como o senhor decidirá lidar com os caprichos de seu filho.

— Tomo minhas próprias decisões — murmurou Jack.

— Mas o senhor deve acertar as coisas com ele.

— Vou acertar.

— Com firmeza.

— Sim.

— Um homem que não consegue controlar a própria família goza de muito pouco prestígio junto ao gerente. Um homem que não consegue conter o comportamento de sua mulher e de seu filho dificilmente conseguirá dirigir os próprios rumos, dificilmente conseguirá assumir sozinho uma posição de responsabilidade numa organização desta envergadura. Ele...

— *Eu já falei que cuidarei dele!* — gritou Jack de repente, enraivecido.

"Tuxedo Junction" terminara, e a outra música ainda não havia começado. Seu grito caiu exatamente no intervalo, e as conversas de repente cessaram atrás dele. Seu corpo inteiro estava quente. Percebeu que todos os observavam. Já tinham feito o que queriam com Roger, e agora era sua vez. Role. Sente. Finja-se de morto. Se jogar conosco, jogaremos com você. Posição de responsabilidade. Queriam que sacrificasse o filho.

(... *agora ele corre atrás de Harry o tempo inteiro, abanando o rabinho*...)

(*Role. Finja-se de morto. Castigue seu filho.*)

— Por aqui, senhor — disse Grady. — Algo que pode lhe interessar.

O barulho das conversas voltara, levantando e abaixando em seu próprio ritmo, entrando e saindo pela música da orquestra, que executava agora um arranjo animado de "Ticket to Ride", de Lennon e McCartney.

(*Já ouvi melhores nos alto-falantes de supermercados.*)

Deu uma risada estúpida. Olhou para a mão esquerda e viu que o copo estava pela metade e bebeu tudo em um grande gole.

Estava agora parado em frente à prateleira acima da lareira, o calor do fogo aquecendo suas pernas.

(*um fogo?... em agosto?... sim... e não... todos os momentos de uma só vez*)

Havia um relógio sob uma redoma de vidro, ladeado por dois elefantes de marfim. Os ponteiros marcavam um minuto para a meia-noite. Jack olhou com intensidade. Era isso que Grady queria que visse? Virou-se para perguntar, mas Grady já havia saído.

No meio de "Ticket to Ride", a orquestra executou um floreio de metais.

— Está na hora! — proclamou Horace Derwent. — Meia-noite! Retirem as máscaras! Retirem as máscaras!

Tentou se virar novamente para ver quais rostos famosos se escondiam sob o brilho, a pintura e as máscaras, mas ficou paralisado, sem conseguir tirar os olhos do relógio... Os ponteiros haviam se unido, apontando para cima.

— *Retirem as máscaras! Retirem as máscaras!* — prosseguiu o coro.

O relógio começou a bater delicadamente. Ao longo do trilho abaixo do mostrador, duas figuras avançavam. Jack observava fascinado, esquecendo a retirada das máscaras. O relógio batia. As engrenagens giravam e se encaixavam, os metais brilhavam. A roda de equilíbrio balançava com exatidão de um lado para outro.

Uma das figuras era um homem na ponta dos pés, segurando o que parecia ser um pequeno taco. A outra era um menino com orelhas de asno. As figuras encantavam pela fantástica precisão. Na frente do chapéu do garoto, estava escrito: BOBO.

As duas figuras se afastaram para as extremidades opostas de um eixo de aço. De algum lugar, ouviam-se os acordes de uma valsa de Strauss. Um jingle comercial louco passou pela sua cabeça: *Compre comida de cachorro, au-au, au-au, compre comida de cachorro...*

O taco de aço nas mãos da figura do homem caiu sobre a cabeça do menino, que desabou para a frente. O taco subia e descia, subia e descia. As mãos do menino, estendidas em defesa, começaram a vacilar. O menino passou de agachado para deitado. E o taco ainda assim subia e descia no ar ao som da melodia de Strauss, e parecia que Jack podia ver o rosto do homem, fazendo esforço, se contraindo, se contorcendo. Podia ver a boca da figura do pai abrindo e fechando, enquanto ralhava com a figura inconsciente e espancada do filho.

Uma mancha vermelha voou para o lado de dentro da redoma de vidro...

Mais outra. Mais duas.

Agora, o líquido vermelho espirrava como um temporal obsceno, atingindo as laterais do vidro da redoma e escorrendo, escondendo o que havia em seu interior. Em meio à mancha vermelha, havia pequenos fragmentos de tecido, osso e cérebro. E o taco continuava subindo e descendo enquanto o relógio continuava a funcionar, enquanto as rodas continuavam a encaixar os mecanismos e dentes desta engrenagem habilmente fabricada.

— *Retirem as máscaras! Retirem as máscaras!* — gritava Derwent atrás dele. Em algum outro lugar, um cachorro uivava com voz humana.

(*Mas engrenagem de relógio não sangra, engrenagem de relógio não sangra*)

A redoma inteira estava manchada de sangue. Era possível ver pedaços de cabelo, mas nada mais graças a Deus, nada mais, e ainda assim Jack achava que iria vomitar, porque ouvia as pancadas, ouvia através do vidro assim como ouvia o "Danúbio Azul". Mas os sons não eram mais os tique-taques mecânicos de um taco mecânico atingindo uma cabeça igualmente mecânica, e sim os sons surdos de um taco verdadeiro, dilacerando e golpeando destroços úmidos e esponjosos. Destroços que já tinham sido...

— *RETIREM AS MÁSCARAS!*

(... *a Morte Rubra dominava tudo!*)

Com um grito crescente e miserável, ele deu as costas para o relógio, tropeçando nos próprios pés como se fossem blocos de madeira, as mãos estendidas implorando que parassem, que levassem Danny, Wendy e ele, que levassem o mundo todo se quisessem, mas que parassem e que deixassem nele um pouco de sanidade, só um pouquinho.

O salão estava vazio.

As cadeiras de espaldar alto estavam sobre as mesas, com as pernas viradas para cima. As mesas, cobertas com uma capa de plástico. O tapete vermelho, com os bordados dourados estendidos sobre o soalho, protegendo a superfície de madeira encerada. No palco, havia somente um pé de microfone e um violão sem cordas, empoeirado, encostado na parede. A luz fria da manhã, luz de inverno, entrava pelas janelas altas.

Sua cabeça ainda girava e ele ainda se sentia bêbado, mas, quando se virou para a lareira, o drinque havia sumido. Havia apenas os elefantes de marfim... e o relógio.

Aos tropeços, atravessou o frio e sombrio saguão e o restaurante, topou no pé de uma mesa e caiu, derrubando-a e fazendo barulho. Bateu o nariz com força no chão e começou a sangrar. Levantou-se, fungando e limpando o sangue do nariz com a mão. Atravessou o Salão Colorado e empurrou a porta de vaivém, fazendo-a bater contra as paredes.

O lugar estava vazio... mas o bar estava com o estoque completo. Deus seja louvado. Vidros e rótulos prateados cintilavam na escuridão.

Certa vez, lembrava-se, há muito tempo, ele ficara aborrecido porque o bar não tinha um fundo de espelho. Agora estava contente. Olhando através dele veria outro bêbado que abandonara o vagão dos abstêmios: o nariz sujo de sangue, a camisa para fora das calças, os cabelos despenteados, a barba por fazer.

(*Isto é que é enfiar a mão toda no ninho.*)

A solidão recaiu sobre ele repentina e totalmente. Gritou de infelicidade e desejou honestamente que estivesse morto. A esposa e o filho estavam lá em cima com a porta trancada. Os outros haviam todos partido. A festa chegara ao fim.

Cambaleou para a frente mais uma vez e chegou ao bar.

— Lloyd, porra, cadê você? — gritou.

Não houve resposta. Neste cômodo

(*cela*)

muito bem revestido, suas palavras sequer ecoavam para dar a ilusão de companhia.

— Grady!

Nenhuma resposta. Somente as garrafas, imóveis e atentas.

(*Role. Finja-se de morto. Vá buscar. Finja-se de morto. Sente. Finja-se de morto.*)

— Não importa, eu mesmo preparo, merda.

Na metade do caminho rumo ao balcão, perdeu o equilíbrio e caiu, batendo a cabeça no chão. Ele então tentou se levantar, pondo-se de quatro, os olhos virando de um lado para outro, sons indistintos saindo da boca. Em seguida, perdeu os sentidos, o rosto virado de lado, roncando.

Lá fora, o vento assobiava mais alto, trazendo a neve espessa. Eram oito e meia da manhã.

45
AEROPORTO DE STAPLETON, DENVER

Às 8h31 da manhã, horário da montanha, uma passageira no voo 196 da TWA começou a chorar e emitir, aos gritos, sua opinião — que talvez fosse compartilhada pelos outros passageiros (ou mesmo pela tripulação) — de que o avião ia cair.

A mulher de fisionomia angulosa ao lado de Hallorann levantou os olhos do livro e ofereceu uma breve análise de caráter:

— Que idiota. — E voltou a ler. Ela havia ingerido duas vodcas durante a viagem, mas parecia não sentir nenhum efeito da bebida.

— Vai cair! — gritou a mulher estridente. — Eu simplesmente sei que vai!

Uma aeromoça correu até sua poltrona e se agachou a seu lado. Hallorann pensou com seus botões que somente aeromoças e jovens donas de casa conseguiam se agachar com graciosidade; era um talento raro e maravilhoso. Pensava nisso enquanto a aeromoça conversava calmamente e baixinho com a mulher, fazendo aos poucos com que ela se tranquilizasse.

Hallorann não sabia o que as outras pessoas no 196 sentiam, mas ele, particularmente, estava tão apavorado que era capaz até de se borrar todo. Não se conseguia ver nada nas janelas, exceto uma fustigada e agitada cortina branca. O avião balançava de forma nauseante com os ventos, que pareciam vir de todos os lados. Os pilotos aumentaram a potência dos motores para oferecer uma compensação parcial, e, como consequência, o piso vibrava sob seus pés. Várias pessoas gemiam na classe econômica atrás dele. Uma aeromoça distribuiu uma porção de sacos para enjoo, e um homem, três poltronas à frente de Hallorann, vomitou sobre o seu *National Observer*. Depois, sorrindo, pedia desculpas à aeromoça que veio ajudá-lo.

— Sem problemas — a moça o consolou —; é assim que me sinto com relação a *Seleções*.

Hallorann já havia feito viagens de avião o suficiente para poder imaginar o que acontecera. A maior parte do trajeto tinha sido feita contra o vento, o tempo em Denver piorara repentina e inesperadamente, e era um pouco tarde para desviar a rota para qualquer outro lugar onde o tempo estivesse melhor. Antes tarde do que nunca.

(*Meu caro que merda de carga de cavalaria.*)

Parecia que a aeromoça tinha sido bem-sucedida em conter a histeria da mulher. A passageira ainda fungava e assoava o nariz num lenço, mas ao menos deixara de emitir suas opiniões sobre o possível fim do voo para todos. A aeromoça fez um último afago no seu braço e se levantou exatamente quando o 747 sofreu a pior turbulência. Ela cambaleou e caiu sentada no colo do homem que vomitara no jornal, exibindo um belo pedaço de coxa coberta de meia-calça. O homem piscou e, em seguida, deu um tapinha gentil no ombro. Ela sorriu, mas Hallorann viu estampado o esforço em sua expressão. Era um voo tremendamente difícil.

Houve um pequeno murmúrio, quando a luz do NÃO FUME acendeu novamente.

"Aqui é o comandante falando", informou uma voz macia, com sotaque de sulista. "Estamos prontos para pousar no Aeroporto Internacional de Stapleton. Tivemos um voo difícil, pelo qual peço desculpas. A aterrissagem poderá ser também um pouco complicada, mas não antecipamos nenhuma dificuldade iminente. Por favor, observem os avisos de APERTAR OS CINTOS e NÃO FUMAR, e esperamos que apreciem sua estada em Denver. Desejamos também..."

Outro solavanco sacudiu o avião e o fez descer com um vácuo nauseante. O estômago de Hallorann embrulhou. Muitas pessoas — não apenas mulheres — gritaram.

"... vê-los novamente em outro voo da TWA muito em breve."

— Sem chance — comentou alguém atrás de Hallorann.

— Que bobagem — observou a mulher de fisionomia angulosa ao lado de Hallorann, marcando o livro com um palito de fósforo e fechando-o enquanto o avião começava a descer. — Quando uma pessoa já presenciou os horrores de uma guerrinha suja... como o senhor já viu... Ou quando já sentiu a imoralidade degradante da intervenção da CIA na diplomacia do dólar... como eu já senti... uma aterrissagem difícil *se torna insignificante*. Estou certa, sr. Hallorann?

— E como, senhora — respondeu, olhando para a neve que caía forte.

— Como é que sua placa de aço está reagindo a isso tudo, se me permite a pergunta?

— Ah, minha cabeça está bem — falou Hallorann. — Só o estômago está um pouco enjoado.

— Que pena. — E abriu o livro novamente.

Enquanto baixavam pelas impenetráveis nuvens de neve, Hallorann pensou num acidente que ocorrera alguns anos antes no aeroporto de Boston. As condições eram semelhantes, só que, em vez de neve, havia um nevoeiro que reduzia a visibilidade a zero. O trem de pouso prendeu em um muro perto da cabeceira da pista, e o que restara das oitenta e nove pessoas a bordo não foi muito diferente de um churrasco.

Não se importaria muito se acontecesse com ele. Estava sozinho no mundo agora, e as presenças em seu funeral se restringiriam basicamente às pessoas com quem trabalhara e àquele velho renegado Masterton, que, pelo menos, brindaria em sua homenagem. Mas o menino... O menino dependia dele. Hallorann representava talvez toda a ajuda que aquela criança esperava, e ele não gostava do jeito como o último chamado tinha sido interrompido. Ficava pensando na forma como os arbustos de animais pareciam se mexer...

Uma mão leve e branca surgiu sobre a sua.

A mulher de fisionomia impenetrável havia tirado os óculos. Sem eles sua expressão era muito mais suave.

— Vai ficar tudo bem — disse ela.

Hallorann sorriu e meneou a cabeça.

Conforme anunciado, o avião fez uma aterrissagem dura, encostando na pista com força suficiente para derrubar a maioria das malas no bagageiro e lançar as bandejas da cozinha como se fossem cartas de baralho gigantes. Ninguém gritou, mas Hallorann ouviu vários dentes trincando como castanholas de cigana.

Então as turbinas uivaram, freando o avião. Enquanto o ruído diminuía, a suave voz sulista do piloto, talvez ainda não completamente segura, veio ao sistema de som.

"Senhoras e senhores, sejam bem-vindos ao aeroporto de Stapleton. Por favor, permaneçam sentados até que a aeronave esteja completamente parada junto ao terminal. Obrigado."

A mulher ao lado de Hallorann fechou o livro e deu um longo suspiro.

— Vamos viver para lutar mais um dia, sr. Hallorann.

— Senhora, o dia de hoje ainda não terminou.

— Verdade. Pura verdade. Gostaria de tomar um drinque comigo?

— Gostaria, mas tenho um compromisso.
— Urgente?
— Muito urgente — respondeu Hallorann sério.
— Algo que contribuirá, de alguma forma, para a melhoria da situação geral, espero.
— Eu também espero — confirmou Hallorann com um sorriso. Ela sorriu de volta e pareceu ter rejuvenescido dez anos ao fazê-lo.

Como sua única bagagem era a bolsa de viagem que levava nas mãos, Hallorann foi o primeiro passageiro a chegar ao balcão da Hertz. Pelas janelas embaçadas, podia ver a neve caindo. As pessoas que andavam no estacionamento lutavam contra o vento, que levantava nuvens de flocos brancos. Hallorann sentiu pena de um homem que observava seu chapéu ser levado de sua cabeça, voando alto e imponente.

(*Ah, cara, pode esquecer. Esse chapéu só vai baixar no Arizona.*)

E a propósito do pensamento:

(*Se está assim em Denver, como estará a oeste de Boulder?*)

Talvez seja melhor não pensar nisso.

— Posso ajudar, senhor? — perguntou a moça de amarelo do balcão da Hertz.

— Se você tiver um carro, então poderá me ajudar — respondeu com um sorriso largo.

Por um preço mais pesado que o normal, conseguiu um carro mais pesado que o normal. Um Buick Electra preto e prateado. A escolha foi feita pensando nas estradas sinuosas, não no modelo. E ele ainda teria que parar em algum lugar no caminho para colocar correntes nos pneus. Sem elas, não iria muito longe.

— O tempo anda muito feio? — perguntou, enquanto a funcionária lhe entregava o contrato para assinar.

— Dizem que esta é a pior nevasca desde 1969 — respondeu a moça, animada. — O senhor precisa ir muito longe?

— Mais longe do que gostaria.

— Se o senhor quiser, posso telefonar para o posto da Texaco no entroncamento da rota 270. Eles colocarão as correntes para o senhor.

— Isso seria formidável, querida.

Ela pegou o telefone e fez a ligação.

— Estarão à sua espera.

— Muito obrigado.

Ao deixar o balcão, viu a mulher de fisionomia angulosa parada numa das filas em frente à esteira de bagagem. Ainda estava lendo o livro. Hallorann, ao passar, lhe dirigiu uma piscadela. Ela levantou o rosto, sorriu e fez com os dedos um sinal de paz.

(*iluminação*)

Ele levantou a gola do casaco, sorrindo, e passou a sacola leve para a outra mão. Muito pouco, mas ela o fez se sentir melhor. Lamentava ter contado aquela mentira sobre a placa de aço na cabeça. Em sua mente, desejou o bem a ela e, enquanto saía no vento e na neve, pensou que ela também lhe desejava o mesmo.

A taxa para colocação de correntes no posto de serviço era pequena, mas Hallorann ofereceu ao funcionário da garagem mais dez dólares para ser passado na frente na lista de espera. Faltavam ainda quinze minutos para as dez horas quando ele realmente entrou na estrada, os limpadores de para-brisa estalando, e as correntes tilintando monotonamente nas rodas grandes do Buick.

A autoestrada estava uma desgraça. Mesmo com as correntes, não conseguia andar a mais de cinquenta. Alguns carros saíam da pista em ângulos loucos, e em muitos dos aclives o tráfego avançava com dificuldade, os pneus de verão rodando impotentes na neve. Era a primeira nevasca de inverno aqui nas planícies (se é que 1600 metros acima do nível do mar poderiam ser chamados de "planícies"), e não estava fácil. Muitos dos motoristas estavam desprevenidos, o que era bastante normal, mas Hallorann mesmo assim se viu xingando ao passar por eles, espreitando no retrovisor externo sujo de neve para se certificar que nada estava

(*Disparando pela neve...*)

subindo pela esquerda para bater no traseiro de lataria preta.

Mais azar esperava por ele na rampa de subida da rota 36. Esta rodovia, que liga Denver a Boulder, também segue para oeste, para Estes Park, onde se junta com a rota 7. Esta estrada, também conhecida como a estrada das Terras Altas, passa por Sidewinder, pelo Hotel Overlook e, finalmente, desce a encosta oeste até Utah.

O início da subida estava bloqueado por um caminhão virado. Sinalizadores luminosos estavam espalhados em volta como velas de aniversário em um bolo idiota de criança.

Hallorann parou e baixou a janela. Um guarda, com um chapéu de pele tipo cossaco, gritava e apontava para o fluxo do tráfego, que se movia em direção norte na I-25.

— Não pode subir por aqui! — berrou para Hallorann no vento. — Desça mais duas entradas, entre na 91, e vire na 36 em Broomfield!

— Acho que consigo contornar o caminhão pela esquerda! — Hallorann gritou de volta. — Isso aí que você inventou serão mais trinta quilômetros no meu caminho!

— Vou inventar uma porrada na sua cabeça! — respondeu o guarda. — Esta rampa está bloqueada!

Hallorann engatou a ré, esperou uma oportunidade e prosseguiu a caminho da rota 25. As placas informavam que estava apenas a cento e sessenta quilômetros de Cheyenne, Wyoming. Se não prestasse atenção na entrada certa, acabaria lá.

Aumentou a velocidade para cinquenta e cinco, mas não se atreveria a ir além disso; a neve já ameaçava emperrar o limpador de para-brisa, e o trânsito estava decididamente louco. Foram trinta e dois quilômetros de desvio. Ele praguejou, e a sensação de que o tempo estava cada vez mais curto para o menino aumentou novamente, quase o sufocando com a urgência. Ao mesmo tempo teve a certeza fatalista de que não voltaria desta viagem.

Ligou o rádio, girou o botão de sintonia ignorando os anúncios de Natal até localizar uma previsão meteorológica.

"... já quinze centímetros, e mais trinta são esperados na região metropolitana de Denver ao anoitecer. As polícias local e estadual recomendam que vocês não tirem seus carros da garagem, a menos que seja absolutamente necessário, e advertem que a maioria dos desfiladeiros nas montanhas já foi fechada. Portanto, permaneçam em casa, encerrem seus esquis e continuem ligados na..."

— Obrigado, mamãe. — Hallorann agradeceu e, furioso, desligou o rádio.

46
WENDY

Por volta do meio-dia, Wendy pegou a faca enrolada no pano de prato que estava debaixo do travesseiro, guardou-a no bolso do roupão e foi à porta do banheiro, onde estava Danny.

— Filho?

— Que foi?

— Vou descer para fazer o almoço para nós. Está tudo bem?

— Tá. Quer que eu desça?

— Não, vou trazer aqui para cima. O que acha de uma omelete de queijo e sopa?

— Tá bom.

Ela hesitou do lado de fora da porta fechada por mais um momento.

— Danny, tem certeza de que você está bem?

— Tenho — respondeu. — Tome cuidado.

— Onde está seu pai? Você sabe?

Ele respondeu, curiosamente sem emoção:

— Não. Mas tá tudo bem.

Ela sufocou um desejo imenso de continuar fazendo perguntas, de continuar bisbilhotando pelas frestas. A coisa estava ali, sabiam o que era, e bisbilhotar só aumentaria o medo de Danny... e dela também.

Jack havia enlouquecido. Por volta de oito da manhã, quando a tempestade começava a ficar mais forte, os dois se sentaram na cama de dobrar de Danny e o ouviram, lá embaixo, berrando e caindo por cima das coisas. A maior parte dos ruídos parecia vir do salão de baile. Jack cantava desafinado trechos de canções, discutia com algum interlocutor imaginário, às vezes gritava alto, e os dois se entreolhavam com rostos paralisados. Finalmente, ouviram Jack tropeçando de volta ao saguão, e Wendy pensou ter ouvido uma pancada alta, como se ele tivesse caído ou aberto uma porta com violência. Desde oito e meia — fazia agora três horas e meia — só havia silêncio.

Ela passou pelo corredor curto, dobrou para o principal do primeiro andar e seguiu até as escadas. Parou entre um lance e outro, olhando para o saguão. Parecia deserto, mas o dia cinzento de neve deixara quase todo o longo saguão às escuras. Danny poderia estar errado. Jack poderia estar atrás de uma cadeira ou sofá... talvez atrás do balcão de recepção... esperando que ela descesse...

Molhou os lábios.

— Jack?

Nenhuma resposta.

Sua mão segurou o cabo da faca, e ela começou a descer. Wendy tinha visualizado o fim de seu casamento várias vezes, no divórcio, na morte de Jack em um acidente de carro provocado pela bebida (uma visão constante na escuridão das madrugadas de Stovington). Às vezes, em devaneios acordada, via-se sendo descoberta por outro homem, um cavaleiro de novela que levaria ela e Danny para longe em seu cavalo branco. Mas nunca tinha se imaginado rondando corredores e escadas como uma criminosa nervosa, segurando uma faca para se defender de Jack.

O pensamento a fez ser tomada por uma onda de desespero, e ela precisou parar na metade da escada, segurando o corrimão, temendo que as pernas lhe faltassem.

(*Admita. Não é só Jack, ele é apenas a única coisa sólida de tudo isso, e através dele você pode encostar nas outras coisas, aquelas em que você não acredita mas está sendo forçada a acreditar, aquilo tudo sobre os arbustos, os resquícios da festa no elevador, a máscara.*)

Tentou impedir o pensamento, mas era muito tarde.

(*e as vozes.*)

Porque, de tempos em tempos, não tinha parecido que um homem louco solitário se encontrava abaixo deles, gritando e mantendo diálogos com fantasmas em sua mente doentia. De tempos em tempos, como um sinal de rádio que oscila, ela ouvira — ou imaginara ter ouvido — outras vozes, música e risos. Em certos momentos, ouvia Jack conversando com um homem chamado Grady (o nome era familiar, mas não sugeria nenhuma ligação concreta), fazendo afirmações e perguntas no silêncio, falando alto, como se para se fazer ouvir em meio a um vozerio de uma festa. E então, misteriosamente, havia outros ruídos, parecendo escapar do lugar: uma orquestra de baile, aplausos, um homem de voz alegre, mas ao mesmo tempo autoritária, que parecia tentar persuadir alguém a fazer um discurso. Durante trinta a sessenta segundos ouvira isso, tempo suficiente para aumentar o pavor. E então tudo se extinguiu novamente, e ela só ouvia Jack, falando de modo imponente, mas ainda um pouco *enrolado*, como falava quando estava bêbado. Mas não havia nenhuma bebida no hotel, além do xerez na cozinha. Não era? Sim, mas, se ela podia imaginar que o hotel estava cheio de vozes e música, Jack não poderia se imaginar bêbado?

Não gostava desse pensamento. Nem um pouco.

Wendy chegou ao saguão e olhou ao redor. A corda de veludo que isolava a porta do salão de baile havia sido baixada; a pequena coluna de aço em que a corda estivera presa havia sido derrubada, como se alguém tivesse descuidadamente esbarrado ao passar. Uma luz suave entrava pela porta aberta, batendo no tapete do saguão, vinda das janelas altas e estreitas do salão de baile. Com o coração batendo forte, foi às portas abertas do salão e olhou. Estava vazio e silencioso. O único som era o eco baixo e curioso que parece permanecer em todos os lugares grandes, da catedral mais imponente ao mais simples salão de bingo de uma cidadezinha.

Voltou ao balcão de recepção e ficou ali, indecisa por um momento, ouvindo o vento uivar lá fora. Aquela era a pior tempestade que tinham enfrentado até agora, e ainda continuava aumentando em intensidade. Em algum lugar na ala oeste, o trinco de uma veneziana quebrara, fazendo a cortina bater com estalos regulares, como um estande de tiro ao alvo com um único freguês.

(*Jack, você realmente devia cuidar disso. Antes que alguma coisa entre.*)

O que faria se ele a atacasse agora?, pensou. Se ele pulasse de detrás do escuro e envernizado balcão de recepção, com seus formulários e campainha prateada, como um palhaço assassino salta da caixa surpresa, grotesco e sorridente com um cutelo de açougueiro na mão e olhos desvairados? Ficaria paralisada de pavor ou haveria nela uma leoa capaz de lutar pelo filho até a morte? Não sabia. O mero pensamento já a deixava enjoada... fazia sentir que sua vida inteira tinha sido um sonho longo e tranquilo que acabara em um verdadeiro pesadelo. Ela era fraca. Quando os problemas apareciam, dormia. Seu passado não era digno de nota. Nunca fora exposta a uma prova de fogo. Agora, a prova se encontrava diante dela, não de fogo, mas de gelo, e não seria permitido dormir numa situação dessas. O filho esperava lá em cima.

Apertando o cabo da faca com mais força, espreitou por cima do balcão.

Nada ali.

Ela deixou o ar escapar aliviado num longo suspiro.

Levantou a tampa do balcão e prosseguiu, parando para dar uma olhada no escritório antes de entrar de vez. Tateou na porta seguinte, à procura dos interruptores das lâmpadas da cozinha, esperando friamente que uma mão pousasse sobre a sua a qualquer momento. Em seguida, as lâmpadas fluorescentes acenderam com minúsculos cliques e zumbidos, e ela pôde ver a cozinha do sr. Hallorann — agora sua cozinha — com azulejos verdes, fórmica brilhante, porcelana limpíssima e utensílios cintilantes. Prometera que manteria a cozinha limpa e cumprira a promessa. Sentia que era um dos lugares seguros para Danny. A presença de Dick Hallorann parecia envolvê-la e consolá-la. Danny havia chamado pelo sr. Hallorann e, lá em cima, sentada ao lado do filho amedrontado, enquanto o marido gritava e se enfurecia embaixo, aquilo parecia ser a mais remota esperança. Mas aqui, no lugar do sr. Hallorann, parecia quase possível. Talvez ele estivesse a caminho agora, querendo chegar até eles, independentemente da tempestade. Talvez fosse assim.

Foi à despensa, abriu a porta e entrou. Pegou uma lata de sopa de tomate, fechou a porta novamente e a trancou. A porta era bem rente ao chão. Se fosse mantida trancada, não era preciso se preocupar com excrementos de rato ou camundongo no arroz, na farinha ou no açúcar.

Abriu a lata e colocou o conteúdo gosmento numa panela — *plop*. Foi à geladeira, tirou leite e ovos para a omelete. Em seguida, pegou queijo no frigorífico. Todas essas ações, tão comuns e tão parte de sua vida antes do Overlook, ajudavam Wendy a se acalmar.

Derreteu a manteiga na frigideira, diluiu a sopa com leite e então acrescentou os ovos batidos.

Teve uma repentina sensação de que havia alguém atrás dela, a ponto de agarrar sua garganta.

Virou-se para trás, segurando a faca. Ninguém.

(*Recomponha-se, garota!*)

Cortou um pedaço de queijo e o jogou na omelete, agitando a frigideira. Baixou o fogo. A sopa estava quente. Colocou a panela numa bandeja grande, com os talheres, dois pratos fundos, dois rasos, o sal e a pimenta. Quando a omelete ficou pronta, transferiu-a para um dos pratos e a cobriu.

(*Agora volte por onde veio. Apague as luzes da cozinha. Passe pelo escritório. Pelo portão da recepção, receba duzentos dólares.*)

Parou no saguão junto ao balcão de recepção e descansou a bandeja ao lado da campainha prateada. A irrealidade tinha limites; tudo isso era como um jogo surrealista de esconde-esconde.

Parou no saguão sombrio, franzindo a testa pensativa.

(*Não fuja dos fatos desta vez, garota. Algumas coisas são reais, por mais louca que a situação possa parecer. Uma delas é que você pode ser a única pessoa responsável que restou neste prédio grotesco. Você tem um filho com quase seis anos para cuidar. E seu marido, não importa o que tenha acontecido nem quão perigoso ele possa ser... talvez seja parte de sua responsabilidade também. E mesmo que não seja, considere o seguinte: hoje é dia 2 de dezembro. Pode ser que fique presa aqui por mais quatro meses se um guarda-florestal não aparecer. Mesmo que comecem a se perguntar por que não têm ouvido vocês pelo radiotransmissor, ninguém virá hoje... Ou amanhã... talvez nem durante semanas. Vai passar um mês se esgueirando para pegar comida com uma faca no bolso e se assustando com cada sombra? Você realmente acha que pode evitar Jack durante um mês? Acha que pode proibir a entrada de Jack em seu quarto? Ele tem a chave mestra e um chute mais forte pode arrebentar o trinco.*)

Deixando a bandeja no balcão, caminhou devagar para o restaurante e olhou para dentro. Estava deserto. Havia uma mesa com as cadeiras arrumadas em volta, a mesa em que haviam tentado comer até que o vazio do restaurante começou a apavorá-los.

— Jack? — ela chamou hesitante.

Naquele momento, o vento soprou forte, fazendo a neve bater nas venezianas, mas parecia haver mais alguma coisa. Um grunhido abafado.

— Jack?

Nenhuma resposta. Mas seus olhos bateram em algo sob as portas de vaivém do Salão Colorado, algo que cintilava de leve, na luz suave. O isqueiro de Jack.

Criando coragem, foi até a porta de vaivém e a abriu. O cheiro de gim era tão forte que precisou prender a respiração. Se é que se podia chamar aquilo de cheiro; era definitivamente um fedor. Mas as prateleiras estavam vazias. Onde, em nome de Deus, ele teria encontrado bebida? Uma garrafa escondida atrás de um dos armários? *Onde?*

Ouviu outro grunhido baixo, ligeiramente embriagado, mas perfeitamente audível desta vez. Wendy caminhou devagar para o bar.

— Jack?

Nenhuma resposta.

Olhou por sobre o balcão do bar e lá estava ele, estendido no chão, em estupor. Pelo cheiro, estava bêbado como um gambá. Deve ter tentado pular por cima do bar e perdeu o equilíbrio. Um milagre não ter quebrado o pescoço. Ela logo se lembrou de um ditado: "Deus protege as crianças e os bêbados". Amém.

Ainda assim, não sentia raiva dele; olhando para o marido, pensou que parecia um menininho terrivelmente cansado, que depois de muita atividade adormecera no meio da sala. Jack havia deixado de beber, e não foi ele quem tomou a decisão de voltar ao vício; não havia bebida para ele voltar... então de onde viera?

Garrafas de vinho embrulhadas em palha, com os gargalos tampados com velas, ornavam o balcão em forma de ferradura do bar, a cada dois metros. Davam uma aparência boêmia, achava ela, que sacudiu uma, esperando ouvir o barulho de líquido,

(*vinho novo em garrafas velhas*)

mas não havia nada. Colocou-a de volta no lugar.

Jack estava começando a se mexer. Ela rodeou o bar, encontrou a portinhola e foi até onde ele estava deitado, parando apenas para olhar as torneiras cintilantes. Estavam secas, mas ao passar por elas sentiu o cheiro de cerveja fresca.

Ao se aproximar de Jack, ele se virou, abriu os olhos e olhou para ela. Seu olhar, vazio, foi aos poucos ganhando expressão.

— Wendy? — perguntou. — É você?

— Sim — respondeu ela. — Acha que aguenta subir? Consegue se apoiar em mim? Jack, onde foi que você...

As mãos dele apertaram brutalmente os tornozelos da mulher.

— Jack! O que você está...

— Peguei você — falou, e começou a sorrir maliciosamente. Um cheiro azedo de gim e azeitonas pairava em volta dele e parecia despertar um velho terror em Wendy, um terror pior do que qualquer hotel poderia causar por si só. Uma parte distante dela pensou que o pior era ver tudo retornando ao mesmo ponto: ela e o marido bêbado.

—Jack, quero ajudar.

—Ah, sim. Você e Danny querem apenas *ajudar*. —A força em volta do tornozelo aumentava agora. Ainda segurando, Jack se pôs de joelhos, tremendo. —Vocês queriam nos ajudar, bem longe daqui. Mas agora... eu... *peguei você*!

—Jack, você está machucando meu tornozelo...

—Vou machucar muito mais do que o tornozelo, sua *vaca*.

A palavra a atordoou de tal forma que, quando ele soltou seu tornozelo e cambaleou para ficar em pé, ela não fez o menor esforço para fugir.

—Você nunca me amou —disse ele. —Queria que a gente fosse embora porque sabia que seria o meu fim. Já parou para pensar nas minhas re... res... respons'bilidades? Não, aposto que não. Tudo que você pensa são maneiras de acabar comigo. É exatamente como minha mãe, sua *vaca covarde*!

—Pare com isso —ela pediu, chorando. —Você não sabe o que está dizendo. Está bêbado. Não sei como, mas está bêbado.

—Ah, eu sei. Eu sei agora. Você e ele. Aquele fedelho lá em cima. Vocês dois, fazendo planos. Não é isso?

—Não, não! Nunca fizemos planos. O que você...

—*Mentirosa!* —gritou. —Sei como fazem! Acho que sei! Quando eu digo "Nós vamos ficar aqui, e eu vou fazer meu trabalho", você diz "Sim, querido", e ele diz "Sim, papai", e então fazem as suas armações. Planejaram usar o snowmobile. Vocês planejaram isso. Mas eu sabia. Deduzi. *Achou que eu não fosse deduzir? Pensou que eu fosse um idiota?*

Ela o olhava fixamente, sem poder falar. Ele iria matá-la e depois mataria Danny. Então talvez o hotel ficasse satisfeito e deixaria que ele se matasse. Exatamente como o antigo zelador. Exatamente como

(*Grady*.)

Quase desmaiando de terror, deduziu finalmente com quem Jack estivera conversando no salão de baile.

—Você instigou meu filho contra mim. Isso foi o pior. —Seu rosto cedeu à autopiedade. —Meu filhinho. Agora ele me odeia também. Você cuidou para que isso acontecesse. Sempre foi seu plano, não foi? Sempre teve ciúme, não teve? Exatamente como sua mãe. Não ficaria satisfeita enquanto não comesse o bolo inteiro, não é? *Não é?*

Ela não conseguia falar.

— Bem, vou dar um jeito em você — ele falou enquanto tentava pôr as mãos em volta do pescoço da esposa.

Wendy deu um passo atrás, em seguida outro, e ele cambaleou contra ela. Wendy se lembrou da faca no bolso do roupão e tateou procurando, mas agora o braço esquerdo do marido passou em volta dela, prendendo o braço contra o corpo. Ela sentiu o cheiro forte de gim e o azedo do suor.

— Tem que ser castigada — resmungou ele. — Punida. Punida... severamente.

A mão direita de Jack encontrou a garganta de Wendy.

Ao se sentir asfixiada, o pânico tomou conta dela. A mão esquerda de Jack se juntou à direita, e agora ela estava com os braços livres para poder agarrar a faca, mas se esqueceu desse detalhe. Ergueu as duas e começou a empurrar inutilmente as mãos grandes e fortes do marido.

— *Mamãe!* — gritou Danny de algum lugar. — *Papai, pare! Você está machucando a mamãe!* — ele gritava em voz alta e aguda, e Wendy ouviu o som cristalino ao longe.

Clarões vermelhos de luz saltavam diante de seus olhos como bailarinos. O lugar escureceu. Viu o filho pulando em cima do bar e se jogando sobre os ombros de Jack. De repente, uma das mãos que apertavam sua garganta se afastou quando Jack estapeou Danny com um rosnado. O menino se chocou contra as prateleiras vazias e caiu no chão, tonto. A mão voltou à garganta. Os clarões vermelhos começaram a se tornar pretos.

Danny chorava baixinho. O peito de Wendy ardia. Jack gritava em seu rosto:

— Vou dar um jeito em você! Sua piranha, vou mostrar quem é que manda aqui! Vou lhe mostrar...

Mas todos os sons se apagaram em um longo corredor escuro. Ela começou a perder as forças. Uma das mãos soltou a de Jack e se ergueu lentamente até que o braço estivesse esticado, formando um ângulo reto com o corpo, a mão balançando como a de uma mulher afogada.

A mão esbarrou numa garrafa — uma das garrafas de vinho embrulhadas em palha que serviam de castiçais decorativos.

Sem enxergar, usando de suas últimas forças, tateou à procura da garrafa e a encontrou, sentindo as sebosas pérolas de parafina nas mãos.

(*Deus, e se escorregar?*)

Levantou a garrafa e em seguida a baixou, rezando para acertá-lo e sabendo que, se atingisse apenas o ombro ou o braço dele, estaria liquidada.

Mas a garrafa acertou em cheio na cabeça de Jack, fazendo o vidro se despedaçar por dentro da palha. A base era grossa e pesada, e fez um ruído ao atingir o crânio do marido como se fosse uma bola de boliche que cai sobre o chão de madeira. Jack cambaleou, virando os olhos nas órbitas. A pressão na garganta diminuiu e desapareceu por completo. Ele tirou as mãos de cima dela, como que para se equilibrar e, em seguida, caiu de costas.

Wendy respirou fundo. Ela mesma quase caiu. Apoiou-se no bar, tentando se equilibrar. Ainda não estava totalmente consciente. Ouvia Danny chorando, mas não tinha ideia de onde ele estava. Parecia um choro dentro de uma câmara de eco. Viu, vagamente, gotas de sangue pingando sobre a superfície escura do bar... caindo do nariz, pensou. Limpou a garganta e cuspiu no chão. Sentiu uma agonia, que aos poucos se transformava em dor... mas suportável.

Aos poucos, foi recuperando os sentidos.

Ela se afastou do bar, virou e viu Jack caído, a garrafa quebrada ao lado. Parecia um gigante derrubado. Danny estava agachado debaixo do balcão da caixa registradora do bar, com as mãos na boca, olhos fixos no pai inconsciente.

Wendy foi até ele sem muito equilíbrio e tocou seus ombros. Danny se esquivou.

— Danny, ouça...

— Não, não — resmungou ele, com a voz rouca de um velho. — Papai machucou você... você machucou papai... Papai machucou você... Quero ir dormir. Danny quer dormir.

— Danny...

— Dormir, dormir. Boa noite.

— *Não!*

A garganta doía novamente. Wendy tremeu. Mas Danny abriu os olhos, que estavam atentos dentro das órbitas cercadas de olheiras.

Wendy se esforçou para falar com calma, olhando o filho nos olhos. Sua voz era baixa e rouca, quase um sussurro. Era difícil falar. Doía.

— Ouça, Danny. Não foi seu pai que tentou me machucar. E eu não quis machucar ele. O hotel dominou ele, Danny. *O Overlook dominou seu pai.* Você me entende?

Uma espécie de compreensão brotou aos poucos nos olhos de Danny.

— A Coisa Feia — murmurou o garoto. — Não tinha nada por aqui antes, né?

— Não. Foi o hotel que colocou aqui. O... — parou com uma crise de tosse e cuspiu mais sangue. Já sentia a garganta inchada, muito inchada. — O hotel fez com que ele bebesse. Você ouviu aquelas pessoas com quem ele conversava hoje de manhã?

— Ouvi... as pessoas do hotel...

— Eu também ouvi. E isso significa que o hotel está ficando mais forte. Quer machucar todos nós. Mas eu acho... espero... que faça isso somente através de seu pai. Ele era o único que o hotel poderia pegar. Está me entendendo, Danny? É muito importante que você entenda.

— O hotel pegou papai. — O garoto olhava para Jack e gemia.

— Sei que você ama seu pai. Eu também amo. Temos que nos lembrar que o hotel está tentando machucar ele tanto quanto quer nos machucar também. — E ela estava convencida de que era verdade. E mais, achava que Danny era a pessoa que o hotel realmente queria, a razão por estar indo tão longe... talvez a razão pela qual *pudesse* ir tão longe. Poderia ser até que, de alguma forma desconhecida, a iluminação de Danny transmitisse força ao hotel, do mesmo modo que uma bateria gera força à parte elétrica de um carro... e faz o carro ligar. Se saíssem daqui, o Overlook poderia voltar ao seu estado semiconsciente anterior, capaz de fazer pouco mais do que apresentar pequenos episódios de terror barato aos hóspedes psiquicamente mais sensíveis. Sem Danny, o hotel não seria mais do que uma casa mal-assombrada de um parque de diversões, onde um ou dois hóspedes ouviriam ruídos ou sons fantasmagóricos de um baile de máscaras, ou ocasionalmente veriam alguma coisa estranha. Mas se o hotel absorvesse Danny... Ou sua iluminação, sua força vital ou seu espírito... enfim... como seria?

O pensamento a deixou gelada.

— Eu queria que papai estivesse bom — disse Danny, e as lágrimas voltaram a rolar.

— Eu também — ela respondeu e abraçou Danny apertado. — E, meu bem, é por isso que você precisa me ajudar a pôr seu pai em algum lugar. Um lugar onde o hotel não permita que ele machuque a gente, e onde ele também não possa se machucar. Então... se seu amigo Dick vier, ou um guarda-florestal, poderemos sair daqui com ele. E eu acho que ele vai ficar bom novamente. Acho que ainda existe uma possibilidade, se formos fortes e corajosos, como você foi quando pulou nas costas dele. Você entende? — olhou suplicante para o filho e pensou em como isso tudo era estranho; nunca o tinha visto tão parecido com Jack.

— Sim — concordou Danny, balançando a cabeça. — Acho... que se a gente puder ir embora daqui... tudo vai ser como era antes. Onde a gente pode colocar o papai?

— Na despensa. Lá tem comida e um ferrolho forte na porta. É quentinho. E nós podemos usar a comida que está no congelador e na geladeira. Teremos comida suficiente para nós, até alguém chegar para nos ajudar.

— A gente vai fazer isso agora?

— Sim, agora mesmo. Antes que ele acorde.

Danny levantava a porta do balcão do bar enquanto ela dobrava as mãos de Jack sobre o peito e ouvia sua respiração. Era lenta, mas regular. Pelo cheiro, pensou ela, devia ter bebido muito... e havia perdido o hábito. Provavelmente a bebida e a pancada na cabeça ajudaram a derrubá-lo.

Pegou as pernas de Jack e começou a arrastá-lo pelo chão. Estava casada há quase sete anos, ele deitara por cima dela inúmeras vezes... centenas... mas nunca imaginou que fosse tão pesado. Wendy assobiava ao respirar e sentia dor na garganta ferida. No entanto, sentia-se bem, como há dias não se sentia. Estava viva. Tendo chegado tão próximo da morte, isso era precioso. E Jack também estava vivo. Por mera sorte, encontraram talvez o único modo de se salvarem.

Ofegante, parou por um momento, segurando os pés erguidos de Jack junto aos quadris. O cenário a fez se lembrar do livro *A Ilha do Tesouro*, quando o velho pirata recebe o papel com a mancha negra e grita: *Ainda vamos acabar com eles!*

E, em seguida, inquieta, lembrou que o velho marujo morre segundos depois.

— Você está bem, mamãe? Ele é... ele é muito pesado?

— Eu consigo. — Voltou a arrastá-lo. Danny estava ao lado de Jack. Uma das mãos caíra de cima do peito, e Danny com muito carinho a ajeitou de volta.

— Tem certeza, mamãe?
— Sim. É o melhor, Danny.
— É como botar papai na cadeia.
— Só por pouco tempo.
— Então está bem. Tem certeza que aguenta?
— Tenho.

Mas quase não conseguiu. Danny estava segurando a cabeça do pai quando passaram pela soleira da porta, mas suas mãos escorregaram no cabelo oleoso de Jack quando entraram na cozinha. A cabeça bateu no ladrilho, e Jack começou a resmungar e a se agitar.

— Tem que usar fumaça — murmurou Jack rapidamente. — Agora corra e vá buscar a lata de gasolina.

Wendy e Danny se entreolharam com medo.
— Me ajude — ela pediu baixinho.

Por um momento, Danny estancou, como que paralisado pelo rosto do pai e, em seguida, passou desajeitado para o lado dela para ajudá-la a segurar a perna esquerda. Arrastaram Jack pela cozinha, numa espécie de câmara lenta de um pesadelo; o único ruído era o zumbido das lâmpadas fluorescentes e da respiração esforçada dos dois.

Quando chegaram à despensa, Wendy baixou os pés de Jack e se virou para mexer no ferrolho. Danny olhou para o pai, que se acalmara novamente. A camisa estava para fora das calças, e Danny imaginou se o pai, mesmo tão bêbado, não sentiria frio. Parecia errado trancar uma pessoa na despensa como um animal selvagem, mas tinha visto o que ele tentou fazer com a mãe. Mesmo quando estava lá em cima, sabia que o pai iria fazer isso. Ouvira, em sua cabeça, os dois discutindo.

(*Se pelo menos pudéssemos todos sair daqui. Ou se fosse um sonho que eu estivesse sonhando em Stovington. Se pelo menos...*)

O ferrolho estava preso.

Wendy puxava com toda a força, mas o ferrolho não saía do lugar. Não conseguia deslizar o miserável ferrolho. Isso não fazia sentido... ela o abrira sem problema, quando foi pegar a lata de sopa. Agora não saía do lugar.

O que faria? Não podiam prender Jack na geladeira; ele morreria de frio. Mas, se o deixassem do lado de fora e ele acordasse...

Jack se mexeu de novo no chão.

— Eu vou cuidar disso — resmungou. — Compreendo.

— Ele está acordando, mamãe! — avisou Danny.

Soluçando, ela puxava o ferrolho com as duas mãos.

— Danny? — Sentia algo suavemente ameaçador, porém ainda um pouco embaçado, na voz de Jack. — É você, velhinho?

— Durma, papai — disse Danny nervoso. — Já é hora de dormir, sabe.

Olhou para a mãe, que ainda fazia força com o ferrolho, e notou imediatamente o que estava errado. Ela havia se esquecido de girar o ferrolho antes de puxá-lo. A pequena lingueta estava presa na tranca.

— Aqui — ele mostrou, baixinho, afastando as mãos trêmulas da mãe; suas próprias mãos tremiam quase que com a mesma intensidade. Soltou a tranca e a lingueta deslizou. — Rápido! — Ele olhou para baixo. Jack abrira os olhos e desta vez olhava diretamente para o filho, com o olhar estranhamente vago e indagador.

— Você colou — disse o pai. — Sei que colou. Mas está por aqui em algum lugar. E eu vou encontrar. Juro. Vou encontrar... — Suas palavras não faziam sentido mais uma vez.

Wendy abriu a porta da despensa com o joelho, sem sentir o cheiro forte de fruta seca que pairava no ar. Segurou novamente os pés de Jack e o arrastou para dentro. Ela respirava com muita dificuldade agora, as forças esgotadas. Enquanto puxava a corrente para acender a luz, os olhos de Jack se abriram novamente.

— O que está fazendo? Wendy, o que está fazendo?

Ela passou por cima dele.

Ele foi rápido; incrivelmente rápido. Uma das mãos se lançou contra ela, que precisou dar um passo para o lado, quase caindo pela porta aberta, para evitar que ele a agarrasse. Ainda assim, ele conseguiu puxar um pedaço do roupão, fazendo o pano se rasgar num ruído alto. Ele estava agora apoiado nos joelhos e nas mãos, o cabelo caído sobre os olhos, como um animal pesado. Um cachorro grande... Ou um leão.

— Malditos sejam vocês dois. Eu sei o que vocês querem. Mas não vão conseguir. Este hotel... é meu. Sou eu que eles querem. Eu! Eu!

— A porta, Danny! — gritou Wendy. — *Feche a porta!*

Ele bateu a porta pesada de madeira, exatamente quando Jack pulou. A porta trancou, e Jack a esmurrou inutilmente.

As mãozinhas de Danny buscaram o ferrolho. Wendy estava muito longe para alcançá-lo a tempo; a questão se ficaria preso ou solto seria decidida em dois segundos. Danny soltou o ferrolho, o pegou novamente e o fechou. Jack jogou o ombro contra a porta, e eles ouviram uma série de murros. O ferrolho, com um centímetro de diâmetro, não foi abalado. Wendy suspirou profundamente.

— Me deixem sair daqui! — gritava Jack. — Me deixem sair! Danny, diabos, sou seu pai e quero sair! *Faça o que estou mandando!*

A mão de Danny se moveu automaticamente em direção ao ferrolho, mas Wendy a segurou e a apertou contra o peito.

— Obedeça ao seu pai, Danny! Faça o que estou dizendo! Faça ou vou lhe dar uma surra, que nunca mais vai esquecer. *Abra esta porra ou eu esmago seus miolos!*

Danny olhou para a mãe, pálido como uma parede.

Ouviam a respiração de Jack por detrás dos dois centímetros e meio de carvalho da porta.

— Wendy, me deixa sair! Me deixa sair agora! Sua puta barata frígida do caralho! Me deixa sair! Tô falando sério! Me deixa sair e eu esqueço tudo! Se não me soltar, acabo com você! Tô falando sério! Vou te ferrar tanto que nem sua mãe vai te reconhecer no meio da rua! *Agora, abra esta porta!*

Danny gemeu. Wendy percebeu que o filho iria desmaiar a qualquer momento.

— Venha, velhinho — disse ela, surpresa com a calma de sua própria voz. — Não é seu pai, lembre-se disso. É o hotel.

— *Voltem aqui e me soltem AGORA!* — gritou Jack. Houve arranhões quando Jack atacou a porta com a unhas.

— É o hotel — repetiu Danny. — É o hotel. Eu me lembro. — Mas olhou por cima dos ombros com o rosto perplexo e apavorado.

47
DANNY

Eram três horas da tarde de um dia muito longo.

Estavam sentados na cama de casal, no quarto. Danny girava compulsivamente o fusca violeta e seu monstro que saía pelo teto solar.

Eles escutaram papai batendo na porta do outro lado do saguão, escutaram as batidas e a voz rouca e petulantemente irritada como a de um rei derrotado, vomitando promessas de castigo, vomitando palavrões, prometendo aos dois que passariam o resto da vida arrependidos por o terem traído depois de toda uma vida de sacrifícios por eles.

Danny pensou que não conseguiriam ouvir aquilo do andar de cima, mas os gritos raivosos passavam pelo pequeno elevador de comida que ligava o quarto à cozinha. O rosto da mãe estava pálido, e havia terríveis hematomas em seu pescoço, onde o pai tentara...

Virava o carro, vezes seguidas, em suas mãos. O prêmio que o pai lhe dera por ter avançado nas leituras.

(... *onde o pai tentara abraçá-la muito apertado.*)

A mãe pôs uma música para tocar no pequeno toca-discos, cheia de arranhões, flautas e cornetas. Sorriu para ele cansada. O garoto tentou sorrir de volta e fracassou. Mesmo com a música alta, achou que ainda ouvia o pai gritando e esmurrando a porta como um animal numa jaula do jardim zoológico. E se papai quisesse ir ao banheiro? Como seria?

Danny começou a chorar.

Wendy baixou todo o volume do toca-discos de uma vez, segurou o filho e o balançou no colo.

— Danny, meu amor, tudo vai terminar bem. Vai sim. Se o sr. Hallorann não ouviu sua mensagem, alguma outra pessoa ouvirá. Assim que a tempestade parar. Nevando do jeito que está, ninguém vai conseguir subir até aqui. O sr. Hallorann ou qualquer outra pessoa. Mas, quando a tempestade passar, tudo vai ficar bem. E nós vamos embora. E sabe o que faremos na primavera? Nós três?

Danny balançou a cabeça encostada no peito da mãe. Não sabia. Parecia que nunca mais haveria primavera.

— Vamos pescar. Vamos alugar um barco e vamos pescar, como fizemos o ano passado em Chatterton Lake. Você, eu e papai. E talvez você pegue um robalo para o jantar. Ou talvez a gente não pegue nada, mas com certeza vamos nos divertir.

—Eu te amo, mamãe —disse Danny, abraçando-a.

—Ah, Danny, eu também te amo.

Lá fora, o vento assobiava e uivava.

Por volta das quatro e meia, quando o dia começava a morrer, os gritos cessaram.

Os dois cochilaram inquietos; Wendy, ainda segurando Danny nos braços, não acordou. Mas Danny, sim. Por algum motivo, o silêncio era pior, mais agourento do que os gritos e socos contra a forte porta da despensa. Estaria o pai dormindo? Ou morto? Ou o quê?

(*Teria saído?*)

Quinze minutos mais tarde, o silêncio foi quebrado por um ruído metálico. Houve um rangido forte e, em seguida, um zumbido mecânico. Wendy acordou com um grito.

O elevador funcionava novamente.

Ficaram escutando, com os olhos arregalados, abraçados um ao outro. Passava por cada andar, a grade chocalhando, a porta de aço se abrindo. Risos, gritos bêbados, berros esporádicos e batidas.

O Overlook renascia em volta deles.

48
JACK

Ele sentou no chão da despensa com as pernas esticadas para a frente, um pacote de bolacha cream-cracker entre elas, olhando para a porta. Comia as bolachas uma por uma, sem sentir o sabor, só por comer. Quando saísse dali, iria precisar de muita força. Toda a força.

Neste exato momento, pensou que nunca havia se sentido tão miserável em toda a sua vida. A mente e o corpo juntos formavam uma enorme escritura de dor. A cabeça doía terrivelmente, com o latejar nauseante de uma ressaca. Os sintomas secundários estavam ali também: a boca tinha um gosto como se um ancinho de estrume tivesse passado por ela, os ouvidos zumbiam, os ombros doíam por ter se jogado contra a porta, e a garganta estava inflamada por causa dos gritos inúteis. Cortara a mão direita no trinco.

Mas, quando saísse dali, iria botar pra quebrar.

Mastigava as bolachas, uma por uma, resistindo a se render à vontade de vomitar. Pensou nos Excedrins no bolso e resolveu esperar até que o estômago se acalmasse um pouco. Não fazia sentido engolir um analgésico, se logo depois fosse vomitá-lo. É preciso usar a cabeça. A admirável cabeça de Jack Torrance. Não é você o cara que ia viver de suas habilidades intelectuais? Jack Torrance, o autor best-seller. Jack Torrance, o aclamado escritor de peças de teatro e ganhador do Prêmio do Círculo de Críticos de Nova York. Jack Torrance, homem letrado, respeitado pensador, ganhador do prêmio Pulitzer aos setenta, por seu fabuloso livro de memórias, *Minha vida no século XX*. A lição dessa merda toda era aprender a ser esperto.

Ser esperto é saber sempre onde estão as vespas.

Enfiou outra bolacha na boca e mastigou.

A coisa toda se resumia, ele supôs, no fato de eles não confiarem nele. O fato de não acreditarem que ele sabia o que era melhor para eles e como conseguir isso. A mulher havia tentado usurpá-lo, primeiro por meios justos,

(ou quase)

depois injustos. Quando as pequenas insinuações e objeções chorosas dela foram derrubadas pelos argumentos sensatos de Jack, ela instigou o menino contra ele. Tentou matá-lo com uma garrafa e, em seguida, o trancou na merda da *despensa*, dentre todos os lugares.

Ainda assim, uma pequena voz interior o importunava.

(*Sim, mas de onde veio a bebida? Esse não é, na verdade, o xis da questão? Você sabe o que acontece quando bebe, você sabe por experiências amargas. Quando bebe, perde a razão.*)

Jack atirou para o outro lado do pequeno cômodo o pacote de bolachas, que bateu numa prateleira de enlatados e caiu no chão. Ele olhou para o pacote, esfregou os lábios com a mão e, em seguida, olhou para o relógio. Eram quase seis e meia. Fazia horas que estava ali. A mulher o trancara ali, e estava ali havia *horas*, porra.

Começava a compreender melhor seu próprio pai.

Jack agora se dava conta de que nunca havia se perguntado o motivo que levara o pai a começar a beber. E realmente... quando se chegava ao "q" da questão, como seus antigos alunos gostavam de dizer... não seria por um acaso a mulher com quem se casara? Uma mulher covarde, sempre se arrastando em silêncio pela casa, com uma expressão de mártir no rosto? Não seria ela uma bola e uma corrente no tornozelo de papai? Não, não era bola nem corrente. Na realidade, sua mãe nunca tentara fazer de papai um prisioneiro, como Wendy estava fazendo com ele. O destino do pai de Jack deve ter sido semelhante ao de McTeague, o dentista, no fim do grande romance de Frank Norris: algemado a um homem morto no deserto. Sim, a imagem era melhor. Mental e espiritualmente morta, a mãe estivera algemada ao pai pelo matrimônio. Ainda assim, o pai tentara agir direito, enquanto se arrastava com o cadáver apodrecido daquela mulher. Tentou educar os quatro filhos, ensinando a diferença entre o certo e o errado, a entender os princípios de disciplina e, acima de tudo, a respeitar o pai.

Bem, eram uns ingratos, todos, inclusive ele mesmo. E agora pagava o preço: seu próprio filho também havia se tornado um ingrato.

Mas havia esperança. De alguma forma ele sairia dali. Puniria os dois, severamente. Daria um exemplo a Danny de tal forma que, quando o filho crescesse, saberia fazer melhor o que ele próprio havia feito.

Lembrava-se daquele jantar de domingo, quando, à mesa, o pai batera na mãe com a bengala... como ele e os irmãos ficaram horrorizados. Agora podia ver como aquilo tinha sido necessário, como seu pai apenas dissimulava sua embriaguez e como sua lucidez estivera sempre aguçada e viva por trás, o tempo inteiro, atento ao menor sinal de desrespeito.

Jack engatinhou atrás das bolachas e voltou a comê-las, sentado junto à porta que foi tão traiçoeiramente trancada por Wendy. Imaginou exatamente o que o pai vira e como descobrira o fingimento da esposa. Ela estaria fazendo caretas por trás da mão? Pondo a língua para fora? Fazendo gestos obscenos com o dedo? Ou simplesmente olhava para ele de maneira insolente e arrogante, convencida de que ele estava muito bêbado para ver? De qualquer maneira, ele a pegou e a puniu severamente. E agora, vinte anos depois, Jack podia finalmente contemplar a sabedoria do pai.

Claro que você irá dizer que o pai tinha sido tolo por se casar com uma mulher assim, por em primeiro lugar ter se deixado algemar a um cadáver… e um cadáver desrespeitoso. Mas, quando os jovens se casam precipitadamente, só lhes resta o arrependimento, e talvez o avô de Jack tivesse se casado com o mesmo tipo de mulher com quem o filho e o neto inconscientemente se casaram. Mas Wendy, *sua* mulher, em vez de se sentir satisfeita com o fato de já ter arruinado uma carreira e mutilado outra, optara pela tarefa ativa e venenosa de tentar destruir sua última e melhor oportunidade: a de se tornar um membro do staff do Overlook, e possivelmente subir… até a posição de gerente. Colocara Danny contra ele, e Danny era seu bilhete de entrada. Isso era tolice, naturalmente — por que iriam querer o filho, quando podiam ter o pai? —, mas patrões sempre têm ideias tolas, e essa era a condição.

Agora ele percebia que não seria possível explicar isso a ela. Havia tentado, no Salão Colorado, mas ela se recusara a ouvir e o acertara na cabeça com uma garrafa, como recompensa por seu esforço. Haveria outra oportunidade, e em breve. Ele sairia dali.

De repente, prendeu a respiração e levantou a cabeça. Um piano tocava *boogie-woogie* em algum lugar, e as pessoas riam e batiam palmas. O som era amortecido pela porta de madeira, mas mesmo assim podia ouvir. A música era "There'll Be a Hot Time in the Old Town Tonight".

Cerrou os punhos; precisava se conter para não arrebentar a porta. A festa havia recomeçado. A bebida rolaria de graça. Em algum lugar, dançando com outra pessoa, estaria a moça que sentira tão provocantemente nua sob o vestido branco de cetim.

— Vocês vão pagar por isso! — berrou. — Malditos sejam vocês dois, vão pagar! Tomarão seu maldito remédio por isto, juro! Vocês…

— Calma, calma, agora — uma voz branda falou por detrás da porta. — Não precisa gritar, amigo. Estou ouvindo bem.

Jack ficou de pé.

— Grady? É você?

— Sim, senhor. Sou eu mesmo. Parece que o senhor está trancado.

— Me deixa sair, Grady. Rápido.

— Vejo que não conseguiu cuidar do assunto que conversamos, senhor. O castigo para sua mulher e seu filho.

— Foram eles que me trancaram aqui. Puxe o ferrolho, pelo amor de Deus!

— Deixou que eles o trancassem aqui? — A voz de Grady denotava surpresa educada. — Ah, meu caro. Uma mulher com metade do seu tamanho e um menininho? Isso dificilmente o qualifica como um funcionário de primeira qualidade para a gerência, não é?

O sangue começou a ferver nas veias de Jack.

— Me deixa sair, Grady. Vou cuidar deles.

— Vai mesmo, senhor? Não sei. — A surpresa educada transformou-se em pesar educado. — Lamento dizer que duvido muito. Eu... e os outros... realmente chegamos à conclusão de que seu coração não está aqui, senhor. Que o senhor não tem... estômago para trabalhar aqui.

— *Eu tenho* — gritou Jack. — *Juro*.

— Traria seu filho para nós?

— Sim! Sim!

— Sua mulher vai se opor veementemente, sr. Torrance. E ela aparenta ser... de alguma forma mais forte do que imaginávamos. De alguma forma, mais qualificada. Com toda a certeza, parece ter levado a melhor sobre o senhor.

Grady riu nervosamente.

— Talvez, sr. Torrance, devêssemos ter tratado tudo com ela.

— Eu vou trazer o menino, juro — assegurou Jack. O rosto estava colado à porta agora. Suava. — Ela não vai se opor. Juro que não. Não poderá.

— Temo que seja preciso matá-la — Grady afirmou friamente.

— Farei o que for preciso. Simplesmente *me deixa sair*.

— Dá a sua palavra, senhor? — insistiu Grady.

— Minha palavra, meu compromisso, minha promessa solene, o que você quiser. Se você...

Houve um estalo surdo do ferrolho sendo puxado. A porta abriu meio centímetro. A respiração e as palavras de Jack cessaram. Por um momento, sentiu que a morte estava ali, do lado de fora daquela porta.

A sensação passou.

— Obrigado, Grady — murmurou. — Juro que não irá se arrepender. Juro que não.

Não houve resposta. Percebeu que todos os ruídos haviam cessado, a não ser o do vento que uivava lá fora.

Abriu a porta da despensa; as dobradiças rangeram um pouco.

A cozinha estava vazia. Grady desaparecera. Tudo estava parado e congelado sob o brilho das lâmpadas fluorescentes. Seus olhos bateram na mesa onde os três costumavam fazer as refeições.

Ali em cima, havia um copo de martíni, uma dose de gim e um prato plástico com azeitonas.

Encostado nele, estava um dos tacos de roque do galpão.

Jack ficou olhando para o objeto durante um longo momento.

Então, uma voz, mais grave e muito mais poderosa do que a de Grady, falou de algum lugar... de todo lugar... de dentro dele.

(*Cumpra com a promessa, sr. Torrance.*)

— Cumprirei — respondeu. Sentiu a bajulação e a subserviência na própria voz, mas não conseguia controlá-la. — Cumprirei.

Caminhou até o balcão e segurou o cabo do taco.

Levantou-o.

Sacudiu-o.

O taco assobiou maliciosamente no ar.

Jack Torrance começou a sorrir.

49
HALLORANN SOBE A MONTANHA

Faltavam quinze minutos para as duas da tarde e, de acordo com o hodômetro do Buick, da Hertz, ele estava a menos de cinco quilômetros de Estes Park, quando finalmente saiu da estrada.

Nas colinas, a neve caía mais rápida e mais furiosa do que Hallorann jamais tinha visto (o que talvez não fosse grande coisa, pois ele sempre se esforçava para ver o menos possível de neve em sua vida). O vento soprava forte e caprichoso, ora do oeste, ora do norte, trazendo nuvens de neve a seu campo visual, fazendo Hallorann perceber que se errasse uma curva poderia despencar sessenta metros para fora da estrada, fazendo o Electra rolar pela ribanceira. Para piorar ainda mais a situação, havia o fato de não ter experiência em dirigir na neve. Ficava apavorado em pensar que a faixa amarela central estava enterrada sob a neve e aterrorizado quando as rajadas de vento vinham livres pelos desfiladeiros e faziam o pesado carro derrapar; horrorizado ao ver que as placas da estrada estavam quase mascaradas de neve, e que era mais útil jogar cara ou coroa para saber se a estrada dobraria para a esquerda ou para a direita naquela tela branca de cinema por onde dirigia. Sentia medo, mesmo. Suava frio desde o início da subida de Boulder e Lyons, manobrando o acelerador e o freio como se fossem porcelana chinesa. Entre músicas de rock'n'roll no rádio, o locutor constantemente implorava que os motoristas se mantivessem afastados das estradas principais e em hipótese alguma subissem as serras, pois muitas estradas estavam intransponíveis e todas eram perigosas. Um grande número de pequenos acidentes foi noticiado e dois graves: um grupo de esquiadores num micro-ônibus e uma família que seguia para Albuquerque pelas montanhas de Sangue de Cristo. O resultado dos dois acidentes eram: quatro mortos e cinco feridos. "Portanto, fiquem longe das estradas e ouçam a boa música na sua KTLK", concluiu alegre o locutor, aumentando então a tristeza de Hallorann quando tocou "Seasons in the Sun": "Tivemos alegria, nos divertimos, tivemos…". Terry Jacks tagarelava feliz, e Hallorann desligou o rádio com raiva, sabendo que o ligaria novamente em cinco minutos. Não importava se a música fosse ruim, de qualquer forma era melhor do que dirigir sozinho por este manicômio branco.

(*Admita. O negão está apavorado… dos pés à cabeça!*)

Não era nada engraçado. Teria voltado antes de chegar a Boulder, se não fosse pela convicção de que o menino estava passando por um terrível problema. Mesmo agora, uma vozinha no fundo do crânio — vinda da razão, mais do que da covardia — dizia que pernoitasse no hotel de Estes Park e esperasse pelas máquinas de limpeza de neve para, pelo menos, poder ver as faixas novamente. Aquela voz o lembrava sobre a aterrissagem em Stapleton, da sensação profunda de que o avião iria cair de nariz no chão, entregando os passageiros nos portões do inferno e não no Portão 39, Terminal B. Mas a razão não iria derrotar a compulsão. Tinha que ser hoje. A tempestade era falta de sorte. Teria que passar por ela. Temia que, se não aguentasse, lutaria contra algo bem pior em seus sonhos.

O vento soprava novamente, desta vez vindo de nordeste, e mais uma vez ele não conseguia distinguir as colinas, nem mesmo as barreiras de cada lado da estrada. Dirigia através do nada.

E então as fortes lâmpadas de sódio da máquina de limpar neve apareceram em meio à garoa, de repente. E, para seu pavor, ele notou que, em vez de estar ao lado, a frente do Buick estava voltada diretamente para aquelas lâmpadas. O motorista da máquina não estava se importando muito em se manter em sua faixa, e Hallorann tinha deixado o Buick vagar para o lado errado.

O ronco do motor diesel da máquina penetrava pelo assobio do vento, e depois se misturou ao barulho forte, longo e quase ensurdecedor da buzina.

Os testículos de Hallorann se tornaram dois pequenos sacos amassados, cheios de gelo raspado. Suas entranhas pareciam ter se transformado em massa de modelar.

Viu a cor laranja se materializar no meio do branco da neve. Viu a cabine alta, a figura do motorista gesticulando por trás do limpador de para-brisa. Viu as lâminas limpadoras formando uma asa em V, cuspindo mais neve para a barreira à esquerda da estrada com um cano de descarga branco e esfumaçado.

FOMMMMMMM!, gritou a buzina, indignada.

Hallorann pisou fundo no acelerador, e o Buick fugiu para a direita. Não havia barreira aqui. A máquina jogava a neve pela ribanceira.

(*A ribanceira, ah sim, a ribanceira...*)

As lâminas à esquerda de Hallorann, a mais de um metro acima do teto do Electra, cortejaram o carro num espaço entre os dois de apenas quatro ou cinco centímetros. Hallorann achou, a princípio, que um acidente fosse inevitável. Uma oração, quase um pedido de desculpas inarticulado ao menino, passou rapidamente por sua cabeça como um pano rasgado.

E então a máquina já estava para trás, com suas lâmpadas giratórias cintilando e piscando no retrovisor de Hallorann.

Ele jogou o volante do Buick de volta para a esquerda, mas nada aconteceu. Os pneus derraparam, e o Buick flutuou de maneira sonhadora na direção da ribanceira, espirrando neve pelos para-lamas.

Girou o volante para o outro lado, na direção do deslizamento, fazendo a dianteira e a traseira do carro inverterem as posições. Apavorado, agora, pisou no freio com força e sentiu então uma batida forte. Diante dele, a estrada havia desaparecido... À sua frente, havia apenas um abismo de neve e pinheiros verde-acinzentados lá embaixo, bem longe.

(*Minha Nossa Senhora, vou despencar!*)

E foi então que o carro parou, inclinando para a frente num ângulo de trinta graus, o para-choque esquerdo enfiado no *guardrail*, as rodas de trás quase para fora da estrada. Hallorann tentou a ré, as rodas giravam sem sair do lugar. O coração batia forte.

Saiu do carro — com muito cuidado — e caminhou até a traseira do Buick.

Estava ali parado, olhando as rodas traseiras, quando uma voz alegre disse por trás dele:

— Oi, cara. Você deve ter ficado maluco.

Ele se virou e viu a máquina a quarenta metros de distância, na estrada, escondida na neve que soprava, deixando aparecer somente a linha escura do cano de descarga e as luzes giratórias no topo. O motorista estava de pé logo atrás dele, vestido com um casacão comprido de pele de carneiro e uma capa impermeável por cima. Tinha um capacete azul de engenheiro enfiado na cabeça, e Hallorann quase não acreditava que o capacete pudesse estar firme com todo este vento.

(*Visão. Só pode ser visão, meu Deus.*)

— Oi — respondeu. — Pode me puxar de volta à estrada?

— Acho que sim — respondeu o motorista da máquina de limpar neve. — Que diabos o senhor está fazendo aqui em cima? É uma boa forma de se matar.

— Negócio urgente.

— Nada é tão urgente — afirmou o motorista devagar e gentil, como se estivesse falando com um retardado mental. — Se se tivesse jogado por cima daquele poste, com um pouco mais de força, só iriam encontrar o senhor no dia 10 de abril. Não é daqui, é?

— Não. E não estaria aqui, se o negócio não fosse tão urgente, como eu disse.

— É mesmo? — O motorista mudou de posição, como se os dois estivessem batendo um papo no quintal de casa, em vez de estarem parados, em meio a uma tempestade, entre a cruz e a espada com o carro de Hallorann equilibrado a cem metros acima das árvores lá embaixo.

— Para onde vai? Para Estes?

— Não, vou para um lugar chamado Hotel Overlook — respondeu Hallorann. — Um pouco mais acima de Sidewinder.

O motorista balançou a cabeça com tristeza.

— Acho que sei bem onde é. O senhor nunca vai conseguir chegar até o Overlook. As estradas entre Estes Park e Sidewinder estão um inferno. Mal tiro a neve, cai mais. Passei agorinha mesmo por uns montes que tinham quase dois metros. E, se conseguir chegar a Sidewinder, a estrada está fechada de lá até Buckland, Utah. Não. — Meneou a cabeça. — Nunca vai conseguir, senhor. Nunca.

— Preciso tentar — disse Hallorann, recorrendo às últimas reservas de paciência para manter a voz calma. — Há um menino lá em cima...

— *Menino?* Não. O Overlook fecha no fim de setembro. Não pode ficar mais tempo aberto. Há muita tempestade como esta.

— Ele é o filho do zelador. Está com problemas.

— Como sabe?

Sua paciência acabou.

— Pelo amor de Deus, vai ficar aí parado de conversa fiada o dia todo? *Eu sei, apenas isso, eu sei!* Vai me ajudar a empurrar ou não?

— Nervosinho você, hein? — o motorista falou sem se chatear. — Claro, entre. Tenho uma corrente atrás do banco.

Hallorann voltou ao volante, começando a tremer intensamente. Suas mãos estavam dormentes. Não havia se lembrado de trazer luvas.

A máquina foi posta atrás do Buick, e ele viu o motorista sair com uma corrente comprida. Hallorann abriu a porta e gritou:

— O que posso fazer para ajudar?

— Fique fora do caminho, só isso. Faço isto num piscar de olhos.

O que era verdade. O Buick sacudiu quando a corrente o arrastou e, um segundo depois, estava na estrada, mais ou menos voltado para Estes Park. O motorista foi até a janela e bateu no vidro. Hallorann a abriu.

— Obrigado — ele falou. — Desculpe ter gritado com você.

— Já gritaram comigo antes — respondeu o motorista, sorrindo. — Acho que está um pouco nervoso. Tome. — Um par de luvas azuis, grandes, caiu no colo de Hallorann. — Acho que vai precisar delas quando sair da estrada novamente. Está frio. Use as luvas, a não ser que queira passar o resto da vida desentupindo o nariz com uma agulha de crochê. E devolva depois. Foi minha mulher que fez, e tenho um carinho especial por elas. O nome e o endereço estão costurados no forro. Por falar nisso, sou Howard

Cottrell. Devolva quando não precisar mais delas. E com frete pago, se não se importar.

— Está bem — confirmou Hallorann. — Obrigado. Obrigado mesmo.

— Tome cuidado. Eu levaria você lá, mas estou mais enrolado do que linha em carretel.

— Não faz mal. Obrigado mais uma vez.

Começou a fechar a janela, mas Cottrell o impediu.

— Quando chegar a Sidewinder, *se* chegar, vá ao Durkin's Conosco. Fica do lado da biblioteca. Bem à vista. Pergunte por Larry Durkin. Diga que Howie Cottrell o mandou e diga que quer alugar um snowmobile. Diga meu nome e mostre as luvas, vai ter um desconto no preço.

— Mais uma vez, obrigado — repetiu Hallorann.

Cottrell meneou a cabeça.

— Engraçado. Não sei como conseguiu saber que alguém está encrencado lá em cima no Overlook... O telefone não funciona, tenho certeza absoluta. Mas acredito em você. Às vezes eu tenho pressentimentos.

Hallorann balançou a cabeça.

— Eu também.

— Sim, eu sei que tem. Mas tome cuidado.

— Fique tranquilo.

Cottrell desapareceu na névoa com um aceno de despedida, o capacete ainda enfiado na cabeça. Hallorann prosseguiu viagem, as correntes açoitando a neve na estrada, finalmente conseguindo a tração suficiente para que o Buick começasse a andar. Atrás dele, Howard Cottrell buzinou, fazendo um sinal de boa sorte, apesar de totalmente desnecessário; Hallorann podia sentir que o homem desejava boa sorte.

Dois iluminados num mesmo dia, pensou, isso só pode ser uma espécie de presságio. Mas não acreditava em presságios, fossem bons ou maus. E o fato de encontrar dois iluminados no mesmo dia (quando geralmente não se deparava com mais de quatro ou cinco ao longo de um ano) talvez não significasse nada. Uma sensação de finalidade, uma sensação

(*como se as coisas estivessem encerradas*)

que não podia definir muito bem, ainda o acompanhava. Era...

O Buick quis derrapar numa curva fechada, e Hallorann manobrou com cuidado, sem se atrever a respirar. Ligou o rádio novamente, e ali estava Aretha, e, sendo Aretha, as coisas estavam bem. Ele dividiria o banco de trás desse Buick da Hertz com ela qualquer dia que ela quisesse.

Outra lufada de vento atingiu o carro, que balançou e derrapou. Hallorann o controlou e chegou mais perto do volante. Aretha terminou a música, e o locutor entrou no ar novamente, dizendo que dirigir hoje era uma boa maneira de se matar.

Hallorann desligou o rádio.

Depois de ter ficado quatro horas e meia na estrada depois de Estes Park, conseguiu chegar a Sidewinder. Quando chegou à estrada de subida da serra, já estava escuro, mas a tempestade de neve não apresentava sinais de folga. Por duas vezes precisou parar diante de montes que eram tão altos quanto o carro e esperar as máquinas passarem para derrubá-los. Perto de um dos montes, a máquina aparecera na contramão e, mais uma vez, quase-quase. O motorista simplesmente deu uma guinada, sem sair para bater papo, fazendo um gesto com o dedo que todos os americanos com mais de dez anos conhecem, e que não era o sinal de paz.

Parecia que, quanto mais se aproximava do Overlook, maior era a compulsão de correr. Olhava o relógio de pulso quase constantemente. Os ponteiros pareciam estar voando.

Dez minutos depois de ter começado a subida, passou por duas placas. O vento limpara a neve das duas, e ele pôde então ler o que estava escrito nelas. SIDEWINDER 16 KM, dizia a primeira. A segunda: ESTRADA FECHADA 20 KM ADIANTE DURANTE OS MESES DE INVERNO.

— Larry Durkin — murmurou Hallorann consigo mesmo. Seu rosto estava cansado e tenso sob o brilho verde dos mostradores do painel. Eram seis e dez. — Conoco, ao lado da biblioteca. Larry...

E foi quando o cheiro de laranja o atingiu com força total, com ira assassina:

(SAIA DAQUI SEU CRIOULO SUJO NÃO SE META SEU CRIOULO VOLTE VOLTE OU MATAREMOS VOCÊ ENFORCAREMOS VOCÊ NUMA ÁRVORE SEU MALDITO CRIOULO E DEPOIS QUEIMAREMOS SEU CORPO É ISSO QUE FAZEMOS COM CRIOULOS POR ISSO VOLTE IMEDIATAMENTE)

Hallorann gritou no espaço confinado do carro. A mensagem não lhe chegou em palavras, mas numa série de desenhos que formavam palavras, atirados contra sua cabeça com uma força terrível. Tirou as mãos do volante para afastar as imagens.

Em seguida, o carro bateu em uma barreira, derrapou e parou. As rodas traseiras giravam.

Hallorann deixou o carro em ponto morto e cobriu o rosto com as mãos. Na realidade, não chorou; só deixou escapar alguns poucos soluços. O peito ofegava. Sabia que, se aquele raio de pensamento o tivesse atingido no meio de um trecho sem barreiras, estaria morto agora. Talvez fosse esse o intuito. E poderia atingi-lo de novo, a qualquer momento. Teria que se proteger contra isso. Estava cercado por uma força vermelha de grande poder que talvez fosse memória. Ele se afogava em instinto.

Tirou as mãos do rosto e abriu os olhos com cuidado. Nada. Se havia mais alguma coisa que tentava amedrontá-lo, não estava conseguindo. Ele estava fechado.

Será que isso aconteceu com o menino? Santo Deus, isso aconteceu com o menininho?

E, de todas as imagens, a que mais o incomodava era o som de um impacto forte, como um martelo batendo num pedaço grosso de queijo. O que isso significaria?

(*Jesus, aquele menininho não. Jesus, por favor.*)

Engatou o carro e acelerou um pouco. As rodas giravam, prendiam, giravam e prendiam novamente. O Buick começou a se mover, os faróis cortando muito fracamente a neve. Olhou o relógio. Quase seis e meia. E começava a sentir que já era tarde demais.

50
REDRUM

Wendy Torrance estava parada indecisa no meio do quarto, olhando o filho que adormecera.

Fazia meia hora que o barulho cessara. Todos os barulhos de uma vez. O elevador, a festa, as portas que abriam e fechavam. Ao invés de acalmar, o silêncio aumentava a tensão que crescia dentro dela; era como uma calmaria maléfica antes do ataque final e mais brutal da tempestade. Mas Danny tinha adormecido quase imediatamente; a princípio um sono leve, agitado, e, finalmente, dez minutos depois, um sono mais pesado. Mesmo olhando fixamente para ele, era difícil de perceber o movimento do tórax estreito.

Imaginou qual teria sido a última vez que ele dormira a noite inteira, sem pesadelos ou longos períodos de insônia, ouvindo barulhos de festas, que só tinham se tornado audíveis — e visíveis — para ela nos últimos dias, quando o cerco do Overlook em torno dos três apertou.

(*Verdadeiros fenômenos psíquicos ou hipnose coletiva?*)

Ela não sabia e não achava que fosse importante. O que estava acontecendo era igualmente mortal das duas formas. Olhou para Danny e pensou

(*Que Deus o proteja*)

que, não sendo perturbado, poderia dormir o resto da noite. Qualquer que fosse seu dom, ele ainda era um menino pequeno e precisava descansar.

Era com Jack que começava a se preocupar.

Fez uma careta de dor, tirou a mão da boca e viu que quebrara uma unha. Suas unhas eram uma coisa que ela sempre tentava manter bonitas. Não eram tão longas para serem chamadas de garras, mas tinham um belo formato, e

(*e por que está se preocupando com as unhas?*)

riu um pouco, mas o riso era um ruído trêmulo, sem alegria.

Primeiro Jack parara de vociferar e bater na porta. Depois a festa recomeçara,

(*será que tinha mesmo parado em algum momento? será que às vezes eles apenas deslizavam para um ângulo diferente de tempo, no qual não poderiam ser ouvidos?*)

acompanhada dos ruídos do elevador. Depois, tudo acabara novamente. Nesse novo silêncio, enquanto Danny dormia, ela imaginou ouvir vozes baixas, em tom de conspiração, vindas da cozinha, quase que exatamente embaixo do quarto. A princípio, afastara o pensamento, imaginando que fosse o vento, que era capaz de imitar muitos sons da voz humana, desde um sussurro moribundo em volta das portas e janelas até um grito na beira dos telhados... O som de uma mulher fugindo de um assassino num melodrama barato. Ainda assim, sentada imóvel ao lado de Danny, a ideia de que eram realmente vozes tornou-se cada vez mais forte.

Jack e mais alguém, discutindo sua fuga da despensa.

Discutindo o assassinato da mulher e do filho.

Não seria nenhuma novidade dentro destas paredes; assassinatos já tiveram lugar aqui antes.

Ela foi até o aquecedor e encostou o ouvido ali, mas naquele exato momento a fornalha começara a funcionar, e os ruídos se perderam no ar quente que subia do porão. Quando a fornalha havia desligado, cinco minutos antes, o lugar estava totalmente em silêncio, e só o vento soprava, fazendo a neve bater no prédio e uma tábua ranger.

Olhou para a unha quebrada. Pequenas gotas de sangue brotavam por baixo.

(*Jack escapou.*)

(*Não diga besteira.*)

(*Sim, ele saiu. Está com uma faca de cozinha ou talvez um cutelo de açougueiro. Está subindo para cá agora, pisando próximo ao corrimão para os degraus não estalarem.*)

(*Você está louca!*)

Seus lábios tremiam e, por um momento, pensou que tivesse falado em voz alta. Mas o silêncio continuava.

Sentiu que estava sendo observada.

Virou-se de costas e olhou para a janela, e um rosto branco horrendo, com círculos escuros no lugar de olhos, a observava, o rosto de um monstro lunático que se escondera nestas paredes durante todo o tempo...

Era só uma figura de gelo do lado de fora do vidro.

Respirou fundo com medo e pareceu ouvir, muito nitidamente desta vez, risadinhas alegres vindas de algum lugar.

(*Está com medo até de sua sombra. Já é ruim o bastante sem isso. Amanhã de manhã, estará pronta para o manicômio.*)

Havia só um modo de acalmar esses medos, e ela sabia qual era.

Teria que descer e se certificar de que Jack ainda estava na despensa.

Muito simples. Descer. Verificar. Voltar. Ah, sim, no caminho, parar e pegar a bandeja sobre o balcão da recepção. A omelete provavelmente já havia estragado, mas a sopa poderia ser requentada no fogareiro junto à máquina de escrever de Jack.

(*Ah, sim, e não morrer se ele estiver lá embaixo com uma faca.*)

Foi à penteadeira, tentando sacudir o manto de medo que a cobria. Espalhados sobre o móvel estavam uma pilha de moedas, uma de cupons de gasolina para o caminhão do hotel, dois cachimbos que Jack levava com ele para toda parte, mas que raramente fumava... e o chaveiro dele.

Ela pegou o chaveiro, o segurou por um momento e depois o colocou de volta na penteadeira. Pensou em trancar a porta do quarto, mas a ideia simplesmente não a deixou confortável. Danny dormia. Vagos pensamentos passaram por sua mente, e algo batia mais forte, mas ela deixou passar.

Wendy atravessou o quarto, parou, indecisa, junto à porta por um momento, pegou a faca do bolso do roupão e segurou o cabo de madeira.

Abriu a porta.

O corredor curto estava vazio. As tochas elétricas todas brilhavam, mostrando o fundo azul e sinuoso dos desenhos.

(*Está vendo? Por aqui, nenhum fantasma.*)

(*Não, claro que não. Querem eliminar você. Querem que você faça alguma coisa idiota de mulherzinha, e é exatamente isso o que você está fazendo.*)

Hesitou mais uma vez, miseravelmente confusa, sem querer deixar Danny e a segurança do quarto, e ao mesmo tempo precisando desesperadamente se certificar de que Jack ainda estava... seguramente isolado.

(*Claro que está.*)

(*Mas as vozes*)

(*Não havia vozes. Foi sua imaginação. Foi o vento.*)

— Não foi o vento.

O som de sua própria voz a assustou. Mas sua convicção mortal fez com que prosseguisse. A faca balançava, refletindo luz no papel de parede de seda. Os chinelos sussurravam no pelo do tapete. Os nervos à flor da pele.

Chegou à esquina com o corredor principal e espiou, a mente preparada para qualquer coisa que pudesse ver ali.

Não havia nada para ver.

Depois de um momento de hesitação, começou a caminhar pelo corredor principal. Cada passo à frente, em direção à escada cheia de sombras, aumentava seu pavor e a fazia consciente de que estava deixando o filho adormecido para trás, sozinho e desprotegido. O ruído dos chinelos no tapete parecia cada vez mais alto em seus ouvidos. Por duas vezes ela olhou para trás para se convencer de que ninguém a seguia.

Chegou à escada e pôs a mão no pilar frio, no topo do corrimão. Eram dezenove degraus largos até o saguão. Já os contara tantas vezes que sabia de cor. Dezenove degraus acarpetados e ninguém à espreita. Claro que não. Jack estava trancado na despensa, por trás de um ferrolho forte de aço e uma grossa porta de madeira.

Mas o saguão estava escuro e cheio de sombras.

O coração batia forte na garganta.

Adiante, um pouco para a esquerda, o elevador aberto, zombeteiro, a convidava para entrar e fazer o passeio mais maravilhoso de sua vida.

(*Não, obrigada*)

O interior tinha sido revestido de serpentina de crepe rosa e branca. Confetes saíam das línguas de sogra. No canto direito, ao fundo, havia uma garrafa de champanhe vazia.

Sentiu um movimento atrás e se virou para olhar para cima dos dezenove degraus que levavam ao segundo andar, mas não viu nada. Ainda assim, tinha uma estranha sensação de canto de olho de que coisas

(*coisas*)

haviam saltado para trás, na mais profunda escuridão do corredor lá em cima, antes que seus olhos pudessem registrá-las.

Olhou os degraus novamente.

Sua mão direita suava no cabo de madeira da faca; passou a faca para a mão esquerda, enxugou a palma direita no robe de veludo cor-de-rosa e voltou a segurá-la com a direita. Quase sem perceber que era sua mente que comandava o corpo, impulsionando-o para a frente, Wendy começou a descer, a mão vazia se apoiando no corrimão.

(*Onde é a festa? Não se assustem comigo, bando de lençóis mofados! Não temam uma mulher apavorada com uma faca! Vamos ouvir um pouco de música! Um pouco de ânimo!*)

Dez degraus, doze, treze.

A luz do corredor do primeiro andar era muito fraca aqui, e ela lembrou que precisaria acender as luzes do saguão, ao lado da entrada do restaurante ou dentro do escritório da gerência.

Mas uma luz vinha de algum outro lugar, branca e silenciosa.

As lâmpadas fluorescentes, claro. Na cozinha.

Parou no décimo terceiro degrau, tentando se lembrar se havia apagado ou as deixado acesas quando ela e Danny saíram. Simplesmente não se lembrava.

Abaixo dela, no saguão, as cadeiras de espaldar alto estavam ocupadas pelas sombras. O vidro nas portas do saguão estava branco, coberto por uma uniforme cortina de neve. Tachas de metal, nos sofás, brilhavam como olhos de gato. Havia uma centena de esconderijos.

Suas pernas estavam duras de medo, e ela continuou a descer.

Dezessete, dezoito, dezenove.

(*Térreo, madame. Cuidado ao sair.*)

As portas do salão de baile estavam abertas, e só escuridão saía de lá. De dentro, vinha um tique-taque constante, como o de uma bomba. Ela ficou imóvel; depois se lembrou do relógio sobre a lareira, sob a redoma de vidro. Jack ou Danny devem ter dado corda nele... Ou talvez ele mesmo se deu corda, como tudo no Overlook.

Virou-se para o balcão de recepção, com o intuito de passar pelo portãozinho, ir à gerência e chegar à cozinha. Avistou a bandeja de prata com o lanche, brilhando melancolicamente.

Então, o relógio começou a bater, tinindo pequenas notas musicais.

Wendy ficou imóvel, a língua levantada no céu da boca. Em seguida, relaxou. Eram oito horas, só. Oito horas

... *cinco, seis, sete*...

Contava as batidas. De repente, pareceu que seria errado se ela se mexesse antes de o relógio parar.

... *oito... nove...*

(*Nove??*)

... *dez... onze...*

De repente, voltou a si. Virou-se desajeitadamente para a escada, já sabendo que era tarde demais. Mas como poderia ter sabido antes?

Doze.

As luzes do salão de baile acenderam. Houve um imenso floreio do naipe de metais. Wendy deu um grito alto, insignificante diante do clangor dos metais.

— Retirem as máscaras! — ecoou o grito. — *Retirem as máscaras! Retirem as máscaras!*

Em seguida sumiram, como se tivessem entrado por um longo túnel do tempo, deixando Wendy mais uma vez sozinha.

Não, sozinha não.

Ao se virar, viu que ele caminhava em sua direção.

Era Jack, e ao mesmo tempo não era Jack. Seus olhos refletiam um brilho vago e assassino; a boca familiar esboçava um sorriso trêmulo e triste.

Trazia o taco de roque em uma das mãos.

— Pensou que tivesse me trancado? Foi isso que pensou?

O taco assobiou no ar. Ela deu um passo atrás, tropeçou e caiu no tapete do saguão.

— Jack...

— Sua puta — murmurou ele. — Eu sei o que você é.

O taco caiu assobiando, com enorme velocidade, sobre o estômago macio de Wendy. Ela gritou, subitamente submersa num oceano de dor. Muito vagarosamente viu o taco subir novamente. Wendy compreendeu a realidade entorpecente de que ele pretendia espancá-la até a morte com o taco que segurava nas mãos.

Tentou gritar mais uma vez, implorar que ele parasse pelo amor de Danny, mas não tinha fôlego. Só conseguia esboçar um choramingar fraco, que mal era um som.

— Agora. Agora, por Deus — falou ele sorrindo. Chutou a almofada para fora de seu caminho. — Acho que agora você vai tomar seu remédio.

O taco desceu. Wendy rolou para a esquerda, o roupão enrolado nos joelhos. O taco se soltou das mãos de Jack ao atingir o chão. Enquanto ele se abaixava para apanhá-lo, ela correu para a escada, recuperando finalmente o fôlego. Seu estômago era uma lesão latejante de dor.

— Puta! — ele gritou entre dentes e começou a correr atrás dela. — Sua puta imunda, acho que você vai receber aquilo que você merece. Acho mesmo.

Ela ouviu o taco cortar o ar, e então uma dor imensa tomou conta do seu lado direito, quando o taco a atingiu abaixo do peito, quebrando duas costelas. Caiu nos degraus, tomada por uma nova agonia, ao cair sobre o lado ferido. Mas o instinto a fez rolar, rolar fugindo do taco que zuniu perto de seu rosto, errando o alvo por um triz. O taco bateu no tapete grosso da escada com uma pancada abafada. Foi quando ela viu a faca que caíra de sua mão com a queda. Estava no quarto degrau, brilhando.

— Puta — repetiu Jack. O taco desceu. Ela deu um impulso para cima, e o taco atingiu bem abaixo da sua rótula. De repente, sua perna ardia como fogo. Sangue começou a escorrer pela panturrilha. E, em seguida, o taco baixou novamente. Wendy desviou a cabeça, se esquivando, e o taco atingiu o degrau no espaço entre o pescoço e o ombro, esfolando sua orelha.

Ele baixou o taco de novo, e desta vez ela rolou em direção a Jack, escada abaixo, passando pelo arco que o golpe descendente formava. Um berro lhe escapou quando suas costelas se chocaram. Com o peso de seu corpo, ela acertou as pernas de Jack, fazendo-o cair de costas, gritando de raiva e surpresa, os pés dançando ao tentar se manter no degrau. Em seguida, ele bateu no chão, o taco voando de sua mão. Sentou-se, olhando para ela por um momento com os olhos assustados.

— Vou matar você por isso — falou Jack.

Rolou e esticou o braço para pegar o taco. Wendy se obrigou a levantar. A perna lançava relâmpagos de dor que subiam até o quadril. O rosto estava pálido, mas determinado. Pulou por cima das costas de Jack, cujas mãos se fechavam no cabo do taco de roque.

— *Santo Deus!* — ela gritou para o saguão do Overlook, cheio de sombras, e enterrou a faca de cozinha na parte baixa das costas do marido, até o cabo.

Jack se contraiu, caído embaixo dela, e depois gritou. Ela achou que nunca tinha ouvido um som mais pavoroso em toda a sua vida; era como se todos os quadros, janelas e portas do hotel tivessem gritado. O grito parecia continuar, enquanto ele continuava duro como um pedaço de pau sob o peso dela. Lembravam um arremedo de cavalo e cavaleiro. A única diferença era que as costas da camisa xadrez vermelha e preta dele ficavam cada vez mais escuras, encharcadas de sangue.

Depois ele tombou, caindo sobre o lado ferido de Wendy e fazendo-a gemer.

Ela se deitou respirando fundo durante algum tempo, sem poder se mover. Ela era dor dos pés à cabeça. Em cada inspiração, alguma coisa lhe espetava, e o pescoço estava molhado de sangue por causa da orelha esfolada.

Os únicos ruídos eram os de seu esforço para respirar, do vento e do tique-taque do relógio no salão de baile.

Finalmente, fez força para se pôr de pé e caminhou mancando até a escada. Ao chegar, apoiou-se no corrimão e baixou a cabeça, sentindo-se fraca. Quando se sentiu melhor, começou a subir, apoiando-se na perna boa e puxando o corpo com os braços no corrimão. Olhou uma vez para cima, esperando ver Danny, mas a escada estava vazia.

(*Graças a Deus ele ficou dormindo, graças a Deus, graças a Deus.*)

Depois de subir seis degraus, precisou parar para descansar, a cabeça baixa, o cabelo louro caindo sobre o corrimão. O ar saía assobiando dolorosamente pela garganta, como se tivesse criado espinhos. Seu lado direito era uma massa inchada e quente.

(*Vamos Wendy vamos moça tranque-se por trás de uma porta e veja os estragos. Só faltam treze não é tão ruim. Quando chegar lá em cima no corredor pode rastejar. Eu lhe dou permissão.*)

Inspirou a quantidade de ar que suas costelas quebradas permitiam e, aos poucos, foi subindo.

Quando estava no nono degrau, quase na metade do caminho, a voz de Jack chegou aos seus ouvidos. Ele dizia grave:

— Sua puta. Você me matou.

Um pavor tão negro como a noite tomou conta dela. Olhou para trás e viu Jack se levantando devagar.

As costas dele estavam curvadas para a frente, e ela viu o cabo da faca espetado. Os olhos de Jack pareciam contraídos, quase perdidos, as pálpebras caídas. Segurava sem força o taco na mão esquerda. A ponta estava ensanguentada, com um pedaço do robe de veludo cor-de-rosa grudado.

— Vou lhe dar o seu remédio — murmurou ele e começou a cambalear em direção à escada.

Tremendo de medo, ela voltou a se impulsionar para cima. Dez degraus, doze, treze. Mas o corredor do primeiro andar parecia tão distante quanto o pico de uma montanha inatingível. Arquejava. O cabelo se agitava no rosto. O suor escorria. O tique-taque do relógio na redoma parecia encher seus os ouvidos, marcando o compasso dos suspiros agonizantes de Jack, enquanto ele começava a subir as escadas.

51
A CHEGADA DE HALLORANN

Larry Durkin era um homem alto e magro, com um rosto melancólico coroado por uma exuberante cabeleira ruiva. Hallorann o encontrou exatamente quando saía do posto Conoco, com seu rosto triste enterrado fundo no capuz de uma parca militar. O homem estava relutando em fazer mais negócios naquele dia de tempestade, sem se importar com o tanto que Hallorann tinha viajado, e ainda mais resistente em alugar um de seus snowmobiles a esse negro que insistia em subir até o velho Overlook. Entre os habitantes de Sidewinder, o Overlook tinha uma reputação duvidosa. Sabiam que crimes haviam sido cometidos por lá, que o hotel já fora dirigido por um bando de gângsteres durante algum tempo e por homens do tipo que fazem qualquer negócio também. Algumas coisas que aconteceram no velho Overlook nunca chegaram aos jornais, pois o dinheiro falava mais alto. No entanto, os habitantes de Sidewinder tinham uma boa noção a respeito. A maioria das camareiras era de lá, e camareiras veem muita coisa.

Mas, quando Hallorann mencionou o nome de Howard Cottrell e mostrou a Durkin a etiqueta dentro das luvas azuis, o dono do posto de gasolina mudou de atitude.

— Ele mandou você aqui, foi? — perguntou Durkin, abrindo uma das garagens e levando Hallorann para dentro. — É bom saber que o velho ainda tem juízo. Pensei que não tivesse mais. — Acendeu as lâmpadas fluorescentes, velhas e muito sujas. — Agora, me diga, que diabos você quer naquele lugar lá em cima, cara?

Hallorann começou a perder a calma. Os últimos quilômetros para Sidewinder tinham sido muito difíceis. Uma lufada de vento, que não devia estar a menos de noventa quilômetros por hora, fez o carro dar uma derrapada de 360 graus. Havia ainda alguns quilômetros a percorrer, e só Deus sabia o que esperava por ele. Estava aterrorizado pelo menino. Já eram quase dez para as sete da noite e ainda ia ter que desfiar o rosário novamente.

— Alguém está em dificuldade lá em cima — respondeu, com muito cuidado. — O filho do zelador.

— Quem? O filho dos Torrance? Que tipo de dificuldade?

— Não sei — resmungou Hallorann. Sentia-se adoecendo com o tempo que isto tomava. Estava conversando com um homem do interior e sabia que todos os homens do interior sentem uma necessidade semelhante de abordar os negócios de maneira oblíqua, de farejar bem as informações antes de mergulhar de cabeça. Mas não tinha tempo, pois agora ele era um crioulo apavorado e, como o homem continuava naquele papo, Hallorann teria que ser curto e grosso. — Olhe — completou. — Por favor. Preciso ir até lá em cima e preciso de um snowmobile para chegar lá. Pago seu preço, mas, pelo amor de Deus, me deixe resolver os meus problemas!

— Muito bem — comentou Durkin, imperturbável. — Se Howard o mandou, basta. Leve este ArcticCat. Vou colocar vinte e cinco litros de gasolina na lata de reserva. O tanque está cheio. Acho que dá para subir e descer.

— Obrigado — disse Hallorann, ainda inquieto.

— São vinte dólares. Isso inclui a gasolina.

Hallorann tirou uma nota de vinte da carteira e lhe entregou. Durkin a enfiou em um dos bolsos da camisa, sem nem olhar.

— Acho melhor a gente trocar de casaco também — disse Durkin, tirando a parca. — O seu não vai servir de nada esta noite. Você me devolve quando trouxer o snowmobile.

— Que é isto, eu não posso...

— Deixa de besteira — interrompeu Durkin, ainda com calma. — Não quero que fique congelado. Só tenho que andar dois quarteirões e estou em casa. Deixa disso.

Um pouco espantado, Hallorann trocou seu casaco pelo de Durkin com forro de pele e capuz. As lâmpadas fluorescentes zumbiam, lembrando a cozinha do Overlook.

— O filho dos Torrance é um menino bonitinho, não é? — comentou Durkin, meneando a cabeça. — Ele e o pai costumavam vir até aqui antes de a neve começar a cair no duro. Quase sempre no caminhão do hotel. Eles pareciam tão apegados. Aquilo sim é um menininho que gosta do pai. Espero que ele esteja bem.

— Eu também. — Hallorann levantou o zíper e fechou o capuz.

— Deixe eu te ajudar a levar isso lá para fora — ofereceu Durkin. Empurraram o snowmobile pelo chão de concreto, cheio de manchas de óleo. — Já dirigiu um antes?

— Não.

— Bem, não é nada de mais. As instruções estão pregadas ali no painel, mas o negócio é basicamente frear e andar. O acelerador tá aqui, é que nem acelerador de moto. O freio é do outro lado. Se incline com ele nas curvas. Esta gracinha aqui faz cento e dez quilômetros em neve dura, mas nesse chão fofo vai conseguir no máximo oitenta, e já vai ser muito.

Estavam agora na área da frente do posto de gasolina, cheia de neve, e Durkin falava alto para se fazer ouvir na ventania.

— Fique na estrada! — gritou no ouvido de Hallorann. — Fique de olho nos mourões do *guardrail* e nas placas, e acho que você vai ficar bem. Se sair da estrada, morre. Entendeu?

Hallorann fez que sim com a cabeça.

— Espere um minuto! — pediu Durkin, e correu à garagem.

Enquanto o outro não voltava, Hallorann ligou a chave e apertou um pouco o acelerador. O snowmobile encheu-se de vida.

Durkin voltou com uma máscara de esqui vermelha e preta.

— Ponha isto embaixo do capuz! — gritou.

Hallorann pegou a máscara. Era apertada, mas cortava o vento que batia nas faces, testa e queixo.

Durkin se inclinou para falar.

— Acho que você deve ficar sabendo dessas coisas do mesmo jeito que Howie sabe às vezes— disse. — Isso não importa, mas aquele lugar tem uma péssima reputação por aqui. Posso lhe dar um rifle, se quiser.

— Não acho que vai ser preciso — gritou Hallorann.

— Você manda. Mas, se você pegar o garoto, traga ele pra rua Peach, 16. A patroa vai deixar uma sopinha preparada.

— Certo. Obrigado por tudo.

— Cuidado! — gritou Durkin. — Fique na estrada!

Hallorann assentiu com a cabeça e acelerou devagar. O snowmobile foi para a frente, o farol cortando com um cone claro de luz a neve que caía forte. Viu a mão levantada de Durkin pelo espelho retrovisor e levantou a sua. Virou o guidom para a esquerda e tomou a rua principal, fazendo o snowmobile andar suave pela luz dos postes da rua. O velocímetro marcava cinquenta. Eram sete e dez. No Overlook, Wendy e Danny dormiam, e Jack Torrance discutia sobre questões de vida e morte com o antigo zelador.

Cinco quarteirões depois, os postes de luz acabaram. Durante oitocentos metros ainda foi possível avistar pequenas casas, todas muito bem fechadas contra a tempestade, e depois somente a escuridão e o assobio do vento. Novamente na escuridão, sem nenhuma luz além do fino facho do farol do snowmobile, ele foi envolvido por um pavor, um medo infantil, sinistro e desalentador. Nunca se sentira tão só. Por vários minutos, enquanto as luzes de Sidewinder desapareciam no retrovisor, a vontade de voltar era quase incontrolável. Refletiu que, mesmo com toda a boa vontade e preocupação com o filho de Jack Torrance, Durkin não se oferecera para pegar outro snowmobile e subir junto com ele.

(*Aquele lugar tem uma péssima reputação por aqui.*)

Trincando os dentes, apertou o acelerador e viu o ponteiro do velocímetro passar pelos sessenta e parar nos setenta. Parecia estar indo incrivelmente rápido e, ao mesmo tempo, temia que não fosse rápido o suficiente. A esta velocidade, levaria quase uma hora para chegar ao Overlook. Mas, se fosse a uma velocidade maior, corria o risco de não chegar a lugar algum.

Mantinha os olhos fixos no *guardrail* e nos refletores, pequenos como uma moeda, instalados sobre cada um dos alicerces no que, em outras épocas, seria o acostamento. Muitos deles estavam escondidos sob a neve. Por duas vezes, viu placas com sinais de curva tarde demais e sentiu o snowmobile subindo os montes que disfarçavam a ribanceira, antes de voltar para o que no verão seria o leito da estrada. O hodômetro contava a quilometragem com uma lentidão enlouquecedora — oito, dezesseis e finalmente vinte e quatro. Mesmo sob a máscara de esqui, seu rosto começava a ficar paralisado, e as pernas dormentes.

(*Acho que eu daria cem dólares por um par de calças de esqui.*)

A cada quilômetro avançado, seu medo aumentava... como se o lugar tivesse uma atmosfera de veneno que se tornava cada vez mais densa, à medida que se aproximava. Era assim antes? Nunca gostara muito do Overlook, e havia outros que compartilhavam desse sentimento, mas nunca tinha sido desse jeito.

A voz que quase o destruíra antes de Sidewinder ainda queria entrar, passar por suas defesas para chegar até a carne macia. Se ela foi forte quarenta quilômetros atrás, como seria agora? Não podia afastá-la inteiramente. Um pouco dela estava se infiltrando, enchendo seu cérebro com imagens sinistras. Trazia cada vez mais a imagem de uma mulher ferida dentro do banheiro com as mãos levantadas querendo se proteger. Sentiu cada vez mais que aquela mulher devia ser...

(*Deus, cuidado!*)

A barreira se aproximava como se fosse um trem de carga. Pensando nessas coisas, não viu a placa. Jogou o guidom para a direita, e o snowmobile deu meia-volta, se inclinando. Do lado de baixo, veio o som de metal sobre pedra. Pensou que fosse capotar, mas conseguiu se equilibrar antes de deslizar até uma superfície mais ou menos nivelada da estrada. Depois, viu a ribanceira à sua frente, o farol mostrando o fim da neve e a escuridão adiante. Virou o guidom mais uma vez, com o coração na garganta.

(*Fique na estrada, Dick, velho camarada.*)

Hallorann se obrigou a girar o acelerador mais um pouco. O ponteiro do velocímetro estava agora quase nos oitenta. O vento uivava. O farol rasgava a escuridão.

Algum tempo depois, numa curva, viu uma luz brilhando adiante. Apenas um vislumbre que, em seguida, foi encoberto por uma elevação. A luz foi tão breve que ele chegou a desejar outra curva, para que a visse novamente por mais alguns segundos. Desta vez não questionou se era real; já tinha visto aquela luz deste ângulo diversas vezes antes. Era o Overlook. Parecia que vinha do primeiro andar e do saguão.

Parte de seu pavor — o medo de sair da estrada ou arrebentar o snowmobile numa curva inesperada — desapareceu por completo. O snowmobile cobria com estabilidade a primeira metade de uma curva em S, da qual agora ele se lembrava palmo a palmo, quando o farol focalizou algo

(*ó Santo Deus o que é aquilo*)

na estrada, mais à frente. Pintado em severos pretos e brancos, Hallorann a princípio pensou que fosse algum lobo imenso que descera com a tempestade. Em seguida, ao se aproximar, reconheceu o que era, e o pavor bloqueou sua garganta.

Não um lobo, mas um leão. Um leão de arbusto.

Suas feições eram uma máscara de sombra e neve, as ancas rijas, prontas para um salto. E realmente saltou, espalhando neve em volta das patas traseiras numa explosão silenciosa de cristais.

Hallorann gritou e virou o guidom para a direita com força, baixando o corpo ao mesmo tempo. A dor de um profundo arranhão tomou conta do rosto, pescoço e ombros. A parte de trás da máscara de esqui foi rasgada. Ele foi atirado para fora do snowmobile. Bateu na neve, abriu uma trilha nela e rolou.

Sentia o leão vindo em sua direção. No focinho, havia um cheiro amargo de folhas verdes e azevinho. Uma pata imensa de folhas atingiu suas costas, Hallorann voou a três metros de altura e caiu estirado no chão como um capacho. Viu o snowmobile, sem motorista, se chocar contra a barreira, a traseira levantada, o farol apontando para o céu. O veículo caiu com um estrondo e parou.

Em seguida, o leão estava em cima de Hallorann. Havia um crepitar e farfalhar de folhas. Algo destruindo e rasgando o capuz. Pareciam galhos duros, mas Hallorann sabia que eram garras.

— Você não existe! — gritou Hallorann para o leão que rosnava. — *Você não existe de jeito nenhum!* — Lutou para ficar de pé e conseguiu chegar à metade do caminho do snowmobile, quando o leão deu um bote, atingindo sua cabeça com uma pata de garras afiadas. Hallorann viu luzes explodindo silenciosas.

— Não existe — repetiu, mas as palavras saíram apenas como um murmúrio. Os joelhos enfraqueceram, e ele caiu na neve. Arrastou-se em direção ao snowmobile, o lado direito do rosto era um cachecol de sangue. O leão o atacou mais uma vez, virando-o de barriga para cima como uma tartaruga. Rosnava jocosamente.

Hallorann lutou para alcançar o snowmobile. O que necessitava estava lá. E, então, o leão se jogou sobre ele novamente, rasgando e ferindo.

52
WENDY E JACK

Wendy arriscou outra olhadela para trás. Jack estava no sexto degrau, arrastando-se com a ajuda do corrimão, da mesma maneira que ela fazia. Ele ainda sorria maliciosamente, e sangue escuro vazava lentamente pelo sorriso e pela linha do maxilar inferior. Mostrava os dentes para ela.

— Vou esmagar seus miolos. Esmagar a porra deles. — Subiu com dificuldade mais um degrau.

O pânico a impulsionou, e a dor no flanco diminuiu um pouco. Ela se arrastou o mais depressa que pôde, apesar da dor, puxando convulsivamente o corrimão. Chegou ao topo e olhou para trás.

Ele parecia ganhar força ao invés de perder. Estava a quatro degraus do topo, medindo a distância com o taco de roque na mão esquerda, enquanto se impulsionava com a direita.

— Bem atrás de você — falou, arquejando, através do sorriso de sangue, como se estivesse lendo a mente de Wendy. — Bem atrás de você agora, sua puta. Com seu remédio.

Ela correu cambaleando pelo corredor principal, as mãos pressionadas nas costelas. A porta de um dos quartos abriu, e um homem com uma máscara verde de zumbi apareceu. "*Que festa incrível, não é?*", gritou no rosto de Wendy, soprando uma língua de sogra. Ela ouviu um ruído estridente e, subitamente, se viu enrolada em serpentinas de crepe. O homem de máscara deu uma gargalhada e voltou para o quarto. Wendy caiu no tapete. Seu lado direito parecia explodir em dor, e ela lutava desesperadamente contra a perda da consciência. Podia ouvir vagamente o elevador funcionando de novo e, sob os dedos das mãos, podia ver que o desenho do tapete parecia estar se mexendo sinuosamente.

O taco bateu no chão atrás dela e Wendy se impulsionou para a frente, soluçando. Ao olhar para trás, viu Jack cambaleando, perdendo o equilíbrio e golpeando com o taco pouco antes de cair, expelindo sangue no tapete.

A cabeça do taco atingiu Wendy exatamente entre as omoplatas e, por um momento, a agonia foi tão grande que ela conseguiu apenas se contorcer, com as mãos abrindo e fechando. Alguma coisa dentro dela tinha se partido... Ouviu perfeitamente e, por uns poucos momentos, soube disso apenas de maneira limitada e abafada, como se estivesse simplesmente observando a cena através de um invólucro nebuloso de gaze.

Em seguida, recobrou a consciência, o pavor e a dor.

Jack tentava se levantar para concluir o trabalho.

Wendy também tentava se pôr de pé, mas viu que era impossível. O esforço parecia provocar uma corrente elétrica em suas costas. Começou a se arrastar. Jack se arrastava atrás, usando o taco de roque como uma muleta.

Ela chegou ao corredor curto e dobrou, se impulsionando no ângulo da parede. Seu pavor aumentou... não achava que fosse possível, mas era. Não poder vê-lo ou não saber o quanto ele tinha se aproximado era cem vezes pior. Arrancava pelos do tapete ao se arrastar e estava na metade do pequeno corredor quando viu que a porta de seu quarto estava aberta.

(*Danny! Ai Deus*)

Fez força para se pôr de joelhos e arranhou o papel de parede de seda na tentativa de ficar de pé. As unhas se soltaram um pouco. Ela ignorou a dor e, andando sem firmeza, passou pela porta, enquanto Jack dobrava o corredor e começava a vir em direção à porta aberta, apoiado no taco de roque.

Ela se apoiou na penteadeira e agarrou o umbral.

— Não fecha essa porta! — gritava o marido. — Maldita, não se atreva a fechar a porta!

Ela fechou e trancou a porta. A mão esquerda tateou o tampo da penteadeira, derrubando moedas que rolaram em todas as direções. A mão buscava o chaveiro, ao mesmo tempo em que o taco batia sobre a porta, fazendo-a tremer. Enfiou a chave na fechadura na segunda tentativa e a girou para a direita. Ao escutar o ruído da fechadura travando, Jack gritou. O taco batia na porta numa série de estrondos que a faziam recuar. Como ele conseguia fazer isso com uma faca enfiada nas costas?

Onde encontrava força? Ela quis gritar *Por que não morre?*, para a porta trancada.

Em vez disso, virou-se de costas. Ela e Danny teriam que se trancar no banheiro, no caso de Jack arrebentar a porta. A ideia de fugir pelo elevador de comida passou insanamente pela cabeça, mas ela a rejeitou, pois Danny era pequeno e poderia entrar, mas ela não conseguiria controlar a corda. Ele despencaria até o fundo.

Teria que ser no banheiro. E se Jack entrasse ali...

Mas Wendy não se permitiu pensar nisso.

— Danny, meu bem, vai ter que acordar ag...

Mas a cama estava vazia.

Quando o filho havia caído num sono mais profundo, ela jogou os cobertores e o edredom em cima dele. Agora, estavam jogados para trás.

— Vou pegar você! — vociferou Jack. — Vou pegar vocês dois! — Cada palavra era pontuada por um baque do taco de roque, mas Wendy ignorava as duas coisas. Toda sua atenção estava voltada para aquela cama vazia.

— *Sai daí! Abra a porra da porta!*

— Danny? — sussurrou ela.

Claro... Ele certamente tinha captado o momento em que Jack a atacou, como sempre acontecia com as emoções violentas. Talvez ele tivesse visto tudo num pesadelo. Estava escondido.

Ela se ajoelhou desajeitadamente, sentindo dor na perna inchada e ensanguentada, e olhou debaixo da cama. Nada ali, somente poeira e os chinelos do marido.

Jack gritou seu nome e, desta vez, quando golpeou com o taco, uma lasca comprida de madeira pulou da porta e estalou no soalho. A outra pancada teve o som de uma rachadura, o ruído de madeira velha sob uma machadinha. A cabeça do taco suja de sangue abrira um buraco na porta, subindo e descendo, espalhando pedaços de madeira por todo o quarto.

Wendy se apoiou no pé da cama para levantar e, mancando, atravessou o quarto até o armário de roupas. As costelas quebradas a espetavam, e ela gemia de dor.

— Danny?

Wendy afastou freneticamente para o lado as roupas penduradas, aflita; algumas escorregavam dos cabides e caíam no chão. Danny não estava no armário.

Caminhou, mancando, em direção ao banheiro e, chegando à porta, olhou para trás. O taco continuava a bater, alargando o buraco, e então uma mão apareceu, tateando à procura do trinco. Viu, apavorada, que havia deixado o chaveiro de Jack balançando na fechadura.

A mão arrancou o ferrolho e esbarrou no chaveiro. As chaves balançavam, e a mão as puxou vitoriosa.

Com um soluço, ela se arrastou para dentro do banheiro e bateu a porta, no mesmo instante em que a porta do quarto abriu e Jack entrou berrando.

Wendy trancou a porta, olhando desesperada ao redor. O banheiro estava vazio. Danny também não estava lá. Ao se olhar no espelho do armário de remédio, viu o próprio rosto coberto de sangue e ficou contente. Nunca foi a favor de que as crianças presenciassem pequenas discussões dos pais. E, talvez, aquela coisa que estava agora delirando pelo quarto, quebrando os objetos, finalmente desmoronasse antes que pudesse ir atrás do filho dela. Pensou que talvez fosse possível provocar mais danos ainda àquela coisa... matá-la, talvez.

Seus olhos passaram pelas superfícies de porcelana do banheiro, procurando por algo que pudesse servir de arma. Encontrou um sabonete, mas, mesmo enrolado numa toalha, ela não achava que pudesse ser letal. Todo o resto estava pregado no chão ou na parede. Deus, não haveria nada que pudesse fazer?

Por trás da porta, os ruídos animalescos de destruição continuavam, seguidos por gritos de que eles "tomariam seu remédio" e "pagariam pelo que tinham feito com ele". Ele "lhes mostraria quem mandava ali". Eles "não valiam nada".

Houve um estrondo quando o toca-discos foi virado, um estampido surdo quando o tubo de imagem do televisor de segunda mão foi atingido, o tilintar de vidro de janela, seguido de uma corrente de ar frio por baixo da porta do banheiro. Uma pancada surda quando os colchões foram arrancados das camas onde dormiram juntos, lado a lado. Estrondos, quando Jack atacava as paredes indiscriminadamente com o taco.

Não havia nada do verdadeiro Jack naquela voz petulante, que berrava e xingava. Alternava tons baixos de autopiedade com gritos altos; Wendy se lembrava dos gritos deprimentes que ela escutava na ala de geriatria do hospital onde trabalhara durante as férias de verão, quando era ainda estudante do secundário. Demência senil. Não era Jack que estava lá fora. Era a voz irada e lunática do próprio Overlook.

O taco atingiu a porta do banheiro, derrubando um enorme pedaço do compensado fino. Metade de um rosto louco e determinado a encarou. A boca, as bochechas e a garganta estavam cobertas de sangue, o único olho que ela conseguia ver estava miúdo e brilhante.

— Não tem para onde correr, sua vagabunda — disse ele ofegante, por entre o sorriso. O taco baixou novamente, derrubando lascas de madeira para dentro da banheira e contra a superfície espelhada do armário de remédios...

(*O armário de remédios!!!*)

Ela deixou escapar um lamento desesperado enquanto se virou, a dor momentaneamente esquecida, e abriu o armário. Começou a vasculhar. Atrás dela, a voz rouca berrava:

— Estou chegando! Estou chegando, sua porca! — Demolia a porta num frenesi mecânico.

Vidros caíam diante de seus dedos loucos — xarope, vaselina, xampu, água oxigenada, benzocaína — e quebravam na pia.

Suas mãos se fecharam sobre o estojo de giletes no mesmo instante em que ouviu a mão mais uma vez buscando o ferrolho e abrindo o trinco.

Toda atrapalhada, ela tirou uma das lâminas, respirando com dificuldade. A lâmina tinha feito um corte na ponta do dedão. Wendy girou o corpo e golpeou a mão que abrira o trinco e tateava à procura do ferrolho.

Jack gritou, largando a porta.

Ofegante, segurando a gilete com o polegar e o indicador, ela esperou que Jack tentasse novamente. Tentou, e ela o cortou. Mais uma vez ele gritou, procurando agarrar Wendy, e ela o cortou de novo. A lâmina girou em sua mão, cortando-a mais uma vez, e caiu no ladrilho junto à privada.

Wendy tirou mais uma lâmina do estojo e esperou.

Movimento no outro cômodo...

(*indo embora??*)

Um ruído entrou pela janela do quarto. Um motor. Um zumbido alto parecido com um inseto.

Jack deu um berro raivoso, e então — sim, sim, tinha certeza — começou a sair do apartamento do zelador, passando pelos escombros e indo para o corredor.

(*Alguém chegando um guarda-florestal Dick Hallorann??*)

— Ai, Deus — murmurou ela, com a boca que parecia cheia de serragem e pedaços de madeira. — Deus, por favor.

Tinha que sair agora, encontrar o filho, para juntos enfrentarem o resto deste pesadelo. Tentou sair e procurou o ferrolho.

O braço parecia se esticar por quilômetros, quando finalmente conseguiu destravá-lo.

Abriu a porta, hesitou e foi de repente tomada pela terrível certeza de que Jack fingira ir embora, que estava esperando por ela.

Wendy olhou em volta. O quarto estava vazio, a sala também.

Objetos revirados e quebrados por toda parte.

O armário? Vazio.

Depois, sombras suaves começaram a descer, e ela caiu semiconsciente sobre o colchão que Jack puxara da cama.

53
HALLORANN DERRUBADO

Hallorann conseguiu alcançar o snowmobile virado exatamente no momento em que, a dois quilômetros dali, Wendy se arrastava no curto corredor que levava ao apartamento do zelador.

Não era o snowmobile que ele queria, mas a lata de gasolina que estava presa na traseira por duas tiras elásticas. As mãos, ainda metidas nas luvas azuis de Howard Cottrell, puxaram a tira superior e a soltaram, enquanto o leão rugia atrás... o som parecia estar mais dentro de sua cabeça do que fora. Sentiu um forte golpe de galhos na perna esquerda, que doeu quando a articulação foi forçada para um lado completamente improvável. Um gemido escapou pelos dentes trincados de Hallorann. O leão poderia matá-lo a qualquer momento, cansado das brincadeiras.

Hallorann se atrapalhou com a segunda tira. O sangue grudento escorria sobre os olhos.

(*Rugido! Golpe!*)

Foi atingido nas nádegas, quase voando para longe do snowmobile novamente. Ele se agarrou, sem exagero... à própria a vida.

Conseguiu então soltar a segunda tira. Segurou firme a lata de gasolina, quando o leão atacou outra vez, fazendo-o rolar até ficar de costas. O homem viu o leão, apenas uma sombra na escuridão e na neve, tão pavoroso quanto uma carranca. Hallorann desrosqueou a tampa da lata, enquanto a sombra móvel o espreitava, soltando pequenas lufadas brancas. Abriu a lata, libertando um cheiro forte de gasolina.

Hallorann ficou de joelhos e, quando o leão se aproximou, abaixado e incrivelmente rápido, atirou-lhe gasolina.

Houve um chiado, um resfolegar, e o leão recuou.

— Gasolina! — gritou Hallorann, com a voz ainda trêmula. — Vai queimar você, meu bem! Curta isso!

O leão se aproximou novamente, ainda resfolegando feroz. Hallorann atirou mais gasolina, mas desta vez o leão não se acovardou. Avançou. Apesar de não ter enxergado direito, Hallorann sentiu a cabeça batendo contra seu rosto, e então se jogou para trás, tentando se esquivar. Ainda assim, o leão atingiu seu peito, e uma chama de dor se acendeu ali. A gasolina entornou da lata que ainda segurava e molhou seu braço e sua mão, gelada como a morte.

Estava agora caído na neve, cerca de três metros à direita do snowmobile. O leão era uma presença enorme à esquerda, e se aproximava mais. Hallorann achou que via a cauda sacudindo.

Com os dentes, arrancou a luva de Cottrell da mão, sentindo o gosto da gasolina ensopada na lã. Levantou a bainha do casaco e enfiou a mão no bolso das calças. Lá no fundo, junto com suas chaves e algum trocado, havia um isqueiro Zippo antigo. Ele o comprou na Alemanha em 1954. Certa vez a molinha quebrou, ele o devolveu à fábrica Zippo, e eles o consertaram sem cobrar nada, exatamente como anunciado.

Uma inundação de pesadelos tomou conta de sua mente por um segundo.

(Caro Zippo meu isqueiro foi engolido por um crocodilo caiu de um avião perdido numa trincheira do Pacífico salvou-me de uma bala alemã na última guerra caro Zippo se esta porra não funcionar esse leão vai me arrancar a cabeça)

Pegou o isqueiro. Abriu a tampa. O leão avançando para ele, um rosnado, o dedo de Hallorann girando a roda do acendedor, uma fagulha, a *chama*,

(minha mão)

sua mão encharcada de gasolina subitamente em chamas, o fogo subindo pela manga da parca, sem dor, sem dor por enquanto, o leão, assustado com a tocha que, de repente, se acendeu na sua frente, uma horrenda escultura vegetal com olhos e boca, fugindo, tarde demais.

Tremendo de dor, Hallorann encostou o braço em chamas nos galhos da criatura.

Em poucos minutos toda ela estava em chamas, uma fogueira saltando e se contorcendo na neve. O leão berrava de raiva e dor, parecendo querer agarrar o rabo em chamas, enquanto ziguezagueava para longe de Hallorann.

Este enfiou o braço bem fundo na neve, apagando o fogo, sem tirar os olhos nem por um momento do leão agonizante. Então, ficou de pé. A manga do casaco de Durkin estava chamuscada, mas não queimada, assim como sua mão. Vinte metros abaixo, o leão de folhas transformara-se numa bola de fogo. Faíscas voavam para o céu, sendo despedaçadas pelo vento. As costelas e o crânio foram marcados por uma chama alaranjada e, em seguida, pareceram cair, desintegrar e se soltar em pilhas separadas.

(*Não se incomode. Vá em frente.*)

Pegou a lata de gasolina e a guardou com dificuldade no snowmobile. A consciência dele parecia ir e vir, oferecendo cenas familiares, lampejos apenas. Em uma delas, Hallorann puxava o snowmobile para seu caminho e se sentava nele, sem fôlego e sem poder se mover durante alguns momentos. Em outra, ele estava prendendo novamente a lata de gasolina, que ainda estava pela metade. A cabeça latejava terrivelmente, por causa do cheiro da gasolina (e em consequência da luta com o leão, supunha), e ele viu, na neve, que havia vomitado, mas não se lembrava quando.

O snowmobile, com o motor ainda quente, ligou imediatamente. Apertou o acelerador, e o movimento inicial foi uma série de solavancos, o que fez a cabeça doer com ainda mais força.

A princípio, o snowmobile ziguezagueou, mas o fato de metade do rosto de Hallorann ficar acima do para-brisa e exposto ao vento forte eliminou um pouco sua letargia. Apertou mais o acelerador.

(*Onde estão os outros animais de arbustos?*)

Não sabia, mas pelo menos não seria pego desprevenido novamente.

O Overlook apareceu diante dele, as janelas do primeiro andar iluminadas, lançando retângulos amarelos sobre a neve. O portão da entrada estava trancado. Ele desceu do snowmobile depois de olhar cuidadosamente em volta, rezando para que não tivesse perdido as chaves quando tirou o isqueiro do bolso... mas estavam lá. Com a ajuda da luz do farol do snowmobile, pegou a chave certa e abriu o cadeado, deixando-o cair na neve. A princípio, não achou que fosse conseguir abrir o portão. Afastou, aflito, a neve em volta dele, sem pensar na dor de cabeça e no medo que sentia de que outros leões estivessem espreitando. Conseguiu abri-lo cerca de cinquenta centímetros, esgueirou-se pela abertura e empurrou. Abriu mais uns sessenta centímetros, espaço suficiente para passar com o snowmobile, e atravessou.

Percebeu um movimento adiante na escuridão. Os animais de arbustos, todos eles, estavam agrupados junto aos degraus do Overlook, guardando a entrada e a saída. Os leões espreitavam. O cachorro estava com as patas dianteiras no primeiro degrau.

Hallorann apertou o acelerador, o snowmobile foi à frente, levantando neve atrás. No apartamento do zelador, Jack Torrance virou-se repentinamente ao escutar o zumbido alto do motor, como o de uma vespa que se aproximava. E, de repente, ele começou a se dirigir com dificuldade para o corredor. A vaca agora não era tão importante. A vaca podia esperar. Agora era a vez do crioulo sujo. Esse crioulo sujo e intrometido se metendo onde não havia sido chamado. Primeiro ele, depois o filho. Mostraria a eles. Mostraria bem que... que ele... que ele era *funcionário de primeira qualidade para a gerência!*

Lá fora, o snowmobile voava como um foguete. O hotel parecia se lançar sobre ele. A neve batia no rosto de Hallorann. O farol iluminou a cara do cão pastor, com seus olhos inexpressivos e ocos.

Em seguida o cão recuou, deixando um espaço. Hallorann girou o guidom com toda a força que lhe restava, e o snowmobile fez um semicírculo fechado, arremessando nuvens de neve, ameaçando derrubá-lo. A traseira bateu nos pés da escada da varanda e ricocheteou. Num piscar de olhos, Hallorann estava de pé, subindo as escadas. Cambaleou, caiu, levantou. O cachorro rosnava — novamente em sua cabeça — junto dele. Sentiu algo arranhar o ombro do casaco e, em seguida, ele estava a salvo na varanda, no estreito corredor que Jack abrira no meio da neve. Os animais eram muito grandes para caberem ali.

Chegou às grandes portas duplas do saguão e mais uma vez procurou as chaves. Enquanto as buscava, experimentou girar a maçaneta, e a porta abriu. Entrou.

— Danny! — gritou rouco. — *Danny, onde está?*

Silêncio novamente.

Seus olhos percorreram o saguão até os pés da escada interior, e um suspiro lhe escapou. O tapete estava sujo de sangue. Havia um pedaço de tecido cor-de-rosa. As pegadas de sangue levavam à escada. O corrimão também estava sujo.

— Ai, Jesus — murmurou e levantou a voz novamente. — *Danny! DANNY!*

O silêncio do hotel parecia zombar dele com os ecos.

(*Danny? Quem é Danny? Alguém aqui conhece um tal de Danny? Danny, Danny, quem está com Danny? Alguém quer jogar com Danny? Brincar com Danny? Saia daqui, negrinho. Ninguém nunca viu esse Danny.*)

Jesus, teria ele passado por tudo aquilo e chegado tarde demais? O mal já estava feito?

Subiu as escadas correndo, de dois em dois degraus, e parou no primeiro andar. O sangue ia até o apartamento do zelador. O horror cresceu em suas veias e na cabeça, enquanto começava a andar pelo corredor curto. Enfrentar os animais de arbusto tinha sido ruim, mas isto era pior. No fundo, tinha certeza do que iria encontrar quando chegasse. Não tinha pressa em ver.

Quando Hallorann subiu as escadas, Jack estava escondido no elevador. Com um sorriso nos lábios, ele seguiu o homem de casaco coberto de neve, como um fantasma ensanguentado.

O taco de roque estava levantado tão alto quanto a dor dilacerante que

(*a vaca me espetou não me lembro??*)

sentia nas costas.

— Negrinho — murmurou. — Vou ensinar você a não meter o nariz onde não foi chamado.

Hallorann ouviu o assobio e começou a se virar, a se abaixar, e o taco de roque desceu zunindo em cima dele. O capuz do casaco amorteceu a pancada, mas não o bastante. Um foguete explodiu em sua cabeça, e ele viu estrelas... e depois nada.

Cambaleou contra o papel de parede de seda, e Jack o acertou novamente, o taco desta vez sendo golpeado de lado, quebrando o osso da face de Hallorann e a maior parte dos dentes do lado esquerdo. Ele tombou flacidamente.

— Agora — sussurrou Jack. — Agora, por Deus. — Onde estava Danny? Tinha negócios a acertar com o filho desobediente.

Três minutos depois, a porta do elevador chegava no terceiro andar escuro. Jack Torrance estava ali sozinho. O carro havia parado abaixo do piso e foi preciso que ele desse um impulso para sair para o corredor, contorcendo-se de dor como um aleijado. Arrastava o taco lascado. No telhado, o vento assobiava e uivava. Jack virou os olhos. Havia sangue e confete em seu cabelo.

O filho estava em algum lugar ali em cima. Podia sentir. Deixado sozinho, faria qualquer coisa: riscar o elegante papel de parede de seda com os lápis de cor, estragar os móveis, quebrar as janelas. Era um mentiroso e um trapaceiro e teria que ser castigado... severamente.

Jack Torrance fez esforço para ficar de pé.

— Danny? — chamou. — Danny, venha aqui um minuto, por favor. Fez uma coisa errada, e quero que você venha aqui tomar seu remédio como um homem. Danny? *Danny!*

54
TONY

(*Danny...*)

(*Dannniii...*)

Trevas e corredores. Ele estava vagando pelas trevas e pelos corredores, que eram parecidos com os do hotel, mas diferentes de alguma forma. As paredes forradas de papel de seda eram altas e, mesmo levantando a cabeça, Danny não conseguia ver o teto. Estava perdido no infinito. Todas as portas estavam trancadas, e elas também se perdiam no infinito. Abaixo dos olhos mágicos (nestas portas gigantes eram do tamanho de uma alça de mira), pequenas caveiras e ossos cruzados estavam aparafusados em cada porta, no lugar de números de apartamentos.

E, em algum lugar, Tony o chamava.

(*Dannniii...*)

Ele escutou um barulho de pancadas, de um tipo que ele conhecia bem, e gritos roucos, ao longe. Não conseguia entender bem palavra por palavra, mas agora entendia o contexto muito bem. Já o ouvira antes, em sonhos e acordado.

Danny, um menino pequeno que parara de usar fraldas menos de três anos antes, estava parado, tentando decifrar onde estava, onde poderia estar. Sentia medo, mas um medo suportável. Nos dois últimos meses, sentira medo todos os dias, num nível que ia de simples inquietação até um terror incrível. Mas ele suportava. Queria saber por que Tony viera, pois a forma como o ouvia chamando seu nome não fazia parte nem do mundo real nem da terra de sonhos onde Tony, às vezes, lhe mostrava coisas. Por que, onde...

— Danny.

Lá embaixo, no corredor gigante, quase tão pequena quanto o próprio Danny, estava uma figura escura. Tony.

— Onde estou? — gritou, suave, para Tony.

— Dormindo — respondeu Tony. — Dormindo no quarto de sua mãe e de seu pai. — Havia tristeza na voz de Tony. — Danny, sua mãe vai ser muito machucada. Talvez seja morta. O sr. Hallorann também.

— Não!

O menino gritou com uma tristeza distante, um terror que parecia estar sendo abafado pelo ambiente de sonho e melancolia. No entanto, imagens de morte apareciam: um sapo morto pregado na estrada como um carimbo horrível; o relógio quebrado do pai por cima de uma caixa de lixo para ser jogado fora; túmulos com uma pessoa morta em cada um; um pássaro morto junto a um poste telefônico; as sobras que a mãe raspava dos pratos caindo na boca escura da lixeira.

Não conseguia comparar estes simples símbolos com a realidade complexa de sua mãe; ela satisfazia sua definição infantil de eternidade. Ela existira antes de ele existir. Ela continuaria existindo quando ele deixasse novamente de existir. Danny aceitava a possibilidade de sua própria morte, convivia com isso desde o encontro no apartamento 217.

Mas não a dela.

Não a de papai.

Nunca.

Começou a se debater, e as trevas e o corredor começaram a tremular. A forma de Tony tornou-se quimérica, indistinta.

— Não — gritou Tony. — Não faça isso, Danny!

— Ela não vai morrer! *Não vai!*

— Então, você precisa ajudar ela. Danny... você está num lugar profundo em sua mente. No lugar onde estou. Sou parte de você, Danny.

— Você é Tony. Você não é o meu eu. Quero mamãe... quero mamãe...

— Eu não trouxe você aqui, Danny. Você mesmo se trouxe. Porque sabia.

— Não...

— Sempre soube — prosseguiu Tony, e começou a se aproximar. Pela primeira vez, Tony começou a se aproximar. — Está mergulhado no fundo de você mesmo, num lugar onde nada consegue entrar. Estamos aqui sozinhos, por algum tempo, Danny. Este é um Overlook onde ninguém pode vir, nunca. Aqui, os relógios não funcionam. Nenhuma chave serve para dar corda neles. As portas nunca foram abertas, e ninguém nunca ficou nestes apartamentos. Mas você não pode ficar por muito tempo. Porque está chegando.

— É... — sussurrou Danny, com medo, e, nisso, um ruído irregular de batidas parecia se aproximar, mais alto. O terror frio e distante de poucos momentos atrás se tornou iminente. Agora, as palavras saíam. Roucas, rudes; eram proferidas numa imitação grosseira da voz de seu pai, mas não era seu pai. Sabia disso agora. Sabia.

(*Você mesmo se trouxe. Porque sabia.*)

— *Ah, Tony, é meu pai?* — gritou Danny. — *É meu pai que está vindo me pegar?*

Tony não respondeu. Mas Danny não precisava de resposta. Sabia. Aconteceu aqui uma festa longa e horrível de máscaras, que continuava durante anos. Aos poucos, uma força se acumulou, tão secreta e silenciosa quanto juros numa conta bancária. Força, presença, forma, eram todas apenas palavras, e nenhuma delas era importante. Usava muitas máscaras, mas eram todas uma coisa só. Agora, em algum lugar, vinha em sua direção. Escondia-se por trás do rosto de papai, imitava a voz de papai, usava as roupas de papai.

Mas não era papai.

Não era seu pai.

— Preciso ajudá-los! — gritou.

E agora Tony estava exatamente na sua frente, e olhar para Tony era como se olhar num espelho mágico e se ver daí a dez anos: os olhos muito grandes e muito escuros, o queixo firme, a boca bem traçada. O cabelo louro como o de sua mãe, mas os traços como os do pai, como se Tony — como o Daniel Anthony Torrance que um dia seria — fosse um híbrido, misto de pai e filho, um fantasma de ambos, uma fusão.

— Precisa tentar ajudar — afirmou Tony. — Mas seu pai... ele está com o hotel agora, Danny. É onde ele quer estar. O hotel quer você também, porque é muito ganancioso.

Tony passou por ele, entrando nas sombras.

— Espere! — gritou Danny. — O que eu posso...

— Ele está perto agora — disse Tony ainda, indo embora. — Tem que correr... se esconder... ficar longe dele. Ficar longe.

— Tony, não posso!

— Mas já começou — respondeu Tony. — Vai se lembrar daquilo que seu pai esqueceu.

Desapareceu.

E, de algum lugar ali perto, vinha a voz de seu pai, aduladora.

— Danny? Pode sair, velhinho. São só umas palmadas. Só isso. Aceite como um homem e pronto. Não precisamos de sua mãe, velhinho. Só eu e você, certo? Quando deixarmos esse pequeno... castigo... para trás, seremos apenas eu e você.

Danny correu.

Atrás dele, a voz da fúria se rompendo.

— *Venha cá, seu merdinha! Agora!*

Danny correu por um corredor comprido, ofegando. Dobrou para outro corredor. Subiu um lance de escada. E, enquanto passava, as paredes, que tinham sido tão altas e distantes, começaram a baixar; o tapete, que era apenas um borrão sob seus pés, readquiriu os traços sinuosos do desenho preto e azul; as portas voltaram a ser numeradas, e, por trás delas aconteciam as festas intermináveis, povoadas de gerações de hóspedes. A atmosfera parecia estar sombria à sua volta, e as batidas do taco contra as paredes ecoavam. Ele parecia estar rompendo uma placenta fina do útero do sono para o tapete da Suíte Presidencial no terceiro andar; deitados perto dele, em meio a uma quantidade enorme de sangue, estavam os corpos de dois homens de terno e gravata. Tinham sido assassinados a tiros e agora começavam a se mexer diante dele e a se levantar.

Encheu os pulmões para gritar, mas não conseguiu.

(*ROSTOS FALSOS!! NÃO VERDADEIROS!!*)

Eles se desvaneceram como fotografias velhas e desapareceram.

Mais abaixo, o som distante do taco contra as paredes continuava, subindo pelo poço do elevador e pelas escadas. Era a força dominadora do Overlook, incorporada em seu pai, andando para lá e para cá no primeiro andar.

Atrás dele, uma porta abriu com um ranger.

Uma mulher em decomposição com um vestido podre de seda apareceu, os dedos amarelados e quebrados, cobertos de anéis cheios de azinhavre. Vespas gordas passeavam sobre seu rosto.

— Venha — ela falou baixinho, sorrindo com os lábios negros. — Venha e dançareeeemos o taaaango...

— Rosto falso!! — gritou Danny. — Não verdadeiro! — Ela se afastou alarmada e foi sumindo, até desaparecer.

— Onde está você? — gritou a coisa, mas a voz estava tão somente em sua cabeça. Podia ainda ouvir a coisa que usava o rosto de Jack no corredor do primeiro andar... e escutou algo mais.

O ruído alto de um motor se aproximando.

Danny ficou sem fôlego. Seria mais uma faceta do hotel, outra ilusão? Ou seria Dick? Queria — queria desesperadamente acreditar — que fosse Dick, mas não se atrevia a arriscar.

Seguiu para o corredor principal e dobrou para um dos pequenos corredores, os pés deslizando no macio do tapete. As portas trancadas franziam o cenho para ele, como faziam em sonhos, em visões; só que agora estava no mundo das coisas reais, onde o jogo era pra valer.

Virou para a direita e parou, o coração batendo forte no peito. Sentiu um calor sendo soprado em seus tornozelos. Do aquecedor, naturalmente. Hoje devia ser o dia de papai esquentar a ala oeste e

(*Vai se lembrar daquilo que seu pai esqueceu.*)

O que era? Quase sabia. Algo que salvaria a mãe e a ele? Mas Tony disse que ele precisaria fazer sozinho. O que era?

Danny encostou na parede, tentando desesperadamente pensar. Era tão difícil... O hotel ficava tentando entrar em sua cabeça... a imagem daquela forma escura e recurvada, sacudindo o taco de um lado para o outro, arrancando o papel de parede... desprendendo poeira branca do gesso.

— Me ajuda — sussurrou. — Tony, me ajuda.

E de repente percebeu que o hotel estava em um silêncio mortal. O ruído do motor cessara,

(*não deve ter sido verdadeiro*)

e os sons da festa acabaram, restando apenas o vento, assobiando sem fim.

O elevador zumbiu.

Subia.

E Danny sabia quem — *o que* — estava lá dentro.

Manteve-se firme, os olhos arregalados. O pânico invadiu seu coração. Por que Tony o mandara para o terceiro andar? Parecia uma ratoeira aqui em cima. Todas as portas estavam trancadas.

O sótão!

Havia um sótão, ele sabia. Tinha vindo aqui com o pai no dia em que ele espalhou as ratoeiras lá em cima. Não deixara Danny subir por causa dos ratos. Temia que o filho fosse mordido. Mas a porta do sótão ficava no teto do último corredorzinho desta ala. Encostada na parede, havia uma vara, com a qual o pai abrira a porta. Houve um ranger de contrapeso, quando a porta abriu, e uma escada baixou. Se conseguisse subir e tirar a escada...

Em algum lugar no labirinto de corredores atrás dele, o elevador parou. A grade foi empurrada, fazendo um ruído metálico. E, em seguida, a voz — não em sua cabeça agora, mas terrivelmente real — chamando.

— Danny? Danny, venha aqui um minuto, por favor. Fez uma coisa errada, e quero que você venha aqui tomar seu remédio como um homem. Danny? *Danny!*

A obediência estava tão arraigada nele, que Danny chegou a dar dois passos automaticamente em direção ao som daquela voz, até que parou. Cerrou as mãos.

(*Não é verdadeiro! Rosto falso! Sei o que você é! Retire a máscara!*)

— Danny! — berrava. — *Venha aqui, seu fedelho! Venha aqui e enfrente como um homem!* — Um estrondo surdo e alto quando o taco atingiu a parede. Quando a voz berrou seu nome, ele novamente mudou de lugar. Aproximava-se.

No mundo real, a caçada começava.

Danny correu. Pés silenciosos no tapete grosso, passava correndo pelas portas dos apartamentos, pelo papel de parede de seda, pelo extintor de incêndio pregado no canto do corredor. Hesitou e, em seguida, mergulhou no último corredor. Nada no final, a não ser uma porta com ferrolho e mais nenhum lugar para onde correr.

Mas a vara ainda estava lá, encostada na parede, onde o pai a deixara.

Danny a pegou. Levantou a cabeça para ver a porta. Havia um gancho na ponta da vara e era preciso enfiá-lo numa argola que havia na porta. Era preciso...

Viu um cadeado novinho balançando, que Jack Torrance colocara no ferrolho depois de ter espalhado as ratoeiras, para o caso de o filho resolver vir explorar o lugar qualquer dia.

Trancado. O terror tomou conta dele.

Atrás, a coisa se aproximava, desajeitada e cambaleante em frente à Suíte Presidencial, o taco assobiando no ar.

Danny recuou, encostando-se na última porta trancada, à espera.

55
O QUE FOI ESQUECIDO

Wendy voltou a si, recobrando a consciência, a dor tomando seu lugar: as costas, a perna, o quadril... não achava que fosse possível se mexer. Até os dedos doíam, e a princípio não sabia por quê.

(*A lâmina de gilete, era por isso.*)

O cabelo louro, molhado e emaranhado, caía em seus olhos. Ela o afastou, gemendo ao sentir as costelas espetarem lá dentro. Agora via um pedaço de colchão azul e branco, sujo de sangue. O sangue dela ou talvez o de Jack. De qualquer forma, ainda estava fresco. Não havia ficado muito tempo desacordada. E isto era importante porque...

(*Por quê?*)

Porque...

Foi do zumbido de inseto do motor que ela se lembrou primeiro. Por um momento, ela se concentrou estupidamente na memória, e, então, num mergulho vertiginoso e enjoativo, sua mente parecia faiscar de volta, mostrando a ela tudo de uma vez.

Hallorann. Deve ter sido Hallorann. Por qual outro motivo Jack sairia tão de repente, sem acabar... sem acabar com *ela*?

Porque estava perturbado. Ele tinha que encontrar Danny rapidamente e... e fazer o que devia antes que Hallorann o impedisse.

Ou será que já tinha feito?

Podia ouvir o zumbido do elevador, subindo pelo poço.

(*Não Deus por favor não o sangue o sangue ainda está fresco não deixe que já tenha acontecido.*)

De algum modo, conseguiu ficar de pé e cambalear pelo quarto e pelas ruínas da sala até a porta quebrada, que abriu e passou para o corredor.

— Danny! — gritou, estremecendo com a dor no peito. — Sr. Hallorann! Há alguém aí? *Alguém?*

O elevador estava funcionando novamente e agora parou. Ouviu o ruído metálico da grade sendo aberta e, logo em seguida, uma voz falando. Pode ter sido imaginação. O vento estava muito alto para poder realmente saber.

Encostada na parede, conseguiu chegar ao corredor principal. Estava quase virando quando o grito a paralisou, pairando na escada e no poço do elevador:

—*Danny! Venha aqui, seu fedelho! Venha aqui e enfrente como um homem!*

Jack. No segundo ou terceiro andar. Procurando por Danny.

Dobrou o corredor, tropeçou, quase caiu. Sem fôlego. Havia alguma coisa

(alguém?)

encostada na parede, alguns passos depois da escada. Andou mais depressa, estremecendo toda vez que seu peso caía sobre a perna machucada. Era um homem, ela viu, e ao se aproximar entendeu o significado do zumbido do motor.

Era o sr. Hallorann. Ele tinha vindo, afinal.

Ela se ajoelhou ao lado dele, rezando incoerentemente para que não estivesse morto. O nariz de Hallorann sangrava, e uma terrível placa de sangue saíra de sua boca. O lado do rosto era um hematoma inchado. Mas respirava, graças a Deus. A respiração vinha em inspirações longas e duras, que faziam seu corpo sacudir.

Ao chegar mais perto, os olhos de Wendy se arregalaram. Uma das mangas do casaco que ele usava estava preta e chamuscada. Um dos lados estava rasgado. Havia sangue no cabelo e um arranhão superficial, mas feio, na nuca.

(Meu Deus, o que aconteceu com ele?)

— Danny! — a voz rouca e petulante berrava acima deles. — *Venha aqui, desgraçado!*

Não havia tempo para reflexões. Começou a sacudi-lo, o rosto contraído com a dor nas costelas. Sentia um de seus lados inchado e quente.

(E se estiverem perfurando meu pulmão quando me mexo?)

Não tinha jeito. Se Jack encontrasse Danny, iria matá-lo, bateria nele com aquele taco até que o menino morresse, como havia tentado fazer com ela.

Sacudiu Hallorann e começou a dar tapas no lado do rosto que não estava machucado.

— Acorde — disse. — Sr. Hallorann, precisa acordar. Por favor... por favor...

Lá de cima, ouvia as incansáveis batidas do taco, enquanto Jack procurava o filho.

Danny ficou encostado na porta, olhando o ângulo onde os corredores se encontravam. As batidas constantes e irregulares do taco contra as paredes se tornaram mais altas. A coisa gritava, uivava e xingava. Sonho e realidade se encontraram sem distinção.

A coisa dobrou o corredor.

De certa forma, o que Danny sentiu foi alívio. Não era seu pai. A máscara do rosto e do corpo fora arrancada e partida, transformada numa brincadeira de mau gosto. Não era seu pai, não este Show de Horror de Sábado à Noite com os olhos virados, ombros curvados e pesados e camisa ensopada de sangue. Não era seu pai.

— Ora, por Deus — suspirou. Enxugou os lábios com a mão trêmula. — Agora você vai saber quem manda aqui. Vai ver. Não é você que eles querem. Sou eu. *Eu! Eu!*

Bateu o taco arrebentado, disforme e estilhaçado pelos inúmeros impactos. Acertou a parede, afundando um círculo no papel de parede de seda, espalhando poeira de gesso. A coisa começou a sorrir.

— Vamos ver se você faz aqueles seus truques agora — murmurou. — Não nasci ontem, sabe. Não fui encontrado na porta da igreja, por Deus. Vou cumprir meu dever de pai, garoto.

— Você não é meu pai — respondeu Danny.

A coisa parou. Por um momento, ficou, na verdade, incerta, como se não estivesse segura de quem ou o que era. Depois, começou a andar novamente. O taco, assobiando, bateu numa porta e provocou um estrondo surdo.

— Seu mentiroso! — gritou. — Quem mais eu poderia ser? Tenho duas marcas registradas, o umbigo pra fora e o pau, meu rapaz. Pergunte a sua mãe.

— Você é uma máscara — retrucou Danny. — Só um rosto falso. O hotel só está usando você porque você não está tão morto quanto os outros. Mas, quando ele não tiver mais nada para fazer com você, você será absolutamente nada. Você não me assusta.

— Vou assustar você! — berrou a coisa. O taco bateu com força no chão, entre os pés de Danny. O menino não se mexeu. — Você inventou mentiras sobre mim. Você conspirou com ela! Vocês tramaram contra mim! *Você foi desonesto! Colou no exame final!* — Os olhos se iluminaram debaixo das sobrancelhas espessas. Havia neles uma expressão demente. — Vou descobrir. Está lá embaixo no porão. Vou encontrar. Eles me prometeram que eu poderia olhar tudo o que eu quisesse. — Ergueu o taco mais uma vez.

— Sim, prometeram — retrucou Danny. — Mas eles mentem.

O taco hesitou no ar.

Hallorann estava começando a voltar a si, e Wendy parou de dar tapinhas em seu rosto. Alguns momentos atrás, as palavras *Você foi desonesto! Colou no exame final!* flutuaram pelo poço do elevador, distantes, quase inaudíveis na ventania. De algum lugar no fundo da ala oeste. Estava praticamente convencida de que estavam no terceiro andar, e que Jack — ou a coisa que tinha possuído Jack — encontrara Danny. Não havia nada que ela ou Hallorann pudessem fazer agora.

— Ah, velhinho — murmurou Wendy. Seus olhos se encheram de lágrimas.

— Filho da puta, quebrou meu maxilar — resmungou Hallorann, com a voz rouca. — E minha *cabeça*... — Tentou se sentar. O olho esquerdo escurecia rapidamente e inchava. Ainda assim, viu Wendy.

— Sra. Torrance...

— Shhhh — fez ela.

— Onde está o menino, sra. Torrance?

— No terceiro andar — respondeu Wendy. — Com o pai.

* * *

— Eles mentem — repetiu Danny. Algo passara por sua cabeça, claro como um meteoro, muito rápido, muito claro para poder ser segurado. Só o rabo do pensamento sobrou.

(*está lá embaixo no porão em algum lugar*)
(*vai se lembrar daquilo que seu pai esqueceu*)

— Você... você não devia falar assim com seu pai — respondeu a coisa, com a voz áspera. O taco tremeu e baixou. — Só está piorando a situação para você mesmo. Seu... seu castigo. Pior. — Cambaleou como um bêbado e olhou para Danny fixamente com uma autocompaixão que começou a se transformar em ódio. O taco começou a se erguer novamente.

— Você não é meu pai! — gritou Danny mais uma vez. — Se existe algum resto de meu pai dentro de você, esse resto saberá que eles estão mentindo. Tudo é mentira e trapaça. Como os dados que meu pai escondeu na meia do Papai Noel no ano passado, como os embrulhos de presentes que ficam nas vitrines, e que meu pai diz que não tem nada dentro, nenhum presente, são só caixas vazias. Só para enfeitar, meu pai diz. Você é uma coisa, não meu pai. Você é o hotel. E, quando conseguir o que quer, não vai dar nada a meu pai, porque você é egoísta. E meu pai sabe disso. Você teve que fazer ele beber a Coisa Feia. Só assim conseguiu que ele fizesse as coisas que você queria, sua careta mentirosa.

— Mentiroso! Mentiroso! — As palavras saíam em gritos fortes. O taco balançou no ar.

— Bate, bate. Nunca vai conseguir de mim o que você quer.

O rosto, na frente dele, se modificou. Era difícil dizer como; não houve mudança de traços fisionômicos. O corpo tremeu um pouco, e então as mãos ensanguentadas se abriram como garras quebradas. O taco caiu e bateu no tapete. Foi só. Mas, de repente, seu pai *estava* ali, olhando para ele em agonia mortal, e com uma tristeza tão grande que o coração de Danny ardeu dentro do peito. A boca arqueou trêmula.

— Velhinho — disse Jack Torrance. — Fuja daqui. Rápido. E não se esqueça do quanto eu amo você.

— Não — falou Danny.

— Ah, Danny, pelo amor de Deus...

— Não — repetiu Danny. Segurou uma das mãos ensanguentadas do pai e a beijou. — Está quase terminado.

Hallorann se levantou, apoiando as costas na parede e se impulsionando para cima. Ele e Wendy se entreolharam como sobreviventes de um hospital bombardeado.

— Precisamos ir lá em cima — ele afirmou. — Precisamos ajudar Danny.

Os olhos assombrados no rosto pálido de Wendy se fixaram nos dele.

— Já é tarde demais — respondeu Wendy. — Agora, só ele pode se ajudar.

Um minuto se passou, depois dois. Três. E então ouviram a coisa gritando, não de raiva ou triunfo agora, mas de um terror mortal.

— Santo Deus — sussurrou Hallorann. — O que está acontecendo?

— Não sei — respondeu ela.

— Será que ele matou Danny?

— Não sei.

O elevador voltou a funcionar e começou a descer com a coisa raivosa engaiolada no interior.

Danny ficou imóvel. Não havia um lugar para onde ele pudesse correr onde o Overlook não estivesse. Compreendeu isso de repente, total e claramente. Pela primeira vez na vida, tivera um pensamento adulto, um sentimento adulto, a essência de sua experiência neste lugar ruim... uma triste experiência:

(*Mamãe e papai não podem me ajudar, e estou sozinho.*)

— Vá embora — o menino falou ao estranho ensanguentado à sua frente. — Vá. Saia daqui.

A coisa se inclinou, exibindo o cabo da faca enfiado nas costas. Suas mãos se fecharam novamente em volta do taco, mas, ao invés de apontar para Danny, apontaram o lado duro do taco para seu próprio rosto.

Danny compreendeu rapidamente.

Então, o taco começou a subir e descer, destruindo o resto da imagem de Jack Torrance. A coisa no corredor dançava uma estranha e confusa polca, o ritmo marcado pelo hediondo taco batendo vezes seguidas. Sangue espirrou no papel de parede. Pedaços de ossos saltaram no ar como teclas de piano quebradas. Era impossível dizer quanto tempo havia se passado. Mas, quando a coisa voltou sua atenção para Danny, seu pai desaparecera para sempre. O que sobrou do rosto era uma estranha composição, muitos rostos misturados em um. Danny viu a mulher do 217; o homem-cachorro; o menino faminto que estava no anel de concreto.

— Máscaras retiradas, então — murmurou a coisa. — Nada mais de interrupções.

O taco foi erguido uma última vez. Um tique-taque encheu os ouvidos de Danny.

— Algo mais a dizer? — perguntou a coisa. — Tem certeza de que não quer correr? Brincar de pique, talvez? Tudo o que temos é tempo, você sabe. Uma eternidade de tempo. Ou devemos ficar por aqui? Tanto faz. Afinal de contas, estamos perdendo a festa.

Sorriu com um dente quebrado.

E então Danny lembrou. O que o pai tinha esquecido.

Um triunfo repentino encheu seu rosto; a coisa viu e hesitou confusa.

— A caldeira! — gritou Danny. — *Não é regulada desde hoje de manhã! Está subindo! Vai explodir!*

Uma expressão grotesca de terror e de consciência tomou conta da coisa semidestruída diante dele. O taco caiu de suas mãos e ricocheteou inofensivamente no tapete preto e azul.

— A caldeira! — gritou a coisa. — Ah, não! Isso não pode ser! Claro que não! Não! Seu fedelho desgraçado! Claro que não! Ah, ah, ah...

— *Sim!* — gritou Danny, com força. Começou a saltitar diante da coisa arruinada. — A qualquer momento! Eu sei! A caldeira, papai esqueceu a caldeira! *E você esqueceu também!*

— Não, ah não, não pode, não pode, seu menino sujo, farei você tomar o remédio, farei você tomar até a última gota, ah não, ah não...

De repente, a coisa se virou de costas e começou a se afastar. Por um momento, sua sombra balançou na parede, crescendo e minguando. Deixava gritos como rastros, como serpentinas desenroladas.

Momentos depois, o elevador funcionava.

De repente, a iluminação estava sobre Danny

(*mamãe sr. hallorann dick os meus amigos juntos vivos estão vivos precisam sair vai explodir vai explodir até o céu*)

como o nascer de um sol brilhante e forte, e ele correu. Um pé chutou o taco de roque ensanguentado e deformado para o lado. Não percebeu.

Chorando, desceu as escadas.

Precisavam sair.

56
A EXPLOSÃO

Hallorann nunca teve muita certeza de como as coisas aconteceram depois daquilo. Lembrava que o elevador havia descido passando por eles, sem parar, e que alguma coisa estava lá dentro. Mas não fez nenhum esforço para tentar ver através da pequena janela, pois o que estava lá não parecia humano. Minutos depois, ouviu pés correndo na escada. Wendy Torrance, a princípio, tentou se refugiar com ele, mas depois começou a cambalear pelo corredor principal o mais depressa que conseguia em direção às escadas.

— Danny! Danny! Graças a Deus! Graças a Deus!

Acolheu o filho num abraço, gemendo de alegria e de dor.

(*Danny.*)

Danny olhou para ele por cima dos ombros da mãe, e Hallorann notou como o menino havia mudado. O rosto estava pálido e aflito, os olhos escuros e insondáveis. Parecia mais magro. Olhando os dois juntos, Hallorann achou que era a mãe quem parecia mais nova, apesar da surra terrível que levara.

(*Dick — precisamos ir — correndo — o lugar — vai*)

Imagem do Overlook, chamas saltando do telhado. Tijolos caindo na neve. Alarme de incêndio... não que algum caminhão do Corpo de Bombeiros pudesse chegar aqui muito antes do fim de março. O que mais vinha do pensamento de Danny era um sentido de urgência imediata, uma sensação de que iria acontecer a *qualquer momento*.

— Muito bem — falou Hallorann. Caminhou em direção aos dois e, no começo, foi como nadar no fundo d'água. Seu senso de equilíbrio estava prejudicado, e o olho direito fora de foco. O maxilar lançava ondas de uma dor latejante até as têmporas e o pescoço, e a bochecha parecia tão grande quanto um repolho. Mas se sentiu contagiado pelo senso de urgência do menino, e isso tornava a movimentação mais fácil.

— Muito bem? — perguntou Wendy. Olhou Hallorann e o filho e, de volta, Hallorann. — O que quer dizer com muito bem?

— Precisamos sair — respondeu Hallorann.

— Não estou vestida... minhas roupas...

Danny se soltou de seus braços e correu pelo corredor. Ela o acompanhou com os olhos e, quando ele desapareceu no encontro dos dois corredores, voltou os olhos para Hallorann.

— E se ele voltar?

— Seu marido?

— Ele não é Jack — murmurou Wendy. — Jack está morto. Este lugar o matou. *Este maldito lugar.* — Bateu com as mãos na parede e gritou quando seus dedos cortados doeram. — É a caldeira, não é?

— É, sim, senhora. Danny diz que vai explodir.

— Ótimo. — A palavra saiu carregada de ódio. — Não sei se posso descer esta escada novamente. Minhas costelas... ele quebrou minhas costelas. E alguma coisa em minhas costas está doendo.

— Você vai conseguir — afirmou Hallorann. — Vamos todos conseguir. — Mas, de repente, se lembrou dos animais de arbustos e imaginou o que fariam se estivessem guardando a saída.

Danny voltava. Trazia as botas de Wendy, casaco e luvas e também seu próprio casaco e suas luvas.

— Danny. Suas botas — observou a mãe.

— Tarde demais — respondeu. Danny encarava os dois com uma espécie de loucura desesperada. Olhou para Dick e, de repente, a mente de Hallorann se fixou na imagem de um relógio sob uma redoma de vidro, o relógio do salão de baile que havia sido doado por um diplomata suíço em 1949. Os ponteiros do relógio marcavam um minuto para a meia-noite.

— Ai, meu Deus — exclamou Hallorann. — Ai, meu Santo Deus.

Passou um braço em volta de Wendy e a levantou. Passou o outro braço em volta de Danny. Correu para a escada.

Wendy gritou de dor quando ele apertou suas costelas quebradas, como se alguma coisa estivesse sendo triturada, mas Hallorann não diminuiu o passo. Jogou-se pela escada com os dois nos braços. Um olho arregalado e desesperado, o outro inchado e miúdo como uma fresta. Parecia um pirata de um olho só, raptando reféns para serem resgatados depois.

De repente, a iluminação tomou conta dele, e entendeu o que Danny quis dizer com "tarde demais". Podia sentir a explosão pronta para ribombar no porão e rasgar as entranhas deste lugar horroroso.

Correu o mais depressa que pôde, disparando pelo saguão até as portas duplas.

A coisa correu pelo porão e entrou no brilho amarelo pálido da sala da fornalha. Babava de medo. Tinha chegado tão perto, tão perto de arrebatar o menino com seu poder terrível. Não poderia perder agora. Não podia acontecer. Vazaria a pressão da caldeira e depois castigaria o menino severamente.

— Não pode acontecer — gritou. — Não, não pode acontecer!

Cambaleava em direção à caldeira, que emanava um brilho vermelho na metade de seu corpo tubular. Ela soprava, chacoalhava e assobiava vapores em centenas de direções, como um monstruoso órgão a vapor. O ponteiro do manômetro já estava no extremo final do marcador.

— *Não, não vou permitir!* — gritou o gerente/zelador.

Colocou as mãos de Jack Torrance na válvula, ignorando o cheiro de queimado que se espalhava enquanto a roda incandescente afundava e derretia sua pele, como que num sulco de lama.

A roda cedeu e, com um grito triunfante, a coisa a girou com força. Como uma dúzia de dragões assobiando em concerto, um gigante sopro saiu da caldeira. Mas, antes de o vapor obscurecer totalmente a agulha do manômetro, o ponteiro começou a balançar.

— *EU VENCI!* — gritou. Saltava de contentamento na névoa quente que se erguia, sacudindo as mãos queimadas sobre a cabeça. — *NÃO É TARDE DEMAIS! VENCI! NÃO É TARDE DEMAIS! NÃO...*

As palavras se transformaram em um grito de triunfo, e o grito foi engolido no estrondo da explosão da caldeira do Overlook.

Hallorann correu pelas portas duplas, carregando os dois pela trincheira que cortava a neve da varanda, e viu claramente os animais, mais claro do que nunca. Quando percebeu que seu medo fazia sentido, pois os animais estavam entre a varanda e o snowmobile, o hotel explodiu. Pareceu que tudo aconteceu de uma vez, apesar de depois perceber que não poderia ter sido assim.

Ouviu uma explosão, um som que parecia existir em uma nota baixa, difusa

(*VUMMMMMMMM...*)

e, em seguida, sentiu um sopro de vento quente em suas costas, que parecia empurrá-los gentilmente. Os três foram atirados da varanda, e um pensamento confuso

(*é assim que o super-homem deve se sentir*)

passou pela mente de Hallorann, enquanto eles voavam no ar. O cozinheiro soltou os dois e, em seguida, aterrissou suavemente na neve, que entrou por debaixo de sua camisa e no nariz. Hallorann estava vagamente consciente de como era agradável aquele contato gelado em seu rosto ferido.

Depois lutou para subir no monte de neve, não pensando, nesse momento, nos animais de arbustos, nem em Wendy Torrance ou sequer em Danny. Em vez disso, rolou, ficando de costas na neve para ver o hotel morrendo.

As janelas do Overlook se estilhaçaram. No salão de baile, a redoma do relógio se partiu e caiu no chão. O relógio parou de funcionar: suas peças ficaram imóveis. Houve um barulho sussurrante de suspiro e uma grande onda de poeira. No 217, a banheira de repente se partiu ao meio, liberando uma pequena inundação de água esverdeada e fétida. Na Suíte Presidencial, o papel de parede de repente explodiu em chamas. As dobradiças da porta de vaivém do Salão Colorado subitamente se soltaram, e a porta caiu no chão no restaurante. Além do arco do porão, as grandes pilhas e pacotes de papel velho se incendiaram e foram consumidas com um assobio de maçarico. Água quente rolou sobre as chamas sem apagá-las. Como folhas de outono queimadas debaixo de um ninho de vespas, os papéis giravam e se enegreciam. A fornalha explodiu, estilhaçando os caibros do teto do porão, derrubando-os como ossos de um dinossauro. O jato de gás que alimentara a fornalha, agora livre, se erguia num mastro escandaloso de fogo pelo soalho rachado do saguão. O tapete nos degraus foi tomado pelas labaredas que subiam ao primeiro andar rapidamente, como se quisessem dar as espantosas notícias. Uma fuzilaria de explosões rasgou o ar. O lustre no restaurante, uma bomba de cristal de cem quilos, caiu numa explosão de estilhaços, derrubando mesas para todos os lados. Línguas de fogo eram vomitadas pelas cinco chaminés do Overlook em direção às nuvens.

(*Não! Não pode! Não pode! NÃO PODE!*)

A coisa berrava; gritava, mas agora estava sem voz e só gritava pânico, danação e desgraça em seu próprio ouvido, se dissolvendo, perdendo o pensamento e a força. A trama se desintegrava, buscando sem encontrar caminho, saindo, saindo, voando, saindo para o vazio, o nada, se esfarelando.

A festa acabou.

57
A SAÍDA

O rugido sacudiu toda a fachada do hotel. Vomitou vidro na neve, onde os estilhaços brilhavam como diamantes. O cachorro de arbusto, que estava se aproximando de Danny e sua mãe, recuou, as orelhas de sombras caídas, o rabo entre as pernas, as ancas desarmadas. Em sua mente, Hallorann ouviu o cão ganir de medo e, misturado a isso, o miado medroso e confuso dos leões. Ele fez força para se levantar e ir ajudar os outros dois. Ao fazer isso, viu algo mais apavorante do que o resto: o coelho, ainda coberto de neve, se debatia contra a cerca do fundo do parquinho, e a rede de arame tilintava uma música horrenda, como uma cítara fantasmagórica. Mesmo de longe conseguia escutar os sons dos galhos, que formavam o corpo do animal, estalarem como ossos quebrados.

— Dick! Dick! — gritou Danny. Tentava sustentar e ajudar a mãe a chegar ao snowmobile. As roupas que carregara para os dois estavam espalhadas pelo chão. Hallorann de repente percebeu que a mulher estava de camisola, e Danny sem casaco, numa temperatura de vinte e cinco graus abaixo de zero.

(*meu deus ela está descalça*)

Caminhou com dificuldade pela neve, apanhando o casaco, as botas de Wendy, o casaco e as luvas de Danny. Em seguida, correu para eles, afundando as pernas na neve, de vez em quando tendo que se debater para sair.

Wendy estava terrivelmente pálida, com o lado do pescoço coberto de sangue, sangue que agora estava congelado.

— Não posso — murmurou ela. Estava semiconsciente. — Não, eu... não posso. Desculpa.

Danny olhou para Hallorann, suplicante.

— Ela vai melhorar — Hallorann afirmou e a carregou novamente. — Vamos.

Os três conseguiram chegar onde o snowmobile havia rodopiado e atolado. Hallorann instalou a mulher no banco do carona e vestiu nela o casaco. Levantou seus pés descalços — estavam frios, mas ainda não congelados — e os esfregou com o casaco de Danny antes de calçar as botas. O rosto de Wendy estava pálido como mármore, os olhos semicerrados e esgazeados. Ela começou a tremer, e Hallorann achou que era um bom sinal.

Atrás deles, uma série de três explosões levou o hotel pelos ares. Chamas alaranjadas iluminavam a neve.

Danny se aproximou do ouvido de Hallorann e gritou alguma coisa.

— O quê?

— Perguntei se precisava disso. — O menino apontava para a lata vermelha de gasolina tombada na neve.

— Acho que precisamos.

Pegou a lata do chão e se atrapalhou várias vezes até conseguir prendê-la na traseira do snowmobile, pois os dedos estavam ficando dormentes. Não sabia dizer quanta gasolina ainda havia ali. Pela primeira vez, percebeu que tinha perdido as luvas de Howard Cottrell.

(*quando me livrar disso, vou pedir a minha irmã para tricotar uma dúzia pra você, howie*)

— Suba! — gritou Hallorann para o menino.

— Vamos congelar! — Danny respondeu.

— Temos que dar a volta para chegar no galpão! Tem algumas coisas por lá... cobertores... coisas assim. Fique atrás de sua mãe!

Danny subiu, e Hallorann virou a cabeça para poder gritar no rosto de Wendy.

— Sra. Torrance! Se segure em mim! Está me entendendo? *Se segure!*

Ela pôs os braços em volta dele e descansou o rosto em suas costas. Hallorann ligou o snowmobile e apertou o acelerador com delicadeza, para que não sacudisse. A mulher se segurava nele, sem forças e, se ela tombasse para trás, seu peso derrubaria tanto ela quanto o menino.

Começaram a se pôr em movimento. Ele fez um círculo com o snowmobile, indo para oeste, paralelos ao hotel. Hallorann se aproximou do hotel para fazer o contorno e chegar ao galpão de equipamentos.

Tiveram uma vista momentaneamente livre do saguão do Overlook. A chama saindo pelo chão rachado como uma gigante vela de um bolo de aniversário, amarela no interior e azul nas bordas. Naquele momento, parecia estar apenas iluminado, não destruído. Viam o balcão da recepção com a campainha prateada, os decalques de cartões de crédito, a caixa registradora antiga, os pequenos tapetes, as cadeiras de espaldar alto, as almofadas de crina. Danny via o pequeno sofá junto à lareira onde as três freiras sentaram no dia em que chegaram... dia de encerramento. Mas este era o verdadeiro dia de encerramento.

Depois, o monte de neve na varanda bloqueou a vista. Minutos após, estavam contornando o lado oeste do hotel. Ainda havia luz suficiente para enxergar sem o farol do snowmobile. Os dois andares superiores estavam agora em chamas, e flâmulas se agitando nas janelas. A tinta branca começara a escurecer e derreter. As cortinas que cobriam as janelas da Suíte Presidencial — cortinas que Jack cuidadosamente fechara, de acordo com instruções recebidas em meados de outubro — eram agora chamas que expunham a ampla escuridão por trás, como uma boca desdentada bocejando num último e silencioso estertor de morte.

Wendy encostou com força o rosto nas costas de Hallorann para se proteger do vento, Danny também apertou o rosto nas costas da mãe. Portanto, foi apenas Hallorann que viu o desfecho, e ele nunca tocou no assunto. Viu algo imenso e escuro saindo da janela da Suíte Presidencial e encobrindo o campo de neve que ficara para trás. Por um momento, a coisa assumiu a forma de uma arraia imensa e obscena, e depois pareceu ter sido apanhada pelo vento, que a rasgou e picou como papel velho. Fragmentada, entrou em um redemoinho de fumaça e minutos depois desapareceu como se nunca tivesse existido. Mas, naqueles poucos segundos em que rodopiara, escura, dançando como grãos de sombras, Hallorann se lembrou de um fato em sua infância... há cinquenta anos ou mais. Ele e o irmão descobriram um imenso ninho de vespas ao norte da fazenda onde moravam. O ninho estava enfiado no espaço entre a terra e uma árvore velha partida por um raio. Seu irmão levava uma bombinha na aba do chapéu, guardada desde o Quatro de Julho, e então ele a acendeu e a jogou no ninho. Com um som alto e um zumbido — quase um grito surdo —, uma chama explodiu e se ergueu do ninho destruído. Ambos correram como se demônios estivessem em seu encalço. De certo modo, Hallorann supôs que eram demônios. E, olhando para trás, como fazia agora, naquele dia vira uma nuvem escura de vespas se erguendo no ar quente, rodopiando, se desintegrando, procurando pelo inimigo que fizera isso com sua casa para — numa única inteligência coletiva — picarem-no até a morte.

Depois, a coisa desapareceu no céu. Pode ser até que tenham sido apenas fumaça e um pedaço de papel de parede. Agora havia somente o Overlook, uma pira ardente na boca da noite.

Carregava uma chave do galpão em seu chaveiro, mas Hallorann viu que não haveria necessidade de usá-la. A porta estava destrancada, o cadeado pendurado, aberto.

— Não posso entrar lá — sussurrou Danny.

— Tudo bem. Fique com sua mãe. — Havia ali uma pilha de cobertores velhos. Provavelmente comidos pelas traças, mas era melhor do que morrer de frio. — Sra. Torrance, tudo certo?

— Não sei — respondeu uma voz fraca. — Acho que sim.

— Ótimo. Volto já.

— Volte o mais rápido que puder — pediu Danny. — Por favor.

Hallorann assentiu com a cabeça. Dirigira o farol para a porta e agora andava desajeitadamente pela neve, formando uma sombra comprida à sua frente. Abriu a porta do galpão e entrou. Os cobertores ainda estavam no canto, junto ao jogo de roque. Pegou quatro — cheiravam a mofo e a coisa velha, e as traças certamente estavam se banqueteando — e então parou.

Um dos tacos de roque não estava ali.

(*Foi com isso que ele me agrediu?*)

Bem, não importava com o que tinha sido agredido, importava? Mas seus dedos passearam pela face e começaram a explorar a inchação. Seiscentos dólares de tratamento dentário jogados fora numa única pancada. E afinal de contas

(*talvez ele não me tenha agredido com um desses. Talvez um esteja perdido. Ou tenha sido roubado. Ou levado como lembrança. Afinal de contas*)

não importava. Ninguém iria jogar roque aqui no próximo verão. Ou em qualquer verão num futuro previsto.

Não, na realidade não importava, mas olhar para o porta-tacos com um membro ausente causava uma espécie de fascinação. Pensou no *tac!* da cabeça do taco ao atingir a bola de madeira. Um som gostoso de verão. Observá-lo roçando pelo

(*osso. sangue*)

cascalho. Imagens de

(*osso. sangue*)

chá gelado, cadeiras de balanço na varanda, senhoras com chapéus de palha brancos, o zunido de mosquitos e

(*meninos levados que não obedecem às ordens.*)

tudo isso. Claro. Jogo legal. Fora de moda agora, mas... legal.

— Dick? — A voz era fina, desvairada e, em sua opinião, desagradável. — Você está bem, Dick? Venha, agora. *Por favor!*

(*Saia agora seu preto seu senhor está chamando.*)

Apertou a mão num dos cabos de taco, gostando da sensação.

(*Sem pancada, não se educa uma criança.*)

Seus olhos ficaram parados na escuridão. Realmente, estaria prestando aos dois um favor. Ela estava se acabando... de dor... e a maior parte

(*tudo*)

foi culpa daquele menino desgraçado. Claro. Deixara seu próprio pai lá queimando. Quando se pensava nisso, podia ver que era quase um maldito assassinato. Isso se chama parricídio. Coisa desgraçadamente sórdida.

— Sr. Hallorann? — A voz dela era baixa, fraca, queixosa. Ele não gostava muito do som.

— *Dick!* — O menino agora soluçava de pavor.

Hallorann tirou o taco do cavalete e se virou para a luz do farol do snowmobile. Os pés arranhavam as tábuas do galpão, como os pés de um boneco de corda posto em movimento.

De repente parou, olhando perdido para o taco em sua mão e se perguntando, com crescente terror, o que estivera pensando em fazer. Assassinato? *Pensara em assassinato?*

Por um momento, toda a sua mente foi tomada por uma voz zangada, um pouco insolente:

(*Faça isso! Faça isso, seu negro castrado! Mate eles! MATE OS DOIS!*)

Então, jogou o taco para trás com um grito baixo e horrorizado. O taco bateu no canto, uma das cabeças voltadas para ele, num convite mudo.

Ele fugiu.

Danny estava sobre o assento do snowmobile, e Wendy se segurava nele, sem força. O rosto estava banhado de lágrimas, e o menino tremia como se estivesse com febre. Entre os dentes trincados, disse:

— Onde o senhor estava? Nós ficamos com *medo.*

— É um bom lugar para ter medo — respondeu Hallorann devagar. — Mesmo que isso aqui queime até os alicerces, nunca vão conseguir me trazer a menos de duzentos quilômetros daqui de novo. Tome, sra. Torrance, use estes cobertores. Vou ajudar. Você também, Danny. Vista como se fosse uma roupa de árabe.

Enrolou dois cobertores em Wendy, formando um capuz para cobrir sua cabeça e ajudou Danny a amarrar o seu para não cair.

— Agora, fé em Deus e pé na tábua — disse. — Temos muito chão pela frente, mas o pior já passou.

Deu a volta no galpão e dirigiu o snowmobile para sua trilha. O Overlook era uma tocha apontada para o céu. Buracos grandes foram abertos dos lados, e havia um inferno lá dentro. A neve derretida corria como quedas-d'água.

Deslizaram pelo caminho iluminado. As dunas de neve estavam vermelhas.

— Olha! — gritou Danny, quando Hallorann diminuiu a velocidade no portão da frente. O menino apontava para o parquinho.

As criaturas de arbustos estavam todas em suas posições originais, mas estavam esqueléticas, pretas, chamuscadas. Seus galhos mortos formavam uma perfeita rede entrelaçada à luz do fogo, suas folhas pequeninas espalhadas em volta dos pés como pétalas caídas.

— Estão mortos! — exclamou Danny, com um triunfo histérico na voz. — *Mortos! Eles estão mortos!*

— Shhhh — fez Wendy. — Tudo bem, meu amor. Está tudo bem.

— Ei, velhinho — disse Hallorann. — Vamos para um lugar quentinho. Está pronto?

— Estou — murmurou Danny. — Já faz tanto tempo que estou...

Hallorann se enfiou pela abertura do portão. Um momento depois, estavam na estrada, em direção a Sidewinder. O ruído do motor do snowmobile diminuiu até se perder no incessante rugir do vento, que chacoalhava pelos galhos desnudos dos animais de arbustos num som baixo e desolador. O fogo oscilava. Algum tempo depois de o ruído do snowmobile desaparecer, o telhado do Overlook desabou — primeiro o da ala oeste, depois o da leste e, segundos depois, o telhado central. Uma imensa espiral de fagulhas e chamas subia na noite de inverno.

Um feixe de telhas em chamas e pedaços quentes de manta foram arrastados pelo vento, entrando no galpão aberto.

Depois de algum tempo, o galpão também começou a queimar.

Ainda estavam a trinta e cinco quilômetros de Sidewinder, quando Hallorann parou para colocar o resto da gasolina no tanque do snowmobile. Estava muito preocupado com Wendy, que parecia estar desmaiando. Ainda faltava um longo caminho.

— Dick! — gritou Danny. Estava de pé no assento, apontando. — *Dick, veja! Olhe lá!*

A neve havia parado de cair, e uma lua cheia espreitava pelas nuvens. Lá embaixo, na direção deles, era possível ver as luzes de faróis que subiam por uma série de S, como um colar de pérolas. O vento diminuiu por um momento, e Hallorann ouviu o zumbido distante de motores de snowmobiles.

Hallorann, Danny e Wendy os alcançaram em quinze minutos. Haviam trazido roupas, conhaque e o dr. Edmonds.

E a longa escuridão terminara.

58
EPÍLOGO/ VERÃO

Depois de examinar as saladas que sua substituta fizera e de beliscar o feijão à moda da casa que serviam como entrada nesta semana, Hallorann tirou o avental, pendurou-o num gancho e saiu pela porta dos fundos. Tinha talvez quarenta e cinco minutos, antes que precisasse se preparar, efetivamente, para o jantar.

O lugar se chamava Hospedaria Red Arrow e estava cravado nas montanhas oeste do Maine, a cinquenta quilômetros da cidade de Rangely. Era um bom emprego, pensou Hallorann. O movimento não era pesado, as gorjetas ajudavam, e até então nenhuma refeição tinha sido devolvida. Nada mal, considerando-se que a temporada estava chegando ao fim.

Ele passou pelo bar ao ar livre e pela piscina (apesar de não entender como alguém poderia usar a piscina, tendo o lago tão pertinho), atravessou um gramado, onde um grupo de quatro pessoas jogava croquet alegremente, e subiu uma colina. Aqui, os pinheiros se espalhavam, e o vento sussurrava agradavelmente entre eles, trazendo o aroma de abeto e resina doce.

Do outro lado, algumas cabanas com vista para o lago estavam discretamente posicionadas entre as árvores. A última era a mais bonita, e em abril, quando conseguiu o emprego, Hallorann a reservara para duas pessoas.

A mulher estava sentada numa cadeira de balanço da varanda, com um livro nas mãos. Hallorann ficou impressionado com a mudança dela. Um dos motivos era a maneira rígida, quase cerimoniosa de se sentar, apesar do ambiente informal — forçada, naturalmente, pelo colete ortopédico. Ela tivera uma vértebra estilhaçada e três costelas quebradas, além de outros danos internos. As costas eram a parte que mais demorava a se curar, e ela ainda estava usando colete... daí a postura formal. Mas a mudança era mais do que isso. Parecia mais velha, e parte da alegria desaparecera de seu rosto. Agora, enquanto lia o livro, Hallorann viu ali uma beleza sóbria, que não existia no dia em que se conheceram, há uns nove meses. Na época, ela era apenas uma menina. Agora, uma mulher, um ser humano que fora arrastado para o lado escuro da lua e voltara capaz de juntar os pedaços. Mas esses pedaços, pensou Hallorann, nunca mais se encaixam perfeitamente. Nunca, nunca mais.

Ela ouviu os passos de Hallorann e levantou os olhos, fechando o livro.

— Dick! Oi! — Começou a se levantar, e uma careta de dor passou por seu rosto.

— Não, não se levante — ele falou. — Eu não faço cerimônia, a não ser que seja uma ocasião a rigor.

Ela sorriu quando ele subiu os degraus e se sentou ao seu lado na varanda.

— Como vão as coisas?

— Bem — admitiu Hallorann. — Experimente o camarão *creole* hoje à noite. Vai gostar.

— Combinado.

— Onde está Danny?

— Lá embaixo — apontou, e Hallorann viu uma figurinha sentada na ponta do ancoradouro. Usava jeans dobrados até os joelhos e uma camisa de listras vermelhas. Mais adiante, na água calma, estava uma boia de pesca. De vez em quando, Danny enrolava a linha, observava o anzol e depois o atirava na água novamente.

— Está ficando bronzeado — disse Hallorann.

— Está. Muito bronzeado. — Ela confirmou, contente, enquanto o olhava.

Ele pegou um cigarro, pôs na boca e acendeu. A fumaça passeou preguiçosa na tarde ensolarada.

— E os pesadelos que ele anda tendo?

— Têm melhorado — respondeu Wendy. — Só um esta semana. Costumava ser toda noite, às vezes duas ou três vezes. As explosões. Os arbustos. E principalmente... você sabe.

— Sim. Ele vai melhorar, Wendy.

Ela olhou para ele.

— Vai? Não sei.

Hallorann meneou a cabeça.

— Você e ele, vocês estão melhorando. De maneiras diferentes, talvez, mas estão melhorando. Não são o que foram, vocês dois, mas isso não é necessariamente ruim.

Permaneceram calados por algum tempo, Wendy balançando levemente a cadeira, Hallorann com os pés na balaustrada da varanda, fumando. Uma brisa subiu, abrindo seu caminho secreto pelos pinheiros, mas leve o suficiente para não agitar o cabelo de Wendy, que estava bem curto.

— Resolvi aceitar a oferta de Al... sr. Shockley — ela disse.

Hallorann balançou a cabeça.

— Parece um bom emprego. Alguma coisa para se interessar. Quando começa?

— Logo depois do Dia do Trabalho, em setembro. Quando Danny e eu sairmos daqui, iremos direto a Maryland procurar um lugar. Foi na verdade o panfleto da Câmara de Comércio que me convenceu, você sabe. Parece uma boa cidade para educar uma criança. E eu gostaria de estar trabalhando novamente antes que a gente gaste muito o dinheiro do seguro que Jack deixou. Ainda tenho mais de quarenta mil dólares. O bastante para pagar a universidade de Danny, e ainda sobra bastante para ele poder começar a vida, se for bem investido.

Hallorann meneou a cabeça.

— E sua mãe?

Ela sorriu abatida.

— Acho que Maryland é suficientemente distante.

— Não vai esquecer os velhos amigos, vai?

— Danny não me deixaria. Vá lá e fale com ele, está esperando o dia inteiro.

— Bem, eu também. — Levantou-se e ajeitou a roupa branca de cozinheiro nos quadris. — Vocês dois vão melhorar — repetiu. — Dá para sentir?

Levantou os olhos para ele e, desta vez, o sorriso foi mais vivo.

— Sim — respondeu Wendy, tomando a mão dele e a beijando. — Às vezes, acho que estou melhorando.

— O camarão *creole* — insistiu ele, indo para os degraus. — Não se esqueça.

— Não vou esquecer.

Desceu a ladeira de cascalho que levava ao ancoradouro e depois caminhou nas tábuas, castigadas pelo tempo, até o final, onde Danny estava sentado, com os pés na água clara. Adiante, o lago largo refletia os pinheiros nas margens. O terreno era montanhoso, mas as montanhas eram antigas, arredondadas e rebaixadas pelo tempo. Hallorann gostava delas.

— Já pegou muitos? — indagou Hallorann, sentando-se ao lado do garoto. Tirou um sapato, depois o outro. Com um suspiro, mergulhou os pés quentes na água fria.

— Não. Mas senti uma mordida, faz pouquinho.

— Amanhã de manhã, vamos passear de barco. Tem que ir lá pro meio se quiser pegar peixe para comer, meu rapaz. Os grandões estão lá longe.

— Grandes como?

Hallorann encolheu os ombros.

— Ah... tubarões, marlins, baleias, esse tipo de coisa.

— Não tem nenhuma baleia!

— Baleia-azul, não. Claro que não. Estas daqui não medem mais de 25 metros. Baleias rosadas.

— Como podem chegar aqui, se elas vêm do mar?

Hallorann pôs a mão no cabelo louro-avermelhado do menino e o mexeu.

— Nadam corrente acima, meu rapaz. É assim.

— Sério?

— Sim.

Ficaram calados durante muito tempo, observando a calmaria, e Hallorann apenas pensando. Quando olhou de volta para Danny, viu que os olhos do garoto estavam cheios de lágrimas.

— O que foi? — perguntou enquanto o abraçava.

— Nada — sussurrou Danny.

— Está com saudade de seu pai, não está?

Danny meneou a cabeça.

— Você sempre sabe. — Uma lágrima caiu do olho direito.

— Não podemos ter segredos — concordou Hallorann. — É assim mesmo.

Olhando para a vara de pesca, Danny disse:

— Às vezes, fico pensando que seria melhor se fosse eu. Foi minha culpa. Toda minha.

— Você não gosta de falar nisso na frente de sua mãe, não é?

— Não. Ela quer esquecer o que aconteceu. Eu também, mas...

— Mas não consegue.

— Não.

— Quer chorar?

O menino tentou responder, mas as palavras foram engolidas por um soluço. Encostou a cabeça no ombro de Hallorann e chorou, as lágrimas agora lavando seu rosto. Hallorann o abraçou sem dizer nada. O menino teria que derramar suas lágrimas várias vezes, ele sabia, e Danny tinha sorte em ainda ser jovem para poder chorar. As lágrimas que curam são também lágrimas que escaldam e castigam.

Quando ele se acalmou um pouco, Hallorann falou:

— Você vai superar isso. Pode não achar isso agora, mas irá. Você é ilu...

— Eu preferia não ser! — Danny interrompeu, sufocado, a voz ainda rouca com as lágrimas. — Eu preferia não ser!

— Mas é — afirmou Hallorann, com calma. — Queira ou não queira. Não depende da sua vontade, menininho. Mas o pior já passou. Pode usar sua iluminação para conversar comigo, quando as coisas ficarem feias. E, se ficarem muito feias, simplesmente me chame e eu irei a seu encontro.

— Mesmo se eu estiver lá em Maryland?

— Mesmo lá.

Ficaram em silêncio, observando a boia de Danny se mover a cerca de dez metros do ancoradouro. Depois, Danny disse baixinho:

— Vai ser meu amigo?

— Enquanto você quiser.

O menino o abraçou apertado.

— Danny? Ouça. Vou lhe falar sobre isso desta vez, depois nunca mais. Existem coisas que nenhum menino de seis anos do mundo deveria ouvir; mas as coisas nunca são como deveriam ser na verdade. O mundo é um lugar duro, Danny. Não se importa com a gente. Não odeia você nem a mim, mas também não morre de amor por nós. Coisas terríveis acontecem no mundo, e são coisas que ninguém pode explicar. Indivíduos bons morrem de forma ruim e dolorosa, e deixam as pessoas que os amam sozinhas. Às vezes, parece que só as pessoas ruins permanecem sadias e prósperas. O mundo não ama você, mas sua mãe o ama e eu também. Você é um bom menino. Você sofre com a morte de seu pai e, quando sentir que precisa chorar pelo que aconteceu com ele, vá se esconder num armário ou debaixo das cobertas, e chore até que tudo saia de dentro de você de novo. É isso que um bom filho deve fazer. Mas veja, você deve continuar vivendo. É sua obrigação, neste mundo duro, manter vivo o seu amor, e seguir adiante, não importando como. Segure as pontas e vá em frente.

— Está bem — murmurou Danny. — Vou visitar você no verão que vem, se quiser... se não se importar. No próximo verão, já vou ter sete anos.

— E eu, sessenta e dois. E vou fazer seus miolos saírem pelos ouvidos de tanto abraço. Mas vamos deixar um verão terminar para planejarmos o outro.

— O.k. — Olhou para Hallorann. — Dick?

— Hummm?

— Você vai demorar muito ainda pra morrer, não vai?

— Certamente não estou cogitando a possibilidade. Você está?

— Não, senhor. Eu...

— Morderam a isca, filhinho — interrompeu Hallorann, apontando para o lago. A boia vermelha e branca afundara. Subiu novamente brilhando e desceu outra vez.

— *Ei!* — exclamou Danny.

Wendy descera e se juntara a eles, de pé, atrás do filho.

— O que é? — perguntou. — Peixe lúcio?

— Não, senhora — respondeu Hallorann. — Acho que é uma baleia rosada.

A vara envergou. Danny a puxou, e um peixe comprido e colorido cintilou rapidamente e sumiu.

Danny enrolou o carretel freneticamente, arquejando.

— Me ajuda, Dick! Peguei! Peguei! Me ajuda!

Hallorann riu.

— Está indo muito bem sozinho, homenzinho. Não sei se é uma baleia rosada ou uma truta, mas qualquer uma serve. Qualquer uma será ótima.

Pôs um braço em volta de Danny, e o menino ficou enrolando o carretel, pouco a pouco. Wendy sentou-se do outro lado de Danny, e os três ficaram na ponta do ancoradouro sob o sol da tarde.

OS SEGREDOS DO HOTEL OVERLOOK

Quando Stephen King escreveu *O iluminado*, nos anos 1970, o manuscrito original continha, além da trama principal, um prólogo e um epílogo que narravam a história do Hotel Overlook, intitulados, respectivamente, "Antes do ato" e "Depois do ato". Em uma decisão editorial, esses dois capítulos foram cortados da versão final do livro.

Embora o prólogo tenha sido publicado em 1982 na *Whispers Magazine*, em uma edição limitada e raríssima, o epílogo permaneceu esquecido por todos esses anos. Até que um colecionador, ao adquirir uma cópia do manuscrito original de *O iluminado*, notou a presença do conteúdo inédito e já considerado perdido até pelo autor.

Nesta edição estão incluídos os textos de "Antes do ato" e "Depois do ato", que de certa forma complementam a trama de *O iluminado*.

ANTES DO ATO

Cena I: O terceiro andar de um hotel passando por tempos difíceis

Era o dia 7 de outubro de 1922, e o Hotel Overlook tinha fechado as portas no final de outra temporada. Quando reabrisse, em meados de maio de 1923, estaria sob nova direção. Havia sido comprado por dois irmãos chamados Clyde e Cecil Brandywine; bons rapazes do Texas com mais dinheiro antigo de gado e dinheiro novo de petróleo do que sabiam em que usar.

Bob T. Watson estava em frente à grande janela da Suíte Presidencial, olhando para a encosta das Montanhas Rochosas, onde os choupos agora já haviam perdido a maior parte das folhas, e torceu para os irmãos Brandywine fracassarem. Desde 1915 até então, o hotel pertencera a um homem chamado James Parris. Parris começou sua vida profissional em 1880, como um advogado trambiqueiro qualquer. Um dos seus melhores amigos chegou à presidência de uma grande companhia ferroviária no Oeste, um barão ladrão entre outros barões ladrões, e Parris ficou rico com o espólio desse homem. Ele não era, no entanto, dotado da elegância do amigo; era um homenzinho grisalho, sempre de olho nas planilhas de contabilidade. Ele teria vendido o Overlook de qualquer jeito, pensou Bob T. Watson, enquanto continuava olhando pela janela. Só que o filho da mãe trambiqueiro caiu morto antes de ter a chance.

Foi o próprio Bob T. Watson que vendeu o Overlook para James Parris. Um dos últimos magnatas do Oeste que surgiram entre os anos 1870 e 1905, Bob T. veio de uma família que fez uma fortuna impressionante com prata nos arredores de Placer, Colorado. Eles foram à falência, reconstruíram a fortuna com especulação de terras para ferrovias e faliram mais uma vez na depressão de 1893-1894, quando um homem suspeito de integrar o crime organizado matou o pai de Bob T. com um tiro, em Denver.

Entre 1895 e 1905, sem nenhuma ajuda, Bob T. recuperou o patrimônio. Nessa época começou a procurar alguma coisa, uma coisa perfeita, para coroar suas realizações. Depois de dois anos analisando com cuidado (nesse período ele também comprou um governador e um representante no Congresso americano), decidiu, do jeito modesto dos Watson, construir o maior hotel de temporada do país. Ficaria no topo dos Estados Unidos, sem nada mais alto além do céu. Seria o playground da elite nacional e estrangeira, das pessoas que três gerações depois seriam conhecidas como super-ricas.

A construção começou em 1907, sessenta e cinco quilômetros a oeste de Sidewinder, Colorado, supervisionada pelo próprio Bob T.

— Sabe... — Bob T. falou em voz alta, na suíte do terceiro andar daquele que era o maior conjunto de apartamentos, do maior hotel dos Estados Unidos. — Nada mais deu certo depois disso. Nada.

O Overlook o envelhecera. Ele tinha quarenta e três anos quando começaram a obra em 1907, e, quando a construção foi finalizada, dois anos depois (mas tarde demais para que o hotel abrisse as portas antes de 1910), Bob T. estava careca. Havia desenvolvido uma úlcera. Um de seus dois filhos, o que ele mais amava e que estava destinado a dar continuidade ao legado Watson no futuro, morreu em um acidente estúpido, cavalgando no terreno do hotel. Boyd tentou fazer o pônei saltar por sobre uma pilha de madeira, onde agora ficavam os arbustos, mas o pônei prendeu a pata traseira e quebrou a perna. Boyd quebrou o pescoço.

A família passou por dificuldades financeiras em outras frentes. A fortuna Watson, que parecia tão segura em 1905, começou a ficar abalada naquele outono de 1909. Foi feito um enorme investimento em munição, em expectativa a uma guerra estrangeira que só veio a acontecer em 1914. Um contador desonesto aplicou um golpe na parte madeireira da operação e, apesar de ter sido preso e ficado na cadeia por vinte longos anos, provocou primeiro um prejuízo de meio milhão de dólares.

Talvez deprimido com a morte do filho mais velho, Bob T. ficou imprudentemente convencido de que o caminho para recuperar o dinheiro era o mesmo que o pai havia tomado anos atrás: o da prata. Alguns conselheiros se opuseram, mas, após o golpe do contador, que era filho de um dos melhores amigos do pai, Bob T. confiava cada vez menos no Conselho. Ele se recusou a acreditar que os dias de mineração no Colorado tinham chegado ao fim. Um milhão de dólares em investimento sem retorno não o convenceu. Dois milhões, sim. E, quando o Overlook abriu as portas no final da primavera de 1910, Bob T. percebeu que estava precariamente próximo de começar do zero mais uma vez... e se reerguer das ruínas aos quarenta e cinco anos de idade podia ser impossível.

O Overlook era sua esperança.

O Hotel Overlook, construído no teto do céu, com suas topiarias de arbustos podados em formato de animais para encantar as crianças, o parquinho, a linda e longa pista de croquet, o campo verde de golfe, as quadras de tênis externas e de *shuffleboard* internas, a sala de jantar e sua janela oeste com vista para os picos irregulares das Montanhas Rochosas, o salão de baile voltado para o leste, onde a terra caía em vales verdes de píceas e pinheiros. O Overlook, com seus cento e dez quartos, funcionários especialmente treinados, e não um, mas dois chefs franceses. O Overlook, com o saguão tão amplo e grandioso quanto três vagões de trem Pullman, a grande escadaria subindo ao segundo andar e a mobília neovitoriana pesada, tudo sob o enorme candelabro de cristal, pendurado acima da escada como um monstro de diamante.

Bob T. se apaixonou já pela ideia do hotel, e seu amor aumentou conforme a construção foi tomando forma. Não era mais apenas algo em sua mente, mas uma construção verdadeira, com linhas fortes e precisas e infinitas possibilidades. Sua esposa passou a odiar o hotel; em determinado momento em 1908, ela disse a ele que preferiria ter ciúmes de outra mulher, pois ao menos saberia como lidar. Mas ele desconsiderou o ódio dela como uma reação feminina histérica pela morte de Boyd.

— Você não entende do assunto — argumentou Sarah. — Quando olha para lá, parece que perde o bom senso. Ninguém pode falar sobre custos nem perguntar como as pessoas vão chegar aqui se os últimos cem quilômetros de estrada nem estão pavimentados...

— Eles serão pavimentados — ele respondeu baixinho. — Eu vou pavimentar.

— E quanto isso vai custar? — perguntou Sarah histericamente. — Mais um milhão?

— Nem perto disso — retrucou Bob T. — E, se custasse, eu pagaria.

— Está vendo? Não consegue ver? Você não leva jeito para a coisa. Esse hotel tirou a sua razão, Bob T.!

Talvez tivesse tirado mesmo.

A temporada inaugural do Overlook foi um pesadelo. A primavera começou tarde, e as estradas só ficaram transitáveis no primeiro dia de junho. E, mesmo assim, eram horríveis, cheias de buracos, de papelão colocado apressadamente sobre lama grudenta e de valas que destruíam as suspensões dos carros. Choveu mais naquele ano do que Bob T. já tinha visto na vida e do que jamais veria, chegando ao auge de nevar em agosto... Neve negra, as mulheres idosas diziam, um presságio terrível para o inverno que viria. Em setembro, ele contratou um empreiteiro para pavimentar os últimos trinta quilômetros da estrada que levava para o oeste do Estes Park até Sidewinder, uma obra cara e extensa para terminar as duas estradas antes que a neve as cobrisse no longo inverno. O inverno em que sua esposa morreu.

Mas as estradas e a estação curta não foram o pior do primeiro ano do Overlook. Não. O hotel foi oficialmente aberto no dia 1º de junho de 1910, em uma cerimônia com direito a fita cortada, comandada pelo congressista de estimação de Bob T. O dia foi quente, limpo e claro, o tipo de dia que o *Denver Post* devia ter em mente quando escolheu o slogan "É um privilégio morar no Colorado". E, quando o congressista cortou a fita, a esposa de um dos primeiros hóspedes desmaiou. Os aplausos que tinham começado morreram em pequenas exclamações de alarme e preocupação. Sais aromáticos a despertaram, claro, mas sua consciência voltou com uma expressão de terror atordoado tão grande no rostinho insípido que Bob T. a estrangularia com prazer.

— Eu achei que vi alguma coisa no saguão — disse ela. — Não parecia um homem.

Mais tarde, ela admitiu que devia ter sido o calor inesperado, depois de tanto tempo frio. Mas obviamente, àquela altura, o dano já tinha sido feito.

E a história dos maus presságios daquele dia nem tinha terminado.

Um dos dois chefs queimou o braço quando estava preparando o almoço e teve que ser levado ao hospital mais próximo, que ficava em Boulder. A sra. Arkinbauer, esposa do rei dos frigoríficos, escorregou enquanto saía do banho e quebrou o pulso. E finalmente, o toque de mestre, no jantar daquela noite: o congressista de Bob T. engoliu um pedaço de bife de alcatra do jeito errado e morreu engasgado, sob os olhares horrorizados de duzentos convidados, quase todos lá a convite pessoal de Bob T. Watson.

O congressista primeiro segurou o pescoço, ficou vermelho e depois roxo e começou a *cambalear* em meio aos presentes durante a convulsão mortal, indo de mesa em mesa, os braços agitados derrubando taças de vinho e vasos cheios de flores frescas, os olhos saltando horrivelmente diante dos convidados reunidos. Um dos amigos de Bob T. disse para ele, bem mais tarde e em particular, que parecia a história de Poe sobre a Morte Rubra ganhando vida na frente de todo mundo. E, talvez, a chance que tinha Bob T. de fazer seu amado hotel virar sucesso tenha morrido naquela primeira noite. Uma morte convulsionada, trêmula e infeliz ao lado da do congressista e na frente de todos.

O filho de um dos convidados para essa semana de inauguração de cortesia era estudante do segundo ano de medicina, e fez uma traqueostomia de emergência na cozinha. Ou ele realizou o procedimento tarde demais ou sua mão tremeu no momento indevido; de qualquer modo, o resultado foi o mesmo. O homem estava morto e, antes de a semana chegar ao fim, metade dos convidados tinha ido embora.

Bob T. lamentou com a esposa que nunca tinha visto nem ouvido falar de uma sequência tão espetacular de azar.

— Você tem tanta certeza assim de que não passa de azar? — perguntou ela, agora a apenas seis meses da própria morte.

— O que mais pode ser, Sarah? O que mais?

— Você colocou aquele hotel em um altar no seu coração! — ela respondeu com voz aguda. — Construiu sobre os ossos do seu primogênito!

A menção a Boyd ainda fazia a voz de Bob T. vacilar, mesmo um ano depois.

— Sarah, Boyd está enterrado em Denver, ao lado da sua mãe.

— Mas ele morreu aqui! Ele morreu aqui! E quanto está custando a você, Bob T.? Quanto você enfiou nesse maldito lugar e que nunca vamos recuperar?

— Eu vou recuperar.

Sua esposa inculta, que já havia dividido com ele uma casa que não passava de um chalé de madeira com apenas um cômodo, enunciou uma profecia:

— Você vai morrer pobre e arrependido, Bob T. Watson, antes de ver o primeiro centavo de lucro daquele lugar.

Ela morreu de gripe, assumindo seu lugar entre o filho e a mãe.

A temporada de 1911 também começou mal. A primavera e o verão chegaram em épocas mais favoráveis, mas o filho mais novo de Bob T., um garoto de catorze anos chamado Richard, levou a má notícia para o pai em meados de abril, um mês antes do começo da temporada do hotel.

— Papai, aquele filho da mãe do Grondin passou você para trás — informou Richard.

Grondin era o empreiteiro que havia pavimentado os cem quilômetros de estrada a um custo total de setenta mil dólares. Ele usou material sem qualidade para reduzir os custos da obra. Depois de um outono de geada, um inverno congelante e um degelo de primavera, o asfalto estava se quebrando em pedaços grandes e podres. Os cem quilômetros finais de viagem até o Overlook seriam intransponíveis por charrete, e menos ainda por aquelas máquinas modernas.

Bob T. achava que o pior, o mais assustador, era que ele havia passado pelo menos dois dias de cada semana supervisionando as obras. Como Grondin podia ter conseguido fazer o material sem qualidade passar por ele? Como ele pôde ser tão cego?

Grondin, evidentemente, não foi encontrado.

Repavimentar as estradas era mais caro do que a pavimentação original, porque era necessário retirar os resíduos da primeira. Eles não serviriam nem de base para a nova estrada. Mais uma vez, o trabalho precisou acontecer dia e noite, resultando em pagamento de horas extras. Houve atrasos, obstáculos e confusões. Carroças que buscavam o material no terminal ferroviário de Estes Park perderam as rodas. Cavalos tiveram ataques cardíacos tentando puxar carroças sobrecarregadas por aclives íngremes. Choveu uma semana inteira no começo de maio. A estrada só ficou pronta na primeira semana de julho, e àquela altura a maioria das pessoas que Bob T. esperava atrair já havia feito seus planos para o verão, e menos da metade dos cento e dez quartos do Overlook ficou ocupada.

Apesar do clamor de pânico dos contadores (e até do seu filho Richard), Bob T. se recusou a despedir funcionários do hotel. Ele não quis demitir nem um dos dois chefs renomados (eram contratações novas, pois os dois do ano anterior não tinham voltado), embora mal houvesse trabalho para um. Estava teimosamente convencido de que, no final de julho... ou em agosto... talvez até mesmo em setembro, quando os choupos começassem a mudar... que os hóspedes chegariam, os ricos iriam com seus criados e seus parasitas e seu dinheiro indolente. Os estadistas iriam, os políticos de conchavos, os atores e atrizes consagrados nos palcos da Broadway, a nobreza estrangeira que estava sempre procurando um lugar novo e divertido. Eles ouviriam falar do exuberante hotel que havia sido construído para o desfrute deles nos Estados Unidos e iriam. Mas eles nunca foram. E, quando o inverno deu fim à segunda temporada de funcionamento do Overlook, apenas cento e seis hóspedes tinham assinado o registro em três meses.

Bob T. suspirou e continuou olhando pela janela da Suíte Presidencial, que, em 1922, só havia hospedado um presidente: Woodrow Wilson. E, nessa época, já era um homem destruído de todas as formas: em corpo, em espírito, na credibilidade com as pessoas. Quando Wilson foi ao hotel, ele havia se tornado uma piada lamentável. Circulavam boatos de que a esposa dele era a verdadeira Presidente dos Estados Unidos.

Se Sarah não tivesse morrido, Bob T. pensou, enquanto passava a ponta do dedo sem rumo na janela, *eu talvez os tivesse despedido; alguns, pelo menos. Ela talvez tivesse me convencido. É possível... mas acho que não.*

Você colocou aquele hotel em um altar no seu coração.

A temporada de 1912 foi melhor. De certa forma, pelo menos; o Overlook só ficou oitenta mil dólares no vermelho. As duas temporadas anteriores custaram a ele mais de duzentos e cinquenta mil, sem contar a pavimentação daquela estrada duplamente... não, triplamente maldita. Quando a temporada de 1912 terminou, ele estava esperançosamente convencido de que as arestas tinham sido enfim aparadas, que os contadores reclamões poderiam guardar as canetas vermelhas e começar a escrever com as de tinta azul.

A temporada de 1913 foi ainda melhor, apenas cinquenta mil dólares de prejuízo. Ele ficou convencido de que sairia do vermelho em 1914. Que o Overlook estava finalmente entrando no rumo certo.

Seu contador-chefe o procurou em setembro de 1914, enquanto a temporada ainda tinha três semanas pela frente, recomendando que Bob T. declarasse falência.

— De que você está falando, em nome de Deus? — perguntou Bob T.

— Estou falando dos quase duzentos mil dólares de dívida que você não tem como pagar. — O contador se chamava Rutherford. Era um homem meticuloso, um sujeito do Leste.

— Isso é ridículo — retorquiu Bob T. — Saia daqui. — O chef principal, Geroux, chegaria em pouco tempo. Eles planejariam o cardápio das três noites de encerramento, o que Bob T. nomeou de Festival Overlook.

Rutherford deixou uma pilha fina de papéis na mesa de Bob T. e saiu.

Três horas mais tarde, depois de o chef sair, Bob T. se viu olhando os papéis. *Não dê importância para eles*, disse a si mesmo. *Irão para o lixo. Vou demitir o filho da mãe, ele e seu sotaque de Boston e os ternos de três peças.* Ele não passava de um imbecil inexperiente. E quem manteria uma pessoa na folha de pagamento depois que ela recomendava pedir falência? Era risível.

Ele pegou os papéis que Rutherford deixara, com a intenção de guardá-los no arquivo circular, mas acabou olhando. O que viu foi o bastante para fazer o sangue congelar nas veias.

Em cima estava uma nota fiscal do Keystone of Golden Obras de Pavimentação. O serviço mais os juros somavam um total de setenta mil dólares. O vencimento era a data do recebimento da nota. Embaixo, um recibo do Denver Electrical Outfitters, Inc., que cuidou de toda a fiação elétrica do Overlook e instalou não um, mas dois geradores gigantescos no enorme porão. Isso havia sido feito no final do outono de 1913, quando seu filho Richard garantiu que a eletricidade tinha chegado para ficar e que em pouco tempo os hóspedes esperariam que o hotel a oferecesse, não só como luxo, mas como necessidade. Esse recibo tinha o valor de dezoito mil dólares.

Bob T. mexeu no resto dos papéis com horror crescente. Uma nota de manutenção predial, uma de jardinagem, o segundo poço que ele mandara cavar, além dos empreiteiros que naquele mesmo momento estavam construindo uma enfermaria, os que tinham terminado recentemente as duas estufas e, por fim... por fim, uma discriminação na caligrafia clara e implacável de salários a pagar.

Quinze minutos depois, Rutherford estava de pé na frente dele de novo.

— Não pode ser tão ruim — sussurrou Bob T., rouco.

— É pior — confirmou Rutherford. — Se minhas estimativas estiverem certas, você vai terminar essa temporada vinte mil dólares ou mais no vermelho.

— Só vinte? Se conseguirmos segurar até o ano que vem, podemos sair do vermelho...

— Não tem como conseguirmos — sentenciou Rutherford pacientemente. — As contas do Overlook não estão acabando, sr. Watson. Elas estão *vazias*. Eu até fechei a conta de despesas menores na tarde de quinta-feira para conseguir preparar os envelopes de pagamento dos funcionários. As contas-correntes estão igualmente vazias. Seus direitos minerários em Haggle Notch foram encerrados, por ordem sua, em julho. Isso é tudo... — Os olhos de Rutherford brilharam com uma breve esperança. — Quer dizer, tudo de que eu tenho conhecimento.

— É tudo. — Bob T. assentiu com tristeza, e a esperança nos olhos de Rutherford sumiu. Bob T. se empertigou um pouco. — Vou para Denver amanhã. Vou fazer uma segunda hipoteca para o hotel.

— Sr. Watson — disse Rutherford com uma gentileza inesperada. — Você fez uma segunda hipoteca no inverno passado.

E fez mesmo. *Como posso ter esquecido uma coisa dessas*?, perguntou-se Bob T., com medo de verdade. Da mesma forma que esqueceu duzentos mil dólares de pagamentos atrasados? *Simplesmente esqueci?* Quando um homem começava a "simplesmente esquecer" coisas assim, era hora de esse homem sair do mercado antes de ser expulso.

Mas ele não queria deixar o Overlook.

— Vou conseguir uma terceira — afirmou. — Bill Steeves vai me dar uma terceira.

— Não, não acredito que vá — respondeu Rutherford.

— O que você quer dizer com não acredita que vá, seu verme de Boston? — rugiu Bob T. — Billy Steeves e eu nos conhecemos desde 1890! Eu promovi o começo da carreira dele... ajudei a capitalizar o banco... mantive meu dinheiro lá em 1894, quando todo mundo a oeste do Mississippi estava cagando pra eles! Ele vai me dar uma *décima* hipoteca, senão vai se ver comigo!

Rutherford olhou para Bob T. e se perguntou o que devia dizer, o que *podia* dizer que o velho já não soubesse. Podia contar que William Steeves tinha colocado em risco a própria posição como presidente do First Mercantile Bank of Denver ao conceder a segunda hipoteca, quando a situação do Overlook já não tinha mais volta? Que Steeves havia decidido dar a hipoteca mesmo assim sob a convicção ridícula de que tinha uma dívida para com Bob T. Watson (na mente de Rutherford, sempre precisa, a verdadeira dívida já havia se triplicado)? Podia argumentar que, se Steeves colocasse a própria garganta na forca e aceitasse tentar uma terceira hipoteca, ele só conseguiria se recolocar no mercado de trabalho em severa crise? Que mesmo que o impensável acontecesse e a hipoteca fosse concedida, não bastaria para acabar com as dívidas?

O velho devia saber essas coisas.

Velho, refletiu Rutherford. *Ele pode não ter mais de cinquenta anos, mas nesse momento parece ter setenta e cinco. O que há para dizer a ele? Que a esposa dele talvez tivesse razão, que os credores estavam certos? O hotel sugou tudo dele. Roubou seu tino comercial, sua sabedoria, até seu bom senso.* Era preciso um tipo de sentido especial para sobreviver no mercado americano, um tipo especial de visão. E agora, Bob T. Watson estava cego. O hotel havia cegado e envelhecido Bob T.

Rutherford falou:

— Eu acredito que é o meu momento de agradecer pelos dois anos de emprego e pedir minha demissão, sr. Watson. Abro mão de qualquer outra gratificação. — *Isso* era uma piada amarga.

— Pode ir — respondeu Bob T. Seu rosto estava obscuro e contraído. — Seu lugar não é no Oeste. Você não entende como é o Oeste. Você não passa de uma latrina de latão barato com mente de relógio. Saia daqui.

Bob T. pegou a pilha de contas a pagar, rasgou no meio, em quatro partes e, com uma força que subiu pelos braços até os ombros, em oito partes. Jogou os pedaços na cara de Rutherford.

— Saia daqui! — gritou ele. — Volte para Boston! Eu ainda vou estar cuidando deste hotel em 1940! Eu e meu filho Richard! Saia! Saia!

Bob T. se virou da janela e olhou pensativo para a cama enorme, onde o presidente Wilson e a esposa dormiram... se é que *dormiram*. Parecia a Bob T. que muita gente que ia para o Overlook dormia mal.

Eu ainda vou estar cuidando deste hotel em 1940!

Bom, de certa forma era verdade. Era mesmo. Ele foi para a sala, um homem alto e curvado, agora quase completamente careca, que vestia um macacão de carpinteiro e calçava sapatos duros em vez das botas caras que costumava usar. Levava um martelo em um bolso e uma corrente no outro, e no aro no final da corrente estavam todas as chaves do hotel. Mais de cinquenta no total, inclusive uma chave mestra diferente para cada ala de cada andar, mas nenhuma com etiqueta: ele conhecia todas pela visão e pelo toque.

Nunca faltou comprador para o Overlook, e Bob T. achava que nunca faltaria. Havia alguma coisa no local que o lembrava aquela velha história grega sobre Homero e as ninfas no mar. Empresários (os Homeros do século xx) que eram sadios e cabeças-duras ficavam irracionalmente convencidos de que podiam dar conta do negócio e prosperar além dos seus mais ousados sonhos. Bob T. gostava muito da história. Era como descobrir que não estava sozinho na loucura. Ou talvez só saber que o Overlook nunca ficaria vazio e deserto. Ele achava que não conseguiria suportar isso.

Apesar dos protestos de Rutherford de que só seria possível salvar alguma coisa declarando falência e deixando o banco vender o hotel, Bob T. decidiu vender o Overlook ele mesmo. Estava cada vez mais próximo do filho Richard (talvez ele nunca fosse ocupar o lugar de Boyd, mas era um garoto bom e trabalhador, e agora que a mãe havia morrido eles só tinham um ao outro), e não ia permitir que o garoto crescesse com o estigma da falência pairando sobre sua cabeça.

Três grupos se mostraram interessados, e Bob T. se manteve firme até conseguir o preço estipulado, sempre um passo à frente dos credores ávidos, que queriam derrubá-lo e dividir os espólios entre si. Ele pagou inúmeras dívidas antigas, algumas da época do pai. Para manter o Overlook sob seu controle e longe das mãos do banco, ele chantageou uma viúva até que ela beirasse a histeria, ameaçou um editor de jornal de Albuquerque de revelar um segredo (o editor tinha uma queda por garotas jovens, por pré-adolescentes, na verdade), ficou de joelhos, implorando para um homem, que ficou tão repugnado que deu a Bob T. um cheque de dez mil dólares só para que ele não ficasse mais de joelhos e saísse da sala dele.

Nada bastou para diminuir a maré crescente de tinta vermelha (nada poderia fazer isso, ele reconhecia), mas naquele inverno de 1914-1915 ele reuniu o suficiente para deixar o hotel longe da falência.

Na primavera, negociou o hotel com James Parris, o homem que começou a vida como advogado trambiqueiro. O preço dado por Bob T., ridiculamente baixo, foi cento e oitenta mil dólares e empregos vitalícios para ele e para seu filho... como funcionários da manutenção do Overlook.

— Você é louco, cara — disse Parris. — É para isso que você quer evitar a falência? Para que os jornais de Denver possam noticiar que você é zelador no hotel do qual já foi proprietário? — E reiterou: — Você é louco.

Bob T. foi inflexível. Ele não queria sair do hotel. E, mesmo com toda a fala insensível de empresário, sabia que Parris iria ceder. O discurso distante não escondeu a expressão comicamente ansiosa no olhar de Parris. Aquela expressão não era conhecida pelo próprio Bob T.? Não tinha visto aquilo no espelho nos últimos seis anos?

— Não preciso discutir com você sobre isso — concluiu Parris, fingindo indiferença. — Se eu esperar mais dois meses, talvez só três semanas, você vai quebrar. E aí, posso negociar com o First Mercantile.

— E eles vão cobrar duzentos e cinquenta mil se decidirem vender — respondeu Bob T.

Para esse argumento, Parris não tinha resposta. Ele poderia pagar o salário dos Watson pelo resto da vida deles com o dinheiro que economizaria comprando daquele lunático em vez de aguardar negociar com o banco.

Assim, o negócio foi fechado. Os cento e oitenta mil dólares finalmente extinguiram a tinta vermelha. A estrada estava paga, e a eletricidade, e os jardins e todo o resto. A falência foi evitada. James Parris assumiu o escritório do gerente no andar de cima. Bob T. e Dick Watson se mudaram da suíte na ala oeste do terceiro andar para um apartamento no enorme porão. O cômodo ficava atrás de uma porta que dizia MANUTENÇÃO — NÃO ENTRE!

Se James Parris imaginou que a insanidade de Bob T. se estenderia ao trabalho, ele se enganou. Bob T. era o zelador ideal, e o filho se mostrou mais adequado para aquela vida do que para uma de riqueza. Faculdade e negócios deixavam sua cabeça doendo só de pensar; Dick era um aprendiz dedicado.

— Se nós somos zeladores — disse Bob T. uma vez para o filho —, então aquela coisa que está acontecendo na França não passa de uma briguinha de bar.

Eles deixavam o local limpo, sim, Bob T. era meio maníaco quanto a isso. Mas faziam mais. Mantinham os geradores em perfeitas condições de funcionamento. De junho de 1915 até aquela data, 7 de outubro de 1922, nunca houve falta de energia. Quando os telefones foram instalados, Bob T. e seu filho Richard montaram a mesa telefônica sozinhos, se orientando por manuais que ficaram lendo por noites seguidas. O telhado também estava sempre em perfeitas condições: substituíam vidraças quebradas, viravam o tapete da sala de jantar uma vez por mês, pintavam, cobriam de gesso e supervisionaram a instalação do elevador em 1917.

E moravam lá durante o inverno.

— Não é muito animado aqui no inverno, né? — perguntou uma vez o chefe dos carregadores de mala, em um intervalo de trabalho. — O que vocês fazem, hibernam?

— Nós nos ocupamos — Bob T. respondeu brevemente. E Richard só deu um sorriso inquieto, porque afinal todos os hotéis tinham um esqueleto ou dois no armário, e às vezes os esqueletos sacodiam os ossos.

Em uma tarde no final de janeiro, quando Bob T. estava instalando uma peça de vidro em cima da bancada da recepção, um barulho horrível soou na sala de jantar. Era um barulho engasgado e apavorante, que o encheu de horror e o levou de volta àquela primeira noite, quando seu congressista morreu engasgado com um pedaço de bife.

Bob T. permaneceu imóvel, esperando que o barulho parasse, mas os horrendos ruídos estrangulados continuaram. Ele pensou: *Se eu entrasse lá agora, eu o veria, cambaleando de mesa em mesa como um pedinte maltrapilho no banquete de um rei, os olhos saltados, implorando para que alguém o ajudasse...*

Seu corpo todo ficou arrepiado, até a pele fina das costas. E, tão repentinamente quanto havia começado, o som engasgado tornou-se um gemido fraco e gargarejado, depois nada.

Bob T. rompeu a paralisia que tomara conta dele e correu para a grande porta dupla que levava à sala de jantar. Parecia que o tempo havia sofrido algum tipo de falha e que, quando ele entrasse, veria o congressista esticado no chão com os convidados impotentes ao redor. Bob T. gritaria, como fez naquele dia, muito tempo antes, "Tem algum médico aqui?", e o aluno de segundo ano de medicina andaria pela multidão e diria: "Vamos levá-lo para a cozinha".

Mas, quando Bob T. abriu a porta dupla, a sala de jantar estava vazia, todas as mesas em um canto com as cadeiras viradas em cima delas, e não havia som nenhum além do vento cantando alto nas calhas. Lá fora estava nevando, obscurecendo as montanhas por um momento e as revelando em outro, como o movimento de cortinas rasgadas.

Aconteceram outras coisas. Dick contou que ouviu sons de batidas dentro do elevador, como se alguém tivesse ficado preso lá dentro e estivesse pedindo para sair. Só que, quando ele abriu a porta com a chave especial e empurrou a porta pantográfica, o elevador estava vazio. Outra noite, os dois acordaram pensando ter ouvido uma mulher chorando em algum lugar acima — parecia ser no saguão —, mas subiram e não encontraram nada.

Tudo isso aconteceu fora da temporada, e Bob T. nem precisou pedir para Dick não comentar nada com ninguém. Muita gente, inclusive o sr. Arrogante Parris, já achava que eles eram malucos.

Mas às vezes Bob T. se perguntava se as coisas não aconteciam também durante a alta temporada. Se alguns funcionários e alguns hóspedes não ouviam nada estranho... ou viam. Parris manteve a qualidade do serviço e até acrescentou uma cortesia em que Bob T. nunca tinha pensado: uma limusine que a cada três dias fazia o percurso de Longhorn House, no centro de Denver, até o Overlook. Ele manteve os preços baixos apesar da inflação gerada pela guerra do Kaiser, na esperança de dar gás ao negócio. Na esperança de criar fama. Acrescentou uma piscina aos outros atributos formidáveis de diversão no hotel.

No entanto, as pessoas que iam ao Overlook apreciar esses atributos raramente voltavam para uma segunda visita. Também não davam ao Overlook o benefício daquele mais barato e eficiente tipo de propaganda, o boca a boca, recomendando aos amigos. Alguns faziam reserva para um mês e iam embora em duas semanas, balançando a cabeça de forma quase constrangida e evitando as perguntas preocupadas de Parris: Houve algo errado com a comida? Você foi maltratado? O serviço foi ineficiente? As camareiras foram descuidadas? Parecia que não era nenhuma dessas coisas. As pessoas iam embora e raramente voltavam.

Bob T. ficou satisfeito de ver o Overlook virar uma obsessão para Parris. O homem estava ficando grisalho por causa do hotel, tentando e não conseguindo entender o que havia de errado.

Será que o Overlook teve alguma temporada fora do vermelho entre 1915 e 1922?, perguntou-se Bob T. agora, sentado na sala da Suíte Presidencial, olhando para seu reflexo. Isso era entre Parris e o contador, claro, e eles eram bem íntimos. Mas o palpite de Bob T. era que não. Talvez Parris nunca tivesse deixado sua obsessão fugir de controle, como aconteceu com o primeiro dono e construtor do Overlook (hoje, Bob T. às vezes pensava que tinha tentado controlar e romper o azar que cresceu com o hotel da mesma maneira como o avô montaria e domaria um cavalo selvagem). Mas tinha certeza de que Parris injetara grandes quantias de dinheiro no hotel a cada temporada sem obter nada de volta, como ele mesmo tinha feito.

Você vai morrer pobre e arrependido, Bob T. Watson, antes de ver o primeiro centavo de lucro daquele lugar.

Sarah dissera isso para ele. Sarah estava certa. Também estava certa em relação a Parris. O advogado podia não estar totalmente falido, mas provavelmente estava arrependido de ter se metido naquele negócio quando morreu de um aparente ataque cardíaco enquanto andava pela propriedade, no último mês de agosto.

O garoto de Bob T. (Dick na verdade já não era mais tanto um garoto; tinha idade para beber, fumar e votar, idade para planejar se casar em dezembro) encontrou Parris bem cedo. Dick foi podar os arbustos do parquinho às sete da manhã, e ali estava Parris, caído morto entre dois leões.

O engraçado sobre aquelas topiarias era que elas de certa forma haviam se tornado a marca registrada do Overlook, de um jeito inesperado. Foi ideia do paisagista cercar o parquinho com arbustos em forma de animais. Ele mandou um desenho para Bob T. com a área cercada de leões, um búfalo, um coelho, uma vaca e assim por diante. Bob T. assinou uma autorização no memorando que acompanhava o desenho, sem nem pensar. De qualquer modo, não conseguia se lembrar de ter pensado duas vezes na questão. Mas muitas vezes era dos arbustos do parquinho que os hóspedes saíam falando em vez de comentar sobre as refeições ou a decoração minimalista nos quartos e suítes. Bob T. achava que era só mais um exemplo de como nada no Overlook acontecia como o previsto.

Concluíram que Parris devia ter saído para fazer uma caminhada noturna no gramado, passado pelo campo de golfe e pelo parquinho até a estrada. No caminho de volta, o ataque cardíaco o derrubou. Não havia ninguém para sentir sua falta, porque a esposa o havia deixado em 1920.

De certa forma, o Overlook também teve sua parcela de culpa nisso. Entre 1915 e 1917, Parris não passou mais do que duas semanas da temporada lá. Sua esposa, uma jovem bonita e mal-humorada que havia sido alguma coisa na Broadway, não gostava do lugar, ou era o que diziam. Em 1918, eles passaram um mês no hotel e, de acordo com as fofocas, brigaram muito por causa disso. Ela queria ir para as Bahamas ou para Cuba, e ele perguntava sarcasticamente se ela queria pegar uma doença tropical. Ela respondia que, se ele não a levasse, ela iria sozinha. Ele dizia que, se ela fizesse isso, poderia encontrar outra pessoa que bancasse suas extravagâncias. E ela ficou. Naquele ano.

Em 1919, Parris e a esposa permaneceram lá durante seis semanas, ocupando uma suíte no terceiro andar. O hotel estava exercendo o controle sobre ele, Bob T. pensou com certa satisfação. Depois de um tempo, a sensação era de que Parris havia se tornado um jogador que não conseguia sair da mesa.

Parris estava planejando uma estada mais longa e, no final da sexta semana, a mulher teve um ataque histérico. Duas empregadas do andar de cima a escutaram chorando e gritando, implorando para que ele a levasse dali, levasse para qualquer lugar. Eles foram embora na mesma tarde, Parris de cara fechada, o belo rosto da esposa pálido e sem maquiagem, os olhos como passas escuras no fundo das órbitas, como se ela estivesse dormindo mal ou sem dormir. Parris nem parou para falar com o gerente ou com Bob T. E, quando voltou, em junho de 1921, estava *sem* esposa. A irmã da camareira principal morava em Nova Jersey, e ela mandou um daqueles jornais de fofoca com a notícia de que a esposa de Parris havia pedido divórcio alegando "crueldade mental", fosse lá o que isso significasse.

— O que acho que quer dizer — falou o jardineiro Harry Durker para Bob T. enquanto eles tomavam uísque — é que ela não conseguiu garimpar o ouro tão rápido quanto achou que conseguiria.

Ou foi o Overlook?, perguntou-se Bob T. Não importava. Parris estava lá na abertura da temporada seguinte, a décima terceira do Overlook, e só foi embora em uma charrete funerária. O testamento ainda estava sendo validado, mas essa questão seria bem direta. O gerente do hotel recebeu uma carta da firma de advogados de Nova York que agia como executores, e a carta mencionou os irmãos Brandywine do Texas, compradores previstos. Eles queriam manter o gerente, se ele quisesse ficar, e com um salário substancialmente melhor. Mas o gerente já tinha contado para Bob T. (também tomando uísque) que ia recusar a proposta.

— Este lugar nunca vai dar certo — afirmou para Bob T. — Não ligo se Jesus Cristo em pessoa comprar o hotel e botar João Batista como gerente. Me sinto mais um zelador de cemitério do que gerente de hotel. Parece que morreu alguma coisa nas paredes e todo mundo que vem aqui consegue sentir o cheiro de vez em quando.

Sim, pensou Bob T., *é exatamente assim. Só que não é engraçado como isso pode ser capaz de controlar um homem?*

Ele se levantou e se espreguiçou. Ficar sentado ali pensando no passado era muito bom, mas não ia tocar o trabalho, e havia muita coisa a fazer naquele inverno. Novos cabos de elevador para instalar. Um novo galpão para ser construído atrás, e isso tinha que ser feito antes de a neve cair e os isolar. As janelas tinham que ser instaladas, claro, e...

Bob T., a caminho da porta, parou de repente.

Ele ouviu, ou pensou ter ouvido, a voz de Boyd, aguda e jovem e cheia de alegria. Estava baixa pela distância, mas inconfundivelmente era de Boyd. Vindo da direção do que agora eram os arbustos.

— Vem, Rascal! Vem! Vem! Continue!

Rascal era o nome do pônei de Boyd.

Como em um sonho, como um homem preso em um delírio lento e arrastado, Bob T. se virou para o janelão. Mais uma vez teve aquela sensação curiosa do tempo voltando. Quando chegasse lá e olhasse, ele não veria os animais de cerca viva, porque o ano era 1908, e as topiarias ainda não tinham sido feitas. Ele veria um terreno lamacento, cheio de materiais de construção; veria uma pilha de madeira nova, onde mais tarde seria construída a entrada do parquinho; veria Boyd correndo para essa pilha de madeira em cima de Rascal; veria os dois subirem; veria as patas de trás de

Rascal prenderem no alto da pilha e veria os dois caírem juntos, toda a graça sumindo e com ela toda esperança de vida.

Bob T. cambaleou até a janela onde veria a cena, o rosto pálido como massa de pão; a boca, um buraco flácido. Ele conseguia ouvir (não podia ser coisa da mente dele podia?) cascos batendo no chão lamacento.

— Vai, Rascal! Pule, garoto! Vamos...

Um baque, um estalo. A gritaria, o grito agudo e nada humano do pônei, o barulho de madeira, o baque final.

— *Boyd!?* — gritou Bob T. — *Ah, meu Deus, Boyd! BOYD!*

Ele bateu na janela com força, estilhaçando três das seis vidraças, fazendo um corte irregular e raso nas costas da mão direita. O vidro caiu para fora, girando sem parar, cintilando no sol, e bateu e se quebrou ainda mais no telhado projetado do segundo andar abaixo.

Ele olhou para o gramado, verde e bem cuidado, que seguia suavemente pelo campo de golfe, chegando aos arbustos. Os três leões que protegiam o caminho de cascalho estavam agachados nas posturas de sempre, meio ameaçadoras e meio brincalhonas. O coelho estava de pé nas patas de trás com as orelhas levantadas de forma arrogante. A vaca estava parada, como era de esperar, pastando com algumas folhas amareladas de outono presas na cabeça e nas laterais.

Não havia pilha de madeira. Nada de Boyd. Nada de Rascal.

Ouviu passos lá fora. Bob T. se virou para a porta na hora em que ela se abriu e Dick entrou correndo com a caixa de ferramentas na mão.

— Pai, você está bem?

— Estou.

— Você está sangrando.

— Cortei a mão — explicou Bob T. — Tropecei nos meus próprios pés e bati na janela. Acho que arrumei mais trabalho para nós.

— Mas você está bem?

— Estou, já falei — repetiu com irritação.

— Eu estava no final do corredor, olhando os cabos do elevador. Pensei ter ouvido alguém lá fora.

Bob T. olhou para o filho intensamente.

— Você não ouviu ninguém, ouviu, pai?

— Não — respondeu Bob T. Ele tirou o lenço do bolso de trás e enrolou na mão sangrando. — Quem estaria aqui nessa época do ano?

— Pois é — comentou Dick. E seu olhar se encontrou com o do pai, com uma espécie de choque elétrico, e naquele segundo os dois viram mais do que talvez desejassem. Eles baixaram os olhos ao mesmo tempo.

— Venha — disse Bob T. com mau humor. — Vamos ver se temos vidro para consertar essa porcaria.

Eles saíram juntos, e Bob T. lançou um único olhar para trás. Olhou para a sala da Suíte Presidencial, com o papel de parede sedoso e a mobília pesada como se sonhassem ao sol de fim de tarde.

Acho que também vão ter que me levar no rabecão, como foi com Parris, pensou ele. *É o único jeito de me fazerem ir embora*. Ele olhou com amor para o filho, que estava mais à frente.

Dick também. Acho que este lugar nos pegou.

Foi um pensamento que o fez sentir desprezo e amor ao mesmo tempo.

Cena II: Um quarto nas altas horas da madrugada

Ir para lá foi um erro, e Lottie Kilgallon não gostava de admitir seus erros.

E não vou admitir esse, pensou ela com determinação enquanto olhava para o teto que cintilava acima.

O marido, com quem estava casada havia dez dias, dormia ao seu lado. O sono dos justos, como alguns poderiam dizer. Outros, mais sinceros, poderiam chamar de sono dos monumentalmente estúpidos. Ele era William Pillsbury, dos Pillsbury de Westchester, filho único e herdeiro de Harold M. Pillsbury, de fortuna antiga e confortável. Eles gostavam de falar do mercado editorial, porque essa era uma profissão de cavalheiros, mas possuíam também uma cadeia de indústrias têxteis na Nova Inglaterra, uma fundição em Ohio e uma extensa exploração agrícola no Sul: algodão, cítricos e outras frutas. Uma fortuna antiga era sempre melhor do que a dos *nouveaux riches*, mas os dois tinham dinheiro saindo pelo rabo. Se Lottie algum dia dissesse isso para Bill, ele ficaria pálido e talvez até desmaiasse. *Não tema, Bill. A profanação da família Pillsbury nunca vai passar pelos meus lábios.*

A ideia de passar a lua de mel no Overlook, no Colorado, havia sido dela, que levara em conta dois motivos para isso. Primeiro, embora fosse tremendamente caro (como os melhores resorts eram), não era um lugar "da moda", e Lottie não gostava de lugares da moda. Para onde você foi na lua de mel, Lottie? Ah, para um hotel perfeito e *maravilhoso* no Colorado, o Overlook. Que lugar lindo. Meio distante, mas tão romântico. E suas amigas, que na maioria das vezes só não eram mais burras do que o próprio William Pillsbury, olhariam para ela com um deslumbramento imbecil. Lottie conseguiu de novo!

Seu segundo motivo foi de importância mais pessoal. Ela queria passar a lua de mel no Overlook porque Bill queria ir para Roma. Era imperativo descobrir certos aspectos do casamento o mais rápido possível. Ela conseguiria fazer as coisas do jeito dela imediatamente? Se não, quanto tempo demoraria para dobrar o marido? Ele era burro e a seguia como um cachorro com a língua para fora desde o baile de debutante dela. Mas seria tão maleável depois que as alianças tivessem sido trocadas, como era antes?

Lottie sorriu um pouco no escuro, apesar da insônia e dos pesadelos que vinha tendo desde que chegaram lá. *Chegaram lá* era a expressão chave. "Lá" não era o American Hotel em Roma, mas o Overlook no Colorado. Ela ia conseguir mandar nele direitinho, era isso o que importava. Só faria com que ele ficasse mais quatro dias (tinha planejado originalmente três semanas, mas os pesadelos a fizeram mudar de ideia), depois eles podiam voltar para Nova York. Afinal, era lá que tudo estava acontecendo naquele agosto de 1929. O mercado de ações estava enlouquecendo, o céu era o limite, e Lottie esperava se tornar herdeira de muitos milhões, em vez de só um ou dois, no prazo de um ano. Claro que alguns covardes alegavam que o mercado estava a caminho de uma queda, mas ninguém nunca havia chamado Lottie Kilgallon de covarde.

Agora sou Lottie Kilgallon Pillsbury, pelo menos é assim que vou assinar minhas cartas... e meus cheques, claro. Mas, por dentro, sempre serei Lottie Kilgallon. Porque ele nunca vai tocar em mim. Não por dentro, onde conta.

O fato mais cansativo desse primeiro conflito no casamento era que Bill *gostava* do Overlook. Todos os dias, dois minutos depois do amanhecer, ele acordava, perturbando o pouco sono que ela conseguia depois das noites agitadas, olhando com ansiedade para o nascer do sol como um nojento fanático pela natureza. Ele saiu duas ou três vezes para caminhadas, fez várias trilhas com outros hóspedes e a entediou tanto com histórias sobre o cavalo em que montou, uma égua chamada Tessie, que a fez querer gritar. Bill tentou convencê-la a ir nesses passeios com ele, mas Lottie se recusava. Cavalgar significava usar calça, e seu traseiro era um pouco largo demais para isso. O idiota também sugeriu que ela fosse caminhar com ele e alguns outros. O filho do zelador foi como guia, Bill contou com entusiasmo, e ele conhecia mil trilhas. A quantidade de animais que se via, disse Bill, fazia parecer que o ano era 1829, e não cem anos depois. Lottie também jogou água fria nessa ideia.

— Acredito, querido, que todas as caminhadas deviam ser só de ida, entende?

— Só de ida? — Sua ampla testa anglo-saxônica se franziu e tremeu com a expressão habitual de incompreensão. — Como alguém pode fazer uma caminhada só de ida, Lottie?

— Chamando um táxi para trazer você de volta para casa quando os pés começam a doer — respondeu ela friamente. A crítica foi em vão. Ele foi sem ela e voltou exultante. O filho da mãe burro estava ficando bronzeado.

Lottie não havia sequer gostado das noites de bridge na sala de jogos, e isso não era normal, pois ela era fera no bridge. Se fosse digno de uma dama jogar por dinheiro com companhias mistas, ela poderia ter levado um dote de dinheiro vivo para o casamento (não que fosse fazer isso, claro). Bill era um bom parceiro de jogo, tinha as duas qualificações: entendia as regras básicas e permitia que a esposa o dominasse. Ela achava que era justiça poética seu novo marido passar a maior parte das noites de bridge como o morto.

Seus parceiros no Overlook eram às vezes os Compson, mas os Verecker com mais frequência. Verecker tinha setenta e poucos anos, um cirurgião que se aposentou depois de um ataque cardíaco quase fatal. Sua esposa sorria muito, falava baixo e tinha olhos como moedinhas brilhantes. Eles jogavam bridge apenas por diversão, mas viviam vencendo Lottie e Bill. Nas ocasiões em que os homens jogaram contra as mulheres, os homens acabaram massacrando Lottie e Malvina Verecker. Quando Lottie e o dr. Verecker jogavam contra Bill e Malvina, ela e o médico costumavam vencer, mas não havia muito prazer nisso, porque Bill era um imbecil e Malvina não conseguia ver o jogo de bridge como nada além de uma ferramenta social.

Duas noites antes, quando o médico e a esposa leiloaram um quatro de paus, Lottie bagunçou as cartas em uma onda repentina de irritação muito incomum a ela. Costumava manter as emoções bem mais controladas.

— Você podia ter seguido meu naipe de espadas naquela terceira vaza! — ela reclamou com Bill. — Isso teria feito tudo acabar bem ali!

— Mas, querida — respondeu Bill, nervoso —, eu achei que você estava com poucas cartas de espadas...

— Se eu estivesse com poucas cartas de espadas, não teria leiloado duas, certo? *Não sei* por que continuo jogando isso com você!

Os Verecker olharam para eles com uma surpresa branda. Mais tarde, a sra. Verecker, a mulher dos olhos brilhantes, comentaria com o marido que achava que eles formavam um casal tão bonito, tão *amoroso*, mas que, quando Lottie bagunçou as cartas daquele jeito, pareceu uma bruxa rabugenta...

Bill estava olhando para ela com a boca aberta.

— Sinto muito — disse ela, retomando as rédeas e puxando com força. — Acho que estou um pouco abalada. Não tenho dormido muito bem.

— Que pena — comentou o médico. — Normalmente, esse ar da montanha... nós estamos quase quatro mil metros acima do nível do mar, sabe... é muito propício a um bom descanso. Tem menos oxigênio, sabe. O corpo não...

— Eu ando tendo pesadelos — Lottie interrompeu secamente.

E vinha tendo mesmo. Não apenas sonhos ruins, mas pesadelos. Ela não era muito de sonhar (o que sem dúvida dizia alguma coisa repugnante e freudiana sobre a psique dela), mesmo quando criança. Ah, sim, teve alguns sonhos, em geral bem maçantes. O único do qual ela conseguia se lembrar, que chegava perto de ser um pesadelo, foi um em que estava fazendo um discurso de Boa Cidadã na assembleia escolar, olhou para baixo e viu que tinha esquecido de se vestir. Mais tarde, alguém comentou com ela que quase todo mundo já teve um sonho assim em algum momento.

Os pesadelos que ela teve no Overlook foram bem piores. Não era o caso de um sonho ou dois se repetindo com variações; eram todos diferentes. Só o ambiente era similar; cada vez ela estava em uma parte diferente do Hotel Overlook. Cada pesadelo começava com a percepção de que estava sonhando e de que algo terrível e assustador ia acontecer com ela ao longo do sonho. Havia uma sensação de inevitabilidade que era particularmente horrível.

Em um deles, ela estava correndo para pegar o elevador porque estava atrasada para o jantar, tão atrasada que Bill já havia descido antes, mal-humorado. Ela apertou o botão do elevador, que na mesma hora abriu as portas. Estava vazio, exceto pelo ascensorista. Apesar de o hotel idiota só estar com metade da lotação, o elevador tinha uma capacidade ridiculamente pequena. Sua inquietação aumentou quando o elevador desceu e continuou descendo... por tempo demais. Eles já deviam ter chegado no saguão ou até no porão, mas o ascensorista não abriu a porta, e o impulso de movimento para baixo continuava. Ela então bateu no ombro dele com um sentimento misto de indignação e pânico, ciente tarde demais da textura esponjosa e estranha dele, como um espantalho de palha podre. E, quando ele virou a cabeça e sorriu para ela, Lottie viu que o elevador estava sendo manejado por um homem morto; o rosto em um tom branco-esverdeado de cadáver, os olhos afundados, o cabelo debaixo do quepe sem vida, ressecado, os dedos segurando a alavanca decompostos até os ossos.

Enquanto enchia os pulmões para gritar, o cadáver virou a alavanca e murmurou "Seu andar, senhora" com uma voz rouca e vazia. A porta se abriu e revelou chamas, montes de lava e o fedor de enxofre. O ascensorista tinha levado Lottie para o inferno.

Em outro pesadelo, ela estava no parquinho, perto do entardecer. A luz estava curiosamente dourada, embora o céu estivesse preto de nuvens de tempestade. Cortinas de água dançavam entre dois dos picos irregulares a oeste. Parecia um quadro de Bruegel, um momento de sol e tranquilidade. E ela sentiu alguma coisa se movendo atrás dela. Alguma coisa nos arbustos. Quando se virou, viu com horror congelado que *eram* os arbustos: os animais esculpidos nas plantas saíram do lugar e estavam se arrastando na direção dela, os leões verdes, o búfalo, até o coelho, que normalmente parecia tão cômico e simpático. As feições horríveis das folhas estavam viradas para ela enquanto os bichos se deslocavam lentamente na direção do parquinho sobre as patas de plantas, verdes, silenciosos e mortais sob as nuvens negras.

No último pesadelo, que ela tinha acabado de ter, o hotel estava pegando fogo. Ela despertou no quarto e viu que Bill tinha desaparecido e a fumaça se espalhava lentamente pelo apartamento. Ao tentar fugir, ainda de camisola, se perdeu nos corredores estreitos, que estavam turvos de fumaça. Todos os números pareciam ter sumido das portas, e não havia como saber se estava correndo na direção da escada e do elevador ou no sentido oposto deles. Ela dobrou uma esquina e viu Bill de pé, na frente da janela do final do corredor, acenando para ela. De alguma forma, Lottie havia corrido para os fundos do hotel, e ele estava lá, no patamar da saída de emergência. Agora, o calor queimava suas costas através do tecido fino da camisola. *O hotel deve estar pegando fogo atrás de mim*, ela pensou. Talvez tivesse sido a caldeira. Era preciso ficar de olho na caldeira, senão ela podia te pegar. Lottie saiu andando, e de repente algo se enroscou no seu braço como uma cobra, prendendo-a. Era uma das mangueiras de incêndio que estavam nas paredes do corredor, uma mangueira de lona branca dentro de uma moldura vermelha. Tinha ganhado vida, inexplicavelmente. A mangueira se contorcia e se enroscava em Lottie, agora segurando sua perna, e então o outro braço. Ela estava bem presa, e o ar estava ficando cada vez mais quente. O estalo faminto das chamas podia ser ouvido, metros atrás. O papel de parede estava descascando e formando bolhas. Bill tinha sumido do patamar da saída de emergência. E então, ela foi...

Lottie acordou na cama grande, sem cheiro de fumaça e com Bill Pillsbury dormindo o sono dos justos idiotas ao seu lado. Ela estava suada e, se não fosse tão tarde, se levantaria para tomar um banho. Eram 3h15 da madrugada.

O dr. Verecker se ofereceu para lhe prescrever um remédio para dormir, mas Lottie recusou. Ela não confiava em nenhuma substância para apagar a mente. Era como abrir mão do comando do seu navio voluntariamente, e ela tinha jurado para si mesma que nunca faria isso.

Mas nos quatro dias seguintes... bem, o dr. Verecker jogava *shuffleboard* de manhã com a esposa de olhos brilhantes. Talvez ela o procurasse para pegar a prescrição do remédio, no fim das contas.

Lottie olhou para o teto branco bem acima, que cintilava de maneira fantasmagórica, e admitiu mais uma vez que o Overlook tinha sido um erro muito ruim. Nenhuma das propagandas do hotel na *New Yorker* e na *The American Mercury* mencionava que a verdadeira especialidade do local parecia ser deixar as pessoas morrendo de medo. Ficariam mais quatro dias e pronto. Foi um erro, sim, mas um erro que ela jamais admitiria, ou que teria que admitir. Na verdade, ela tinha certeza de que podia...

Era preciso ficar de olho na caldeira, senão ela podia te pegar. O que isso queria dizer? Ou era só uma daquelas coisas sem sentido que às vezes surgiam nos sonhos, um monte de baboseira? Claro que havia uma caldeira no porão ou em *algum* outro lugar para aquecer o hotel, até resorts de verão precisavam de aquecimento às vezes, certo (mesmo que só para fornecer água quente)? Mas *te pegar*? Uma caldeira *iria te pegar*?

Era preciso ficar de olho na caldeira.

Parecia uma daquelas charadas malucas. O que é o que é um rato quando corre, quando um corvo fica igual a uma escrivaninha, o que é uma caldeira que te pega? Como as topiarias, talvez? Ela tinha tido um sonho em que os arbustos podados em forma de animais iam atrás dela. E uma mangueira que... o quê? Deslizava?

Um arrepio percorreu seu corpo. Não era bom pensar muito em pesadelos à noite e no escuro. Você podia... bem, podia ficar incomodada. Era melhor pensar nas coisas que faria quando voltasse para Nova York... por exemplo, em convencer Bill que um bebê não era uma boa ideia por um tempo, até que ele estivesse firme na vice-presidência que o pai deu a ele como presente de casamento...

Ela vai te pegar.

... e em encorajá-lo a levar trabalho para casa, para ele se acostumar com a ideia de que ela se envolveria nele, se envolveria muito.

Ou o hotel todo se movia? Era essa a resposta?

Vou ser uma boa esposa para ele, pensou Lottie freneticamente. *Vai dar certo da mesma forma que sempre deu certo na parceria de bridge. Ele conhece as regras do jogo e sabe o suficiente para me deixar guiá-lo. Vai ser como no bridge, bem assim, e se as coisas andam estranhas aqui, não quer dizer nada, é só o hotel, os sonhos...*

Uma voz assertiva: *Isso mesmo. O lugar todo. Ele... se move.*

— Ah, merda — sussurrou Lottie Kilgallon no escuro. Era consternador perceber como estava psicologicamente abalada. Como na outra noite, não conseguiria mais dormir. Ficaria deitada na cama até o sol começar a subir, depois teria uma hora inquieta ou duas.

Fumar na cama era um hábito ruim, um hábito terrível, mas ela tinha começado a deixar os cigarros em um cinzeiro no chão, ao lado da cama, para o caso de ter pesadelos. Às vezes fumar a acalmava. Ela esticou o braço para pegar o cinzeiro, e o pensamento explodiu como uma revelação:
Se move mesmo, o hotel todo… como se estivesse vivo!
Foi nesse momento que a mão surgiu de debaixo da cama e segurou o pulso dela com firmeza… quase com volúpia. Um dedo frio e áspero como uma lona arranhou sugestivamente a palma da sua mão, e alguma coisa estava *ali embaixo*, alguma coisa estava ali o tempo todo, e Lottie começou a gritar. Ela gritou até ficar rouca, os olhos quase saltarem das órbitas e verem Bill acordado e pálido de terror ao seu lado.

Quando ele acendeu o abajur, ela pulou da cama, correu até o canto mais distante do quarto e se encolheu, com o polegar na boca.

Bill e o dr. Verecker tentaram descobrir o que havia acontecido; ela contou, mas ainda com o polegar na boca, e eles demoraram para entender que ela estava dizendo "Se arrastou para debaixo da cama. Se arrastou para debaixo da cama".

E, apesar de eles terem virado a colcha e de Bill ter levantado a cama toda do chão para mostrar que não havia nada lá embaixo, nem um amontoado de poeira, ela não quis se mover do canto. Quando o sol nasceu, ela finalmente saiu de lá. Tirou o polegar da boca e se manteve longe da cama. Olhou para Bill Pillsbury com o rosto branco como um cadáver.

— Nós vamos voltar para Nova York — ordenou ela. — Esta manhã.

— Claro — murmurou Bill. — Claro, querida.

O pai de Bill Pillsbury morreu de ataque cardíaco duas semanas depois da quebra da bolsa. Bill e Lottie não conseguiram manter a empresa a salvo do naufrágio, e as coisas foram de mal a pior. Nos anos seguintes, ela pensava com frequência na lua de mel no Hotel Overlook, nos pesadelos e na mão de lona que saiu de debaixo da cama para apertar a dela. Pensava nessas coisas cada vez mais. Em 1949, Lottie cometeu suicídio no quarto de um hotel de beira de estrada, em Yonkers; uma mulher prematuramente grisalha e prematuramente enrugada. A mão que segurou o seu pulso quando ela esticou o braço para pegar o cinzeiro, vinte anos atrás, nunca a largou. Ela deixou um bilhete de suicídio com apenas uma frase, escrito em um papel de carta do Holiday Inn, que dizia: *Eu queria que tivéssemos ido para Roma.*

Cena III: Na noite do Grande Baile de Máscaras

No andar de baixo, no andar de cima, nos cantos e nos corredores, a festa prosseguia. A música estava alta, as risadas estavam altas, os gritos estavam altos. Aos ouvidos de Roger Toner, porém, pareciam cada vez menos gritos de prazer e diversão e mais gritos de dor, o som de sofrimento e de morte. Talvez fossem. Havia um monstro no hotel. Na verdade, um monstro *era dono* do hotel agora. O nome dele era Horace Derwent.

Roger Toner, que havia ido para o baile fantasiado de cachorro (a pedido de Horace, claro), chegou ao segundo andar e seguiu o corredor na direção do quarto, os ombros caídos dentro da fantasia abafada. Segurava debaixo do braço a cabeça do cachorro, com seu focinho repuxado em uma careta de rosnado.

Ele dobrou uma esquina e viu um casal entrelaçado ao lado de uma das mangueiras de incêndio. Era uma das secretárias da Derwent Enterprises (Patty? Sherry? Merry?) com um dos jovens e brilhantes subalternos de Derwent, um sujeito chamado Norman alguma coisa. Primeiro, ele achou que a garota estava usando uma meia-calça de bailarina, mas logo percebeu que *era* pele: ela estava nua da cintura para baixo. Norman estava vestindo uma espécie de roupa árabe, até com sapatilhas de bicos pontudos. O bigodinho de escovinha, cultivado à semelhança do chefe, parecia ridículo em comparação.

Patty-Sherry-Merry deu uma risada quando o viu e nem tentou se cobrir. Ela estava acariciando Norman abertamente. A coisa estava virando uma orgia.

— É Roger — anunciou ela. — Au-au, cachorrinho!

— Faça algum truque — disse Norman com voz grossa, soprando bafo de uísque na cara dele. — De pé, garoto, de pé! Rola! Dá a patinha.

Roger saiu correndo, perseguido pelas gargalhadas bêbadas dos dois. *Vocês vão ver só*, pensou ele. *Vocês vão ver só quando ele se virar contra vocês como se virou contra mim hoje.*

Primeiro, ele não conseguiu entrar no quarto, pois a porta estava trancada, e a chave estava no bolso da calça, e a calça estava embaixo da fantasia de cachorro, e o zíper da fantasia ficava nas costas. Então ele esticou a mão, alcançou o zíper e o puxou um pouco, e finalmente conseguiu tirar a fantasia. Imaginou que devia estar grotescamente parecido com uma mulher se contorcendo para sair de um vestido, quando finalmente a fantasia abafada de cachorro escorregou pelos ombros e caiu até os pés. Atrás dele, as gargalhadas continuaram, opressivas e mecânicas, fazendo-o se lembrar de um encontro com seu primeiro amante, um marinheiro de carreira nascido em San Diego. O nome dele era Ronnie, e ele sempre era chamado de Carcamano de San Diego. Ou só Carcamano. Eles foram a um parque de diversões e, à esquerda do palco principal, embaixo de um cartaz de lona que dizia Casa das Mil Emoções, havia uma casa maluca com um palhaço mecânico que ria sem parar, do mesmo jeito que estavam rindo dele agora, enquanto procurava a chave do quarto no bolso. O palhaço ria sem parar, como se prisioneiro de uma fita infinita na barriga, gargalhando no meio de uma noite inquieta de brinquedos barulhentos e homens e cerveja e lâmpadas nuas. O corpo mecânico se balançava para a frente e para trás enquanto ria, e pareceu a Roger naquele momento que o palhaço estava rindo dele, um garoto magro de dezenove anos, usando óculos, que caminhava bem perto do corpulento marinheiro de trinta e poucos anos, a ponto de os quadris dos dois roçarem de tempos em tempos com uma eletricidade inquietante. O palhaço berrava uma gargalhada rouca, rindo dele da mesma forma que o casal seminu no corredor ria, rindo da mesma forma como todos riram lá embaixo no salão, quando Horace Derwent o fez pagar.

Au-au, cachorrinho. Rola. Dá a patinha.

A chave girou na fechadura, ele entrou e trancou a porta.

— Graças a Deus — murmurou, encostando a testa na porta. Ele mexeu com nervosismo na tranca adicional e a fechou. Prendeu a corrente. Finalmente, se sentou no chão e tirou completamente a fantasia. Jogou a cabeça no sofá, onde ficou rosnando para si mesmo no espelho da penteadeira.

Ele foi amante de Horace durante quanto tempo? Desde 1939. Podia mesmo haver sete anos agora? Podia. Havia. As pessoas disseram que Derwent podia ser inconstante, e Roger não acreditou. Não acreditou, não. Não foi bem isso.

Era irrelevante para você, o quarto pareceu sussurrar para ele.

Ele olhou ao redor com gratidão. Era isso, era exatamente isso. Ele entrou na empresa de Derwent como escriturário, dez anos antes, em 1936, logo depois que Derwent reergueu o estúdio de cinema no mercado em depressão. "A Loucura de Derwent", as pessoas chamaram. *Elas não conheciam Horace Derwent*, refletiu Roger.

Horace não era como os outros, os rapidinhos e afobados no parque, os marinheiros, os garotos gordos e suados do secundário que passavam tempo demais nos banheiros do cinema.

Eu sei o que eu sou, ele disse para Roger. As trancas e correntes de medo, enferrujadas há tempos, se soltaram do coração de Roger, como se Horace tivesse tocado em um lugar secreto com uma varinha mágica. *Eu escolho aceitar o que eu sou. A vida é curta demais para deixar o mundo dizer a um homem o que ele deve e não deve fazer.*

Roger foi contador-chefe da Derwent Enterprises desde o começo dos anos 1940. Ele possuía um apartamento no East Side, em Nova York, e um bangalô em Hollywood. Horace Derwent tinha a chave dos dois. E, em algumas noites, ficava deitado acordado ao lado do homenzarrão (Roger pesava sessenta e um quilos, e Horace Derwent pesava pouco menos do que o dobro) até o amanhecer cinzento surgir atrás das cortinas. Ele escutava Derwent falar sobre tudo... seus planos de se tornar o indivíduo mais rico do planeta Terra.

A guerra está chegando, afirmou Derwent. *Vamos entrar nela por volta de abril de 1942 e, se tivermos sorte, ficamos até 1948. A Derwent Enterprises pode planejar ganhar três milhões de dólares por ano só com os aviões. Faça as contas, Rog. Quando a guerra terminar, a Derwent vai ser a maior empresa dos Estados Unidos.*

Nem sempre era sobre negócios. Falava sobre centenas de outras coisas. Derwent especulava sobre o quanto podia faturar na World Series se conseguisse comprar os dois juízes. Derwent falava sobre Las Vegas e os planos que ele e alguns sócios tinham para a cidade — *Vegas vai ser o playground dos Estados Unidos nos anos 1960 se tudo der certo, Rog*. O medo obcecado que tinha do câncer, que matou sua mãe aos quarenta e seis anos e seus quatro avós. Seu interesse em geologia, em previsão do tempo, em máquinas de fotocópia e em uma possível coisa chamada filmes em 3-D. Roger ouviu esses longos monólogos, enfeitiçado, sem falar quase nada, pensando: *Ele conta essas coisas pra mim. Só pra mim.*

E, assim, quando correram boatos de que Horace tinha o hábito de se deitar com qualquer aquisição feminina do estúdio antes de assinar o contrato, quando falaram que ele sustentava uma mulher que era a febre da Broadway em uma cobertura na Quinta Avenida, quando fofocas contavam que Horace era um estudo perfeito de amoralidade, um homem que realmente se achava o único ser totalmente vivo no mundo, Roger riu da cara de todos. Aquelas pessoas não conheciam o homem como ele conhecia, não o ouviam falar a noite toda, pulando de assunto em assunto como um bailarino... ou como uma coisa mais mortal, um esgrimista, talvez, o maior e melhor esgrimista da sua época.

Ele se levantou e foi até o banheiro, encher a banheira de água quente. O corpo estava coberto de suor azedo. A cabeça doía. O estômago estava embrulhado. E ele sabia que, mesmo com um banho quente, o sono não chegaria naquela noite. E ele não havia levado seus comprimidos para dormir. Até tivera sorte de conseguir um assento em um voo de Nova York até Denver. Ele não fora convidado para o avião fretado cheio de festeiros de Horace. Até seu convite havia chegado tarde. Mais um insulto calculado.

O banheiro era de azulejos brancos, antiquado, um horror. Roger colocou o tampão no ralo e abriu a torneira da banheira. Ficaria deitado insone na cama a noite inteira; ouvindo os gritos de alegria vindos de baixo, repetindo o pesadelo acordado sem parar... por que ele esqueceu os comprimidos?

Rola, cachorrinho. Se finge de morto. Au-au.

Os dois se envolveram em 1939 e, quando Roger serviu seu propósito, Horace cortou o relacionamento. Aconteceu naquela noite. Roger foi humilhado na frente de todo mundo.

Mas você não sabia que isso ia acontecer?, ele perguntou com tristeza a si mesmo enquanto a água enchia a banheira, fumegando. As chaves do apartamento e do bangalô voltaram para ele em um envelope da Derwent Enterprises, com um bilhete impessoal da secretária particular de Horace, informando que Roger devia ter esquecido as duas no escritório. De repente, ficou muito difícil ver o chefe, que vivia ocupado. Roger foi ignorado para a vaga que abriu no comitê quando o velho Hanneman sofreu um ataque cardíaco... uma vaga que Horace praticamente prometeu para ele na primavera de 1943. Horace foi visto por Nova York acompanhando uma atriz da Broadway, o que não incomodou Roger, mas também com seu novo secretário para assuntos sociais, o que incomodou. O novo secretário era britânico, um homem pequeno e compacto, dez anos mais novo do que Roger. E, claro, Roger nunca foi muito bonito. Pior, Horace comprou o Overlook sem sequer informar a ele, seu próprio contador-chefe. Foi Burrey, um dos executivos da divisão de aeronaves, que teve pena de Roger a ponto de contar que agora ele era contador-chefe apenas no nome, só por contrato.

— Ele vai atrás de você, camarada — avisou Burrey. — Ele tem uma vara afiada com seu nome nela. Não vai despedir nem destituir você, não é o estilo dele. Não é assim que o Destemido Líder se diverte. Ele vai cutucar você com a vara afiada. Nas pernas, na barriga, no pescoço, nas bolas. Ele vai cutucar e cutucar até você sair correndo. E, se você ficar depois que ele se cansar da brincadeira, ele vai arrancar seus olhos com a vara.

— Mas por quê? — perguntou Roger. — O que eu fiz? Meu trabalho tem sido perfeito, meu... meu... — Mas não havia como falar sobre *aquilo* com Burrey.

— Você não fez nada — respondeu Burrey com paciência. — Ele não é como as outras pessoas, Rog. Ele é como um bebê grande e inteligente cheio de brinquedos bonitos. Ele brinca com um até se cansar, depois joga fora e brinca com um novo. Aquele inglês Hart é o novo. Você foi para o lixo. E estou avisando: não force a barra. Ele vai fazer você lamentar profundamente, se forçar.

— Ele falou com você? Foi isso?

— Não. E não vou falar mais com você. Porque as paredes aqui têm ouvidos, e eu gosto do meu emprego. Gosto mais ainda de comer. Bom dia, Rog.

Mas Roger não conseguiu esquecer Derwent. Mesmo quando o convite para o baile de máscaras chegou tarde (sem nenhuma passagem para o voo que Derwent fretaria de Nova York para o Colorado), ele não conseguiu esquecer. Ficou fascinado pela ordem rabiscada no pé do convite, escrita a lápis, como tantas das correspondências que recebia dele: *Se você vier, venha de cachorro.*

Mesmo nesse momento, apesar de tudo o que Burrey contou estar evidente naquela frase rabiscada, Roger não conseguiu esquecer. Preferiu ver como um pedido pessoal de Horace, ainda que brusco, para que ele fosse. Ele foi à loja de fantasias mais cara de Nova York e, mesmo quando estava saindo de lá com a fantasia embrulhada em papel pardo debaixo do braço, se recusou a enxergar a situação de outra forma. Ele queria enxergar como *Venha, querido, tudo está perdoado*, e não *Se você vier, vou arrancar seus olhos, Roger — este é seu único aviso*.

E agora, ele sabia. Ah, sim, sabia. Tudo.

A banheira estava cheia. Roger fechou a torneira e tirou as roupas lentamente. Um banho quente devia relaxar, era o que diziam. Ajudar você a dormir. Mas nada o ajudaria naquela noite, a não ser seus comprimidos. Que estavam no armário de remédios do apartamento dele, mais de três mil quilômetros a leste dali.

Ele voltou o olhar para o armário de remédios do banheiro sem muita esperança. Nunca havia nada nos armários de remédios de hotel, exceto talvez uma caixa de lenços de papel. Ainda assim, ele o abriu e olhou, mesmo cético. Havia uma caixa pequena de Kleenex, um copo de água enrolado em papel encerado e um pequeno vidro com o rótulo simples de Seconal. Ele pegou o vidro e abriu. Os comprimidos dentro eram grandes e rosados. Não se pareciam com nenhum Seconal que Roger já tivesse visto.

Só vou tomar um, pensou ele. Era burrice tomar remédio de outra pessoa. Além de perigoso. E o hotel estava vazio desde 1936, ele lembrou a si mesmo, quando o último dono faliu e se matou com um tiro. Aqueles comprimidos podiam estar ali desde 1936, não podiam? Um pensamento inquietante. Talvez fosse melhor não tomar nenhum.

Para cima, garoto, para cima! Au-au! Cachorro bonzinho... toma um osso, cachorrinho.

Só um, então. E um banho quente. Talvez eu consiga dormir.

Mas ele colocou dois comprimidos na mão e, depois de desembrulhar o copo de água e os ingerir, decidiu tomar um terceiro. Em seguida, para a banheira. Um banho rápido. As coisas ficariam melhores de manhã.

Ele foi encontrado depois das três horas da tarde seguinte. Aparentemente, adormeceu na banheira e se afogou. O legista de Sidewinder, no entanto, não tinha certeza de como um acidente assim podia ter acontecido, a não ser que o homem estivesse bêbado ou drogado. Os exames não mostraram sinais de nenhuma das duas coisas. O legista pediu uma reunião particular com Horace Derwent, que foi autorizada.

— Escute — começou o legista. — Você declarou que havia uma grande festa acontecendo naquela noite.

Horace Derwent assentiu.

— Seria possível que alguém tenha ido até o quarto desse tal de Toner e segurado a cabeça dele embaixo d'água? De brincadeira, claro. O tipo de brincadeira que às vezes vai longe demais.

Derwent protestou fortemente.

— Bom, eu sei que você é um homem ocupado — continuou o legista —, e a última coisa que quero é causar confusão para um homem que nos ajudou a vencer a guerra, o mesmo homem que está planejando reabrir o Hotel Overlook... O Overlook sempre contratou muitas camareiras e carregadores de malas aqui de Sidewinder, sabe...

Derwent agradeceu pelo elogio e garantiu que o Overlook continuaria usando a força de trabalho de Sidewinder.

— *Mas* você tem que entender a posição em que eu estou.

Derwent garantiu que se esforçaria.

— Com a água nos pulmões de Toner, o patologista do condado afirma que a causa da morte foi por afogamento. Mas um homem não se *afoga* em uma banheira. Se ele adormece e a boca e o nariz vão para debaixo da água, ele acorda. A não ser que seus reflexos estejam severamente afetados. Mas esse homem só tinha um leve traço de álcool no organismo, nenhum barbitúrico, nada. Não havia galo na cabeça dele para indicar que podia ter escorregado quando estava saindo. Compreende a situação em que estou?

Derwent concordou que era um enigma.

— Eu tenho que, pelo menos, considerar que alguém pode tê-lo assassinado — prosseguiu o legista. — Suicídio está descartado. É possível se matar por afogamento, mas não na banheira. Mas assassinato... Bem.

Derwent perguntou sobre digitais.

— Que perspicaz — comentou o legista com admiração. — Você deve estar pensando na limpeza do local, um mês antes da festa. O delegado também pensou o mesmo, pois a irmã dele era uma das funcionárias vindas de Sidewinder que ajudaram no trabalho. Aproximadamente trinta faxineiras estiveram lá em cima, esfregando aquele lugar de cabo a rabo. E, como não havia mais ninguém trabalhando lá quando a festa aconteceu, o chefe mandou um homem da polícia estadual procurar digitais em todo o quarto. Só encontraram as de Toner.

Derwent sugeriu que esse fato ajudava muito a provar que a teoria de assassinato não era sustentável.

— Ah, mas claro que não — respondeu o legista, puxando um suspiro fundo das profundezas da grande barriga. — *Poderia ajudar*, se vocês estivessem tendo uma festa comum. Mas não era uma festa comum; era uma festa à *fantasia*. E só Deus sabe quantas pessoas estavam de luvas ou com mãos falsas como parte dos trajes. Sabe Hart? O sujeito britânico?

Derwent admitiu conhecer seu secretário para assuntos sociais.

— Esse rapaz informou ter ido fantasiado de diabo, e você foi de apresentador de circo. Então, vocês dois estavam de luvas. De certa forma, Toner também estava usando luvas se pensarmos na fantasia dele. Percebe a situação em que estamos?

Derwent respondeu que percebia.

— Não fico feliz em ter que instruir aquele júri a dar um veredito de "causa desconhecida". Vai sair em todos os malditos jornais do país. Industrial milionário. Morte misteriosa. Orgia noturna em resort na montanha.

Derwent protestou com certa aspereza que foi uma *festa*, não uma orgia.

— Ah, mas é a mesma coisa para aquele pessoal da imprensa marrom — argumentou o legista. — Eles conseguem encontrar cocô de cachorro em um buquê de lírios. Sujam seu nome antes mesmo de você abrir o local. Você acaba tendo que começar debaixo de uma nuvem negra. Que merda.

Horace Derwent se inclinou para a frente e começou a falar. Ele discutiu vários aspectos da vida e das finanças na pequena comunidade montanhosa de Sidewinder, Colorado. Falou de vários contratos que podiam ser feitos entre o Hotel Overlook e a Prefeitura de Sidewinder. Falou da necessidade da cidade de ter uma biblioteca e um aumento na escola. Lamentou pelo salário que o legista recebia, tão inadequado para um médico aposentado. O legista começou a sorrir e assentir. E, quando Horace Derwent se levantou, um pouco mais pálido do que o habitual, o legista se levantou com ele.

— Acredito que possa ter sido algum tipo de convulsão — concluiu o legista. — Morte acidental. Infeliz.

A história chegou no máximo à página dois, mesmo nos jornais do Colorado. O Overlook abriu na data marcada, e quase cinquenta por cento dos funcionários eram de Sidewinder. Foi bom para a cidade. A nova biblioteca, doada pelo Automatic Service Company of Colorado (que por sua vez pertencia ao Automatic Service Company of America, que por sua vez pertencia à Derwent Enterprises), foi boa para a cidade. O delegado recebeu uma viatura nova e dois anos depois comprou um chalé de esqui em Aspen. E o legista se aposentou na Flórida.

O Overlook acabou se provando um fardo para Horace Derwent, embora ele nunca tenha conseguido levar o hotel à falência. Mas ele o havia concebido como um tipo glorioso de brinquedo com o qual se divertiria, e o brinquedo perdeu a graça quando Roger de certa forma virou o jogo da vingança e morreu de forma misteriosa na banheira. Ele foi obrigado a comprar uma cidade inteira para poder começar sua operação. Mas isso não foi humilhação; a forma como Roger morreu não foi o que fez Derwent odiá-lo. Humilhante foi se tornar vítima de uma chantagem comum por um legista sorridente de cidade pequena e ter que ceder. Anos depois, quando ele já tinha lavado as mãos para o Overlook, Derwent acordava à noite no meio de um pesadelo em que o legista, lenta e eficientemente, o encurralava em um canto, exigindo que ele pagasse para sair dali.

Ele ficava deitado no escuro depois do pesadelo, pensando: *Câncer. Minha mãe estava morta de câncer na minha idade.*

E claro que ele nunca conseguiu lavar as mãos para o Overlook, não totalmente. Seu relacionamento com o hotel terminou, mas não o do hotel com ele. Só passou a ser oculto. Permaneceu em livros secretos, guardados em cofres de lugares como Las Vegas e Reno. Esses livros pertenciam a pessoas que fizeram favores a ele, a quem, em troca, devia favores. O tipo de pessoa que às vezes aparecia no brilho dos holofotes de uma notícia sobre o subcomitê do Senado. Mudanças de propriedade. Lavagem de dinheiro. Esconderijos e sexo secreto. Não, ele nunca se livrou do Overlook. Aconteceu um assassinato lá, de alguma forma, e aconteceria de novo.

Cena IV: E agora, essa notícia de New Hampshire

Naquele longo e quente verão de 1953, o verão em que Jack Torrance completou seis anos, seu pai chegou em casa do hospital certa noite e quebrou o braço do filho. Ele quase matou o garoto. Estava bêbado.

Jacky estava sentado no degrau da varanda da frente, lendo um gibi de *Combat Casey*, quando seu pai surgiu na rua, cambaleando, completamente massacrado pela cerveja. Como sempre, o garoto sentiu uma mistura de amor-ódio-medo no peito ao ver o pai, que parecia um fantasma malevolente e gigantesco com aquela roupa branca de hospital. Ele era enfermeiro no Berlin Community Hospital. Seu pai era como um Deus, como a natureza: às vezes amável, às vezes terrível. Nunca se sabia como ele estaria. A mãe de Jacky o temia e o servia. Seus irmãos o odiavam. Só Jacky, dentre todos, ainda o amava, apesar do medo e do ódio. E às vezes a mistura volátil de emoções o fazia ter vontade de chorar ao ver o pai vindo, de simplesmente gritar: *Eu amo você, papai! Vai embora! Me abraça! Vou matar você! Tenho tanto medo de você! Preciso de você!* E seu pai parecia sentir, de sua maneira burra (ele *era* um homem burro e egoísta), que todos estavam fora do alcance dele, menos Jacky, o mais novo, e que o único jeito de poder afetar os outros era à base da força, até conseguir atenção. Mas com Jacky ainda existia amor. Algumas vezes ele socou a boca do filho até sair sangue e depois abraçou o menino com uma força terrível. Uma força assassina mal controlada por alguma outra coisa. Jacky se deixava abraçar na atmosfera profunda de malte e lupilina que pairava eternamente ao redor do pai, desanimado, amando, temendo.

Ele pulou do degrau e correu metade do caminho antes de sentir alguma coisa o travar.

— Pai? — perguntou ele. — Onde está o carro?

Torrance se aproximou dele, e Jacky percebeu o quanto estava bêbado.

— Bati — respondeu ele com voz rouca.

— Ah... — Agora atento. Atento com o que ia dizer. Atento pela sua vida. — Que pena.

Seu pai parou e olhou Jacky com os olhos estúpidos de porco. Jacky prendeu a respiração. Em algum lugar atrás da testa daquele homem, debaixo do corte de cabelo, quase raspado, as engrenagens estavam girando. A tarde quente ficou parada enquanto Jacky esperava, olhando com ansiedade o rosto do pai para ver se ele passaria um braço grosso de urso sobre seu ombro, pressionando a bochecha de Jacky contra o couro áspero e rachado do cinto que segurava sua calça branca e diria *me leve para casa, garotão*, daquele jeito duro e desdenhoso que era o único jeito que ele tinha de demonstrar amor sem se destruir, ou se aconteceria outra coisa.

Naquela noite, aconteceu outra coisa.

Nuvens negras surgiram na testa de Torrance.

— O que você quer dizer com que pena? Que tipo de merda é essa?

— Só... que pena, papai. É só o que quero dizer. É...

A mão de Torrance disparou na ponta do braço, uma mão enorme, um braço comprido e veloz, sim, muito veloz, e Jacky caiu de bunda, com o lábio cortado e sinos de igreja tocando na cabeça.

— Seu merda — gritou o pai, prolongando o E.

Jacky não disse nada. Nada ia adiantar agora. O equilíbrio tinha pendido para o lado errado.

— Você não vai ser insolente comigo — disse Torrance. — Não vai ser insolente com seu papai. Vem aqui tomar seu remédio.

Havia alguma coisa no rosto dele daquela vez, algo sombrio e ardente. E Jacky de repente soube que desta vez poderia não haver abraço no final dos golpes. E, se houvesse, ele talvez estivesse inconsciente e fora de si... talvez até morto.

E saiu correndo.

Atrás dele, o pai soltou um urro de fúria e correu, um espectro oscilante de jaleco branco, um gigante do mal seguindo o filho da varanda da frente até o quintal.

Jacky correu, temendo por sua vida. *A casa na árvore*, ele estava pensando. *Papai não consegue subir lá, a escada presa na árvore não vai aguentar, vou subir lá, falar com ele, talvez ele durma. Ah, Deus. Por favor, faz ele dormir*, choramingava de terror enquanto corria.

— Volte aqui, merda! — rugiu o pai atrás dele. — Volte aqui e tome seu remédio! Seja homem!

Jacky voou pela escada dos fundos. Sua mãe, uma mulher magra e derrotada, esquálida com um vestido desbotado, saiu da cozinha pela porta de tela, bem na hora em que Jacky passou correndo com o pai berrando logo atrás. Ela abriu a boca como se quisesse falar ou gritar, mas a própria mão se fechou sobre ela, a impedindo de dizer o que talvez dissesse, guardando em segurança atrás dos dentes. Ela temia pelo filho, mas tinha ainda mais medo de o marido se virar contra ela.

— Pode parar! Volte aqui!

Jacky chegou ao grande olmo no quintal, o olmo onde, um ano antes, o pai envenenou uma colônia de vespas com fumaça e queimou o ninho com gasolina. O garoto subiu pelos degraus pregados como um relâmpago desajeitado, mas não conseguiu ser rápido o suficiente. A mão forte e enfurecida do pai segurou o tornozelo de Jacky em um aperto de aço, escorregou um pouco e só conseguiu tirar o sapato dele. O garoto subiu os últimos três degraus e se agachou no piso da casa na árvore três metros e meio acima do chão, ofegando e chorando, de quatro.

O pai pareceu enlouquecer. Percorreu em volta da árvore como um índio, berrando toda a sua fúria. Bateu com os punhos na árvore, fazendo casca voar e gerando filetes de sangue nos dedos. Chutou a árvore. A enorme cara de lua estava branca de frustração e vermelha de raiva.

— Por favor, papai — gemeu Jacky. — O que eu disse... desculpa por eu ter dito...

— Desça! Desça daí agora e tome sua porra de remédio, seu covarde! *Agora!*

— Eu vou descer... vou descer se você prometer não... não me bater com muita força... não me machucar... só dar umas palmadas, mas não me machucar...

— Desça dessa árvore! — gritou o pai.

Jacky olhou para a casa, mas de nada adiantou. Sua mãe tinha recuado para algum lugar distante, para um terreno neutro.

— *SAI DAÍ AGORA!*

— Ah, papai, não tenho coragem! — gritou ele, e era verdade. Porque agora o pai podia matá-lo.

Houve um período de impasse. Um minuto, talvez, ou possivelmente dois. Seu pai andou em volta da árvore, bufando e soprando como uma baleia. Jacky se virou engatinhando, acompanhando o movimento. Eles pareciam peças de um relógio aberto.

Na segunda ou na terceira vez em que chegou à escada que levava à casa na árvore, Torrance parou. Olhou especulativamente para a escada. Colocou as mãos no degrau na altura de seus olhos. E começou a subir.

— Não, papai, não vai aguentar você — sussurrou Jacky.

Mas o pai seguiu sem parar, como o destino, como a morte, como o fim. Subindo e subindo, mais perto da casa na árvore. Um degrau soltou debaixo das mãos e ele quase caiu, mas se segurou no seguinte com um grunhido e um pulo. Um dos degraus girou da horizontal para a perpendicular, sob o peso dele, com um grito arranhado de pregos arrancados, mas Torrance não cedeu. E, de repente, o rosto vermelho de esforço e cansaço ficou visível acima do patamar da casa da árvore e, por aquele momento em sua infância, Jack Torrance teve o pai encurralado. Se tivesse conseguido chutar aquele rosto com o pé que ainda estava calçado, chutado onde o nariz terminava entre os olhos de porco, poderia ter derrubado o pai da escada, talvez o matado (e, se ele o tivesse matado, alguém diria algo diferente de "Obrigado, Jacky"?). Mas foi o amor que o impediu; foi o amor que não o deixou esconder o rosto nas mãos e desistir quando primeiro uma das mãos gordas e de dedos curtos do pai apareceu nas tábuas, depois a outra.

— Agora, por Deus — sussurrou o pai. Ele ficou de pé acima do filho. Naquela posição, encolhido, parecia um gigante.

— Ah, papai — lamentou Jacky pelos dois. E por um momento seu pai parou, o rosto oscilando com linhas de incerteza, e Jack sentiu uma pontada de esperança.

Mas o rosto se contraiu novamente, e Jacky conseguiu sentir o cheiro da cerveja. Seu pai falou:

— Vou ensinar você a não ser insolente comigo.

E toda a esperança se foi quando o pé voou, se enterrando na barriga de Jacky, tirando todo o ar de seu corpo de uma só vez enquanto ele voava do patamar na casa da árvore em direção ao chão. Ele caiu em cima do cotovelo esquerdo, que estalou como um galho verde se quebrando. Jacky nem teve ar para gritar. A última coisa que viu antes de desmaiar foi o rosto do pai, que parecia no final de um túnel comprido e escuro. A expressão do homem aparentava estar se enchendo de surpresa, da mesma forma como uma jarra podia se encher de um líquido pálido.

Ele está começando a entender o que fez, pensou Jacky de forma incoerente.

E, logo depois disso, veio um pensamento sem nenhum sentido, coerente ou não, um pensamento que o acompanhou até a inconsciência enquanto ele caía para trás na grama irregular e maltratada do gramado dos fundos:

O que você vê é o que você vai ser, o que você vê é o que você vai ser, o que...

A fratura no braço ficou curada em seis meses. Os pesadelos duraram bem mais. De certa forma, nunca pararam.

Cena V: O Hotel Overlook, terceiro andar, 1958

Os assassinos subiram a escada calçando apenas meias.

Os dois homens que estavam posicionados do lado de fora da Suíte Presidencial não os escutaram. Eram jovens, usando ternos Ivy League mais folgados do que a moda pregava. Não se podia usar uma Magnum .357 escondida em um coldre de ombro e ao mesmo tempo estar na moda. Eles estavam discutindo se os Yankees ganhariam outro título. Faltavam dois dias para setembro, e, como sempre, o time estava indo bem. Só de falar sobre os Yankees eles já se sentiam um pouco melhor. Eles eram garotos de Nova York, emprestados de Walt Abruzzi, e estavam bem longe de casa.

O homem lá dentro era uma engrenagem importante da Organização. Era tudo o que eles sabiam, tudo o que queriam saber. "Se vocês fizerem seu trabalho, todos ficamos bem", orientara Abruzzi. "O que há para saber?"

Eles ouviram coisas, claro. Que no Colorado havia um lugar que era campo neutro. Um lugar onde qualquer bandido da Costa Oeste como Tony Giorgio podia se sentar e tomar um conhaque caro em uma taça de cristal junto com os Coroas Grisalhos, que o viam como uma espécie de inseto com ferrão homicida a ser esmagado. Um lugar onde caras de Boston que estavam acostumados a colocar uns aos outros em porta-malas de carros em becos atrás de boliches em Malden ou em latas de lixo em Roxbury podiam se reunir, jogar *gin* e contar piadas sobre os polacos. Um lugar onde era possível fazer as pazes ou comprar brigas, fazer pactos, explicar planos. Um lugar onde as pessoas calorosas às vezes podiam esfriar.

Bem, eles estavam ali, e as coisas não eram para tanto — na verdade, os dois estavam com saudade de Nova York, e era por isso que estavam falando dos Yankees. Mas eles nunca mais viram Nova York nem os Yankees.

A voz deles ecoava pelo corredor até a escada, onde os assassinos se encontravam, seis degraus abaixo, com as cabeças cobertas de meias de seda. Estavam fora da linha de visão para quem estivesse olhando pelo corredor da porta da Suíte Presidencial. Eram três na escada, vestidos de calças e casacos escuros, carregando escopetas com os canos serrados para quinze centímetros. As armas estavam carregadas com balas de caça expansivas.

Um dos três fez sinal, e eles subiram a escada em direção ao corredor.

Os dois em frente à porta só os viram quando os assassinos já estavam em cima deles. Um estava dizendo com animação:

— Veja Ford. Quem é melhor na American League do que Whitey Ford? Não, eu estou perguntando com sinceridade, porque, quando chega a hora de correr, ele...

O homem que estava falando levantou o rosto e viu três formas pretas sem rostos identificáveis a menos de dez passos. Por um momento, não conseguiu acreditar. Eles estavam parados ali. Ele balançou a cabeça, esperando que fossem embora como os pontos pretos que às vezes apareciam flutuando na escuridão. Mas eles não foram. De repente, ele soube.

— Qual é o problema? — perguntou o colega. — O que...?

O jovem que estava falando sobre Whitey Ford enfiou a mão embaixo do paletó para pegar a arma. Um dos assassinos encostou a culatra da escopeta em uma tira de couro presa na barriga, embaixo da camisa escura de gola alta, e puxou os dois gatilhos. O estrondo no estreito corredor foi ensurdecedor. O brilho no cano, roxo, pareceu um relâmpago de verão. Um fedor de cordite. O jovem foi jogado para trás no corredor em uma nuvem desintegrada de paletó Ivy League, sangue e cabelo. O braço girou para trás, jogando a Magnum para longe dos dedos moribundos, e a pistola bateu inofensiva no carpete com a trava ainda presa.

O segundo jovem nem tentou pegar a arma. Levantou as mãos no ar e molhou a calça ao mesmo tempo.

— Eu me rendo, não atirem em mim, está tudo bem...

— Diga oi para Albert Anastasia quando chegar lá embaixo, seu punk — disse um dos assassinos, e encostou o cano da escopeta na barriga dele.

— *Eu não sou problema, eu não sou problema!* — gritou o homem com sotaque pesado do Bronx. O impacto do tiro o levantou no ar e o jogou no papel de parede sedoso com a estampa delicada em alto-relevo. Ele até *grudou* por um momento antes de cair no chão do corredor.

Os três caminharam até a porta da suíte. Um tentou girar a maçaneta.

— Trancada.

— Tudo bem.

O terceiro homem, que ainda não tinha atirado, parou na frente da porta, mirou a arma um pouco acima da maçaneta e puxou os dois gatilhos. Um buraco irregular apareceu na porta, fazendo a luz passar. O mesmo homem enfiou a mão no buraco e mexeu na tranca do outro lado. Ouviu-se um tiro de pistola, depois mais dois. Nenhum dos três reagiu.

A tranca abriu fazendo um estalo, e o terceiro homem chutou e abriu a porta. Na sala ampla, em frente à grande janela que agora só mostrava uma paisagem na escuridão, estava um homem de uns trinta e cinco anos, usando apenas uma cueca samba-canção. Em cada mão ele segurava uma pistola e, quando os assassinos entraram, ele começou a atirar, disparando loucamente. Algumas balas arrancaram lascas da moldura da porta, abriram buracos no tapete, arrancaram pedaço de gesso do teto. Ele disparou cinco vezes, e o mais perto que chegou de qualquer um dos assassinos foi uma bala que raspou a calça no joelho esquerdo do segundo homem.

Eles levantaram as escopetas com uma meticulosidade quase militar.

O homem na sala gritou, jogou as duas armas no chão e correu para o quarto. A explosão tripla o abateu em frente à porta, e um jorro molhado de sangue, massa cinzenta e pedaços de carne se espalhou pelo papel de parede listrado cor de cereja. Ele caiu na porta aberta, metade dentro e metade fora do quarto.

— Cuidado com a porta — disse o primeiro homem, largando a escopeta fumegante no tapete. Enfiou a mão no bolso do casaco, pegou uma navalha com cabo de osso e apertou o botão cromado. Caminhou em direção ao homem morto, que estava estirado na porta, de lado. Agachou-se ao lado do cadáver e puxou a frente da cueca do sujeito.

No corredor, a porta de uma das outras suítes se abriu, e um rosto pálido espiou. O terceiro homem ergueu a escopeta, e o rosto sumiu. A porta bateu. Uma tranca estalou freneticamente.

O primeiro homem se juntou aos outros dois.

— Tudo bem — anunciou ele. — Escada abaixo, pela porta dos fundos. Vamos.

Eles saíram do hotel e três minutos depois entraram no carro estacionado. Deixaram para trás o Overlook, dourado no luar da montanha, branco como marfim embaixo das estrelas altas. O hotel continuaria no mesmo lugar bem depois de os três estarem tão mortos quanto os três que ali ficaram.

O Overlook ficava à vontade com os mortos.

DEPOIS DO ATO
Registro de notícias

Do *The Estes Park Echo*, 3 de dezembro (p. 1):

INCÊNDIO NO HOTEL OVERLOOK
Famoso resort do Colorado é consumido por chamas
"Possível incêndio criminoso", diz chefe Clinton, da polícia do condado
Por Robert T. McCord

Um hotel que foi referência nos registros históricos oficiais dos Estados Unidos desde 1961 queimou completamente na noite de ontem, sessenta e cinco quilômetros a oeste de Sidewinder. O Hotel Overlook, famoso pela localização e notório por conta de alguns de seus hóspedes, proprietários e supostos proprietários, foi reduzido a detritos fumegantes (ver fotos, páginas 2 e 3) em menos de quatro horas. O chefe dos bombeiros de Sidewinder, Morton Ricks, afirmou: "Não pudemos fazer nada além de deixar queimar". A rodovia 7, Upland Highway, fica fechada durante os meses de inverno.

Os sobreviventes foram Winnifred Torrance, vinte e sete, esposa de John Torrance — contratado como zelador do período de inverno pelo gerente do Overlook, Stuart Ullman —, seu filho Daniel, de cinco anos, e Richard Hallorann, que foi chef principal do Overlook nos últimos cinco anos. Acredita-se que o sr. Torrance tenha perecido no incêndio.

O delegado do condado, Robert Clinton, diz que tanto a sra. Torrance quanto Hallorann atribuíram o incêndio a uma caldeira defeituosa, e que esta, por sua vez, fez a fornalha explodir. Mas a possibilidade de incêndio criminoso não foi descartada, disse Clinton. "Nós ainda não conseguimos descobrir por que esse Hallorann estava lá", explicou Clinton, "e…"

Do *The Denver Post*, 3 de dezembro (p. 1):

FAMOSO CARTÃO-POSTAL DO COLORADO DESTRUÍDO
Hotel Overlook incendiado
Homem misterioso no local
Por Hal Collier

... explicou, "e até agora se recusou a explicar sua participação nos eventos".

Aumentando as especulações sobre as circunstâncias misteriosas e possivelmente estranhas, há o fato de que a sra. Torrance não foi hospitalizada apenas por exposição ao frio, como originalmente declarado. O *Post* soube, por uma fonte confiável, que ela chegou muito ferida no Estes Park Community Hospital, onde sua situação consta como "estável". A mesma fonte do *Post* informou que, embora a sra. Torrance sofresse de um grau baixo de exposição ao frio, ela também se encontrava em estado de choque e "parecia que..."

Do *The New York Times*, 4 de dezembro (p. 36):

POLÍCIA DO CONDADO SE CALA SOBRE POSSIBILIDADE DE INCÊNDIO CRIMINOSO EM HOTEL
O mistério continua em relação ao incêndio que tirou uma vida.
Especial do The New York Times

"... tinha levado uma surra de martelo", de acordo com uma fonte citada no *Denver Post*.

O homem misterioso nesse caso, um chef de cozinha chamado Richard Hallorann, não quis se pronunciar, e especula-se fortemente que ele possa vir a ser acusado de incêndio criminoso, homicídio ou ambos. Ele não tem passagem pela polícia. O gerente do Overlook, Stuart Ullman, afirmou aos repórteres que estava "intrigado com a aparição do sr. Hallorann no Overlook" na noite do incêndio. Ele também disse que "era impossível de acreditar" no envolvimento de Hallorann. Segundo Ullman, Hallorann era "um bom homem".

Não é a primeira vez que o Hotel Overlook, construído em 1909, aparece no noticiário. Em 1958, o suposto chefe da máfia Vito, o "Açougueiro"...

Da *Newsweek*, coluna "Crime", 10 de dezembro (p. 29):

UM FINAL ARDENTE — E MISTERIOSO —
PARA UM RENOMADO HOTEL E RESORT

... "Açougueiro" Gienelli foi assassinado em uma disputa de poder que muitos acreditam estar ligada à participação da máfia em jogos de azar. Dois anos depois que Gienelli morreu sob uma saraivada de tiros, Charles Grondin, seu aparente herdeiro, sofreu um atentado em um restaurante sofisticado de San Francisco. Grondin morreu na cama de um aparente ataque cardíaco em 1969, mas não houve autópsia. Menos de um mês após a morte de Grondin, Horace Derwent — com quem o nome de Grondin muitas vezes esteve associado — se recolheu nos dois andares superiores do The Lucky Bones, um elegante hotel de Las Vegas pertencente a ele. Derwent morreu lá ano passado, aos setenta e sete anos. O Overlook tinha uma história longa e estranha, começando com a morte do filho do construtor...

Da *Time*, coluna "A Nação", 10 de dezembro (p. 19):

O MISTERIOSO APAGAR
DE UM GRANDE HOTEL DO COLORADO

... um estranho acidente que ocorreu quando o filho do construtor tentou pular, em um pônei, por cima de uma pilha de madeira. O hotel também registrou uma cota maior do que o normal de suicídios, e um médium famoso que foi lá passar férias em meados dos anos 1950 entrou no saguão, olhou ao redor e saiu correndo, deixando a bagagem para trás. Ele não quis voltar para buscar...

Do *The Estes Park Echo*, 12 de dezembro (p. 1):

HALLORANN ABSOLVIDO
Polícia está convencida de que cozinheiro não tem culpa no incêndio
O homem recusa-se a falar com repórteres
Por Robert T. McCord

... passou correndo, entrou no carro alugado e foi embora. O delegado do condado, Robert Clinton, não ajudou muito, afirmando apenas que "Hallorann foi descartado como suspeito, e, além disso, não temos suspeitos e concluímos que não houve ato criminoso no incêndio que destruiu o Hotel Overlook na noite de 2 de dezembro".

Winnifred Torrance, esposa do zelador falecido, pode liberar...

Do *The Rocky Mountain News*, 13 de dezembro (p. 7):

ESPOSA DO ZELADOR INOCENTA CHEF
Seu único crime foi salvar nossas vidas,
diz Winnifred Torrance

... uma declaração hoje, afirmando que Richard Hallorann, o homem misterioso no incêndio que destruiu um dos hotéis mais antigos e famosos do Colorado, não teve nenhuma relação com o incidente. "Não houve incêndio criminoso", disse a sra. Winnifred Torrance em sua declaração. "O incêndio não foi provocado. O único crime que o sr. Hallorann cometeu foi o de salvar a minha vida e a do meu filho. E, se ele for condenado por isso, ficarei feliz em cumprir a sentença por ele." A sra. Torrance deu sua declaração direto do Estes Park

Community Hospital, onde está se recuperando do grande choque causado pela exposição ao frio e pelo que parece ser o efeito de um ataque brutal.

"Não houve ataque", disse a sra. Torrance, respondendo à única pergunta que aceitou. "Em nossa pressa para sair do hotel antes da explosão, eu caí na escadaria principal."

Seu filho de cinco anos, Daniel, não foi visto pelos repórteres, e a especulação continua...

Da *Newsweek*, coluna "Periscope". 17 de dezembro (p. 16):

A CONEXÃO MÉDIUM

... a especulação continua em relação ao incêndio no hotel e ao motivo que levou as investigações serem abandonadas tão abruptamente pela polícia do condado de Sidewinder. Fontes seguras afirmam que uma proposta de ajuda oferecida pelo FBI foi prontamente recusada pelo delegado do condado, Robert Clinton, que agiu com a aprovação do promotor público de Sidewinder. O desenvolvimento mais intrigante foi o comentário feito por uma pessoa de alta posição na promotoria, que disse: "Eles estão sentados em um barril de pólvora médium e sabem disso. Ninguém sabe direito com o que estamos lidando aqui, mas temos certeza absoluta de que aquele cozinheiro não chegou aqui em cima de pombo-correio". A mesma fonte acrescentou...

Do *The Denver Post*. 19 de dezembro (p. 20):

PROMOTOR DE SIDEWINDER NEGA ARTIGO DA *NEWSWEEK*
Diz que o caso do Hotel Overlook está fechado

... afirmou, de acordo com a *Newsweek*, que "o garoto e a mãe contaram o suficiente para nos convencer de que o incidente nas montanhas foi cinco vezes mais grave do que aquela história de Bridey Murphy". O promotor de

Sidewinder, Morton Rudge, debochou das acusações em uma coletiva de imprensa realizada ontem em Speculator, comarca de Sidewinder.

"É incrível o que esses repórteres de Nova York inventam se você der corda", disse Rudge. "Acredito que estejam usando a caldeira e a fornalha com defeito para lavar todos os quase setenta anos de roupa suja do Overlook."

Rudge falou que Hallorann não foi preso por ligação com o incêndio porque "não havia o menor sinal que pudesse provar qualquer ação contra a lei da parte dele". Ele também forneceu aos repórteres a transcrição de uma entrevista com Harvey Watson, zelador na alta temporada do Overlook. A entrevista foi obtida por um investigador da promotoria em um hotel-fazenda na Califórnia, onde Watson trabalha fora da temporada do hotel. De acordo com a entrevista (que continha mais de quarenta expletivas removidas), a caldeira do Overlook era velha e possivelmente perigosa. Além disso, de acordo com Watson, não era equipada com o desarmador automático que se tornou obrigatório em modelos posteriores.

Com a repetição da pergunta sobre o que podia ter feito Hallorann se deslocar da Flórida, Rudge se recusou a responder, dizendo: "Se um homem foi absolvido de qualquer crime, seus movimentos não são do interesse da promotoria". Ao ser questionado se ele acreditava que o Overlook era assombrado, Rudge abriu um raro sorriso e respondeu: "Acredito que todo grande hotel tem um fantasma ou dois".

Ele declarou o caso oficialmente encerrado e disse que, no que dizia respeito a relatos fatuais e bom senso, a imprensa do Colorado deixou…

Do *The Estes Park Echo*, 21 de dezembro (p. 8):

SRA. TORRANCE RECEBE ALTA
Ela e o filho planejam voltar
para New Hampshire em breve

… deixou o Estes Park Community Hospital no fim da tarde de ontem. Ao ser questionada sobre seus planos, Winnifred Torrance respondeu que aceitou a hospitalidade de uma família de Sidewinder, os Durkin, por um período de recuperação. Ela disse que seus únicos planos para depois disso eram de voltar para a casa da mãe, em New Hampshire, com o filho de cinco anos e "começar o luto pelo meu marido. Ele era um bom marido e um pai maravilhoso, e vou precisar de tempo para me acostumar com a ideia de que ele não está mais comigo".

Sobre os boatos de uma sessão secreta do grande júri para investigar o incêndio do Overlook, a sra. Torrance afirmou que, até onde sabia, tratava-se de boatos. Ainda segundo ela, ninguém da promotoria solicitou sua permanência no Colorado, e ela não tem planos...

Da *Resort Magazine*, 25 de janeiro (p. 62):

GRUPO DO OVERLOOK DECLARA O FIM

... não tem planos de reconstruir, de acordo com Albert Shockley, membro do Conselho Diretor do Overlook. "Imagino que vamos ficar com o terreno", disse ele, "pois ainda temos três anos de um prazo de cinco pela frente. Mas acho que posso dizer com segurança — uma segurança pesarosa, pois nossas esperanças no Overlook eram altas — que vamos deixar o tempo passar. A minha opinião é a de que o Hotel Overlook encerrou de vez sua carreira no cenário americano."

SOBRE O AUTOR

STEPHEN KING é autor de mais de cinquenta livros best-sellers no mundo. Os mais recentes incluem *Mr. Mercedes* (vencedor do Edgar Award de melhor romance, em 2015), *Achados e perdidos*, *Último turno*, *Revival*, *Escuridão total sem estrelas* (vencedor dos prêmios Bram Stoker e British Fantasy), *Doutor Sono*, *Sob a redoma* (que virou uma série de sucesso na TV) e *Novembro de 63* (que entrou no TOP 10 dos melhores livros de 2011 na lista do New York Times Book Review e ganhou o Los Angeles Times Book Prize na categoria Terror/Thriller e o Best Hardcover Novel Award da organização International Thriller Writers). Em 2003, King recebeu a medalha de Eminente Contribuição às Letras Americanas da National Book Foundation e, em 2007, foi nomeado Grão-Mestre dos Escritores de Mistério dos Estados Unidos. Ele mora em Bangor, no Maine, com a esposa, a escritora Tabitha King.

1ª EDIÇÃO [2017] 12 reimpressões

ESTA OBRA FOI COMPOSTA POR OSMANE GARCIA FILHO EM WHITMAN
E IMPRESSA EM OFSETE PELA LIS GRÁFICA SOBRE PAPEL PÓLEN DA
SUZANO S.A. PARA A EDITORA SCHWARCZ EM SETEMBRO DE 2024.

A marca FSC® é a garantia de que a madeira utilizada na fabricação do papel deste livro provém de florestas que foram gerenciadas de maneira ambientalmente correta, socialmente justa e economicamente viável, além de outras fontes de origem controlada.